契诃夫小说全集

汝 龙 / 译

2

契诃夫像
(1882年)

目　次

一八八三年

感受 3
不得已而为之的骗子 5
不平的镜子 10
化了装的 14
喜事 17
合二而一 20
自白 23
唯一的方法 28
"夸大狂"病例 32
在黑夜 34
在催眠术表演会上 36
她走了 40
钉子上 43
在理发店里 46
不抱偏见的女人 51
十字 57
感恩图报 59
劝告 63

热心人	66
公羊和小姐	69
窝囊	72
萝卜	75
胜利者的胜利	76
在我们这个讲求实际的时代	81
聪明的扫院人	84
傻瓜	87
难于命名的故事	91
哥哥	94
审讯中的事情	97
谜一般的性格	100
耍花招的人	103
谈天	107
正人君子	110
柳树	114
盗窃犯	119
一张纸	125
空话,空话,空话	128
冷荤菜	132
律师岳母	136
一个古典中学生的遭遇	139
猫	143
夜莺纪念演出	148
飞岛	151
代表,或杰兹杰莫诺夫白丢了二十五卢布的故事	160
贵夫人英雄	165

我是怎样正式结婚的 …………………………… 170
助理会计员日记摘录 …………………………… 174
跟爷爷一模一样 ………………………………… 177
每年一次 ………………………………………… 180
一个文官的死 …………………………………… 185
真正的实情 ……………………………………… 189
坏孩子 …………………………………………… 192
嫁妆 ……………………………………………… 195
品德崇高的酒店老板 …………………………… 202
阿尔比昂的女儿 ………………………………… 205
说情 ……………………………………………… 211
查问 ……………………………………………… 214
退休的奴隶 ……………………………………… 217
傻娘们儿,或退役的上尉 ……………………… 220
在敞篷马车上 …………………………………… 224
在秋天 …………………………………………… 228
胖子和瘦子 ……………………………………… 235
悲剧演员 ………………………………………… 238
商绅的女儿 ……………………………………… 243
监护人 …………………………………………… 248
时代的表征 ……………………………………… 252
在邮局里 ………………………………………… 254
某少女日记摘录 ………………………………… 256
在海上 …………………………………………… 258
站长 ……………………………………………… 263
莫斯科的特鲁勃纳亚广场上 …………………… 268
诽谤 ……………………………………………… 273

他明白了！ …………………………………… *278*

儿童读物 …………………………………… *291*

瑞典火柴 …………………………………… *296*

在圣诞节前夜 ……………………………… *321*

一八八四年

自由主义者 ………………………………… *331*

勋章 ………………………………………… *337*

七万五 ……………………………………… *341*

喜剧演员 …………………………………… *348*

女人的报复 ………………………………… *351*

马车夫 ……………………………………… *355*

家庭教师 …………………………………… *359*

打猎 ………………………………………… *363*

唉，女人啊，女人！ ……………………… *366*

纯朴的树精 ………………………………… *370*

记者的梦 …………………………………… *374*

唱诗班歌手 ………………………………… *378*

意见簿 ……………………………………… *385*

两封信 ……………………………………… *387*

永恒的运动 ………………………………… *390*

读书 ………………………………………… *400*

特利丰 ……………………………………… *405*

玛丽雅·伊凡诺芙娜 ……………………… *410*

该说话还是该沉默 ………………………… *414*

骄傲的人 …………………………………… *416*

照相簿 ……………………………………… *422*

自我陶醉 …… 425
住别墅的女人 …… 427
同妻子吵架 …… 431
民心骚动 …… 433
轻松喜剧 …… 438
文官考试 …… 443
俄国煤 …… 448
外科手术 …… 453
世人看不见的眼泪 …… 458
变色龙 …… 465
赶集的"结算" …… 470
变本加厉 …… 473
适当的措施 …… 481
文特 …… 486
月食 …… 491
在墓园里 …… 493
舌头能把人带到基辅 …… 497
假面 …… 500
在瘫疾患者与老人收容所里 …… 507
谈戏 …… 512
好事也得有限度 …… 516
贪图钱财的婚姻 …… 519
庸人先生们 …… 525
演说和小皮带 …… 530
在病人床边 …… 533
牡蛎 …… 534
有将军做客的婚礼 …… 539

自由派活宝 …………………………………………… 547
可怕的一夜 …………………………………………… 552
圣诞枞树 ……………………………………………… 560
心绪不佳 ……………………………………………… 563
训令 …………………………………………………… 566

题解 …………………………………………………… 567

一八八三年

感　受

心　理　研　究

那天是新年。我走进前厅。

那儿除看门人外,还站着我们衙门里的几个人:伊凡·伊凡内奇、彼得·库兹米奇、叶果尔·西多雷奇。……大家到这儿来,都是要在庄严地铺在桌子上的一张纸上签名①(不过那张纸是价钱便宜的八号纸)。

我把那张纸看了一眼。签署的姓名已经多极了,而且显出……啊,一派的假正经!啊,阴一套,阳一套!你们,花体字啦,名字下面的横线啦,花笔的小钩啦,小尾巴啦,都到哪儿去了?所有的字母都是圆滚滚,一般大小,端端正正,活像粉红色的小脸蛋。我看见那些熟悉的姓名,都认不得了。莫非这些先生都改了笔法?

我小心地拿起钢笔,蘸一蘸墨水,不知什么缘故心里发窘,屏住呼吸,小心地描出我的姓名。平素我签名,从来也不写最后一个字母ъ②,可是现在我写上了,而且写得一丝不苟。

"你要我断送你的前程吗?"我听见耳朵旁边彼得·库兹米奇的说话声和呼吸声。

---

① 旧俄时代,下级官员要到上司家里拜年,但不必面见上司本人,只需在上司家里的一张纸上签名。
② 俄语字母,硬音符号,过去一般用在以辅音结尾的单词最后,现已废弃不用。

"您打算怎么办？"

"我一下子就能办到。是啊。你要不要？嘻嘻嘻。"

"在这儿不能嘻嘻哈哈,彼得·库兹米奇。您不要忘了您是在什么地方。就连微笑都是极不恰当的。请您原谅我这么说,不过我认为是这样。……这就是所谓的冒渎,不恭敬。……"

"你要我断送你的前程吗？"

"用什么办法？"我问。

"我自有办法。……五年前我就用过这种办法把冯·克俩乌旬的前程断送了。……嘻嘻嘻。那很简单。……我拿起笔来,一下子在你的姓名旁边画上一个小钩。我再描上一道花笔。嘻嘻嘻。我会弄得你的签名不恭敬。你要吗？"

我顿时脸色煞白。确实,我这条命就攥在这个鼻子发紫的人的手心里。我瞧着他险恶的眼睛,心里战战兢兢,又有点尊敬。……

要推倒一个人,那是多么轻而易举啊！

"要不然我就在你的签名旁边滴上点墨水。我给你弄上一个墨点。……你要吗？"

接着是沉默。……他感到他的力量,威严而高傲,手里掌握着害人的毒药。我呢,感到自己无能为力,悲悲惨惨,眼看就要完蛋。两个人都沉默不语。……他瞪起眼珠瞧着我苍白的脸,我避开他的目光。

"我这是开玩笑,"他终于说,"你不用害怕。"

"啊,谢谢您！"我说,满心感激,握了握他的手。

"我是开玩笑。……不过我还是能够做到的。……你要记住。……你走吧。……目前我是开玩笑。……不过以后,那就求上帝保佑吧。……"

不得已而为之的骗子

新年的小花招

扎哈尔·库兹米奇·佳杰奇金的家里正举行晚会。大家在迎接新年,同时庆祝女主人玛拉尼雅·季洪诺芙娜的命名日。

客人很多。他们都是些体面的、稳重的、不灌酒的正经人。流氓败类是一个也没有的。他们脸上表现出温情、愉快和个人尊严感。大厅里,在漆布面的大长沙发上,坐着房东古塞夫和小铺老板拉兹玛哈洛夫,佳杰奇金家里的人就是在他的小铺里凭一个小本子赊买货物的。他们在议论那些到了结婚年龄的青年男子和闺女们。

"如今这个年月,"古塞夫说,"很难找到不喝酒的可靠的人……认真工作的人了。……难找啊!"

"家庭里最要紧的就是规规矩矩,有条不紊,阿历克塞·瓦西里奇!要是家庭里没有那么一个……那么一个管家的……那可就乱了套。……"

"如果家庭里没有规矩,那就……全完了。……这个世界上蠢事很多……哪儿还说得上什么规矩?嗯。……"

他们旁边有三个老太婆坐在椅子上,动心地瞧着他们的嘴。她们的眼睛里流露着对"聪明才智"的惊叹。教父古利·玛尔科维奇站在墙角里,打量圣像。女主人的卧室里人声嘈杂。那儿,小姐们和她们的男同伴在玩"罗多"①。赌注是一个戈比。桌子旁边站着中学一年级学生柯里亚，在哭泣。他想玩"罗多"，可是人家不许他上桌子。莫非他年纪小，身边没有钱，也算是他的错处？

"别哭了，傻瓜！"人们劝他说，"喂，你哭什么？你要妈妈揍你一顿吗？"

"这是谁在哭呀？柯里亚吗？"妈妈的说话声在厨房里响起来，"我还没把他打够，淘气鬼。……瓦尔瓦拉·古利耶芙娜，您替我拧他的耳朵！"

女主人的床上铺着褪了色的花布被子，有两个小姐坐在上面，身上穿着粉红色连衣裙。一个小伙子站在她们面前，年纪在二十三岁上下，是保险公司职员。他姓柯巴依斯基，相貌②很像猫。他在献殷勤。

"我可不打算结婚，"他说着，卖弄他的漂亮，把手指头伸进卡脖子的高领口里去，把它抻大点，"女人是人类智慧当中一个灿烂的光点，然而她也能毁掉人。女人是坏心肠的生物！"

"那么男人呢？男人不懂爱情。什么粗鲁的举动都干得出来。"

"您多么天真啊！我不是冷嘲派，也不是怀疑派，可是我仍然认为，男人永远是站在比较高的水平来看待感情的。"

佳杰奇金本人和他的大儿子格利沙从这个墙角到那个墙角不停地走来走去，就像囚在笼子里的狼。他们的心灵在燃烧。吃中饭的时候，他们喝了很多酒，现在一心想再喝点酒来醒一醒醉意。……佳杰奇金就往厨房里走去。女主人在那儿往馅饼上撒糖末。

---

① 一种牌戏，亦称盖牌游戏，参加游戏者用与主持人喊叫的号码（或图画）相同的数字（或图画）盖在自己的牌上，以先盖完一列数字（或图画）者为胜。

② 原文为法语。

"玛拉霞，"佳杰奇金说，"该把冷荤菜端去了。要让客人们吃点东西才好。……"

"他们可以等一下。……要是现在就让你们把什么都喝光吃光，那么到十二点钟叫我拿出什么东西来呢？你们不会饿死的。走吧。……别在我的鼻子跟前转来转去。"

"只要喝上一小杯就行了，玛拉霞。……这也不会叫你为多大的难啊。……行了吧？"

"简直是魔障！你走开，我跟你说！你去陪客人坐着！干什么在厨房里转悠？"

佳杰奇金长叹一声，从厨房里走出去。他去看一看时钟。时针指着十一点零八分。离他所盼望的时刻还差着五十二分钟呢。这太可怕了！等着喝酒，是最难熬的时刻。宁可在严寒的天气等上五个钟头的火车，也不要等五分钟的酒。……佳杰奇金满心痛恨地瞧着时钟，走了一会儿，然后把大时针拨快五分钟。……格利沙呢？要是现在不给格利沙酒喝，那他就索性出外，到饭馆里去喝酒了。要他活活地愁死，他可不同意。……

"妈妈，"他说，"客人生气了，因为您没把冷荤菜端去！简直不像话。……都快把人饿死了！……让大家喝一小杯吧！"

"你们得等一下。……反正时候不多了。……快了。……你别在厨房里遛来遛去。"

格利沙砰的一声关上厨房门，第一百次走去看时钟。大时针真是铁石心肠！它几乎还是停在原地不动。

"钟慢了！"格利沙安慰自己说，伸出食指去，把时针拨快七分钟。

柯里亚跑过时钟跟前。他在时钟面前站住，开始算钟点。……他满心巴望着大家齐声喊"乌拉"的时候快点来。时针却一动也不动，急得他心都痛了。他爬上椅子，胆怯地回头看一眼,从"永恒"那儿偷走五分钟。

"您去看一看:现在几点了?①"一个小姐支使柯巴依斯基说,"我等得急死了。要知道这是新年! 新的幸福啊!"

柯巴依斯基拖着两只脚,沙沙响地走着,赶紧去看钟。

"见鬼!"他瞧着时针,嘟哝说,"怎么还要等那么久! 巴不得赶快吃饭才好。……等到大家一起喊'乌拉',我就准定可以吻卡琪卡了。"

柯巴依斯基从时钟跟前走开,却又站住。……他沉吟一下,走回去,把旧的一年缩短六分钟。佳杰奇金喝下两大杯清水,可是……他的心还是在燃烧! 他走来走去,走个不停。……他的妻子屡次把他从厨房里赶出去。一瓶瓶酒立在窗台上,撕碎他的心。这可怎么办呢! 他忍耐不住了! 他就又抓住那救急的办法。他要时钟来帮他的忙。他走进挂着时钟的儿童室里,不料撞见一个对他那做父母的心说来颇不愉快的场面:原来格利沙正站在时钟跟前拨动时针。

"你……你……你这是干什么? 啊? 为什么你拨动时针? 你这个蠢货! 啊? 这是干什么? 啊?"

佳杰奇金咳嗽着,犹豫不定,用力皱起眉头,摇着手。

"这是干什么? 哎哎哎。……那你就索性拨动它一下吧,巴不得它死了才好,下贱的东西!"他说着,把儿子从时钟跟前推开,拨动一下时针。

离新年只差十一分钟了。爸爸和格利沙走进大厅里,开始摆桌子。

"玛拉霞!"佳杰奇金喊道,"马上就到新年了!"

玛拉尼雅·季洪诺芙娜从厨房里跑出来,去核实她丈夫的

―――――――
① 原文为法语。

话。……她对着时钟看了很久:果然她的丈夫没有撒谎。

"哎,这可怎么办呢?"她小声说,"要知道我那些豌豆是给火腿做配菜的,却还没有煮熟!嗯。要命呀。我怎么能把它端上去呢?"

沉吟一下,玛拉尼雅·季洪诺芙娜就伸出颤抖的手把大时针拨回去。旧的一年收回了二十分钟。

"让他们等一下吧!"女主人说着,跑进厨房里去了。

不平的镜子

圣诞节故事

我和我的妻子走进客厅里。那儿弥漫着霉气和潮气。房间已经有整整一个世纪不见亮光,等到我们点上烛火,照亮四壁,就有几百万只大老鼠和小耗子往四下里逃窜。我们关上身后的房门,可是房间里仍然有风,吹拂墙角上堆着的一沓沓纸张。亮光落在那些纸上,我们就看见了古老的信纸和中世纪的画片。墙壁由于年陈日久而变成绿色,上面挂着我家祖先的肖像。祖先们神态傲慢而严厉,仿佛想说:

"应该揍你一顿才是,老弟!"

我们的脚步声响遍整个房子。我咳嗽一声,就有回声来接应我,这类回声从前也接应过我家祖先发出的响声呢。……

房外风声呼啸和哀叫。壁炉的烟囱里似乎有人在哭,哭声响着绝望的音调。大颗的雨点敲打乌黑昏暗的窗子,敲打声惹得人满心愁闷。

"啊,祖宗呀,祖宗!"我说,意味深长地叹气,"假使我是作家,那么我瞧着这些肖像,就会写出篇幅很大的长篇小说来。要知道,这些老人当初每一个都年轻过,每一个男的或者女的都有过爱情故事……而且是什么样的爱情故事呀!比方说,看一看这个老太婆吧,她是我的曾祖母。这个毫不俊俏、其貌不扬的女人,却有过极其有趣的故事。你看见吗?"我问妻子说,"你看见挂在那边墙角上的镜子吗?"

我就对妻子指着一面大镜子,配着乌黑的铜框,挂在墙角上我曾祖母肖像旁边。

"这面镜子有点邪气:它活生生把我的曾祖母毁了。她花很大的一笔钱买下它,一直到死都没有离开过它。她黑夜白日地照这面镜子,一刻也不停,甚至吃饭喝水也要照。每次上床睡觉,她都带着它,放在床上。她临终要求把镜子跟她一块儿放进棺材里。她的心愿没有实现,也只是因为棺材里装不下那么大的镜子罢了。"

"她是个风骚的女人吧?"我的妻子问。

"就算是吧。然而,难道她就没有别的镜子?为什么她单单非常喜欢这面镜子,却不喜欢别的镜子呢?莫非她就没有更好点的镜子?不,不,亲爱的,这当中包藏着一宗吓人的秘密呢。事情也不可能不是这样。据人们传说,这面镜子里有个魔鬼作祟,偏巧曾祖母又喜爱魔鬼。当然,这些话都是胡扯,可是,毫无疑问,这面配着铜框的镜子具有神秘的力量。"

我拂掉镜面上的灰尘,照一照,扬声大笑。我的大笑声由回声低沉地接应着。原来这面镜子不平整,把我的脸相往四下里扯歪,鼻子跑到左边面颊上,下巴变成两个,而且溜到旁边去了。

"我曾祖母的爱好可真是奇怪!"我说。

我的妻子迟疑不决地走到镜子跟前,也照一下,顿时发生了一件可怕的事。她脸色煞白,四肢发抖,大叫一声。烛台从她手里掉下来,在地板上滚一阵,蜡烛灭了。黑暗包围了我们。我立刻听见一件沉重的东西掉在地板上:原来妻子倒在地下,人事不知了。

风哀叫得越发凄厉,大老鼠开始奔跑,小耗子在纸堆里弄得纸张沙沙响。等到一扇百叶窗从窗口脱落,掉下去,我的头发就一根根直竖起来,不住颤动。月亮在窗外出现了。……

我抓住我的妻子,抱起她,把她从祖宗的住所搬出去。她一直到第二天傍晚才醒过来。

"镜子!把镜子拿给我!"她醒过来以后说,"镜子在哪儿?"

这以后她有整整一个星期不喝水,不吃东西,不睡觉,老是要求把那面镜子拿给她。她痛哭,扯着脑袋上的头发,在床上翻来覆去。最后医生宣布说她可能死于精力衰竭,她的情况极其危险,我才勉强克制住恐惧,又跑到楼下去,从那儿取来曾祖母的镜子拿给她。她一看见它,就快乐得哈哈大笑,然后抓住它,吻它,目不转睛地瞅着它。

如今已经过去十多年,她却还是在照那面镜子,一会儿也不肯离开它。

"难道这就是我?"她小声说,她脸上除了泛起红晕以外,还现出幸福和痴迷的神情。"对,这就是我!大家都说谎,只有这面镜子例外!人们都说谎,我的丈夫也说谎!啊,要是我早点看见我自己,要是我早知道我实际上是什么模样,那我就不会嫁给这个人!他配不上我!我的脚旁边应当匍匐着最漂亮和最高贵的骑士才对!……"

有一次我站在妻子身后,无意中看一下镜子,这才揭开可怕的秘密。我看见镜子里有一个女人,相貌艳丽夺目,我生平从没见过这样的美人。这是大自然的奇迹,融合了美丽、优雅和爱情。然而这究竟是怎么回事?发生了什么事情呢?为什么我那么难看、笨拙的妻子在镜子里却显得这么漂亮?这是什么缘故?

这是因为不平的镜子把我妻子难看的脸往四下里扯歪,面容经过这样的变动,说来也凑巧,倒变得漂亮了。负乘负等于正嘛。

现在我俩,我和妻子,坐在镜子跟前,眼巴巴地瞧着它,一刻也不放松:我的鼻子跑到左边面颊上,下巴变成两个,而且溜到旁边去了,然而我妻子的脸却妩媚动人,我心里猛然生出疯狂而着魔的热情。

"哈哈哈!"我狂笑着。

我的妻子却在小声说话,声音低得几乎听不见:

"我多么美啊!"

化了装的

傍晚。一群人在街上走着,身份混杂,其中有穿皮袄的醉汉和穿短上衣的女人。他们说说笑笑,踏着舞步走路。有个矮小的兵走在这群人前头,蹦蹦跳跳,身上穿着旧军大衣,头上歪戴着帽子。

一个军士迎着这群人走过来。

"你见着我为什么不敬礼?"军士对矮小的兵发脾气说,"啊?什么缘故?站住!你是什么人?为什么这样?"

"亲爱的,要知道我们是化了装去跳舞的!"小兵用女人的嗓音说,于是那群人同军士一起扬声大笑。……

剧院包厢里坐着一个美丽丰满的太太。她的年龄难于确定,不过她还年轻,而且还会年轻很久呢。……她装束华丽。她两条白胳膊上都戴着大镯子,胸前佩着钻石别针。一件值上千卢布的皮大衣放在她身旁。过道上,有个听差在等她,穿一件镶着金银饰绦的号衣。街上停着她的雪橇,上面驾着两匹黑马,雪橇上铺着熊皮毯子。……她那饱足而美丽的脸和她身边的一切都在说:"我幸福,我阔绰。"然而读者诸君,请不要相信这些!

"我是化了装的,"她暗想,"如果男爵明天或者后天同娜嘉打得火热,就会把我的这些东西统统拿走了。……"

一个穿着礼服的胖子挨近牌桌坐着,下巴垒成三层,两只手白白的。他手边放着一堆钱。他已经赌输了,然而并不垂头丧气。正好相反,他在微笑。要知道,对他来说,输上一两千是完全不算一回事的。饭厅里有好几个仆人在给他准备牡蛎、香槟、野鸡。他喜欢讲究的晚饭。晚饭后,他要坐上一辆轿式马车去找她。她在等他。他生活得很好,不是吗?他幸福!可是您看一看吧,他那脂肪很多的脑子里有些多么荒唐的想法在活动!

"我是化了装的。查账人一来,大家就会看出来我只不过是个化了装的人罢了①。……"

法庭上,律师在为女被告辩护。……她是个俊俏的女人,面容悲伤得了不得,她没罪啊!上帝看得见,她清白无辜!律师的眼睛在燃烧,脸颊通红,嗓音里含着泪水。……他为女被告痛苦,要是她定了罪,他简直就会伤心得死掉!……旁听的人们听他发言,愉快得揪紧了心,生怕他的发言结束。"他是个诗人。"听众小声议论着。然而他只不过是化装成诗人而已!

"要是原告多给我一百卢布,我就会反过来骂她!"他暗想,"我演控诉人的角色会更加有声有色呢!"

喝醉酒的矮农民在村子里走着,一面唱歌,一面把手风琴拉得吱吱地响。他脸上现出醺醉的温柔神情。他嗤嗤地笑,踏着舞步。他过得挺快活,不是吗?不,他是化了装的!

"我肚子饿呀。"他暗想。

年轻的医科教授初次登台讲课。他口口声声说,再也没有比为科学服务更幸福的事了。"科学就是一切!"他说,"科学就是生活!"学生都相信他的话。……不过,要是他们听见他下课后对他

---

① 暗示他的钱来自挪用公款,查账人一来,他的罪行就会败露。

妻子所讲的话,他们就会说他是化了装的。他对她说:

"现在,小母亲,我做教授了。教授行医要比普通医生兴隆十倍呢。现在我指望着一年要有两万五的进项了。"

六个入口处、千百盏灯火、人群、宪兵、小姐们。这是一家剧院。它的门口上方,如同连托夫斯基的隐庐饭店①的门口上方一样,刻着几个字:"讽刺与劝善"。在这儿,人们花掉大笔的钱,写出冗长的剧评,常常鼓掌,难得喝倒彩。……不亚于一座殿堂!

然而这座殿堂却是化了装的。要是您取掉"讽刺与劝善"的招牌,您就不难读到:

"淫荡和噱头。"

---

① 连托夫斯基是莫斯科的剧团经理、导演、隐庐饭店的承租人。隐庐饭店是莫斯科一家有名的饭店,价钱很贵。——俄文本编者注

喜　　事

那是夜里十二点钟。

米佳·库尔达罗夫神色激动,披头散发,飞也似的跑进他父母的住宅,急急忙忙在各个房间里走进走出。他的父母已经躺下睡觉了。他妹妹躺在床上,正好读到一本长篇小说的最后一页。他那些在中学里读书的弟弟们已经睡着了。

"你从哪儿来?"父母惊讶地说,"你怎么了?"

"哎呀,你们别问了!我可再也没有料到!是啊,我再也没有料到!这……这简直叫人没法相信呢!"

米佳哈哈大笑,在圈椅上坐下,他幸福得站不住了。

"真叫人没法相信!你们再也意想不到!你们睁开眼睛看看吧!"

他妹妹从床上跳下地,把被子披在身上,走到哥哥跟前。那几个中学生醒过来了。

"你怎么啦?你脸色都变了!"

"我这是因为高兴,妈妈!要知道,现在全俄国都知道我了!全俄国呀!以前只有你们知道世界上有个十四等文官①德米特

---

① 旧俄时代最低一级的文官。

里①·库尔达罗夫,可是现在全俄国都知道了!妈妈!啊,天主!"

米佳跳起来,在各处房间里跑来跑去,然后又坐下。

"可是到底出了什么事呢?你说清楚啊!"

"你们生活得像野兽一样,报纸也不看,根本不注意报刊的消息,可是报纸上有那么多值得注意的东西!要是发生一件什么事情,马上大家就都知道了,没有一件事能瞒住!我多么幸福啊!啊,上帝!要知道,报纸上只登有名的人物的事情,可是现在一下子把我的事情也登出来了!"

"你说什么呀?登在哪儿了?"

爸爸脸色发白。妈妈看一眼圣像,在胸前画十字。中学生们跳下床,衣服也没披,只穿着短短的睡衣,走到他们哥哥跟前。

"是啊!报纸上把我登出来了!现在全俄国都知道我了!您,妈妈,把这张报纸留起来做个纪念!以后我们有的时候把它拿出来读一下。您看看!"

米佳从口袋里取出一张报纸来,递给父亲,伸出手指头戳一戳用蓝铅笔勾出来的地方。

"您念吧!"

父亲戴上眼镜。

"您倒是念啊!"

妈妈看一眼圣像,在胸前画十字。爸爸嗽一嗽喉咙,开始念道:

"'十二月二十九日夜间十一时十四等文官德米特里·库尔达罗夫……'"

"你们看见了吧,看见了吧?往下念!"

"'……十四等文官德米特里·库尔达罗夫从小布龙纳亚街

---

① 德米特里为本名,米佳为小名。

18

科济欣大楼的酒店内走出,业已喝醉……'"

"这就是我同谢敏·彼得罗维奇一起刚喝完酒。……一切都写得很细致!您继续念吧!往下念!你们听着!"

"'……业已喝醉,失足滑倒。当时有尤赫诺夫县杜雷基纳亚村农民伊凡·德罗托夫赶雪橇一辆,停在附近。该文官恰巧倒在马旁,马即受惊,跳过库尔达罗夫身上,并拖住雪橇从该人身上轧过,沿街奔驰,雪橇上有乘客一名,乃莫斯科二等商人斯捷潘·路科夫也。嗣后该马由看门人拦住。库尔达罗夫起初人事不省,当即送往警察分局,由医生验伤。该人脑后撞伤……'"

"这是车杆碰了我的后脑壳,爸爸。往下念!您再往下念!"

"'……该人脑后撞伤,唯不严重。该项事故业已具文呈报,受伤人已予以治疗。……'"

"医生叮嘱我用浸过凉水的毛巾压在我的后脑壳上。现在您念完了吧?啊?就是这样的!现在全俄国都传遍了这件事!您把报纸还给我!"

米佳抓住那张报纸,把它叠起来,塞在口袋里。

"我要跑到玛卡罗夫家去,拿给他们看一看。……另外还得拿给伊凡尼茨基一家人看一看,拿给娜达丽雅·伊凡诺芙娜、阿尼西木·瓦西里奇看一看。……我要跑了!再见!"

米佳戴上有帽徽的制帽,神色得意,喜气洋洋,跑出门外,到街上去了。

合 二 而 一

您不要相信那些犹大,那些变色龙①!在我们这个时代,失掉信心倒比失掉旧手套还容易。我就失掉了信心!

那是一天傍晚。我坐在公共马车上。我是个地位很高的人,不宜于搭乘公共马车,不过这一次我穿一件肥大的皮大衣,可以把脸藏在貂皮衣领里。再者,您知道,坐这种马车可以省点钱。……尽管时间很晚,天气很冷,车厢里却坐满人。谁也没认出我来。貂皮衣领使得我成了隐姓埋名的人②。我坐在车上,时而打盹儿,时而打量乘客。……

"不,那个人不是他!"我瞧着一个身材矮小、穿着短小的兔皮大衣的人,暗自想道,"那不是他!不,那就是他!就是他!"

我暗自想着,相信了,却又信不过我的眼睛。……

那个身穿短小的兔皮大衣的矮子,非常像我办公室里的一个工作人员伊凡·卡皮统内奇。……伊凡·卡皮统内奇是个身材矮小、猥琐而窝囊的人,活在世上无非是为了拾起别人掉在地下的手绢,为了给人拜年拜节而已。他年轻,然而脊梁已经弯成弓形,膝盖老是往下弯,手上肮里肮脏,手心恭敬地贴紧裤缝。……他的脸

---

① 蜥蜴类动物,其肤色随环境不同而改变。
② 原文为拉丁语。

似乎被房门夹痛,或者被人用湿抹布揍了几下。那张脸无精打采,一副哭丧相。谁瞧见他,都想唱《松明》这首歌,心里不好受。他一看见我,就瑟瑟发抖,脸上红一阵白一阵,倒好像我要把他吞下肚去,或者活活杀死似的。每逢我责备他,他总是呆若木鸡,四肢颤抖。

比他更卑贱、沉默、渺小的人,我还没见过。就连比他更安分的动物我也没见过。……

身穿短小的兔皮大衣的矮子使我强烈地联想到伊凡·卡皮统内奇:完全跟他一样嘛!只是这个矮子不像那个那么伛偻,也不显得窝囊,反而举止随便。最可气的是他在同邻座的乘客谈政治。全车的人都在听他讲话。

"甘必大[①]死了!"他说着,不住转动身子,挥舞胳膊。"这在俾斯麦倒正中下怀。要知道甘必大很精明!他会同德国人打仗,要德国人拿出赔款来,伊凡·玛特威伊奇!因为他是天才嘛!他是法国人,然而他有俄国人的灵魂。很有才能!"

嘿,这个无聊的家伙!

等到售票员拿着车票,走到他跟前,他才不再谈俾斯麦。

"为什么你们的车里这么黑?"他对售票员发脾气说,"你们没有蜡烛还是怎么的?怎么会乱成这样?可惜没有人来教训你们!要是在国外,你们早就挨骂了!乘客不是为你们服务的,应该是你们为乘客服务!见鬼!我不明白长官大人们对这种事会怎样看!"

过了一分钟,他要求我们大家都挪动一下。

"你们挪动一下,让出地方来!我跟你们说话呢!给这位太太让出个位子来!你们要有礼貌!售票员!到这儿来,售票员!

---

① 甘必大(1838—1882),19世纪法国共和派政治家,法国总理(1881—1882)。

你们收了钱,要给人找位子嘛!这太可恶了!"

"这儿不准吸烟!"售票员对他嚷道。

"这是谁不准?谁有这个权利?这是侵犯自由!我不容许任何人侵犯我的自由!我是自由人!"

嘿,这个畜生!我瞧着他的嘴脸,不相信我的眼睛了。"不,这不是他!不可能是他!他不懂'自由'和'甘必大'之类的字眼。"

"不用说,这儿的规矩妙得很!"他丢掉纸烟,说道,"跟这些先生一块儿生活简直要命!他们拘泥形式,死抠条文!形式主义者,庸俗之辈!他们要把人活活地憋死!"

我忍不住哈哈大笑。他听见我的笑声,对我瞥一眼,嗓音颤了一下。他听出我的笑声,大概也认出我的皮大衣了。一刹那间,他的脊背弯下去,脸上顿时露出一副哭丧相,说话声停住,胳膊耷拉下去,手心贴紧裤缝,腿发软。他的模样立刻全变了!我再也没有什么可怀疑的:这个人就是伊凡·卡皮统内奇,就是我办公室里的工作人员。他坐在那儿,把小鼻子藏在兔毛里。

这时候我瞅着他的脸。

"这个猥琐而窝囊的小人物,"我暗想,"难道能说出'庸俗之辈'和'自由'之类的字眼?啊?难道有这种事?是的,他居然说出来了。这种事没法叫人相信,然而又是真的。……嘿,这个无聊的家伙!"

经历过这样的事以后,看你还相信不相信这些变色龙的可怜相!

我是再也不相信了。得了吧,你骗不了我!

自　白

　　这天天气晴朗而严寒。……我的心头无牵无挂,十分舒畅,好比马车夫由于坐车的顾客给错了钱,本该得到二十戈比银币的,却得到了一枚金币。我一心想哭一场,笑一阵,祷告一番才好。……我感到自己到了十六重天①上:我这个人已经奉命改任现金管理员了!我高兴,倒不是因为今后我可以挪用公款。那个时候我还没做贼,谁要是对我说我早晚会贪赃,我就会把谁剁成肉酱。……我高兴却是另有原因:我的职位提升了,我的薪金也就略微增加一点,如此而已。

　　不过,另一种情况也使得我高兴。做了现金管理员后,我立时感到我的鼻子上戴上一种类似玫瑰色眼镜的东西。我突然觉得人们变了样子。我说的是实话!大家似乎变得好多了。丑人变成美人,恶人变成好人,高傲的谦虚了,厌恶人类的热爱人类了。我的眼睛似乎明亮了。我在人们身上看到以前连想都没想到过的优美品质。"奇怪!"我瞧着人们,揉着眼睛说,"要么他们起了什么变化,要么我以前愚蠢,没有看出所有这些品质。这些人多么可爱啊!"

---

① 按俄国的宗教迷信说法,"七重天"是至福和极乐的世界,这里是对这一说法的夸张。

我任职那天,连卡祖索夫也变了。他是我们董事会里的一个成员,为人高傲,目空一切,小人物是一概不在他的眼里的。他走到我跟前来,而且(他怎么了?)亲切地微笑着,开始拍我的肩膀。

"您,老弟,骄傲得跟您的年龄不相称啊,"他对我说,"这可不好!为什么您从来也不到我的家里去坐一坐?这不应该,先生!我家里常有年轻人聚会,总是那么兴高采烈的。我的女儿们老是问道:'您,爸爸,为什么不约格利果利·库兹米奇来呢?要知道他是那么可爱!'可是,难道要我把他硬拉来不成?不过我对她们说:我来试一试,约一下吧。……您别搭架子了,老弟,您来吧!"

怪事!他怎么了?莫非他发了疯?他本来是吃人的生番,不料突然间……变了样!

那天我回到家里,大吃一惊。吃中饭的时候,我妈妈不是像平素那样端上来两道菜,而是端上来四道菜。傍晚喝茶,她端上来果酱和奶油面包。第二天又是四道菜,又是果酱。客人们来了,喝巧克力茶。第三天也是这样。

"妈妈!"我说,"您怎么了?您为什么这样大手大脚的,亲爱的?要知道我的薪金不是加一倍。只加了一点点罢了。"

妈妈惊讶地看我一眼。

"嗯。那你的钱怎么花呢?"她问,"你要存银行还是怎么的?"

鬼才闹得清是怎么回事!爸爸定做皮大衣,买了新帽子,为治病而开始喝矿泉水,吃葡萄(这是在冬天?!?)。大约过了五天,我收到哥哥的一封信。哥哥素来讨厌我。我同他由于信念不同而已经决裂:他认为我是利己主义者,寄生虫,不肯牺牲自己,为此痛恨我。在信上我读到如下的内容:"亲爱的弟弟!我爱你,你再也想象不到我们的争吵给我带来多么厉害的痛苦。我们来讲和!我们互相伸出手来,言归于好吧!我求求你!静候回音。热爱你、吻你和拥抱你的叶甫拉木庇。"啊,亲爱的哥哥!我写信答复他说:我吻他,我高兴得很。过一个星期,我收到他的一封电报:"我感激而幸福。请汇来一百卢布。非常急需。拥抱你的叶。"我就给他汇去一百卢布。

就连她也变了!本来她不爱我。有一次我大着胆子对她暗示说,我的心有点不大对劲,她就骂我厚皮鬼,对着我的脸哼鼻子。可是我任职后,过一个星期遇见她,她却微微一笑,脸上露出酒窝,怪不好意思的。……

"您这是怎么了?"她瞧着我,问道,"您长得越发漂亮了。您是什么时候变成这样的?我们去跳舞吧。……"

我的宝贝儿啊!过一个月她的妈妈就做了我的岳母,这都是因为我长得越发漂亮了!办喜事要用钱,我就从现金柜里取出三百卢布。取钱又有什么关系呢?反正我知道,等我领到薪金,就会归还那笔钱。顺便,我还为卡祖索夫取出一百。……他向我借钱。……不给他是不行的。他在我们银行里是掌大权的人,随时都能撤我的职。……〔主编认为这个短篇小说长了一点,便在此处删掉八十三行,因而损害了作者的稿费收入。〕……

我被捕的一个星期以前,我顺从他们的要求办了个晚会。管它呢,既然他们有这样的心意,那就索性让他们大吃大喝一顿吧!我没计算我家里这次晚会上有多少人,可是我记得,所有我那九个房间里都挤满了人。有职位高的,有职位低的。……甚至有些人,连卡祖索夫见了都得点头哈腰。卡祖索夫的女儿们(他的大女儿就是我的妻子)都打扮得光彩夺目。……单是她们戴的花就不止一千卢布!晚会很欢畅。……音乐声震天价响,枝形灯架明亮耀眼,香槟酒倾泻不停。……人们发表长篇的演说和简短的祝酒词。……一个报刊工作者献给我一篇颂歌,另一个献给我一首短篇叙事诗。……

"在我们俄国,人们不善于重视像格利果利·库兹米奇这样的人！"卡祖索夫在晚饭席上嚷道，"很可惜啊！我为俄国惋惜！"

所有那些嚷叫的、献诗的、吻我的人，等我转过身去，却交头接耳地议论，对我做出侮辱的手势。……我看见微笑和侮辱的手势，听见叹息声。……

"他偷公家的钱，这个坏蛋！"他们小声议论着，幸灾乐祸地发笑。

不过，做出侮辱的手势也罢，发出叹息声也罢，却都没有妨碍他们吃喝和享乐。

就连野狼和害糖尿病的人也不及他们吃得那么贪。……我的妻子，身上闪着珠光宝气，走到我跟前来，小声说：

"人家在说你……偷公家的钱。如果这话当真，那你要……小心啊！我可不能跟贼一块儿过日子。那我会走掉！"

她说着这些话，理一下她那条值五千卢布的连衣裙。……鬼才知道他们是怎么回事！这天傍晚卡祖索夫从我这儿拿去五千。……叶甫拉木庇也借去五千。……

"要是他们小声议论的都是真话，"我那坚守原则的哥哥把钱放进口袋里，对我说，"那……你要当心！我可不能做贼的哥哥！"

舞会散后，我把他们装在三套马的雪橇上，带他们到城外去①。……

等到我们结束玩乐，已经是早晨六点钟了。……他们被美酒和女人弄得筋疲力尽，躺在雪橇上，预备回去。等到雪橇开动，他们就一面告别，一面嚷道：

"明天查账啊！……谢谢②！"

---

① 目的是冶游。
② 原文为法语。

诸位先生和诸位女士！我遭难了。……我遭难了，或者，说得啰唆一点：昨天我还在各方面都正派而诚实，人人都吻我，今天我却成了滑头，骗子，窃贼。……现在你们就嚷吧，骂吧，散布谰言吧，惊讶吧，审讯吧，流放吧，写文章吧，扔石头吧，然而……对不起，并不是所有的人都有权利这样做！并不是所有的人都有权利这样做啊！

唯一的方法

关于①彼得堡银行一案②

从前有个时期，我们的现金管理员把我们银行搜刮一空。想起来就心惊肉跳！他们不是把我们可怜的钱柜偷光，简直是把它舔得一干二净。我们钱柜的内壁蒙着绿色丝绒，可是就连这层丝绒也给偷掉了。有一个现金管理员偷得特别起劲，不但把钱取走，就连铁锁和盖子也连带拿走了。最近五年以来，我们这儿前后用过九个现金管理员，如今每到大节期，所有那九个人都从克拉斯诺亚尔斯克给我们寄名片来③。九个人都寄！

"这真可怕呀！该想个什么办法呢？"我们把第九个送去受审后，叹息说，"可耻，丢脸！所有这九个都是坏人！"

我们再三斟酌：该找谁来做现金管理员呢？谁不是坏人呢？谁不是贼呢？我们的选择落在副会计员伊凡·彼得罗维奇身上了。那个人倒安分守己，笃信宗教，生活马马虎虎，不讲究舒适。我们选中他，祝福他顶住各种诱惑，然后就放了心，可是……好景

---

① 原文为法语。
② 当时，1883年1月间，彼得堡银行发生大贪污案，正在公审。——俄文本编者注
③ 意谓那九个人因犯严重贪污罪而经法院判处流刑，已经送往西伯利亚的克拉斯诺亚尔斯克。寄名片是表示拜节的意思。

不长!

第二天,伊凡·彼得罗维奇系着新领结来了。第三天他坐着出租马车到管理处来上班了,以前他可是从来也不坐马车的。

"您注意到了吧?"过一个星期我们交头接耳地议论说,"新领结啦。……夹鼻眼镜啦。……昨天他还请客做寿呢。这里头必有文章。……近来他勤着祷告上帝了。……大概,他的良心不干净吧。……"

我们把疑团报告我们的上司。

"难道这第十个也是无赖吗?"我们的经理叹口气说,"不,这不可能。……他是颇有道德而又安分的人嘛。……不过……我们到他那儿去一趟!"

我们走到伊凡·彼得罗维奇跟前,把他的钱柜团团围住。

"对不起,伊凡·彼得罗维奇,"经理用恳求的口气对他说,"我们是信任您的。……我们相信您!嗯,是啊。……不过,您要知道……请您容许我们检查一下钱柜!请您务必答应!"

"遵命!很好!"现金管理员爽快地回答说,"您要怎么检查就怎么检查!"

我们开始点钱。我们点啊点的,发现缺了四百卢布。……连这一个也是如此?!连第十个也是如此?!可怕呀!这是一。第二,要是他一个星期就吞掉那么多钱,那么一年之内,两年之内,他会捞走多少!我们都茫然失措,心里又害怕,又惊讶,又绝望。……这该怎么办?嗯,怎么办呢?把他扭送法院?不,这个办法太陈旧,而且也没用。第十一个也会偷的,第十二个也一样。……总不能把所有的人统统扭交法院啊。揍他一顿?那可使不得,他会生气的。……把他赶走,另找一个人代替他?可是话说回来,第十一个也照样会贪污!这可怎么办呢?经理涨红了脸,我们面色苍白,一齐目不转睛地瞧着伊凡·彼得罗维奇,把身子倚在

29

黄色栏杆上,开始思索。……我们苦苦思索,绞尽脑汁,痛苦得很。……可是他呢,坐在那儿,毫不心慌地拨弄他的算盘珠,倒好像偷钱的不是他似的。……我们沉默很久。

"你拿那些钱都干什么用了?"最后,我们的经理转过身去对他说,声调里含着哭腔和颤音。

"有急用,大人!"

"哦。……有急用。……很好!闭上你的嘴!我要给你点……"

经理在房间里走来走去,继续说:

"究竟该怎么办呢?怎样才能防范这类……蠢材?……诸位先生,你们怎么不说话呀?该怎么办呢?偏又不能拿鞭子抽他一顿,这个混蛋!"经理开始沉思,"你听我说,伊凡·彼得罗维奇。……我们来补上这笔钱,不宣扬出去,免得丢丑,你的事就这么对付过去算了,只是你得老老实实说一句,一点也不要含糊。……你究竟喜欢不喜欢女人?"

伊凡·彼得罗维奇微微一笑,怪不好意思的。

"嗯,这是可以理解的,"经理说,"谁不喜欢女人呢?这是可以理解的。……人人都造过孽。'我们大家都渴望爱情。'有一个……哲学家就这样说过。……我们了解你。……那这么办好了。……要是你真的很喜欢女人,那也行:我给你写封信,你拿着信去找一个女人。……她挺漂亮。……你管自到她那儿去,一切花销都由我开支。你愿意吗?我再写封信,你拿着它去找另一个女人。……我还可以再写一封信,让你去找第三个女人!这三个都挺漂亮,说法国话……胖乎乎的。……你也爱喝酒吧?"

"酒种类很多,各式各样,大人。……比方说,里斯本产的葡萄酒,我就一口也不喝。……各种酒,大人,有各种酒的所谓意义。……"

"你少说废话。……我派人每个星期给你送一打香槟去。你管自喝,可就是别挪用公款,别弄得我们为难!我不是命令你,而是恳求你!恐怕你也爱看戏吧?"

诸如此类,说了很多。……最后,我们决定除了供他香槟酒以外,还给他预订剧院池座的票子,把他的薪金增加两倍,给他买下三匹黑马和一辆马车,好让他每个星期能坐车到城外去,所有这些一概由银行开支。至于做衣服啦,买雪茄烟啦,拍照片啦,送给福利场演出的女演员的花束啦,置办家具啦,也统统由银行包下来。……他放心享乐好了,只是,劳驾,千万别偷钱!他爱干什么就干什么,可是千万别偷钱!

结果怎么样呢?伊凡·彼得罗维奇守着那个钱柜已经一年了。我们对我们这个现金管理员简直赞不绝口呢。他始终诚实而高尚。……他没偷过钱。……不过每周查账,往往发觉短缺十到十五卢布。然而话说回来,这点钱算不得钱,简直无所谓。为满足现金管理员的本能,少不得要舍弃几个钱。这一点点他管自拿去,只要成千上万的款子不动就行了。

我们现在总算心里舒坦了。……我们的钱柜老是满满的。不错,现金管理员使我们破费不小,不过另一方面,要是跟他的九个前任相比,那他比每一个都要便宜十倍。我能向您保证,很少有一家银行能有这样省钱的现金管理员呢!我们沾光不少呀,所以,你们这些掌权的人,要是不学我们的榜样做,那可就成了不近人情的怪人了!

"夸大狂"①病例

请《医生》周刊②注意

文明除了给人类带来益处以外,还带来可怕的害处,这是谁也不会怀疑的。医学家们特别坚持这个观点,他们不无根据地在进步中看出精神失常的原因,而精神失常在最近几十年当中是屡见不鲜的。在美洲和欧洲,您每走一步都会遇见各种形式的神经病,从简单的神经痛起,到严重的精神病止,应有尽有。我自己就有机会观察到严重的精神病病例,得病的原因是只能在文明中寻找的。

我认识一个退伍的上尉,他担任过区警察局长。这个人着魔于这样一件事:禁止集会。就因为禁止集会,他才把他的树林砍伐殆尽,不同家里人一起吃饭,不许农民把成群的牲口赶到他的土地上来,等等。有一次,有人来请他去参加选举,他叫道:

"难道你们不知道禁止集会吗?"

有个退休的乡村警察,似乎因为追求真理或者收受贿赂而被革了职(至于究竟是由于哪一种原因,我就记不清了)。他热衷于这样的事:你坐进监牢去吧,老兄!他常把猫、狗、鸡关进箱子里,禁闭一个他所规定的时期。他的空酒瓶里常关着蟑螂、臭虫、蜘

---

① 原文为拉丁语。
② 一种学术和社会性医学刊物,1880—1901年在彼得堡出版。——俄文本编者注

蛛。每逢他身上有钱,他就在村子里走来走去,花钱雇些甘愿坐牢的人。

"你坐一会儿禁闭吧,好朋友!"他恳求道,"是啊,这在你算得了什么呢?反正我会把你放出来!你要尊重我的性格!"

他一旦找到自愿监禁的人,就把他关起来,黑夜白日守着他,不到规定的时间不放出来。

我的舅舅是个军需官,他吃发霉的面包干,穿打着纸掌的鞋子①。如果家里有人模仿他的做法,他总是拿出很多钱来奖赏他。

我的姐夫是收税员,着魔于一种想法:"报纸专揭人的阴私,坏透了!"从前有一次,报纸上登过他敲诈的消息,把他痛骂一顿,这就成了他疯魔的原因。他几乎订下京城所有的报纸,然而目的不在于阅读。他在收到的每份报纸上寻找"不体面的"消息。他一找到这样的消息,就拿起彩色铅笔来,大涂大抹。他把整张报纸涂得乌七八糟,然后把它送给马车夫,供他卷纸烟用。他这样做完,总感到心安理得,于是再等新报纸送来。

---

① 此处暗指旧俄时代军需官借偷工减料以贪污公款。

在 黑 夜

天上没有月亮,没有星星。……四下里见不到任何东西的轮廓和形影,连一个稍稍发亮的光点都没有。……一切都淹没在严密浓重的黑暗里。……你尽管东张西望,却什么也看不见,好像你的眼睛给挖掉了似的。……雨正下得紧,好比从桶子里倒出来的水。……地上泥泞不堪。……

有两匹干瘦的驿马拉着双轮马车,在村间道路上吃力地走着。车上坐着个男人,穿着制服大衣,是土木工程师。他妻子坐在他身旁。两个人都淋了雨。赶车的已经喝得酩酊大醉。辕马瘸了腿,喷着响鼻,浑身发抖,吃力地走着。……拉边套的马心惊胆战,时常磕磕绊绊,站住,往路边走去。道路难走极了。……不管往哪儿迈步,到处都是水坑、土墩、冲毁的小桥。左边有狼在嗥,右边据说是山沟。

"我们离开大路了吗?"工程师的妻子叹道,"这条路糟透了!可别把我们翻下车去!"

"干吗把你们翻下车去呢?哟……哟!我把你们翻下车去,于我有什么好处?哟,混……混蛋!快点走!我的宝……贝儿!"

"我们好像离开大路了,"工程师说,"你把车赶到哪儿去,恶鬼?你没看见还是怎么的?难道这是大路吗?"

"当然是大路!……"

"这儿的土壤不对头,酒鬼!拐弯!往右拐!喂,你打马呀!你的鞭子哪儿去了?"

"丢……丢了,老爷。……"

"要是出了事,我就打死你。……你给我记住!你赶车呀,混蛋!停住,你往哪儿走?难道那儿是大路吗?"

两匹马都停住了。工程师跳起来,攀住车夫的肩膀,把缰绳收紧,叫马往右边拐。辕马把烂泥踩得咕叽咕叽响,猛一转弯,不料,突然间,无缘无故,那匹马有点古怪地乱蹦乱跳起来。……车夫蓦地摔下车去,不见踪影,拉边套的马溜下一道峭壁,于是工程师感到那辆双轮马车,连同车上的乘客们,一齐飞到魔鬼那儿去了。……

那条山沟总算不深。工程师爬起来,抱起妻子,挣扎着往坡上走。上边,在山沟的边沿上,车夫坐在那儿,嘴里哼哼唧唧。土木工程师从下边跑到他跟前,举起拳头,恨不得把他揍个稀巴烂,活活地打死,捣成肉酱。……

"我打死你这个强盗!"他大叫一声。

他把拳头砸下来,只差一半就打到车夫的脸上。……再过一秒钟就打着他的脸了。……

"米沙,你想一想库库耶夫卡①吧!"他妻子说。

米沙打了个冷战,他那威严的拳头就在半路上停住。车夫得救了。

---

① 1882年夏天,莫斯科—库尔斯克铁路上有一列火车在靠近库库耶夫卡村的地方发生翻车事故,人员伤亡很多。——俄文本编者注

在催眠术表演会上

大厅里灯火辉煌,人山人海。大厅里的中心人物是催眠术家。这个人尽管生得矮小,没有风度,然而脸色开朗,神采焕发,得意扬扬。人们不住对他微笑,鼓掌,钦佩。……大家在他面前都变得脸色苍白。

他也确实在做出奇迹。他弄得一个人昏昏睡去,弄得另一个四肢僵硬,弄得第三个把后脑壳枕在一把椅子上,脚后跟放在另一把椅子上。……他把一个记者又高又瘦的身体拧成螺旋形。一句话,他做的事鬼才明白。他对太太小姐们造成的影响特别强烈。

她们遇到他的目光都魂飞魄散,就像被打死的苍蝇一样。啊,女性的神经!在这个世界上,缺了她们,生活就会乏味了!

催眠术家向那些人施展过他魔鬼般的法术以后,走到我跟前来。

"我觉得您的天性似乎很容易接受外来的影响,"他对我说,"您那么神经质,那么富于表情。……您愿意我来催您入睡吗?"

睡一睡觉有何不可?行,亲爱的,你就试试吧。我在大厅中央一把椅子上坐下。催眠术家在对面①一把椅子上坐下,拉住我的手,用他那双可怕的蛇眼睛盯住我可怜的眼睛。

---

① 原文为法语。

观众把我们团团围住。

"嘘……诸位先生！嘘。……安静一点！"

大家都安静下来。……我们坐在那儿,彼此瞧着对方的眼睛。……一分钟过去,两分钟过去。……我背上起了鸡皮疙瘩,心怦怦地跳,可是我并不想睡觉。……

我们坐着。……五分钟过去,七分钟过去了。……

"他没给降伏住！"有人说,"好哇！这个人真了不起！"

我们坐着,瞧着。……我不想睡觉,就连打盹儿的意思也没有。……要是叫我看一份市议会或者地方自治局的会议记录,我倒早就睡着了。……观众开始交头接耳地议论,哧哧地窃笑。……催眠术家心里发慌,开始眨眼。……可怜的人！谁遭到惨败会心情愉快呢？神灵们,救一救他吧,打发摩耳甫斯①飞来合上我的眼皮吧！

"他没给降伏住！"那个人又说,"够了,别玩这一套了！我早就说过,这都是骗人的把戏！"

我听从这个朋友的主张,正要做出站起来的动作,不料我的手感到一个外来的东西塞进我的手心里。……我就开动我的触觉,摸出这个东西是钞票。我爸爸是医生,医生们单凭触觉就能摸出钞票的金额。按照达尔文的理论,我从我父亲那里除了继承其他许多本领以外,也继承了这种可爱的本领。我摸出那张钞票原来是五卢布。我一摸出来,就顿时睡着了。

"真行啊,催眠术家！"

当时有些医生在大厅里,他们走到我跟前,转了几圈,用鼻子闻一闻,说：

"嗯,是啊。……他是睡着了。……"

---

① 希腊神话中的梦神。

催眠术家对他的成功感到满意,又在我头顶上挥舞胳膊,于是我这个睡熟的人就在大厅里走动起来。

"您让他的胳膊僵直不动!"有人提议说。

"您能办到吗?让他的胳膊一动也不动。……"

催眠术家(他可不是胆小的人!)就把我的右胳膊拉平,开始在那条胳膊上施法术:把它擦一擦,吹一吹,拍一拍。我的胳膊却不听话。它摇摇晃晃像块破布一样,根本不想僵直。

"不要搞什么僵直不动了!您把他叫醒吧,要不然这对他是有害的。……他身体相当弱,又神经质。……"

这时候,我的左手感到手心里来了一张五卢布钞票。……这个刺激借助于反射作用,从我的左胳膊传到右胳膊上,于是右胳膊就立刻僵直不动了。

"真行啊!你们瞧,这条胳膊多么硬,多么凉!就跟死人一样!"

"完全失去知觉,体温下降,脉搏减弱。"催眠术家报告说。

医生们开始摸我的脉搏。

"是啊,脉搏弱一点。"有个医生说。

"十足的强直性痉挛。体温大大下降。……"

"不过这该怎样解释呢?"有个太太问道。

医生意味深长地耸一耸肩膀,叹口气,说:

"我们只有事实!至于解释,唉!那还没有。……"

你们有事实,我却有两张五卢布钞票。我的东西比你们的贵重得多呢。……为此,我甚至要向催眠术家道谢,至于解释,我却不需要。……

可怜的催眠术家!你为什么跟我,跟一条毒蛇打交道呢?

补记:哎,这不是该死吗?这不是太不像话吗?

方才我听说,原来把那两张五卢布钞票塞到我拳头里来的,并不是催眠术家,而是我的上司彼得·费多雷奇。……

"我对你这样做,"他说,"是为了考查你的正直。……"

呜呼,见鬼去吧!

"丢脸啊,老弟。……这可不好。……我没料到……"

"可是话说回来,我家里有儿有女,大人。……我有妻子。……母亲。……在目前这种物价昂贵的情形下……"

"这不好啊。……你居然还要自己办报纸呢。……你在宴会上发表演说,总是眼泪汪汪。……丢脸啊。……我本来以为你是个正直的人,想不到你竟然……贪财如命。……"

我只好把两张五卢布钞票退还他。有什么办法呢?名声总比金钱宝贵嘛。

"我倒不生你的气!"上司说,"随你去,反正你的性情就是这个样子。……可是她!她呀!怪透了!她!又温柔又纯洁,像奶油冻似的,说不尽的好处!可是怎么样呢?要知道,连她也抵不住金钱的诱惑哟!她也睡着了!"

我上司所说的"她",指的是他妻子玛特辽娜·尼古拉耶芙娜。……

她 走 了

　　他们刚吃过饭。他们觉得胃里舒舒服服,不住张嘴打哈欠,由于甜蜜的睡意而开始眯缝眼睛。丈夫点上雪茄烟,伸了个懒腰,在躺椅上躺下。他妻子在他的头旁边一把椅子上坐下,嘴里发出猫叫般的呜呜声。……两个人都感到幸福。

　　"你讲点什么事吧……"丈夫打个哈欠说。

　　"可是给你讲点什么好呢?嗯。……哦,对了!你听说没有?索菲雅·奥库尔科娃嫁给那个……他姓什么来着……嫁给冯·特兰勃了!这才是笑话!"

　　"这怎么会是笑话呢?"

　　"可是要知道,特兰勃是坏蛋!这个人简直是流氓……那么不要脸!一点原则也没有!不顾廉耻的丑八怪!他从前在一个伯爵的庄园上做总管,发了财,如今在铁路上工作,偷公家的钱。……他把妹妹的财产抢到了手。……一句话,又是流氓又是贼。怎么能嫁给这样的人?!怎么能跟他一块儿过呢?!我真纳闷!那么一个有道德的姑娘,不料……干出这样的事!换了是我,说什么也不嫁给这样的家伙!哪怕他有百万家财也白搭!就算他漂亮得不得了,我也要对他啐口唾沫!我可不能想象我的丈夫竟然是坏蛋!"

　　妻子跳起来,满脸通红,怒气冲冲,在房间里走来走去。她那对小眼睛气得冒火。……她的真诚是明显的。……

"这个特兰勃简直是畜生!一个女人肯嫁给这样的先生,实在是糊涂到家,也庸俗到家了!"

"原来是这样。……那种人,不消说,你是不肯嫁的。……嗯,是啊。……那么,要是现在你知道我也是……流氓呢?……那你会怎么办?"

"我?那我就丢开你!我连一秒钟也不会跟你待在一起!我只能爱正直的人!要是我知道你干过的坏事哪怕只赶得上特兰勃百分之一,我也会……一刀两断!到那时候就再见①!"

"原来这样。……嗯。……你这个人呀。……我以前倒没看出来……嘻嘻嘻。……一个娘们儿撒起谎来,脸都不红一下!"

"我根本就没撒谎!你做一件坏事试试看,到那时候你就明白了!"

"我何必再试呢?你自己心里明白嘛。……我比你那个冯·特兰勃厉害得多呢!……相形之下,特兰勃不过是小小的蚊子罢了。……你瞪大了眼睛?这真奇怪……"他顿一顿,"我挣多少钱薪水?"

"一年三千。"

"那么我一个星期以前给你买的那串项链值多少钱?两千。……不是这样吗?还有,昨天的连衣裙又是五百。……别墅的租金是两千。……嘻嘻嘻。……昨天你爸爸苦苦哀求,从我这儿拿走一千。……"

"可是,彼耶尔,要知道,你还有其他的收入……"

"还有马车。……家庭医生。……女衣店的账单。前天你打牌输了一百卢布。……"

---

① 原文为法语。

41

丈夫坐起来,用拳头支着头,列出一大篇罪状。他走到写字台跟前,拿出好几种物证来给他妻子看。……

"现在你,小母亲,可以看出来,你那个冯·特兰勃跟我相比,简直不足挂齿,无非是个摸口袋的扒手罢了。……再见!去吧,以后你别再指摘人了!"

我讲完了。也许,读者还要问一句:

"那么她丢下丈夫走了吗?"

是的,她走了……然而是到另一个房间里去了。

钉 子 上

一群十二等文官和十四等文官刚下班,在涅瓦大街上慢腾腾地走着。今天是斯特鲁奇科夫的命名日,他正带着他们到他家里去举行命名日宴会。

"马上我们就要大吃一顿了,诸位老兄!"过命名日的人想象着吃喝的乐趣,说,"我们可要大吃特吃了!我的好妻子已经把馅饼烤好。面粉是昨天傍晚我自己跑去买来的。白兰地已经有了……是'沃隆佐夫斯基'牌的。……我妻子恐怕已经等急了!"

斯特鲁奇科夫住的地方非常远。他们走啊走的,最后总算走到了他的家。他们走进穿堂。他们的鼻子闻到馅饼和烤鹅的香味。

"你们闻到了吗?"斯特鲁奇科夫问,高兴得直笑,"脱掉大衣吧,诸位先生!把皮大衣放在那口箱子上!卡嘉在哪儿呀?喂,卡嘉!全班人马都到齐了!阿库丽娜,你来帮着各位先生脱大衣!"

"这是什么?"这群人当中有人指着墙上问道。

墙上有一颗大钉子,钉子上挂着一顶新制帽,带着亮晃晃的帽檐和帽徽。文官们面面相觑,顿时脸色发白。

"这是他①的帽子!"他们窃窃私语道,"他……在这儿!?!"

---

① 暗指他们的上司。

"是啊,他在这儿,"斯特鲁奇科夫含糊其词地说,"卡嘉在招待他。……我们走吧,诸位先生!我们到外面小饭铺里去坐坐,等他走掉再回来。"

这群人扣上皮大衣的纽扣,走出去,懒洋洋地往一家小饭铺走去。

"你家里所以有鹅的气味,是因为你家里正好坐着一只鹅①!"档案副管理员放肆地说,"必是魔鬼把他支使来的!他很快就会走掉吧?"

"很快就会走掉。他在我家里至多不过坐两小时。哎,我饿了!等他走了,我们先喝一杯白酒,吃点鲱鱼。……然后我们再喝上一杯,诸位老兄。……喝完第二杯以后,那就得马上吃馅饼。要不然胃口就差了。……我的女人烤的馅饼好得很。白菜汤也烧好了。……"

"你买沙丁鱼了吧?"

"买了两听。还买好四种香肠。……我妻子,大概,也饿了。……不料他闯来了,魔鬼!"

他们在小饭铺里坐了一个半钟头,为摆样子而各自喝下一大杯茶,然后又往斯特鲁奇科夫家里走去。他们走进穿堂。先前的那种气味更浓了。文官们从半开着的厨房门口望进去,看见一只鹅和一碗黄瓜。阿库丽娜从炉子里取出一个什么东西来。

"又不顺利,诸位老兄!"

"怎么回事?"

文官们的肚子痛苦得缩紧了:饥饿可不是舅妈②啊,然而可恶的钉子上却挂着一顶貂皮帽子。

---

① 在此是骂人的字眼:蠢货。
② 俄国谚语,意谓"饥饿无情"。

"这是普罗卡契洛夫的帽子,"斯特鲁奇科夫说,"我们走吧,诸位先生!找一个什么地方去等一等。……这个人不会坐很久的。……"

"这么没出息的家伙倒有这样俊俏的老婆!"客厅里响起一个沙哑的男低音。

"傻瓜就是交好运啊,大人!"一个女人的说话声附和道。

"我们走吧!"斯特鲁奇科夫哀叫道。

他们就又往小饭铺走去。他们要了啤酒。

"普罗卡契洛夫是个有势力的人物!"那群人开始安慰斯特鲁奇科夫说,"他在你妻子那里坐上一个钟头,往后你……就有十年的造化呢。这是运气来了,老兄!何必伤心呢?用不着伤心。……"

"就是你们不说,我也知道用不着伤心。问题不在这儿!我不痛快的是我的肚子饿得慌!"

过了一个半钟头,他们又到斯特鲁奇科夫家里去。那顶貂皮帽子仍然挂在钉子上。大家只得又退下阵来。

一直到傍晚七点多钟,钉子才解除负担,他们也才能动手吃馅饼!可是馅饼干瘪了,白菜汤不烫了,鹅烤焦了,总之斯特鲁奇科夫的前程破坏了一切!不过呢,他们吃得倒是蛮有味道的。

在理发店里

早晨。还不到七点钟,玛卡尔·库兹米奇·勃列斯特金的理发店就已经开门了。店主人是个小伙子,年纪二十三岁上下,没有漱洗,肮里肮脏,然而装束却是入时的。他着手打扫。其实这个地方没有什么可打扫的,他却干得出汗了。他在这儿用抹布擦一下,在那儿用手指头挖一下,在另一处又找到个臭虫,把它从墙上拂落下来。

理发店又小又窄,有点不干净。墙壁是用圆木垒成的,上面糊着壁纸,像是马车夫褪色的衬衫。墙上有两扇窗子,窗玻璃不透亮,淌着泪水。两个窗子中间有一扇小房门,门板很薄,开关的时候嘎吱地响,显得那么虚弱。房门上方拴着小铃,被潮气侵蚀得颜色发绿,往往无缘无故,自己就颤抖起来,发出病态的丁零丁零声。一堵墙上挂着镜子,您照照那面镜子吧,它会用最无情的方式把您的相貌往四下里扯歪!大家就是对着这面镜子理发和刮脸的。旁边有张小桌子,也像玛卡尔·库兹米奇本人那样没有清洗,肮里肮脏。桌上放着各种东西,梳子啦,剪刀啦,剃刀啦,价钱便宜的扑粉啦,价钱便宜而且掺了很多水的花露水啦,应有尽有。其实,整个理发店合起来,也不过值五枚三戈比铜币而已。

这时候,房门上方,病态的小铃发出尖叫声。一个上了年纪的男人走进理发店里来,身上穿着熟皮的短皮袄,脚上蹬着毡靴。他头上和脖子上围着一条女人的披巾。

这个人是艾拉斯特·伊凡内奇·亚果多夫,玛卡尔·库兹米奇的教父。从前他在宗教法院里做过看守人,现在住在红池附近,干钳工的活。

"玛卡鲁希卡,你好,我的亲人!"他对专心打扫的玛卡尔·库兹米奇说。

他们接吻。亚果多夫拿掉头上的披巾,在胸前画个十字,坐下来。

"路好远啊!"他说,呼哧呼哧地喘气,"这是闹着玩的吗?从红池一直要走到卡卢加门呢。"

"您近来好吗?"

"不好,孩子。我得过一场热病。"

"您说什么?热病!"

"热病。我躺了一个月,心想我要死了。我就受了临终涂油礼。现在头发倒又长出来了。大夫叫我理发。他说还会生出新头发,很硬的头发呢。我心里可就寻思了:我到玛卡尔那儿去一趟吧。与其去找别人,还不如找亲人的好。亲人又理得好,又不要钱。路略微远了点,这是实情,不过话说回来,这又有什么关系呢?只当是出来遛个弯吧。"

"遵命。请!"

玛卡尔·库兹米奇把脚跟并拢①,指一指椅子。亚果多夫就坐下,照着镜子,看来对镜子里那副面容倒很满意:镜子里现出一张歪脸,两片卡尔梅克人②的嘴唇,一个扁扁的宽鼻子,两只眼睛移到脑门上去了。玛卡尔·库兹米奇拿过带黄色污斑的白床单来

---

① 表示敬礼。
② 俄罗斯联邦的一个少数民族,一般是厚嘴唇,高颧骨。

披在顾客的肩膀上,开始用剪子咔嚓咔嚓地剪头发。

"我给您剪得光光的,准保露出头皮来!"他说。

"那个自然。要把我剪得像个鞑靼人①才好,像炮弹壳才好。那样头发才会长得密实些。"

"大妈近来可好?"

"还可以,马马虎虎。前些日子她给少校太太接生过。他们给了她一个卢布。"

"哦。一个卢布。您揪住您的耳朵!"

"我揪住了。……可别剪着我的耳朵啊,当心。哎哟,好痛!你在拔我的头发了。"

"这没关系。干我们这一行,免不了要出这种事。那么,安娜·艾拉斯托芙娜近来可好?"

"我的女儿?挺好,欢蹦乱跳的。上个星期,星期三,我们把她许配给谢金了。为什么你没有来?"

剪子的咔嚓咔嚓声停下来。玛卡尔·库兹米奇放下胳膊,惊慌地问:

"把谁许配人家了?"

"安娜呀。"

"这怎么可能?许配给谁了?"

"许配给谢金了,也就是普罗科菲·彼得罗夫。他的姑妈在兹拉托乌斯千斯基小巷里给人做女管家。那是个挺好的女人。当然,我们都挺高兴,谢天谢地。过一个星期就要办喜事了。你要来啊,咱们喝上几杯乐一乐。"

"可是怎么能这样呢,艾拉斯特·伊凡内奇?"玛卡尔·库兹米奇说,脸色苍白,神情惊讶,耸起肩膀,"这怎么可能呢?这……

---

① 鞑靼人一般剃光头。

48

这说什么也不行!要知道安娜·艾拉斯托芙娜……要知道我……要知道我对她有了情分,我已经有了意。怎么能这样呢?"

"就是这样嘛。我们没费多大的事就把她许配人家了。男的是个挺好的人。"

玛卡尔·库兹米奇的脸上冒出冷汗来了。他把剪子放在桌子上,举起拳头揉鼻子。

"我已经有了意……"他说,"这不行,艾拉斯特·伊凡内奇!……我……我爱上她,而且求过婚了。……连大妈都答应了。我素来敬重你们,简直就把您当成我的亲爹……给您理发素来没要过钱。您一向沾我的光不少,当初我爸爸去世,您拿走过一张长沙发和十卢布,后来没还给我。您记得吗?"

"怎么不记得!记得的。不过,你怎么配做新郎呢,玛卡尔?难道你也能做新郎?又没有钱,又没有地位,你这个手艺又没有什么出息。……"

"那么谢金有钱?"

"谢金在劳动组合里入了股。他放出去一千五的债,都有抵押品。就是嘛,孩子。……你说这些话也罢,不说这些话也罢,反正那件事已经生米做成熟饭。要挽回也不成了,玛卡鲁希卡。你就给你自己另找个新娘吧。……天无绝人之路。好,你理发吧!干吗这样闲站着呢?"

玛卡尔·库兹米奇沉默不语,站在那儿呆呆地不动,随后从口袋里取出一块小手绢,哭起来。

"哎,何必呢!"艾拉斯特·伊凡内奇安慰他说,"别哭了!这个人啊,哭天抹泪的,倒像个娘们儿!你先理完我的发,然后再哭也不迟。你把剪子拿起来!"

玛卡尔·库兹米奇拿起剪子来,茫然看了它一分钟,随后却失手把它掉在桌子上。他的手不住地发抖。

"我没法干活!"他说,"现在我没法干活,我浑身没力气了!我是不幸的人啊!她也不幸!我们相亲相爱,彼此已经说定,可是现在给坏心肠的人毫不留情地拆散了。您走吧,艾拉斯特·伊凡内奇!我看见您就受不了。"

"那我明天再来,玛卡鲁希卡。明天你再理完我的发。"

"行。"

"你消一消气吧,明天我再到你这儿来,一大早就来。"

艾拉斯特·伊凡内奇的半个头被剪光头发,露出头皮,像是苦役犯①。他的头保持这种样子是不妥的,然而又无法可想。他就拿起披巾来围上他的头和脖子,走出理发店。这时候店里只剩下玛卡尔·库兹米奇一个人,他就坐下,继续轻声哭泣。

第二天一大早,艾拉斯特·伊凡内奇又来了。

"您有什么贵干?"玛卡尔·库兹米奇冷冰冰地问他说。

"你把我的头发剪完吧,玛卡鲁希卡。还有半边头发没剪呢。"

"那就请您先付钱。我不能白理发而不拿钱。"

艾拉斯特·伊凡内奇一句话也没说就走了。到现在为止,他的头上还是半边头发长,半边头发短。花钱理发,他认为是奢侈,他就等着剪过发的半边脑袋上自己生出头发来。就连在婚礼上喝酒的时候,他也还是这副样子呢。

---

① 旧俄时代,流放到西伯利亚去的苦役犯被迫剃光半边头发。

不抱偏见的女人

爱 情 故 事

玛克辛·库兹米奇·萨留托夫身量高,肩膀宽,威风凛凛。像他那样的体格,是不妨大胆地称之为大力士的。他力大无比。他能把二十戈比银币掰弯,把小树连根拔起,用牙齿叼起哑铃。他赌咒说世界上没有人敢同他搏斗。他勇猛而胆大。谁都没见过他在什么时候怕过任什么事。正好相反,人家却都怕他,临到他生气,在他面前的人就会脸色惨白。每逢他同人握手,不论男人或女人,都尖声怪叫,涨红脸:痛得很呀!!他那优美的男中音弄得人没法听,因为响得震聋人的耳朵。……真是强大有力的人!像这样的人,除他以外,我一个也没见过。

然而等到玛克辛·库兹米奇向叶连娜·加甫利洛芙娜诉说爱情,这个具有强大的、非人的、牛一般的力量的人却成了废物,像是一只被人踩死的老鼠!等到玛克辛·库兹米奇不得不从他那大嘴里挤出一句"我爱您",他脸上却红一阵白一阵,浑身发抖,连一把椅子也搬不动了!他的力量化为乌有,魁梧的身体变成巨大而中空的容器了。

他是在溜冰场上表白爱情的。她在冰面上飞来飞去,像一片小羽毛那么轻盈。他跟在她身后,身子发抖,神情发呆,嘴里念念叨叨。他脸上流露出痛苦。……他那两条灵便麻利的腿,临到要

51

在冰面上滑一种精巧的花样,却软下来,脚步也乱了。……您以为他害怕拒绝吗?不是的。叶连娜·加甫利洛芙娜爱他,殷切地盼着他求婚。……她,这个娇小秀丽的黑发姑娘,早已等得不耐烦,随时都会活活急死呢。……他已经三十岁,官阶却不高,钱也不特别多,不过另一方面,他却又那么漂亮,机智,灵活!他跳舞很精,善于打枪。……讲到骑马,谁都及不上他。有一回他跟她一块儿骑马出游,轻而易举地跳过一道山沟,而要跳过那样的山沟,任何英国骑手都会感到为难!

对这样的人,她不可能不爱!

他自己也知道她爱他。他相信这一点。然而有一种想法却使得他痛苦。……这种想法使他伤透了脑筋,逼得他发狂,痛哭,不容他消消停停地喝水,吃饭,睡觉。……它毒害他的生活。他发誓赌咒地表白爱情,同时那个想法却在他脑子里不住翻腾,敲打他的太阳穴。

"您做我的妻子吧!"他对叶连娜·加甫利洛芙娜说,"我爱您!发疯般地爱您,爱得要命!"

同时他却暗想:

"我有权利做她丈夫吗?不,没有权利!要是她知道我是什么出身,要是有谁把我过去的事讲给她听,她就会打我耳光!我那可耻而又不幸的往事啊!她这个出身贵族、家财豪富、受过教育的姑娘,一旦知道我是个什么人,就会对我啐唾沫!"

等到叶连娜·加甫利洛芙娜扑过来,搂住他的脖子,发誓赌咒地对他表白爱情,他却没感到幸福。

那个想法毒害了一切。……他从溜冰场上走回家去,咬着嘴唇,暗自想道:

"我是个下流胚!我要是正直的人,就会把一切都告诉她……一切!我向她诉说爱情以前,应当把我的秘密向她和盘托出!可是我没这样做,足见我是流氓,下流胚!"

叶连娜·加甫利洛芙娜的父母同意她跟玛克辛·库兹米奇的婚事。他们喜欢大力士:他态度恭敬,而且作为文官,他的前途是大有希望的。叶连娜·加甫利洛芙娜觉得自己仿佛登临仙境了。她满心幸福。然而可怜的大力士却远远说不上幸福!在他婚前那段时期,他表白爱情的时候出现过的那个想法一直在折磨他。……

另外他还有个朋友,也来折磨他,那个人熟悉他的往事犹如熟悉自己的五根手指。……他不得不把他的薪金几乎统统送给那个朋友。

"你得请我到隐庐饭店去吃饭!"他的朋友说,"要不然我就把那些事一股脑儿讲出来。……而且你要借给我二十五卢布!"

可怜的玛克辛·库兹米奇消瘦、憔悴了。……他的脸颊凹进去,拳头露出青筋。那个想法害得他生了病。要不是有他热爱的那个女人在,他就会开枪自杀了。……

"我是下流胚、流氓!"他暗想,"我得在举行婚礼以前对她说穿!让她朝我啐唾沫就是!"

可是婚前他没有说穿:他勇气不足。

再者他转念想到说穿以后就不得不同他所爱的女人分手,这比一切想法都可怕!……

举行婚礼的傍晚来临了。新婚夫妇举行过结婚仪式,受人祝贺,大家都对他们的幸福赞叹不已。可怜的玛克辛·库兹米奇接受祝贺,喝酒,跳舞,笑呵呵的,然而心里感到极其凄苦。"我这个畜生,我得逼着我自己说穿!我们举行过婚礼了,可是时机还不算迟!我们还可以分手!"

他果然说穿了。……

等到他所盼望的时刻来临,新婚夫妇由人们送进洞房,他的良心和正直就占了上风。……玛克辛·库兹米奇脸色苍白,浑身发抖,把一切置之度外,上气不接下气,胆怯地走到她跟前,拉住她的手,说:

"在我们真正……成为夫妇以前,我得……我得解释一下。……"

"你怎么了,玛克辛?!你……脸色惨白!这些天你一直脸色惨白,不言不语的。……你病了吗?"

"我……得把心里的话对你统统讲出来,列丽雅①。……我们来坐下。……我一定会惹得你大吃一惊,一定会破坏你的幸福……可是有什么办法呢?责任第一呀。……我要对你讲一讲我过去的事。……"

列丽雅睁大眼睛,抿着嘴笑。……

"好,你讲吧。……不过要快一点,劳驾。而且也别这样发抖。"

"我生……生在唐……唐……唐波夫城。我的父母不是贵族,而且穷极了。……我要告诉你我是个什么样的人。你会吓一大跳。别忙。……你等着瞧吧……其实我本来是个穷叫花子。……我小时候卖过苹果……卖过梨。……"

"你?!"

"你吓一大跳吧?可是,亲爱的,这还不算那么可怕呢。啊,我真不幸!您要是知道了,就会咒骂我!"

"到底是什么事呢?"

"有二十年之久……我一直做……一直做……请您饶恕我!不要把我赶走!……我一直做……杂技团里的小丑!"

"你?!做过小丑?"

---

① 叶连娜的爱称。

萨留托夫料着他会挨耳光,就用手蒙住他苍白的脸。……他快要昏厥了。……

"你……做过小丑?"

列丽雅从躺椅上摔下地……她跳起来,跑来跑去。……

她怎么了?她捧住肚子。……整个卧室里响起连绵不断的笑声,她像是发了癔症。……

"哈哈哈。……你做过小丑?你?玛克辛卡①……亲爱的!那你来表演一下!你来证明你确实做过小丑!哈哈哈!亲爱的!"

她跑到萨留托夫跟前,搂住他。……

"那你表演一下!亲爱的!亲人儿!"

"你在嘲笑我吧,不幸的人?你看不起我吧?"

"你演个什么节目吧!你总会走钢丝吧?快点!"

她不住吻她丈夫的脸,偎紧他,对他撒娇。……谁也看不出她有生气的样子。……他呢,一点也不明白是怎么回事,光是感到幸福,就顺从他妻子的请求。

他走到床跟前,嘴里数着一二三,用额头顶住床沿,做出脚朝上的倒立姿势。……

"好哇,玛克辛卡!再来一个!哈哈!亲爱的!再来一回!"

玛克辛保持原来那种姿势不变,摇晃一下身子,扑下去,落到地板上,然后用手走来走去。……

第二天早晨,列丽雅的父母感到极其惊讶。

"这是谁在楼上弄得叮叮咚咚地响?"他们互相问道,"新婚夫妇还在睡觉呢。……想必是仆人在胡搞。……闹得乱哄哄的!这些可恶的东西!"

---

① 玛克辛的爱称。

父亲走上楼去,然而在那儿并没发现仆人。

使他大吃一惊的是,新婚夫妇的房间里倒是闹哄哄的。……他在房门旁边站一会儿,耸起肩膀,微微推开房门。……他往卧室里一看,不由得缩起身子,差点活活吓死:原来玛克辛·库兹米奇在卧室正中站着,随后在空中翻了个极其吓人的跟头①;列丽雅呢,站在他身旁,不住拍手。两个人脸上都闪着幸福的光辉。

---

① 原文为意大利语。

十　字

诗人走进挤满人的客厅里。

"哦,怎么样,您那首可爱的诗怎么样了?"女主人对他说,"登出来没有? 拿到稿费了吗?"

"您别问了。……我拿到一个十字。"

"您拿到十字? 您是个诗人,居然得了个十字?! 莫非诗人也得十字①?"

"我从心里祝贺您!"男主人握他的手,说,"是斯坦尼斯拉夫勋章还是安娜勋章? 我很高兴……高兴得很。……是斯坦尼斯拉夫吧?"

"不,是红十字。……"

"那么,您是把您的稿费捐给'红十字会'了?"

"我一个钱也没捐过。"

"您戴上勋章倒会很神气呢。……快,拿出来给我们看看!"

诗人就把手伸到上衣的贴身口袋里,从那儿取出他的诗稿。……

"喏,就是这个。……"

---

① 指旧俄时代由政府颁发给文武官员的十字勋章。

人们瞧着那篇诗稿,看见一个红十字①……然而不是那种可以佩戴在礼服上的十字。

---

① 指刊物编辑部在决定不予刊登的来稿上所画的红叉子。

感恩图报

心理研究

"这三百卢布你拿去吧!"伊凡·彼得罗维奇说着,把一沓钞票递给他的秘书和远亲米沙·包包夫。"就这样吧,你拿去好了。……我本来不想给你,可是……有什么办法呢?拿着吧。……这是最后一次。……你要感激我的妻子。要不是她,我就不会给你这笔钱。……这是她要求我给的。"

米沙接过钱来,开始眨巴眼睛。他找不出表示感激的话来。他眼睛红了,蒙上一层泪水。他有心拥抱伊凡·彼得罗维奇,然而……拥抱上司未免不成体统!

"你要感激我的妻子,"伊凡·彼得罗维奇又说一次,"这是她要求我给的。……你那副哭哭啼啼的嘴脸,深深地打动她的怜悯心。……你要感激她才是。"

米沙往后退去,走出书房门外。他走到他的远亲,伊凡·彼得罗维奇的妻子那儿去道谢。她,娇小俊俏的金发女人,坐在她书房里小小的躺椅上,在读长篇小说。米沙在她面前站住,开口说道:

"我不知道该怎样感激您才好!"

她宽厚地微微一笑,丢下她的小书,仁慈地向他指指她身旁的座位。米沙就坐下来。

"我该怎样感激您呢?该怎样做呢?怎样谢法呢?您教一教

我！玛丽雅·谢敏诺芙娜！您帮了我很大很大的忙！要知道,有了这笔钱,我才能跟我那亲爱的、心连心的卡嘉办喜事!"

眼泪顺着米沙的一边脸颊淌下来。他声调发抖。

"啊,我真感激您!"

他弯下腰去,吻一下玛丽雅·谢敏诺芙娜胖乎乎的小手,发出啧的一声。

"您那么善良！而且您的伊凡·彼得罗维奇也多么善良！他多么善良,宽厚！他有黄金般的心！您应当感谢上苍给您送来这样一个丈夫！我亲爱的,您要爱他！我求求您,您要爱他才是!"

米沙弯下腰去,同时吻她的两只手。他另一边脸颊上也有眼泪淌下来了。他有一只眼睛变小了。

"他年老,相貌不好看,可是他的灵魂多么了不起！这样的灵魂,您到别的地方去找找看！您再也找不到！您一定要爱他！你们这些年轻的妻子总是那么轻浮！你们对男人老是先看外貌……看派头。……我求求您!"

米沙抓住她的胳膊肘,他的两只手掌把胳膊肘使劲捏紧。他的说话声带着哭腔。

"您可别对他变心！对这个人变心,就等于对天使变心啊！您要看重他,爱他！爱这样的好人,做他妻子……那是了不得的福气！你们女人总是不愿意多明白些道理……多明白些道理。……我非常爱您,发疯般地爱您,就因为您是属于他的！我吻您是吻一个属他所有的圣物。……这是神圣的吻。……您不要害怕,我是订过婚的人了。……这没关系。……"

米沙颤抖着,喘着气,把嘴从她的耳朵移到小脸上,他的唇髭碰到她的脸皮。

"您不要对他变心,我亲爱的！您不是爱他吗？对吧？您爱他吧？"

"是的。"

"啊,好女人!"

米沙热烈而感动地对着她的眼睛瞅了一分钟。他在那对眼睛里看出她灵魂高尚。……

"您太好了……"他接着说,把胳膊伸到她腰那儿去,"您爱他吧……爱那个了不起的……天使吧。……那是黄金般的心……心。……"

她想让她的腰挣脱他的胳膊,就转动身子,可是那条胳膊倒搂得越发紧了。……她的小头(在这种躺椅上坐着可真是不舒服!)无意中靠在米沙的胸脯上了。

"他那灵魂……他那颗心。……像这样的人,另外还能到哪儿去找呢?您要爱他。……要感觉到他的心怎样跳动。……同他手挽手一块儿前进。……要跟他一块儿痛苦……分享他的快乐。……您要明白我的话!您要明白我的话才好!……"

米沙的眼睛里涌出泪水。……他的头使劲摇晃着,往她胸口上倒下去。他放声大哭,使劲把玛丽雅·谢敏诺芙娜抱在怀里。……

坐在这种躺椅上可真是不舒服极了!她想挣脱他的搂抱,安慰他,要他安静下来。……他那么神经质!她感激他,因为他对她丈夫有那么多好感。……然而,她怎么也站不起来!

"您要爱他。……不要对他变心。……我求求您!你们……女人……都是那么轻浮……不懂事。……"

米沙再也说不下去了。……他的舌头说话太多,就此停住,动不得了。……

过了五分钟,伊凡·彼得罗维奇因为一件什么事走进她的书房里来。……这个不幸的人!为什么他不早点来呢?等到他们看见长官红得发紫的脸和他捏紧的拳头,等到他们听见他低沉而透

61

不过气来的说话声,他们才跳起来。……

"你怎么了?"脸色苍白的玛丽雅·谢敏诺芙娜问道。

她问这句话,是因为她不得不说话呀!

"可是……可是话说回来,我是出于至诚的心,大人!"米沙嘟哝道,"我凭人格担保,我是出于至诚的心!"

劝 告

这扇门,是通到房间里去的最平常的门。它用木料做成,涂着平常的白漆,安着普通的门钩,然而……它为什么这样威严呢?它大有奥林匹斯山诸神在此的气概!① 门里边坐着……不过,这不关我们的事。

门外有两个人站着谈话:

"谢谢,先生!"

"这是给您的,给您的孩子买点牛奶喝吧。这是因为我给您添了不少麻烦,玛克辛·伊凡内奇。要知道,这件事拖了三年,可不是闹着玩的。……请您原谅,这点小意思太少。……可是请您出点力,老兄!"他顿一下,"我,恩人,想对波尔菲烈·谢敏内奇表一表谢意。……他老人家是我的大恩人,我的事全得靠他做主。……我应该送他一点礼才对……比方说,两三百卢布。……"

"送他……几百?!您在说什么呀?您疯了,亲爱的!您在胸前画个十字吧!波尔菲烈·谢敏内奇可不是这样的人。……"

"他不要?这就可惜了,先生。……要知道,我这是出于真心,玛克辛·伊凡内奇。……这可不能算是什么贿赂。……这是真心诚意的馈赠……报答他付出的过分的辛劳。……要知道我不

---

① 奥林匹斯山是希腊神话中诸神聚居的地方。

是没有心肝的人,我懂得他的辛苦。……如今谁还会光为了挣薪金而管这种麻烦事呢?嗯。……就是这样。……这不是受贿,而是所谓合法的收受礼物。……"

"不,这不行!他是那么一种人……那么一种人!"

"我知道他老人家,玛克辛·伊凡内奇!他是大好人!他的心地极其善良,他的灵魂充满博爱……和仁慈。……他待人那么亲热。……他瞧着你,就能深深地打动你。……我白日黑夜为他祷告。……可就是我这件事拖得太久了!哦,不过这也没什么。……我很想对他表一表谢意,报答他的种种美德。……比方说,三百卢布。……"

"他不会要。……他是另一种性格!很严格!您不要急着去找他。……他为人出力,操心劳神,晚上睡不着觉,可是关于谢意什么的,他根本不会要。……他就是立下了这样的规矩。而且说实在的,他要您的钱干吗?他自己就是财主嘛!"

"多么遗憾。……我一心想对他表一表我的心意!"然后他压低声音说:"再者,我那件事要能有点进展才好。……要知道这件事已经拖了三年,老兄!三年了!"然后他大声说:"我不知道该怎么办好。……我心里愁得很,我的恩人。……拜托您吧,老兄!"他顿一下,"三百上下,我是能办到的。……千真万确。……哪怕眼下,我都拿得出来。……"

"嗯。……是啊。……该怎么办呢?"停顿一下,"那我就劝您这么办。……假使您真想为他的恩惠和操心表一表谢意,那么……遵命,我去对他说。……我去告诉他就是。……我可以劝一劝他。……"

"劳驾,老兄!"随后是长时间的沉默。

"谢谢。……他会给您面子的。……只是您不要给三百卢布。……您不要拿这么一丁点钱去麻烦他。……对他来说,这点钱等于零,等于什么也没有……等于一股气。……您就给他一千吧。……"

"两千!"房门里边有人说。

现在这出戏闭幕了。但愿没有人认为这件事不好!

热　心　人

　　某某铁路局局长二十年来一直打算在写字台旁边坐下①,两天前终于下定了决心。这个想法酝酿了半生,让他激动不已,跃跃欲试,不得安宁,在他头脑里转动不停,渐渐顺理成章,变得完整、具体,不断成熟,终于发展成极其宏伟的计划。……他就靠着桌子坐下,拿起钢笔,于是……踏上了作家荆棘丛生的道路。

　　这天早晨安静、晴朗、严寒。……他的房间里温暖而舒适。……桌子上放着一大杯茶,微微冒出热气。……没有人来敲门,也没有人来吵嚷,更没有人来硬缠住他谈话。……在这样的环境下写文章真是好!拿起笔来,痛痛快快地写吧!

　　局长无须思考很久就可以给这篇文章开好头。……这篇文章该怎样开头,怎样结尾,早已在他的头脑里统统想好:管自写吧,把脑子里的东西写到纸上就成了!

　　他皱起眉头,抿起嘴唇,往肺里吸进一口气去,写上题目:《略谈保护报刊》。局长喜爱报刊。他把他的整个灵魂、整个心灵、全部思想都献给报刊了。写出他为报刊辩护的话,把这些话大声说出来使大家都听见,这是他二十年来最珍爱的渴望!他得力于报刊的地方非常多:他智力的发展,他在舞弊方面的新发明,他的地

---

　① 指"专门从事于著作"。

位……多得很!他应该感激它。……再者,他一心想做作家,哪怕做一天也好。……作者虽然常常挨骂,不过仍然为人所尊敬。……特别是受女人尊敬。……嗯。……

局长写完题目,吐出一口气,一刹那间写下十四行。他写得又好又流畅。……开头,他泛泛地谈谈出版物,写了半张纸,然后开始讲到出版自由。……他要求这种自由。……抗议啦,历史资料啦,引证啦,格言啦,谴责啦,讥刺啦,纷纷从他那管犀利的钢笔底下流淌出来。

"我们是自由主义者,"他写道,"您管自嘲笑这个术语吧!您管自龇着牙笑吧!可是我们现在和将来都会为这个称号自豪,直到……"

"报纸送来了!"听差报告道。

十点钟,局长照例看报。这天他也没改变这个习惯。他丢下所写的东西,站起来,伸个懒腰,在躺椅上躺下,拿起报纸来。他把《新时报》①拿在手里,轻蔑地冷冷一笑,随意浏览一下社论,没有看完就丢开了。

"你这个杰米德隆娜美人儿,"他嘟哝道,"我要给你点厉害看看!"

局长把《新时报》丢在圈椅上,然后拿起《呼声报》②来。他那对小眼睛闪着好感,脸上泛起红晕。他喜爱《呼声报》,以前他自己就常为那家报纸写东西。

他读一遍社论和零星的消息。……他把小品文浏览一下。……他越看下去,他那对小眼睛就变得越明亮。他把《报刊摘要》栏看了一遍。……他翻到第三版上。

---

① 在彼得堡印行的一种反动的报纸。——俄文本编者注
② 在彼得堡印行的一种具有自由主义倾向的报纸。——俄文本编者注

"对,对。是这样。……关于这一点我也提到了。……说得对,完全正确!嗯。不过,这一段是写什么的?"

局长眯细眼睛。……

"某某铁路局,"他开始读道,"前些天着手拟订一个颇为奇怪的计划。……该计划的草拟者就是局长本人,此人以前做过……"

局长读完《呼声报》后过了半个钟头,涨红脸,满头大汗,浑身发抖,在写字台旁边坐下,写起来。他在写一份《对全系统的命令》。……命令中建议职工不要订阅"某些"报纸和杂志。……

怒气冲冲的局长旁边放着些碎纸片。半个钟头以前,那些碎纸片上写的是《略谈保护报刊》。……

人世的荣誉就此过去了![1]

---

[1] 原文为拉丁语。

公羊和小姐

"老爷们"生活中的小插曲

老爷饱足而发亮的脸庞上流露出难受得要命的烦闷神情。他刚从摩耳甫斯午后的怀抱里挣脱出来,不知该做什么好。他既不愿意想心思,又不愿意闲坐着打哈欠。……讲到读书,他是从很早以前开始就已经厌倦了。到剧院去还嫌太早,至于坐上马车出去逛一逛,他也懒得去。……那么该做点什么事呢?用什么办法来解一解闷呢?

"有一位小姐来了!"叶果尔通报说,"她要见您!"

"小姐?嗯。……这会是谁呢?不过,反正没关系,请她进来吧。……"

一个俊俏的黑发姑娘安静地走进书房里来,装束朴素……甚至太朴素了。她走进来,鞠躬。

"对不起,"她用发抖的童声高音开口说,"我,您要知道……据人家告诉我说,只有……只有下午六点钟才能在您家里见到您。……我……我……是七等文官巴尔采夫的女儿。……"

"很愉快!请坐!我能在哪方面为您效劳呢?请坐,不要拘束!"

"我是来请托您一件事情……"小姐接着说,发窘地坐下来,用发抖的双手揪她的纽扣,"我是来……向您要一张火车票,以便不必花钱就能坐车回到家乡。我听说,您发这种火车票。……我打算坐火车,可是我……我手头不宽裕。……我要从彼得堡到库尔斯克去。……"

"哦。……原来是这样。……那么您到库尔斯克去干什么呢?莫非您不喜欢这儿?"

"不,我是喜欢这儿的,不过,您要知道……父母。我是去探望父母的。我已经有很久没到他们那儿去了。……家里来信说,我妈妈病了。……"

"嗯。……您是在这儿工作呢,还是念书?"

小姐就讲了讲她在什么地方和什么人手下工作,挣多少薪金,工作怎样繁忙。……

"哦。……您在工作。……是啊,您的薪金不能说多。……不能说多。……不给您免票是不近人情的。……嗯。……这样说来,您是去探望父母的。……哦,不过,在库尔斯克恐怕还有漂亮小伙子吧,啊?还有漂亮小伙子吧?嘻嘻嘻。……有未婚夫吧?您脸红了?哎,何必呢!这是好事嘛。您管自坐车回去吧。您也到出嫁的时候了。……那么他是个什么样的人呢?"

"文官。……"

"这是好事。那您就去库尔斯克吧。……听说,离库尔斯克一百俄里远,人就可以闻到白菜汤的香味,蟑螂就往那边爬过去了。……嘻嘻嘻。……恐怕这个库尔斯克城很乏味吧?不过,您倒是把帽子脱掉啊!这样才对,您不要拘束!叶果尔,给我们端茶来!恐怕在这个……嗯嗯……它叫什么名字来着……库尔斯克城,很乏味吧?"

小姐没料到人家会这样亲切地接待她,就容光焕发,把库尔斯克城种种足以解闷的事情向老爷描绘一番。……她讲起她有个哥哥做文官,有个舅舅做教师,有几个表弟在中学里读书。……叶果尔把茶端来。……小姐胆怯地探出身子去拿茶杯,不出声地喝起来,生怕发出吧嗒嘴的声音。……老爷瞧着她,微微地笑。……他不再感到烦闷了……

"您的未婚夫挺漂亮吧?"他问,"您跟他是怎样相好的?"

对这两个问题,小姐羞羞答答地做了回答。她信任地把椅子挪过去,凑近老爷,笑吟吟地讲起在这儿,在彼得堡,人家怎样给她说媒,她怎样拒绝他们。……她讲了很久。最后,她从口袋里取出她父母写来的信,给老爷念一遍。时钟敲了八下。

"您父亲的这一手字倒写得不坏呢。……他在字尾上描的花笔多么好看!嘻嘻。……不过现在我该出门了。……剧院里开戏了。……再见,玛丽雅·叶菲莫芙娜!"

"那么我能指望这件事成功吗?"小姐问,站起来。

"哪件事?"

"就是请您发给我一张免费的火车票。……"

"火车票?……嗯。……我没有火车票!您大概弄错了,小姐。……嘻嘻嘻。……您找错地方,走错门了……我隔壁那所房子里倒确实住着个在铁路上工作的人,我在银行里工作,小姐!叶果尔,吩咐套车!再见,我亲爱的①玛丽雅·谢敏诺芙娜!我很高兴……高兴得很。……"

小姐穿上外衣,走出去了。……在隔壁人家门口,开门的人告诉她说:他已经在七点半钟坐火车到莫斯科去了。

---

① 原文为法语。

窝　　囊

前几天,我把我孩子的家庭女教师尤丽雅·瓦西里耶芙娜请到我书房里来。需要算一算账了。

"请坐,尤丽雅·瓦西里耶芙娜!"我对她说,"我们来算一算账。您大概要用钱,可是您这么客气,自己不开口要。……好,我们来算吧。……以前我跟您说定每月三十卢布。……"

"四十。……"

"不,每月三十。……我已经记在本子上了。……我付给家庭女教师的薪水,素来是每月三十。……喏,您在我们这儿工作了两个月。……"

"两个月零五天。……"

"整整两个月。……我的本子上就是这么记的。那么,您该得六十卢布。……其中要扣掉九个星期日……要知道每到星期日,您并不给柯里亚讲课,光是玩……另外还有三个假日。……"

尤丽雅·瓦西里耶芙娜脸红了,开始拉扯她衣服的皱边,可是……她一句话也没说! ……

"三个假日。……因此,就要扣掉十二卢布。……柯里亚害过四天病,没有上课。……您光给瓦莉雅一个人讲课。……您牙痛过三天,我的妻子允许您午饭后不上课。……十二加七,是十九。减掉这个数目……还剩下……嗯……四十一卢布。对吗?"

尤丽雅·瓦西里耶芙娜的左眼红起来,含满泪水。她的下巴开始颤抖。她烦躁地咳嗽起来,擤鼻子,可是,一句话也没说!……

"新年前,您打碎一个茶碗和一个茶碟。……扣掉两卢布。……其实茶碗贵重得多,是祖传下来的,不过……这也不跟您计较了!我咬一咬牙,算了!其次,小姐,由于您照管不周,柯里亚爬上树去,撕破了小上衣。……扣掉十卢布。……有个使女把瓦莉雅的皮鞋偷走了,也是因为您照管不周。样样事情您都应该照看好。您是拿了薪水的。那么,这就还要扣掉五个。……一月十日您在我这儿拿去十卢布。……"

"我没拿过!"尤丽雅·瓦西里耶芙娜小声说。

"可是我这个本子上记着嘛!"

"哦,算了……好吧。"

"四十一减掉二十七,还剩下十四卢布。……"

她两只眼睛都含满泪水了。……她那又长又好看的小鼻子上冒出汗珠。可怜的姑娘!

"我只拿过一回,"她用发抖的声调说,"我在您太太那儿拿过三卢布。……此外我没有拿过。……"

"是吗?您瞧瞧,我这本子上却没记下!十四减三,剩下十一。……喏,把您的钱拿去,最亲爱的!三个……三个,三个……一个和一个。……您收下吧,小姐!"

我就给她十一卢布。……她接过钱去,用发抖的小手指头把它塞进口袋里。

"谢谢①。"她小声说。

我跳起来,在房间里走来走去。我气愤极了。

---

① 原文为法语。

73

"您干吗道谢?"我问。

"因为您给了钱。……"

"可是话说回来,我侵吞了您的钱,见鬼,我抢劫了您的钱!要知道,我是在克扣您!您干吗还道谢?"

"在别的地方,人家根本连一个钱也没给过我。……"

"没给过?这就难怪了!我呢,是跟您开玩笑,给您上了残酷的一课。……您那八十卢布我会统统给您的!喏,钱已经给您准备好,装在信封里了!可是,难道做人能这么软弱可欺?为什么您不提出抗议?为什么您不声不响?难道在这个世界上能够不以牙还牙?难道做人能这么窝囊?"

她苦笑一下,她脸上的表情告诉我:"这是可能的!"

我为那残酷的一课请求她原谅,然后把八十卢布统统拿给她,这却使她大吃一惊。她胆怯地道过谢,走出去。……我瞧着她的背影,心里暗想:在这个世界上做一个强者可真是容易啊!

萝 卜

译 自 童 话

从前有一个老爷爷和一个老奶奶。他们太太平平过着日子,生下个孩子叫谢尔日。谢尔日的耳朵很长,该生脑袋的地方却生了个萝卜。谢尔日长大了,个头老大老大的。……老爷爷揪住他的耳朵,揪啊揪的,可就是没法把他揪到上流人当中去。老爷爷就叫老奶奶。

老奶奶揪住老爷爷,老爷爷揪住萝卜,揪啊揪的,还是不能把他揪过去。老奶奶就叫舅妈,她是公爵夫人。

舅妈揪住老奶奶,老奶奶揪住老爷爷,老爷爷揪住萝卜,揪啊揪的,还是没法把他揪到上流人当中去。公爵夫人就叫教父,他是将军。

教父揪住舅妈,舅妈揪住老奶奶,老奶奶揪住老爷爷,老爷爷揪住萝卜,揪啊揪的,总也揪不过去。老爷爷忍不住了。他把他的女儿嫁给一个阔商人,他有好些一百卢布钞票。老爷爷就叫商人。

商人揪住教父,教父揪住舅妈,舅妈揪住老奶奶,老奶奶揪住老爷爷,老爷爷揪住萝卜,揪啊揪的,这才把萝卜脑袋揪到上流人当中去了。

谢尔日就做了五等文官。

胜利者的胜利

退休的十四等文官的故事

谢肉节①星期五那天,大家都动身到阿历克塞·伊凡内奇·柯祖林家里去吃油饼。您不认得柯祖林,对您来说,也许他无声无臭,不算什么,然而对我们这班没有飞黄腾达的人来说,他可就算得伟大、万能、绝顶聪明了。凡是身为他的所谓"垫脚石"的人,都动身到他家里去。我也跟着我爸爸一起去了。

先生,油饼好极了,简直没法给您形容,个个都松软酥脆,红彤彤的。鬼才知道是怎么回事:你刚拿起这么一个油饼,在滚烫的牛油里蘸一蘸,吃下去,紧跟着另一个油饼就自个儿钻进你嘴里去了。至于酸奶酪啦、鲜鱼子啦、鲑鱼啦、碎干酪啦,那算是细节、点缀、陪衬。葡萄酒和白酒多得像是汪洋大海。大家吃完油饼以后,就喝鲟鱼汤,喝完汤又吃浇汁鹌鹑。大家吃得酒足饭饱,害得我爸爸悄悄解开肚子上的裤扣,可是又怕人发现这样放肆,就用餐巾把它盖上了。阿历克塞·伊凡内奇是我们的上司,什么事情都可以干,因而有权把他坎肩和衬衫的纽扣都解开。饭后,大家没有离座,多承我们的上司恩准,纷纷点起雪茄烟,闲谈起来。我们洗耳恭听,他老人家阿历克塞·伊凡内奇侃侃而谈。话题大半带有幽

---

① 基督教节日,大斋前的一个星期。

默性质,合乎谢肉节的气氛。……上司不住地讲,分明想卖弄俏皮。我不知道他讲了可笑的事没有,我只记得我爸爸老是戳我的腰,说:

"你笑啊!"

我就张大嘴,笑起来。有一回我甚至笑得尖叫起来,这就惹得大家注意我了。

"行,行!"爸爸小声说,"有你的!他在瞧你,也笑了。……这才好。真的,说不定他会给你个助理文书的位置呢!"

"嗯,是啊!"我们的上司柯祖林顺便说道,气喘吁吁,呼哧呼哧地吐气,"现在我们有油饼吃,有最新鲜的鱼子品尝,又有皮肤白净的老婆相亲相爱。而且我那些女儿也出落得一个个美人儿似的,慢说是你们这班小人物,就是公爵和伯爵见了也会看得出神,赞叹不止。还有住宅呢?嘻嘻嘻。……你们瞧瞧我这个住处!你们只要没有活到大限临头,就不要抱怨,不要发牢骚!样样事都会发生,人事是千变万化的。……比方说,你现在无声无臭,什么也算不上,如同一粒沙子……一粒小葡萄干。可是,谁知道呢?说不定,时机一到……你就交上好运了!什么事都会发生的!"

阿历克塞·伊凡内奇停一会儿,摇摇头,接着说:

"可是先前,先前是什么样子啊!啊?我的上帝!我都不相信我的记性了。脚上没有皮靴,下身是一条破裤子,老是提心吊胆,战战兢兢。……往往工作两个星期才挣一个卢布。而且这个卢布,人家也不是好好拿给你,不是的!人家把它揉成一团,往你脸上一摔:给你!人人都能欺压你,糟蹋你,劈头盖脸地打你。……人人都能弄得你难堪。……有一回我拿着呈文往里走,一看,门口坐着一条恶狗。我就向那条恶狗走过去,要握握它的爪子,握握它的爪子。我说:对不起,让我走过去。早晨好!那条恶狗却向我汪汪地叫。……看门人用胳膊肘戳我一下!我对他说:

'我没带零钱,伊凡·波达培奇!……对不起!'不过呢,给我受气最多,骂得我最厉害的,还是这条熏鲑鱼,这条……鳄鱼!喏,就是这个小人物,就是库里岑!"

阿历克塞·伊凡内奇指着坐在我爸爸旁边的一个矮小伛偻的小老头。小老头眨巴着疲乏的小眼睛,带着嫌恶的神情吸雪茄烟。他平素从不吸烟,然而如果上司请他吸雪茄烟,他却认为不便回绝。他看见向他指着的手指头,就心慌意乱,在椅子上不住扭动。

"多承这个小人物的情,我吃了不少苦!"柯祖林继续说,"要知道我头一次给人家做部下,就是在他手下。人家把我这个温顺、寒酸、渺小的人领到他跟前,把我安置在他后面的桌子那儿办公。他就开始折磨我。……不管他说什么话,都像一把尖刀。不管他怎样看你一眼,都像一颗子弹射进你的胸膛。现在他看上去像是小虫子,一副可怜相,可是从前是什么样子啊!是涅普顿①!暴风骤雨!他把我折磨得好久!我又为他抄写,又给他跑腿买包子,又修笔尖,又陪着他的老岳母到剧院里去看戏。我处处讨他的欢心。我学会了闻鼻烟!嗯,是啊。……都是为了他。……我心想:不行,我得经常随身带着鼻烟盒,以防他要用。库里岑,你记得吗?我母亲现在已经去世了,那时候,有一次老太太到他那儿去,求他准她儿子,也就是我,两天假,好让我到我舅母家去分遗产。他呢,狠狠地数落她,瞪大眼珠,哇哇地喊:'你那儿子是懒汉,你那儿子是寄生虫。你干吗瞪着眼睛瞧我,蠢婆娘!……'他说,'我要把他送到法院去!'老太太走回家里,就躺倒,吓出了病,差点没死掉。……"

阿历克塞·伊凡内奇拿出手绢擦眼睛,一口气喝下一大杯葡萄酒。

---

① 罗马神话中的海神,能呼风唤雨,引起地震。

"他打算叫我娶他的女儿,可是当时我……幸好害热病,在医院里躺了半年。从前就是这个样子!从前人们就是这样生活啊!可是现在呢?嘿!现在我……我站在他上头了。……该他陪着我的岳母去看戏,该他给我鼻烟吸,喏,该他来吸雪茄烟了。嘻嘻嘻。……我给他的生活里撒了点胡椒……胡椒!库里岑!!"

"您有什么吩咐?"库里岑站起来,挺直身子,问道。

"你演一下悲剧!"

"是!"

库里岑挺直身子,皱起眉头,举起胳膊,做出一脸的怪相,用沙哑的、破锣样的声调唱道:

"你死吧,变心的女人!我要杀了你!"

我们捧腹大笑。

"库里岑!你把这块面包撒上胡椒,吃下去!"

已经吃饱的库里岑拿起一大块黑麦面包,撒上胡椒,在大家的哄笑声中嚼着。

"人事是千变万化的,"柯祖林接着说,"你坐下,库里岑!等我们离开饭桌站起来,你再唱点别的。……那时候是你站在上头,现在却是我了。……是啊。……我的老太太就那样死了。……是啊。……"

柯祖林站起来,身子摇晃一下。……

"可是我一声也没响,因为我渺小,我寒酸。……那些磨人精。……野蛮人。……可是现在,我出头了。……嘻嘻嘻。……喂,你来表演一下!你!我说的是你,没留唇髭的!"

柯祖林伸出手指头往我爸爸这边一指。

"你绕着桌子跑,学公鸡叫!"

我爸爸微笑一下,愉快地涨红脸,踩着碎步绕着桌子跑起来。我跟在他后面跑。

"喔喔喔!"我们两个人叫着,跑得更快了。

我一边跑一边想:

"我会做上助理文书的!"

在我们这个讲求实际的时代……

一个鼻子黑红色的人走到钟跟前,无精打采地把它敲响。乘客们本来平心静气,这时候却心神不定地跑动起来,忙忙碌碌。……有些装行李的手推车在月台上推过去,辘辘地响。火车车厢上边,人们大呼小喊,动手绷紧一根绳子①。火车头拉响汽笛,往车厢这边开过来。它同车厢挂上钩。不知什么地方,有个人在忙乱中把瓶子砸碎了。……这时候响起了告别声、大哭声和女人的说话声。……

二等客车旁边站着一个年轻的男子和一个年轻的姑娘。两个人在告别,哭泣。

"再见,我的美人儿!"年轻的男人说,吻着姑娘金发的小头。"再见!我心里难过得很!你要离开我整整一个星期呢!要知道,对充满热爱的心灵来说,这等于一万年!再……见。……你擦掉眼泪吧。……别哭了。……"

姑娘的眼睛里迸出泪水,一滴泪水落在青年男子的嘴唇上。

"再见,瓦莉雅!替我问大家好。……哦,是啊!顺便提一下。……要是你在那边见到穆拉科夫,就把这些……这些钱交给

---

① 这根绳子从最后面的列车长室通到最前面的火车头,在必要的时候,列车长拉动这根绳子,以指挥火车司机。

他。……别哭了,宝贝儿。……你把这二十五卢布交给他。……"

青年人从口袋里取出一张二十五卢布钞票,把它交给瓦莉雅。

"麻烦你交给他。……这是我欠他的。……哎呀,我心里多么难过啊!"

"你别哭了,彼佳。星期六我一定……回来。……可是你别忘了我。……"

金发的小头靠在彼佳的胸脯上。

"你?忘了你?这难道可能吗?"

第二遍钟声敲响。彼佳把瓦莉雅搂在怀里,开始眨巴眼睛,然后哇的一声哭了,像小男孩一样。瓦莉雅搂住他的脖子,哀叫着。他们走进车厢里。

"再见!亲爱的!美人儿!过一个星期再见!"

青年人最后一次吻过瓦莉雅,然后从车厢里走出去。他在车窗旁边站住,从口袋里拿出手绢来,预备过一会儿摇动它。……瓦莉雅用泪汪汪的眼睛盯住他的脸。……

"快上车吧!"乘务员命令道,"第三遍钟声就要响了!我请求你们!"

第三遍钟声响了。彼佳开始摇动手绢。可是,突然,他的脸拉长了。……他举起手拍着脑门子,像个疯子似的跑进车厢里去。

"瓦莉雅!"他气喘吁吁地说,"我给了你二十五卢布,托你转交穆拉科夫。……亲爱的。……你给我开一张收条!快一点!开收条,亲爱的!刚才我怎么会忘了呢?"

"来不及了,彼佳!哎呀!火车开了!"

火车开动了。青年人从火车上跳下去,伤心地哭起来,开始挥动手绢。

"你至少把收条从邮局寄来!"他对向他点头的金发小脑袋

叫道。

"我这个人太傻!"他等到火车驶远,看不见了,暗自想道,"我给了钱却没有要收条!啊?多么疏忽,多么孩子气!"他叹一口气,"大概,她马上就要到下一站了。……我的小亲亲!"

聪明的扫院人

打扫院子的仆人菲里普正站在厨房中央训话。听他讲话的有一个听差、一个马车夫、两个女仆、一个厨师、一个厨娘和两个学厨的徒弟,也就是他亲生的儿子。每天早晨他都要宣讲一番,今天早晨他的讲话题目是教育。

"你们活在世上,都是些蠢如猪猡的人,"他说,两只手拿着帽子,帽子上钉着号牌,"你们老是坐在那儿不动,你们身上除了愚昧以外,一点文明①也看不见。米希卡老是下跳棋,玛特迈娜把胡桃咬得咔咔响,尼基佛尔龇着牙笑。难道这也算得上聪明才智?这不是才智而是愚蠢。你们连一点智力也没有!可这是什么缘故?"

"这话是实在的,菲里普·尼康德雷奇,"厨师说,"当然,我们能有什么才智呢?都是老百姓的头脑呗。我们哪能明白事理呢?"

"为什么你们就没有智力?"扫院子的仆人继续说,"就因为你们这班人没有真正的观点。书呢,你们不读;《圣经》呢,对你们来说毫无意义。你们应该拿起书来,坐下,好好地读一读。大概你们都识字,印刷体总看得懂。比方说,你,米希卡,就应该拿起书来读

---

① 他为了掉文而常常不恰当地使用新名词,下文不再一一注出。

一读。这对你有益,对别人也愉快。书里面宣传各种事物。你在书里既可以找到本质,又可以找到神灵,还可以找到世界各国。书里讲到什么东西是用什么做成的,不同的人怎样说各种语言。书里还有偶像崇拜。只要你有心,什么东西都可以在书里找到。可是你们老是在炉子旁边坐着,吃啊喝的。简直像是畜生,愚不可及!呸!"

"您,尼康德雷奇,该去上班了。"厨娘说。

"我知道。用不着你来指点我。喏,比方就拿我来说。我的年纪已经这么老,我的任务是什么呢?用什么东西来满足我的灵魂呢?再也没有比书本或者报纸更好的东西了。我马上就要去上班。我要在大门口坐上三个钟头。你们当是我会在那儿闲坐着或者跟娘们儿闲聊吗?不,不,我可不是那号人!我要带着书去,坐在那儿,读个痛快之至。就是这么的。"

菲里普从柜子里取出一本破旧的小书,把它塞在怀里。

"这就是我的任务。我从小就养成这个习惯。'学问是光明,失学是黑暗',这话你们大概听说过吧?这可是一点也不错的。……"

菲里普戴上帽子,嗽一嗽喉咙,嘴里叽叽咕咕,走出厨房门口。他走到大门外,在长凳上坐下,皱起眉头,脸上像是布满了乌云。

"他们算不得人,而是些猪一般的化学家。"他嘟哝道,心里仍然在想厨房里那伙人。

他定了定神,拿出那本小书来,庄重地叹口气,开始阅读。

"写得很不错,再好也没有了,"他读完头一页,摇头晃脑,心里暗想,"上帝给人增长才智了!"

那本小书挺好,是在莫斯科出版的,书名是《栽培块根植物。吾人是否需要蔓菁》。扫院子的仆人读完头两页,意味深长地摇一摇头,嗽一嗽喉咙。

"写得正确!"

菲里普读完第三页后,开始沉思。他打算思考教育问题,而且不知什么缘故,打算思考一下法国人。他的脑袋耷拉到胸口上,胳膊肘倚在膝头上。他的眼睛眯细了。

菲里普做了个梦。他梦见一切都变了:世界还是那个世界,房屋还是那些房屋,大门依旧像从前那样,然而人却完全不同了。所有的人都极其聪明,一个傻瓜也没有,在街上走着的全是法国人,全是法国人。那儿有一个运水工人,可是连他也侃侃而谈:"我,老实说,对气候很不满意,颇想看一看寒暑表。"他两只手捧着一本大书。

"你该读一读日历。"菲里普对他说。

厨娘原是蠢笨的,可是连她也在文绉绉的谈话里插嘴,发表她的意见。菲里普到派出所去给房客报户口,可是说来奇怪,甚至在那个森严的地方,大家也都出口成章,桌子上到处都放着书本。后来有个人走到听差米希卡跟前,推着他嚷道:"你睡着了?我问你呐:你睡着了?"

"上班的时候睡着了,蠢货?"菲里普听见一个什么人雷鸣般的说话声,"你睡着了,混蛋,畜生?"

菲里普跳起来,揉了揉眼睛。他面前站着地段警官。

"啊?你睡着了?我要罚你的钱,滑头!我要叫你尝尝上班睡觉的苦头,丑八怪!"

过了两个钟头,扫院子的仆人被叫到警察段去。后来他又走进厨房里。在那儿,大家已经被他的教训所感动,在桌子四周坐着,听米希卡一字字地念一本什么书。

菲里普皱起眉头,红着脸,走到米希卡跟前,用无指手套拍着那本书,阴沉地说:

"不要念了!"

傻 瓜

单身汉的故事

普罗霍尔·彼得罗维奇搔搔后脑壳,闻闻鼻烟,继续说下去:

"他们灌了我两瓶白葡萄酒。我坐在那儿,喝着酒,感到人家在我的四周走来走去,露出狡猾的笑容,向我道喜。主人家的女儿坐在我身旁,我这个醉醺醺的傻瓜觉得自己在信口开河。我胡扯家庭生活,胡扯熨斗和坛坛罐罐。……我每说完一句话,就热烈地吻她一下。……呸!现在连回想一下都觉得恶心。第二天早晨我醒过来,脑袋痛得要炸开,嘴里有一股猪圈里的味道,可是我感到而且体会到我不再是个下贱人,不再是个小人物,而是个真正的未婚夫,我的手指戴上戒指了!我就走到当时还在世的父亲那儿去,如此这般讲了一遍,而且说:'亲爱的爸爸,我已经答应他们了……我打算结婚。'我父亲,当然,笑了。……他不信。

"'你何苦结婚呢,小娃娃?'他说,'要知道你连二十岁都还没到!'

"那时候我也确实年轻。比冬天的头一场雪还年轻呢。……我长着一头金黄色的鬈发,胸膛里有一颗火热的心,我的肚子可不是现在这样像个球似的,我的腰身细得像女人一样呢。

"'你再多活几年,到那时候结婚也不迟。'父亲说。

"我执意不听。……当然,我要由着性子干,我让父母宠坏了。我打定了主意。

"'那么你想跟谁结婚呢?'父亲问道。

"'跟玛丽雅·克雷特金娜。……'

"父亲吓一大跳。

"'居然跟那个滑头结婚!你简直疯了!要知道她父亲是个骗子,欠了一身债。……他们是在愚弄你!他们要引你上钩!你这傻瓜!'

"确实,我当时是个傻瓜。糊涂透了。……往往,我一敲我的脑袋,就连隔壁房间里都听得见。响极了①!三十岁以前我连一句聪明话都没说过。可是做傻瓜,你们知道,那可永远要倒霉的。我就是这样。……我经常碰到倒霉的事儿:一会儿遇上这一桩,一会儿又遇上另一桩。……这也是活该,谁叫你做傻瓜呢。……一会儿我挨一顿打,一会儿从家里和饭馆里给赶出来。……我在中学校被开除过七次。……这会儿我又要结婚了。……是啊。……父亲就骂我,朝我嚷,差点没动手打我,可我就是打定了主意。

"'我要结婚,我铁了心!这跟别人什么相干?既然我有我的思辨能力,那就任什么样的父亲也阻挡不住我!我已经不小了!'

"我母亲当时还在世,跑来了。她不相信她的耳朵,顿时昏倒在地。……我坚持我的主张。我心想:既然我打算成家,我能不结婚吗?要知道,我认为,玛丽雅是美人儿。……她算不得美人,可我还是觉得她是美人。……我巴不得有那样的感觉,因为那种傻念头已经嵌在我脑子里出不去了。……其实她背有点驼,眼睛有点斜,身体又瘦。……再者,她又是蠢丫头。……一句话,她是个活宝。克雷特金家的人看出同我攀亲有利可图。他们是穷光蛋,可是我有家业。我父亲有很大的家业。我父亲就去对我的上司说:

---

① 意谓他的脑袋是空的,所以傻。

"'老人家,大人!您不要容许我家里那条毒蛇结这门亲事!求您发发上帝的慈悲吧!这孩子要完蛋了!'

"说来也是我不幸,我那个上司有点新派思想。当时,自由主义风气刚在盛行,那种新派脑筋很流行。……

"'我不能干涉我部下的私生活,'他说,'我劝您也不要侵犯您儿子的自由。'

"'可是话说回来,他是个傻瓜呀,大人!'

"我的上司举起拳头,捶在桌子上!

"'不管他是什么人,先生,他都有权利按他的心愿安排自己的生活!他是自由人,先生!你们这些野蛮人,什么时候才能学会理解生活?!去打发您的儿子来见我!'

"父亲就来叫我。我扣好衣服上所有的纽扣,去了。

"'您有什么吩咐?'

"'听我说,年轻人!您的父母拦阻您按您的心意办事。从他们那方面来说,这残酷而卑鄙。请您相信,年轻人,正派人的同情永远在您那边。如果您在恋爱,那么您的心指引您到哪儿去,您就到哪儿去。要是您的父母出于愚昧而拦阻您,您就来告诉我。我自有办法对付他们。……我……我要给他们点颜色看看!'

"为了表示他有最纯正的新派思想,他又补充说:

"'我要去参加您的婚礼。我甚至可以代您父亲做主婚人。明天我就去看一看您的未婚妻。'

"我鞠躬,然后高高兴兴地走出房外。我父亲还站在那儿,差点哭出来,我却背地里对他做了个侮辱的手势。

"第二天他去看我的未婚妻。他挺喜欢她。

"'她生得瘦,'他说,'不过她那张脸倒招人喜欢呢。她脸上流露出一种善良的神情,'他说,'她十分优雅。您真幸福啊,年轻人!'

"过了三天,他带着礼物去看我的未婚妻。

"'您收下我这个老人的礼物吧,'他说,'我祝您幸福。'

"他甚至流泪了。……第五天我们举行订婚仪式。在订婚仪式上他喝甜酒,还喝了两大杯香槟。真是好心肠!

"'你的女人真不错!'他说,'她生得挺瘦,斜着眼睛看人,不过她身上有点法国女人的味道!一团火似的!'

"举行婚礼前三天,我到未婚妻家里去。我还带去了一束花呢,你们要知道。……

"'玛丽雅在哪儿?'

"'不在家。……'

"'她上哪儿去了?'

"我未来的岳父不声不响,抿着嘴笑。我的岳母也坐在那儿,喝着加糖的咖啡(以前她素来是啃着糖块喝茶的)。

"'可是她究竟在哪儿?你们怎么不说话呀?'

"'你算是哪一号审判官?你从哪儿来的,还是回到哪儿去!你干脆打退堂鼓吧。'

"我仔细一瞧,才看出我岳父灌饱了酒。他醉了,这个坏蛋。……

"'吹了!'他说,得意地笑着,'你另找新娘子吧。玛丽雅……攀上高枝了!嘻嘻嘻。她找她的恩人去了!'

"'找谁?'

"'就是找那个人。……找你那个大肚子的大人去了。……嘻嘻嘻。……你本来就不该带他来!'

"我叫了一声哎呀!"

普罗霍尔·彼得罗维奇很响地擤一下鼻子,微微一笑,补充说:

"我叫了一声哎呀,从此以后我就变得聪明点了。……"

难于命名的故事

那是一个假日的中午。我们一共二十个人,围着大饭桌坐着,在享受生活。我们的醉眼盯住上等的鱼子、鲜龙虾、美味的鲑鱼以及从桌子这头几乎一直排到那头的许许多多酒瓶。我们的肚子里发热,或者,用阿拉伯人的话来说,太阳升上来了。我们吃了又吃。我们谈的话都带自由主义味道。……我们谈到……读者诸君,我能指望你们不张扬出去吗?我们谈的不是草莓,也不是马……都不是!我们在解决问题呢。我们谈农民,谈乡村警察,谈卢布……(您可不要出卖我们呀,亲爱的!)有个人从口袋里拿出一张纸片来,读一首诗,他在诗里幽默地主张向市民们征收眼睛观看税:凡是用两个眼睛看东西的,该纳十卢布的税,用一个眼睛的纳五卢布的税,瞎子就一个钱也不用出了。留包斯恰查耶夫(费多尔·安德烈伊奇)平素是个温顺恭敬的人,这一次也随大流了。他说:"我们的大人,伊凡·普罗霍雷奇,是个傻大个子……傻大个子!"我们每说完一句,就高喊一声:"让他死掉吧!"①我们把茶房引诱得离开正路,硬逼他们为兄弟情谊②干杯。……我们的祝酒词锋芒毕露,尖酸刻薄,极富于煽动性!比方,我提议为……我可以指

---

① 原文为拉丁语。
② 原文为法语。

望您不张扬出去吗？……为自然科学的繁荣干杯。

等到香槟酒送上来，我们就请十二等文官奥恰加耶夫，我们的勒南①和斯宾诺莎②，发表演说。他略微推让一下，答应下来，回过头去看一眼门口，说：

"诸位同事！我们之间，不分官大官小，彼此一样！比方说，我是十二等文官，然而我丝毫不打算对在座的十四等文官抖威风，摆架子，同时我也希望在座的七等文官和九等文官不致把我看得一文不值。不过，请允许我……嗯……不，请允许我……你们看一看你们的四周吧！我们看见了什么啊？"

我们就看一看我们的四周，瞧见些奴才嘴脸带着恭敬的笑容。

"我们，"演说家回过头去看一眼房门口，继续说，"我们看见的只有艰辛和苦难。……到处都是明偷暗抢、贪污盗窃、巧取豪夺、私下贿赂。……昏天黑地的酗酒。……人们每走一步都受压制呀。……眼泪何其多！受苦的人何其多啊！我们怜悯他们，为……为他们痛哭……"演说家开始流泪，"我们来痛哭，而且干杯吧，为……"

这时候房门吱呀一响。原来有人走进来了。我们回过头去一看，瞧见一个身材矮小的人，头顶秃了一大块，嘴角上带着自觉高高在上的笑容。这个人我们可是熟悉得很的！他走进来，站住，想听完祝酒词。

"……我们来痛哭，而且干杯吧，"演说家提高喉咙，继续说，"为我们的上司、保护人、恩人伊凡·普罗霍雷奇·哈尔恰达耶夫的健康干杯！乌拉！"

"乌拉！"二十条喉咙齐声大叫。香槟酒变成带点甜味的细

---

① 勒南(1823—1892)，法国哲学家。
② 斯宾诺莎(1632—1677)，荷兰哲学家。

流,灌进所有那二十条喉咙里去。……

　　小老头走到桌子跟前来,向我们亲切地点头。看来,他非常高兴。

哥　　哥

一个年轻的姑娘站在窗子跟前,沉思地望着泥泞的马路。她身后站着一个青年男子,穿着文官制服。他揪着唇髭,用颤抖的声音说:

"你要清醒一下,妹妹!现在时机还不算迟!你就听从我的话吧!你得拒绝那个大肚子的食品店老板,拒绝那个俄罗斯佬①!你得朝那个肥头大耳的该死的家伙啐口唾沫!叫他不得好死!哎,你就听从我的话吧!"

"我办不到,哥哥!我答应过他了。"

"我求求你!你要爱惜我们家的名声!你是个高贵的、有身份的贵族,受过教育,可是要知道他是个卖克瓦斯②的,乡巴佬,大老粗!大老粗!你得明白这一点,糊涂姑娘!他卖臭烘烘的克瓦斯和又烂又臭的青鱼!要知道他是个骗钱的家伙!你昨天刚答应过他,可是他今天早晨就故意少找我们厨娘五戈比!他吸穷人的血哟!还有,你的情分到哪儿去了?啊?我的天啊,上帝!啊?你听我说,你不是爱上我们衙门里的米希卡·特烈赫沃斯托夫,对他有了情吗!他也爱你啊。……"

---

① 旧俄时代乌克兰人对俄罗斯人的蔑称。
② 俄国的一种用麦芽或黑麦面包制成的清凉饮料。

他妹妹顿时涨红了脸。她的下巴开始颤抖,眼睛里含满泪水。看得出来,她哥哥碰着她最敏感的"痛处"了。

"你既毁了你自己,也毁了米希卡。……小伙子灌起酒来了!唉,妹妹呀,妹妹!你迷上大老粗的钱财,迷上耳环和镯子了。你是贪图钱财才嫁给那个害人精……嫁给那种混账东西的。……你这是嫁给一个无知无识的粗人。……他连好好签个名都不会!'米特利·涅古拉耶夫'。'涅'①……你听见了吗?……'涅古拉耶夫'。……畜生!他那么老,为人粗鲁,笨头笨脑。……哎,你就听从我的话吧!"

哥哥的嗓音颤抖一下,沙哑了。哥哥咳嗽几声,揉眼睛。就连他的下巴也开始跳动了。

"我答应过他了,哥哥。……再者,我也已经厌恶我们的穷苦日子了。……"

"事已至此,我就干脆说穿了吧!我本来不想在你眼里把自己抹黑,不过现在我索性说穿了吧。……我宁可名誉扫地,也不愿看见亲妹妹自寻死路。……你听我说,卡嘉,关于你那个食品店老板,我知道一件秘密的事。要是你知道这个秘密,马上就会跟他一刀两断。……这个秘密是这样。……你知道我有一次是在什么样的下流地方②遇见他的?你知道吗?啊?"

"在什么地方呢?"

哥哥张开嘴,准备回答,可是就在这时候,有人来打岔。一个小伙子走进房间里来,身上穿着农民式的长外衣,脚上套着泥泞的皮靴,怀里抱着一个大蒲包。他在胸前画个十字,在房门旁边站住。

---

① 应是"尼"。
② 指妓院之类的地方。

95

"米特利·捷连契奇问您好,"他对哥哥说,"还吩咐我祝您星期日过得好。……喏,这包东西要面交您本人,老爷。"

哥哥皱起眉头,接过蒲包来,往蒲包里看一眼,鄙夷地笑笑。

"这里头是什么东西?多半是些没用处的东西吧。……嗯。……有一大块糖。……"

哥哥从蒲包里拿出一大块糖来,揭开纸罩,用手指头弹一下糖块。

"嗯。……这是哪家厂子的糖?博布林斯基厂的?可不是嘛。……还有,这是茶叶吧?有股难闻的味道。……还有些沙丁鱼呢。……还有生发油,莫名其妙。……这些葡萄干粘了不少灰尘。……他这是想讨好,献殷勤哟。……不行啊,亲爱的朋友!我可不吃这一套!而且,他把菊苣咖啡塞给我干什么?我才不喝咖啡呢。喝咖啡有害。……这影响神经。……好,你走吧!替我问候他!"

小伙子走出去。妹妹赶紧跑到哥哥跟前,抓住他的手。……哥哥那些话对她起了强烈的作用。他只要再说一句……食品店老板就在劫难逃了!

"那你就说出来!说呀!你在哪儿见过他?"

"我没在哪儿见过他。我那是说着玩的。……你想怎么办就怎么办好了!"哥哥说,又伸出手指头去敲敲糖块。

审讯中的事情

事情发生在最近某城地方法院开庭审案的时候。

被告席上坐着的,是本城小市民西多尔·谢尔美佐夫,一个年纪三十上下的汉子,生着茨冈人的灵活善变的脸和有点狡猾的小眼睛。他被控犯撬锁盗窃罪、诈骗罪和用别人的身份证报户口罪。最后一项违法行为,由于冒用他人爵衔而变得更加复杂。提起公诉的是副检察官。这种副检察官到处都有,不可胜数。凡是能够使得检察官扬名天下和俸禄丰厚的特征和特殊品质,他一概不具备。他庸庸碌碌,跟他那类人一样。他说起话来瓮声瓮气,吐字不清,常常擤鼻子。

然而担任辩护的却是一个极有声望和极其著名的律师。全世界都知道这个律师。他那些精彩的发言常常被人引用,人们提起他的姓名无不露出景仰钦佩的神情。……

他神通广大,往往使得形势不妙的案子以主人公无罪释放和旁听人纷纷鼓掌而告终。由于这些案子,他的姓名才传播四方,犹如电闪雷鸣,惊天动地。

等到副检察官终于证明谢尔美佐夫有罪,不应从宽发落,等到他解释和说服一番,最后说"我讲完了",辩护人就站起来了。大家顿时竖起耳朵。房间里一片肃静。律师开口发言,于是……本城旁听人士的神经紧张起来了!他挺直黝黑的脖子,偏着头,映着眼睛,举起一只手,于是就有一种无法形容的甜汁灌进那些紧张的耳朵里。他的舌头拨弄他们的神经,就像弹奏三弦琴一样。……他刚开头说了两三句话,旁听席上就有人大叫一声,有个脸色苍白的太太给人搀出法庭外面去。过了三分钟,庭长不得不把手伸到铃那边去,摇了三次。红鼻子的民事执行吏在椅子上不住扭动身子,带着威胁的神情盯住那些听得入迷的旁听人。所有的瞳孔都放大,所有的脸都由于殷切地等待下一句话而发白,那些脸都拉长了。……而且他们心里都起了什么样的变化呀?!

"我们都是人,诸位陪审员先生,那我们就要用人对人的态度来审判!"辩护人讲过许多话后,接着说,"这个人在出庭受审,站在你们面前以前,遭到过六个月羁押。一连六个月,他的妻子失去她热爱的丈夫,他的子女想到亲爹不在身边就痛哭流涕,泪眼从没干过!啊,要是你们看一下他那些子女就好了!他们在挨饿,因为没有人养活他们。他们在哭,因为他们非常不幸。……你们看一看他吧!他们向你们伸出小手,要求你们把父亲还给他们!他们不在此地,可是你们想象得出他们的光景,"他停顿一下,"羁押。……嗯。……他被迫同盗贼和杀人犯关在一起。……他不得不如此!"又停顿一下,"你们只要想象一下他遭到羁押,远离他的妻子儿女,他在精神上何等痛苦,那就足以……可是说这些话有什么用?!"

旁听席上响起呜咽声。……一个胸前佩着大胸针的少女哭起来。紧跟着,她身旁一个小老太婆也抽抽搭搭起来。

辩护人讲下去,滔滔不绝。……他略去事实不谈,尽量在心理学上下功夫。

"了解他的灵魂,无异于了解一个特殊的、单独的、充满种种活动的世界。我研究过这个世界。……我研究这个世界的时候,老实说,我还是头一次研究人。我这才理解了人。……他灵魂的每个活动,都说明我荣幸地在我这个当事人身上见到了一个理想的人。……"

法警不再带着威胁的神情盯住人们,却伸手到口袋里去取手绢。又有两个太太被人送出法庭门外去了。庭长不再去碰铃,却戴上眼镜,免得外人发现他的右眼里涌上了泪水。大家都伸手掏自己的手绢。副检察官,这块石头,这块冰,这个最麻木不仁的人,心神不定地在圈椅上扭动身子,涨红脸,低下眼睛瞧着桌子底下。……他的泪水隔着眼镜闪闪发光。

"我本来应该拒绝对这个案子提起公诉!"他暗自想道,"不料现在竟遭到这么大的惨败!啊?"

"你们看他的眼睛!"辩护人继续说(他的下巴在颤抖,他的声音在颤抖,他的眼睛说明他的灵魂在痛苦),"难道这对温顺、柔和的眼睛能够看着犯罪而无动于衷?啊,不会!它们,这对眼睛,在哭泣啊!这两块卡尔梅克人的颧骨里隐藏着敏感的神经!这粗犷、丑陋的胸膛里跳动着一颗断然不会犯罪的心!而你们这些人,居然胆敢说他有罪?!"

这时候连被告本人也支持不住。现在连他也哭起来了。他开始眨巴眼睛,哭泣,不安地转动身子。……

"我有罪啊!"他打断辩护人的话,开口讲道,"我有罪!我招供我的罪!我偷过东西,行过骗!我这个人罪该万死!我拿过箱子里的钱,我吩咐过姨妹把我偷来的皮大衣窝藏起来。……我后悔啊!这一切罪行我都犯了!"

被告就把作案的经过统统讲出来。他被定了罪。

谜一般的性格

头等车厢的单间包房。

一个俊俏的小女人在蒙着深红色丝绒的长沙发上半躺半坐着。她手里使劲攥紧一把贵重的毛边扇子,扇得沙沙地响。她那夹鼻眼镜不时从好看的小鼻子上掉下来。她的胸针在胸口起伏不定,犹如波涛中的帆船。她心情激动。……她对面的小沙发上,坐着一个省政府的特任官。他是新进的青年作家,在本省报纸上发表些取材于上流社会生活而又篇幅不大的小说,或者,按他自己的说法,就是"中篇小说"①。……他瞧着她的脸,带着行家的神情仔细端详她。他在观察、研究、揣摸这个离奇的和谜样的性格,他在领会它,了解它。……她的灵魂、她的全部心理,他已经了若指掌。

"啊,我了解您!"特任官说,吻一下她手上靠近镯子的地方。"您那敏锐善感的灵魂,正在迷宫里寻找出路。……是的!这场斗争又可怕又艰巨,不过……您别灰心!您会成为胜利者的!是的!"

"您描写我吧,沃尔杰玛尔!"小女人说,忧郁地微笑,"我的生活那么丰富,那么错综复杂,那么五光十色。……不过主要的是我身世不幸!我是陀思妥耶夫斯基笔下那种受苦受难的女

---

① 原文为意大利语。

人。……您把我的灵魂写出来,让全世界看一看,沃尔杰玛尔,让大家都来看一看这个可怜的灵魂吧!您是心理学家。我们在这个包房里坐着谈话还没满一个钟头,您就已经完全理解我,完全理解我了!"

"您讲吧!我求求您,您讲吧!"

"您听着。我生在穷苦的文官家庭里。我父亲是个善良的人,头脑聪明,不过……时代和环境的风气啊……您明白①,我也不怪我那可怜的父亲。他喝酒,打牌……受贿。……还有我的母亲。……可是说这些有什么用呢!无非是贫穷,为一小块面包而挣扎,自己觉得自己渺不足道。……唉,您不要逼着我去回忆!总之,我得为自己打开一条路。……可是我只受过贵族女子中学那种不健全的教育,读过愚蠢的长篇小说,犯过青年人常犯的错误,有过胆怯的初恋。……同环境斗争吗?可怕呀!还有彷徨!那些使得我对生活和对自己都失去信心的痛苦!……唉!您是作家,您了解我们女人。您明白这些。……不幸的是我的性格开阔。……我期望幸福,而且是什么样的幸福!我渴望做自由人!对了!做自由人,我认为就是我的幸福!"

"美妙的性格!"作家喃喃地说,吻她手上靠近镯子的地方。"我吻的不是您,好女人,而是人类的痛苦!您记得拉斯科尔尼科夫②吗?他就是这样吻的。"

"啊,沃尔杰玛尔!我要赫赫的声名……要轰轰烈烈,要荣华富贵,就像每个(何必假装谦虚呢?)不平凡的性格那样。我渴望一种不平凡的……不是女人所想望的东西!可是后来……后来……我在生活道路上碰到一个阔绰的老将军。……您要了解

---

① 原文为法语。
② 俄国作家陀思妥耶夫斯基的长篇小说《罪与罚》中的男主人公。

我,沃尔杰玛尔!要知道这是自我牺牲,这是放弃个人利益,您要了解我!我不能不那样做。我总算使得家里人富裕了,我能出外旅行,干点善事了。……可是我多么痛苦,我觉得将军的拥抱多么难受,多么卑贱庸俗啊。不过呢,也应该替他说句公道话,他当初是勇敢地作过战的。那种日子……那种日子可真难熬!可是有一种想法攫住了我的心:反正老头子不是今天就是明天总要死掉,那我就可以要怎么生活就怎么生活,把我自己献给我所爱的人,那就幸福了。……而且那样的人我是有的,沃尔杰玛尔!上帝看得见,确实有!"

小女人用力摇扇子。她脸上现出要哭的神情。

"后来老头子死了。……他给我留下一点财产,我自由得像鸟一样。现在我总算可以幸福地生活了。……不是这样吗,沃尔杰玛尔?幸福来敲我的窗子。只要推开窗子就可以把它放进来了,可是……不!沃尔杰玛尔,您听我说,我求求您!现在我总算可以把我自己献给我所爱的人,做他的伴侣和助手,为他的理想奋斗,生活幸福……可以有个归宿了。……可是在这个世界上,一切事情是多么庸俗、恶劣、愚蠢!一切事情是多么卑鄙,沃尔杰玛尔!我真是不幸,不幸,不幸呀!我的道路上又出现一个障碍!我又感到我的幸福遥远,遥远了!唉,我多么痛苦,要是您知道就好了!多么痛苦啊!"

"不过到底是什么东西呢?什么东西拦住您的去路呢?我求求您,您说出来!到底是什么东西呢?"

"又是一个阔绰的老头子。……"

那把断裂的扇子盖住她俊俏的小脸。作家伸出拳头支住他那苦苦思索的脑袋,不住叹气,带着精通心理学的行家气派开始沉思。这时候火车头鸣响汽笛,嘘嘘地放气,车窗上的帘子给西下的夕阳照红了。……

耍花招的人

黄昏时分,有两个朋友散步,正经地交谈。他们在涅瓦大街上走动。太阳正在西下,可是还没有完全消失。……有些人家的烟囱仍然蒙着一层金黄色,教堂上的十字架闪闪发光。……在微寒的空气里,已经有春意了。……

"春天就要来了!"一个朋友对另一个说,极力挽住他的胳膊。"这种春天害死人!到处都是污泥,疾病流行,开支也多起来。……你得租下消夏别墅才成,还有这样那样的花销。……你,巴威尔·伊凡内奇,是外省人,这一套不懂。……你想不通。在你们外省,就像有一次某个作家所形容的那样,全然是一派无忧无虑的景象。……既没有苦恼,也没有悲哀。你吃饭啦,喝酒啦,睡觉啦,什么问题都没有。……这可跟我们不一样。……现在天暖,只有点薄冰了……看见了吗?不过呢,你们也不是没有烦恼。……到春天,你们也有你们的悲哀。嘻嘻嘻。现在,你们这些外省人身上的血沸腾起来……你们的情欲勃然发作了。我们这些京城里的人都是石头人,冰人,我们心里没有火焰,我们不知情欲为何物。你们呢,是火山,是维苏威①!轰!轰!火山冒烟了!嘻嘻嘻。……哎哟,简直把人烧坏了!那么你得承认,巴威尔·伊凡

---

① 意大利南部的一个活火山。

内奇,你的血沸腾了吧?"

"我的血没有理由沸腾……"巴威尔·伊凡内奇阴郁地回答说。

"得了吧,算了,少说这些!你是单身汉,又不是老年人,那你的血怎么会不沸腾呢?既是它要沸腾,就让它去沸腾好了!……你也用不着怕难为情。……这没有什么可难为情的。……你只不过是装成这样罢了!"他停顿一下,"不久以前,老兄,我见到一个什么样的姑娘,什么样的姑娘啊!你见了会张开嘴巴闭不拢呢!你见到她,就会吧嗒嘴唇一百次!那是一团火!那苗条的身材!我敢凭人格担保。……你要我给你介绍吗?她是波兰女人。……叫索齐雅。……你要我带你上她那儿去吗?"

"哦。……对不起,谢敏·彼得罗维奇,我要对你说一句:贵族不该做这种事!不该做!!这是娘们儿做的事,酒馆里的事,不是你该做的事,不是贵族该做的事!"

"这是怎么回事?你这是……从何说起?"谢敏·彼得罗维奇胆怯地问道。

"可耻啊,老兄!你去世的父亲原是我们当地的首席贵族,你母亲也是大家敬重的。……可耻!我在你家里做客已经一个月,发现你有个特点。……你一见到熟人,你一遇到随便什么人,总是提出建议,要给他找姑娘。……时而向这个人提出,时而向那个人提出。……你一开口,就没有别的话。……专门给人拉皮条。你居然还是个成了家的体面人呢,而且不久就要升到四等文官,被人尊称为'大人'了。……可耻啊,丢脸!……我在你这儿住一个月,这已经是你第十次向我提出这种建议了。……拉皮条的!……"

谢敏·彼得罗维奇发窘了,不住扭动身子,倒好像他正摸人家的口袋要偷钱,却给人当场抓获似的。

"我没有这个意思……"他支吾道,"我这不过是随便说说的。……嘻嘻嘻……你这个人啊。……"

他们默默无言地走了大约二十步路。

"我是不幸的人!"谢敏·彼得罗维奇突然哀叫起来,满脸通红,眨巴着小眼睛,"我真是不幸!你说我是拉皮条的,这话说得对!说得对!不瞒你说,我一向就是这样,将来直到进棺材那天也还会是这种人!我干这种事,将来一定会入地狱,遭火焚!"

谢敏·彼得罗维奇绝望地摇一下右手,举起左手来擦眼睛。他的礼帽滑到后脑勺上,套鞋在人行道上蹭得更响。他的鼻尖充血,发红了。……

"我这种行径真是可恶!我会不得好死!我会完蛋的!老兄,我知道我的恶习,我心里明白,可是我拿我自己一点办法也没有。话说回来,我把女性硬塞给所有人究竟所为何来?不得已啊,老兄!真的,不得已!我嫉妒心重,像狗一样!我把你看作朋友,对你实说了吧。……嫉妒心支配了我!你知道,我娶了个年轻的女人,娶了个美人儿。……人人都对她献殷勤,也就是说,或许谁也不想勾引她,只是我在疑神疑鬼罢了。对瞎眼的母鸡来说,你知道,一切东西都成了麦粒。我每走一步都担心。……前几天,你吃过饭后,握了握她的手,如此而已,可我就疑神疑鬼……恨不能拿刀子捅穿你才好。……我对什么人都怕!好,我就不得不耍花招。只要发现有个什么人开始在她身旁转来转去,我就马上带着个姑娘坐车回家来,对他说:你要不要这个姑娘?这是调虎离山计,军事上的花招哟。……我是傻瓜!我都在干些什么呀!可耻,丢脸!我每天都跑到涅瓦大街来,给朋友们物色这种骚娘们儿。……就是这些下流女人!我在她们身上花过多少钱啊,但愿你知道才好!有些朋友了解我这个弱点,就索性钻空子。……他们拿我的钱去找乐子,混蛋。……哎呀!"

谢敏·彼得罗维奇尖叫一声,脸色煞白。一辆四轮马车沿着涅瓦大街驶来,经过两个朋友面前。马车上坐着个年轻的小女人,小女人对面坐着个男人。

"你看见没有,看见没有?!我妻子坐车来了。喏,这怎么能不叫人生出嫉妒心呢?啊?要知道,他已经是第三次跟她一块儿坐车兜风了!这当中可不会没有文章!不会没有文章,这个滑头!你看见他盯着她瞧的那副模样吗?再见。……我要跑过去。……那么你不要索齐雅?不要?你不要!再见。……那我就把她……索齐雅介绍给他。……"

谢敏·彼得罗维奇把帽子低低地拉到额头上,用手杖敲着地面,跑过去,极力不让那辆马车走出他的视线。

"他的父亲做过首席贵族啊,"巴威尔·伊凡内奇叹道,"他的母亲也为大家敬重。……他又门第显赫,是世袭贵族。……唉唉!如今的人真是一代不如一代!"

谈　天

一伙男女坐在柔软的圈椅上,吃着水果,因为闲着没事做而痛骂医生。他们断定:如果这个世界上根本没有医生存在,那倒好,至少人们就不会这样常常生病,死掉了。

"不过,诸位先生,有的时候……不过……"最后,一个矮小娇弱的金发女人吃着梨,涨红脸,开口讲道,"医生们有的时候倒也有用呢。……不能否认医生们在某些情况下,在家庭生活里,是有用处的。你们可以设想,一个做妻子的……我的丈夫不在这儿吧?"

金发女人向谈天的人们扫了一眼,肯定丈夫不在客厅里,才接着说下去:

"你们可以设想一下:做妻子的,由于不管是什么样的一种原因吧,不愿意他,姑且这么说吧……冒冒失失地来亲近她。……你们可以设想,一句话,她不能……爱她的丈夫了,因为……一句话,她把自己献给另一个……她所爱的人了。那么,试问,她该怎么办? 她就到医生那儿去,要求他……找出理由来。……医生就到丈夫那儿去,对他说,如果……一句话,你们明白我的意思。皮谢姆斯基①的小说里甚至就有过这类事。……一个医生到丈夫那儿

---

① 皮谢姆斯基(1821—1881),俄国作家,他的有些作品暴露地主贵族生活的空虚和腐化。

去,用他妻子的健康的名义,嘱咐他放弃他们夫妇之间的责任。……您明白①?"

"我对医生先生们也没有什么可反对的,"坐在一旁的老文官说,"他们都是极其可爱的人,而且我能向你们担保,又是极其聪明的人!要是仔细想一想,他们还是我们的恩人呢。……你们自己来评断吧,太太们。……方才您,太太,讲到夫妇间的责任,现在我来跟您谈谈我们的责任。要知道,我们也喜欢安宁,心里渴望一切都好。我自己的职务我自会尽力去干,可是,假定说,如果大人,您要求我干职务以外的事,那就免开尊口。我们的安宁在我们也是宝贵的。……你们认识我们的将军吗?他是个大好人!宽宏大量!一举一动可以说亲热得很!他不欺压你,伸出手来跟你握手,问你的家庭情况。……他是上司,可是对你总是平等相待。……开个小玩笑啦,说说各式各样的俏皮话啦,谈点奇闻趣事啦。……一句话,简而言之,他就像是我们的父亲。可是,这个伟大的人一年总有三次发生变化。一下子就变了!完全变成另一个人了……求上帝保佑别出这种事才好!你们要知道,他喜欢搞点改革。……这是他的爱好,或者,用社会主义者的话来说,是他的思想。一旦他开始搞改革(这种事他一年总有三次),那你可别走到他跟前去!他活像只老虎,或者狮子!他总是涨红脸,满头大汗,浑身发抖,口口声声说他手下没有人。那种时候,我们都脸色苍白……吓得要死。他硬叫我们办公到深夜,我们就写啊,跑啊,翻档案啊,查公文啊……求上帝保佑别出这种事才好,就连那些恶毒的鞑靼人,我都不希望他们会碰到这种事。就是到难忍难熬的地狱里去也比这强。可是前几天他哭了,说是谁也不了解他,他手下没有真正的助手。……他哭了一场!难道我们眼见上司痛哭,心

---

① 原文为法语。

里会愉快?"

小老头停住嘴,扭过脸去,免得外人看见泪水在他眼睛里闪亮。

"可是这跟医生有什么关系呢?"金发女人问。

"有关系的,太太。……您等一下。……于是,每逢我们发现这种转变开始来了,就立刻去找医生,说:'伊凡·玛特威伊奇,好朋友!恩人,亲爹啊,你救救我们!我们的希望全在你身上了。请你发发上帝的慈悲,打发他到国外去吧!我们都没法活了。……'是啊。……那位医生是个非常好的小老头。……当然,他自己就做过人家的部下,甜酸苦辣都尝到过。他就去找我们的上司,给他检查身体。……他说,您的肝脏不大对头啊。……您的肝脏出了点毛病,大人。……他说,您该到国外去,到有矿泉的地方去疗养。……喏,医生用肝脏吓唬他。那一个呢,当然,是多疑的人,害怕生病。……他马上就出国,那些改革也就全吹了!瞧瞧!"

"是啊,假定说,你是陪审员……"一个商人开口说,"那你能去找谁呢,如果……"

商人讲完后,一个上了年纪的太太讲起来,不久以前她的儿子差点被征去服兵役。

大家纷纷称赞医生。他们说,缺了医生无论如何也不行,又说,如果这个世界上没有医生,那就可怕了。于是他们最后断定:要是没有医生,人们就会更常常生病,死亡了。

正 人 君 子

在拉兹别伊夏火车站上,有一大群人在站长先生的房间里聚会。这儿有站长、段长、仓库主任、机车库主任等等,有已经退休的,也有没退休的,有年老的,也有年轻的。在铁路专用制服当中,夹着些花花绿绿的女性时装①,另外还可以见到孩子们的小脸。……那伙人喝茶、打牌、弹奏乐器、谈天消遣。他们讲起这条或者那条铁路线上偶尔发生的事故。他们讲很多话,要全部写下来是不可能的。单是乌库西洛夫先生一个人就讲了两个钟头。……看您怎么个写法!我要照例写得简短些。

"有三辆车厢散了架!"乌库西洛夫先生结束他的两小时发言,说道,"死了两个人,伤了五个人。至于其余的死伤,那可就没必要去管它了,也就是说,不在正式统计数字之内了。……嘻嘻嘻。……单是搬运工人就有六名受伤。……我就把他们叫来。……'要是说出去,我就要你们的好看!……谁也不准说!对谁也不准说!你就说是你自己弄伤的!'有两个兵,我给每人一张三卢布钞票,算是慰劳:你们闭住嘴,不许张扬出去!警告的话我说过很多,可还是出岔子了。他们把我撤了职,还威胁说要把我送交法院。他们说,你只顾睡觉,电报也没打。……原来做站长的

---

① 原文为法语。

连睡觉也不行。……那些人没良心。……我这个有妻儿老小的人就因为一点小事丢了差事。当时有辆车厢装着新鲜的虾,是运输处长从自己庄园上运来的,可是在混乱中全弄丢了。处长本来巴望那天傍晚吃一顿法国式炸虾呢。他从小娇生惯养。……要不是那些该死的虾,法院就不会派人到我的火车站来调查,我也就不会丢掉差事了。……"

"您到现在还没找到差事吗?"一个邻村的教士的女儿问(她到火车站来是想"凭熟人的面子",请求让妈妈免费坐火车到她姨母那儿去)。

"哪儿的话!过了一个星期,虽然我还在听候法院审讯,却已经到另一条铁路上去工作了。……"

"那么……我也来讲一次事故吧,"加尔楚诺夫先生给自己斟上白酒,开口讲道,"你们,当然,认识伊凡·米海雷奇,他跑车,做列车长。我跟你们说,他是个滑头!其实他是个极正直和极高尚的人,不过从某一点来看,他又是坏蛋、无赖。……换句话说,他不是坏蛋,为人还可以……从某一点来看,还是天才,是鹰呢。……有一回他跑车,到席沃杰烈沃去。……他跑一列货车。人家不许他跑客车,因为他一见着女人就控制不住,就会犯病。他上车了。……这时候站台上站着些割草人,大约有三十名。那是农忙季节,你们要知道,夏天。……

"'你们到哪儿去,割草的?'他问,'我来把你们送到下一站去,'他说,'你们坐这趟货车好了。每个人我只收十戈比……'他说。

"不消说,这在那些人是划算的,对他们来说正中下怀。伊凡·米海雷奇就收下他们每人十戈比,把所有那些人都安置在他的工作车厢里。割草人就坐着火车走了。……他们高兴得唱起歌来。真有意思!那时候我也在车上,我是要赶到伊里亚·彼得罗维奇家去,喏,去参加他们的洗礼仪式。……他们的奥列琪卡正要受洗。……

"'伊凡·米海雷奇,'我说,'为什么您把他们弄上车来?要知道,车站上会有验票员!'

"'真的?'

"'要是我说假话,就叫我当场死掉。……'

"伊凡·米海雷奇沉思起来。……当然,他不愿意出丑。其实干这种事,你们知道,没什么关系,大家都带无票乘客,这种事大家心里一清二楚,不过呢,你们知道,总还是有点不大好。……再者,验票员也各不相同。……有的时候你就会碰上一个莫名其妙的魔鬼,闹得你都不想活了。……真有这样的人!他们多半出于忌恨就把你告到上头去,再不然就是打算在上司面前表功。……

"'火车已经开动,没法叫它停住了,'伊凡·米海雷奇说,'这些魔鬼我不得不带着走。……这可怎么办?'

"再加上我们迎面遇到一列火车,工作车厢上挂着三盏灯。他们,那些列车长,有这样的暗号:比方说,要是工作车厢上挂三盏灯,或者挂两面旗子,或者挂另外一种暗中约定的什么东西,那意思就是说车站上有验票员。我的话证实了。伊凡·米海雷奇想啊想的,想出了主意。真有意思!他推开车门,揪住割草的先生们的衣领,不管火车正在行驶,使劲一推:去你的!跳下去!割草人就往下跳。……嘻嘻嘻。……他们像一捆捆麦子似的滚下去。

"'跳!'他嚷道,'尽管往下跳,你不会出事的!跳啊,没出息的东西!魔鬼,恶魔!'

"我们在一旁瞧着,笑得要死。……所有的人都跳下去了。只有一个人摔断腿,其余的都平安无事。他们的十戈比银币算是白花了。……嘻嘻嘻。……过了一个星期,不知怎么,人家知道了这场乱子,从什么地方把摔断腿的割草人抓来了。……有人把这件事告上去,见鬼。……这都是出于人的嫉妒心哟。……他们给割草人五卢布,把伊凡·米海雷奇撤职了。……嘻嘻。……"

"那么他到现在都没找到差事?"

"我听说他到歌剧团去了。他有一副好嗓子,是男中音。往常他坐上火车,就灌酒,然后扯开嗓门唱起来。连走兽都会倾听,飞禽都会流泪呢!不用说,他是个很有才能的人。……"

柳 树

有谁坐车走过 Б 城和 Т 城之间那条驿路吗?

凡是走过那儿的人,当然都记得安德烈耶夫磨坊,孤零零地坐落在柯齐亚甫卡小河的岸上。磨坊很小,只有两盘磨。……它已经建立一百多年了,早已废弃不用,无怪乎活像个矮小伛偻的老太婆,破衣烂衫,随时都可能倒下。这个小老太婆要不是靠在一棵粗大的老柳树上,早就倒下了。柳树却粗得很,两个人都抱不过来。它那发亮的叶子垂到房顶上、河坝上,较低的枝条沉浸在河水里,耷拉到地面上。柳树也已经苍老,弯腰曲背。它那伛偻的树干由于有一个又大又黑的树洞而变得很难看。您把一只手伸到树洞里去,您的手就会陷进乌黑的蜂蜜里而拔不出来。野蜂就会在您脑袋四周嗡嗡地叫,不住地蜇您。它多大年纪了?据它的朋友阿尔希普说,当初他在"法国"老爷家里当差,后来在一个"黑人"太太家里当差的时候,它就已经老了,而那是很早很早以前的事了。

柳树还支撑着另一个老态龙钟的人,也就是阿尔希普老汉。他在柳树的树根上坐着,从早到晚老是钓鱼。他苍老伛偻,就像柳树一样,他那牙齿脱落的嘴好似树洞。他白天钓鱼,晚上坐在树根上想心思。这两个,柳树老太婆和阿尔希普老汉,夜以继日地喁喁私语。……他俩在各自的一生中都阅历过很多事情。您就听他们讲一讲吧。……

大约三十年前,在复活节前的星期日,恰好是柳树老太婆的生日那天,老汉在老地方坐下,一面观赏春色,一面钓鱼。四下里,像往常一样,静悄悄的。……只有两个老者喁喁私语,偶尔有一条浮游的鱼弄得水花四溅。老汉只顾钓鱼,等着中午到来。到中午,他就要开始烧鱼汤了。临到柳树的阴影开始离开对岸,中午就到了。另外,阿尔希普也可以根据驿马的铃声辨别时间。T城的邮车恰恰在中午经过那条河坝。

这个星期日,铃声也传到阿尔希普的耳朵里来。他放下钓竿,开始观看河坝。有一辆三套马的马车翻过岗子,跑下山坡,缓缓地往河坝这边驶来。邮务员睡熟了。三套马的马车走到河坝上,却不知什么缘故停住了。阿尔希普已经很久没有惊讶过,然而这一次却大吃一惊。这时候发生了一件非同小可的事情。马车夫往四下里看一眼,不安地扭动身子,揭掉邮车驿员脸上的手绢,抡起一把短锤。邮车驿员没动。他那淡黄色头发的脑袋就裂开一条口子,现出血红的污斑。马车夫从车上跳下来,又抡起短锤打下去。过了一分钟,阿尔希普听见他附近响起脚步声,原来马车夫走下岸坡,照直往他这边走来。……他那张晒黑的脸变得苍白,眼睛呆呆地不知在望着什么地方。他周身瑟瑟发抖,跑到柳树跟前来,没有瞧见阿尔希普,把一个邮袋塞进树洞里。然后他跑上坡去,跳上车,而且使得阿尔希普觉得奇怪的是,他朝自己的太阳穴砸了一锤,弄得自己满脸是血,然后扬鞭打马。

"救命啊!打死人了!"他叫起来。

回声接应着他的喊叫声,阿尔希普久久地听着"救命啊"的回声。

大约过了六天,法院来人,到磨坊这儿来调查。他们画下磨坊和河坝的平面图,不知什么缘故还测量一下河水的深度。然后他们在柳树底下吃完饭,走掉了。他们调查的时候,阿尔希普始终坐在磨坊的水车旁边,瑟瑟发抖,看袋子里的东西。他在那里面看见许多信封,信封上都打着五个火漆印①。他日夜瞧着火漆印,想心思。柳树老太婆白天一声不响,到夜里就哭。"傻瓜!"阿尔希普听着她的哭声,心里暗想。过了一个星期,阿尔希普就提着袋子进城去了。

"这儿的衙门在哪儿?"他走进城里,问道。

有人对他指点一座黄色大楼,门口有岗亭,涂着黑白两色的条纹。他走进门去,在大厅里看见一个老爷,衣服上钉着亮纽扣。老爷吸着烟斗,正为一件什么事骂看守人。阿尔希普走到他跟前,浑身发抖,把柳树老太婆遭到的事讲一遍。文官接过袋子来,解开袋口的细带,脸上一阵红一阵白。

"我去一去就来!"他说着,跑进衙门里去。在那儿,文官们把他团团围住。……他们跑来跑去,忙忙碌碌,低声讲话。……过了十分钟,文官拿着袋子回来,交给阿尔希普,说:

"你走错了地方,老汉。你该到下街去,在那儿人家会指点你。这儿是财政局,我亲爱的!你该到警察局去。"

阿尔希普接过袋子,走出去。

"袋子变轻了!"他暗想,"里面的东西少了一半!"

在下街,人们对他指点另一所黄色的房子,门前有两个岗亭。阿尔希普走进门去。这儿没有大厅,楼梯旁边就是办公室。老汉走到一张桌子跟前,对那些文书讲了讲袋子的事。那些人把他手里的袋子夺过去,对他哇哇地嚷一通,然后打发人去找长官,于是来了一个胖子,留着很长的唇髭。他简短地盘问几句,就接过袋子,拿着它走进另一个房间,把门关紧。

"可是钱在哪儿?"过了一分钟,那个房间里响起说话声。"袋

---

① 那些信封里装的是交邮汇寄的现款。

子是空的！不过，你们对老头子说，他可以走了。要不然就扣留他！把他带到伊凡·玛尔科维奇那儿去！可是，不必了，让他走！"

阿尔希普鞠躬，走出去。过了一天，鲫鱼和鲢鱼又看见他的白胡子了。……

时令到深秋了。老汉坐着钓鱼。他的脸色那么阴沉，就像枯黄的柳树一样：他不喜欢秋天。等到他看见马车夫在他身旁出现，他的脸色就越发阴沉了。马车夫却没瞧见他，走到柳树跟前，把一只手伸进树洞里。有些湿漉漉和懒洋洋的野蜂顺着他的袖子爬上来。他摸索一会儿，脸色发白，过了一个钟头在河边坐下来，呆呆地望着河水。

"袋子在哪儿？"他问阿尔希普。

阿尔希普起初不吭声，阴沉地躲开凶手，可是不久就怜悯他了。

"我把它拿到长官那儿去了！"他说，"不过你，傻小子，不用害怕。……我在那儿说，我是在柳树底下找着的。……"

马车夫跳起来，大叫一声，往阿尔希普身上扑过去。他打了很久。他使劲打他的老脸，把他推倒在地，用脚踹他。他把老人打一顿，却没离开他走掉，而是留在磨坊旁边，同阿尔希普一起生活了。

白天他睡觉，不说话，夜里在河坝上走来走去。邮车驿员的幽灵在河坝上漫游，他就同幽灵谈话。春天来了，马车夫仍然一言不发，走来走去。有一天晚上老汉走到他跟前。

"傻小子，你也逛荡够了！"他对马车夫说，斜起眼睛瞧着邮务员，"你走吧。"

邮车驿员也这样说。……柳树也这样嘟哝。……

"我办不到！"马车夫说，"我倒想走，可是我腿痛，心痛！"

老汉就搀着马车夫，把他带到城里。他领他来到下街，走进以前他交出袋子的衙门里。马车夫在"长官"面前跪下,认了罪。留着长唇髭的人吃了一惊。

"你干吗毁谤自己,傻瓜!"他说,"你喝醉了?你要我把你关进看守所里去吗?你们都疯了,混蛋!这反而把事情弄乱。……罪犯始终没有找到,就是这么回事!那你还要怎么样?滚出去!"

老汉说起袋子,留着长唇髭的人却哈哈大笑,文书们也纷纷感到惊讶。看来,他们的记性都差。……马车夫在下街没实现他赎罪的心愿。他们不得不回到柳树那儿去。……

马车夫为了不受良心谴责,只得跳进河水,在阿尔希普的浮子飘动的地方搅起一片水花。马车夫投河自尽了。现在,老汉和老太婆看见河坝上有两个幽灵了。……他们是不是经常跟这两个幽灵嘁嘁私语呢?

盗 窃 犯

时钟敲了十二下。费多尔·斯捷潘内奇穿上皮大衣,走到外面去。夜晚的潮湿立刻把他包围了。……潮湿的冷风刮过来,黑暗的天空落下蒙蒙细雨。费多尔·斯捷潘内奇跨过半坍的篱栅,沿着街道缓缓走去。街道挺宽,不下于广场,在欧洲的俄罗斯①,这样的街道是少有的。既没有路灯,也没有林荫道……这种奢华的设备连影踪都没有。

篱栅和墙壁旁边,有些市民的黑身影闪动,急急忙忙往教堂那边赶去。费多尔·斯捷潘内奇前边,有两个人影走动,脚下踩着泥浆,发出扑哧扑哧的响声。其中一个,身材矮小,略微驼背,他认出那人就是本地医生,全县唯一的"受过教育的人"。老医生倒不嫌弃他,愿意同他来往,总是瞧着他,好意地叹气。这一回,老人戴着旧式的三角制帽,这使他的脑袋像是由两个鸭头合成,两个后脑壳粘在一起。他皮袄的后襟下面露出一把剑,摇摇晃晃。他身旁走着一个又高又瘦的人,也戴着三角制帽。

"基督复活了②,古利·伊凡内奇!"费多尔·斯捷潘内奇拦住医生说。

---

① 暗示他不是在欧俄,而是在西伯利亚。旧俄时代常把流放犯和苦役犯发配到此地。
② 复活节的祝词。

医生沉默地握一下他的手,掀开皮袄的一角,为的是向流放犯炫耀一下皮袄里挂在纽扣眼上摇摇晃晃的斯坦尼斯拉夫勋章。

"我,大夫,做完晨祷以后,打算到您家里去,"费多尔·斯捷潘内奇说,"请您务必允许我在您家里开斋①。……我求求您。……往常,在那边,逢到这个夜晚,我总是在家里开斋。那都成了往事了。……"

"这恐怕不方便吧……"医生为难地说,"您要知道,我有一家子人……有妻子。……虽然您那个……可是毕竟不大那个。……人们毕竟是抱着成见的!不过呢,我倒无所谓。……咳……我咳嗽起来了。……"

"可是巴拉巴耶夫呢?"费多尔·斯捷潘内奇说,撇着嘴,冷冷地一笑,"巴拉巴耶夫跟我一块儿受审,我们一块儿流放,可是他天天在您家里吃饭喝茶。他盗窃的钱比我还多呢,问题就在这儿了!……"

费多尔·斯捷潘内奇站住,把身子靠在潮湿的篱栅上,好让他们走过去。在他前边,远处闪烁着点点火光。那些火光时而暗下去,时而燃起来,正往同一个方向移动。

"这是举着十字架的教徒行列,"流放犯暗想,"这也跟我们那边一样。……"

火光那边传来钟声,发出男高音般的各式各样的声调,很快地变换音响,仿佛急于赶到什么地方去似的。

"这是我在此地过的头一个复活节,天气这么冷,"费多尔·斯捷潘内奇暗想,"而且……不是最后一个。糟透了!那边呢,现在恐怕……"

---

① 按照基督教教规,复活节前须持斋四十九天,谓之"大斋",到复活节那天举行晨祷后才开斋。

他就开始思索"那边"的情形。……那边,如今人们脚下踩着的不是泥泞的雪地,不是冰凉的水洼,而是嫩绿的青草。那边的风不像湿抹布那样抽打人的脸,却带来春天的气息。……那边天空乌黑,然而布满繁星,东方露出一长条白光。……那边没有这种泥污的篱栅,却有绿油油的篱笆和篱笆里的小屋,安着三扇窗子。窗子里是明亮暖和的房间。其中一个房间里有张桌子,铺着白色桌布,上面放着复活节的甜面包、冷荤菜、白酒。……

"现在要是能喝点那边的白酒就好了!这儿的白酒糟得很,难于下咽。……"

第二天早晨,人们都酣畅舒服地睡觉,然后出门拜客,开怀畅饮。……他,不消说,还想起奥丽雅以及她那张猫一般的、动不动就泪汪汪的、漂亮的小脸。现在她多半睡熟了,然而没梦见他。那种女人是很快就会想开的。要不是奥丽雅,他就不会到这儿来。是她把他逼上了绝路啊,愚蠢的女人。她要钱用,要得厉害,死去活来地要,就像一切追求时髦的女人一样!她缺了钱就没法活,没法爱,没法痛苦。……

"可要是人家把我流放到西伯利亚去呢?"他问她说,"你会跟我一块儿去吗?"

"那还用说!哪怕天涯海角我也去!"

他盗窃公款,被捉住,就到这个西伯利亚来了,可是奥丽雅,不消说,害怕了,没有来。现在,她那愚蠢的小脑袋埋在镶着花边的软枕头里,她的脚离着泥泞的雪地远得很呢。

"她打扮得花枝招展地来到法庭上,甚至看都没看我一眼。……辩护人说俏皮话,她就笑。……就连打死她都嫌不解恨哟。……"

这些回忆害得费多尔·斯捷潘内奇筋疲力尽。他疲乏,身子酸痛,仿佛周身都在思索似的。他的腿发软,往下弯,没有力气走到教堂去参加亲切的晨祷。……他就扭转身去,回到家里,连皮大衣和靴子也没脱,倒在床上。

他床的上方挂着一个鸟笼。床和鸟笼都是房东的。鸟生得怪模怪样,嘴挺长,瘦瘦的,不知是什么鸟。它的翅膀剪短,头上的羽毛拔掉。它吃一种带馊味的东西,弄得满房间都臭烘烘的。鸟在笼子里不安地跳上跳下,鸟嘴啄响装水的铁皮盒,然后唱起来,声音时而像椋鸟,时而像黄鹂。……

"它吵得人没法睡觉!"费多尔·斯捷潘内奇暗想,"鬼东西。……"

他爬起来,用手摇笼子。鸟不出声了。流放犯就躺下来,让脚跟擦着床沿,把脚上的靴子脱下来。过了一分钟,鸟又活动起来。一小块带馊味的食物掉在他头上,粘在头发上。

"你不停嘴?不肯安静?那还没有把你收拾够!"

费多尔·斯捷潘内奇跳起来,一使劲,把笼子揪下来,往墙角一扔。鸟就不出声了。

可是过十分钟光景,流放犯觉得,鸟似乎从墙角跳出来,跳到房间中央,伸出嘴往黏土地里钻。……它的嘴像螺旋钻。……它钻个不停,嘴长得没有尽头。它开始扇动翅膀,流放犯觉得自己好像就躺在地上,翅膀拍打他的鬓角。……鸟嘴终于断了,一切都化为羽毛。……流放犯就沉入了睡乡。……

"你为什么把它活活地弄死,凶手?"到早晨他听见有人说话。

费多尔·斯捷潘内奇睁开眼睛,看见房东站在他面前,那老人是分裂派教徒,狂热地信教。房东的脸气得发抖,脸上淌满泪水。

"该死的,为什么你弄死我的小鸟?为什么你把我这只唱得好听的鸟弄死,恶魔?啊?你弄死了什么?你凭什么干这种事?你这个不要脸的家伙,恶狗!你给我滚出去,永世也不要再踏进我的家门!你马上就走!马上!"

费多尔·斯捷潘内奇穿上皮大衣,走出门外,到了街上。这天早晨,天上灰蒙蒙,阴沉沉。……看着铅色的天空,谁也不会相信天空高处会有太阳放光。蒙蒙细雨仍然下个不停。……

"您好!① 过节好,我亲爱的!②"流放犯走出大门外,听见有人招呼他说。

他的同乡巴拉巴耶夫坐在一辆相当新的敞篷马车上,经过大门口。同乡戴着高礼帽,打着伞。

"他在出门拜客呢!"费多尔·斯捷潘内奇暗想,"他,这个畜生,在这儿也过得挺体面。……他结交了不少朋友。……我真该多盗窃点钱才是!"

费多尔·斯捷潘内奇正往教堂那边走去,不料又听见说话声,这一回是女人的声音。有一辆四轮的驿车迎面向他驶来,车上装满皮箱。皮箱当中露出一个女人的小头。

"这是哪儿啊?……天呐,费多尔·斯捷潘内奇!是您吗?"小头尖声说道。

流放犯跑到四轮马车跟前,眼睛盯紧小头,认出来了,就抓住她的手。……

"我真的不是在做梦?!怎么回事?是来找我?!你想通了,奥丽雅?"

"巴拉巴耶夫住在这儿什么地方?"

"你找巴拉巴耶夫干什么?"

"他写信叫我来的。……你猜怎么着,他寄给我两千呢。……除此以外,我每月还会收到三百。此地有剧院吗?……"

流放犯为找住所,在城里遛来遛去,直走到天色很晚。雨下了

---

①② 原文为法语。

123

一整天,太阳始终没有出来。

"莫非这些禽兽没有太阳也能活下去?"他暗想,两只脚蹚着雪水,"他们没有太阳也能快活,也能满意!不过呢,他们自有他们的口味。"

一 张 纸

复活节杂记

会客室。墙角上有一张呢面牌桌。桌上放着一张灰白色公文纸、一个插着钢笔的墨水瓶、一个撒沙器①。虎视眈眈的看门人从这个墙角走到那个墙角。他油光光的脸上流露出贪财的神情,衣袋里响着受贿的成果。十点钟,一个小人物,或者用我们上司的话来说,"一个家伙",从街上溜进前厅里来。这个家伙溜进来,踮起脚走到桌子跟前,伸出发抖的手,胆怯地拿起钢笔,在灰白色纸上描出他那不响亮的姓名。他描画很久,描得津津有味,仿佛练习书法似的。……他用钢笔稍稍蘸点墨水,略微蘸一点点,蘸那么五次,生怕墨水会滴下来。万一他弄出个墨点来,那可就……全完了!(有一次就发生过这样的事。……不过现在没有工夫细讲了。……)他不是匆匆签个名了事:那可断断使不得。……他写得一笔不苟。他练完书法以后,对他写字的艺术端详很久,找一找毛病,终于没有找出来,就擦掉额头上的汗。

"基督复活了!"他转过身来对看门人说。

染过色的唇髭和刚硬的唇髭互相接触三次②。……响起接吻

---

① 它装着细沙,撒在刚写完的字上,使墨水干得快一点。
② 互吻三次是复活节的礼仪。

的声音。刻耳柏洛斯①的衣袋里,随着悦耳的响声又添了新的"小收获"。头一个家伙走出去以后,第二个溜进来,随后来了第三个……照这样一直忙到下午一点钟。那张纸上上下下写满姓名。三点多钟,刻耳柏洛斯把它送到房间里去。一个小老头把它接过去,开始计算人数。

"他们都来过了。……可是,这是什么意思?嘿!这儿,哎哎……我连一个熟悉的笔迹也没看见!就跟一个人写出来的一样!倒像是由哪个书法家写成的。必是他们雇了个书法家,他就一股脑儿替他们签了名!不用说,这可太妙了!他们连自己来拜节都觉得为难!唉唉!我有什么地方对不起他们呀?为什么他们就这么不尊敬我?"他停顿一下,"哎哎……玛克辛!你到庶务官家里去一趟吧,伙计。……"

十一点钟。有个年轻人,头上戴着制帽,帽徽钉在紧挨着帽檐的地方。他满头大汗,气喘吁吁,涨红了脸。……他顺着一道没有尽头的楼梯爬到五层楼上。他爬到那儿,就死命地拉门铃。一个年轻的女人来给他开门。

"你们的伊凡·卡皮统内奇在家吗?"年轻人问道,累得直喘。"哎!请您告诉他,要他赶快跑到大人家里去,再签一次名!那张纸给人偷掉了!哎……现在要换新纸,重新签名。……快点!!"

"这是谁偷的?谁要那张纸?"

"就是他的妖婆呗……那个……呸……他的女管家偷去的!她收集废纸,论斤卖出去。……她是个贪钱的娘们儿,但愿她不得好死!不过我另外还要跑八户人家呢。……再见!"

又一个会客室。……一张桌子和一张纸。有个看门人坐在墙

---

① 希腊神话中生有三头和蛇尾的恶狗,看守地狱大门。在此借喻看门人。

角的凳子上,年纪老得不下于《祖国之子》①,身体瘦得像是细劈柴。……十一点钟,房间的门开了。一个光秃的头伸出来。

"怎么,还是一个人都没有来过,叶菲穆希卡?"那个人问。

"一个也没来,大人。……"

十二点多钟,那个头又伸出来。

"怎么,还是一个人都没有来过吗,叶菲穆希卡?"

"一个人影也没有,大人!"

"嗯。……真怪。……嗯。……"

到一点多钟仍然如此,两点多钟也还是那样。……三点多钟,从房间里探出来的却是全身,连胳膊带腿一齐露出来了。这个小老头走到小桌跟前,朝着空白的纸瞧很久。他脸上流露出大为悲伤的神情。

"嗯……这可是跟往年大不一样啊,叶菲穆希卡!"他说,叹着气,"是啊。……嗯。……这样看来,我的额头已经刻上不祥的字眼:'你退休吧'!!!……涅克拉索夫似乎就写过这么一句诗。……为了不要让我的老太婆嘲笑我,我们就索性自己来替他们签名吧!……你拿起笔来。……"

---

① 俄国历史、政治和文艺刊物,从 1812 年起开始在彼得堡出版(这篇小说发表于 1883 年)。

空话,空话,空话

在一个旅馆的房间里,电报员格鲁兹杰夫躺在一张很大的长沙发上。他用拳头支着淡黄色头发的脑袋,凝神瞧着一个身材娇小、头发棕色的姑娘,不住地叹气。

"卡嘉,是什么逼得你堕落到这一步的?你告诉我!"他叹口气,顺便说这么一句,"嘿,你冻得多么厉害啊!"

外面是三月间一个最恶劣的傍晚。路灯的昏光微微照亮泥泞稀烂的雪地。一切都潮湿,污浊,灰蒙蒙。……风胆怯地轻声歌唱,仿佛生怕人家不准它唱似的。空中响着践踏泥浆的脚步声。……大自然简直惹得人恶心!

"卡嘉,是什么逼得你堕落到这一步的?"格鲁兹杰夫又问一句。

卡嘉胆怯地看了看格鲁兹杰夫的眼睛。那对眼睛正直,热情,诚恳,至少她觉得如此。这些堕落的人总是喜欢凑到正直的眼睛跟前去,她们凑过去,扑过去,就像飞蛾见到火光一样。你不给她们饭吃都可以,只要稍稍热情地看她们几眼就行。卡嘉揪着桌布上的穗子,羞羞答答地对格鲁兹杰夫讲她可怜的身世。她的故事是极其平常而且卑贱的:他,诺言,欺骗,等等。

"他是个多么下流的人!"格鲁兹杰夫嘟哝一句,愤愤不平,"居然有这样的流氓,让他们见鬼去吧!他阔绰吗?"

"是的,阔绰。……"

"我早就料到了。……可是,话说回来,你们也太差劲。为什么你们这些女人就这么爱钱?!你们要钱干什么用呢?"

"他赌咒说他会保障我们一辈子衣食无虑,"卡嘉小声说,"难道这不好?我真就动心了。……我有个老母亲。"

"嗯。……你们这些不幸的人啊,不幸的人!这一切都是由于愚蠢,由于空虚。……你们这些女人全这么懦弱!……不幸,可怜。……你听我说,卡嘉!这不关我的事,我也不喜欢干预别人的事,可是你的脸色这么悲伤,弄得人没法不干预!卡嘉,为什么你不改过自新呢?你怎么不觉得可耻呢?话说回来,从一切迹象可以看出你还没有完全毁掉,走回头路还可能。……为什么你不竭力走正路呢?你能够做到的,卡嘉!你的脸这么好看,你的眼睛善良而忧郁。……你的笑容特别可爱。……"

格鲁兹杰夫拉住卡嘉的两只手,看着她的眼睛,一直看到她的灵魂深处,说了许多好话。他轻声讲着,他的男高音发颤,眼睛里含着泪水。……他滚烫的呼吸吹拂她的整个脸、脖子。……

"你能改正过来的,卡嘉!你还这么年轻。……试一试吧!"

"我已经试过,可是……什么结果也没有。一切又都恢复老样子了。……虽然我……是贵族,可是有一次我甚至去做女仆!我一心想改邪归正。宁可干最脏的活,也不干我们这种行当。我就到一个商人家里去做女仆。……我干了一个月,还行,可以干下去。……可是女主人吃男主人的醋,其实我根本就没理睬过他。她吃醋了,把我赶走,我就丢了饭碗,于是……我重操旧业……重操旧业了!"

卡嘉瞪大眼睛,脸色变白,忽然尖叫一声。隔壁房间里有人把个什么东西掉在地下:大概那个人吓了一跳。紧跟着,她那细微的、歇斯底里的哭声响起来,穿透旅馆里所有的薄隔墙。格鲁兹杰

夫赶紧跑去倒水。过了十分钟,卡嘉躺在长沙发上,哭着说:

"我下流,恶劣!我比世界上所有的人都坏!我永远也不会改过自新,永远也不会改过自新,永远也做不成正派女人了!难道我能做到吗?庸俗的女人!现在你觉得羞耻,心里难过了?你这是活该,贱货!"

卡嘉说的话不多,比格鲁兹杰夫说得少,然而从她的话里却可以理解很多意思。她很想讲上一大篇忏悔词,那是每一个"诚实的放荡者"都十分熟悉的,然而临到话说出口,却除了在道德上自己打自己耳光以外,什么忏悔也没有做。她把自己的心全都搅乱了!

"我已经试过,可是无济于事!一点结果也没有!反正是死路一条!"她叹口气,结束她的话,理她的头发。

青年人看一下怀表。

"我不会有出息了!不过我要谢谢您。……我这是生平第一次听见这样亲切的话。只有您才像人对人那样对待我,虽然我是个不正派的坏女人。……"

卡嘉忽然停住口。她脑子里像电光似的闪过她以前在什么地方读过的一本篇幅不大的长篇小说。……小说的男主人公把一个堕落的女人领到他家里,对她说了许许多多话,要把她引上正路,等到真把她引上正路了,就娶她做了妻子。……卡嘉开始沉思。莫非这个金发的格鲁兹杰夫就是那类长篇小说的男主人公?确实有点像。……甚至像得很呢。她就瞧着他的脸,心怦怦地跳。泪水无缘无故又从她眼睛里涌出来。

"好,算了,卡嘉,你想开点吧!"格鲁兹杰夫看看怀表,叹道,"要是你愿意,那么上帝保佑,你会改过自新的!"

哭泣的卡嘉慢腾腾地解开她皮袄的上边三个纽扣。在她的头脑里,那个长篇小说以及口若悬河的男主人公就此烟消云散了。……

  风在通气小窗里绝望地尖叫,仿佛这是它生平第一次看见暴力有的时候能够做成一块供人糊口的面包。上边,天花板上面远远的一个什么地方,有人在弹奏很糟的六弦琴,发出叮叮当当的声响。庸俗的音乐!

冷荤菜

愉快的回忆

这是复活节前夕。离晨祷只差一个钟头了,我的朋友们来约我一块儿到教堂去。他们都穿着礼服,扎着白领结。

"你们来得正是时候,诸位先生!"我说,"你们来帮我摆饭桌吧。……我是单身汉,家里没有女人,所以……我需要朋友帮忙。普路穆包夫,我们把桌子搬出来!"

我的朋友们就都走到桌子跟前来。不出五分钟,我那张桌子上就出现一幅令人垂涎三尺的画面。火腿啦,腊肠啦,白酒啦,葡萄酒啦,乳猪冻啦。……我们摆好饭桌,就动手拿我们的礼帽:现在该走了!可是偏偏不行。……有人拉门铃了。……

"在家吗?"我们听见一个什么人的沙哑嗓音,"进来,伊里亚,不要害怕!"

普烈克拉斯诺甫库索夫①走进来。他身后胆怯地跟着个矮小而憔悴的人。两个人腋下都夹着皮包。……

"嘘……"我对朋友们说,"静一静!"

"我来介绍一下!"普烈克拉斯诺甫库索夫指着憔悴的人说,

----

① 这个姓可意译为"口味讲究"。

"他是伊里亚·德罗比斯库洛夫①！前些日子他到我们衙门里来工作,成了我们的同事。……你不必怕难为情,伊里亚！现在也该习惯这些了！您猜怎么着,我们走啊走的,索性跑到您这儿来了。我心想:我们到这儿走一趟,把节款拿到手,免得明天再来打搅您。"

我就塞给他们一人一张蓝色钞票②。德罗比斯库洛夫发窘了。

"行啊,"普烈克拉斯诺甫库索夫瞧一眼拳头里的东西,接着说,"那么您就要走了？不嫌早吗？让我们坐一分钟……歇歇气吧。你坐下,伊里亚,不要害怕！你得习惯这些！好多的冷荤菜,冷荤菜！啊？这么些冷荤菜！这火腿倒叫我想起一个故事来了。……"

普烈克拉斯诺甫库索夫眼巴巴地瞅着我的冷荤菜,对我们讲了个色情的故事。一刻钟过去了。我要把两个客人撵走,就打发我的仆人安德留希卡到街上去喊"救命"。安德留希卡走出去,喊了大约五分钟,可是我的客人们不动声色。……他们根本不理睬,好像"救命"不是他们分内的事似的。……

"还要等很久才能开斋呢！"普烈克拉斯诺甫库索夫说,"现在开斋未免罪过,那么我们,伊里亚,那个……各人喝一杯酒算了。……怎么样,诸位先生,能让我们喝一杯吗？要知道白酒不算是荤食！啊？那就喝吧！"

这个主意倒合乎我的朋友们的口味。大家走到桌子跟前,斟上酒,喝下去。他们吃点咸青鱼③下酒,对那些荤菜光是看一眼。普烈克拉斯诺甫库索夫称赞白酒,想弄明白它是哪家厂子的产品,

---

① 这个姓可意译为"请打我耳光吧"。
② 五卢布钞票。
③ 在俄国,鱼不算荤菜。

就又喝一杯。伊里亚忸怩不安,可是也想弄明白。大家就又喝一杯,可是没尝出来。

"好酒!"普烈克拉斯诺甫库索夫说,"我舅舅开过葡萄酒酿造厂。嘿,他呀,我的舅舅,有过一个所谓的……"

客人就对我们讲起他怎样同他舅舅的"姘妇"在消防队瞭望台上幽会。我的朋友们把他团团围住,要求他再讲点什么。……大家又喝一杯。德罗比斯库洛夫很灵巧地用袖口带过一小块腊肠来,把它放在一块新手绢里,擤着鼻子,神不知鬼不觉地送进嘴里去了。普烈克拉斯诺甫库索夫吃下一小块复活节的甜奶渣糕。

"我竟然忘了它是荤食!"他一面吃,一面说,"我得喝点酒把它送下去。……"

据说午夜教堂里敲过钟,召人去做晨祷,可是我们都没听见钟声。午夜我们正绕着桌子走来走去,问我们自己……另外该喝点什么酒才好。德罗比斯库洛夫坐在墙角上,忸怩不安地吃乳猪冻。普烈克拉斯诺甫库索夫用拳头捶着自己的皮包,说:

"您不喜欢我,不过我呢……倒喜欢您!我说句老实而高尚的话,我喜欢您!我是鹰,是狼,是鸢,是猛禽,可是我毕竟也有感情和头脑,因此我明白谁也不应该喜欢我。比方说,我刚才拿了节款。……我不是拿了吗?可是明天我来了,却说我没有拿。既然我干出这种事,难道人家还能喜欢我吗?"

德罗比斯库洛夫吃完乳猪冻,压住胆怯的心情,说:

"那么我呢?我这样的人,人家总还是能喜欢的。……我是受过教育的人。……要知道我现在干的不是我的本行。这不是我的工作!做这种工作的才干我一点也没有。……我只不过是凑合着干罢了,为了混口饭吃①!我是……写诗的人呢。……嗯,是

---

① 原文为法语。

的。……我喝醉了酒,就用诗句写呈文。我也喜欢书报、杂志。报纸只有一点惹得我不喜欢,那就是太偏心。换了是我,那么不管谁是保守派,谁是自由派,我一视同仁。第一要紧的是不偏心!保守派胡闹,你就打他个嘴巴,自由派捣乱,你就给他个耳光!什么人都打!我的心愿就是出版一家报纸。嘻嘻。……那我就可以在编辑部里坐着,鼓起我的腮帮子,拆开投稿人的信封。信封里什么都有。……什么都有呢。……嘻嘻嘻!……我拆开信封,把来稿读一遍,然后就……狠狠地揍他一下子,那些投稿人!难道这不很有趣吗?"

直到三点钟,两个客人才拿起各自的皮包走掉,到小饭铺里去找麻烦。我那些冷荤菜已经一扫而空,只剩下刀子、叉子和两把汤匙。至于其余的六把汤匙,却都不见了。……

律 师 岳 母

这件事发生在一个天气晴和的早晨,恰好是米谢尔·普塞烈夫同丽扎·玛穆尼娜举行婚礼一个月以后。米谢尔喝完早晨的咖啡,正东张西望找帽子,好出门去上班,不料他的岳母走进书房里来了。

"我要耽搁您五分钟光景,米谢尔,"她说,"您不要皱起眉头,我的朋友。……我知道做姑爷的都不喜欢跟岳母谈话,不过我们呢,似乎……相处得不错,米谢尔。我们不是姑爷和岳母,而是两个聪明人。……我们有许多共同点。……不是这样吗?"

岳母和女婿在长沙发上坐下。

"您有什么事要我效劳,妈妈①?"

"您是聪明人,米谢尔,很聪明。我也……不愚蠢。……我希望我们能互相了解。我早就打算跟您谈一谈,我的孩子②……请您看在……看在一切神圣的东西的分上,老实对我说:您要把我女儿怎么样?"

她的女婿睁大眼睛。

"您要知道,我同意。……您管自照您的意思办!那又何尝

---

① 原文为德语。
② 原文为法语。

不可呢?学问是好东西,没有文学是不行的。……再者,这又是诗歌!我明白!如果女人受过教育,那是使人愉快的事。……我自己就受过教育,我明白。……可是,我的天使①,何必走极端呢?"

"这是从何说起?我完全不明白您的意思。……"

"我不明白您对我的丽扎的态度!您同她结了婚,可是难道她能算是您的妻子,您的朋友?她成了您的牺牲品!学问啦,书本啦,各种理论啦。……所有这些都是很好的东西,不过,我的朋友,您不要忘了她是我的女儿!我不答应!她是我的亲骨肉啊!您在要她的命!自从你们举行婚礼那天起,还没过一个月,她就已经瘦得像细劈柴了!她成天价坐在这儿守着书本,读这些愚蠢的杂志!她总是抄写什么东西!难道这是女人的事?您不带她出去走走,您不让她好好地生活!您没有让她在社交场合露过面,跳过舞!这简直叫人没法相信!整个这段时期,她一次也没有参加过舞会!一次也没有!"

"她一次也没参加过舞会,是因为她自己不愿意去。您跟她自己谈一谈好了。……您就会弄清楚她对您那些舞会和跳舞抱着什么看法。不,我亲爱的!她厌恶您所鼓吹的游手好闲!如果她成天价坐着看书或者工作,那么请您相信,谁也没强迫她相信这样做对。……我就因为这一点才爱她的。……因此我荣幸地向您鞠躬,请您以后不要管我们的事。……要是丽扎有话要说,她自己会说的。……"

"您认为是这样?莫非您没看见她那么温顺,一言不发?爱情封住了她的嘴!要不是有我在,您就会骑在她脖子上了,先生!是啊!您是霸王,暴君!请您从今天起务必改变您的态度!"

"我不要听这些。……"

---

① 原文为法语。

"您不要听？不听就是！不给面子也没关系！要不是为了丽扎，我才不找您谈话呢！我可怜她！她要求我跟您谈一谈！"

"哼，您这是说假话。……这是胡说，您得承认。……"

"胡说？那你就看看吧，粗人！"

他的岳母跳起来，猛然揪一下门把手。房门开了，米谢尔见到了他的丽扎。她站在门口，绞着手，哽咽着。她那俊俏的小脸上满是泪水。米谢尔赶紧跑到她跟前。……

"你听见了？那你就对她说吧！让她了解一下她的女儿吧！"

"妈妈……妈妈说的是实话，"丽扎哭着说，"我受不了这种生活。……我痛苦。……"

"哦。……原来是这样！奇怪。……可是为什么你自己不跟我说呢？"

"我……我……你会生气的。……"

"可是话说回来，你自己就经常发议论，反对游手好闲啊！你说你完全是由于我的信念才爱我，又说你厌恶你那个圈子里的生活！我就是因为这一点才爱你！结婚以前你就藐视而且憎恨那种无聊的生活！该怎样解释这种变化呢？"

"那时候我害怕你不跟我结婚。……亲爱的米谢尔！我们今天到玛丽雅·彼得罗芙娜家里去参加定期接待日活动①吧！……"说着，丽扎就倒在米谢尔的怀里。

"得，这您就明白了吧！现在您该相信了吧？"他的岳母说着，得意扬扬地走出书房门外。……

"唉，傻瓜呀！"米谢尔哀叫道。

"谁是傻瓜？"丽扎问。

"犯错误的人呗！……"

---

① 原文为法语。

一个古典中学生①的遭遇

万尼亚·奥捷彼列夫动身去参加希腊语考试之前,吻遍所有的圣像。他肚子里仿佛有个什么东西滚动不停,心口底下一阵阵发凉,心怦怦地跳,想到前途吉凶未卜害怕得心都缩紧了。今天他会得到什么结果呢?三分还是两分?他大约有六次跑到妈妈跟前去求她祝福,临走还求他姑母替他祷告。他到中学去的路上,给一个乞丐两戈比,指望着这两戈比能弥补他功课的荒疏,指望着上帝保佑,不致叫他碰上"四十"和"十八"②这类数词。

他从中学回来很迟,已经是四点多钟。他回到家里,不声不响地躺下。他那张瘦脸颜色苍白。他的眼睛发红,四周有黑圈。

"喂,怎么着?怎么样了?得了几分?"妈妈走到床跟前来,问道。

万尼亚开始眨巴眼睛,嘴往两边撇,哭起来。妈妈脸色变白,张大嘴,把两只手合在一起。她原在缝补一条小裤子,那条小裤子从她手里掉下地了。

"你哭什么?这么一说,你没考及格?"她问。

"我……我考砸了。……得两分。……"

---

① 旧俄时代设有古典中学,主要的课程是学习古希腊语或古拉丁语。
② 在希腊语里,这两个数词都有很多的字母,不容易记住。

"我早就知道会这样！我早就有这个兆头，"妈妈讲起来，"唉，主啊！可是你怎么会没及格呢？为什么？是哪门功课？"

"是希腊语。……我，妈妈……老师问我 phero① 的将来式是什么，我……我应该说 oisomai，却说了个 opsomai。还有……还有……要是最后一个音节的元音是长音，这个字就没有重音，可是我……我心里一慌……忘记这个字里的 alpha 是长音，就冒冒失失给它加上重音了。后来，阿尔达克塞尔克索夫叫我举出无重音词的语气词。……我就背那个表，可是一不小心夹进一个代词去。……我记错了。……他就批了我两分。……我……我真不幸啊。……我用功了一夜。……整整这个星期，我都是一大早四点钟就起床。……"

"不对，不幸的不是你，而是我，可恶的孩子！我才让你害苦了！你把我累成了皮包骨，你这混世魔王，害人精，我的孽障！我为你，为这么个没出息的废物，花那么多钱，累弯了腰，受尽煎熬，可以说是活受罪，可是你哪儿放在心上呢？你是怎么念书的？"

"我……我真用功温课的。我一夜没睡。……您自己也看见的。……"

"我祷告过上帝，求他让我死掉，可是他又不叫我死，我这个罪人。……你呢，害人精！别人家的孩子都像个孩子，我只有你这么一根独苗儿，偏偏你一点也不知道好歹，一点出息也没有。打你一顿吗？我倒是想打，可是我哪有力气？圣母，我哪有力气啊？"

妈妈撩起短上衣的下摆蒙上脸，放声痛哭。万尼亚痛苦得不住扭动身子，把额头抵住墙。他的姑妈走进来了。

"得，你瞧瞧。……我早就有兆头了……"她一下子就猜到出了什么问题，脸色发白，两只手一拍，开口说道，"我一个上午心里

---

① 希腊语:(我)带着。

发愁。……我心想:得,要出祸事了。……果然闹出乱子来了。……"

"捣蛋鬼,害人精!"妈妈说。

"可是你骂他干什么?"姑妈对妈妈发脾气说,烦躁地扯掉她头上的咖啡色头巾,"难道这能怪他?该怪你!你!是啊,你何必把他送到这个中学里去念书?你算哪门子贵族?你们想当贵族吗?啊啊。……可不是,没错儿,人家准会叫你们当上贵族呢!我早就说过,应该把他送去学做买卖才……把他送到账房里去,像我的库齐亚那样。……瞧,库齐亚一年挣五百。五百是闹着玩的吗?如今你折磨自己不算,又拿那种学问折磨小孩子,该死的学问。他瘦棱棱的,老是咳嗽……你看看:他已经十三岁,可是他的模样倒像是十岁的孩子。"

"不,娜斯坚卡,不,亲爱的!他欠揍,害人精!得打他一顿才成,就是这样!哼哼……这个小滑头,邪教徒,害人精!"她抡起拳头来要打儿子,"应该揍你一顿才是,可是我又没有力气。早先他还小的时候,人家就常对我说:'你得打他,你得打他。'我没听,我这个罪人。现在我就受苦了。你等着就是!我要揭你的皮!你等着。……"

妈妈举起湿漉漉的拳头吓唬他,然后哭着往房客的房间里走去。她的房客叶甫契希·库兹米奇·库波罗索夫靠桌子坐着,在读一本《跳舞自修课本》。叶甫契希·库兹米奇是个聪明人,受过教育。他说话瓮声瓮气,洗脸用肥皂,肥皂却有那么一股气味,弄得房子里的人一闻到就无不打喷嚏。他在斋期照旧吃荤,正物色受过教育的姑娘做妻子,因而人们认为他是最聪明的房客。他唱男高音。

"先生!"妈妈流着眼泪对他说,"求您行行好,把我的孩子打一顿。……请您费心吧!他没考及格,我那个愁死人的孩子!您

141

再也不会相信,他考试没及格!我身子虚弱,没法惩治他。……您替我把他打一顿吧,求您行行好,帮帮我,叶甫契希·库兹米奇!您给我这有病的女人一点面子吧!"

库波罗索夫皱起眉头,瓮声瓮气地长叹一声。他沉吟一下,用手指头敲着桌面,然后又叹口气,往万尼亚那边走去。

"您,可以说,正在求学!"他开口说,"您在受教育,走上高升的道路,可恶的年轻人!您为什么这样?"

他说了很久,发表一大篇演说。他提到科学,提到光明和黑暗。

"嗯,是啊,年轻人!"

他讲完,从身上解下皮带来,拉住万尼亚的手。

"对待您不能不这样!"他说。

万尼亚乖乖地弯下腰,把头塞到对方的两个膝盖中间去。他那对竖起的粉红色大耳朵在滚着棕色镶条的新花呢裤子上蹭来蹭去。……

万尼亚一声也没吭。当天傍晚,家庭会议做出决定,打发他去学做买卖。

猫

瓦尔瓦拉·彼得罗芙娜醒过来,开始倾听。等到她弄明白这不是做梦,她的脸就变得惨白,黑色的大眼睛睁得越发大,燃起恐惧的光芒。……她吓得双手蒙上脸,用胳膊肘微微支起身子,开始叫醒她的丈夫。丈夫蜷着身子,正轻声打鼾,对着她的肩膀呼吸。

"阿辽沙,我的亲人。……你醒一醒!亲爱的!……哎呀……这真吓人!"

阿辽沙不再打鼾,把腿伸直。瓦尔瓦拉·彼得罗芙娜拧一下他的腮帮子。他伸个懒腰,深深叹口气,醒过来。

"阿辽沙,我的亲人。……你醒一醒。有人在哭。……"

"谁哭?你胡想些什么?"

"你听。……听见没有?……有人在哼哼唧唧。……这一定是有人把小孩丢在我们家门口了。……哎呀,我听着受不了!"

阿辽沙略微欠起身子,开始听。敞开的窗口外面是一片灰蒙蒙的夜色。清风把丁香花的气味和椴树低微的飒飒声送到床跟前来,其中夹杂着奇怪的声音。……那究竟是什么声音,一时间却分辨不清:也不知是小孩的哭泣声,还是假装出来的诉苦声,还是狼嗥声……谁也闹不清楚!只有一点是清楚的:声音来自窗下,而且不是出于一条喉咙,却有好几条喉咙。……其中有童高音,有女中音,有男高音。……

"这是猫,瓦莉雅①!"阿辽沙说,"你这个小傻瓜!"

"猫?不可能!那么,那些男低音是谁呢!"

"这是猪叫。要知道我们是住在消夏别墅里,你别忘记。……听见了吗?一点不错,就是猫。……得,你放心吧,上帝保佑,你好好地睡吧。"

瓦莉雅和阿辽沙躺下来,拉过被子,盖在身上。凌晨,清凉的空气飘进窗口里来,微微带点寒意。这对夫妇蜷起身子,闭上眼睛。过了五分钟,阿辽沙翻转身,朝另一面躺着。

"吵得人没法睡,见鬼!……哇哇地叫个不停。……"

这当儿,猫群的歌唱却音量渐强②。歌手当中,看来,又添了新的歌手,新的力量,窗下轻微的沙沙声逐渐变成吵闹,吼叫,喧嚣。……像肉冻那么柔和的弱音③升到最强音④的程度,不久空中就充满种种可恶的响声。有些猫发出断断续续的歌声,有些唱出雄赳赳的颤音,仿佛有板有眼,又有八分音符,又有十六分音符似的,有些猫却把一个悠长而单调的歌声拖拖拉拉地唱个没完。……有一只猫大概年纪最老,热情最高,唱的声调有点不大自然,不像是猫的嗓音,时而唱男低音,时而换成男高音。

"呜呜……哇哇……嘎嘎……"

要不是其中夹杂着嘶嘶的叫声,那就谁也不能认为这是猫在歌唱。……瓦莉雅翻一个身,嘴里嘟嘟哝哝。……阿辽沙跳下床,对着空中破口大骂,关上窗子。然而,窗子并不厚实:它既能透过声音,又能透过亮光,还能透过电光呢。

"我得八点钟起床,坐车去上班,"阿辽沙骂道,"它们却哇哇地嚷,不让人睡觉,魔鬼。……至少,劳驾,你总该闭上嘴。娘们

---

① 瓦尔瓦拉的爱称。
②③④ 原文为意大利语。

儿!在人家耳边絮絮叨叨地吵个没完!诉不完的苦!可是这能怪我吗?那些猫又不是我养的!"

"你把它们赶走吧!亲爱的!"

丈夫嘴里骂着,跳下床,走到窗子跟前。……天色快要破晓了。

阿辽沙看看天空,只瞧见一颗小星,就连那颗小星仿佛也蒙在雾里,朦朦胧胧。……椴树上的麻雀给开窗的响声惊醒,叽叽喳喳地抱怨起来。阿辽沙看下边的地上,瞧见十来只公猫。它们竖起尾巴,拱起背,嘶嘶地叫,围着一只漂亮的母猫轻柔地在草地上走动,唱歌,那只母猫坐在一只翻过来而底朝上的水盆上。谁也难于断定公猫的心里是什么东西占上风:究竟是对母猫的爱情呢,还是它们自己的尊严?它们来到此地究竟是为了求爱呢,还是只不过要表现一下它们的尊严?至于它们相互间的关系,却透露出最为刻骨的仇恨。……在篱栅外面,有一只大猪带着一群小猪拱那道栅栏,一心要钻进小花园里来。

"嘘嘘!"阿辽沙不住地嘘它们,"去!你们这些鬼东西!嘘!……呸!"

可是公猫理都不理他。只有母猫倒还往他这边看一下,然而也不过是瞟那么一眼,勉勉强强。它正感到幸福,顾不上阿辽沙……

"嘘……嘘……该死的!呸,叫魔鬼把你们统统抓去才好!瓦莉雅,你把水瓶拿过来!我们拿水来泼它们。这些鬼东西!"

瓦莉雅从床上跳下来,把悬壶洗手器①的水罐,而不是长颈玻璃瓶拿给他。阿辽沙胸脯贴在窗台上,拿着水罐往下倒。

---

① 这个器具挂在墙上供洗手用,上边放一个高水罐,内贮清水,拨开下面的塞子,水徐徐流出,可以洗手。

"哎,先生,先生!"他听见头顶上方有人在说话,"哎呀,年轻人,年轻人!能这样办事吗,啊?唉唉……年轻人啊!!"

这以后就是叹气声。阿辽沙扬起脸来,看见两个肩膀,套一件印着大花的布睡衣,另外还看见又干又瘦的手指头。肩膀上竖起生着白发的小头,头上戴着圆锥形睡帽。几根手指头威胁地朝下指点着。……老人坐在窗前,眼睛一刻也不放松地瞧着猫。他那对小眼睛闪着情欲的光芒,油亮油亮的,仿佛在看芭蕾舞似的。

阿辽沙张开嘴,脸色苍白,苦笑一下。……

"您在养神吗,大人?"他牛头不对马嘴地问一句。

"这不好啊,先生!您在违抗自然,年轻人!您是在破坏……呃呃……所谓的自然规律!不好啊!这关您什么事呢?它们岂不也是……呃呃……生物吗?依您看来是怎样呢?不是生物吗?您得明白才是!这种事我不赞成,先生!"

阿辽沙胆怯了,踮起脚往床跟前走去,乖乖地躺下。瓦莉雅蜷起身子挨着他,屏住呼吸。

"他是我们的上司……"阿辽沙小声说,"就是他。……他也没睡觉。他在欣赏那些猫呢。真糟糕!跟上司住在一起可不愉快。"

"年轻人啊!"过了一分钟,阿辽沙听见那个苍老的声音说,"您在哪儿?请您走过来!"

阿辽沙就走到窗前,扬起脸来看老人。

"您看见那只白猫吗?您觉得如何?那是我的猫!它那风度,风度啊!您走过来!……您看看它!咪咪。……瓦斯卡①!瓦斯卡,小调皮!这个小坏包的胡子多么好看!它是西伯利亚种,小调皮!从远方来的呢。……嘻嘻嘻。……那只母猫算是……逃

---

① 猫的名字。

不脱了！嘻嘻。我这只猫老是占上风。您马上就会信服我的话！它那风度,风度啊！"

阿辽沙说他很喜欢这只猫的毛色。小老头就开始叙述这只猫的生活方式和它的习惯,讲得入了神,一直讲到太阳升上来才罢休。他讲得十分详尽,不住地吧嗒嘴,舔他那些精瘦的手指头。……阿辽沙就此连一会儿觉也没睡成！

第二天夜里十二点多钟,猫又纵情歌唱,又吵醒瓦莉雅。阿辽沙却不敢把猫赶走了。其中有大人的猫,他上司的猫啊。阿辽沙和瓦莉雅就把猫的音乐会一直听到天亮。

夜莺纪念演出①

乐　评

我们在小河的岸上占好座位。我们前面是陡峭的棕色黏土岸坡,下面直通河边。我们背后是一片宽广的、黑压压的丛林。我们伏在地上,肚子压着柔软的嫩草,拳头支着脑袋,让我们的腿充分自由,爱伸到哪儿就伸到哪儿。我们已经脱掉身上的春大衣,然而无须为它们付二十个戈比的存衣费,因为我们周围,谢天谢地,并没有剧院的检票员。那丛林,那天空,那一直伸展到迢迢的远方去的旷野,都沉浸在月亮的光辉里。远处有个红色的灯火宁静地闪烁。空气安谧,清澈,芬芳。……一切都有利于纪念演出的演员。它剩下来要做的,无非是不要耗尽我们的耐性,快一点开场就行了。然而它很久都没有出场。……我们一面等它,一面按照节目单,先听别的表演者歌唱。

晚会由杜鹃的歌唱开始。它在树林里一个遥远的地方懒洋洋地咕咕叫,叫了十来次就停住嘴了。立刻,在我们头顶上方,有两只红脚隼飞过去,发出刺耳的尖叫声。随后有一只黄鹂,著名的和认真演唱的歌唱家,开始唱女低音。我们听得心旷神怡,要不是那些白嘴鸦飞回来过夜,我们还会听很久呢。……远处出现像乌云

---

① 指借某一演员生日等机会举行演出,使该演员多得收入的会演。

似的一大群白嘴鸦,向我们这边移过来,发出呱呱的叫声,落在丛林上。那片乌云很久都没有静下来。

　　白嘴鸦正聒噪,苇塘中那些住在公家宿舍里的青蛙也呱呱地叫起来。足有半个钟头之久,音乐会的广阔天地充满各式各样的歌声,不久合成了一个声音。不知什么地方,有一只昏睡的鸫鸟叫起来。野鸡和苇莺就给它伴奏。随后休息时间到来,四下里一片肃静,偶尔有一只伏在观众席旁边草地里的蟋蟀唱起歌来,打破这种岑寂。在休息时间我们的耐性达到了顶峰:我们已经开始抱怨举行纪念演出的演员了。直到夜色降临大地,月亮游到天空正中,停在丛林上空,它才出台。它在新生的枫树林里出现,在黑刺李丛中飞来飞去,扭动尾巴,然后停下来不动了。它穿一件灰色上衣……一般说来,它是轻视观众的,总是照普通的麻雀装束同观众见面。(可耻,年轻人! 不是观众为您存在,而是您为观众存在呀!)它默默地伫立三分钟光景,一动也不动。……可是后来,树梢簌簌地响起来,一阵清风刮过去,蟋蟀叫得越发欢了。在这个乐队伴奏下,举行纪念演出的演员才初试歌喉,唱起来。我不打算来描写这种歌唱,我只想说,等到那位艺术家微微扬起嘴,打起呼哨,弄得丛林里满是清脆急促的啼啭声,连乐队也兴奋得停止奏乐,屏息静听了。……它的歌喉既有力量,又充满欢乐。……然而,我无意于抢诗人的饭碗,让他们去描写吧。它唱着,四下里一片聚精会神的寂静。只有一次,猫头鹰异想天开,发出枭鸣,打算盖过那位艺术家的歌声,于是惹得树木愤愤地发出怨声,风嘘嘘响着喝倒彩。……

　　天空泛起鱼肚白,星光暗下去,歌唱家的声音就变得微弱而柔和些了,这时候伯爵地主家里的厨师却在丛林的边上出现。他弯下腰去,左手拉住帽子,悄悄地钻进丛林里。他右手拿着筐子。他在树木之间时隐时现,不久就消失在密林里。歌唱家又唱了一会儿,突然停住嘴。我们打算动身走掉了。

"就是它,小坏包!"我们听见有人说话,不久就看见了厨师。伯爵家的厨师走到我们跟前,快活地笑着,伸出一只拳头给我们看。纪念演出演员刚刚被他捉住,从他的拳头里伸出小脑袋和尾巴。……可怜的艺术家啊!求上帝不要让任何人遭到这样的搜捕才好!

"为什么您捉住它?"我们问厨师说。

"为的是把它装在笼子里!"

一只秧鸡迎着清晨哀声啼鸣,丛林失去歌唱家,开始飒飒地呼号。厨师把玫瑰花的情人①塞进筐子里,快活地往村子里跑去。我们也分头走散了。

---

① 指夜莺。

飞 岛

儒勒·凡尔纳[①]著

仿　作

第一章　演　说

"……我讲完了,诸位先生!"皇家地理学会青年会员约翰·龙德先生说着,筋疲力尽,往圈椅上一坐。会议厅里响起最热烈的鼓掌声和欢呼声,整个大厅都颤抖了。在座的先生们开始一个个走到约翰·龙德跟前,同他握手。有十七个先生为了表示惊讶而打坏了十七把椅子,使八位先生的八个长脖子脱了位,其中一位就是十万零九吨快艇混乱号的艇长。

"诸位先生!"大为感动的龙德先生说,"我认为我有最神圣的责任向你们道谢,因为你们用破天荒的耐性听完我这篇费时四十小时三十二分十四秒钟的演说!汤姆·贝卡司,"他转过身去对他的老仆人说,"你过五分钟叫醒我。我要睡一会儿,各位先生会原谅我斗胆在他们面前睡觉的!"

"是,老爷!"年老的汤姆·贝卡司说。

约翰·龙德就把头往后一仰,顿时睡着了。

[①] 儒勒·凡尔纳(1828—1905),法国小说家,写过很多科学幻想小说。

约翰·龙德是苏格兰人。他没在任何地方受过教育,也从没学习过任何知识,然而他无所不知。他是那种得天独厚的幸运儿,单凭自己的智慧就能领悟一切美好伟大的事物。他的演说使听众欢欣鼓舞,他完全应当得到这种赞赏。他在四十小时当中提请那些先生审查一个伟大的方案,这个方案一旦实行,就会给英国争得巨大的荣誉,并且表明人类的智慧有时候能走多么远!《以庞大的螺旋钻打通月亮》就是龙德先生的演说的题目!

第二章 神秘的陌生人

龙德爵士连三分钟也没睡满。不知什么人的沉重的手按在他肩膀上,他醒来了。他面前站着一个先生,身高四十八俄寸半①,细得像根长枪,瘦得好比晒干的死蛇。他的头完全秃光。他穿一身黑衣服,鼻子上架着四副眼镜,胸前和背后各挂温度表一只。

"您跟着我走!"秃头先生用死气沉沉的声音说。

"到哪儿去?"

"您跟着我走吧,约翰·龙德!"

"要是我不去呢?"

"那我就只好抢在您前面把月球钻通!"

"既是这样,先生,鄙人遵命。"

"您的仆人跟着我们去!"

龙德先生、秃头先生和汤姆·贝卡司离开会议厅,三个人一齐在伦敦灯光明亮的街道上走着。他们走了很久。

"老爷,"贝卡司对龙德先生说,"要是我们的道路像这位先生的身体那么长,根据摩擦定律,我们的鞋底可就全完了!"

---

① 1俄寸等于4.4厘米,此人身高约为2.13米。

两个先生沉思不语,过十分钟才体会到贝卡司的话颇为俏皮,就大声笑起来。

"请问,先生,我在荣幸地同谁一起发笑?"龙德问秃头先生说。

"您荣幸地陪着一块儿走路、发笑、讲话的,是一切地理学会、考古学会、民族学会会员,古往今来各种学问的硕士,莫斯科演员小组成员,索斯安普敦市①母牛产科医生学校名誉督学,《魔鬼画报》②订户,未来的新西兰大学黄绿色魔法③及初级美食学教授,别济缅纳亚④天文台主任,名字是威廉·包尔凡纽斯。我领着您,先生,到……"

约翰·龙德和汤姆·贝卡司在他们久已闻名的伟人面前跪下,恭敬地低下头。……

"我领着您,先生,到距此地二十英里远的我那天文台去。先生!沉默使人增光。我在我的事业上需要一个同事,而我的事业的重要性您只有运用您头脑的两个半球体才能理解。我的选择落在您身上了。……您已经做过四十小时的演讲,恐怕不愿意再跟我谈任何事情,至于我,先生,我所喜爱的莫过于我的天体望远镜和持久的沉默。关于您仆人的舌头,我希望,先生,您下命令叫它别动。沉默万岁!!!我领着您去。……您没有反对的意思吧?"

"一点也没有,先生!我唯一惋惜的是,我们不是飞毛腿,我们脚下有费钱的鞋底。……"

"我给你们买新皮靴就是。"

---

① 即英国的南安普敦市。
② 1880 年在莫斯科出版,只出了一期。
③ 按照俄国的迷信说法,魔法分为黑魔法(即妖法)和白魔法(即仙法)两种,而没有"黄绿色魔法"。
④ 这个名字可意译为"无名的"。

"谢谢您,先生。"

读者当中有谁想进一步了解威廉·包尔凡纽斯先生,就请读一下他的精彩著作《洪水①之前有月亮吗?如有,那么它何以没有被淹没?》。除这本著作外,还可以读一下他去世前一年写成而且遭到查禁的小册子《将宇宙研碎,同时自己又不致灭亡的方法》。这些著作再好不过地表现了这个极其杰出的人物的人品。

他在那些著作里顺便描写他如何在澳洲的苇塘中生活过两年,以大虾、青苔、鳄鱼蛋果腹,两年当中一次也没见过火。他在苇塘里住着,发明过一种显微镜,很像我们的普通显微镜,还发现了"Riba"种鱼的背部脊椎骨②。他从那次长久而有益的旅行归来后,就在距伦敦若干英里远的地方住下,专心致志于天文学。他是十足厌恶女性的人(他结过三次婚,而且因此头上有过三对最美的而且枝杈很多的犄角③),暂时不愿意出头露面,过着禁欲者的生活。他具有敏锐的外交家的智慧,因而略施巧计,就使得他的天文台和天文学工作只有他一人知道。说来也是英国一切思想健全的人的憾事和不幸,这个伟大的人没有活到我们今天。去年他无声无臭地去世:他在尼罗河里游泳,不料被三条鳄鱼吞下肚去了。

第三章 神秘的斑点

他带着龙德和苍老的汤姆·贝卡司走进一个天文台。……(以下是关于天文台的最冗长乏味的叙述,译者为节省篇幅和时间而认为不必翻译过来)……那儿立着一架由包尔凡纽斯大加改进的天体望远镜。龙德先生走到天体望远镜跟前,开始观看月亮。

---

① 据《圣经》载,太古时代地球上曾发生大洪水,淹没了全世界。
② 没有这样一种鱼,而且鱼也没有背部脊椎骨。
③ "有过犄角"即"戴过绿头巾"。

"您看见什么了,先生?"

"月亮,先生。"

"那么您在月亮旁边还看见什么,龙德先生?"

"我荣幸地只看见月亮。"

"那么您没看见月亮旁边活动着的白色斑点?"

"见鬼,先生!要是我没看见那些斑点,您干脆骂我蠢驴好了!那究竟是些什么斑点呢?"

"那是只有用我的天体望远镜才看得见的斑点。够了!你们躲开天体望远镜!龙德先生和汤姆·贝卡司!我必须知道,也很想知道那些斑点是什么东西!我很快就会到那儿去!我要到斑点那儿去。你们跟着我走!"

"乌拉!斑点万岁!"约翰·龙德和汤姆·贝卡司叫道。

第四章 空中出事

过了半个钟头,威廉·包尔凡纽斯先生、约翰·龙德和苏格兰人汤姆·贝卡司乘着十八个气球,往神秘的斑点飞去。他们坐在密封的立方体里,其中有压缩的空气和造氧①的制剂。这次宏伟的和前所未有的飞行是在一八七〇年三月十三日夜间开始的。天上刮着西南风。磁针指着西北。……(以下是关于立方体和十八个气球的极其乏味的描写)……在立方体里,他们一言不发。两个先生披着斗篷,吸着雪茄烟。汤姆·贝卡司在地板上直挺挺地躺着,睡熟了,像在家里一样。温度表②指出零度以下。最初一连二十个钟头,他们一句话也没说,也没发生什么特别的事情。气球

---

① 由化学家捏造出来的一种气体。据说缺了它就不能活命。胡说。只有缺了钱才不能活命。——契诃夫注
② 这样的仪器是有的。——契诃夫注

钻进云层。有些闪电追踪气球,可是没追上,因为气球是英国人的。第三天约翰·龙德患了白喉症,而汤姆·贝卡司心绪苦闷。立方体同气球相撞,发生可怕的震动。温度计指着七十六度。

"您身体怎样,先生?"包尔凡纽斯第五天终于打破沉默,对龙德先生说。

"谢谢您,先生,"大为感动的龙德回答说,"您的关怀使我感动。我非常痛苦!可是我那忠心耿耿的汤姆在哪儿?"

"目前他坐在角落里嚼烟草,竭力装得像是娶了十个老婆的人。"

"哈哈哈,包尔凡纽斯先生!"

"谢谢您,先生!"

包尔凡纽斯先生还没来得及同年轻的龙德握手,就发生一件可怕的事。忽然响起吓人的爆裂声。不知什么东西炸开,仿佛发出一千颗炮弹,轰隆一响,带着猛烈的呼啸声。原来铜铸的立方体落进空气稀薄地带,经不住内部的压力,炸开来,它的碎片飞进广漠无垠的空间。

这是全世界有史以来唯一可怕的时刻!!

包尔凡纽斯先生抓住汤姆·贝卡司的腿,汤姆·贝卡司又抓住约翰·龙德的腿,他们三人快如闪电,飞进一个无人知晓的无底深渊里去。气球离开他们,解除了负担,团团乱转,随后就噼噼啪啪地响,爆炸了。

"我们在哪儿呀,先生?"

"在太空。"

"嗯。……既然在太空,那叫我们呼吸什么气体?"

"您的意志力到哪儿去了,龙德先生?"

"老爷们!"贝卡司喊道,"我荣幸地报告你们:不知什么缘故我们不是往下飞,而是往上飞!"

"嗯。……活见鬼!这样说来,我们已经不在地球引力范围内了。……我们的目标正把我们吸引过去!乌拉!龙德先生,您身体怎样?"

"谢谢您,先生!我看见地球在上边,先生!"

"那不是地球,而是我们的一个斑点!我们马上就会碰上它而撞得粉碎!"

咔嚓!!!!

第五章 约冈·果夫①岛

头一个醒过来的是汤姆·贝卡司。他揉了揉眼睛,开始观察他自己、包尔凡纽斯和龙德躺着的地方。他脱下一只袜子,用它擦两个先生的眼睛。两个先生马上醒来了。

"我们到了什么地方?"龙德问。

"您是在岛上,而这个岛属于一组不断飞翔的群岛!乌拉!"

"乌拉!您往上看,先生!我们胜过哥伦布了!"

岛的上空还有几个岛在飞。……(以下描写的是只有英国人才看得懂的画面)……他们去考察这个岛。它宽……长……(数字,数字……去它的!)汤姆·贝卡司竟然找到一棵树,树汁很像俄国的白酒。奇怪得很,那些树都比草低(?)。岛上没有人。至今活的生物一个也没登上过这个岛的土地呢。……

"先生,您看,这是什么东西?"龙德爵士拾起一个纸卷,对包尔凡纽斯爵士说。

"奇怪。……惊人。……简直叫人震惊……"包尔凡纽斯嘟哝说。

---

① 俄国的一个啤酒厂厂主的姓名。

原来这个纸卷是一个名叫约冈·果夫的人的广告,用一种野蛮人的语言写成,似乎是俄语。

这个广告怎么会跑到这儿来的?

"岂有此理!"包尔凡纽斯先生叫起来,"这个地方居然有人来得比我们早?!! 谁能到这个地方来?! 岂有此理! 哎,哎! 天雷啊,劈碎我的伟大头脑吧! 把他交给我! 把他交给我! 我要把他,连同他的广告,一起吞下肚去。"

包尔凡纽斯先生举起双手,狰狞地大笑。他眼睛里闪着怀疑的火花。他发疯了。

第六章 归 来

"乌拉!!"勒阿弗尔①的居民挤满勒阿弗尔的全部堤岸,嚷着。欢乐的嚷叫声、敲钟声、音乐声,震荡着空气。一大块乌黑的东西从天而降,用死亡威胁所有的人,然而没落到城里来,却正落到海湾里。……大船赶紧开到辽阔的海面上。那一大块黑东西已经遮住太阳好几天,这时候在人们昂扬的呼喊声中,雷鸣般的音乐声中,庄严地(笨重地②)落进海湾里,扑通一声,水花四溅,把所有的堤岸都溅湿了。它一落进海湾,就沉下去。过了一分钟,海湾上已经是一片空旷的海面。四面八方,海浪起伏不定。……海湾中央,有三个人在水里不住扑腾。那就是神志失常的包尔凡纽斯、约翰·龙德和汤姆·贝卡司。人们急忙把他们打捞到一条小船上。

"我们有五十七天没吃过东西!"龙德先生抱怨道,瘦得像是挨饿的画家。他把事情的经过讲了一遍。

---

① 法国的一个沿海城市。
② 原文为法语。

原来约冈·果夫岛已经不存在。它负载着三个勇敢的人,变得太重,就滑出中间地带,被地球吸引过来,沉在勒阿弗尔海湾里了。……

尾　声

约翰·龙德目前致力于钻通月球的问题。月亮打出窟窿的日子临近了。那个窟窿将属英国人所有。汤姆·贝卡司如今住在爱尔兰,以务农为业。他养鸡,常常鞭打他的独生女,用斯巴达方式①教育她。他对科学问题也不是漠不关心:他对自己非常生气,因为他忘记把那种其汁水颇像俄国白酒的树木种子从飞岛带回来了。

---

① 古希腊斯巴达人以刻苦耐劳的生活方式著称,对儿童进行集中而严格的教育。

代表,或杰兹杰莫诺夫白丢了二十五卢布的故事

献给里·伊·巴尔明①

"嘘。……我们到门房里去吧,这儿讲话不方便。……会让人听见的。……"

他们就动身到门房去。他们担心看门人玛卡尔听到他们的话,到上边去告密,就赶紧打发他到当地的金库去一趟。玛卡尔拿起一本送件簿,戴上帽子,可是没到金库去,却藏在楼梯底下:他知道他们要造反。……头一个讲话的是卡沙洛托夫,他讲完以后是杰兹杰莫诺夫讲,等到杰兹杰莫诺夫讲完,就是兹拉奇科夫开口……危险的激情一发而不可收!他们涨红的脸不住地痉挛,他们的拳头不住地捶打胸膛。……

"我们是生活在十九世纪下半叶,可不是生活在鬼才知道的那种时代,也不是生活在洪荒时代!"卡沙洛托夫开口说,"这些大肚子从前能干的事,现在就不容许他们干!归根结底,我们腻烦了!从前那样的时代已经过去了。……"等等,等等。

杰兹杰莫诺夫咆哮如雷,他的话差不多也是这么一套。兹拉奇科夫甚至骂得不堪入耳。……所有的人都哇哇地嚷起来!不

---

① 里奥多尔·伊凡诺维奇·巴尔明(1841—1891),俄国诗人,契诃夫的友人。

过,思想稳重的人倒也有一个。这个人做出担忧的脸色,用一块擤过鼻涕的手绢擦擦脸,开口说:

"哎,犯得上吗?唉。……好,假定说就算这样……这些都是实话吧,可是何必这么闹呢?你们拿什么尺子去量人家,人家也拿什么尺子来量你们:等你们做了上司,人家也会造你们的反呢。你们要相信我的话!这只会弄得你们自己遭殃哟。"

可是这个明智的人的话谁也不听。他们没容他说完,就把他挤到门口去了。他看出有理智得不到什么好处,就也横下心,跟着大家闹起来了。

"现在我们忍无可忍,应当叫他知道我们跟他一样也是人!"杰兹杰莫诺夫说,"我们,我再说一遍,不是什么奴才,不是什么小百姓!我们可不是斗士①!我们不许人家耍弄我们!他跟我们说话不称呼'您'而说'你',见到我们鞠躬理也不理,临到我们去报告公事,却把丑嘴脸扭到一边去,而且动不动就骂人。……如今对听差说话都不兴称呼'你',更不要说对上流人了!应当把这话告诉他!"

"前几天他见着我,问道:'你这张脸是怎么搞的?你到玛卡尔那儿去,叫他用拖布给你擦洗一下!'这种玩笑真够瞧的!还有一回……"

"有一回我跟我妻子并排走路,"兹拉奇科夫插嘴说,"遇见他了。……他就说:'你这个厚嘴唇,老是找些丫头鬼混!甚至在光天化日之下!'我就说:'这是我的妻子,大人。'……他也没赔个罪,光是吧嗒一下嘴就完了!我的妻子受到这场侮辱,哇哇地哭了三天。她不是什么丫头,而是相反……你们知道……"

---

① 指古罗马时代经过专门训练在竞技场上与其他斗士比武或与野兽角斗的奴隶或战俘。

"一句话,诸位先生,再也不能照这样生活下去了!有我们就没有他,有他就没有我们,反正我们无论如何再也不能跟他共事!要么叫他走,要么我们走!宁可丢掉差事,也比糟蹋自己的名声强!现在可是十九世纪。人人都有自尊心!我虽然是个小人物,可我到底不是下贱人,我有我的骨气!我不答应!应该把这话告诉他!我们应该去一个人,对他说:这样下去不行!用我们的名义说!管自去!谁去?就这么直截了当地说明白!不用害怕,一点事也不会出!谁去?呸,见鬼……我的嗓子全喊哑了。……"

他们开始推选代表。经过很久的口角和争论,大家公认杰兹杰莫诺夫是最聪明、最有口才、最大胆的人。他常在图书馆借书看,写一手好字,同受过教育的小姐们很熟,可见他聪明;他知道该说什么,该怎么说。讲到胆量,更不在话下。大家都知道,有一回在俱乐部里,警察分局长错把他看作"茶房",他就要求警察分局长赔罪;警察分局长对这个要求还没来得及皱起眉头,关于他的胆量的议论就已经传遍全世界,深入人心了。……

"去吧,谢尼亚!不用害怕!你对他实话实说就是!你就说,去你的!你就说,我们这班人不是好惹的,大人!这不行!你去另找奴才好了,我们比谁也不差,大人,我们挺得起腰杆来。用不着含糊其词!就这样说。……去吧,谢尼亚……朋友。……不过你得把头发梳一下。……你实话实说好了。"

"我脾气暴躁,诸位先生。……我说来说去,恐怕会说错话。……还是让兹拉奇科夫去好!"

"不,谢尼亚,你去。……兹拉奇科夫只有跟绵羊干仗才称得上是好汉,而且还得喝醉酒才成……他是蠢货,可是你毕竟不一样。……去吧,好人。……"

杰兹杰莫诺夫理理头发,整整坎肩,对着空拳头咳嗽一声,走了。……大家都屏住呼吸。杰兹杰莫诺夫走进上司的办公室,在门口站住,举起颤抖的手擦一擦嘴唇:哎,该怎样开口呢?他一看见那个秃顶以及他所熟悉的小黑疣子,心口就发凉,发紧,像是用腰带勒上了似的。……他背上仿佛吹来一股风。……不过,这也不算什么;凡是不习惯的人都会如此,只是不要胆怯就行。……大起胆子来!

"喂喂……你有什么事?"

杰兹杰莫诺夫往前跨出一步,动了动舌头,可是一点声音也没发出来:嘴里仿佛有个什么东西堵住了似的。同时,这个代表感到不光是他嘴里乱糟糟,连他的内脏也如此。……他的胆量从灵魂溜进肚子里,在那儿咕噜咕噜地响一阵,顺着胯骨滑到后脚跟上,在皮靴里停住了。……偏巧靴子又是破的。……糟糕!

"喂喂……你有什么事?你没听见吗?"

"哦。……我没什么事。……我只是随便走进来的。我,大人,听说……听说……"

杰兹杰莫诺夫想管住舌头,可是舌头却不听话,接着说下去:

"我听说大人办了个摸彩会,中彩的得一辆轿式马车。……我想买彩票,大人。……嗯……大人。……"

"买彩票?好。……我这儿只剩下五张了。……五张你都买下吗?"

"不……不,大人。……一张……也就够了。……"

"五张你都买下吗,我问你!"

"很好,大人!"

"每张六卢布。……不过卖给你,可以按五卢布算。……你写上名字。……我衷心祝你中彩。……"

"嘻嘻嘻。……谢谢,大人。……嗯。……很高兴。……"

"出去!"

过一会儿,杰兹杰莫诺夫站在门房中央,脸红得像虾一样,眼

163

睛里含着泪水,要求朋友们借给他二十五卢布。

"我,诸位仁兄,给了他二十五卢布,可那不是我的钱!那是我岳母托我付房租的。……你们借给我钱吧,诸位先生!我求求你们了!"

"你哭什么?你就要有轿式马车坐喽。……"

"坐轿式马车。……轿式马车。……要我坐着轿式马车去吓唬人还是怎么的?我又不是高级教士!再者,就算我中了彩,我把那辆马车往哪儿放?我把它放在哪儿呀?"

他们谈了很久。他们只顾谈话,玛卡尔(他识字)却记啊记的,记个不停。……长得很呢,诸位先生!不管怎样,从这件事可以得出教训:造反可不行啊!

贵夫人英雄

丽季雅·叶果罗芙娜走到凉台上去喝早晨的咖啡。时间已经临近炎热发闷的中午，可是这并没妨碍我的女主人公穿一身黑绸连衣裙，把胸前的纽扣一直扣到下巴底下，而且把腰部勒得很紧，好像用老虎钳夹住似的。她知道这种黑颜色正好跟她那金黄色的鬈发和严峻的侧影相配，所以一直要到晚上才脱掉它。她刚凑着她的中国小茶杯喝下头一口咖啡，邮差就走到凉台跟前，交给她一封信。信是丈夫写来的："舅舅一个钱也不给，你的田产已经变卖了。这也没有办法。……"丽季雅·叶果罗芙娜顿时脸色发白，身子在椅子上猛一摇晃，然后接着读下去："我要动身到敖德萨去住两个月，办一件要紧的事。吻你。"

"我们破产了！他到敖德萨去住两个月……"丽季雅·叶果罗芙娜哀叫道，"这么说，他去找他的情妇了。……我的上帝啊！"

她眼珠往上翻，身子开始摇晃，伸出一只手去抓住栏杆。她眼看着就要晕倒，不料下边突然响起说话声。原来她那住在附近别墅里的表哥，退役的将军扎祖布陵，走上凉台来了。他老得像卡克瓦斯狗的故事，弱得好比新生的小猫。他走路吃力，小心在意，用手杖点着一层层台阶，仿佛担心台阶不坚固似的。他身后有个身材矮小、胡子刮光的老人迈着碎步跟上来。那个人是退休的教授巴威尔·伊凡诺维奇·克诺普卡，头戴旧式大礼帽，帽檐很宽，微微卷起来。将军照例周身沾满绒毛和面包屑,教授却穿着特别洁白的内衣,下巴也刮得特别光。两个人都容光焕发。

"我们来看望您了,夏尔芒诺琪卡①!"将军用破锣般的嗓音说,由于他有本事独出心裁地把"charmante"这个词改造一下而得意扬扬。"早晨好,仙女!我们的仙女在喝咖啡呢。"

将军开的玩笑并不高明,然而克诺普卡和丽季雅·叶果罗芙娜都扬声大笑。我的女主人公把抓住栏杆的手收回来,挺直身子,不住地微笑,向客人们伸出两只手。两个人就吻她的手,坐下。

"您,表哥,老是兴高采烈!"表妹开始应酬客人说,"这倒是一种幸福的性格呢!"

"刚才我说什么来着?啊,对了!我们的仙女在喝咖啡。……哈哈哈。我跟教授先生②却已经洗过澡,吃过早饭,出来拜客了。……这位教授弄得我烦死了!我要向您诉苦,仙女!真要命!我都打算把他送交法院了!嘻嘻嘻。……他是自由派!可以说是伏尔泰③!"

"您说的是什么呀?!"丽季雅·叶果罗芙娜含笑说道,心里却在想:"他到敖德萨去住两个月……去找那个女人了。……"

"我说的是实话!他总是宣传那样的思想……那样的思想!十足的红色分子!可是,巴威尔·伊凡诺维奇,我的朋友,您知道如今还有谁喜欢红色?莫非您知道有那样的人?嘻嘻嘻。……您倒是回答呀!这就给您这个自由派将了一军!"

"好一个将军!"克诺普卡哈哈大笑,把有学问的下巴笑歪了。

---

① 这是一个把法语和俄语随意杂凑起来的词,意在取笑。"夏尔芒"是法语"charmante(美人儿)"的音译,"诺琪卡"是俄语中表示妇女名字的爱称的词尾;这词的意思是"可爱的美人儿"。
② 原文为德语。
③ 伏尔泰(1694—1778),法国启蒙思想家、作家、哲学家,曾严厉抨击封建制度,揭露教会的罪恶。

"我们,大人,也能给您这个保守派将一军呢:只有公牛才怕红色!哈哈哈。……怎么样,您无话可说了吧?"

"嘿!我看见的是什么呀!您的夹竹桃开花了!"凉台下边响起一个女人的说话声。过了一分钟,住在附近别墅里的邻居,德罗玛杰罗娃公爵夫人,走到凉台上来。"啊呀!您这儿有男人,我还没梳妆打扮呢!对不起,请原谅!你们在这儿谈什么?您管自谈吧,将军,我不会打搅您。……"

"我们在谈红色分子!"扎祖布陵继续说,"不过现在,顺便又谈起公牛来了。……您的话倒是实在的,巴威尔·伊凡诺维奇,公牛怕红色!有一次在格鲁吉亚,那时候我正做营长,一头公牛看见我那军大衣的红色衬里,吓坏了,朝着我飞奔过来……两个犄角直对着我。……我只好拔出军刀。这是真话!幸好附近有个哥萨克,举起长矛来,把它,可恶的东西,赶走了。……您笑什么?您不相信?真的,他是把它赶走了。……"

丽季雅·叶果罗芙娜大为吃惊,喊一声哎呀,可是心里在想:"现在他到敖德萨去了……色鬼!"

克诺普卡讲起公牛和水牛。德罗玛杰罗娃公爵夫人声明说,谈这些很乏味。他们就谈红色衬里。……

"关于红色衬里,我倒还记得一件事呢,"扎祖布陵说,慢慢地啃一块面包干,"从前我的营里有个上校,姓康威尔托夫,叫彼得·彼得罗维奇。……他是个挺好的老头儿,如今他死了,提起他来就想说他的好处。他不通文墨,喜欢说些荒诞无稽的故事。……他是行伍出身,由于立过特殊战功才做高官的。……他打过仗。我喜欢他,可惜现在他已经去世了。他七十岁才升上校,骑马已经坐不稳,又得了痛风症,浑身骨节痛。往往,在操演的时候,他从刀鞘里拔出军刀,就放不回去,只好由他的卫兵把刀插进刀鞘里。……他解开纽扣还办得到,可是要扣上,那就对不起,办不到了。……这个衰弱不堪的人却一心想当将军。他又老又弱，眼看就要入土了，可是心里老这么巴望……他就是这种脾气……他是军人嘛！他就因为要做将军才不肯退役。……他做了五年上校，后来报请提升。……您猜怎么着？啊？这才是命中注定！提升的命令刚下来，他一下子就瘫痪了。……他这个可怜的人，左脸和右臂都失去知觉，两条腿也弱得厉害。……他不得不呈请退役，于是这个功名心重的人到底没戴上金属铸造的肩章！他办完退役手续，带着他的老伴到梯弗里斯去休养。他临走的时候哭了，可是他的马车夫一叫他'大人'，他又笑了。他只有半边脸哭和笑，另外半边脸却不动，好比塑像。不过他总算还有一点安慰：他的军大衣有红色衬里了。他在梯弗里斯走来走去，撩开大衣的前襟，像是生着一对翅膀似的，让大家都来看他的红色衬里。那意思是说：你要知道你看见的是个什么人物！他成天价在城里瘸着腿走来走去，炫耀他的红色衬里。……他，我这个朋友，只有这一件快活事。他一走进澡堂，就把大衣放在长凳上，衬里朝外。……这个小孩般的老人就这样安慰自己，自得其乐。后来呢，老得瞎了眼睛。他却雇一个人，领着他走遍全城，露出他的衬里。这个瞎了眼睛和白发苍苍的人走来走去，抬腿都吃力，动不动就绊跤，可是他脸上却流露出得意扬扬的神色！严冬来了，天气寒冷，他的大衣却敞着怀。……这个怪人呀！不久，他的老伴死了。他送她下葬，唉声叹气，要求人家把他带到她墓地上去，好让那些教士见识一下他的衬里。有人给他另找了个女人，是个寡妇，好照应他。……那寡妇，不消说，对她自己比对当家的关心得多。她为人贪婪。……什么白糖啦，茶叶啦，零钱啦，她统统藏起来。……她把他搜刮得精光。她，可恶的娘们儿，一个劲儿地搜刮他，坐卧不宁，后来索性把事做绝了！她这个坏婆娘，一不做二不休，干脆把他的红色衬里拆下来，给自己做了件短上衣，另找一块灰色花布给他缝上，代替红色衬里。我那个彼得·彼得罗维奇走来走去,当众掀开他的大衣,可是他这个瞎子,却没看见他那将军的衬里已经换成一块带花点的灰布了!……"

德罗玛杰罗娃认为这件事从头到尾都很乏味,就讲起她那做中尉的儿子。中饭前,有邻居来了:克良钦家的姑娘们和她们的妈妈。她们在钢琴旁边坐下,开始唱扎祖布陵爱听的一首歌。他们坐下来吃中饭。

"这小红萝卜真好吃!"教授说,"您是在哪儿买的?"

"他如今在敖德萨……跟那个女人在一起!"丽季雅·叶果罗芙娜回答说。

"什么?"

"哎呀。……我说的不是这个!我不知道厨师从哪儿买来的。……我这是怎么了?"

丽季雅·叶果罗芙娜把头往后一仰,为自己精神恍惚而哈哈大笑。……饭后,教授的胖太太带着孩子们来了。他们坐下来打牌。傍晚,有些城里的客人来了。……

丽季雅·叶果罗芙娜一直到夜间把最后一个客人送走,呆呆地站一会儿,听客人的脚步声渐渐消失以后,这才伸出一只手扶住原先所扶的栏杆,身子摇晃一下,放声痛哭。

"他花天酒地,荡尽家产还不够!他连这都嫌不够!他还要变心!"

她的热泪尽情地从眼睛里滚下来。由于绝望,她那张苍白的脸变了样。现在已经不必顾礼貌,她可以放声痛哭了!

鬼才知道,人的巨大精力有时候竟然耗费在什么事情上!

我是怎样正式结婚的

小　故　事

等到潘趣酒已经喝完,我的父母就交头接耳地说一阵,撇下我们走掉了。

"快把事办成!"爸爸临走对我小声说,"加油干!"

"可是,"我小声说,"既然我不爱她,我还能对她表白爱情吗?"

"你少来这套。……你这个笨蛋,什么也不懂。……"

说完这话,爸爸就用气愤的眼光打量我,走出凉亭外面去了。在半开半关的门口,一只老太婆的手伸进来,取走桌子上的蜡烛。我们就处在黑暗里了。

"得,该发生的事,要躲也躲不过了!"我暗自想着,然后咳嗽一声,打起精神说:"这种环境对我有利,左雅·安德烈耶芙娜。现在终于只剩下我们俩了。黑暗倒于我有好处,因为它遮盖了我脸上的羞臊。……这种羞臊起因于我灵魂里燃烧着的感情。……"

可是讲到这儿,我停住嘴。我听见左雅·热尔瓦科娃的心怦怦地跳,牙齿不住地打战。她周身发抖,这是可以从长椅的颤动听出来,感觉到的。这个可怜的姑娘不爱我。她恨我,有如狗恨棍子,而且,她还鄙视我,如果蠢人能够鄙视别人的话。现在,我虽然已经有了官阶,戴上勋章,可我仍然像是只大猩猩,容貌丑陋,至于那时候,我简直就像头野兽:肥大的脸庞、满脸的疙瘩、粗硬的须发。……由于经常患鼻炎,不断地喝酒,我的鼻子又红又肿。我动作的灵巧是连熊也不会羡慕的①。至于我的思想品质,那就更不必说了。左雅还没做我的未婚妻以前,我还向她索取过不正当的贿赂呢。我停住嘴,是因为我觉得她可怜。

"我们到花园里去走走吧,"我说,"这儿闷热。……"

我们走出去,顺着林荫道散步。我的父母本来在门外偷听,看我们走出来,就躲到灌木丛中去了。月光照在左雅的脸上。那时候我愚蠢,不过我还是能在那张脸上看出她委曲求全的哭丧相!我叹了口气,接着说:

"夜莺在歌唱,给它亲爱的妻子消愁解闷。……我却孤零零一个人,能给谁消愁解闷呢?"

左雅涨红脸,垂下眼睛。她原是受到叮嘱,非隐忍不可的。我们在长椅上坐下,脸对着小河。河对岸有一座白色的教堂,教堂后面耸起库尔达罗夫伯爵老爷的宅第,左雅所爱的人,伯爵家的管事包尔尼曾,就住在那所房子里。左雅刚在长椅上坐下,就凝神望着那所房子。……我的心由于怜悯而揪紧。我的上帝,我的上帝啊!祝我们的父母升天堂吧②,可是……也得让他们在地狱里关上一个星期才好!

"有个人能够掌握我的全部幸福,"我接着说,"我对这个人有感情……有了解。……我爱她,要是她不爱我,我就会完蛋……死掉。……这个人就是您。您能爱我吗?啊?您爱我吗?"

"爱。"她小声说。

---

① 意谓"我的动作跟熊一样笨拙"。
② 基督教徒对业已亡故的人的祝愿词,暗示他们的父母现在已经去世。

我听到她吐出这个字,老实说,顿时面无人色。我先前以为她总要推托,总要拒绝我,因为她非常爱另一个人。我对她的这种爱情本来抱很大的期望,不料结果适得其反。……她没有力量以卵击石啊。

"爱。"她又说一遍,哭起来。

"不能再这样下去了,小姐!"我讲起来,自己也不知道自己在说什么,周身发抖,"难道可以这样吗?左雅·安德烈耶芙娜,我亲爱的,请您不要相信我的话!真的,不要相信!我不爱您!要是我爱您,那就叫我遭三次诅咒!您也不爱我!这件事全是胡闹。……"

我跳起来,在长椅四周跑来跑去。

"不应当这样!这件事纯粹是一出滑稽戏!这是为了财产关系强迫我们成亲,左雅·安德烈耶芙娜。这哪有什么爱情?给我脖子上套一块磨石,也比叫我娶您轻松得多,就是这么回事!这是从何说起!他们有什么充分的权利这么干?在他们眼里,我们究竟算是什么东西?是农奴?是狗?我们偏不结婚!偏要气气他们!这太可恶!够了,我们不能再迁就他们了!我马上就去说我不想跟您结婚,就这样办!"

左雅忽然不再淌泪,一刹那间眼睛干了。

"我就去说!"我继续说,"您也要说。您告诉他们说您根本不爱我,就说您爱包尔尼曾。我也要跟包尔尼曾握手。……我知道您多么热烈地爱他!"

左雅幸福得笑起来,跟我并排走着。

"话说回来,您也爱另一个人!"她搓着手说,"您爱代贝小姐。"

"是的,"我说,"我爱代贝小姐。虽然她不是东正教徒,而且没有钱,可是我爱她的智慧和助人为乐的品格。……随他们去咒骂好了,反正我要跟她结婚。我爱她说不定胜过爱我的生命!缺了她,我就活不下去!要是我不能娶她,我都不想活了!我马上就去。……我们一块儿去,对那些魔鬼说清楚。……谢谢您,亲爱的!……您给了我多大的安慰!"

我的灵魂里洋溢着幸福。我开始向左雅道谢,左雅也开始向我道谢。我们俩,又幸福又感激,开始吻对方的手,互相说对方高尚。……我吻她的手,她吻我头上的粗硬的头发。似乎我连礼貌也忘记,竟然拥抱她了。不妨对您说一句,这样互相说穿谁也不爱谁,倒比互相表白爱情幸福得多呢。我们高高兴兴,脸色绯红,心突突地跳,往正房走去,向我们的父母宣布我们的意志。我们一面走,一面互相鼓励。

"随他们去骂好了,"我说,"随他们打我们,甚至把我们赶走好了,反正我们会幸福的!"

我们走进正房,我们的父母正站在门口等着。他们瞧着我们,看出我们幸福,就赶紧对听差招手示意。听差端着香槟酒走过来了。我开始抗议,不住地摇手和跺脚。……左雅又是哭,又是嚷。……顿时闹得一塌糊涂,香槟酒就此没有喝成。

可是他们仍旧给我们成了亲。

今天我们庆祝我们的银婚①。我们共同生活了四分之一世纪!起初,局面是可怕的。我骂她,打她,开始带着悲伤的心情爱她。……我们带着悲伤的心情有了孩子。……后来……总算还好……我们习惯了。……目前她,左雅,正站在我背后,把小手放在我的肩膀上,吻我的秃顶呢。

---

① 即结婚二十五周年纪念。

助理会计员日记摘录

一八六三年五月十一日 我们六十岁的会计员格洛特金因咳嗽而不断地喝加白兰地的牛奶,因而患了酒狂症。医生们以他们所固有的自信态度肯定说,他明天就会死。我终于要做会计员了!他们早已应许把这个位子交给我了。

秘书克列谢夫要到法院去受审,因为某申请人骂他是官僚,他便将该人痛殴一顿。此事大概已做决定。

我因胃炎而服汤药。

一八六五年八月三日 会计员格洛特金胸部又得病。他开始咳嗽,并喝加白兰地的牛奶。如若他亡故,他的位子便由我接替。我存着希望,然而希望甚小,因为,看来,酒狂症并不总是致命的!

克列谢夫把某亚美尼亚人的期票夺过来,当场撕毁。恐怕此事将要打官司。

一个老太婆(古利耶芙娜)昨天说,我的病不是肠胃炎,而是内痔。很有可能!

一八六七年六月三十日 报上说阿拉伯闹霍乱。也许该病会传到俄国来,那时候就将有许多职位出缺。老人格洛特金可能死掉,我就会得到会计员的职位。人的生命力真强!他活得这么久,依我看来,简直不成体统。

治我的胃炎应服什么药?要不要服山道年花①?

一八七〇年一月二日 格洛特金的院子里,狗叫了一夜。我的厨娘彼拉盖雅说这是可靠的预兆,我同她一直谈到深夜两点钟,讲起我做会计员后,应买浣熊毛皮大衣和长睡衣各一件。恐怕我还要结婚。当然,不应娶姑娘,这在我的年纪已经不相宜,那就娶寡妇好了。

昨天克列谢夫被逐出俱乐部,因为他大声讲一个不堪入耳的故事,并嘲笑贸易代表团成员波纽霍夫的爱国精神。听说后者将向法院控告。

我打算到波特金②医生处医治我的胃炎。据说此人医道颇佳。……

一八七八年六月四日 报载韦特良卡③闹鼠疫。又载人们纷纷倒毙。由于这个缘故,格洛特金在喝胡椒酒。哼,胡椒酒对这样的老人也未必会有什么帮助。倘若鼠疫传来,我一定会当上会计员。

一八八三年六月四日 格洛特金垂危。我到他家里去,流着眼泪恳求他饶恕我,因为我一直急切地盼望他死掉。他流着眼泪,宽宏大量地饶恕我,并劝我喝橡实制的咖啡代用品以医治胃炎。

克列谢夫又险些打官司:他把他租来的钢琴抵押给犹太人了。

---

① 一种药用植物,制驱虫剂用。
② 大概指俄国医学家谢·彼·波特金(1832—1889)。——俄文本编者注
③ 指俄国阿斯特拉罕省的韦特良卡镇,人口两千,由于在1878年闹鼠疫而出名。——俄文本编者注

然而,虽则如此,他却获得斯坦尼斯拉夫勋章,做了八等文官。这个世界上发生的事可实在令人惊奇!

生姜二佐洛特尼克①,高良姜一点五佐洛特尼克,烈性白酒一佐洛特尼克,麒麟竭五佐洛特尼克。以上各药加以搅拌,泡在一俄升②白酒内,医治胃炎,空肚服一小杯即可。

同年六月七日 昨日格洛特金下葬。呜呼!这个老人之死,于我并无益处!我一连几夜梦见他身穿白色厚呢斗篷,勾着手指头招呼我走过去。啊,倒霉,我这个遭到诅咒的人真是倒霉啊:当上会计员的不是我,而是察里科夫。得到这个职位的不是我,而是一个有省长夫人的姑母撑腰的青年人。我的希望完全落空了!

一八八六年六月十日 察里科夫的妻子私奔。他很苦恼,可怜的人。也许他会苦恼得自寻死路。倘若他自尽身亡,我就做会计员了。关于此事已有议论。如此看来,希望尚未破灭,我还可活下去,说不定离着买浣熊毛皮大衣的日子已不算远。至于结婚,我也不反对。假使遇上好机会,结婚又有何妨,只是要找人商量一下才好。这是终身大事啊。

克列谢夫丢下自己的套靴而把三等文官里尔曼斯的套靴穿走了。闹了大乱子!

看门人巴伊西劝我服升汞以治胃炎。我试一试。③

---

① 旧俄重量单位,1佐洛特尼克约合4.26克。
② 旧俄量酒单位,1俄升等于1.2升。
③ 日记到此中断,他很可能已经中毒而死,因为升汞是毒品。

跟爷爷一模一样

闷热的夜晚,窗子敞开,跳蚤和蚊子闹个不停。我口渴,像是刚刚吃过咸青鱼。我躺在床上,翻来覆去,竭力想睡着。隔壁房间里,我的爷爷也没睡着,也不住地翻身。他是个退役的将军,住在我家里靠我养活。我俩都遭到跳蚤叮咬,我俩都生它们的气,嘴里骂骂咧咧。我的爷爷哼哼唧唧,喘着气,把浆硬的睡帽弄得窸窣作响。

"这个昏了头的家伙!"他嘟哝道,"毛……毛头小伙子!你欠揍,糊涂的年轻人!"

"您这是骂谁,爷爷?"

"那还用说。……你们给宠坏了,惯坏了,没有受过惩治……"爷爷吸进一口气去,然后猛地发出一连串苍老的咳嗽声。"应当叫你受三回棒刑①,你才会懂点事。……为什么你没买波斯粉②?这是什么缘故,我问你?懒吗?没放在心上吗?"

"爷爷,您闹得我没法睡觉!停住嘴吧!"

"不许顶嘴!你要知道你是在跟谁说话!"爷爷沙沙响地在身上搔痒,提高嗓门说,"我再说一遍:为什么你没买波斯粉?还有,

---

① 旧俄军队里的一种笞刑:士兵持棒站成两列,命令犯罪的人从中间穿过,每人打他一棒。
② 一种驱虫剂,可毒死跳蚤、臭虫。

先生,你怎么敢放肆地做出那么气人的事,甚至弄得人家抱怨你?啊? 昨天杜比亚金上校抱怨说你把他妻子拐走了。这是谁允许你干的? 你有什么权力?"

爷爷把我骂了很久,后来又从辱骂变为教训:第七诫①啦,婚姻的基础啦,等等。

"这些事我都知道得比您清楚,爷爷,"我说,"我承认,我的良心在折磨我,可是我拿我自己一点办法也没有。我跟您一模一样! 我不但从您那儿继承了血和肉,还继承了您的种种美德。遗传是不可抗拒的!"

"我……我可没碰过别人的老婆。……你胡说八道!"

"真的吗? 那么,您回想一下吧,大约十年前,您六十岁那年,您拐走的固然不是熟人的老婆,也不是丈夫出门在外的妻子,却是个大姑娘。您想想尼诺琪卡吧。"

"我,那个……我跟她成了亲。……"

"可不是! 人家把尼诺琪卡养大,疼她,根本不是准备把她嫁给六十岁的老头子。那么个灵巧的姑娘,美人儿,本该嫁给一个出色的年轻小伙子,而且她也已经有了合适的未婚夫,可是您来了,又有官阶又有钱,把她的父母唬住,您又拿各式各样的装饰品送给十七岁的姑娘,弄得她晕头转向了。她跟您举行婚礼的时候,哭得多么厉害! 事后她又多么后悔啊,可怜的姑娘! 后来她就同酗酒的中尉一块儿逃跑了,无非是要远远地躲开您而已。……您是蠢鹅,爷爷!"

"慢着……慢着。……这不关你的事。……是啊,要是叫你受五回棒刑,那你就不会那个……不会把你妹妹达霞的财产抢过

---

① 犹太教和基督教的戒条"十诫"之一,即"不可奸淫",见《旧约·出埃及记》。

来了。……你这是欺负人。……你为什么打官司,把她的一百俄亩①地抢到手?"

"这是学您的榜样。跟您一模一样,爷爷!我是从您那儿学会巧取豪夺的本事的!您回想一下吧,当初您在军需署任职,后来您奉派在乌法省任职的时候,以及……"

我们照这样争吵很久。爷爷揭发我二十桩罪行,我把二十桩统统归咎于家风,归咎于遗传。最后爷爷把嗓子喊哑,气得直用手抓墙。

"您听我说,爷爷,"我说,"照这样,我们很久都没法睡着。我们索性去洗个澡,喝点白酒。那就能好好地睡一觉了!"

爷爷生气地吧嗒着嘴唇,唠唠叨叨,穿上衣服。我们往小河边走去。夜色很好,月光皎洁。我们洗完澡,回到家里来。桌上放着一个细颈玻璃瓶。我斟上两杯酒。爷爷端起一杯酒,在胸前画个十字,说:

"喏,要是叫你受……十回棒刑,那你就会懂点事了!你这酒……酒鬼!"

爷爷嘟嘟哝哝,生气地把酒喝下去,吃一点香肠。我呢,因为继承了对酒类的爱好,也把酒喝下肚,走去睡觉。

我们每天晚上都是这样度过的。

---

① 1 俄亩等于 1.09 公顷。

每 年 一 次

公爵小姐那幢有三个窗户的小房子露出一派节日气象。它似乎年轻了。房子四周已经仔细打扫过,大门敞开,带格子的窗板从窗户上卸下来。新擦亮的窗玻璃迎着春天的太阳胆怯地发亮。看门人玛尔克在大门口站着,年老衰迈,身穿一套虫蛀的号衣。他那用发抖的手刮了一早晨而仍然留下胡子楂的下巴、新擦亮的皮靴和刻着纹章的纽扣,也都迎着太阳放光。玛尔克不是平白无故从他的小房间里钻出来的。今天是公爵小姐的命名日,他要给客人们开门,大声通报他们的姓名。门厅里已经没有平时那种咖啡渣的气味,也没有素菜汤气味,却有那么一种类似香皂的香水味。各个房间都精心地收拾好。窗帘已经挂起来,罩在画片上的薄纱已经取下,布满木刺的破旧地板涂上了蜡。性子凶恶的茹尔卡母猫和它的小猫,以及许多小鸡,一概关在厨房里,不到天黑不放出来。

公爵小姐本人,也就是这幢有三个窗户的小房子的女主人,是个背脊伛偻和满面皱纹的老太婆,正坐在大圈椅里,不时理一理她那件白色薄纱连衣裙的皱褶。她胸脯干瘦,胸前戴着玫瑰花,只有那朵花才说明这个世界上还有青春!

公爵小姐等着贺客登门。应当到她家里来的客人,有特朗勃男爵和他的儿子,有哈拉哈德节公爵,有宫中高级侍从布尔拉斯托夫,有她的表哥比特科夫将军和许多其他的人……一共不下二十名!

时间已经是中午。公爵小姐理一下她的连衣裙和玫瑰花。她侧耳倾听:有人拉门铃吗?一辆轻便马车隆隆响地奔驰着,停住。五分钟过去了。

"不是到我们这儿来的!"公爵小姐暗想。

对了,不是到您这儿来的,公爵小姐!过去那些年的历史又在重演。无情的历史啊!下午两点钟,如同往年一样,公爵小姐回到她的卧室里,闻了闻阿莫尼亚水①,哭了。

"一个人也没来!一个也没来!"

老玛尔克在公爵小姐身旁忙这忙那。他也一样伤心:人们都变坏了!从前,人们像苍蝇似的拥进客厅里来,可是现在……

"一个人也没来!"公爵小姐哭着说,"男爵也没来,哈拉哈德节公爵也没来,乔治·布维茨基也没来。……他们都丢开我了!可是没有我,他们哪会有今天?他们有今天的幸福,有今天的前程,都得感激我,全亏我出力!缺了我,他们就会一事无成。"

"一事无成,小姐!"玛尔克附和说。

"我倒不是要他们报恩。……我不需要这个!我要的是感情!我的上帝,这多么气人!就连我的外甥让②也没来。为什么他不来?我有什么地方对不起他?他欠的债我全给他还清了,我还把他姐姐达尼雅嫁给一个上流人。这个让叫我破费不少啊!我始终信守我对我哥哥,也就是他父亲,许下的诺言。……我为他花过不少钱……这你也知道。……"

"您,小姐,可以说,就是他的父母,顶得上他的亲生父母。"

"可是现在……你瞧,这就叫报恩!唉,这些人啊!"

---

① 镇静剂。
② 法国人名,相当于俄国人名伊凡。

三点钟,如同往年一样,公爵小姐歇斯底里发作了。惊慌不安的玛尔克戴上他那顶镶着饰绦的帽子,同街头马车的车夫讲了很久的价钱,然后坐上车去找公爵小姐的外甥让。幸好,让公爵居住的公寓不算太远。玛尔克碰见公爵正躺在床上。让刚从昨天的酒宴上回来。他那起了皱纹的大脸红得发紫,额头上冒汗。他很想睡觉,可是不行:他恶心,要呕吐。他烦闷的眼睛盯住洗脸盆,其中装满垃圾和肥皂水,快要溢出来了。

玛尔克走进肮脏的房间,带着厌恶的神情耸起肩膀,胆怯地走到床前。

"这不好,伊凡·米哈雷奇!"他说,不以为然地摇头,"不好!"

"什么事不好?"

"今天您为什么没到您姑姑家里去庆贺她的命名日呢?莫非这样好吗?"

"滚出去!"让说,眼睛没离开肥皂水。

"莫非这不伤姑姑的心?啊?唉,伊凡·米哈雷奇,少爷!您一点感情也没有!"

"我不干拜客的事。……你就这么对她说吧。这种风气早已过时了。……我没有工夫坐着马车四处乱跑。要是你们没事可做,管自坐车四处乱跑好了,不要来缠我。好,滚开!我想睡觉。……"

"'想睡觉'。……您恐怕是要把脸扭到一边去!您羞得不敢看人了!"

"得了……哼。……你这个混蛋!讨厌鬼!"

随后是长时间的沉默。

"您,少爷,就去一趟,庆贺一下吧!"玛尔克亲热地说,"她老人家在哭,在床上不住翻腾。……您务必发发善心,对她表一下敬意。……您去一趟吧,少爷!"

"我不去。我用不着去,而且也没有工夫去。……况且我到老处女家去又有什么事可做呢?"

"您去一趟吧,公爵! 您给她个面子,少爷! 您多费心! 她老人家伤心透了,因为您,可以说是忘恩负义,没有感情!"

玛尔克举起袖子擦眼睛。

"劳驾了!"

"嗯。……那么有白兰地喝吗?"让说。

"有,少爷,公爵!"

"哦! ……嗯,是啊。……"

公爵挤一挤眼睛。

"哦,那么有一百卢布可拿吗?"他问。

"这说什么也办不到! 您自己也不是不知道,公爵,我们手上已经不像从前那么有钱了。……亲戚们已经害得我们倾家荡产,伊凡·米哈雷奇。当初我们有钱,大家不断地来,可是现在……这也是上帝的旨意啊!"

"我去年因为拜望她而拿到……拿到多少钱来着? 拿到二百。那么这回连一百也没有了? 你倒真会开玩笑,乌鸦! 你在老太婆那儿翻一下,会找出来的。……不过,你滚开。我想睡觉。"

"求您发一发慈悲吧,公爵! 她老人家年纪大,身子弱。……她活不长了。……您可怜可怜她老人家吧,伊凡·米哈雷奇,公爵!"

让却无动于衷。玛尔克就开始讲价钱。四点多钟,让同意了,穿上礼服,坐车到公爵小姐家里去。……

"我的姑姑①。"他低下头去吻她的手,说道。

然后他在沙发上坐下,把去年已经谈过的话再从头说一遍。

---

① 原文为法语。

"我的姑姑,玛丽雅·克雷斯金娜接到从尼斯①寄来的一封信。……她丈夫可了不得!嘿!您猜怎么样?原来他为一个歌女同一个英国人决斗,他在信上满不在乎地描写一番……我忘记那个歌女的姓了。……"

"真的吗?"

公爵小姐把眼珠往上一翻,举起两只手来合在一起,惊讶中带着点恐惧,又说一遍:

"真的吗?"

"是啊。……他在那儿决斗,追逐歌女,可是在此地,他的妻子呢……却让他害得憔悴,消瘦。……这样的人我真不懂,我的姑姑!"

幸福的公爵小姐把座位向让那边移近点,他们就滔滔不绝地谈下去。……茶和白兰地端上来了。

这边,幸福的公爵小姐听让讲话,时而哈哈大笑,时而心惊胆战,时而感到震动;那边,老玛尔克却在翻那些小箱子,把一张张钞票收拢来。让公爵做出了很大的让步。只要给他五十卢布就成了。可是为了付出五十卢布,就得翻不止一口箱子呀!

---

① 法国的一个疗养地。

一个文官的死

在一个挺好的傍晚,有一个也挺好的庶务官,名叫伊凡·德米特利奇·切尔维亚科夫①,坐在剧院正厅第二排,举起望远镜,看《柯奈维尔的钟声》②。他一面看戏,一面感到心旷神怡。可是忽然间……在小说里常常可以遇到这个"可是忽然间"。作者们是对的:生活里充满多少意外的事啊!可是忽然间,他的脸皱起来,眼珠往上翻,呼吸停住……他取下眼睛上的望远镜,低下头去,于是……阿嚏!!!诸位看得明白,他打了个喷嚏。不管是谁,也不管是在什么地方,打喷嚏总归是不犯禁的。农民固然打喷嚏,警察局长也一样打喷嚏,就连三等文官偶尔也要打喷嚏。大家都打喷嚏。切尔维亚科夫一点也不慌,拿出小手绢来擦擦脸,照有礼貌的人的样子往四下里瞧一眼,看看他的喷嚏搅扰别人没有。可是这一看不要紧,他心慌了。他看见坐在他前边,也就是正厅第一排的一个小老头正用手套使劲擦他的秃顶和脖子,嘴里嘟嘟哝哝。切尔维亚科夫认出小老头是在交通部任职的文职将军③勃利兹查洛夫。

"我把唾沫星子喷在他身上了!"切尔维亚科夫暗想,"他不是

---

① 这个姓可意译为"蛆"。
② 法国作曲家普兰克特(1848—1903)创作的轻歌剧。
③ 旧俄三级以上的文官。

我的上司,是别处的长官,可是这仍然有点不合适。应当赔个罪才是。"

切尔维亚科夫就嗽一下喉咙,把身子向前探出去,凑着将军的耳根小声说:

"对不起,大人,我把唾沫星子溅在您身上了……我是出于无心。……"

"没关系,没关系。……"

"请您看在上帝面上原谅我。我本来……我不是有意这样!"

"哎,您好好坐着,劳驾!让我听戏!"

切尔维亚科夫心慌意乱,傻头傻脑地微笑,开始看舞台上。他在看戏,可是他再也感觉不到心旷神怡了。他开始惶惶不安,定不下心来。到休息时间,他走到勃利兹查洛夫跟前,在他身旁走了一会儿,压下胆怯的心情,叽叽咕咕说:

"我把唾沫星子溅在您身上了,大人。……请您原谅。……我本来……不是要……"

"哎,够了。……我已经忘了,您却说个没完!"将军说,不耐烦地撇了撇下嘴唇。

"他忘了,可是他眼睛里有一道凶光啊,"切尔维亚科夫暗想,怀疑地瞧着将军,"他连话都不想说。应当对他解释一下,说我完全是无意的……说这是自然的规律,要不然他就会认为我是有意啐他了。现在他不这么想,可是过后他会这么想的!"

切尔维亚科夫回到家里,就把他的失态告诉他的妻子。他觉得妻子对待所发生的这件事似乎过于轻率。她先是吓一跳,可是后来听明白勃利兹查洛夫是"在别处工作"的,就放心了。

"不过你还是去一趟,赔个不是的好,"她说,"他会认为你在大庭广众之下举动不得体!"

"说的就是啊!我已经赔过不是了,可是不知怎么,他那样子有点古怪。……他连一句合情合理的话也没说。不过那时候也没有工夫细谈。"

第二天,切尔维亚科夫穿上新制服,理了发,到勃利兹查洛夫那儿去解释。……他走进将军的接待室,看见那儿有很多人请托各种事情,将军本人就夹在他们当中,开始听取各种请求。将军问过几个请托事情的人以后,就抬起眼睛看着切尔维亚科夫。

"昨天,大人,要是您记得的话,在'乐园'①里,"庶务官开始报告说,"我打了个喷嚏,而且……无意中溅您一身唾沫星子。……请您原……"

"简直是胡闹。……上帝才知道是怎么回事!您有什么事要我效劳吗?"将军扭过脸去对下一个请托事情的人说。

"他话都不愿意说!"切尔维亚科夫暗想,脸色发白,"这是说,他生气了。……不行,这种事不能就这样丢开了事。……我要对他解释一下。……"

等到将军同最后一个请托事情的人谈完话,举步往内室走去,切尔维亚科夫就走过去跟在他身后,叽叽咕咕说:

"大人!倘使我斗胆搅扰大人,那我可以说,纯粹是出于懊悔的心情!……这不是故意的,您要知道才好!"

将军做出一副要哭的样子,摇了摇手。

"您简直是在开玩笑,先生!"他说着,走进内室去,关上身后的门。

"这怎么会是开玩笑呢?"切尔维亚科夫暗想,"根本连一点开玩笑的意思也没有啊!他是将军,可是竟然不懂!既是这样,我也不想再给这个摆架子的人赔罪了!去他的!我给他写封信就是,反正我不想来了!真的,我不想来了!"

---

① 旧俄时代夏季露天花园和剧院常用的名字。

切尔维亚科夫这样想着,走回家去。那封给将军的信,他却没有写成。他想了又想,怎么也想不出这封信该怎样写才对。他只好第二天亲自去解释。

　　"我昨天来打搅大人,"他等到将军抬起问询的眼睛瞧着他,就叽叽咕咕说,"并不是像您所说的那样为了开玩笑。我是来道歉的,因为我打喷嚏,溅了您一身唾沫星子……至于开玩笑,我想都没想过。我敢开玩笑吗?如果我们居然开玩笑,那么结果我们对大人物就……没一点敬意了。……"

　　"滚出去!!"将军脸色发青,周身打抖,突然大叫一声。

　　"什么?"切尔维亚科夫低声问道,吓得愣住了。

　　"滚出去!!"将军顿着脚,又说一遍。

　　切尔维亚科夫肚子里似乎有个什么东西掉下去了。他什么也看不见,什么也听不见,退到门口,走出去,到了街上,慢腾腾地走着。……他信步走到家里,没脱掉制服,往长沙发上一躺,就此……死了。

真 正 的 实 情

六名十四等文官和一名没有官阶的文官,在郊外一个小树林里坐着喝酒。

他们喝酒倒很起劲,然而心情凄凉而忧郁。一点笑容也看不见,一点欢乐的肢体动作也看不见。什么笑声也听不到,什么欢畅的谈话声也听不到。……这个局面颇有送丧的味道。……

就在一个星期以前,十四等文官卡尼佛列夫带着醉态到衙门里来上班,踩在不知什么人吐的痰上,脚下一滑,倒在玻璃橱上,把玻璃撞碎,自己也受了伤。他这次出丑后,第二天,又把第二四二三号案卷里两件公文弄丢了。不仅如此。……他平时上班,衣袋里常常揣着火药和纸炮。总之,他过着酗酒和放纵的生活。这一切都受到注意了。他就被撤职,现在来参加饯别宴会。

"永恒的思念啊,归于你①,阿辽沙!"文官们喝每杯酒以前,都要转过脸来对卡尼佛列夫说。"归于你啊,阿门②!"

卡尼佛列夫是个身材矮小的人,他的长脸上泪痕斑斑。他每次听到这类祝词总是哭起来,用拳头捶着桌子,说:

"反正是完了!"

---

① 基督教安灵祭上追悼亡人的祷词。
② 基督教祷词的结尾语,意思是"但愿如此"。

被开除的人猛一口喝下他那杯酒,大声哭着,一个劲儿地凑过去吻他的朋友们。

"我给开除了!"他说,凄惨地摇头,"他们开除我,是因为我爱喝酒!然而他们就不懂,我是因为痛苦,因为烦恼才喝酒的!"

"你因为什么事痛苦呢?"

"因为这样的事:我看不惯他们的虚伪!他们那种卑鄙的虚伪让我心都碎了!我不能眼巴巴地看着他们那种种恶劣勾当却无动于衷!这一点他们却不想明白。……好吧!我要给他们个厉害看看!我要叫他们明白明白!我要走过去,照直往他们眼睛里啐口唾沫!我要把真正的实情统统讲给他们听!所有的实情全要讲!"

"你不会讲的。……这只不过是吹牛罢了。……我们这些人只有本事喝醉了酒大嚷一通,可真要有个风吹草动,就夹起尾巴跑了。……你也是这样的人哟。……"

"你以为我不会讲出来吗?你这样想?啊啊……原来你是这样想。……行。……好吧,咱们走着瞧。……要是那样的话,就叫我遭三次诅咒……就叫我不得好死。……要是我不敢讲出来,就当面骂我卑鄙小人,啐我一口唾沫就是!"

卡尼佛列夫伸出拳头捶一下桌子,脸色红得发紫。

"反正是完了!我马上就去,照直讲出来!现在就去!他同他妻子就在那边坐着,离这儿不远!完蛋就完蛋,管它呢,反正我要擦亮他们的眼睛!我要让真相大白于天下!让它们见识见识阿辽沙·卡尼佛列夫是个什么人!"

卡尼佛列夫一下子跳起来,身子摇摇晃晃,跑掉了。……他的朋友们正朝他伸出手,要拉住他的衣襟,他却已经跑远了。他们刚打定主意跑过去追他,拉住他,不料他已经跑到上司的桌子跟前,站住,开口说道:

"我,大人,没经通报就闯进您家里来了,不过我是正人君子,才这样做,所以要请您原谅。……我,大人,喝了点酒,这是实在的,"他说,"不过我神志却清醒!俗语说得好:清醒的人话藏在心里,喝醉的人话挂在嘴上,我要把真正的实情一股脑儿跟您讲出来!对,大人!够了,再也不能隐忍下去了!比方说,为什么您办公室里的地板很久都没上过油漆?为什么您容许会计员睡到十一点钟才起来?为什么您容许米恰耶夫把衙门里的报纸拿回家去,却不容许别人这样干?反正我是完了,我要对您把一切真正的……"

可是卡尼佛列夫讲出这些真正的实情的时候,他的嗓音发颤,眼睛里含着泪水,不住用拳头捶胸口。

他的上司瞧着他,瞪大眼睛,不明白这是怎么回事。

坏 孩 子

相貌好看的青年男子伊凡·伊凡内奇·拉普金和生着小翘鼻子的年轻姑娘安娜·谢敏诺芙娜·扎木勃里茨卡雅,顺着高陡的岸坡走下去,在长椅上坐下。长椅放在新生的而且茂密的柳丛中间,紧靠着河水。好一个美妙的所在!您一坐到这儿,就同外界隔绝了,只有鱼和水面上像闪电般跑来跑去的水蜘蛛才能看见您。两个青年人带着钓鱼竿、捞鱼网、装着蚯蚓的罐子和别的捕鱼工具。他们坐下,立刻动手钓鱼。

"我真高兴,我们到底单独在一块儿了,"拉普金往四下里看一眼,开口说,"我有许多话要跟您说,安娜·谢敏诺芙娜。……多得很呢。……当初我头一次看见您的时候……鱼在吃您的钓饵了。……我才明白我是为什么活着,我才明白我应当用我诚实而勤劳的一生供奉的神像在哪儿。……大概是一条大鱼上了您的钩。……我看见您,才头一次坠入情网,热烈地爱上您!您等一会儿再拉……让它咬住钓钩再拉。……您告诉我,我亲爱的,我求求您,我能指望……不是指望相互的爱情,不是的!……这我不配,我连想也不敢想。我能指望……您快拉呀!"

安娜·谢敏诺芙娜举起握着钓竿柄的手,猛力一拉,大叫一声。空中闪过一条银白发绿的小鱼。

"我的上帝啊,这是鲈鱼!哎呀,哎呀。……快一点!它要挣脱了!"

鲈鱼挣脱钓钩,在草地上跳动,往它的老家移过去,终于……扑通一声跳进水里去了!

拉普金忙着捉鱼,可是他的手没抓住鱼,不知怎么,无意中却抓住了安娜·谢敏诺芙娜的手,无意中把那只手送到他的唇边。……姑娘缩回手去,可是已经迟了:他们的两张嘴无意中凑到一起,接吻了。不知怎么,无意中就出了这样的事。他们频频接吻,然后海誓山盟,表白忠贞。……幸福的时光啊!可是,在人间生活里,却没有什么绝对幸福的东西。照例,幸福的事本身就含有毒素,或者受到外界什么东西的毒害。这一次也如此。两个青年人正在接吻,忽然传来了笑声。他们往河里一看,愣住了:原来有个赤身露体的男孩站在水里,水齐到腰上。那是中学生柯里亚,安娜·谢敏诺芙娜的弟弟。他站在水里,瞧着两个青年人,阴险地冷笑。

"啊啊……你们在亲嘴?"他说,"好哇!我要告诉妈妈去。"

"我希望您,像正派人那样……"拉普金涨红脸,嘟嘟哝哝说。"偷看是卑鄙的,告诉别人就下流、卑劣、可恶了。……我认为您会像正派而高尚的人那样……"

"给我一个卢布,那我就不去告诉!"高尚的人说,"要不然我就要去。"

拉普金从衣袋里取出一个卢布,拿给柯里亚。男孩用湿拳头握紧卢布,打一声呼哨,游着水远去了。两个青年人就此再也没接吻。

第二天拉普金从城里给柯里亚带来颜料和小皮球,他的姐姐把她收藏的空药丸盒统统送给他。后来他们又送给他刻着狗头的袖扣。坏孩子分明很喜欢这些,他为了得到更多的东西而开始监视他们。拉普金和安娜·谢敏诺芙娜走到哪儿,他就跟到哪儿。

他一分钟也不让他们单独在一块儿。

"坏蛋!"拉普金咬牙切齿地说,"年纪那么小,却已经成了这么个大坏蛋!日后他会变成什么样的人?!"

整个六月,柯里亚弄得那对可怜的情人无法生活。他用揭发要挟他们,他监视他们,他勒索馈赠。送给他那么些东西,他还嫌不够,最后竟然谈起怀表来了。那有什么办法呢?他们只好答应给他买怀表。

有一回,大家正在吃中饭,仆人端上鸡蛋饼①来,他忽然哈哈大笑,挤了挤眼睛,问拉普金说:

"要说出来吗?啊?"

拉普金满脸通红,错把餐巾当作鸡蛋饼,放进嘴里嚼起来。安娜·谢敏诺芙娜从桌旁跳起来,跑到另一个房间里去了。

这样的局面,那对青年人一直熬到八月底,拉普金终于向安娜·谢敏诺芙娜求婚的那天才算了结。啊,那是多么幸福的一天!拉普金同未婚妻的父母谈过话,得到他们的同意以后,首先跑进花园里去,开始寻找柯里亚。他找到柯里亚,乐得差点哭起来,一把揪住坏孩子的一只耳朵。安娜·谢敏诺芙娜也在找柯里亚,跑过来,一把揪住他另一只耳朵。这对情人脸上那种解恨的神情真值得一看,这时候柯里亚哭着,央告他们说:

"亲爱的,好人啊,亲人啊,我下回不了!哎哟,哎哟,饶了我吧!"

后来他俩都承认,他们相爱的整个时期,一次也没体验过像拧坏孩子的耳朵那样的幸福,那样心花怒放的快乐。

---

① 点心是最后一道菜,暗示这顿饭已经吃完。

嫁　妆

　　有生以来我见过很多房子,大的、小的、砖砌的、木头造的、旧的、新的,可是有一所房子特别生动地保留在我的记忆里。不过这不是一幢大房子,而是一所小房子。这是很小的平房,有三个窗子,活像一个老太婆,矮小、伛偻,头上戴着包发帽。小房子以及它的白灰墙、瓦房顶和灰泥脱落的烟囱,全都隐藏在苍翠的树林里,夹在目前房主人的祖父和曾祖父所栽种的桑树、槐树、杨树当中。那所小房子在苍翠的树林外边是看不见的。然而这一大片绿树林却没有妨碍它成为城里的小房子。它那辽阔的院子跟其他同样辽阔苍翠的院子连成一排,形成莫斯科街的一部分。这条街上从来也没有什么人坐着马车路过,行人也稀少。

　　小房子的百叶窗经常关着:房子里的人不需要亮光。亮光对他们没有用处。窗子从没敞开过,因为住在房子里的人不喜欢新鲜空气。经常居住在桑树、槐树、牛蒡当中的人,对自然界是冷淡的。只有别墅的住客们,上帝才赐给了理解自然界美丽的能力,至于其他的人,对这种美丽却全不理会。无论什么东西,只要有很多,就不为人们所看重。"我们拥有的东西,我们就不珍惜"。其实还不止于此:我们拥有的东西,我们反而不喜欢呢。小房子四周是人间天堂,树木葱茏,栖息着快乐的鸟雀,可是小房子里面,唉!夏天又热又闷,冬天像澡堂里那样热气腾腾,有煤气味,而且乏味,乏味得很。……

我头一次访问小房子是很久以前为办一件事而去的：房主人是契卡玛索夫上校，他托我到那儿去探望他的妻子和女儿。那第一次访问，我记得很清楚。而且，要忘记是不可能的。

请您想象一下当时的情景：您从穿堂走进大厅的时候，一个矮小虚胖、四十岁左右的女人带着恐慌和惊愕的神情瞧着您。您是"生人"，客人，"年轻人"，这就足以使得她惊愕和恐慌了。您手里既没有短锤，也没有斧子，更没有手枪，您满面春风地微笑，可是迎接您的却是惊恐。

"请问，您贵姓？"上了年纪的女人用颤抖的声音问您说，而您认出她就是女主人契卡玛索娃。

您说出您的姓名，讲明您的来意。惊愕和恐惧就换成尖细而快活的"啊"的一声喊，她的眼珠不住往上翻。这"啊"的一声喊，像回声一样，从穿堂传到大厅，从大厅传到客厅，从客厅传到厨房……连续不断，一直传到地窖里。不久，整所房子都充满各种声调的、快活的"啊"。过了五分钟光景，您坐在客厅里一张又软又热的大长沙发上，听见"啊"声已经走出大门，顺着莫斯科街响下去了。

房间里弥漫着除虫粉和新羊皮鞋的气味，皮鞋就放在我身旁的椅子上，用头巾包着。窗台上放着天竺葵和薄纱的女人衣服。衣服上停着吃饱的苍蝇。墙上挂着某主教的油画像，镜框玻璃的一角已经破裂。主教像旁边，是一排祖先们的肖像，一律生着茨冈人的柠檬色脸庞。桌上有一个顶针、一团线和一只没有织完的袜子。地板上放着纸样和一件针脚很粗的黑色女上衣。隔壁房间里有两个惊恐慌张的老太婆，正从地板上拾起纸样和一块块裁衣用的画粉。……

"我们这儿，请您原谅，凌乱得很！"契卡玛索娃说。

契卡玛索娃一边跟我谈话,一边困窘地斜起眼睛看房门,房门里的人们还在忙着收拾纸样。房门也似乎在发窘,时而微微启开,时而又关上了。

"喂,你有什么事?"契卡玛索娃对着房门说。

"我父亲从库尔斯克寄给我的那个领结在哪儿?"①房门里面有个女人的声音问。

"啊,难道,玛丽雅,难道……②……唉,难道可以……现在我们这儿有一个我们不大熟识的人。③……你问露凯丽雅吧。……"

"瞧,我们的法国话说得多么好!"我在契卡玛索娃的眼睛里读到这样的话。她高兴得满脸通红。

不一会儿房门开了,我看见一个又高又瘦的姑娘,年纪十九岁左右,身穿薄纱的长连衣裙,腰间系着金黄色皮带,我还记得腰带上挂着一把珍珠母扇子。她走进来,行个屈膝礼,脸红了。先是她那点缀着几颗碎麻子的长鼻子红起来,然后从鼻子红到眼睛那儿,再从眼睛红到鬓角那儿。

"这是我的女儿!"契卡玛索娃用唱歌般的声音说,"这个年轻人,玛涅琪卡④,就是……"

我介绍我自己,然后我对这里纸样之多表示惊讶。母女俩都垂下眼睛。

"耶稣升天节⑤,我们此地有一个大市集,"母亲说,"在市集上我们总是买些衣料,然后做整整一年的针线活,直到下个市集为止。我们的衣服从不交给外人去做。我的彼得·谢敏内奇挣的钱不算特别多,我们不能容许自己大手大脚。那就只得自己做了。"

---

① ② ③ 原文为法语。
④ 玛丽雅的爱称。
⑤ 基督教节日,在复活节后第四十日。

"可是谁要穿这么多的衣服呢?这儿只有你们两个人啊。"

"嗨……难道这是现在穿的?这不是现在穿的!这是嫁妆!"

"哎呀,妈妈,您在说些什么呀?!"女儿说,脸上泛起红晕。"这位先生真会这样想了。……我绝不出嫁!绝不!"

她说着这些话,可是说到"出嫁"两个字,她的眼睛亮了。

她们端来茶、糖、果酱、黄油,然后她们又请我吃加鲜奶油的马林果。傍晚七点钟开晚饭,有六道菜之多。吃晚饭的时候,我听见很响的哈欠声,有人在隔壁房间里大声打哈欠。我惊讶地瞧着房门:只有男人才那样打哈欠呢。

"这是彼得·谢敏内奇的弟弟叶果尔·谢敏内奇……"契卡玛索娃发现我吃惊,就解释说,"他从去年起就住在我们这儿。您要原谅他,他不能出来见您。他简直是个野人……见着生人就难为情。……他打算进修道院去。……他原来做官,后来受人家的气。……所以他挺伤心。……"

晚饭后,契卡玛索娃把叶果尔·谢敏内奇亲手刺绣、准备日后献给教会的一条圣带①拿给我看。玛涅琪卡一时也丢开羞怯,把她为爸爸刺绣的一个烟荷包拿给我看。等到我露出赞叹她的活计的样子,她就脸红了,凑着母亲的耳朵小声说了几句话。母亲顿时容光焕发,邀我跟她一块儿到储藏室里走一趟。在储藏室里,我看见五口大箱子和许多小箱子、小盒子。

"这……就是嫁妆!"母亲对我小声说,"这些衣服都是我们自己做的。"

我看了看那些阴沉的箱子,就开始向两个殷勤好客的女主人告辞。她们要我答应日后有空再到她们家里来。

这个诺言,一直到我初次访问过了七年以后,我才有机会履

---

① 神父圣衣的一部分,戴颈上,垂在胸前,绣有十字架。

行。这一回我奉命到这个小城里来,在一个讼案中充当鉴定人。我走进我熟悉的那所小房子,又听见"啊"的一声喊。……她们认出我来了。……当然了!我的头一次访问,在她们的生活里成了十足的大事,凡是很少出大事的地方,大事就记得牢。我走进客厅里,看见母亲长得越发胖了,头发已经花白,正在地板上爬来爬去,裁一块蓝色衣料。女儿坐在长沙发上刺绣。这里仍旧有纸样,仍旧有除虫粉气味,仍旧有那幅画像和残破一角的镜框。不过变化还是有的。主教像旁边挂着彼得·谢敏内奇的肖像,两个女人都穿着丧服。彼得·谢敏内奇是在提升为将军后过一个星期去世的。

回忆开始。……将军夫人哭了。

"我们遭到很大的不幸!"她说,"彼得·谢敏内奇……您知道吗?……已经不在人世了。我和她成了孤儿寡母,只得自己照料自己了。叶果尔·谢敏内奇还活着,不过关于他,我们没有什么好话可说。修道院不肯收他,因为……因为他好喝酒。现在他由于伤心而喝得越发厉害了。我打算到首席贵族那儿去一趟,想告他的状。说来您也不信,他有好几次打开箱子……拿走玛涅琪卡的嫁妆,送给他那些朝圣的香客。有两口箱子已经全拿空了!要是这种情形继续下去,那我的玛涅琪卡的嫁妆就会一点也不剩了。……"

"您在说什么呀,妈妈!"玛涅琪卡说,发窘了,"这位先生真不知道会想到哪儿去呢。……我绝不出嫁,绝不出嫁!"

玛涅琪卡抬起眼睛来,兴奋而又带着希望,瞧着天花板,看来她不相信她说的话。

一个矮小的男人身影往穿堂那边溜过去,他头顶秃一大块,穿着棕色上衣,脚上穿的是套鞋而不是皮靴。他像耗子那样窸窸窣窣地溜过去,不见了。

199

"这人大概就是叶果尔·谢敏内奇吧。"我暗想。

我瞧着她们母女俩:两个人都苍老消瘦得厉害。母亲满头闪着银白的光辉。女儿憔悴,萎靡不振,看样子,母亲似乎比女儿至多大五岁光景。

"我打算到首席贵族那儿去一趟,"老太婆对我说,却忘记这话她已经说过了,"我想告状!叶果尔·谢敏内奇把我们缝的衣服统统拿走,为拯救他的灵魂而不知送给什么人了。我的玛涅琪卡就要没有嫁妆了!"

玛涅琪卡涨红脸,可是这一回却什么话也没说。

"衣服我们只好重新再做,可是话说回来,上帝知道,我们不是阔人!我和她是孤儿寡母啊!"

"我们是孤儿寡母!"玛涅琪卡也说一遍。

去年,命运又驱使我到我熟悉的那所小房子去。我走进客厅,看见老太婆契卡玛索娃。她穿一身黑衣服,戴着丧带①,坐在长沙发上做针线活。跟她并排坐着的,是个小老头,穿着棕色上衣,脚上蹬着套鞋而不是皮靴。小老头看见我,就跳起来,从客厅里一溜烟跑出去了。……

为了回答我的问候,老太婆微微一笑,说:

"我现在又见到您,很高兴,先生。"②

"您在缝什么?"过一会儿,我问。

"这是女衬衫。我做好,就送到神甫那儿去,托他代我保管,要不然,叶果尔·谢敏内奇就会把它拿走。我现在把所有的东西都交托神甫保管了。"她小声说。

她面前桌子上放着女儿的照片,她看一眼照片,叹口气说:

---

① 缀在衣服袖子或领子上的条带。
② 原文为法语。

"要知道我成了孤魂!"

那么她女儿在哪儿呢?玛涅琪卡在哪儿呢?我没问一身重孝的老太婆,我不想问。不论是我在这所小房子里坐着,还是后来我站起来告辞的时候,玛涅琪卡都没走出来见我,我既没听见她的说话声,也没听见她那轻微胆怯的脚步声。……一切都明明白白,于是我的心头感到沉重极了。

品德崇高的酒店老板

破落户的哀歌

"亲爱的,你给我一点凉的小吃。……
嗯,再给我……一点白酒。……"

墓前的碑文

目前我坐在这儿,心境愁闷,思前想后。

当年,在我祖传的庄园上,有很多鸡、鹅、火鸡,那都是愚蠢而不通灵性的飞禽,然而吃起来倒是非常非常鲜美的。我在养马场上,"啊,你们,我的马呀,马",不断地繁殖和增多……磨坊不会闲下来没活干,矿坑老是生产煤炭,农妇们采集马林果。我的土地上,动物和植物都极其繁盛,想吃就可以吃,要研究动物学也不妨研究。……兴致来了,我还可以坐在剧院第一排看看戏,或者打打小牌,或者夸耀一下我的情妇。……

现在却不同了,大不相同了!

一年以前,在伊里亚节①,我坐在家里凉台上,心境愁闷。我面前摆着茶壶,里面放了一卢布一磅的便宜茶叶。……我心里不好受,恨不得哭一场才好。……

---

① 东正教节日,在8月2日。

我只顾愁闷,却没留意到叶菲木·楚崔科夫走到我跟前来了,他是我旧日的农奴,现在做酒店老板。他走过来,在桌旁恭敬地站住。

"您,老爷,该吩咐人油漆房顶了!"他把一瓶白酒放在桌子上说,"这房顶是铁皮铺的,不上油漆就要生锈。铁锈,谁都知道,是要腐蚀铁皮的。……将来可就要锈成一个个大窟窿了!"

"我哪有钱上漆呢,叶菲木希卡①?"我说,"这你也知道。……"

"您借钱嘛,老爷!要不然就会锈出窟窿来了!……再者,老爷,您还得雇个人来看守您的园子。……人家在偷您的树呢!"

"唉,这又要用钱!"

"我给您钱好了。……反正您会还给我。您也不是初次拿我的钱用。……"

楚崔科夫就大方地给我五百卢布,拿去借据,走了。……他走后,我用拳头支住脑袋,思考人民和人民的秉性。……我甚至想给《罗斯》②写一篇论文。……

"他对我做好事,他慷慨大方……这是因为什么缘故呢?因为以前我……用鞭子抽过他。……他多么不念旧恶!你们学习吧,外国人!"

过一个星期,我院子里一个小板棚起火了。头一个跑来救火的就是楚崔科夫。他亲手拆毁小板棚,把他的防水布抬来,盖住我的正房,以防万一。他浑身发抖,满脸通红,衣服水淋淋的,就像在保护自己的财产。

"现在得盖新板棚了,"他救完火后对我说,"我家里有木

---

① 叶菲木的爱称。
② 在莫斯科印行的一种斯拉夫派报纸(1880—1886)。——俄文本编者注

料,给您送来就是。……您那个小池塘,老爷,也该叫人收拾一下。……昨天有人去捕鲫鱼,整个渔网都给水草刮破了。……渔网值三百卢布呢。……您拿去吧!您又不是头一次拿我的钱用。……"

诸如此类,不胜枚举。……池塘收拾好了,整个房顶上了油漆,马棚修缮了,而且所有这些都是楚崔科夫出的钱。

一个星期以前,楚崔科夫到我家里来,在我房门口站住,恭敬地往他的空拳头里咳嗽几声。

"现在您这个庄园叫人认不出原来的样子了,"他说,"这样的庄园配得上伯爵或者公爵住呢。……池塘也收拾好了,冬麦也播下种了,马儿也买来了。……"

"这全亏了你,叶菲木希卡!"我说,感动得差点哭出来。

我站起来,用最诚恳的方式拥抱那个乡下人。……

"求上帝保佑,我的景况将来总会好转,那时候我就会把你的钱统统还清,叶菲木希卡。……另外还要加上利息。让我来再一次拥抱你!"

"一切都修缮好,整顿好了。……多亏上帝保佑!现在只剩下一件事要做,就是点上烟子把狐狸从这儿熏走①了。……"

"什么狐狸,叶菲木希卡?"

"那还用问。……"

楚崔科夫沉默一会儿,补充说:

"法警一会儿就要来。……您把酒瓶拿开吧。……说不定法警会看见。……他就会以为我在这个庄园上不干别的,专门喝酒了。……您愿意在乡下租个住处呢,还是要搬到城里去?"

目前我坐在这儿,思前想后。

---

① 用烟子把狐狸熏出洞来,原是捕捉狐狸的方法,在此则借喻"请你滚出去"。

阿尔比昂的女儿[①]

有一辆讲究的四轮马车,安着橡胶轮胎,铺着丝绒坐垫,由一个身体壮实的马车夫赶着,来到地主格利亚包夫的家门口。本县首席贵族费多尔·安德烈伊奇·奥特佐夫从四轮马车上跳下来。穿堂里有个睡意蒙眬的听差迎接他。

"主人在家吗?"首席贵族问。

"不在,先生。太太带着孩子们出外做客,老爷同家庭女教师一块儿去钓鱼。他们从一清早就出去了,先生。"

奥特佐夫站了一会儿,沉吟一下,就走到河边去寻找格利亚包夫。他走出家门两俄里远,在河边找到他了。奥特佐夫从高陡的河岸上往下看,瞧见格利亚包夫,不由得扑哧一笑。……格利亚包夫是个又魁梧又胖的男子,生着很大的脑袋,在沙地上坐着钓鱼,像土耳其人那样把两条腿盘在身子底下。他的帽子推到后脑勺上,领带歪在一边。他身旁站着一个身材修长的英国女人,生着大虾般的暴眼睛,她那类似鸟嘴的大鼻子与其说是鼻子,不如说是钩子。她穿着白色薄纱连衣裙,隔着衣服可以明显地看出她那对瘦削的黄肩膀。她的金黄色腰带上挂着一只小小的金怀表。她也在钓鱼。四周是死一般的寂静。两个人像河水一样静止不动,他们

[①] 阿尔比昂是英国的古名,这个题名的意思是"一个英国女人"。

的浮子在河面上漂着。

"这就叫作'瘾头极大,时运很糟'!"奥特佐夫笑着说,"你好,伊凡·库兹米奇!"

"哦……是你吗?"格利亚包夫问,仍然目不转睛地瞧着河水。"你来了?"

"是啊。……可是你还在干这种无聊的事!你还没腻烦吗?"

"活见鬼。……要知道,我钓了一天的鱼,从清早就来了。……今天钓鱼的运气可真差。不管是我,还是这个女妖精,都是什么也没钓着。我们径自在这儿坐着,哪怕钓到一条也好呀!简直急得人要喊救命!"

"你丢开算了。我们喝酒去!"

"慢着。……或许会钓着点什么也未可知。傍晚时分鱼比较容易上钩。……我从一大早起,老兄,就坐在这儿了。我心里的那种气闷,简直没法跟你说。必是魔鬼叫我钓鱼入了迷!我明知这种事无聊,可还是坐着不走!我坐在这儿不动,像是个坏蛋,像是个苦役犯。我瞪起眼睛瞧着河水,活像个傻子!我本来应该到割草场去才对,可是我偏偏在这儿钓鱼。昨天主教在哈波涅沃村做礼拜,可是我没去,却在这儿呆坐着,喏,跟这条鲟鱼在一起……跟这个母夜叉在一起。……"

"可是……你发疯了?"奥特佐夫问道,难为情地斜起眼睛瞧着英国女人,"你当女人的面骂街……而且又骂的是她。……"

"滚她的吧!反正俄国话她连一个字也听不懂。你夸她也罢,骂她也罢,在她反正一样!你瞧她那鼻子!单是那个鼻子,你一瞧见就会当场昏厥!我们一块儿在这儿守了好几天,连一句话也没谈过!她站在那儿好比一个稻草人,瞪大眼睛瞅着河水不动。"

英国女人打了个哈欠,换上新的钓饵,把钓钩丢出去。

"我,老兄,纳闷得不得了!"格利亚包夫接着说,"这个傻透了的娘们儿在俄国住了十年,可是俄国话连一个字也听不懂!……我们这儿随便哪个小贵族,到她的国家去一趟,马上就学会她们的话,叽里呱啦说起来,可是她们……鬼才知道是怎么回事!你瞧瞧那个鼻子!那个鼻子,你瞧瞧!"

"得了,别说了。……怪难为情的。……何苦攻击女人呢?"

"她不是女人,而是处女。……恐怕她还巴望人家来求婚呢,鬼东西。她身上冒出一股腐朽的气味。……我恨她,老兄!要我见着她而不生气,我办不到!每逢她的大眼睛瞟我一下,我就浑身起鸡皮疙瘩,仿佛我的胳膊肘撞在栏杆上似的。她也喜欢钓鱼。你瞧:她在钓鱼,大模大样的!她看不起所有的人。……她,这个坏婆娘,站在那儿,感到她是个人,因此她就是大自然的女王。你知道她叫什么名字?薇尔卡·查里佐芙娜·特法依斯!呸!……念起来多么不顺口!"

英国女人听见她自己的姓名,就慢腾腾地把她的鼻子往格利亚包夫那边转过去,用轻蔑的眼光打量他。她丢开格利亚包夫,抬起眼睛来,眼光移到奥特佐夫身上,把轻蔑倾泻到他身上去。所有这些举动都是一声不响,尊严而又从容不迫地做出来的。

"你看见了吧?"格利亚包夫问,哈哈大笑,"她仿佛在说:给你们点颜色看看!哼,你这个女妖精!我完全是为我那些孩子才养着这个特里同①的。要不是为那些孩子,她就连走到离我庄园十俄里远的地方,我也不答应。……她那个鼻子活像鹰嘴。……还有她的腰!这个死气沉沉的女人使我联想到一根长钉子。你要知道,我真想不管三七二十一,抓住她,一锤子把她钉进地里去。等一等。……好像有鱼上钩了。……"

---

① 希腊神话中一个半人半鱼的海神。

格利亚包夫跳起来,举起钓竿。钓丝绷紧了。……格利亚包夫又拉一次,却没把钓钩拽出来。

"它钩住一个什么东西了!"他说,皱起眉头,"多半是钩住石头了。……见它的鬼。……"

格利亚包夫脸上现出痛苦的神情。他唉声叹气,不安地扭动身子,嘴里骂骂咧咧,动手拉钓丝。拉了一阵却没有结果。格利亚包夫脸色苍白了。

"真要命!我非下水不可。"

"你算了吧!"

"不行。……天近傍晚,鱼正好上钩呢。……可是出了这样的麻烦事,求主宽恕吧!我只好下水一趟。不得不如此!要是你知道我多么不愿意脱衣服就好了!这得把英国女人赶走才成。……当她的面不便脱衣服。要知道,她毕竟是女人啊!"

格利亚包夫脱掉帽子,解下领结。

"小姐①……呃呃……"他转过脸去对英国女人说,"特法依斯小姐!我请求您②……哎,该怎么跟她说呢?哎,该怎么跟你说,才能叫你听懂呢?您听着……那边!您到那边去!听见了吗?"

特法依斯小姐把轻蔑的目光倾泻在格利亚包夫身上,鼻子里哼一声。

"什么,小姐?您没听懂?我跟你说:从这儿走开!我要脱光衣服,鬼东西!你到那边去!那边!"

格利亚包夫拉一拉小姐的衣袖,对她指着灌木丛,蹲下去,那意思是说:你到灌木丛后边去,在那儿躲一躲。……英国女人使劲

---

① 原文为英语。
② 原文为法语。

挑动眉毛,很快地说出一句很长的英国话。两个地主都扑哧一声笑了。

"这是我生平第一次听见她的说话声。……不用说,这就是她的说话声!她不明白!哎,我拿她怎么办呢?"

"算了!我们去喝酒吧!"

"不行,现在正是钓鱼的时候。……到傍晚了。……哎,你说我该怎么办?那才麻烦!那就只好当她的面脱衣服。……"

格利亚包夫脱掉上衣和坎肩,然后坐在沙地上脱皮靴。

"听我说,伊凡·库兹米奇,"首席贵族说,捂住嘴哈哈大笑,"这,我的朋友,简直是戏弄人,欺人太甚了。"

"谁也没要求她听不懂我的话呀。这也是给她们外国人一个教训!"

格利亚包夫脱掉皮靴和裤子,脱掉内衣裤,换成亚当的打扮①。奥特佐夫笑得捧住肚子。他又笑又臊,脸都涨红了。英国女人不住地扬眉毛,眨巴眼睛。……她那张黄脸上掠过一丝高傲而轻蔑的笑容。

"应当让我的身子凉一凉再下水,"格利亚包夫说,拍打他的大腿,"劳驾,你说说看,费多尔·安德烈伊奇,为什么每年夏天我的胸脯上总要出些红疹子?"

"你就快点下水吧,要不然拿点什么东西来挡挡身子也好。畜生!"

"她才不会害臊呢,坏娘们儿!"格利亚包夫说着,走到河水里去,在胸前画十字,"呵,呵……水好凉啊。……你瞧瞧她的眉毛动得多么厉害!她不走。……她高高地站在我们这些人之上!嘻嘻嘻。……她根本就不把我们当人看!"

---

① 即"赤身露体"。按基督教传说,亚当是神创造的第一个人,赤身露体。

他走进水里,水齐到膝部。他挺直魁梧的身子,挤了挤眼睛,说:

"这儿,老兄,可不是她的英国!"

特法依斯小姐冷静地换上钓饵,打个哈欠,把钓钩丢到水里。奥特佐夫掉过脸去。格利亚包夫把钓钩解下来,在水里扎了个猛子,气喘吁吁地爬出水来。过两分钟,他在沙地上坐着,又钓鱼了。

说　　情

在涅瓦大街上走着一个身材矮小、满面皱纹的老人,脖子上挂着勋章。他身后跟着个矮小的青年男子,小鼻子现出紫红色,帽子上安着帽徽①,脚步一跳一颠的。小老头皱起眉头,心事重重。青年人忧虑地眨巴眼睛,仿佛打算哭一场似的。两个人正在朝叶甫兰披·斯捷潘诺维奇家走去。

"我没有错,舅舅!"青年人说,脚步几乎跟不上老人,"我无缘无故被革了职。德良科甫斯基喝酒比我厉害,可是他就没被革职!他每天都醉醺醺地来上班,我却不是每天这样。大人处事这么不公平,舅舅,我简直没法跟您说!"

"住嘴!……蠢猪!"

"嗯。……好,就算我是蠢猪吧,虽然我也是有自尊心的。我不是因为酗酒革职,而是因为一张照片出了事。我们送给他一本我们的照相簿。大家都照了相,我也照了相,可是我那张照片照得差,舅舅。照片上,我这对暴眼睛鼓出来,胳膊张开来。我的鼻子根本就不像照片上那么长。我不好意思把我的照片夹在照相簿里。要知道,大人家里有女人,她们常看照片,我可不愿意在女人面前丢人现眼。我的相貌不算漂亮,可是总还招人喜欢嘛,照片上

---

① 指旧俄时期文官的制帽。

却是那么一副鬼样子。叶甫兰披·斯捷潘诺维奇发现没有我的照片,就生气了。他老人家以为我生性高傲,或者有目无长上的自由思想。……其实我哪有什么自由思想?我又上教堂,又持斋,又不像德良科甫斯基那么自以为了不起。您给我撑腰吧,舅舅!我一辈子都会替您祷告上帝!与其没有差使,闲逛荡,还不如躺进棺材的好。"

小老头和他的同路人拐了一个弯,又穿过三条巷子,终于在叶甫兰披·斯捷潘诺维奇家门口拉了拉门铃。

"你在这儿坐一下,"小老头同青年人一起走进接待室里,说,"我到他那儿去一趟。你老是惹麻烦。蠢货。……你站起来,就在这儿站着。……没出息的东西。……"

小老头擤擤鼻子,理一下挂在脖子上的勋章,往书房走去。青年人留在接待室里。他的心开始怦怦地跳。

"他们在那边说些什么呢?"他暗想,浑身发凉,心里愁闷,不住调换两只脚站着,这时候书房里传来两个苍老的说话声。"他肯不肯听舅舅的话呢?"

真相不明,他受不了。他就走到房门跟前,把他的大耳朵贴上去。

"我办不到,先生!"他听见叶甫兰披·斯捷潘诺维奇的说话声,"请您相信上帝,我办不到!我尊重您,我是您的朋友,普罗霍尔·米海雷奇,我为您什么事情都愿意办,然而这件事……我办不到!您也不要再求我!"

"我同意您的看法,大人,他是个坏孩子。我不想否认这一点。我把您看作朋友和恩人,甚至可以告诉您:他还不仅仅是个酒徒。这还不算什么。他是个流氓啊!要是有什么东西没收藏好,他就偷走。他是顺手牵羊的能手,又随时随地说人家的坏话。……这样的混蛋坏得我都没法跟您说!您今天出力给他办件好事,明天他却悄悄告您的密。这个人是败类。……我一点也不可怜他。要按我的本意办,我早就打发他滚蛋了。……可是我,大人,替他的母亲难过!我来求您也不过是看在他母亲面上罢了。他,下流胚,把他母亲的财物偷个精光,都换酒喝了。……"

青年人离开房门口,在接待室里走来走去。过了五分钟,他又走到房门那边,把耳朵贴上去。

"您就看在老太婆面上行行好吧,大人,"舅舅说,"她听说她那下流儿子丢了差事,伤心得要死。"

"好,行,就这么办吧。只是有个条件:他再出一丁半点的差错,马上就叫他滚蛋!"

"要是再出什么事,您就马上把他轰出去,这个下流胚。"

青年人离开房门口,在接待室里走来走去。

"舅舅真是好样的!"他小声说,高兴得不住搓手,"他讲得娓娓动听!他没受过教育,可是他说的那些话却巧妙得很。……"

舅舅从书房里出来。

"大人把你留下了,"他阴沉地说,"没出息的东西。……我们走吧。"

"谢谢您,舅舅!"青年人说,叹口气,眯着眼睛,目光中充满感激的神情,吻他的手,"没有您说情,我早就完了。……"

两个人走出门外,到了街上,走回家去。老人皱起眉头,心事重重,青年人却眉开眼笑,兴高采烈。

查　问

那是中午。地主沃尔迪烈夫,一个高大壮实、头发剪短、眼睛突出的男子,脱掉大衣,拿绸手绢擦一阵额头,胆怯地走进衙门里。那儿满是用钢笔写字的沙沙声。……

"我想在这儿查问一点事情,不知该找谁接洽?"他对看门人说,那人正从办公室里走出来,手里托着盘子,上边放着玻璃杯。"我要在这儿打听一点事情,并且要一份会议记录簿上决议的副本。"

"那您就往那边走,老爷!喏,找窗子旁边坐着的那一位!"看门人说,用托盘指着尽头的窗子。

沃尔迪烈夫嗽一嗽喉咙,往窗子那边走去。那边有一张绿色桌子,桌面上满是斑点,倒好像那桌子害了斑疹伤寒似的。一个青年靠桌子坐着,头上竖起四绺头发,鼻子很长而且生着粉刺,身上穿着褪色的制服。他把大鼻子戳到纸上,正在写字。他右面鼻孔旁边有一只苍蝇在散步,他就不时努出下嘴唇,往鼻子底下吹气,这就给他的脸添上极其操心的神情。

"我可不可以在这儿……在您这儿,"沃尔迪烈夫对他说,"查问一下我的案子?我姓沃尔迪烈夫。……顺便我要一份三月二日会议记录簿上决议的副本。"

文官把钢笔探进墨水瓶里蘸墨水,然后看一看:笔尖上蘸的墨水是不是太多了?他相信墨水不致滴下来,于是沙沙响地写起来。

他的嘴唇努出去,然而用不着再吹气:苍蝇飞到他耳朵上去了。

"我可不可以在这儿查问一下?"沃尔迪烈夫过一分钟又问道,"我姓沃尔迪烈夫,是地主。……"

"伊凡·阿历克塞伊奇!"文官对空中喊一声,仿佛没看见沃尔迪烈夫似的,"等商人亚里科夫来了,你就对他说,要他在写给警察局的呈文副本上签个字!我已经跟他说过一千回了!"

"我想查问我同古古林娜公爵夫人的继承人的讼案,"沃尔迪烈夫喃喃地说,"这个案子是大家都知道的。我恳切地请求您为我费一费神。"

文官仍然没看见沃尔迪烈夫,正捉住他嘴唇上一只苍蝇,仔细观察它,然后把它扔了。地主嗽一嗽喉咙,拿出方格手绢大声擤鼻子。然而这也无济于事。文官仍然不理他。他们沉默了两分钟光景。沃尔迪烈夫从衣袋里取出一张一卢布钞票,放在文官面前一本翻开的簿子上。文官皱起额头,带着操心的脸色把簿子拉过来,合上了。

"我要查问一点小事……我只想弄清楚古古林娜公爵夫人的继承人是根据什么理由……我可不可以打搅您一下?"

可是文官只顾想心思,站起来,搔着胳膊肘,不知什么缘故走到一个橱柜那儿去了。过了一分钟,他回到他的桌子这边来,又摆弄簿子:这回簿子上又放着一张一卢布钞票。

"我只打搅您一分钟。……我只要查问一点小事。……"

文官却没听见。他动手抄写一份什么文件。

沃尔迪烈夫皱起眉毛,灰心地打量所有那些笔底下沙沙响的人。

"他们写个没完!"他暗想,叹气,"他们写个没完,叫他们都见鬼去吧!"

他离开桌子,在房间中央站住,绝望地垂下双手。看门人又端

215

着玻璃杯穿过房间,大概留意到沃尔迪烈夫脸上的狼狈神情了,因为他走到沃尔迪烈夫紧跟前,轻声问道:

"哦,怎么样?问过了吗?"

"问过了,可是人家不愿意理我。"

"那您就给他三卢布好了……"看门人小声说。

"我已经给过两卢布了。"

"那您就再给一卢布。"

沃尔迪烈夫回到桌子那边,在翻开的簿子上放了一张绿色钞票。

文官又把簿子拉到跟前来,动手翻阅,随后,忽然间,仿佛出于无意似的,抬起眼睛瞧着沃尔迪烈夫。他的鼻子开始发亮,转红,由于微笑而起皱纹了。

"哦……您有什么事要我效劳吗?"他问。

"我想查问一下我的案子。……我是沃尔迪烈夫。"

"很高兴,先生!是古古林一案吧?很好,先生。那么认真说来,您要查问的究竟是什么呢?"

沃尔迪烈夫就向他陈述他的要求。

文官活跃起来,仿佛一股旋风把他卷进去了似的。他查档案,吩咐人抄写副本,给申请人端椅子,所有这些事一刹那间全办完了。他甚至谈了谈天气,问了问收成。等到沃尔迪烈夫起身走出去,他就送他下楼,殷勤而恭敬地赔着笑脸,做出他随时愿意在申请人面前跪下去叩头的样子。不知什么缘故,沃尔迪烈夫倒觉得过意不去,就顺从某种内心冲动,从衣袋里取出一张一卢布钞票来,递给文官。那一个不住鞠躬,赔着笑脸,把钞票接过去,而且用的是一种近似魔术家的手法:钞票只在空中一闪,就无影无踪了。……

"哎,这些人啊……"地主暗自想着,走到外面街道上,站住,用手绢擦额头。

退休的奴隶

"我们那条小河弯得像是一条小蛇,又好比锯齿。……它穿过荒野,曲曲折折,绕来绕去,仿佛断成几截似的。……你爬上山顶,往下一看,整条河全看得清楚,就像在你手心上。白天它仿佛一面镜子,夜里亮闪闪的好比水银。岸边长着芦苇,好像低下头瞅着河水。……好美呀!这儿是芦苇,那儿是绢柳,再过去是杨柳。……"

尼基佛尔·菲里莫内奇这样有声有色地讲着。他正在啤酒店里一张小桌子旁边坐着喝啤酒。他讲得津津有味,心里发热。……每逢他在讲话当中渲染一个特别富有诗意的地方,他那满是皱纹和刮光胡子的脸以及棕色的脖子就不住颤抖,痉挛起来。听他讲话的是女店员达尼雅,相貌俊俏,只有十六岁。她把胸脯抵在柜台上,用拳头支着脑袋,听得不住惊叹,脸色发白,连眼睛也不眨一下,如醉如痴地把每一个字都听进去。

尼基佛尔·菲里莫内奇每天傍晚都到啤酒店里来,同达尼雅谈天。他喜欢她,这是因为她是孤儿,还因为她那苍白和目光敏锐的脸上总是洋溢着平静的亲切神情。他喜欢谁就向谁倾吐他过去的种种秘密。他谈起天来照例从头讲起,也就是从描绘景物开始。他讲完景物就讲打猎,讲完打猎又讲他去世的主人斯文佐夫公爵的为人。

"他是个出名的人啊!"他讲到公爵说,"他有名,与其说是因为他家财豪富,田产很多,还不如说是因为他有那样的性格。他是个唐璜①呢。"

"什么叫唐璜?"

"那意思是说他在对待女人方面是个了不得的唐璜。他就喜欢你们女人。他把全部家财都花在女人身上了。是啊。……当初我们在莫斯科住着,我们那家大饭店里楼上的人几乎全靠我们花钱养活呢。在彼得堡,我们跟冯·土西赫男爵夫人关系很深,他还跟她生过私生子。就是这个男爵夫人,有一天晚上打牌,把她的家当全输光了,打算自寻短见,可是公爵没让她了结她的生命。她生得漂亮,那么年轻。……她跟他混了一年,后来死了。……女人多么爱他呀,达尼雅!多么爱他呀!她们缺了他就没法活哟!"

"他漂亮吗?"

"哪儿的话。……他老了,不漂亮。……喏,达尼雅,您也会招他喜欢的。……他就喜欢这种身材瘦小、脸皮白净的。……您不要难为情。有什么可难为情的呢?我一辈子也没说过假话,现在也没说假话。……"

然后尼基佛尔·菲里莫内奇开始描摹那些轻便马车、马、华丽的装束。……他对这一切都在行。随后他列举各种酒名。

"有些酒,一瓶就要卖二十五卢布呢。你喝上一小杯,你肚子里就不同了,好像你要活活地乐死了。……"

达尼雅最喜欢听的是安静的月夜的情景。……夏天,在苍翠的树林里,在花丛中,举行热闹的狂欢会。冬天呢,坐上雪橇,盖上暖和的毯子,像闪电那样飞驰而去。

"那些雪橇飞个不停,您就觉得月亮在奔跑似的。……妙

---

① 指"好色的人",原是西班牙传奇中一个猎艳的人物。

极了！"

  尼基佛尔·菲里莫内奇照这样讲了很久。一直要到小学徒吹熄大门上方的挂灯,把门外的招牌拿进啤酒店里来,他才结束。

  冬天一个傍晚,尼基佛尔·菲里莫内奇喝醉了酒,在一道围墙底下躺着,受了寒。他被人送进医院里去。过了一个月他从医院里回来,在啤酒店里却再也找不到那个听他讲话的姑娘。她不见了。

  过了一年半,尼基佛尔·菲里莫内奇在莫斯科顺着特威尔街走动,要卖掉那件他穿旧的薄大衣。他遇见了他所喜爱的姑娘达尼雅。她脸上擦着白粉,身上穿得华丽,帽边往上卷得很高。她挽着一个戴高礼帽的老爷的胳膊往前走去,不知为一件什么事扬声大笑。……老人瞧着她,认出她来,就目送她走去,慢腾腾地脱掉帽子。他脸上掠过脉脉的温情,他的眼睛里闪着泪光。

  "啊,求上帝保佑她……"他小声说,"她真好。"

  他戴上帽子,轻声笑起来。

傻娘们儿,或退役的上尉

一出不存在的轻松喜剧中的一场

举行婚礼的季节。退役的上尉索乌索夫坐在蒙着漆皮面的长沙发上,把一条腿盘在身子底下,伸出两只手抱住另一条腿。他一边说话,一边摇晃身子。媒婆卢金尼希娜,一个胖得不像样的老太婆,生着愚蠢而和善的脸,坐在旁边的凳子上。她脸上现出又惊又怕的神情。她的侧影像蜗牛,她的相貌像黑蟑螂。她说话低声下气,每说完一个字就打个嗝。

上尉 不过,如果从观点①来看,伊凡·尼古拉伊奇就做得异常重要。他结婚是做得对的。纵然你是教授,纵然你是天才,可要是不结婚,就分文不值。你就没有资格,也没有社会舆论。……谁不结婚,谁在社会上就不能有真正的声望。……以我为例。……我是有教养阶层的人,是房产主,有钱。……我还有官阶……又有勋章,可是这对我有什么用?如果从观点来看我,我算是什么人呢?孤老一个。……无非是同义字,如此而已。(沉思)大家都结婚,大家都有孩子,只有我……

---

① 为了转文而滥用新名词,下文还有,不再一一注出。

却像抒情歌里唱的一样。……（用男高音唱悲凉的抒情歌）我的生活就是这样。……但愿有个等着出嫁而又没有人要的女人才好！

卢金尼希娜 干什么找没有人要的呢？没有人要的，老爷，可配不上你啊。凭你这种贵族身份，再者，可以说，凭你这种人品，任什么女人都肯嫁，就是有陪嫁钱的也一样。……

上尉 我不要有陪嫁钱的。我不允许我自己干那种图财结婚的下流事。我自己就有钱，我希望不是我吃老婆的面包，而是她吃我的面包。要是我娶个穷娘们儿，她倒会领情，明白。……我没有从我的利益出发的利己主义。……

卢金尼希娜 这话是实在的，老爷。……有的穷姑娘倒比有钱的姑娘还要长得美呢。……

上尉 美我也不需要。美管什么用？脸又不能当饭吃。美不应当美在天生的外貌上，而应当美在心灵上。……我要的是善良、温柔和那么一种纯洁。……我希望我的妻子尊重我，敬仰我。……

卢金尼希娜 嗯。……既然你是她合法的丈夫，她哪能不尊重你呢？莫非她没受过教育还是怎么的？

上尉 慢着，你别打岔。受过教育的我也不要。如今，人非受教育不可，这是理所当然的，不过教育也有各式各样。如果老婆会说法国话，会说德国话，会说各国话，那当然令人高兴，非常令人高兴，然而假定这么说，如果她连给你缝个纽扣都不会，那又有什么用？我是有教养阶层的人，到处都受人款待，我可以说，我跟卡尼捷林公爵周旋起来就像现在跟你周旋一样方便，可是我有朴实的性格。我要朴实的姑娘。我不要聪明才智。聪明才智在男人身上才有分量，女人没有聪明才智也将就了。

卢金尼希娜 这话对，老爷。讲到有学问的女人，如今就连报纸上都写着她们不中用。

上尉　傻娘们儿才会爱你,尊敬你,又感觉到我是什么身份的人。她心里就会存着畏惧。聪明的女人吃了你的面包,却感觉不到这是谁的面包。那你就给我找个傻娘们儿吧。……你就这么记住:要找傻娘们儿。你心目中有这样的人吗?

卢金尼希娜　我心目中各式各样的人都有。(沉思)你要的是哪一种呢?傻娘们儿倒有很多,不过又都是些有脑筋的傻娘们儿呢。……个个傻娘们儿都有自己的头脑。……你是要傻到家的吗?(思索)我倒有这么个小傻娘们儿,可就是不知道你中不中意。……她出身商人家庭,陪嫁钱有五千左右。……长相倒也不能说难看,反正过得去,不上不下。……身材挺瘦,模样秀气。……待人也亲热,和和气气。……她的心别提多好了!要是有谁求她帮忙,她就把她的钱一股脑儿送给他。……再者,她的性子也温柔。……她的妈揪住她头发揍她,她连一声也不吭,一句话也不说!她爹娘把她管教得战战兢兢,要她上教堂就上教堂,要她料理家务就料理家务。……不过,就是有这么个问题。……(用手指摩挲额头)你可不要因为我说人家坏话就怪我这个罪人,我像当着上帝的面一样,对你说的都是真话:她有怪脾气!傻丫头!……平时她倒一句话也不说,像死人那么沉默。……她坐在那儿,闷声不响,可是忽然间,无缘无故,她跳起来了!倒好像你把开水浇在她身上了。她一下子从椅子上跳起来,就跟发了疯似的,一股劲儿地胡说起来。……叽叽喳喳,叽叽喳喳。……胡扯得没完没了!……照她那么一说,原来她爹娘都是蠢材,她家里的伙食也不好,那些教训她的话也不对头。倒好像她跟谁也没法一块儿过,人家把她的生活弄得一塌糊涂似的。……她口口声声说:"你们不能了解我。"……傻丫头!商人卡沙洛托夫向她求婚,想不到她回绝了!她一股劲儿当面讪笑他。……其实那个商人很有钱,相貌漂亮,风度翩翩,像个年轻的军官。有的时候,她随手拿过一本荒唐的书来,走到堆房里去,就此看个没完。……

上尉 哦,按范畴说,这个傻娘们儿跟我配不上。……你另找一个吧。……(站起来,看怀表)那么 бонжур①!我该走了。……我要去过我的单身汉生活了。……

卢金尼希娜 去吧,老爷!请便吧!(站起来)星期六傍晚我再来谈做媒的事。……(向门口走去)哦,不过……你过这种单身汉的生活,要不要找个人来解解闷?

---

① 法语 banjour 的俄语读音,bonjour 的意思是"早安"或"日安",而上尉本来要说的是"再会"。

在敞篷马车上

四等文官勃棱津的两个女儿基琪和齐娜,坐着敞篷马车在涅瓦大街上奔驰。跟她们同车的还有她们的表妹玛尔富霞。她身材矮小,只有十六岁,出身于内地一个地主家庭,如今到彼得堡来,在她显贵的亲戚家里做几天客,游览一下"名胜古迹"。她身旁坐着德隆凯尔男爵,身穿蓝色大衣,头戴蓝色帽子,脸上洗得干干净净,周身收拾得一尘不染,十分触目。两姊妹坐着马车游逛,不时斜着眼睛看一下她们的表妹。表妹既惹得她们发笑,又连累她们丢脸。纯朴的姑娘有生以来从没坐过敞篷马车,也没听过京城的闹声,这时候好奇地观察轻便马车上蒙着的面子和听差头上饰着金丝绦的帽子,每次见到公共马车在铁轨上开过去就叫起来。……至于她提出来的问题,那就越发天真可笑了。……

"你们的波尔菲利挣多少工钱?"在谈话中她顺便问一句,朝听差那边点一下头。

"好像是一月四十吧。……"

"真的?我哥哥谢辽查做学校教员,也才挣三十!莫非在你们彼得堡,劳动就这么受重视?"

"玛尔富霞,不要再问这样的话,"齐娜说,"也不要往两边看。这不像样。喏,您瞧那个军官多么滑稽!可是您得斜着眼睛瞧,要不然就不像样。哈哈!他活像喝下一口醋!您,男爵,向安菲拉多娃献殷勤的时候,也总是这么一副模样。"

"你们,小姐们①,老是笑,兴致好得很,可是我却在受良心的折磨,"男爵说,"今天我们那儿的职员们为屠格涅夫做安魂祭②,可是我,只为陪你们,就没去。这不大合适,你们要知道。……这种事固然是滑稽戏,不过也还是应当去一趟,表一表自己的同情……同情那些思想。……小姐们,请你们把手按住你们的心,老老实实对我说一句:你们喜欢屠格涅夫吗?"

"哦,是呀……当然了!谁还能不喜欢屠格涅夫呢。……"

"你看怪不怪。……我不论问谁,大家都说喜欢,不过我……就是不懂!要么我没有脑筋,要么我是不可救药的怀疑主义者,反正依我看来,由屠格涅夫引起的种种无稽之谈,即使不是可笑的,至少也是夸大其词!他是好作家,这我不想否认。……他写得流畅,他的文笔有些地方甚至挺生动,颇为幽默,不过……也没有什么特别了不起的。他写得跟俄国一切文人差不多。……跟格利果利耶维奇③差不多,跟克拉耶夫斯基④也差不多。……我昨天特意从图书馆里借来一本《猎人笔记》⑤,从头看到尾,简直没有发现什么了不起的地方。……既没有自觉心,也没谈到出版自由……任什么样的思想也没有!关于打猎,压根儿就没提到。不过,写得倒还不错!"

"简直很不错呢!他是很好的作家!关于爱情,他写得多么出色啊!"基琪叹道,"比什么人都写得好!"

---

① 原文为法语。
② 追悼亡人的宗教仪式。俄国作家屠格涅夫逝世于1883年9月3日,本文发表在同年同月24日。
③ 说错,应是格利戈罗维奇(1822—1899),俄国作家。
④ 克拉耶夫斯基(1810—1889),俄国资产阶级政论家。——俄文本编者注
⑤ 屠格涅夫的作品。

"关于爱情他写得好,不过也还有比他更好的。比方拿让·里什潘①来说。写得多么可爱!您读过他的《克列依卡亚》吗?那完全不同!您一边读,一边领会到那些事实际上是什么样子!可是屠格涅夫……写了些什么呢?全是些思想……可是俄国哪有什么思想呢?都是从外国的土壤里移来的!一点独到的见解也没有,一点土生土长的东西也没有!"

"可是自然景物他写得多么好!"

"我不喜欢读自然景物的描写。这种描写总是拖得老长老长的。……'太阳落下去了。……鸟儿开始歌唱。……树林飒飒地响。……'我老是跳过这些可爱的描写不读。屠格涅夫是好作家,这我并不否认,可是我不承认他有创造奇迹的本领,像人们提到他就大喊大叫的那样。据说他促进了人们的自我觉悟,据说他激发了俄国人民的某种政治良心。……所有这些我却看不出来。……我不懂。……"

"那么您读过他的《奥勃洛摩夫》②吗?"齐娜问,"在那里面,他反对农奴制度!"

"这话不错。……可是话说回来,我也反对农奴制度!那么大家也应该为我大喊大叫吗?"

"请您要求他不要再讲下去!看在上帝面上不要再讲下去!"玛尔富霞凑着齐娜的耳朵小声说。

齐娜惊讶地瞧着纯朴而胆怯的姑娘。这个内地姑娘的眼睛不安地瞧着敞篷马车上的人,从这个人脸上移到那个人脸上,闪着恶意的光芒,仿佛要找出个人来,好把她的痛恨和轻蔑发泄到他身上去似的。她气愤得嘴唇发抖。

---

① 让·里什潘(1849—1926),法国作家。——俄文本编者注
② 长篇小说,不是屠格涅夫写的,而是另一个俄国作家冈察洛夫写的。

"这不像样,玛尔富霞!"齐娜小声说,"您眼睛里含着泪水了!"

"人们还说,他对我们社会的发展发生过很大的影响,"男爵继续说,"这从哪儿看得出来呢?我这个有罪的人就没看出这种影响。至少,他就没有对我发生过一丁点儿的影响。"

敞篷马车在勃棱津家大门旁边停下来了。

在 秋 天

时间将近深夜。

季洪大叔的酒店里坐着一伙马车夫和朝圣的香客。秋天大雨滂沱,潮湿的狂风像鞭子似的抽打人的脸,这就把他们赶进酒店里来了。淋湿的和疲乏的行人坐在靠墙的长凳上,听着风声呼号,昏昏睡去。他们脸上露出烦闷无聊的神情。有个马车夫是麻脸的汉子,脸上带着抓伤,把淋湿的手风琴放在膝上:他本来在拉琴,后来却不知不觉停住了。

大门上方,在昏暗而肮脏的挂灯四周,飞溅着雨点。风像狼那样嗥叫,呼啸,看来竭力要把酒店的大门从合叶上扯下来。院子里传来马匹的喷鼻声和马蹄踩着泥泞的咕叽声。天气又潮又冷。

季洪大叔本人坐在柜台里边,是个高身量和大脸庞的农民,浮肿的小眼睛睡意蒙眬。他面前,柜台外边,站着个四十岁上下的男子,衣服肮脏寒酸,然而显出知识分子的风度。他外面穿一件揉皱而粘着泥浆的夏大衣,下身是花条布的长裤,光脚上蹬着橡胶的套鞋。他的头、揣在衣袋里的手、又瘦又尖的胳膊肘,一齐瑟瑟发抖,好像得了热病。他那消瘦的全身,从极其憔悴的脸庞到橡胶的套鞋,偶尔掠过一阵轻微的痉挛。

"拿给我吧,看在基督面上!"他用疲乏而刺耳的男高音央求季洪说,"一小杯就成……喏,一小杯。记在我账上就是!"

"得了吧。……你们这号人,在这儿逛荡的多的是,下流货!"

下流货轻蔑而痛恨地瞅着季洪。要是办得到的话,他真想把他打死!

"你得明白,你这个蠢材,大老粗!不是我要酒喝,用你的话来说,用乡巴佬的话来说,这是我的内脏要酒喝!我的病要酒喝!你得明白!"

"我没有什么要明白的。……你走开。……"

"要知道,如果我现在喝不着酒,你得明白,如果我不能满足我的嗜好,我就能干出犯法的事来!上帝才知道我能干出什么事来!你这个粗人,开酒店这么些年,见过很多的醉汉,莫非你到现在还没弄清楚这都是些什么人?这都是病人!你管自给他们戴上手铐脚镣,管自把他们关起来,管自打他们,杀他们,可是你得给他们酒喝!好,我恭恭敬敬请求你!行行好!我低声下气了。……我的上帝,我多么低三下四啊!"

下流货摇头,慢腾腾地吐一口唾沫。

"你拿钱来,就有你的酒喝!"季洪说。

"我上哪儿找钱去!我把样样东西都拿来换酒喝了!一样也不剩,喝尽荡光!喏,只剩下这件大衣了。我不能把它拿给你,因为脱下它,我就光着身体了。……这顶帽子你要吗?"

下流货把他那顶厚呢帽拿给季洪,上面有些地方已经露出棉絮。季洪接过帽子来,里里外外看一遍,不以为然地摇头。

"这东西你就是白给,我也不要……"他说,"这是废物。……"

"不中意吗?好吧,要是你不中意,那你就赊给我酒喝。等我从城里回来,就给你送一枚五戈比小钱来。到那时候叫那个小钱卡在你嗓子眼里,把你活活卡死才好!把你活活卡死才好!"

"你到底是哪路的骗子?你是什么人?你上这儿来干什么?"

"我要酒喝。不是我要喝,是我的病要喝!你得明白!"

"你干吗捣乱?像你们这样的滑头,在这条大路上逛荡的,多的是!你到那边去央求那些东正教徒吧,要是他们乐意的话,就让他们看在基督面上请你喝酒好了,我是只施舍面包的。混蛋!"

"你去敲那些穷人的竹杠好了,我呀……对不起!我可不去打劫他们!我不干!"

下流货忽然中断他的话,涨红脸,转过身去对香客们说:

"这倒也是个办法,东正教徒们!你们舍给我一枚五戈比小钱吧!我的内脏要酒喝!我有病!"

"你去喝水吧。"麻脸的汉子冷笑着说。

下流货害臊了。他咳嗽几声,不说话了。过一分钟,他又央求季洪。最后他哭起来,开始建议用他那件湿大衣换一小杯酒喝。大家在黑地里没看见他的眼泪,那件大衣也没有人要,因为酒店里有许多女香客,她们是不愿意看见赤身露体的男人的。

"现在我怎么办呢?"下流货轻声问道,声音里充满绝望,"怎么办呢?我不喝酒不行啊。要不然我就会干出犯法的事来,或者索性自杀。……这可怎么办?"

他在酒店里走来走去。

一辆邮车响着铃铛,来到门前。淋湿的邮差走进酒店里来,喝下一大杯白酒,走出去。邮车又走了。

"我给你一个金首饰,"下流货转过脸去对季洪说,脸色忽然白得像麻布一样,"好吧,我给你就是。就这么办。……虽然从我这方面来说,这样做是下流的,卑鄙的,可是你拿去吧。……我是因为无可奈何才做这种卑劣的事。……就是到法庭上,人家也会判我无罪的。……你拿去吧,只是有个条件:以后等我回来,就还给我。我当着许多见证人的面拿给你。……"

下流货把湿手伸进怀里去,掏出一个小小的金鸡心来。他打开鸡心,看一眼其中嵌着的照片。

"应当把照片挖出来才对,可是我又没有地方放它:我浑身都湿透了。算了,就让你连照片一起抢去好了。只是有个条件。……我的好人,亲爱的……我求求你。……你千万别用手指头去碰那张脸。……我求求你,好人!你要原谅我粗野,原谅我跟你说话粗野。……我愚蠢。……可是你不要用手指头去碰那张脸,也不要用眼睛去看。……"

季洪接过鸡心来,看了看金子的成色,把它放进衣袋里。

"这是偷来的小怀表,"他说着,斟上一大杯酒,"嗯,好。……你喝吧。……"

酒徒两只手接过酒杯来。他那双眼睛对着酒杯闪闪发光,尽他那双醺醉而混浊的眼睛所能有的一点点力量发光。然后他把酒喝下去……喝得津津有味,身上一阵阵战栗。他把嵌着照片的鸡心换酒喝了以后,羞愧地垂下眼睛,往墙角那边走去。到了那边,他在长凳上挨着女香客坐下,缩起身子,闭上眼睛。

在寂静和无言中半个钟头过去了。只有风在呼号,在烟囱里唱它的秋季狂想曲。女香客们开始祷告上帝,然后不出声地在长凳底下躺下来过夜。季洪打开鸡心,欣赏一个女人的小头像,那个女人正在小金框里对着小酒店,对着季洪,对着酒瓶微微地笑呢。

院子里有一辆大板车嘎吱嘎吱地响。传来吆喝马的声音和践踏泥地的咕叽咕叽声。……一个矮小的农民跑进酒店里来,身上穿着长皮袄,脸上留着尖胡子。他周身淋湿,粘着泥浆。

"喂!"他喊一声,拿着一枚五戈比小钱敲柜台,"来一大杯真正的马德拉①!要斟满!"

他雄赳赳地猛一转身,向那群人扫了一眼。

---

① 马德拉是上等葡萄酒,在此含有取笑的意思,意谓"拿一大杯好酒来"。

"这些糖人全化了,落汤鸡!他们怕雨,嘿,是啊!好娇嫩!不过这粒葡萄干是谁呢?"

矮小的农民跳到下流货跟前,看他的脸。

"原来在这儿!老爷!"他说,"谢敏·谢尔盖伊奇!我们的东家!啊?您干吗到这家小酒店里来乘凉?莫非这种地方您能来吗?唉……不幸的受难人!"

老爷瞧一眼矮小的农民,就举起袖子蒙住脸。矮小的农民叹口气,摇摇头,灰心地挥动两只手,走到柜台那边去喝酒。

"这就是我们的老爷,"他小声对季洪说,朝下流货那边点一下头,"我们的地主谢敏·谢尔盖伊奇。你看他成了什么样子?如今他像个什么人了?啊?说的就是嘛……喝酒喝到了什么地步。……"

矮小的农民喝下酒去,用袖口擦擦嘴唇,继续说:

"我就是他那个村子里的人。离这儿有四百俄里远,叫阿赫契洛夫卡村。……我们本来是他父亲手下的农奴。……真是可惜,老兄!真是可惜啊!他原是挺好的东家。……喏,你看院子里那匹马!瞧见没有?买那匹马的钱就是他给我的!哈哈!命运呀!"

过了十分钟,马车夫和香客纷纷在矮小的农民四周坐下。在秋天的风雨声中,他用轻微而兴奋的男高音给他们讲一个故事。谢敏·谢尔盖伊奇仍然坐在墙角里,闭着眼睛,嘴里嘟嘟哝哝。他也在听。

"这都是因为软弱才闹到这个地步的,"矮小的农民讲着,不住扭动身子,比画手势,"日子过得太舒服了。……他原是家财豪富的东家,全省数得上的大地主。他吃呀喝的,要多少有多少!你们恐怕就见过他。……他坐着四轮马车路过这家酒店不知多少次呢。阔气得很。……我记得,大概五年前吧,他坐米基希金的渡船过河,本来给五戈比小钱也就够了,他却扔出一个卢布去。……他倾家荡产是从不值一提的小事开的头。头一件事就是娘们儿。他,可怜的人,爱上一个城里的娘们儿。……比爱自己的性命还厉害呢。往往,乌鸦倒比漂亮的鹰还要招人喜欢。……她,坏娘们儿,名叫玛丽雅·叶果罗芙娜,她的姓怪得很,简直念不上口。他爱上她了,于是就按正教徒的规矩,向她求婚。她呢,当然,满口答应,因为东家他不是没出息的人,他从不喝酒,又很有钱。……有一天傍晚,这件事我至今还记得,我穿过他们的花园,一瞧,他们坐在长椅上,抱着亲嘴呢。他亲她一下,她呢,那条蛇,亲他两下。他拉住她的白手,她就来劲儿了!马上挨到他身边去,见她的鬼!……她说,我爱你,谢尼亚①。……谢尼亚就像着了魔,各处乱跑,傻头傻脑地夸他的福气。……他给这个人一卢布,给那个人两卢布。……他给了我买马的钱。……他一高兴,就把我们欠他的债全勾销了。……接着就是办喜事。……他们体面地完了婚。……可是就在老爷们坐下来吃晚饭的时候,她却拔起腿,坐上轿式马车,跑了。……她跑到城里去找律师,找她的情人去了。这事就出在成亲之后,死不要脸的!啊?就出在那当口!啊?打那时候起,他就失魂落魄,灌起酒来。……现在你瞧,落到了这个地步。……他走来走去像是个疯子,心里还在惦记她,那个死不要脸的。他爱她!现在他多半就要走着进城,想去看她一眼呢。……第二件事,乡亲们,闹得他倾家荡产的就是他姐夫。……他冒冒失失地给他姐夫在一家银行里作保……借了三万。……他姐夫,那个骗子,当然,只顾他自己的好处,别的一概不在他的狗心上,结果从我们东家手里骗去三万。……傻人办傻事,临了自讨苦吃。……他老婆跟律师生下孩子,他姐夫在波尔塔瓦附近买下一座庄园,可是我们的东家却像个傻瓜似的,在小酒店里进进出出,

---

① 谢敏的小名。

拉住我们这班庄稼汉发牢骚:'我失去信心了,乡亲们!如今我对谁都不相信!'这是软弱!人人都有自己的伤心事,那就应该灌酒吗?喏,比方说,我们那儿有个乡长。他的老婆大白天把个教员拉到家里去,拿她丈夫的钱买酒给他喝,可是乡长还是那么走来走去,脸上笑嘻嘻的。……只不过他瘦了点罢了。……"

"上帝赐给各人的力量各不相同啊……"季洪叹道。

"力量各不相同,这话是实在的。"

矮小的农民讲了很久。……等到他讲完,酒店里就变得一片沉寂。

"喂,你……您叫什么名字来着?……倒霉的人!你过来,喝酒吧!"季洪转过脸去对老爷说。

老爷走到柜台跟前来,津津有味地喝人家施舍的酒。……

"你把那个鸡心给我看一会儿!"他对季洪小声说,"我只瞧一会儿,然后就……还给你。……"

季洪皱起眉头,什么话也没说,把鸡心递给他。麻脸的汉子叹口气,摇一摇头,要了白酒。

"喝吧,老爷!唉!不喝酒挺好,不过喝了酒更好!喝了酒,伤心事就不伤心了!你管自喝吧!"

老爷喝下五大杯,走到墙角那儿,打开鸡心,用他昏花的醉眼开始寻找那张亲爱的脸。……可是那张脸已经不在了。……它让品格高尚的季洪用手指甲从鸡心里挖出去了。

挂灯猛地燃亮,然后灭了。墙角里,一个女香客说了句梦话,讲得很快。麻脸的汉子大声地祷告上帝,然后在柜台上躺下。外边又有人赶着车子来了。……大雨下个不停。……天气越来越冷,可恶而阴暗的秋天似乎没有尽头了。老爷目不转睛地瞅着鸡心,仍然在找那张女人的脸。……蜡烛熄了。

春天,你在哪儿啊?

胖子和瘦子

尼古拉铁路①一个火车站上,有两个朋友相遇:一个是胖子,一个是瘦子。胖子刚在火车站上吃过饭,嘴唇上沾着油而发亮,就跟熟透的樱桃一样。他身上冒出白葡萄酒和香橙花的气味。瘦子刚从火车上下来,拿着皮箱、包裹和硬纸盒。他身上冒出火腿和咖啡渣的气味。他背后站着一个长下巴的瘦女人,是他的妻子。还有一个高身量的中学生,眯细一只眼睛,是他的儿子。

"波尔菲利!"胖子看见瘦子,叫起来,"真是你吗?我的朋友!很久没见面了!"

"哎呀!"瘦子惊奇地叫道,"米沙!小时候的朋友!你这是从哪儿来?"

两个朋友互相拥抱,吻了三次,然后彼此打量着,眼睛里含满泪水。两个人都感到又惊又喜。

"我亲爱的!"瘦子吻过胖子后开口说,"这可没有料到!真是出其不意!嗯,那你就好好地看一看我!你还是从前那样的美男子!还是那个风流才子,还是那么讲究穿戴!上帝啊!嗯,你怎么样?很阔气吗?结了婚吗?我呢,你看,已经结婚了。……这就是我的妻子露意丝,娘家姓万增巴赫……她是新教徒。……这是

---

① 在莫斯科和彼得堡之间的一条铁路,以沙皇尼古拉一世命名。

我儿子纳法纳伊尔,中学三年级学生。这个人,纳法尼亚①,是我小时候的朋友!我们一块儿在中学里念过书!"

纳法纳伊尔想了一会儿,脱下帽子。

"我们一块儿在中学里念过书!"瘦子继续说,"你还记得大家怎样拿你开玩笑吗?他们给你起个外号叫赫洛斯特拉特②,因为你用纸烟把课本烧穿一个洞。他们也给我起个外号叫厄菲阿尔特③,因为我喜欢悄悄到老师那儿去打同学们的小报告。哈哈。……那时候咱们都是小孩子!你别害怕,纳法尼亚!你管自走过去,离他近点。……这是我妻子,娘家姓万增巴赫……新教徒。"

纳法纳伊尔想了一会儿,躲到父亲背后去了。

"嗯,你的景况怎么样,朋友?"胖子问,热情地瞧着朋友,"你在哪儿当官?做到几等官了?"

"我是在当官,我亲爱的!我已经做了两年八等文官,还得了斯坦尼斯拉夫勋章。我的薪金不多……哎,那也没关系!我妻子教音乐课,我呢,私下里用木头做烟盒。很精致的烟盒呢!我卖一卢布一个。要是有人要十个或者十个以上,那么你知道,我就给他打个折扣。我们好歹也混下来了。你知道,我原来在衙门里做科员,如今调到这儿同一类机关里做科长。……我往后就在这儿工作了。嗯,那么你怎么样?恐怕已经做到五等文官了吧?啊?"

"不,我亲爱的,你还要说得高一点才成,"胖子说,"我已经做到三等文官。……有两枚星章了。"

瘦子突然脸色变白,呆若木鸡,然而他的脸很快就往四下里扯

---

① 纳法纳伊尔的爱称。
② 希腊人,公元前356年放火烧掉了以弗所(小亚细亚)的阿耳式弥斯神庙,因而闻名。
③ 希腊人,公元前5世纪,为波斯军队带路,出卖同胞,引敌入境。

开,做出顶畅快的笑容,仿佛他脸上和眼睛里不住迸出火星来似的。他把身体缩起来,哈着腰,显得矮了半截。……他的皮箱、包裹和硬纸盒也都收缩起来,好像现出皱纹来了。……他妻子的长下巴越发长了。纳法纳伊尔挺直身体,做出立正的姿势,把他制服的纽扣全都扣上。……

"我,大人……很愉快!您,可以说,原是我儿时的朋友,现在忽然间,青云直上,做了这么大的官,您老!嘻嘻。"

"哎,算了吧!"胖子皱起眉头说,"何必用这种腔调讲话呢?你我是小时候的朋友,哪里用得着官场的那套奉承!"

"求上帝饶恕我。……您怎能这样说呢,您老……"瘦子赔笑道,把身体缩得越发小了,"多承大人体恤关注……有如使人再生的甘霖。……这一个,大人,是我的儿子纳法纳伊尔……这是我的妻子露意丝,在某种程度上说,是新教徒。……"

胖子本来打算反驳他,可是瘦子脸上露出那么一副尊崇敬畏、阿谀谄媚、低首下心的丑相,弄得三等文官恶心得要呕。他扭过脸去不再看瘦子,光是对他伸出一只手来告别。

瘦子握了握那只手的三个手指头,弯下整个身子去深深一鞠躬,嘴里发出像中国人那样的笑声:"嘻嘻嘻。"他妻子微微一笑。纳法纳伊尔并拢脚跟立正,把制帽掉在地下了。三个人都感到又惊又喜。

悲 剧 演 员

这场戏是悲剧演员费诺盖诺夫的专场纪念演出。

他们在演《谢列勃良内公爵》。纪念演出的当事人扮演维亚泽姆斯基,剧团经理李莫纳多夫扮演侍从莫罗左夫,表巴赫托娃小姐扮演叶连娜。……演出成功极了。悲剧演员简直创造了奇迹。他用一只手掳走叶连娜,把她高举到头顶上方,就这么举着穿过舞台。他哇哇地喊,嘶嘶地叫,不住地跺脚,使劲撕扯胸前的衣服。临到他拒绝同莫罗左夫决斗,他周身就瑟瑟地发抖,在现实生活里是绝不会抖成那种样子的,同时他还呼呼地喘气。剧院被鼓掌声震得发颤。谢幕的次数没完没了。观众给费诺盖诺夫送来银烟盒和扎着长丝带的花束。太太们摇着手绢,逼男人们鼓掌,许多人哭了。……可是对这种表演最入迷、最激动的,莫过于县警察局长西多烈茨基的女儿玛霞。她坐在正厅第一排,紧挨着爸爸,甚至到休息时间也不肯让眼睛离开舞台,完全入迷了。她那纤细的胳膊和腿抖个不停,眼睛里满是泪水,脸色越来越苍白。这是不足为怪的:她还是生平第一次进剧院呢!

"他们演得多么好!多么精彩!"她每到幕布放下来,就转过脸去对做县警察局长的爸爸说,"费诺盖诺夫多么好啊!"

如果爸爸善于察言观色,就会在他小女儿苍白的小脸上看出她的痴迷已经达到痛苦的程度。她不但为表演痛苦,也为剧情痛苦,还为布景痛苦。休息时间军乐队开始奏乐,她却疲乏得闭上眼睛了。

"爸爸!"她在最后一次幕间休息的时候对父亲说,"你到后台去,跟他们大家说,要他们明天到我们家里来吃饭!"

县警察局长就走到后台去,在那儿称赞大家演技精湛,而且对表巴赫托娃小姐恭维说:

"您那美丽的脸应该画成一幅油画才对。啊,为什么我就不会使用画笔!"

他并拢两个脚跟行礼,然后邀请演员们到他家里去赴宴。

"大家都来吧,只有女性除外,"他小声说,"女演员不要去,因为我有个小女儿。"

第二天,演员们到县警察局长家里赴宴。来客只有剧团经理李莫纳多夫、悲剧演员费诺盖诺夫和喜剧演员沃多拉左夫,别的演员都推脱没有工夫而不肯来。这顿饭吃得乏味。李莫纳多夫不住向县警察局长保证说,他尊敬县警察局长,而且一般说来,一切长官他都是敬重的。沃多拉左夫表演喝醉酒的商人和亚美尼亚人。费诺盖诺夫是个又高又壮实的小俄罗斯人(在身份证上他姓克内希),生着黑眼睛,额头上有细纹,他朗诵两段台词:"在大门的入口"和"生存还是死亡"[①]。李莫纳多夫眼睛里含着泪水,叙述他同前任省长卡纽钦将军的会晤经过。县警察局长听着,觉得乏味,随和地微笑着。尽管李莫纳多夫身上有一股烧焦的羽毛的浓重气味,尽管费诺盖诺夫穿着别人的礼服和后跟踩歪的皮靴,县警察局长也还是感到满意。他的小女儿喜欢他们,他们引得她兴高采烈,这在他就心满意足了!玛霞瞧着那些演员,眼睛一分钟也不放松他们。她以前从没见过这样聪明而了不起的人!

---

① 引自莎士比亚的悲剧《哈姆雷特》。

傍晚县警察局长和玛霞又到剧院里去。过了一个星期,演员们又到长官家里去赴宴。从此他们几乎每天都到县警察局长家去,或是吃中饭,或是吃晚饭。玛霞也越发迷恋剧院,每天都去。

　　她爱上了悲剧演员费诺盖诺夫。在一个天气晴和的早晨,县警察局长出外去迎接主教,她却随同李莫纳多夫的剧团一起逃跑,在旅途中跟她所爱的人举行婚礼了。演员们庆祝他们的婚礼以后,写了一封富于感情的长信,寄给县警察局长。这封信是大家合力写成的。

　　"你给他点出主题来,你给他点出主题来!"李莫纳多夫说,指点沃多拉左夫怎样写信,"你写上几句对他表示敬意的话。……他们这班当官的就喜欢这一套。……你再添上那么几句……惹得他掉泪的话。……"

　　这封信的回音,却使人非常扫兴。县警察局长不认他的女儿了,因为照他信上的话来说,她嫁了一个"愚蠢的、游手好闲的、没有固定职业的小俄罗斯人"。

　　玛霞接到回信后第二天,写给她父亲一封信,说:

　　"爸爸,他打我!你原谅我们吧!"

　　他打她,而且就在后台,当着李莫纳多夫、洗衣女工、两个管灯工人的面打她!他想起举行婚礼的四天以前,傍晚时分,他同全剧团的人坐在伦敦饭馆里,大家谈到玛霞,剧团里的人都劝他"冒一冒风险",李莫纳多夫眼睛里含着泪水,劝告他说:

　　"错过这样的机会是愚蠢的,不合算的!要知道,为了弄到这么一笔钱①,慢说是结婚,就是流放到西伯利亚去也干!你结了婚,就自己开办剧院,那时候你务必约我去参加你的剧团。到那时候当家做主的就不是我,而是你了。"

---

　　① 指旧俄婚姻风俗中女方带到男家来的大笔陪嫁钱。

费诺盖诺夫想起这些,就捏紧拳头,嘟哝说:

"要是他不寄钱来,我就把她打个稀巴烂。我不允许人家欺骗我,他妈的!"

这个剧团离开某省城的时候本想瞒住玛霞,悄悄走掉,不料被玛霞发觉,她赶到火车站去,那时候第二遍铃声已经响过,演员们已经坐在火车里了。

"我受了您父亲的侮辱!"悲剧演员对她说,"我们之间一刀两断!"

可是她,不顾车厢里坐满了人,却弯下细小的腿,跪在他面前,伸出手去求他。

"我爱您!"她恳求道,"不要把我赶走,康德拉契·伊凡内奇!没有您,我就活不下去呀!"

演员们听到她的哀求,商量一阵,就把她留在剧团里,让她扮演"地道的伯爵夫人"角色,这个名字是用来称呼那些小女演员的,她们通常夹在人群中出台,扮演没有道白的角色。……起初玛霞扮演使女和贴身丫鬟,可是后来,李莫纳多夫剧团之花表巴赫托娃小姐跑掉了,他们就让她演少女角色[①]。她演得不好:吐字不清,心慌意乱。可是不久她就习惯了,开始为观众所喜爱。费诺盖诺夫却很不满意。

"难道这也算是女演员?"他说,"既没有身段,也没有风度,无非是……瞎胡闹罢了。……"

在某省城,李莫纳多夫剧团上演席勒[②]的《强盗》。费诺盖诺夫扮演弗朗茨,玛霞扮演阿玛莉亚。悲剧演员哇哇地喊,瑟瑟发抖。玛霞念台词像念背熟的课文似的。要不是出了点小岔子,这

[①] 原文为法语。
[②] 席勒(1759—1805),德国诗人和剧作家。

次演出就会像往常那样对付过去。本来一切倒还顺利,可是演到弗朗茨向阿玛莉亚表白爱情,她抓住他的长剑的时候,出岔子了。那个小俄罗斯人哇哇地嚷,嘶嘶地叫,周身发抖,把玛霞搂在他铁一般的怀抱里。可是玛霞非但没有把他推开,对他喝一声"滚开",反而在他的怀抱里像小鸟似的颤抖起来,不动了。……她似乎浑身僵住了。

"您可怜可怜我吧!"她凑着他的耳根小声说,"啊,您可怜可怜我吧!我多么不幸啊!"

"你把台词忘了!快听提词人提词!"悲剧演员压低喉咙轻声说着,把长剑塞在她手里。

散戏以后,李莫纳多夫和费诺盖诺夫在售票处里坐着闲谈。

"你的老婆没记熟台词,这话你说得对……"剧团经理说,"她不懂她的行当。……各人都有各人的行当。……可是她的行当她就不懂。……"

费诺盖诺夫听着,叹气,皱起眉头,越皱越紧。……

第二天早晨玛霞在小杂货铺里坐着写信,在信上说:

"爸爸,他打我!请你原谅我们!给我们寄钱来吧!"

商绅①的女儿

爱 情 故 事

商绅美汉尼兹莫夫有三个女儿:齐娜、玛霞、萨霞。他在银行里为她们每人存下十万陪嫁钱。然而问题不在这里。

萨霞和玛霞没显出什么与众不同的地方。她们善于跳舞、刺绣、脸红、梦想,喜欢中尉,此外似乎什么也没有了。不过另一方面,大姐齐娜倒具有罕见的、不同寻常的性格。在生活道路上,要遇见一个不喝酒的新闻记者,倒比遇见一个具有这种性格的人容易多呢。

这天是萨霞的命名日。我们这些邻近的地主,都穿上最讲究的衣服,给车子套上最好的马,赶到美汉尼兹莫夫的庄园上去庆贺一番。大约二十年前,庄园的地面上本来只有一家小酒店。小酒店越来越发达,终于变成最美丽的农场,有花园,有池塘,有喷泉,有叭喇狗②模样的听差。我们到了那里,庆祝一番,然后立刻坐下来吃饭。蔬菜汤端上来。我们喝汤以前各自喝下两小杯酒,吃了点冷荤菜。

"我们要不要喝第三杯?"美汉尼兹莫夫提议道,"上帝喜欢三

---

① 旧俄时授予商人的荣誉称号。
② 一种猛犬,大嘴,宽胸,短腿。

位一体,而且那个……三个人在一起,就能开会①,这是拉丁话,诸位老兄!亚希卡,你这猪猡,把那张桌子上的青鱼端过来!诸位贵族先生,喝呀!不用客气!米特利·彼得雷奇,我请求您,亲爱的,开始吧!②"

"哎,爸爸!"玛霞说,"你何必硬要人家喝酒呢?你倒像是商人沃江金……他请客就是这个样子。"

"我知道我该说什么,用不着你管!你的事就是闭上你那张嘴!有客人在场,我才容许她们用'你'称呼我!"美汉尼兹莫夫隔着桌子对我小声说,"这是表示文明!没有客人在场,我可不答应!"

"大老粗变不成上流人!"有个挂着绶带的将军跟我并排坐着,叹口气说,"从前是一头猪,现在也还是一头猪。……"

美汉尼兹莫夫渐渐喝醉,想起开小酒店的往事,胡闹起来。他不住打嗝,动不动就讲法国话,骂起人来不堪入耳。……

"别这样!"他的朋友,那个将军,对他说,"胡闹总得有个分寸!你这个人呀……老兄!"

"我又不是花你的钱胡闹,我花的是我自己的钱!我有'狮子和太阳'③!诸位先生,你们拿过我多少钱才推举我做荣誉调解法官的?"

在饭桌的另一头,不知什么人的椅子猛一转动,咔嚓一响。我们朝着发出咔嚓声的那边望去,看见两只乌黑的大眼睛把闪电和火花投到美汉尼兹莫夫身上来。这两只眼睛是齐娜的。她是黑发姑娘,身材修长而苗条,穿一身黑衣服。她苍白的脸上泛起一块块红晕,每块红晕都饱含着愤恨。

---

① 原文为不通的拉丁语。
② 原文为不通的法语。
③ 波斯的一种勋章。

"我要求你,父亲,不要这样!"齐娜说,"我不喜欢小丑!"

美汉尼兹莫夫胆怯地看一下她的眼睛,扭动身子,一口气喝下一大杯白兰地,不出声了。

"嘿!"我们暗想,"她跟萨霞不一样,跟玛霞也不一样。……跟这个姑娘可开不得玩笑。……她的性格颇不平常呢。……真有点那个。……"

我开始欣赏那张怒气冲冲的脸。我承认,以前我对齐娜就有好感。她漂亮,看上去像狄安娜①,总是沉默寡言。老不开口的处女,您知道,是包藏着很多秘密的!她是个大玻璃瓶,里面不知装着什么液体,弄得人很想喝一口,可又担心:万一它有毒呢?

饭后,我走到齐娜跟前去,为了对她表示世界上自有了解她的人,就讲起这种使人极其痛苦的环境,讲起真理、劳动和妇女解放。在"酒意"②的影响下,我从妇女解放转而谈到身份证制度、货币的流通、妇女高等学校。……我讲得热情奔放,嗓音发颤,有十来次想抓住她的手。……不过我讲得恳切而有条理,仿佛在宣读论文。她听着,瞅着我。她的眼睛睁得越来越大,越来越圆。……在我那些话的影响下,她的脸色分明苍白了。……最后,不知什么缘故,她的眼睛里露出恐慌的神情。

"您是真心诚意说这些话吗?"她问,不知什么缘故吓得愣住了。

"我……不真心诚意?!对您能不真心诚意?我……那我对您起誓……"

她抓住我的手,低下头凑近我的脸,气喘吁吁地低声说:

"请您今天傍晚十点钟到大理石凉亭去。……我求求您!我

---

① 罗马神话中月亮和狩猎女神。
② 原文为法语。

要把心里的话都对您说一说!都对您说一说!"

她小声说完,就走出门外,不见了。我站在那儿呆呆地出神。……

"她爱上我了!"我一面暗想,一面照一下镜子,"她忍不住了!"

讲到我,那又何必假谦虚呢?我本来就是个挺有吸引力的男人。我个子高,体格匀称,留着漆黑的胡子。……我的天蓝色眼睛和黝黑的脸有一种饱尝辛酸的表情。我每个姿态都透露出幻灭的心境。除此以外,我又富裕。(我是靠文学工作积下钱的。)

九点多钟我就已经在凉亭里坐着,急得要命。我的头脑里和胸膛里掀起了风暴。我感到又甜蜜又痛苦的倦怠,就闭上眼睛。然而我就是闭着眼睛也仍旧在黑暗里看见齐娜。……在那片黑暗里,除她以外,不知什么缘故,还出现我以前在某杂志上见过的一幅恶毒的图画:高高的黑麦、女帽、阳伞、手杖、高礼帽。……但愿读者诸君不为这幅画责难我!并不是只有我一个人才有这种心荡神摇的灵魂。我认识一个抒情诗人,每逢他充满灵感,缪斯①来到他心上,他总是舔嘴唇,吧嗒嘴。……诗人尚且可以这样放肆,那么我们这些散文作家,不消说,就更可原谅了。

十点钟整,齐娜在凉亭门口出现,被月光照亮。我跑到她跟前,抓住她的手。

"我亲爱的……"我喃喃地说,"我爱您。……我疯狂热烈地爱您!"

"对不起!"她坐下来,慢腾腾地扭过她苍白的脸来对着我,说,"请您把手挪开!"(原话如此!②)

---

① 希腊神话中九位文艺和科学女神的通称。此处指"诗神"。
② 原文为拉丁语。

这些话说得那么庄严,吓得高礼帽、手杖、女帽、黑麦很快地一个个从我头脑里跳出去了。……

"您说您爱我。……我也喜欢您。我可以嫁给您,不过我首先得挽救您这个不幸的人。您正处在灭亡的边沿上哟。您的信念在毁掉您!难道您,不幸的人,就没看出来?难道您居然认为我会把我的命运跟一个有这种信念的人结合在一起?不行!我喜欢您,不过我还是能克制我的感情。您赶快挽救您自己,要不然就晚了!喏,这类文章……您至少也该看一遍!您看了,您就会明白您迷失方向了!"

她往我手里塞了一张什么纸。我点燃火柴,看见我那只可怜的手里拿着一张去年的《公民报》①。一时间我说不出话来,坐着发呆,然后我跳起来,抱住头。

"圣徒呀!"我叫道,"整个洛赫莫捷夫县只有这么一个不同寻常的性格,可是就连这一个……就连这一个也是蠢货!我的上帝啊!"

过十分钟,我已经坐在四轮马车上,回家去了。

---

① 俄国的一种政治与文学报刊,由反动文人梅谢尔斯基公爵主编,1872—1914年在彼得堡印行。——俄文本编者注

监 护 人

我克制我的胆怯,走进希梅加洛夫将军的书房里。将军靠桌子坐着,摆一种名叫"女人任性"的牌阵①。

"您有什么事,我亲爱的?"他亲切地问我,向圈椅那边点一下头。

"大人,我是来找您谈一件事的,"我坐下来说,而且不知什么缘故,动手把我上衣的纽扣都扣好,"我是来找您谈一件事的。这是件私事,不是公事。我来请求您允许我同您的侄女瓦尔瓦拉·玛克辛莫芙娜结婚。"

将军慢腾腾地扭过脸来对着我,注意地瞧着我,他手里的纸牌掉在地板上了。他久久地努动嘴唇,然后开口说:

"您……怎么?……您发疯了还是怎么的?您疯了吗,我问您?您……胆敢说出这种话来?"他压低喉咙恶狠狠地说,涨红脸,"您居然有那么大胆子,毛孩子,小娃娃?!您胆敢开玩笑……先生。……"

希梅加洛夫跺一下脚,哇哇地嚷起来,连窗上的玻璃都震动了:

"站起来!!您忘了您在跟谁说话!请您滚出去,从此再也别

---

① 一种单人玩的纸牌戏。

叫我看见您！请您出去！滚！"

"可是我想结婚,大人！"

"您管自到别处去结婚,在我这儿可不成。我的侄女您还高攀不上,先生！您配不上她！不论按您的财产还是按您的社会地位来说,您都没有权利向我提出这样的……建议！从您那方面来说,这是目无长上！我原谅您这一遭,毛孩子。我要求此后您再也不要来打搅我！"

"嗯。……您已经照这样打发走五个求婚的男子了。……不过,这第六个您却打发不走。我知道您屡次拒绝的原因何在。您听我说,大人。……我向您提出诚实而高尚的保证:我同瓦莉雅①结婚,并不向您要一文钱,事实上您以瓦莉雅监护人的身份已经把她父母留给她的钱全挥霍光了。我保证！"

"您把说过的话再说一遍！"将军用一种不自然的破锣般的嗓音说着,弯下腰,快步跑到我跟前,好像一只被惹恼的公鹅,"你再说一遍！再说一遍,混蛋！"

我就重说一遍。将军满脸通红,开始跑来跑去。

"岂有此理！"他刺耳地嚷着,跑来跑去,举起双手,"岂有此理,我的部下居然在我自己家里对我进行这种骇人听闻的、洗刷不清的侮辱！我的上帝啊,我落到什么地步了！我……我头晕！"

"可是我向您担保,大人！我非但不要钱,就是您由于性格软弱而把瓦莉雅的钱全挥霍光的事,我也一字不提。我会叮嘱瓦莉雅也不提这件事！我说的是实话！那么您何必还要大发脾气,吹胡子瞪眼呢？我又不拉您去打官司！"

"一个小小的毛孩子,小娃娃……叫花子……胆敢当着我的面说出这种可恶的话来！您出来,年轻人,您要记住,我永远忘不

---

① 瓦尔瓦拉的爱称。

了这件事！您把我侮辱得太厉害了！不过……我原谅您这一遭！您说这些放肆的话是因为您为人轻浮,因为头脑糊涂。……哎,请您不要用手指头碰我的桌子,见您的鬼！您不要碰我的牌！您走吧,我忙着呢!"

"我什么也没碰！您瞎说些什么呀？我说话算数,将军！我保证我对那笔钱一字不提！我也不准瓦莉雅向您要钱！此外您还要怎么样呢？您是个怪人,真的。……您把她父亲留下来的一万都花光了。……哎,那又有什么关系？论钱数,一万也不算多。……这笔钱不妨一笔勾销。……"

"我一个钱也没花过……是啊！我马上就拿证明给您看！喏,马上……我就拿证明给您看!"

将军伸出两只发抖的手,拉开书桌的一个抽屉,从中取出一大叠纸来,脸红得像大虾一样,开始翻那些纸。他翻了很久,翻得很慢,随手乱翻而没有目的。这可怜的人极其激动,心慌意乱。幸好一个听差走进书房里来,报告说开饭了。

"好。……吃过饭后我再拿证明给您看!"将军喃喃地说,把纸收起来,"我要一下子把问题弄清楚……免得外人中伤我。……不过我们先去吃饭……过一会儿您就会明白！求上帝宽恕,这个……小娃娃,信口雌黄……嘴巴上的奶还没干呢。……去吃饭吧！吃过饭后我再……给您……"

我们就去吃饭。上头一道菜和第二道菜的时候,将军还在生气,皱着眉头。他拼命往他的汤里加盐,低声咆哮着,像是远处的雷鸣,在椅子上挪动身子,声音很响。

"你今天怎么这样生气?"瓦莉雅对他说,"每逢你这样,我就不喜欢你,真的。……"

"你怎么敢说你不喜欢我!"将军气冲冲地对她说。

吃第三道菜和最后一道菜的时候,希梅加洛夫深深地叹口气,开始眨巴眼睛。他脸上现出灰心丧气,受尽委屈的神情。……他显得那么不幸,那么抱屈！他额头上和鼻子上冒出大颗汗珠。饭后将军邀我到他书房里去。

"我的好朋友！"他开口说,眼睛没看着我,手不住拉扯我的衣襟,"您娶瓦莉雅吧,我同意。您是个善良的好人。……我同意了。……我祝福你们……祝福她和你,我的天使。……饭前我在这儿骂过你……生过气……要请你原谅。其实这是表示我爱你……像父辈一样爱你。……只是有这样一个问题……我花掉的不是一万,而是那个……一万六。就连她姑母娜达丽雅留给她的六千也让我花光……打牌输掉了。……我们来喝点香槟酒……庆贺这件喜事吧。……那么这六千也一笔勾销了？"

将军定睛瞧着我,他那对灰色的眼睛又想哭又想笑。我把那六千也一笔勾销,并且同瓦莉雅结了婚。

好小说永远是以婚礼结束的。

时 代 的 表 征

在糊着浅蓝色壁纸的客厅里,他们在表白爱情。

一个年轻的男子,相貌招人喜欢,这时候弯下一条腿,在一个年轻的姑娘面前跪下,赌咒发誓。

"没有您,我就没法活,我亲爱的!我对您发誓!"他气喘吁吁地说,"自从我跟您见过面后,我的心就定不下来!我亲爱的,您对我说一句……说一句。……行,还是不行呢?"

姑娘张开小嘴,刚要答话,可是这时候房门口露出她哥哥的头。

"莉莉,你出来一会儿!"她的哥哥说。

"你有什么事?"莉莉走出门外去见哥哥,问道。

"对不起,我亲爱的,我打搅了你们,不过……我是你哥哥,我的神圣的责任就在于事先警告你。……你对这位先生要小心点。你得守口如瓶。……千万不要说什么多余的话。"

"可是他向我求婚呢!"

"那是你的事。……你管自跟他谈情说爱,管自嫁给他,可是看在上帝分上,务必要小心。……我知道这个家伙。……头号的大坏蛋!他只要听到点什么,马上就去告密。……"

"谢谢①,玛科斯。……可是我以前却不知道!"

----

① 原文为法语。

姑娘回到客厅里。她回答那个年轻的男子说:"行。"他们就接吻,拥抱,发誓,可是她小心在意:只谈爱情,别的一概不谈。

在 邮 局 里

前几天我们给我们老邮政局长斯拉德科佩尔采夫的年轻妻子送殡。我们送那个美人入土以后,按照祖辈和父辈的风俗,动身到邮局去"为亡人祈祷安息"。

等到油煎薄饼端上来,年老的鳏夫就悲伤地哭泣,说:

"这些油煎薄饼同去世的人一样红彤彤!一样漂亮!一模一样哟!"

"是啊,"参加祈祷的人同意说,"您的妻子确实是美人。……绝色佳人啊!"

"是的,先生们。……大家瞧见她,都不住地惊叹。……不过,诸位先生,我爱她倒不是因为她长得漂亮,也不是因为她性情温和。这两种品质,是女人全部天赋里本来就有,在尘世极为常见的。我爱她是因为她的灵魂另有一种品质。换句话说,我所以爱她,这个去世的女人,求上帝让她升天堂吧,是因为她尽管生性活泼而调皮,对她丈夫却十分忠诚。虽然她才二十岁,而我快满六十了,她对我却是忠诚的!她对我这个老头子是忠诚的!"

助祭正跟我们一块儿进餐,这时候发出响亮的哼鼻子和嗽喉咙的声音,借以表示怀疑。

"这样看来,您不相信?"鳏夫对他说。

"我倒不是不相信,"助祭慌了,"而是觉得……如今那些年轻的女人实在太那个。……什么约会啦,调味汁啦……"

"您怀疑,那我就给您证明一下!我用尽各种方法来维护她的忠诚,那些方法,可以说,具有战略的性质,类似筑垒工事。由于我的行动和精明的性格,我的妻子就不可能在任何情况下对我变心。我用巧计来保卫我们夫妇的床。我知道一种近似咒语的话。我一说出那种话,就万事大吉,不用担心忠诚问题,可以放心睡觉了。……"

"是些什么话呢?"

"简单极了。我在全城散布不好的流言。这种流言你们一定都知道。我见人就说:'我的妻子阿连娜跟我们警察局长伊凡·阿历克塞伊奇·扎里赫瓦特斯基姘上了。'这句话一传开,就够了。再也没有一个人敢向阿连娜献殷勤,因为谁都怕警察局长冒火。大家一看见她,撒腿就跑,免得扎里赫瓦特斯基起疑。嘻嘻嘻。要知道,跟那个留着长唇髭的蠢材一打交道,往后你的日子可不好过,他会把你那儿的卫生情况打五个报告上去。比方说,他看见你的母猫上街了,就打个报告上去,倒好像那是脱了缰的牲口似的。"

"原来您的妻子没跟伊凡·阿历克塞伊奇勾搭上呀?"我们大吃一惊,问道。

"没有,那是我使的巧计。……嘻嘻。……怎么样,我巧妙地诓了你们吧,年轻人?事情正是这样啊。"

在沉默中过了三分钟。我们坐在那儿,一句话也没说。我们想到这个红鼻子胖老头那么狡猾地弄得我们上当受骗,又是怄气,又是羞愧。

"哼,求上帝保佑,你再结一次婚看!"助祭嘟哝说。

某少女日记摘录

十月十三日 我的街上也终于有了节日①！我瞧啊瞧的,不相信我的眼睛了。我的窗前有个身材高大而匀称的黑发男子走来走去,睁着一对深沉的黑眼睛。他的唇髭真好看!他从一清早起直到暮色很深,就这么走来走去,老是瞅着我们的窗子,这已经是第五天了。我假装没留意他。

十五日 今天一早就下大雨,可是他,可怜的人,仍然走来走去。作为奖赏,我对他做了个媚眼,送去一个飞吻。他做出令人心醉的笑容回报我。他是什么人呢?姐姐瓦莉雅说,他爱上她了,他淋雨就是为她。她多么不懂事啊!哼,黑发男子能爱上黑发女人?妈妈吩咐我们穿得漂亮点,坐在窗口附近。"也许他是个骗子,不过也说不定是个正派的绅士呢。"她说。骗子……怎么会呢②。……您真糊涂,妈妈!

十六日 瓦莉雅说我破坏了她的生活。他爱我而不爱她,这也能怪我!我无意中丢给他一个字条,落在人行道上。啊,这个坏包!他在袖子上用粉笔写道:"略缓几天。"然后他走来走去,在对面③大门上写道:"我不反对,但须略缓几天。"他用粉笔写的,很

---

① 意谓"我也终于遇到快活事了"。
②③ 原文为法语。

快就擦掉了。为什么我的心跳得这么厉害?

十七日　瓦莉雅用胳膊肘撞我的胸脯。下流而可恶的醋坛子!今天他拦住一个警察,指着我们窗子,对他讲了很久。他在耍花招!多半他在收买那个警察吧。……你们男人都是霸王和暴君,不过你们多么狡猾,又多么漂亮啊!

十八日　我哥哥谢辽查出外很久,今天夜里回来了。他还没来得及上床睡觉,警察分局就把他叫去了。

十九日　恶棍!卑鄙!原来这十二天当中他一直在寻访我的哥哥谢辽查,谢辽查不知盗用了谁的钱,躲起来了。

今天他在大门上写道:"我没事,可以奉陪了。"畜生。……我对他吐了吐舌头。

在 海 上

水手的故事

我们眼前所能看到的,只有我们刚刚离开的港湾里那些昏暗的灯火,以及像墨汁那么黑的天空。四下里刮着阴冷潮湿的风。我们感到沉重的乌云压在头顶上,感到乌云有意降下一场大雨。尽管有风,天气又阴冷,我们却觉得闷热。

我们这些水手聚集在底舱里抓阄。我们这班人发出醉醺醺的响亮的哄笑声,说俏皮话,有人为了取乐而学公鸡叫。

细微的战栗从我的后脑壳一直传到脚后跟,仿佛我的后脑壳上有个窟窿,从中撒出许多细小而冰凉的铅砂,顺着我赤裸的肉体滚下去似的。我所以发抖,是因为天冷,可是也另有缘故,这也就是我要在这里讲的。

人,依我看来,一般都是卑劣的。至于水手,老实说,有的时候比世上一切人都卑劣,比最可恶的野兽还要卑劣,野兽坏毕竟情有可原,因为它受本能支配。也许我说错了,因为我不熟悉生活,不过我觉得,水手仍然比其他任何人都有更多的理由痛恨自己和辱骂自己。这种人随时都可能从船桅上掉下海去,永远葬身海底,他们只有在淹死或者一头栽进水里的时候,才想起上帝,因此这种人不需要任何东西,对世上任何东西也不顾惜。我们喝很多酒,我们恣意放荡,因为我们不知道美德在海上有什么必要,对谁必要。

不过,我要接着讲下去。

我们在抓阄。我们这些已经值完班而无事可做的人一共有二十二名。在这些人当中,只有两个人才能交到好运去欣赏一出难得看到的好戏。事情是这样:我们轮船上特设的"新婚夫妇客舱",在我写到的这个晚上,正好有旅客来住,客舱的墙上只有两个小洞可以归我们使用。一个小洞是我自己先用钻子在墙上凿穿一个小眼,然后再用细锉刀锉成的。另一个小洞是我的一个同伴用小刀挖成的。我们两人干了一个多星期才完工。

"一个小洞归你!"

"归谁?"

大家指着我。

"另一个归谁呢?"

"归你父亲!"

我父亲是个背部伛偻的老水手,脸像是烤熟的苹果。他走到我跟前来,拍拍我的肩膀。

"今天,孩子,我和你都交运了,"他对我说,"听见吗,孩子?好运同时落在你我两人身上了。这里头必是有点什么道理!"

他着急地问起现在是几点钟。这时候才十一点钟。

我走出底舱门外,点上烟斗,开始眺望海洋。天色乌黑,可是当时我心里所想的,大概也在我眼睛里反映出来了,因为我在夜晚那漆黑的背景上见到一些景象,而我看见的那种景象,在我当时还年轻然而已经堕落的生活里正是极其缺乏的。……

十二点钟我走过房舱,往门里看一眼。新婚的丈夫是个年轻的牧师,生着好看的金发,在桌旁坐着,手里拿着《福音书》。他在对一个又高又瘦的英国女人解释一件什么事。新婚的妻子年纪轻,身材苗条,相貌很美,跟她丈夫并排坐着,天蓝色的眼睛一刻也不放松地瞧着他那生着金发的头。房舱里有个银行家走来走去,从这个墙角走到那个墙角,他是个又高又胖的英国老人,棕红色的脸膛惹人厌恶。他的妻子就是同新婚丈夫谈话的那个上了年纪的太太。

"牧师们都有个习惯,一谈话就是一连好几个钟头!"我暗想,"他一直要讲到明天早晨才会讲完呢!"

一点钟,我父亲走到我跟前来,拉一下我的衣袖,说:

"该去了!他们从房舱里出来了。"

我一刹那间跑下高陡的楼梯,往我熟悉的墙边走去。在这道墙和船帮之间有一条夹道,里面满是煤烟、污水、老鼠。不久,我听见我那老父亲的沉重的脚步声。他脚底下绊着大袋子和煤油桶,嘴里骂骂咧咧。

我摸到我的小洞,从中取出一小块四方的木头,那原是我花了不少工夫才锯成的。然后我看见一层透明的细纱,柔和的粉红色亮光透过薄纱照到我脸上来。随着亮光,有一股极其好闻的浓重气味扑到我热烘烘的脸上,大概就是贵族卧室的气味吧。为了看清卧室,必须用两个手指头把薄纱拨开,我就赶紧照这样做了。

我瞧见铜器、丝绒、花边。一切东西都沉浸在粉红色的亮光里。离我的脸一俄丈①半远,放着一张床。

"让我到你的小洞那儿去,"父亲说着,焦急地推开我的身子,"你那儿看得清楚!"

我没说话。

"你的眼睛,孩子,比我的强。近看或是远看,在你反正都一样!"

"小点声!"我说,"你别嚷,人家会听见我们说话的!"

新婚的妻子坐在床边上,垂着腿,两只小小的脚放在皮垫子

---

① 俄国旧长度单位,1俄丈等于2.13米。

上。她眼望着地下。她面前站着她丈夫,那个年轻的牧师。他正对她讲话,至于究竟讲些什么,我就不得而知了。轮船的隆隆声吵得我听不清。牧师讲得很激烈,用手比画着,两只眼睛炯炯有光。她听着,不以为然地频频摇头。……

"鬼东西,我让耗子咬了一口!"父亲嘟哝道。

我把胸脯贴近墙,好像生怕我的心会跳出来似的。我脑袋发热。

新婚夫妇谈了很久。牧师终于屈膝跪下去,向她伸出两只手,开始央求她。她不答应,频频摇头。于是他跳起来,满房间走来走去。根据他脸上的表情,根据他手的动作,我猜测他在威胁她。

他那年轻的妻子站起来,慢腾腾地走到我站着的墙跟前来,恰好在我的小洞旁边站住。她站在那儿不动,暗自思忖,我目不转睛地瞅着她的脸。我觉得她似乎心里痛苦,她在跟她自己斗争,摇摆不定,同时她的面容现出愤怒。我一点也不明白这是怎么回事。

她同我照这样面对面站了大概五分钟,然后她走开,在房舱中央站住,对她的牧师点一下头,多半是表示同意。那一个就高兴地微微一笑,吻她的手,走出寝室门外去了。

三分钟后,房门开了,牧师走进卧室里来,我上文提到的那个又高又胖的英国人跟在他身后走进来。英国人走到床跟前,向美人问了一句什么话。那个女人脸色苍白,眼睛没看他,肯定地点一下头。

英国银行家从口袋里取出一沓什么东西,也许是一沓钞票,把它交给牧师。牧师把它仔细地看一下,点了点数,然后点下头,走出去。年老的英国人关上他身后的房门。……

我像是被蛇咬了一口,从墙边跳到一旁去。我吓坏了。我觉得好像风在把我们的轮船撕得粉碎,我们正往水底沉下去。

我的老父亲,这个酗酒而放荡的人,抓住我的胳膊,说:

"我们离开这儿!你不应当看见这种事!你还是个孩子。……"

他脚都站不稳了。我搀扶他顺着那道高陡而盘旋的楼梯走上去。上边已经在下真正的秋雨了。……

站　长

德烈别兹加火车站的站长名叫斯捷潘·斯捷潘内奇,姓谢普土诺夫。在刚过去的这个夏天,他出了点小小的岔子。这个岔子虽然分明微不足道,然而他付出的代价却是很高的。由于这个岔子,他失去了新制帽,也失去了对人类的信心。

夏天,第八次列车夜间两点四十分经过他的车站。这个时间极不方便。斯捷潘·斯捷潘内奇无法睡觉,只得在月台上溜达,在女电报员身旁站一会儿,差不多一直要熬到天亮。

他的助手阿列乌托夫每年夏天都要到某地去结婚,可怜的谢普土诺夫就只好独自一个人值班。命运之神太可恶了!不过他并不是每天晚上都孤单寂寞的。有时候,总管纳扎尔·库兹米奇·库察彼托夫的妻子玛丽雅·伊里尼希娜晚上从附近的公爵庄园里走到车站上来找他。那个女人已经不特别年轻,也不特别漂亮了,可是,诸位先生,在黑暗中你哪怕见到一根电线杆子,也会错当成一个警察的。再者,顺便说一句,寂寞犹如饥饿,不是好受的,那就什么都可以将就了!每逢库察彼托娃到火车站上来,谢普土诺夫照例总是挽着她的胳膊,同她一起从站台上走下坡,往货车那边走过去。那儿,在货车旁边,他一边等第八次列车到来,一边跟她谈情说爱,一直谈到火车汽笛声响了为止。

就这样,在一个天气晴和的夜晚,他跟玛丽雅·伊里尼希娜一起站在货车旁边,等那次列车到站。天空中万里无云,那么安谧,一轮明月缓缓地浮游,差不多看不出它在动。它把亮光倾注在车站上,旷野上,洒遍一望无际的远方。……四周恬静而安宁。……谢普土诺夫搂住玛丽雅·伊里尼希娜的腰,不说话。她也沉默着。两个人处在一种甜蜜的、像月光那么安谧的陶醉状态里。……

"多美的天气啊!"谢普土诺夫偶尔叹口气说,"你不冷吗?"

她没回答,只是把身子贴近他的制服上衣,贴得越来越紧。

两点二十分,站长看看怀表,说:

"火车不久就要来了。……我们,玛霞①,看着铁道吧。……我们俩,谁先看见火车的灯光,那就表示谁爱得更久。……我们看着吧。……"

他们就凝神望着深不可测的远方。在一眼看不到尽头的铁道两侧,这儿那儿有些灯光在亲切地闪烁。那趟列车还看不见。……谢普土诺夫瞅着远方,却看见另一样东西。……他看见两个很长的黑影跨过枕木。……黑影照直朝他这边移动过来,变得越来越大,越来越宽。……一个黑影,看样子,是人的身体,另一个黑影大概是那个人拿着的长手杖。……

黑影来得近了。不久就可以听见他吹口哨的声音,吹的是《安果夫人》②的曲调。

"别在铁道上走路! 不准走……"谢普土诺夫嚷道,"离开铁道!"

"不用你发号施令,混蛋!"回答声传过来。

挨了骂的谢普土诺夫往前冲去,可是这时候玛丽雅·伊里尼希娜揪住他的衣襟。

---

① 玛丽雅的爱称。
② 指法国作曲家列科克于1872年所写的轻歌剧《安果夫人的女儿》。——俄文本编者注

"看在上帝面上,斯捷巴①!"她小声说,"他是我的丈夫!纳扎尔卡②!"

她还没来得及说完这些话,库察彼托夫就已经站在受辱的站长面前。受辱的谢普土诺夫大叫一声,赶紧钻到车厢底下去,一头撞在一个什么铁东西上。他肚皮贴着地,从车厢底下爬出去,顺着铁道的路基撒腿就跑。他跳过枕木,脚底下绊着铁轨,一溜烟往水塔那边跑去,活像一个疯子,或者一条尾巴上拴着带刺的木棒的狗。……

"嘿,他那根手杖……可真不小啊!"他飞跑着,暗想。

他跑到水塔跟前,停住脚想歇口气,可是这时候响起了脚步声。他回头一看,瞧见身后有个人影,带着手杖的阴影,很快地奔过来。他吓得魂飞天外,就又举步往前跑去。

"您等一下!等一下!"他听见身后传来库察彼托夫的说话声,"站住!当心!火车开来了!"

谢普土诺夫往前一看,瞧见前边来了一列火车,闪着两只狰狞的火眼。……他的头发一根根竖起来。……他的心怦怦地跳,忽然停住了。……他用尽全身的力气,顾不得看清方向,猛地往外一跳。……他的身子在空中飞了四秒钟光景,然后落在一道坚硬的斜坡上,一路滚下去,碰倒许多杂草。

"这是铁路的路堤,"他暗想,"哦,这没关系。宁可从路堤上滚下去,也比一个贵族让粗人打一顿强。"

过了一分钟,在他右耳朵旁边,有一只沉重的大皮靴踩着水洼走过来。他背上有两只手摸来摸去。……

"是您吗?"他听见库察彼托夫的说话声,"是您吗,斯捷潘·

---

① 斯捷潘的爱称。
② 纳扎尔的爱称。

斯捷潘内奇?"

"饶了我吧!"谢普土诺夫哀叫道。

"您怎么了,我的天使?您为什么害怕?是我呀,库察彼托夫!莫非您没认出我?我跟在您后面跑啊跑的。……我哇哇地喊。……您差点给火车轧死,我的天使。……玛霞看见您拔脚就跑,也吓坏了,如今躺在站台上,昏厥过去了。……您也许听见我骂您混蛋才害怕吧?您别生气。……我错把您当作扳道员了。……"

"哎,您别耍笑我。……如果要报复,您就快点报复。……我反正在您手心里……"谢普土诺夫哀叫道,"您打吧……把我打得死去活来好了。……"

"嗯。……您怎么了,老兄?要知道,我是来找您谈一件事的,恩人!我追您也就为谈一谈这件事。……"

库察彼托夫沉默一下,接着说:

"这是件要紧事。……我的玛霞对我说,多承您不嫌弃,同她发生关系了。对这一点,我倒无所谓,因为玛丽雅·伊里尼希娜在我和她共同有关的那件事上,总是给我钉子碰。不过,如果公平地论事,那就请您费神跟我订个合同,因为我是她丈夫……按《圣经》上的说法毕竟是一家之主嘛。米海尔·德米特利奇公爵以前跟她发生过关系,每月都给我两张二十五卢布钞票。那么您愿意出多少呢?俗语说得好:协议胜于钱。不过您站起来吧。……"

谢普土诺夫站起来。他觉得自己摔断筋骨,伤势很重,就磨磨蹭蹭地往路堤走去。……

"您愿意出多少呢?"库察彼托夫继续说,"我收您一张二十五卢布钞票好了。……其次,我想求您一件事,您能给我的侄子在您的车站上谋个小差事吗?……"

谢普土诺夫什么也没听见,什么也没看见,好歹磨蹭到车站上，一头倒在床上。第二天醒过来，他没找到他的制帽和一块肩章。

他直到现在还感到羞愧。

莫斯科的特鲁勃纳亚广场上

圣诞修道院附近有个不大的广场,名叫特鲁勃纳亚,或者简单地叫作特鲁巴。每到星期日,那儿总有市集。好几百件皮袄、大衣、皮帽、礼帽在那儿蠕动,如同粗箩上的虾一样。人们可以听见鸟雀各种声调的鸣叫声,这使人想起春天。如果太阳照耀,天空无云,那么鸟叫声和干草气味就给人更强烈的印象,让人想起春天而思绪万千,把人的思想带到远而又远的地方去。广场的一边停着一长排货车。货车上装着的不是干草,不是白菜,不是豆子,却是金翅雀、黄雀、蓑羽鹤、百灵鸟、黑色和灰色的鸫鸟、山雀、灰雀等。所有那些鸟雀都在质量不好、随手做出来的笼子里蹦蹦跳跳,羡慕地瞧着自由的麻雀,啾啾地叫。金翅雀卖五戈比一只,黄雀贵一点,至于其余的鸟雀,价钱就极难确定了。

"百灵鸟怎么卖?"

卖鸟的人连自己也不知道他的百灵鸟值多少钱。他搔着后脑壳,随口说个价钱,或是一卢布,或是三戈比,这就要依买主的身份而定。贵重的鸟也有。有一个鸟笼,其中肮脏的小横梁上,立着一只老鸫鸟,羽毛已经褪色,尾巴秃光。它稳重,庄严,纹丝不动,神态颇像退役的将军。它对失去自由这件事早已安之若素,瞧着蔚蓝的天空也早已全不介意。大概它就因为态度冷漠,才被人认为是有灵性的鸟吧。这种鸟少于四十戈比是买不到手的。在鸟雀四周,踩着泥地挤来挤去的,有中学生,有工人,有穿时髦大衣的青年人,还有些鸟迷,头上戴着破旧不堪的帽子,下身穿着仿佛被老鼠咬过的破裤子,裤腿卷起来。卖给青年和工人的鸟,往往用雌的冒充雄的,用小鸟冒充老鸟。……他们对鸟不大在行。不过要叫鸟迷上当,那却办不到。鸟迷对鸟,只要远远一看,就明白了。

"这只鸟靠不住,"鸟迷观察一只黄雀的嘴,数了数它尾巴上的羽毛,说,"现在它在唱,这是实在的,不过这又算得了什么?我到人群里也会唱呢。不行啊,老兄,你得不夹在鸟群里也能唱才行。要是你有本事,就单独对我唱。……喏,你把待在那儿不唱的那一只拿给我!把那只一声不响的鸟拿给我!它不出声,可见它留着一手呢。……"

在装载鸟雀的货车之间,也能碰到装载其他各种小动物的货车。您在那儿可以看到野兔、家兔、刺猬、豚鼠、黄鼠狼。一只野兔坐在那儿,忧闷地啃麦秸。豚鼠冷得发抖。刺猬睁开藏在刺里的眼睛,好奇地打量人们。

"我在一本什么书上读到过,"一个邮局官员穿着褪色的大衣,用爱怜的眼光瞅着野兔,自言自语地说,"我读到过一个学者让一只猫、一只老鼠、一头青鹰、一只麻雀凑着同一个碗吃饭。"

"这很可能,先生。因为猫挨过打,青鹰尾巴上的毛恐怕已经全拔光了。这根本用不着什么学问,先生。我的教父家里就养着一只猫,请您别见怪,它居然吃黄瓜。大约有两个星期之久,他拿大鞭子把它抽得遍体伤痕,就把它教会了。一只野兔,要是你径自打它,它就能学会点燃火柴。您干吗吃惊?这很简单嘛!它把火柴衔在嘴里,刺啦一声就擦亮了!动物跟人一样。人挨了打就会变得聪明点,畜生也是这样呢。"

人群里有些穿厚呢长外衣①的人穿来穿去,胳肢窝里夹着公鸡和公鹅。那些家禽都又瘦又饿。小鸡从笼子里伸出难看而脱了毛的头,啄食泥地里的什么东西。有些小男孩拿着鸽子,端详您的脸,极力想弄明白您是不是鸽子迷。

"是啊!没法跟您说话!"有人生气地叫道,"您先看一看,然后再说话!难道这是鸽子?这简直是鹰,不是鸽子!"

有个高而且瘦的人留着短连鬓胡子,唇髭却刮光,从外貌看,是个听差。他有病,喝醉了酒,在卖一条毛色雪白的狮子狗。这条老母狗不住哀叫。

"她老人家吩咐我,喏,卖掉这个玩意儿,"听差说,鄙夷地冷笑,"她老人家到老年穷了,没有东西吃,现在,喏,只好卖猫卖狗。她老人家哭着,亲它们的脏脸,可是她穷得不能不卖。真的,这是事实!你们买下吧,诸位先生!等着钱去买咖啡呢。"

然而谁也没笑。一个小男孩站在他身旁,眯细一只眼睛,严肃地瞧着他,现出怜悯的神情。

最有趣的是卖鱼的地方。大约有十个农民坐成一排。他们每人面前放着一个桶,每个桶都是一个苦不堪言的小地狱。桶里装着发绿的浑水,水里蠕动着小鲫鱼、小鳗鱼、幼鱼、蜗牛、铃蟾、瘰螈等。大水虫断了腿,在小小的水面上乱窜,爬到鲫鱼背上,跳过铃蟾的身子。铃蟾爬到水虫身上去,瘰螈又爬到铃蟾身上去。这些动物都欢蹦乱跳!深绿色的冬穴鱼是比较贵重的鱼,受到优待,单独装在一个罐子里,那里面固然不能游泳,不过总算不那么拥挤。……

"鲫鱼是了不起的鱼!鲫鱼容易养,老爷,这个该死的玩意儿!你把它放在水桶里哪怕养上一年,它也还活着!就拿这些鱼

---

① 俄国农民的服装。

来说,我捉到也已经有一个星期了。我是在彼烈尔沃村捉到的,先生,后来从那儿走着回来。鲫鱼卖两戈比一条,小鳗鱼三戈比一条,幼鱼呢,一枚十戈比硬币能买十条,这些该死的玩意儿!您买五戈比的幼鱼吧。请问,您不买点小软虫①吗?"

卖鱼的人把手伸进桶里去,用粗糙而坚硬的手指头从中捞出一条细嫩的幼鱼或者像指甲盖那样大的小鲫鱼来。他们的桶子旁边放着钓丝、钓钩、渔具。从池塘里捞出来的小软虫迎着太阳闪出火红的亮光。

鸟车旁边,鱼桶旁边,有个喜爱飞鸟虫鱼的老人走来走去,头戴皮帽,脸上架着铁边眼镜,脚上穿一双套鞋,像是两条装甲舰。这个人,照此地人的称呼,叫作"怪人"。他身上一个小钱也没有,然而,尽管如此,他却讲价钱,神态兴奋,硬给买主出主意。他已经用一个钟头的工夫把所有的野兔、鸽子、鱼都考察完了,考察得极其细致,确定一切货品和每个动物的品种、年龄、价钱。他像孩子似的对小金翅雀、小鲫鱼、幼鱼颇有兴趣。比方说,您跟他谈起鹌鸟,怪人就会对您讲出一套您在任何书上都找不到的话来。他会跟您讲得兴致勃勃,热情奔放,另外还要责怪您一窍不通。他讲起小金翅雀和灰雀来,就高高兴兴地讲个没完没了,瞪大眼睛,用力挥动两只手。在这儿,在特鲁巴,人们只能在寒冷的季节遇见他,到夏天他就走出莫斯科城,到郊外,吹着小笛捉鹌鹑,或者钓鱼去了。

这儿还有另一个"怪人"。那是个很高很瘦的老爷,戴着黑眼镜,刮光胡子,头戴有帽徽的制帽,类似古时候的书吏。他是鸟迷。他有不小的官阶,在中学里做教员②,这是特鲁巴的常客都知道

---

① 做钓饵用。
② 旧俄时代,中学教员是有官阶的文官。

的。他们对他很尊敬,见到他就鞠躬,甚至给他诌出个特别的称号:"代词老爷。"他在苏哈列沃一带搜罗旧书,在特鲁巴物色良种鸽子。

"请过来!"卖鸽子的人对他叫道,"教员先生,代词老爷,请您瞧瞧这些筋斗鸽!代词老爷!"

"代词老爷!"四面八方,大家纷纷叫他。

"代词老爷!"人行道上一个小男孩也跟着叫道。

"代词老爷"分明早已听惯他这个称号,就庄重而严厉地伸出两只手,接过一只鸽子来,把它举得高过头顶,开始考察它,在这种时候,他皱起眉头,变得越发严肃,像是一个心怀叵测的阴谋家了。

特鲁巴,莫斯科这块不大的地方,过着它那渺不足道的生活,在那里,动物受到那么温柔的怜爱,也受到那么痛苦的折磨,在那里,人们吵吵嚷嚷,心情激动。凡是一本正经而且笃信宗教的人,在人行道上路过此地,往往弄不明白为什么聚着这么一群人,为什么那些便帽、无边帽、高礼帽杂七杂八地混在一起,也不明白他们谈些什么,做些什么生意。

诽　　谤

习字教员谢尔盖·卡皮统内奇·阿希涅耶夫把女儿娜达丽雅嫁给史地教员伊凡·彼得罗维奇·洛沙津内依了。婚礼喜气洋洋。大厅里的人们唱歌、奏乐、跳舞。从俱乐部里雇来的仆役们,穿着黑色礼服,扎着肮脏的白领结,在各处房间里跑进跑出,忙得不亦乐乎。到处人声嘈杂,谈笑风生。数学教员达兰土洛夫、法国人巴代库阿和稽核局低级稽查员叶果尔·威涅季科狄奇·姆兹达,并排坐在长沙发上,急急忙忙、争先恐后地对客人们讲起活埋人的事,发表对招魂术①的意见。三个人都不相信招魂术,然而又都承认这个世界上自有许多事情是人类的智慧绝对不能理解的。另一个房间里,文学教员多东斯基向客人们解释在什么情况下哨兵有权利射击过路的行人。这些谈话,您看得出来,是吓人的,可是听着又蛮有意思。至于那些按社会地位来说没权利走到房间里来的人,都在院子里凑着窗口往里看。

午夜十二点整,主人阿希涅耶夫走进厨房里去看一看晚宴准备停当没有。厨房里,从地板到天花板,满是烟雾,弥漫着鹅、鸭和其他许多食品的气味。那儿有两张桌子,上面放着形形色色的冷荤菜和酒类,摆得凌乱而又富于艺术趣味。厨娘玛尔法在桌子旁

---

① 一种骗人的法术:假装把死人的灵魂招来,进行笔谈。

边忙碌,她是个红脸的女人,肚子特别大,用腰带勒紧。

"你让我看一下鲟鱼,大妈!"阿希涅耶夫说,搓着手,舔嘴唇。"多么好闻的气味,多么浓的香气啊!我恨不能把整个厨房一口吞下肚去呢!快,把鲟鱼拿给我看!"

玛尔法走到一条长凳跟前,小心地略微掀起油污的报纸。报纸底下,在极大的盘子上,放着一条大鲟鱼,浇过汁水而结了冻,上面红红绿绿地撒着些刺山柑花芽、油橄榄和胡萝卜。阿希涅耶夫瞧着鲟鱼,叫了一声哎呀。他满脸放光,眼珠往上翻。他低下头去,嘴唇发出那么一种声音,类似没上油的车轮的转动声。他站了一会儿,高兴得用手指头打个榧子,又吧嗒一下嘴唇。

"好家伙!热烈的亲嘴声呀。……你在那儿跟谁亲嘴啊,玛尔富霞①?"隔壁房间里响起说话声,副班主任万金那头发剪短的脑袋从门口探进来,"你这是跟谁亲嘴?啊啊啊……很愉快!原来是谢尔盖·卡皮统内奇!不消说,好一个老爷爷!跟女人幽会②呢!"

"我根本没亲嘴,"阿希涅耶夫困窘地说,"这是谁跟你说的,傻瓜?我这是那个……吧嗒一下嘴唇,关于……因为心里高兴。……我看见这条鱼了。……"

"随你去说吧!"

万金脸上现出欢畅的笑容,随后把头缩回去,关上房门。阿希涅耶夫涨红了脸。

"鬼才知道是怎么回事!"他暗想,"现在他一出去,这个混蛋,就会造我的谣,他会在全城人面前丢我的脸,畜生。……"

阿希涅耶夫胆怯地走进大厅里,斜起眼睛瞧着旁边:万金在哪

---

① 玛尔法的爱称。
② 原文为法语。

儿？万金正站在大钢琴旁边，豪放地弯下腰去，对中学副校长的笑呵呵的小姨子低声说话。

"这是在说我！"阿希涅耶夫暗想，"这是在说我，该死的！而且她相信了……相信了！她在笑！我的上帝啊！不行，这事可不能放过去不管……不。……我得想办法让人家不信他的话。……我要跟大家说明他的把戏，那样一来，他就会成为蠢货和造谣的人了。"

阿希涅耶夫搔搔头皮，带着发窘的神情走到巴代库阿跟前。

"刚才我到厨房里去过，安排一下开晚饭的事，"他对那个法国人说，"您，我知道，是喜欢吃鱼的，我呢，买了条鲟鱼，老兄，呱呱叫！有两俄尺①长呢！嘻嘻嘻。……是啊，顺便说一句……我倒差点忘了。……刚才在厨房里，为那条鲟鱼还闹了个十足的笑话！我刚才走进厨房里去，想看看吃食。……我瞧着鲟鱼，心里一高兴……嘴里犯馋了，就吧嗒一下嘴唇！当时那个蠢货万金忽然走进来，说……哈哈哈……他说：'啊啊……你们在这儿亲嘴？'居然说我跟玛尔法亲嘴，跟厨娘亲嘴！亏他想得出，愚蠢的人！那个娘们儿丑得要命，所有的野兽加在一起都没那么吓人，可是他说什么……亲嘴！真是个怪人！"

"谁是怪人？"达兰土洛夫走过来，问道。

"就是万金那个家伙呗！刚才我走进厨房里……"

他就把万金的事讲一遍。

"他叫人好笑，怪人！依我看来，跟一条大狗亲嘴也比跟玛尔法亲嘴愉快呢。"阿希涅耶夫补充说。他回头一看，瞧见姆兹达站在他身后。

"我们在谈万金呢，"他对他说，"他是个大怪人！刚才他走进

---

① 旧俄长度单位，1俄尺等于0.71米。

厨房里来,看见我跟玛尔法在一起,就想入非非,诌出各式各样的玩笑来。他说:'你们怎么亲起嘴来了?'看样子,他必是喝醉了酒。我就说,我宁可跟火鸡亲嘴,也不跟玛尔法亲嘴。再者,我说,我又有老婆,你这个蠢货。他真惹人好笑!"

"谁惹得您好笑?"教宗教课的教士走到阿希涅耶夫跟前来,问道。

"万金呗。您要知道,我本来站在厨房里,瞧着一条鲟鱼……"

如此等等。过了半个钟头光景,所有的客人都知道鲟鱼和万金的那件事了。

"现在让他去讲吧!"阿希涅耶夫搓着手暗想,"让他去讲吧!他开口一讲,人家就会立刻对他说:'你算了吧,傻瓜,别胡说了!我们全知道了!'"

于是阿希涅耶夫完全放了心,高兴得多喝下四杯酒。晚宴后,他把新婚夫妇送进卧室,然后他回到自己房间里,倒头便睡,像是一个什么过错也没有犯的孩子。第二天他已经不记得鲟鱼的事了。可是,呜呼!谋事在人,成事在天。贫嘴薄舌总会惹出坏事,阿希涅耶夫的巧计没帮上他的忙!整整过了一个星期,恰好在星期三那天,下第三堂课后,阿希涅耶夫正站在教员室中央,议论学生维塞金变坏的倾向,不料校长走到他跟前来,把他叫到一旁去。

"您听我说,谢尔盖·卡皮统内奇,"校长说,"请您原谅我。……这不关我的事,不过我仍旧得让您知道。……这是我的责任。……您要知道,目前有流言,说您跟那个……跟厨娘勾搭上了。……这不关我的事,不过……您管自跟她私奔,管自跟她亲嘴……您爱怎么干就怎么干,只是,劳驾,不要这么张扬出来!我请求您!您不要忘记您是老师!"

阿希涅耶夫周身发凉,愣住了。他仿佛给一大窝蜂蜇了个够,又仿佛被滚烫的开水浇得遍体烫伤似的,走回家去。他一面走,一面觉得全城的人都在看他,就像他浑身涂了煤焦油似的。……家里,还有新的灾难在等他呢。

"你怎么一点东西也吃不下去?"他的妻子在吃饭的时候问他说,"你在想什么心思?想的是风流事吧?你在惦记玛尔富霞吧?我全知道了,邪教徒!那些好心的人擦亮了我的眼睛!哼……野蛮人!"

于是他挨了一记耳光!……他从饭桌那儿站起来,觉得脚底下没踩着地,帽子也没戴,大衣也没穿,慢腾腾地往万金家里走去。他碰上万金正好在家。

"你这个混蛋!"阿希涅耶夫对万金说,"你为什么在全世界面前把我的脸抹黑?你为什么存心诽谤我?"

"什么诽谤?您在胡思乱想些什么呀!"

"那么是谁诽谤我,说我跟玛尔法亲嘴?不是你吗?你说说看!不是你吗,强盗?"

万金开始眨巴眼睛,他那张憔悴的脸上根根筋都在抽搐,他抬起眼睛瞧着圣像,说:

"上帝惩罚我吧!哪怕我说过您一句坏话,也叫我瞎眼,断气!叫我不得好死!我就是得霍乱死掉也死有余辜!……"

万金的诚恳是无可怀疑的。显然,诽谤他的不是万金。

"那么到底是谁呢?是谁呢?"阿希涅耶夫沉思着,在记忆里把他所有的熟人依次考察一遍,不住捶胸口。"到底是谁呢?"

"那么到底是谁呢?"我们也要问一问读者诸君了。……

他明白了!

六月里一个闷热的早晨。空中弥漫着热气,弄得树叶垂下来,土地布满裂缝。人间万物流露出思念暴风雨的样子,巴望大自然痛哭一场,用雨泪来驱散这种思念才好。

大概,暴风雨也确实要来了。西方是一片深青色,闪着一道道电光。欢迎啊!

一个身材矮小、背部伛偻的庄稼汉偷偷地在树林边上走动。这个人身高一点五俄尺,脚上套着奇大无比的灰棕色皮靴,下身穿着蓝底白条的长裤。皮靴筒已经落下来,只有原来一半高。裤子破旧不堪,打了补丁,膝部鼓鼓囊囊,挂在靴筒外边,晃来晃去像是衣服底襟。他腰上系着肮脏的细绳算是腰带,已经从肚子上滑到胯骨上。他的衬衫老是往上缩,一直缩到肩胛骨那儿。

庄稼汉手里拿着枪。生锈的枪筒有一俄尺长,瞄准器类似靴子上一颗上好的钉子。枪筒安在自家做的白色枪托上,枪托是用杉木造的,做得很精致,有雕刻,有长纹,有花卉。要不是有这个枪托,那管枪就不成其为枪了,然而即使有这个枪托,那也还是近似中世纪的枪,而不像现代的枪。……枪上的扳机已经锈成棕红色,整个用铁丝和棉线缠紧。最可笑的是发亮的白色装药杆,那是刚从柳树上折下来的。它潮湿,簇新,比枪身还要长得多呢。

庄稼汉脸色苍白。他那对斜视的和发炎的红眼睛不安地往上边看,往四处看。他那稀疏的山羊胡子像破布似的,随着下嘴唇一起颤抖。他迈开大步,身子往前弯,分明在赶路。一条大看家狗跟在他身后跑,瘦得像是狗的骷髅,身上的毛乱蓬蓬的,嘴里吐出长舌头,上面沾满尘土而颜色灰白。它肚子两侧和尾巴上垂下一大绺一大绺褪了色的老毛。它的一条后腿缠着破布,多半腿上有病。庄稼汉不时回转身看他的旅伴。

"快走!"他胆怯地说。

看家狗往回一跳,向四下里看一眼,站了一会儿,然后又继续跟在主人身后跑。

猎人很想溜进旁边树林里去,可是办不到:林边长满茂盛而带刺的乌荆子,连绵不断像一堵墙。乌荆子后边还有高高的毒人参和牛蒡,密不通风。不过最后总算出现一条小径。庄稼汉再一次向看家狗招手,顺着小径钻进灌木林。他脚下的土地咕叽咕叽响:这儿还有水,没有干。空气中有潮气,不像外边那么闷热。两旁是灌木丛和刺柏。此地离真正的树林还远,大约还要走三百步。

旁边有个什么东西发出没上油的车轮的转动声。庄稼汉打了个哆嗦,斜起眼睛看一棵嫩小的赤杨树。他看出赤杨树上有个活动的黑色小斑点,走近了才认出是一只幼小的椋鸟。椋鸟立在枝头抬起翅膀,啄理羽毛。庄稼汉就站住不动,脱掉头上的帽子,把枪托抵在肩膀上,开始瞄准。他瞄准以后,拉起扳机,钩住它,免得它过早地落下去。扳机上的弹簧已经用坏,钩机不起作用,扳机不灵:它摇动了。椋鸟放下翅膀,开始怀疑地瞧着射击手。再过一秒钟,它就飞掉了。射击手再一次瞄准,放开钩住扳机的手。不料扳机没落下来。庄稼汉就用手指甲扯断一根细线,把铁丝压紧,然后弹一下扳机。弹指声啪的一响,随着弹指声便响起了枪声。步枪的反冲力使射击手的肩膀猛然震动了一下。显然,他没有吝惜火药。他把枪放在地上,跑到赤杨树那边,动手在草丛里摸索。他在朽烂发霉的细树枝旁边找到一块血迹和一片羽毛。他又找了一会儿,看见树干旁边躺着一具还有热气的小尸体,认出这就是他打死的鸟。

"我打中它的脑袋了!"他兴奋地对看家狗说。

看家狗闻一闻椋鸟,看出他主人不光是打中它的头。它胸脯上开了个口子,一条腿打断,嘴上挂着一大颗血珠。……庄稼汉很快地把手伸进衣袋里取新的火药,于是衣袋里就撒出些破布、碎纸、线头,掉在草地上。他把火药装进枪里,准备继续打猎,往前走去。

这时候,仿佛从地里冒出来似的,他面前突然出现地主家的总管,波兰人克尔热威茨基。庄稼汉看见他骄横严厉的脸和棕红色的头发,吓得周身发凉。不知怎么,他的帽子自然而然从脑袋上掉下来了。

"您这是干什么?放枪吗?"波兰人用嘲笑的声调说,"我很高兴!"

猎人胆怯地斜起眼睛看着旁边,瞧见一辆大车,上面载着枯枝,旁边站着一些农民。他打猎入了迷,竟然没注意到来了这么一群人。

"您怎么敢放枪?"克尔热威茨基提高喉咙问道,"看来,这是您的树林子?或者,也许,依您看来,彼得节①已经过去了?您是什么人?"

"我叫巴威尔·赫罗莫依,"庄稼汉费力地开口说,把枪搂在怀里,"卡希洛甫卡村的。"

"从卡希洛甫卡村来的,见鬼!那么是谁允许您放枪的?"波

---

① 东正教节日,在7月21日,按照旧俄时代的规矩,每年必须在这个节日以后才能开始打猎。

兰人继续说,极力不露出波兰话的口音,"把您的枪拿给我!"

赫罗莫依把枪交给波兰人,心想:

"你打我嘴巴也比对我称呼'您'好。……"

"把帽子也拿过来。……"

庄稼汉把帽子也交给他。

"我要给您个厉害瞧瞧,看您还敢放枪不!见鬼!跟我走!"

克尔热威茨基转过身去,背对着他,随着吱吱嘎嘎响的大车举步走去。巴威尔·赫罗莫依摸摸衣袋里的野鸟,跟着他走去。

过了一个钟头,克尔热威茨基和赫罗莫依走进一个宽敞的房间,天花板很低,四壁糊着蓝色壁纸,褪了色。那是地主家的账房。账房里什么人也没有,可是仍然使人强烈地感到这儿平时是有人的。账房中央放着一张橡木大桌子。桌子上有两三个账本、一个墨水瓶、一个撒沙器、一个断了壶嘴的茶壶。所有这些,都蒙着一层灰色的尘土。墙角上立着大柜,上面的油漆早已脱落。柜顶上放着铁皮的煤油桶和瓶子,瓶里装着某种混浊的液体。另一个墙角挂着圣像,上面布满蜘蛛网。……

"这得写呈文报官,"克尔热威茨基说,"我马上就去报告老爷,打发人去找警察来。脱掉皮靴!"

赫罗莫依在地板上坐下,一句话也没说,用发抖的手脱掉脚上的皮靴。

"您别溜掉,"总管打着哈欠说,"您光着脚走掉,那可没您的好处。……您就坐在这儿,等警察来。……"

波兰人把皮靴和枪藏在柜子里,上了锁,从账房里走出去。

克尔热威茨基走后,赫罗莫依久久地、慢条斯理地搔他的小后脑壳,仿佛在思考一个问题:他究竟是在什么地方。他不住叹气,战战兢兢地瞧着四处。那柜子、桌子、缺嘴的茶壶、小小的圣像,都带着责备和忧愁的神情瞧他。……在地主家的账房里苍蝇非常多,它们在他头顶上嗡嗡地叫,叫得那么凄凉,弄得他害怕得受不了。

"嗡嗡嗡……"苍蝇叫道,"你遭殃了吧?遭殃了吧?"

一只大黄蜂在窗子上爬来爬去。它想飞到露天底下去,可是窗玻璃不肯放它出去。它的活动充满烦闷和苦恼。……赫罗莫依踉跄着走到房门口,在门框旁边站住,垂下手来贴着裤缝,开始沉思。……

一个钟头过去了,两个钟头过去了,他仍然站在门框旁边等着,心事重重。

他斜起眼睛看那只黄蜂。

"为什么它,傻瓜,不从门口飞出去呢?"他想。

又过去两个钟头。四下里那么安静,一点声音也没有,死气沉沉。……赫罗莫依开始寻思,人家必是把他忘了,他一时还不会离开此地,就跟那只黄蜂一样,它也仍然不时从窗玻璃上掉下来。黄蜂到夜间就睡了,嗯,可是他怎么办呢?

"嗯,人也是这样,"赫罗莫依瞧着黄蜂,像哲学家那样思考着,"是啊,人也是这样。……人也明明有地方可以出去,到外面自由的天地中去,可是人糊涂,不知道它,也就是不知道那个地方究竟在哪儿。……"

最后,不知在什么地方,房门砰的一响。随后响起一个人急匆匆的脚步声。不出一分钟,就有个又矮又胖的人走进账房里来,穿着极其肥大的裤子,系着吊裤带。他没穿上衣,也没穿坎肩。他衬衫背部,肩胛骨旁边,有一条汗印,胸前也有那样的汗印。他就是这儿的地主彼得·叶果雷奇·沃尔奇科夫,退役的中校。他那又胖又红的脸和冒汗的秃顶,都说明他情愿付出很高的代价,只求这种炎热能一下子换成主显节①的严寒就好。酷暑和闷热使得他难

---

① 基督教节日,在1月19日,正是隆冬季节。

受。从他那对浮肿和带着睡意的眼睛看得出来,他刚从非常柔软和发热的羽毛褥子上起来。

他走进房来,在房间里来回走动好几趟,仿佛没看见赫罗莫依似的。然后他在俘虏面前站住,凝神瞧着他的脸,看了很久。他目不转睛地瞅着他,露出轻蔑的神情,起初那种神情还只是在他的小眼睛里略微流露出来,后来却渐渐在他整个胖脸上铺开。赫罗莫依受不住这样的目光,就低下眼睛。他感到害臊。……

"把你打死的东西拿出来!"沃尔奇科夫小声说,"快,拿出来,坏蛋,威廉·退尔①!拿出来,丑八怪!"

赫罗莫依伸手到衣袋里,取出那只不幸的椋鸟来。椋鸟已经不是原来的模样。它给揉成一团,开始干瘪了。沃尔奇科夫鄙夷地笑了笑,耸起肩膀。

"蠢材!"他说,"你这蠢货!没有脑筋的傻瓜!你就不觉得有罪?你就不害臊?"

"我害臊,彼得·叶果雷奇老爷!"赫罗莫依止住喉头那种不容他说话的吞咽活动,说道。……

"你这个强盗和犹大,不但没得到许可就在我树林里打猎,而且胆敢违抗政府法令!难道你就不知道法律禁止不按时打猎?法令上写着,不准任何人在彼得节以前开枪射击。你连这都不知道?走过来!"

沃尔奇科夫走到桌子跟前去,赫罗莫依跟在他后面,也往桌子那边走去。老爷打开一本书,翻看很久,然后用响亮的男高音,拖着长声,念出禁止在彼得节前打猎的条文。

"那么你连这也不知道?"老爷念完后问道。

---

① 瑞士民间传说中的英雄,14世纪初瑞士人民反对奥地利封建主压迫的领袖,善于射箭。他杀死总督,组织了起义。在此被歪曲地借喻为"强盗"。

"怎么会不知道呢？知道的,老爷。可是我们能懂吗？我们能有脑筋吗？"

"啊？既然你毫无道理地毁掉上帝的生物,那还谈得上什么脑筋？瞧,你把这只小鸟打死了。你为什么打死它？难道你能叫它活过来？我问你:你能吗？"

"不能,老爷。"

"可是你把它打死了。……打死这只鸟能得着什么好处,我不懂！区区一只椋鸟！既没有肉可吃,也没有羽毛可拔。……就这么白白打死了。……糊里糊涂,一枪打死了。……"

沃尔奇科夫眯细眼睛,动手把椋鸟的断腿拉直。小小的腿就断成两截,掉在赫罗莫依的光脚上。

"你这该死的,该死的！"沃尔奇科夫继续说,"你太贪心,强盗！你就是起了贪心才干出这种事的！你看见小鸟,心里就有气:小鸟倒飞得自由自在,赞扬上帝呢！你就说,我来把它打死……把它吃掉。……人的贪心啊！你这种人我就是见不得！你别用你的眼睛瞧我！你这个斜眼的坏蛋,斜眼鬼！瞧,你把它打死了,可是它说不定还有小儿女呢。……如今就在吱吱地叫。……"

沃尔奇科夫做出要哭的脸色,把手往下放,比画着,表示那些儿女还很小很小呢。……

"我不是起了贪心才干这件事的,彼得·叶果雷奇。"赫罗莫依用颤抖的声调辩白说。

"那又是什么缘故呢？当然是起了贪心嘛！"

"不是的,彼得·叶果雷奇。……要是我的灵魂有罪,那也不是起了贪心,不是贪图什么好处,彼得·叶果雷奇！这是魔鬼迷了我的心窍哟。……"

"你这种人会让魔鬼迷了心窍！你自己倒能迷了魔鬼的心窍呢！所有你们这些卡希洛甫卡村的人,全是强盗！"

沃尔奇科夫呼哧呼哧地从胸中吐出一口气,再吸足一口气,然后放低喉咙继续说:

"可是现在我该拿你怎么办?啊?要是考虑到你智力贫乏,就该把你放掉,可是根据你这种行径和胆大妄为来看,却该给你点厉害尝尝。……非如此不可。……够了,不能再纵容你们这种人。……够了!我已经打发人去找警察。……我们马上就把状子写好。……我已经打发人去了。……罪证齐全。……你就怪你自己吧……这不是我惩罚你,这是你的罪过惩罚你。……既然你会干犯罪的事,你就要受罚。……哎哎。……主啊,宽恕我们这些有罪的人吧!这些家伙给我招来不少麻烦哟。……哦,你们的春播小麦怎么样?……"

"还可以……老爷。……"

"可是你眨巴眼睛干什么?"

赫罗莫依心慌意乱地往空拳头里咳嗽几声,理了理腰带。

"你眨巴眼睛干什么?"沃尔奇科夫又问一遍,"你把椋鸟打死了,你倒还要哭?"

"老爷!"赫罗莫依逼尖了刺耳的嗓音大声说,仿佛打起了精神似的,"您心慈,比方说,瞧见我打死一只小鸟,就生气了。……您骂我那些话,不是因为您是地主,而是因为这种事伤了……您的慈悲心肠。……可是难道我就不难过?我是个笨人,不过,虽说我没有脑筋,我也难过。……主啊,打个雷劈死我吧。……"

"既然你难过,那你为什么放枪?"

"魔鬼迷了我的心窍呗。请您容许我说,彼得·叶果雷奇!我要把真情老老实实说一遍,就跟当着上帝的面似的。……警察要来,就让他来好了。……我的罪名,不管是在上帝面前还是法官面前,我都承当。对您呢,我把真情一五一十地说清楚,就跟在教堂里行忏悔礼一样。……您容许我说吧,老爷!"

285

"可是我容许了又怎么样？容许也罢,不容许也罢,反正你也说不出什么有道理的话来。你跟我说有什么用？我又不写状子。……那你就说吧！干吗不开口？说呀,威廉·退尔！"

赫罗莫依用袖口擦了擦颤抖的嘴唇。他的眼睛越发斜,越发小了。……

"我打死这只椋鸟,一点好处也得不着,"他说,"这些椋鸟,就算我打死一千只,又有什么用？卖也没法卖,吃也不能吃,就是这么回事……全是白搭。这您也能明白。……"

"不,你可别这么说。……喏,你是个猎人,还会不知道。……椋鸟要是在油里煎一下,再放在粥里,那可好吃得很。……还可以加上点调味汁。……那味道差不多跟松鸡一样呢。……"

沃尔奇科夫似乎忽然领悟到口气过于随便,就皱起眉头,补充说：

"我马上就要叫你知道它是什么味道。……你等着瞧吧。……"

"我们可顾不上味道不味道。……有面包吃就成了,彼得·叶果雷奇。……这您也不是不知道。……我打死椋鸟,是因为我心里苦恼。……就是这种苦恼逼着我干的。……"

"是什么苦恼？"

"鬼才知道是什么苦恼！您让我说说清楚。它,也就是那种苦恼,从复活节起就一直折磨我。……您让我说说清楚。……那天早晨,我做完晨祷,拿着供复活节用的甜奶渣饼受过祝福礼,走出教堂,回家去。……我们家那些婆娘走到前头去了,我一个人在后头走。我走啊走的,后来在水坝上停住脚。……我站在那儿,瞧着上帝的世界,瞧着世界上各种事情都那么有条有理,瞧着每个动物,每根青草,可以说,都挺自在。……天色已经大亮,太阳升上来了。……我看见这些,心里快活。后来我瞧着一只小鸟,彼得·叶果雷奇。忽然,我的心一动,缩起来!那是说,我的心揪紧了。……"

"这是什么缘故?"

"这是因为我看见小鸟了。马上有个想法来到我脑子里。我寻思:要能打枪才好,可惜法律不许可。这当儿天上又有两只小鸭子飞过,河对岸什么地方有一只小滨鹬叫唤。我巴不得能打猎才好!我心里这么盘算着,回到家里。我坐下,跟那些婆娘说话,可是我眼睛里净是小鸟。我嘴里吃饭,耳朵里却听见树林里树叶响,小鸟叫:啾啾!啾啾!啊,主!我一心想打猎,别的全不在心上!我喝白酒,开斋,脑子里却昏昏沉沉。我听见一个说话声。我仿佛听见耳朵里有个尖细的、天使般的声音响个不停,说道:去吧,巴希卡①,去打枪吧!这是魔法来了!我敢说,彼得·叶果雷奇老爷,这就是小鬼作祟,不是别人。那声音又好听又尖,跟小孩一样。从那天早晨起,那个东西,也就是苦恼,把我抓紧了。我在房子旁边土台上坐下,耷拉着胳膊,就像昏迷不醒似的,想心思。……想啊想的,想个没完。……我脑子里满是您去世的哥哥谢尔盖·叶果雷奇,祝他升天堂吧。我这个蠢人,不由得想起从前我常跟他老人家,跟那个去世的人一块儿出去打猎。我在他老人家手下,求上帝保佑他……当过头号猎手。他又高兴又感动,因为,虽说我两只眼睛是斜的,可我放起枪来,却是能手哩!他老人家打算带我到城里去找医生,叫他看看尽管我是残疾人,却有这种本事。那年月可真是了不起,打动人心啊,彼得·叶果雷奇。往往,天刚蒙蒙亮,我们就出门,叫着两条狗,卡拉和列德卡一块儿走,嘿……嘿嘿!我们一天走三十俄里呢!可是说这些有什么用!彼得·叶果雷奇!高

---

① 巴威尔的爱称。

贵的老爷！我跟您说句真话,全世界除了您哥哥以外,就再也没有一个真正的人了！他老人家是个残忍的人,凶狠,蛮横,可是论打猎,谁也不是他的对手！就拿季尔包尔克伯爵老爷来说,他一个劲儿学打猎,学来学去,临了满心嫉妒,就那么死了。他哪儿成！既没有您哥哥那副英俊的相貌,手里也没拿过您哥哥那种好枪！您老人家明白,那是双筒枪,马赛城列别里公司的货色。两百步开外就能打中！一枪就打下一只鸭子！这可不是说着玩的！"

赫罗莫依很快地擦擦嘴唇,睒着斜眼,继续说:

"就因为这个,我才生出那种苦恼。只要不能打枪,麻烦就来了:我的心里堵得慌！"

"这是找乐子！"

"不是,彼得·叶果雷奇！复活节整整一个星期,我就像昏了头似的走来走去,水不想喝,饭不想吃。在多马周①,我把枪拿出来擦一通,修理一下,心里才算轻松点。到五旬中节②,我心里又闹腾起来。我一心巴望着去打猎,熬都熬不住,差点急死。我就去喝酒,可那也不行,反而更糟。这可不是找乐子,老爷！做完圣水祭,我喝开了酒。……那种苦恼,却一天比一天厉害。……它闹得你浑身难受,把你从家里赶出去。……它一个劲儿赶你,一个劲儿赶你！好大的力量呀！我就拿起枪来,走出门外,到菜园子里,朝着寒鸦放枪！我一连打死十来只,可是我的心没松下来:我一心想到树林里去……到沼泽地去。就连我的老婆子也开口骂我:'难道能打寒鸦吗？它不是高贵的鸟,不过打死它,也还是在上帝面前犯下罪:要是打死寒鸦,就会闹荒年的。'我呢,彼得·叶果雷奇,一赌气就把枪砸碎了。……滚它的！我心里才轻松点了。……"

---

① 复活节后第一周。
② 东正教复活节与圣灵降临节之间的节日。

"这是找乐子!"

"不是找乐子,老爷。我跟您说的是实话,这可不是找乐子,彼得·叶果雷奇!您让我给您说清楚。……昨天夜里我醒过来。我躺在那儿想心思。……我老婆睡着了,我找不着一个可以说话的人。我心里就想:'现在我那管枪还能不能修好呢?'我就爬起来,修开了枪。……"

"后来呢?"

"哦,总算马马虎虎修好了。……我修完,就拿着它跑出去,像个疯子似的。喏,后来我就给捉住了。……这也是我活该。……不光是那只鸟让人拿走,还挨一顿揍,要叫我明白明白。……"

"警察马上就来。……你到穿堂去等吧!"

"那我就走。……先前我在教堂里行忏悔礼,就说过这件事。……彼得神甫老爷也说这是找乐子。……不过照我的糊涂想法,按我对这种事的看法,这可不是找乐子,而是有病。……这跟酒瘾一样。……全是魔鬼搞出来的。……你自己不想干,可你的心不由得往那边想。比方说,你自己不愿意喝酒,在圣像前起了誓,可是不知什么东西老是催你:喝吧!喝吧!结果就喝了。我知道……"

沃尔奇科夫的红鼻子变得发紫。

"酒瘾是另一回事。"他说。

"一个样子,老爷!要是我说了假话,就让上帝打个雷劈死我,一个样子!我跟您说的是实话!"

接着是沉默。……他们沉默了五分钟光景,彼此瞅着对方的脸。

沃尔奇科夫的紫红的鼻子变成深青色了。

"这跟酒瘾是一码子事。……您老人家凭慈悲心肠自然明白酒瘾是什么毛病。……"

这一点中校倒不是凭慈悲心肠而是凭经验明白的。

"你去吧!"他对赫罗莫依说。

赫罗莫依不明白。

"你去吧,以后不要再让人捉住了!"

"那就求您把破靴子还给我,老爷!"庄稼汉明白过来,眉开眼笑,说道。

"靴子在哪儿?"

"在柜子里,老爷。……"

赫罗莫依收回他的靴子、帽子和枪。他带着轻松的心情走出账房门外,斜起眼睛往上看,天空中已经有乌黑而沉重的雨云了。风吹拂青草和树叶。头一批雨点已经洒下来,敲响滚烫的房顶。闷热的空气变得越来越清爽。

沃尔奇科夫在房间里推开窗子。窗子哐啷一声敞开,赫罗莫依看见那只黄蜂飞走了。

空气、赫罗莫依、黄蜂,都在庆祝各自的自由。

儿 童 读 物

序言 亲爱而宝贵的孩子们！在当前生活里，只有性情诚实、品行端正的人才会幸福。流氓和坏蛋不可能幸福，因此你们要诚实而公正。你们玩纸牌不要作弊，这倒不是因为别人可能因此捞起烛台打你们，而是因为这不诚实。你们要敬重长辈，这也不是因为不敬重就会吃一顿树条①，而是因为正义要求这样做。我在下面向你们列举几个童话和故事，以资借鉴。……

（一）吝啬必受罚 有三个朋友，伊凡诺夫、彼得罗夫和斯米尔诺夫，走进饭馆吃饭。伊凡诺夫和彼得罗夫不吝啬，因此各自立刻叫了一份六十戈比的饭。斯米尔诺夫却吝啬，不叫饭。两个朋友就问他为什么不叫饭。

"我不喜欢饭馆里的白菜汤，"他说，"再者，我口袋里一共只有六枚十戈比银币。我要留点钱买纸烟才行。那就这么办：我吃个苹果好了。"

说完这话，斯米尔诺夫要了个苹果，吃起来，瞧着朋友们又喝白菜汤，又吃鲜美的松鸡，不由得眼热。然而他转念想到他花的钱少，心里才宽慰些。可是后来他却大吃一惊，因为等到账单送来，他一看，上面竟然写着："饭两客，共一卢布二十戈比；苹果一个，

---

① 意谓"被人用树条抽打一顿"。

七十五戈比。"从此以后他就再也不吝啬,也不在饭馆小卖部里买苹果了。

(二)坏榜样引人变坏 五卢布金币同捷斯托夫饭店①的一卢布客饭票相好,开始引诱它离开正路。

"我的朋友!"它对一卢布客饭票说,"你看看我!我比你小得多,可是我比你高明多少!姑且不谈我身上射出灿烂的金光,单说我的身价就多么高!我名义上的价值是五卢布零十五戈比,可是人家要花八个多卢布才能得到我!"

它对一卢布客饭票照这样煽动很久。一卢布客饭票听啊听的,终于走上歧途。过一些时候,它对俄国的一卢布钞票说:

"我多么可怜你啊,不幸的一卢布钞票!你是多么可笑!我名义上的价值是一卢布,然而现在人家在饭馆里要买到我,就得付一又四分之一卢布,可是你……你呀!唉,真不害臊!你比原来的身价还要便宜呢!哈哈!"

"我的朋友!"一卢布钞票对它温和地说,"你和你的朋友五卢布金币靠我贬值才抖起威风。我能为你们服务很高兴!"

一卢布客饭票羞愧不已。

(三)足以示范的忘恩负义 有一个笃信宗教的人,在他的命名日那天,把全城的跛子、瞎子、生脓疮的人、穷人叫到他院子里来,请吃饭。他请他们吃素菜汤、豌豆、葡萄干馅饼。"为上帝的荣耀,你们放开量吃吧,我的弟兄们!"他对乞丐们说,劝他们放开量吃。他们就吃起来,也没道谢。吃完饭,那些穷人、跛子、瞎子和生脓疮的人匆匆祷告上帝,走出去,到了街上。

"嗯,怎么样?那个信教的人请你们吃得如何?"一个站得不远的警察对一个跛子说。

---

① 当时莫斯科的一家大饭店。

跛子摇一摇手,什么话也没回答。于是警察又向一个生脓疮的人提出同样的问题。

"这顿饭反而吃倒了胃口!"生脓疮的人回答说,烦恼地摇一摇手,"今天我们还要去参加商人太太亚尔雷科娃的丧宴呢!"

(四)理所应当的报复　有一个坏男孩养成坏习惯,喜欢在人家的墙上写些含意不好的字。他写那些字,以为不会因此受到惩罚。不,孩子们,任何坏行为都不会轻易过去而不受到惩罚。有一回,坏男孩路过一道墙,拿起粉笔来,在最显眼的地方写上:"傻瓜!傻瓜!傻瓜!"人们路过这道墙,看到了。乌木内依①走过这儿,看一眼,往前走去。杜拉克②走过这儿,看一下,把坏男孩扭交法院,说他犯了文字诽谤罪。

"我把他扭交法院,倒不是因为他写的字惹得我生气,"杜拉克说,"而是出于原则!"

(五)热心过分　某报生蛆了。于是报纸主笔把涉禽③叫来,对它们说:"你们把蛆吃掉!"那些鸟开始啄食,不但把蛆吃掉,连报纸和主笔本人也一股脑儿吃掉了。

(六)真理一出而谎言全消　波斯国王大流士临终把儿子阿尔塔薛西斯叫到跟前来,对他说:

"我的儿子,我就要死了!我死后,你把全国的贤人招来,要他们解答这个问题。谁能解答,就派谁做大臣。"

大流士低下头去凑近儿子的耳朵,把那个问题的秘诀对他小声说一遍。

父亲死后,阿尔塔薛西斯把全国的贤人召来,对他们说:

"贤人们!我父亲嘱咐我给你们提出这样一个问题,要你们

---

① 这个姓可意译为"聪明人"。
② 这个姓可意译为"傻瓜"。
③ 一种鸟,生在沼泽地带。

解答。谁能解答,谁就做我的大臣。"

阿尔塔薛西斯就向贤人们提出那个问题。贤人一共五名。

"可是,陛下,谁来检查我们的答案呢?"有个贤人问国王说。

"没有人检查,"国王回答说,"我相信你们诚实的话。如果你们说你们解决了,我就相信是解决了,不再查对你们的答案。"

贤人们在桌旁坐下,开始解答问题。当天傍晚有个贤人去见国王,说:

"我把问题解决了。"

"好。你就做我的大臣吧。"

第二天又有三个贤人解答了问题。桌旁只剩下一个贤人了,他姓阿尔托索斯特尔。那个问题他解答不了。一个星期过去,一个月过去了,他还是坐在那儿对着问题,很费力地要解答。一年过去,两年过去了。他面色苍白,脸容憔悴,身子消瘦,涂掉了一百令白纸,然而离着解决还远得很。

"把他处以死刑,陛下!"四个解答了问题的大臣说,"他冒充贤人,骗了您。"

可是国王没把阿尔托索斯特尔处以死刑,耐心地等着。过了五年,阿尔托索斯特尔来见国王,对他跪下,说:

"陛下!这个问题没法解决!"

这时候,国王把贤人搀起来,吻他,说:

"你说的对,贤人!这个问题确实是没法解决的。不过你在做答案的时候,倒解决了写在我心上的一个问题:你向我证明了世界上总算还有诚实的人。而你们,"他转过脸去对四个大臣说,"都是骗子!"

那些大臣发窘了,一齐问道:

"那么现在,我们该卷铺盖滚蛋了吧?"

"不,你们留下吧!"阿尔塔薛西斯说,"你们虽然是骗子,不过要跟你们分手,我倒也难过。你们就留下吧。"

于是他们感谢上帝,留下了。

(七)对坏事也得感激 "啊,伟大的宙斯①!啊,强大的雷神②!"一个诗人向宙斯祷告说,"派个缪斯来给我点灵感吧!我祈求你!"

宙斯没学过古代史。因此无怪乎他会闹出差错:他应该派墨尔波墨涅③到诗人那儿去,结果却把忒耳西科瑞④派去了。忒耳西科瑞来到诗人那儿,诗人就不再给杂志写稿,凭诗稿领稿费,却到舞蹈学校里去求学。他接连舞蹈一百个昼夜,最后暗自寻思:

"宙斯不理会我的要求。他耍弄我。我要求他给我灵感,可是他总是教我甩胳膊踢腿。……"

这个大胆犯上的人就写出恶毒的讽刺诗来挖苦宙斯一番。雷神勃然大怒,向诗人投过去一道闪电。诗人就此死了。

结尾语 这样,孩子们,美德胜利了。

---

① 希腊神话中的最高天神。
② 宙斯的别名。
③ 希腊神话中司悲剧的缪斯。
④ 希腊神话中司舞蹈的缪斯。

瑞典火柴[①]

犯罪小说

一

一八八五年十月六日早晨,某县第二段区警察局长办公室里,走进来一个装束考究的青年人,报告说:他的东家,退役的近卫军骑兵少尉玛尔克·伊凡诺维奇·克里亚乌左夫,遇害身亡。青年人报告这件事的时候,脸色苍白,极其激动。他双手不住发抖,眼睛里充满恐怖。

"请问,您是什么人?"区警察局长问他说。

"普塞科夫,克里亚乌左夫庄园的总管、农艺师和机械师。"

区警察局长和证人们,会同普塞科夫一起来到出事地点,发现情况如下:克里亚乌左夫所住的厢房四周,围着一群人。出事的消息犹如风驰电掣,传遍附近一带。正巧这天是节日,附近各村的人纷纷赶来,聚在厢房附近。到处是嘈杂声和谈话声。这儿那儿可以见到苍白而带着泪痕的脸。克里亚乌左夫的卧室房门,经查明是锁着的。房门里边,锁眼内插着钥匙。

"显然,坏人是从窗口爬进去,害死他的。"在检查房门的时

[①] 即安全火柴。

候,普塞科夫说。

他们走进花园,卧室窗子正对着花园。窗子看上去阴森而凶险。窗上挂着绿色窗帘,褪了色。窗帘的一角略微往外掀起,这就使人看得见卧室里面。

"你们谁在窗口往里看过?"区警察局长问。

"没有人看过,老爷。"花匠叶弗烈木说。他是个身材矮小、头发灰白的小老头,带着退役的军士的面容。"大家的腿打哆嗦,顾不上看了。"

"唉,玛尔克·伊凡内奇,玛尔克·伊凡内奇①啊!"区警察局长瞧着窗口叹道,"我早就对你说过,你的下场好不了!我早就对你说过,可怜的人,可你就是不听!放荡不会有好下场啊!"

"这倒多亏叶弗烈木,"普塞科夫说,"要不是他,我们至今还蒙在鼓里呢。他头一个想起来事情有点蹊跷。今天早晨他来找我,说:'为什么我们的东家睡这么久还没醒?他足足有一个星期没走出卧室了!'他对我说出这句话,就像迎头给我一斧子似的。……立刻有个想法在我心里一闪。……他从上星期六起就没露过面,而今天已经是星期日!七天了,这可不是闹着玩的!"

"是啊,可怜的人……"区警察局长又叹道,"挺聪明的人,又受过教育,心眼那么好。在朋友们当中,可以说,他是个数一数二的人。可他就是生活放荡,祝他升天堂吧!这我早就料到了!斯捷潘,"区警察局长转过身去对证人说,"你马上坐车到我家里去,打发安德留希卡去找县警察局长,向他报告一声!就说玛尔克·伊凡内奇给人害死了!你再跑到乡村警察那儿去。他为什么坐在家里纳福?叫他到这儿来!然后你自己赶快去找法院侦讯官尼古

---

① 玛尔克·伊凡诺维奇的简称。

297

拉·叶尔莫拉伊奇①,对他说,要他到这儿来! 慢着,我来给他写封信。"

区警察局长派人在厢房四周站岗守卫,给侦讯官写了封信,随后到总管家里去喝茶。大约十分钟以后,他坐在凳子上,一点一点地啃着糖块,把像烧红的煤块那么烫的热茶喝下去。

"是啊……"他对普塞科夫说,"是啊。……他是贵族,又是富人……用普希金的话来讲,可以说是上帝的宠儿呢。可是结果怎么样?一事无成! 酗酒啊,放荡啊……现在你瞧! ……给人害死了。"

过了两个钟头,侦讯官坐着马车来了。尼古拉·叶尔莫拉耶维奇·楚比科夫(这是侦讯官的姓名)是个高大而结实的老人,年纪有六十岁,已经在他的行业里干了四分之一世纪了。他这个人是以为人正直、头脑聪明、精力充沛、热爱工作而在全县闻名的。同他一起来到出事地点的,还有跟他形影不离的同伴、助手和办事员玖科夫斯基。他是个高身量的青年人,年纪在二十六岁上下。

"真会有这种事吗,诸位先生?"楚比科夫走进普塞科夫的房间里,匆匆同所有的人握手,开口说。"真会有这种事吗? 玛尔克·伊凡内奇出事了? 给人害死了? 不,这不可能! 不可能!"

"这事就是怪呀……"区警察局长叹道。

"我的上帝啊! 要知道,上星期五我还在达拉班科沃镇的市集上见过他! 我跟他一起,不瞒你们说,还喝过酒呢!"

"这事就是怪呀……"区警察局长又叹道。

大家唉声叹气,心惊胆战,各人喝下一大杯热茶,然后往厢房走去。

"让开!"乡村警察对人群吆喝说。

---

① 尼古拉·叶尔莫拉耶维奇的简称。

侦讯官走进厢房,首先着手考察卧室的房门。原来那扇房门是松木做的,涂了黄油漆,没有损坏的痕迹。他们没发现特殊的标记,足以成为任何罪证的线索。他们就动手撬门。

"我请求闲人们走开,诸位先生!"房门经不住长久的敲击和劈砍,终于向斧子和凿子让步而打开后,侦讯官说。"我为侦讯工作的利益要求你们。……警察,不准把人放进来!"

楚比科夫、他的助手和区警察局长推开房门,犹豫不决地一个跟着一个走进卧室里。他们的眼睛遇到如下一幅图景。房间里只有一个窗子,窗旁放着大木床,上面放着很大的羽毛褥垫。揉皱的羽毛褥垫上放着揉皱的被子,乱成一团。枕头丢在地板上,蒙着花布的枕套也揉得极皱。床前小桌上放着一个银怀表和一枚二十戈比银币。桌上还放着几根硫黄火柴。除了床、小桌和仅有的一把椅子以外,卧室里再也没有别的家具。区警察局长往床底下看一眼,瞧见二十来个空酒瓶、一顶旧草帽和一小桶白酒。小桌底下丢着一只皮靴,布满灰尘。侦讯官对房间扫了一眼,皱起眉头,涨红脸。

"那些坏蛋!"他嘟哝着,捏紧拳头。

"可是玛尔克·伊凡内奇在哪儿呢?"玖科夫斯基轻声问道。

"我请求您别打岔!"楚比科夫粗鲁地对他说,"请您检查地板!我办案以来,碰到这样的案情已经是第二次了。叶夫格拉甫·库兹米奇,"他转过身去,压低喉咙,对区警察局长说,"在一八七〇年,我也办过这样一个案子。您一定记得吧。……就是商人波尔特烈托夫凶杀案。那情形也是这样。那些坏蛋把他打死,然后从窗口把他的尸体拖出去了。……"

楚比科夫走到窗前,把窗帘拉到一边,小心地推一下窗子。窗子就开了。

"这个窗子开了,可见本来就没扣上。……嗯!……窗台上有痕迹。看见没有？这是膝盖的痕迹。……必是有人在这儿爬出去过。……应当仔细检查一下窗子。"

"在地板上没发现什么特别的东西，"玖科夫斯基说，"既没有血迹，也没有抓痕。只找到一根点过的瑞典火柴。喏，这就是！我记得玛尔克·伊凡内奇不吸烟。在日常生活里他用硫黄火柴，从没用过瑞典火柴。这根火柴可以作为线索。……"

"哎……你就少说几句吧，劳驾！"侦讯官摇一摇手，"他一个劲儿唠叨他那根火柴！我就受不了这种发热的头脑！您与其找火柴，不如把床检查一遍。"

检查床以后，玖科夫斯基报告说：

"没有血迹，也没有别的什么斑点。……新撕破的裂口也没有。枕头上有牙齿印。被子上洒过一种液体，有啤酒的气味，论味道，也是啤酒的味道。……这张床总的看来，使人有根据认为床上发生过斗殴。"

"就是您不说，我也知道发生过斗殴！谁也没问您斗殴的事。您与其找斗殴的痕迹，还不如……"

"这儿只有一只皮靴，另一只找不到。"

"哦，那又怎么样？"

"那就可见他是在脱皮靴的时候给人活活闷死的。他还没来得及脱另一只皮靴就……"

"胡扯！……您凭哪一点知道他是给人闷死的？"

"枕头上有牙齿印嘛。枕头本身就揉得很皱，况且又扔在离床二点五俄尺的地方。"

"夸夸其谈，这个贫嘴！我们还是到花园里去好。您与其在这儿乱翻，还不如到花园里去检查一下。……这儿的事，没有您，我也能做。"

侦讯人员走进花园里，首先着手考察草地。窗前的青草已经被人踩平。窗下沿墙的一丛牛蒡①也已经被人踩倒。玖科夫斯基在其中找到几根折断的小枝子和一小块棉絮。在上边的花头上找到几根很细的深蓝色毛线。

"他最近穿的一套衣服是什么颜色?"玖科夫斯基问普塞科夫说。

"黄色的,帆布的。"

"好。可见外来的人穿着蓝色衣服。"

他掐下几个牛蒡的花头,细心地把它们包在纸里。这时候县警察局长阿尔齐巴谢夫-司维斯达科夫斯基和医生丘丘耶夫来了。县警察局长同大家打过招呼,立刻去满足他的好奇心。医生却没同任何人打招呼,而且什么话也不问。他是个身量很高而又极瘦的人,眼睛凹进去,鼻子很长,下巴尖尖的。他在树墩上坐下,叹口气说:

"塞尔维亚人又闹起来了!他们要怎么样呢?我不懂!唉,奥地利呀,奥地利!这都是你干出来的好事!"

检查窗子的外部,毫无所获。可是,检查草地以及离窗子最近的灌木丛,倒为侦讯工作提供了许多有益的线索。比方说,玖科夫斯基在草地上发现一条又长又黑的地段,血迹斑斑,从窗口直通到花园深处,有几俄丈远。这条狭长地带在丁香花丛那边结束,那儿有一大摊深棕色的污迹。在花丛下找到一只皮靴,同卧室里找到的那只恰好配成一对。

"这是很久以前留下的血!"玖科夫斯基考察那些污斑,说。

医生听到"血"字,就站起来,懒洋洋地瞟一眼污斑。

"对,是血。"他嘟哝说。

"既然有血,可见他就不是闷死的!"楚比科夫恶狠狠地瞧着

---

① 一种带刺的野草。

玖科夫斯基说。

"他们是在卧室里把他闷死的,可是抬到这儿,又怕他活过来,就拿一个尖东西扎他。花丛下面的血迹表明,他在那儿躺得相当久,因为他们在找东西,想法把他从花园里抬出去。"

"哦,那么这只靴子呢?"

"这只靴子进一步肯定了我的想法:他是在临睡以前脱靴子的时候遇害的。当时他已经脱掉一只靴子,至于另一只,也就是这只,他刚来得及脱掉一半。这只脱掉一半的靴子,等到他身体颠动和落地,就自己掉下来了。……"

"好厉害的推想力,瞧瞧您!"楚比科夫冷笑一下说,"他讲得天花乱坠,天花乱坠!您什么时候才能学会不唠唠叨叨发空论?您与其发空论,不如取下点带血的青草来供化验用!"

他们检查完毕,把调查的地点画下草图以后,就动身到总管家去写报告,吃早饭。吃早饭的时候,他们谈起话来。

"那怀表、钱和其余的东西……都安然无恙,"楚比科夫第一个开口说,"这跟二乘二等于四一样清楚:这个凶杀案根本不是见财起意。"

"这个案子是由有知识的人干出来的。"玖科夫斯基插嘴说。

"您根据哪一点得出这个结论?"

"那根瑞典火柴帮了我的忙,本地的农民至今还没学会使用这种火柴。只有地主们才使用这种火柴,而且也不是所有的地主都如此。顺便说一句,这个凶杀案不是由一个人干的,至少有三个人:两个人按住他,另一个人闷死他。克里亚乌左夫力气很大,凶手一定知道这一点。"

"假定说,他睡熟了,那他的力气于他还有什么用?"

"凶手到他那儿去,正赶上他脱皮靴。他在脱皮靴,那么足见他没睡觉。"

"不用想入非非！您还不如吃饭的好！"

"按我的想法,老爷,"花匠叶弗烈木把茶炊端到桌上来,说,"干这件坏事的不是别人,一定是尼古拉希卡。"

"非常可能。"普塞科夫说。

"这个尼古拉希卡是谁?"

"他是东家的听差,老爷,"叶弗烈木回答说,"要不是他,还会是谁?他是个强盗,老爷!他又是酒鬼,又是色迷,只求圣母保佑,叫世上不要再有这种人才好!平时他总是给东家送酒去,他服侍东家上床睡觉。……不是他还是谁?再者,我斗胆禀告一声,老爷,有一回,他,这个混蛋,在小酒店里夸下海口,说要把东家打死。……这都是阿库尔卡惹出来的事,他们争夺一个娘们儿。……他姘上一个大兵的老婆。……可是东家看中她,跟她亲近,得,他就……当然,冒火了。……现在他醉醺醺地倒在厨房里。他呜呜地哭……假意说他为东家伤心。……"

"确实,为阿库尔卡这种女人是很容易动肝火的,"普塞科夫说,"她是大兵的老婆,是个村妇,不过……难怪玛尔克·伊凡内奇叫她娜娜①。她也真有点像娜娜……媚里媚气的。……"

"我见过她……我知道……"侦讯官说,拿出红手绢来擤鼻子。

玖科夫斯基涨红脸,低下眼睛。区警察局长用手指头轻轻地叩着茶碟。县警察局长开始咳嗽,不知什么缘故打开皮包翻东西。看来只有医生一个人听到人家提起阿库尔卡和娜娜却无动于衷。侦讯官吩咐把尼古拉希卡带上来。尼古拉希卡是个身材瘦长的年轻小伙子,长鼻子上布满麻点,胸脯凹进去,穿着东家赏给他的旧上衣。他走进普塞科夫的房间,对侦讯官跪下去,匍匐在地。他脸

---

① 法国作家左拉所著长篇小说《娜娜》中的女主人公。

上带着睡意,泪痕斑斑。他喝醉了,站也站不稳。

"你的东家在哪儿?"楚比科夫问他说。

"他给人害死了,老爷。"

说完这话,尼古拉希卡开始眨巴眼睛,哭起来。

"我们知道他给人害死了。可是现在他在哪儿?他的尸体在哪儿?"

"听说他让人从窗子里拉出去,埋在花园里了。"

"嗯!……我们的调查结果已经传到厨房里去了。……真糟糕。小伙子,你东家遇害的那天晚上,你在哪儿?也就是说星期六晚上你在哪儿?"

尼古拉希卡昂起头来,伸直脖子,想一想。

"不知道,老爷,"他说,"我当时喝醉酒,记不得了。"

"不在场①!"玖科夫斯基小声说,冷笑,搓手。

"哦。那么,你东家窗子底下怎么会有血呢?"

尼古拉希卡仰起头来,沉思不语。

"你快点想!"县警察局长说。

"我马上就想出来。那血是小事,老爷。我宰过一只鸡。我很简单地宰它一刀,跟往常一样,可是那只鸡猛一下挣脱我的手,撒腿就跑。……这才弄了一地的血。"

叶弗烈木证明尼古拉希卡确实每天傍晚都宰鸡,而且是在不同的地点干这件事,不过谁也没见过那只没有宰死的鸡满花园里乱跑,然而另一方面,却也不能绝对否认这件事。

"不在场,"玖科夫斯基冷笑说,"而且是多么荒谬的不在场!"

"你跟阿库尔卡来往过吗?"

"我造过孽。"

---

① 原文为拉丁语。

"那么你东家从你手里把她勾引过去了?"

"不是的。从我手里把她夺过去的是他老人家,普塞科夫先生,伊凡·米海雷奇。东家是从伊凡·米海雷奇手里把她夺过去的。事情就是这样。"

普塞科夫神情狼狈,开始搔他的左眼皮。玖科夫斯基目不转睛地瞅着他,看出他的窘态,不由得打个哆嗦。他看见总管下身穿一条蓝色长裤,这是以前他一直没有留意过的。那条长裤使他联想到在牛蒡那边找到的蓝色细线。这时候轮到楚比科夫也怀疑地瞧着普塞科夫了。

"你去吧!"他对尼古拉希卡说,"那么现在,请允许我向您提出一个问题,普塞科夫先生。您星期六晚上,当然,是在这儿吧?"

"是的,十点钟我同玛尔克·伊凡内奇一块儿吃晚饭来着。"

"那么后来呢?"

普塞科夫心慌意乱,从桌旁站起来。

"后来……后来……说真的,我记不得了,"他支吾道,"当时我喝了许多酒。……我记不得在哪儿睡觉,什么时候睡觉了。……你们干吗都这么瞧着我?倒好像我犯了凶杀罪似的!"

"您是在哪儿醒过来的?"

"我是在仆人厨房里的灶台[①]上醒过来的。……大家都能作证。至于我是怎么睡在灶台上的,我就说不清了。……"

"您不要激动。……您认识阿库尔卡吗?"

"认识是认识,也没什么特别的。……"

"她丢下您,跑到克里亚乌左夫那儿去了?"

"是的。……叶弗烈木,你再端点菌子来!您要茶吗,叶夫格拉甫·库兹米奇?"

[①] 俄国式的热炕,设在大灶的很高的台面上。

随后是难堪而可怕的沉默,有五分钟光景。玖科夫斯基一言不发,他尖利的目光一刻也不放松普塞科夫渐渐苍白的脸。沉默是由侦讯官打破的。

"我们,"他说,"该到大房子里去一趟,同亡人的姐姐玛丽雅·伊凡诺芙娜谈谈。她该能给我们提供点线索吧。"

楚比科夫和他的助手为早饭道过谢,往地主家的正房走去。克里亚乌左夫的姐姐玛丽雅·伊凡诺芙娜是个四十五岁的老处女,他们正赶上她在很高的祖传神龛跟前做祷告。她见到客人们手里拿着皮包,帽子上有帽徽,脸色顿时煞白。

"首先,我要表示歉意,因为我们破坏了您的所谓祈祷情绪,"礼貌周到的楚比科夫把两个脚跟并拢,行个礼,开口说,"我们有件事想麻烦您。您,当然,已经听说了。……目前有人怀疑您的弟弟被人用某种方式谋害了。您知道,那是上帝的旨意。……死亡是谁也逃不脱的,不论是沙皇还是庄稼汉都一样。您能提供些线索和说明来帮助我们吗?……"

"哎呀,您不要问我!"玛丽雅·伊凡诺芙娜说,脸色越发苍白,用手蒙住脸,"我没什么可跟您说的!没有!我求求您!我没什么话可说。……我能说什么呢?啊,不,不……关于我弟弟的事,我一句话也没有!我宁可死,也不想说!"

玛丽雅·伊凡诺芙娜哭起来,走进另一个房间里。两个侦讯人员面面相觑,耸一耸肩膀,溜出去了。

"鬼娘们儿!"玖科夫斯基走出大房子,骂道,"看来,她知道点隐情,可就是瞒着不说。女仆脸上的表情也有点鬼鬼祟祟。……你们等着就是,魔鬼!我们什么事都会弄清楚的!"

傍晚,楚比科夫和他的助手,由白脸般的月亮照着,回家去了。他们坐在轻便的双轮马车上,头脑里总结这一天经历过的种种事情。两个人都疲乏了,默默不语。楚比科夫一般说来不喜欢在旅途上说话,饶舌的玖科夫斯基为了使老人满意而保持沉默。可是临到旅程就要结束,助手却再也受不住沉默,开口讲话了。

"无可怀疑①,"他说,"尼古拉希卡跟这个案子有关系。凭他那副嘴脸就可以看出他是个什么路数。……他的不在场弄得他露出了马脚。然而这个案子的主犯不是他,这也无可怀疑。他无非是被人买通的愚蠢工具而已。您同意吗?小心谨慎的普塞科夫在这个案子里也不是演小角色的。蓝色的长裤啦,狼狈的神态啦,杀人以后由于害怕而睡在灶台上啦,不在场啦,阿库尔卡啦。"

"随您去瞎说吧,贫嘴!那么依您看来,谁认识阿库尔卡,谁就是凶手?哎,您这个头脑发热的人!您该去叼着橡皮奶头,不该来办案子!您也亲近过阿库尔卡,莫非您在这个案子里也有份儿?"

"阿库尔卡也在您家里做过一个月厨娘,可是……我什么也没说。那个星期六晚上,我跟您一块儿打纸牌来着,我见到您了,要不然我也要盘问您。问题,先生,不在于女人。问题在于下流的、卑鄙的、恶劣的感情。……那个小心谨慎的青年人发现得手的不是他,您要明白,他就一肚子不高兴。他爱面子,您要明白。……他要报仇。其次……他的厚嘴唇强有力地说明他好色。您记得他把阿库尔卡比作娜娜的时候,他把嘴唇吧嗒得多么响?他,这个坏蛋,欲火中烧,这是无可怀疑的!结果呢,自尊心受到挫伤,情欲没得到满足。这就足以使人动杀机了。两个已经落在我们手心里,可是第三个是谁呢?尼古拉希卡和普塞科夫按住他。然而是谁闷死他的呢?普塞科夫胆小,怯生生的,总的来说是个懦夫。尼古拉希卡不会用枕头闷死他,他们干起来总是抢斧子,耍刀

---

① 原文为拉丁语。

子。……一定有个第三者把他闷死,然而是谁呢?"

玖科夫斯基把帽子拉到眼睛上边,沉吟不语。直到双轮马车驶到侦讯官家门口,他才开口。

"找到了①!"他一面说,一面走进那所小房子,脱掉大衣。"找到了,尼克拉·叶尔莫拉伊奇!我简直不明白早先我怎么就没有想起来。您知道第三个人是谁?"

"您别说了,劳驾!喏,晚饭准备好了!坐下吃饭吧!"

侦讯官和玖科夫斯基坐下来吃晚饭。玖科夫斯基给自己斟好一杯白酒,站起来,挺直身子,两眼闪闪发光,说:

"您要知道,同坏蛋普塞科夫串通作案,把人闷死的第三者,是个女人!对!我说的是受害人的姐姐玛丽雅·伊凡诺芙娜!"

楚比科夫把酒呛到气管里去了,他定睛瞧着玖科夫斯基。

"您……不大对头吧?您的脑袋……出了毛病吧?头痛吗?"

"我挺健康。好,就算我神志不清吧,不过我们一去,她就张皇失措,这您怎么解释呢?她一句供词也不肯吐露,这您又怎么解释?就算这都是小事……好吧!也行!……那您就回想一下他们的关系!她痛恨她的弟弟!她是旧教徒,他呢,却是浪子,不信神。……这就是积怨很深的缘故!听说,他居然弄得她相信他就是恶魔的使者。他当着她的面施展招魂术!"

"哦,那又怎么样?"

"您不明白?她这个旧教徒是出于狂热才把他弄死的!她不但弄死一个坏人,一个浪子,而且让全世界少了一个基督的敌人。她认为这就是她的功劳,她在宗教上的丰功伟绩!啊,您可不知道这些老处女,旧教徒!您该读一读陀思妥耶夫斯基的作品!列斯

---

① 原文为希腊语。

科夫①和彼切尔斯基②写得多好!……就是她,就是她,您就是杀了我,我也要说是她!是她把他闷死的!啊,阴险的女人!我们走进去的时候,她正站在圣像面前,岂不是特意要蒙哄我们?她心里说:我站在这儿做祷告,他们就会以为我心里踏踏实实,没料到他们会来!所有的犯罪新手都用这套办法。好朋友,尼古拉·叶尔莫拉伊奇!我的亲人!您把这个案子交给我办!我要亲自把它弄个水落石出!我亲爱的!我已经开了头,那我就会把它弄个水落石出!"

楚比科夫开始摇头,皱起眉毛。

"困难的案子我自己会办,"他说,"您的事就是不要去管那些不该管的事。到了该您抄写公文的时候,您就把我嘴里念的照记不误,这就是您的事!"

玖科夫斯基涨红脸,砰的一声关上门,走掉了。

"他是聪明人,这个坏蛋!"楚比科夫瞧着他的背影,喃喃地说,"聪明得很!只是头脑发热,劲头用得不得当。我应该到市集上去买个烟盒来送给他呢。……"

第二天早上,有人从克里亚乌左夫卡村带着一个年轻小伙子来见侦讯官,那人脑袋很大,嘴唇上有个缺口,自称是牧人丹尼尔卡。他的口供很有趣。

"当时我喝多了酒,"他说,"我在干亲的家里一直坐到午夜才走。我回家的路上,醉醺醺地钻到河里洗澡。我正洗着……抬头一看!有两个人在河坝上走过,抬着个黑乎乎的东西。'咳!'我对他们喊一声。他们害怕了,撒腿就跑,一口气跑到玛卡烈夫的菜园里。要是他们抬的不是我们的老爷,就叫上帝打死我!"

---

① 列斯科夫(1831—1895),俄国作家。
② 彼切尔斯基是俄国作家密耳尼科夫(1818—1883)的笔名,他的小说描述伏尔加河流域旧教徒、商人、富农等的生活和习俗。

当天将近傍晚,普塞科夫和尼古拉希卡被捕,押解到县城去。一到城里,他们就关进监狱了。

二

十二天过去了。

那是早晨。侦讯官尼古拉·叶尔莫拉伊奇坐在他房间里一张绿桌子旁边,翻阅克里亚乌左夫的案卷。玖科夫斯基心神不定地从这个墙角走到那个墙角,就像关在笼里的狼一样。

"您相信尼古拉希卡和普塞科夫有罪,"他说,烦躁地揪他新生出的胡子,"那您为什么就不肯相信玛丽雅·伊凡诺芙娜有罪?莫非您还嫌罪证不足?"

"我没说我不相信。我相信是相信,不过总还有点不放心。……真正的罪证没有,所有的只是些抽象的理论。……什么狂热啦,这个那个的。……"

"那么您非要斧子和带血的被单不可!……这些法律家!那我来给您证明就是!对这个案子的心理方面,您不要这样马马虎虎!您那个玛丽雅·伊凡诺芙娜该送到西伯利亚去!我来给您证明就是!您嫌抽象的理论不够,那我手上还有物证。……这东西会向您表明我的理论多么正确!只要让我出去走一趟就行。"

"您指的是什么?"

"就是瑞典火柴,先生。……您忘了?可是我没忘!我要弄明白谁在受害人房间里点那根火柴!点那根火柴的不是尼古拉希卡,也不是普塞科夫,搜查他们衣物的时候没发现那种火柴。一定是第三个人,也就是玛丽雅·伊凡诺芙娜有。我来证明给您看!……不过要让我在全县走一遭,四处查访一下。……"

"哦,行,您坐下。……我们先来审案子。"

玖科夫斯基就挨着小桌坐下,把长鼻子伸到公文上去。

"把尼古拉①·捷捷霍夫带上来!"侦讯官叫道。

尼古拉希卡押来了。他脸色苍白,瘦得像一根细劈柴,身子索索地抖。

"捷捷霍夫!"楚比科夫开口说,"一八七九年,您在第一区法官那里为盗窃罪受审,判过徒刑。一八八二年,您第二次为盗窃罪受审,第二次关进监狱。……您的事我们都知道。……"

尼古拉希卡的脸上现出惊讶。侦讯官的无所不知使得他暗暗吃惊。不过惊讶的神情很快就换成极度悲伤的神情。他放声大哭,请求让他去洗一下脸,定一定神。他就给押走了。

"把普塞科夫带上来!"侦讯官命令道。

普塞科夫押来了。近些天来,这个青年人的面容大大变了样。他消瘦,苍白,憔悴了。他的眼睛里流露出冷漠的神情。

"坐下,普塞科夫,"楚比科夫说,"我希望今天这一次您会通情达理,不像以前那些次似的说假话。这些天,您不顾大量的罪证证明您有罪,矢口否认您参与过克里亚乌左夫的凶杀案。这是不识利害。招认可以减罪。今天我是最后一次跟您谈话。要是今天您不招认,明天就迟了。那么,告诉我们……"

"我什么也不知道。……我也不知道你们那些什么罪证。"普塞科夫低声说。

"这不应该,先生!好,那就让我来对您讲一下这个案子的经过。那个星期六傍晚,您在克里亚乌左夫的卧室里坐着,同他一起喝白酒和啤酒。"(玖科夫斯基盯住普塞科夫的脸,他的眼睛在侦讯官问话那段时间始终也没放松那张脸。)"尼古拉伺候你们。十二点多钟,玛尔克·伊凡诺维奇告诉您说他想上床睡觉。他平素

---

① 尼古拉希卡是尼古拉的小名。

总是十二点多钟上床睡觉。他正脱皮靴,对您交代有关农务方面的事,不料您和尼古拉根据预定的暗号,抓住喝醉的主人,把他推倒在床上。你们一个人坐在他腿上,一个人骑在他头上。这时候穿堂里走进来一个你们认得的女人,穿着黑色连衣裙,她事先已经跟你们约定她在这件犯罪的事当中担任什么角色。她拿起枕头来,开始用它闷死他。在扭打中,蜡烛熄了。女人就从口袋里取出一盒瑞典火柴,点上蜡烛。不是这样吗?我从您的脸色就看得出我说的是实情。不过,接着说下去。……你们把他闷死,相信他已经断了气,您跟尼古拉一起把他从窗口拖出去,把他放在牛蒡附近。你们怕他活过来,就用个尖东西扎他。后来你们抬着他走一阵,暂时把他放在丁香花丛下边。你们休息一会儿,想一想,又抬着他走。……你们翻过一道篱墙。……后来你们顺着大路走。……前面是一道河坝。河坝附近有个农民把你们吓了一跳。可是,您怎么了?"

普塞科夫脸白得像亚麻布一样,站起来,身子摇摇晃晃。

"我透不过气来了!"他说,"好……就算是这样吧。……不过我要出去了……劳驾。"

普塞科夫就给押走了。

"他到底还是招认了!"楚比科夫舒畅地伸个懒腰,说,"他露出马脚来了!不过,我多么巧妙地揭了他的底!这下子可把他整垮了。……"

"他连那个穿黑衣服的女人都没否认!"玖科夫斯基笑着说,"不过另一方面,那根瑞典火柴弄得我心里七上八下!我再也受不住了!再见!我要走了。"

玖科夫斯基戴上帽子,动身走了。楚比科夫开始审问阿库尔卡。阿库尔卡声明说她什么也不知道。……

"我只跟您相好过,此外我跟谁也没有相好过!"她说。

傍晚五点多钟,玖科夫斯基回来了。他激动得不得了。他的手抖得没法解开大衣扣子。他的脸烧得通红。看得出来,他是带着新消息回来的。

"我来了,我看见了,我胜利了!①"他飞奔进楚比科夫的房间里,往圈椅上一坐,说,"我凭我的名誉起誓,我开始相信我的天才了。您听着,见鬼!您听着会大吃一惊的,老头子!这又可笑又可悲!您手心里已经有三个……不是这样吗?我却找到了第四个罪犯,或者更确切地说,女犯,因为那也是个女人!而且是个什么样的女人啊!我只要能挨一下她的肩膀,情愿少活十年呢!不过……您听着……我坐车到克里亚乌左夫卡村,绕着它兜了个大圈子。一路上我访问了所有的小杂货铺、小酒店、酒馆,到处打听瑞典火柴。到处都对我说'没有'。我坐着车子转来转去直到现在。我二十次失掉希望,又二十次收回希望。我逛荡了整整一天,直到一个钟头以前我才算找着我要找的东西。离这儿有三俄里远。他们拿给我一大包,一共是十盒。其中正好缺一盒。……我马上问:'那一盒是谁买去的?'一个女人买去了。……'她喜欢这玩意儿,这玩意儿一擦就……刺啦一响。'我的好朋友!尼古拉·叶尔莫拉伊奇!一个被宗教学校开除出来而且熟读过加博里欧②的作品的人,有的时候竟然能办出什么样的大事来,那是人类的智慧简直无法理解的!从今天起我要开始尊敬自己了!……嘿嘿。……好,我们走吧!"

"到哪儿去?"

"到她那儿去,到第四个那儿去啊。……我们得赶紧去,要不然……要不然,我急得心里像有一团火,要活活烧死了!您知道她

---

① 原文为拉丁语,古罗马大将恺撒的豪语。
② 加博里欧(1832—1873),法国作家,现代侦探小说创始人之一。

是谁？您猜不出的！就是我们区警察局长,老头子叶夫格拉甫·库兹米奇的年轻妻子奥尔迦·彼得罗芙娜,就是她！她买了那盒火柴！"

"您……你……您……发疯了吧？"

"这很容易理解嘛！第一,她吸烟。第二,她没命地爱上了克里亚乌左夫。他呢,有了个阿库尔卡,就拒绝了她的爱情。她要报仇。现在我想起有一次我碰见他俩躲在厨房里屏风后面。她向他赌咒发誓,他却吸着她的纸烟,把烟子喷到她脸上去。不过,我们得走了。……快一点,天黑下来了。……我们走吧！"

"我还不至于神志不清到听了个小娃娃的话就半夜三更去打搅一个高尚而诚实的女人！"

"高尚,诚实。……出了这样的事还说这样的话,您简直是草包,算不得侦讯官！我素来不敢骂您,可是现在您逼得我骂！草包！老顽固！得了,我的亲人,尼古拉·叶尔莫拉伊奇！我求求您！"

侦讯官摇一摇手,吐了口唾沫。

"我求求您了！我不是为我自己,而是为审判的利益求您！我真心实意地求您！您给我个面子吧,哪怕一辈子就这一次！"

玖科夫斯基跪下去。

"尼古拉·叶尔莫拉伊奇！哎,您发发善心吧！要是关于这个女人我看错了,您就骂我混蛋,流氓！要知道,这是个什么样的案子啊！这个案子！简直是长篇小说,不是案子！这个案子的名气会传遍整个俄国！日后人家会提拔您做专办特别重大案件的侦讯官！您得明白才是,不懂事的老头子！"

侦讯官皱起眉头,犹豫不决地伸出手去拿帽子。

"好,见你的鬼,就这样吧！"他说,"我们走。"

等到侦讯官的轻便双轮马车开到区警察局长的家门口,天色已经黑了。

"我们简直是猪!"楚比科夫拉了拉门铃说,"我们在打搅人家哟。"

"没什么,没什么。……您不要胆怯。……我们就说马车上的弹簧坏了。"

在门口迎接楚比科夫和玖科夫斯基的,是个大约二十三岁的女人,身量高,体态丰满,眉毛漆黑,嘴唇又厚又红。她就是奥尔迦·彼得罗芙娜本人。

"啊……很高兴!"她说,满面笑容,"你们正好赶上吃晚饭。我的叶夫格拉甫·库兹米奇不在家。……他到教士家里串门去了。……不过他不在,我们也无所谓。……请进去坐!你们这是刚办完侦讯工作吧?……"

"是啊。……我们,您要知道,车上的弹簧坏了。"楚比科夫走进客厅里,在圈椅上坐下,开口说。

"您要冷不防……给她个措手不及!"玖科夫斯基小声对他说,"您给她个措手不及!"

"弹簧。……嗯……是啊。……我们就冒冒失失地到这儿来了。"

"给她个措手不及,我跟您说!要是您净说废话,她就会猜出来了!"

"哦,既是你全懂,那就由你来干,不用找我!"楚比科夫嘟哝说,站起来,往窗子那边走去,"我办不到!你自己煮的粥你自己喝!"

"是啊,弹簧……"玖科夫斯基走到区警察局长的妻子跟前,开口说,皱起长鼻子,"我们到这儿来,不是为了……呃呃……吃晚饭,也不是找叶夫格拉甫·库兹米奇。我们来,是为了问您,太太:由您弄死的玛尔克·伊凡诺维奇如今在哪儿?"

"什么？哪个玛尔克·伊凡诺维奇？"区警察局长的妻子吞吞吐吐地说。突然，她那张大脸转眼间涨得通红。"我……不明白。"

"我是以法律的名义问您！克里亚乌左夫在哪儿？我们全知道了！"

"你们是听谁说的？"区警察局长的妻子受不住玖科夫斯基的目光，轻声问道。

"请您务必告诉我们：他在哪儿?!"

"不过你们是从哪儿知道的？是谁对你们说的？"

"我们全知道，太太！我是用法律的名义要求您！"

侦讯官看见区警察局长的妻子心慌意乱，就放大胆子，走到她跟前，说：

"您告诉我们，我们就走了。要不然我们就要……"

"你们找他干什么？"

"何必问这些呢，太太？我们要求您说出来！您在发抖，张皇失措。……是的，他遇害了，而且说句不怕您见怪的话，就是被您害死的！您的同谋犯把您供出来了！"

区警察局长的妻子顿时脸色煞白。

"那我们就去吧，"她绞着手，低声说，"他在我家的浴室里藏着。只是看在上帝分上，你们不要对我丈夫说起这件事！我求求你们！他会受不了！"

区警察局长的妻子从墙上取下一把大钥匙，领着她的客人们穿过厨房和穿堂，走进院子里。院子里黑乎乎的。天上下着毛毛细雨。区警察局长的妻子在前边带路。楚比科夫和玖科夫斯基在高高的草丛中跟着她走，吸进野麻和污水的气味，脚底下踩着污水而发出咕叽咕叽的响声。院子很大。不久，污水没有了，他们脚下感觉到耕松的土地了。黑暗中露出树木的轮廓，树木之间有一所小房子,房顶上竖着一根歪烟囱。

"这就是浴室,"区警察局长的妻子说,"可是,我求求你们,不要对外人说!"

楚比科夫和玖科夫斯基走到浴室跟前,看见门上挂着一把极大的锁。

"准备好蜡烛头和火柴!"侦讯官对他的助手小声说。

区警察局长的妻子开了锁,把客人们让进浴室。玖科夫斯基擦燃火柴,照亮浴室的更衣间。更衣间中央摆着桌子。桌上放着矮粗的小茶炊,旁边有个海碗,里面盛着白菜汤,已经凉了,还有个菜碟,上面只剩些调味汁。

"再往前走!"

他们走进隔壁房间,也就是浴室。那儿也有一张桌子。桌上有个大碟子,盛着火腿,还有一大瓶白酒、几个盘子和一些刀叉。

"可是那个人在……哪儿?受害者在哪儿?"侦讯官问。

"他在上边那层铺上!"区警察局长的妻子小声说,脸色越发苍白,浑身发抖。

玖科夫斯基手里拿着蜡烛头,爬到上层铺去。他在那儿看见一个人的很长的身体,纹丝不动地躺在大绒毛褥垫上。那个身体发出轻微的鼾声。……

"我们上当了,见鬼!"玖科夫斯基叫起来,"这不是他!这儿躺着个活人,蠢货。喂,您是什么人,见鬼?"

那个身体吸进一口气,发出吹口哨的声音,然后动起来。玖科夫斯基用胳膊肘捅他一下。他举起胳膊,伸了个懒腰,略微抬起头来。

"这是谁爬上来了?"一个沙哑而低沉的男低音问道,"你要干什么?"

玖科夫斯基把蜡烛头凑到生人的脸上,不由得尖叫一声。他看见紫红的鼻子,没梳理过的蓬松头发,两撇漆黑的唇髭,其中一撇雄赳赳地往上翘着,骄横地直指天花板,他认出这个人就是骑兵少尉克里亚乌左夫。

"您是……玛尔克……伊凡内奇?! 不可能!"

侦讯官抬头一看,愣住了。……

"是我,对了。……原来是您啊,玖科夫斯基! 您到这儿干什么来了? 下边,还有那个丑家伙是谁? 圣徒呀,原来是侦讯官! 是什么风把你们吹来的?"

克里亚乌左夫爬下来,拥抱楚比科夫。奥尔迦·彼得罗芙娜溜出门外去了。

"你们是怎么来的? 咱们来喝一盅,见鬼! 特拉——搭——梯——多。……咱们来喝一盅! 不过,是谁把你们领到这儿来的? 你们怎么知道我在这儿? 不过,反正也无所谓! 咱们来喝酒吧!"

克里亚乌左夫点上灯,斟满三杯酒。

"说实在的,我不明白你是怎么回事,"侦讯官摊开手说,"这究竟是你呢,还是不是你?"

"你算了吧。……你想教训我一番吧? 那就请你少费这个心。青年人玖科夫斯基,喝下你那杯酒! 朋友们,咱们来快快活活地消磨这个良宵吧。……你们瞧着我干吗? 喝呀!"

"我仍旧弄不明白,"侦讯官说,心不在焉地喝下酒去,"你为什么待在这儿?"

"既然我觉得这儿挺好,为什么我不该待在这儿?"

克里亚乌左夫喝酒,吃火腿。

"你看得明白,我在区警察局长太太的家里住着。我住在这个荒僻的地方,住在这个密林里,活像一尊家神。喝吧! 当时,老兄,我怜惜她。我既然怜惜她,得,我就住到这儿,住到这个没人用的浴室里来,像个隐士似的。……我有吃有喝。不过,我想下个星期从这儿搬走。……我已经住得腻味了。……"

"不可理解!"玖科夫斯基说。

"这有什么不可理解的?"

"不可理解!看在上帝面上,请您告诉我,您那只皮靴怎么会跑到花园里去的?"

"哪只皮靴?"

"我们在您卧室里只找到一只,另一只却在花园里。"

"你们要知道这些干什么?这不关你们的事。……你们倒是喝呀,见你们的鬼。你们既是把我叫醒了,那就得喝酒!说起那只皮靴,老兄,倒有个有趣的故事呢。我不肯到奥丽雅①这儿来。你要知道,那时候我心绪不好,又有点醉意。……她就跑到我窗前来,开口骂我。……你知道,就跟娘们家一样……反正是这么一套。……我呢,喝醉了,捞起一只靴子朝她扔过去。……哈哈。……我说:不准你骂。她就爬进窗口,点上灯,把我这个醉汉打了个够。她灵机一动,把我拉到这儿来,锁在屋里。现在我倒有吃有喝了。……爱情,白酒,冷荤菜!可是你们上哪儿去?楚比科夫,你上哪儿去?"

侦讯官啐了口唾沫,从浴室里走出来。玖科夫斯基耷拉着脑袋,跟着他走出去。两个人沉默地坐上轻便的双轮马车,走了。这条路,他们觉得,以前任什么时候都不像现在这样漫长而乏味。两个人都没说话。楚比科夫一路上气得发抖。玖科夫斯基把脸藏在大衣领里,仿佛生怕黑暗和细雨会看见他脸上的羞愧似的。

回到家里,侦讯官正碰上丘丘耶夫医生在他家里。医生在桌旁坐着,翻看《田地》②周刊,深深地叹气。

---

① 奥尔迦的爱称。
② 1870—1918年在彼得堡出版的一种迎合小资产阶级口味的刊物。

319

"这个世界上净是些什么样的事呀!"他带着忧郁的笑容迎接侦讯官,说,"奥地利又那个了!……格莱斯顿①也在某种程度上……"

侦讯官把帽子往桌子底下一丢,浑身索索地抖。

"瘦鬼!不要找我啰唆!我已经跟你说过一千次,不要拿你那套政治来纠缠我。现在顾不上谈政治!还有你,"楚比科夫转过脸去对着玖科夫斯基,摇着拳头说,"还有你……我永生永世也忘不了!"

"可是……这都要怪那根瑞典火柴啊!我怎么能知道呢!"

"巴不得叫你那根火柴堵在你嗓子眼里,把你活活地卡死才好!你给我走,别惹我生气,要不然鬼才知道我会把你揍成什么样!叫你两条腿都断掉才好!"

玖科夫斯基叹口气,拿起帽子,走出去。

"我要去喝一通酒!"他走出门外,暗自决定,然后伤心地往小饭铺慢慢走去。

区警察局长的妻子从浴室回到家里,发现她丈夫在客厅里。

"侦讯官来干什么?"丈夫问。

"他来说一声:克里亚乌左夫已经找着了。你猜怎么着,他们是在别人妻子家里找着他的。"

"唉,玛尔克·伊凡内奇啊,玛尔克·伊凡内奇!"区警察局长抬起眼睛,叹道,"我跟你说过,放荡是闹不出好下场来的!我早就跟你说过,可你就是不听啊!"

---

① 格莱斯顿(1809—1898),英国首相,自由党领袖。

在圣诞节前夜

一个年轻的女人在海岸上站着,眺望远方,她年纪在二十三岁左右,脸色白得吓人。她的小脚上穿着丝绒短靴,身边有一道年久失修的窄梯直通下面海边,梯旁只有一道摇动得很厉害的栏杆。

女人眺望广漠无垠的远方,那边充满深不可测的黑暗,伸手不见五指。不论是繁星也罢,为白雪覆盖的大海也罢,灯火也罢,一概看不见。天上下着滂沱大雨。……

"那边怎么样了?"女人暗自想道,凝神看着远方,在风吹雨打中把身上淋湿的短皮袄和披巾裹裹紧。

那边一个什么地方,在这伸手不见五指的黑暗里,在五俄里或者十俄里以外,甚至比这更远的地方,她的丈夫,地主李特文诺夫,这时候一定带着他那伙捕鱼的人在活动。如果最近这两天海上的暴风雪没把李特文诺夫和他的渔民埋在雪里,那他们目前就在急于赶回岸边来。大海在膨胀,据说不久就要开始把冰面胀裂。冰面受不住这场风。可是,他们那些渔民雪橇又笨又重,装着难看的挡泥板,在脸色苍白的女人听见醒来的海洋发出怒吼声以前,能赶回岸上来吗?

女人一心想到坡底下去。栏杆在她手底下摇动,又湿又黏,像泥鳅似的从她手里滑掉。她就在阶梯上蹲下去,手脚并用地开始下坡,两只手抓紧冰凉泥泞的台阶。风刮过来,吹开她的皮衣。她胸部感到潮湿了。

"神圣的奇迹创造者尼古拉呀,这道阶梯像是没有尽头似的!"年轻的女人摸着一层层台阶,小声说。

这道阶梯一共有整整九十级。它不是弯曲地通到坡下,而是笔直地通下去,坡度很大。大风吹得它摇摇晃晃,它像木板那样嘎吱地响,随时都会碎裂。

过了十分钟,女人已经来到坡下,站在海边上。这儿,坡下,也是一片漆黑。这儿的风比上边刮得更猛。大雨倾盆,似乎永远也下不完了。

"是谁在走?"一个男人的声音响起来。

"是我,丹尼斯。……"

丹尼斯是个高大结实的老人,留着一大把白胡子,站在岸上,拄着一根大手杖,也在眺望伸手不见五指的远方。他站在那儿,在衣服上找一块干地方,好擦亮火柴,点上烟斗。

"娜达丽雅·谢尔盖耶芙娜太太,是您吗?"他用困惑的声调问,"您在这么坏的天气出来?!您到这儿来干什么?凭您这种体质,又刚刚生过孩子,着凉是最危险的事。您回家去吧,小母亲!"

这时候响起一个老太婆的哭泣声。这是渔民叶甫塞的母亲在哭,叶甫塞同李特文诺夫一起出外捕鱼去了。丹尼斯叹口气,摇一下手。

"老太婆,"他对着面前的广大空间说,"你在这个世界上活了七十年,却像个小娃娃,啥也不懂。要知道,傻娘们儿,一切都是上帝的旨意!你又老又弱,本该在灶台上躺着,不该坐在湿地里!你走吧,求上帝保佑你!"

"可是要知道,我的叶甫塞,叶甫塞!我只有他一个亲人啊,丹尼斯!"

"这得看上帝的旨意!比方说,要是他没注定死在海里,那么哪怕海面裂开一百次,也还是会活着。可要是他注定这回非死不可,我的老大娘,那却由不得我们做主。你不要哭,老大娘!不光是叶甫塞一个人在海上!东家安德烈·彼得罗维奇也在那儿。那儿还有费德卡、库兹玛、达拉森科夫家的阿辽希卡。"

"他们都活着吗,丹尼斯?"娜达丽雅·谢尔盖耶芙娜用颤抖的声音问。

"谁知道呢,太太!要是昨天和前天暴风雪没把他们埋掉,那他们就还活着。如果海面的冰没裂开,他们就会平安无事地活着。你瞧瞧,好大的风!刮得多猛啊,求上帝跟它同在!"

"有人在冰上走动!"年轻的女人突然用不自然的沙哑声调说。她仿佛吓一跳,退后一步。

丹尼斯眯细眼睛,仔细倾听。

"不对,太太,谁也没来,"他说,"这是傻子彼得鲁沙坐在小船上划桨。彼得鲁沙!"丹尼斯叫道,"你是坐在船上吧?"

"我是坐在船上,老大爷!"一个衰弱有病的说话声响起来。

"你痛吗?"

"痛,老大爷!痛得我力气都没有了!"

岸上,紧靠着冰面,放着一条小船。船上坐着个高身量的小伙子,长胳膊长腿,很不像样。他就是傻子彼得鲁沙。他咬紧牙关,浑身发抖,眺望着黑暗的远方,也极力想看清什么东西。他也在等海上的什么东西。他那两只长手抓住船桨,左腿压在身子底下。

"我们的傻子有病!"丹尼斯走到木船那儿去,说,"他一条腿痛,可怜的人。小伙子痛得脑筋都坏了。你,彼得鲁沙,该到暖和的地方去!你在这儿更要着凉了。……"

彼得鲁沙没说话。他痛得发抖,皱起眉头。他左边大腿的内侧,恰好在神经感觉锐敏的地方,痛个不停。

"你走吧,彼得鲁沙!"丹尼斯用温和的父辈口吻说,"你躺到灶台上去,求上帝保佑,到晨祷的时候你那条腿就松动了!"

"我觉出来了!"彼得鲁沙张开嘴,嘟哝说。

"你觉出什么来了,傻子?"

"冰裂了。"

"你怎么觉出来的?"

"我听见那种响声了。一种响声是风声,一种响声是水声。风也变得不一样,柔和多了。离这儿十俄里以外,冰裂开了。"

老人侧耳倾听。他听了很久,然而在一片混杂的闹声中,除了风吼声和平稳的雨声以外,他什么也没听见。

在期待和沉默中过了十分钟。风在逞威。它刮得越来越凶,仿佛已经下定决心,无论如何也要把冰吹裂,夺走老太婆的儿子叶甫塞,夺走脸色苍白的女人的丈夫似的。这时候雨倒越来越小。不久,雨点就稀了,因而在黑地里可以看清人的身影、小船的轮廓和洁白的雪。在风的吼声中,可以听见当当的钟声。这是上边小渔村里古老的钟楼上在敲钟。人们在海上遭到暴风雪的袭击,后来又遇上大雨,如今一定会朝着钟声这边赶来,无异于将要淹死的人抓住了一根小草。

"老大爷,水声已经近了。听见了吗?"

老爷爷仔细倾听。这一次他听见一种响声,不像是风的吼声,也不像是树木的飒飒声。傻子说得对。事情已经无可怀疑:李特文诺夫和他那些渔民不会回到陆地上来庆祝圣诞节了。

"完了!"丹尼斯说,"冰裂了!"

老太婆尖叫一声,一屁股坐在地上。太太淋得湿透,冷得发抖,走到木船跟前来,开始倾听。她也听见那种凶险的嘈杂声了。

"也许这是风吧!"她说,"你,丹尼斯,相信这是冰在胀裂吗?"

"这是上帝的旨意啊! ……都因为我们罪孽太重了,太太。……"

丹尼斯叹口气,用温柔的声音补充说:

"您上坡去吧,太太!您已经淋得浑身湿透了。"

站在岸边的人听见一种轻微的笑声,笑得天真而幸福。……脸色苍白的女人笑了。丹尼斯嗽嗽喉咙。每逢他想哭,总要嗽一下喉咙。

"她神志有点失常!"他对一个农民的黑身影小声说。

空中明亮一点。月亮出来了。现在一切东西,海洋以及海面上半融化的雪堆也好,那个太太也好,丹尼斯也好,痛得难熬而皱着眉头的傻子彼得鲁沙也好,一概可以看清楚了。旁边站着几个农民,手里都拿着绳子,不知是干什么用的。

离岸不远,第一个清脆的碎裂声响起来。不久就传来第二声、第三声,随后,吓人的爆裂声在空中震荡不已。一望无际的、白茫茫的广大海面开始摇动,颜色发黑。这个庞然大物醒过来,它那风暴般的生活开始了。

风的呼啸声、树木的飒飒声、彼得鲁沙的哀叫声、钟声,一齐让海洋的怒吼声压住,听不见了。

"大家得上坡去!"丹尼斯叫道,"马上海水就要漫上岸,把浮冰也带上来。再说,晨祷也马上就要开始,乡亲们!您走吧,太太,小母亲!这是上帝要这样安排呀!"

丹尼斯走到娜达丽雅·谢尔盖耶芙娜跟前,小心地搀住她的胳膊肘。……

"走吧,小母亲!"他温柔地说,声调里充满怜悯。

太太推开丹尼斯的手,精神抖擞地扬起她的头,往阶梯那边走过去。她的脸色已经不那么死灰似的苍白,两颊泛起健康的红晕,倒好像她的身体里注入了新的血液似的。她的眼睛已经不那么泪汪汪,一双手按住胸前的披巾,也不像先前那么发抖。……她现在觉得,不用外人搀扶,自己就能爬上高高的阶梯。……

她刚走完第三层台阶,就停住脚,像是在地里生了根。原来她面前站着个男人,身材高而匀称,身上穿着短皮袄,脚上蹬着大皮靴。……

"是我,娜达霞①。……不要害怕!"男人说。

娜达丽雅·谢尔盖耶芙娜身子一晃。她看着小羔皮的高帽子,看着两撇黑唇髭,看着黑眼睛,认出他就是她的丈夫,地主李特文诺夫。丈夫伸出双手把她举起来,吻她的脸,同时用雪利酒和白兰地的气味笼罩着她。他微微有点醉意。

"你高兴吧,娜达霞!"他说,"我没让雪埋住,也没淹死。起暴风雪的时候,我带着我那伙人费力地赶到塔甘罗格②,喏,现在从那边来到你这儿……我回来了。……"

他喃喃地说着,可是她又脸色苍白,浑身发抖,用困惑而害怕的眼睛瞧着他。她不相信。……

"你淋得多么湿,抖得多么厉害呀!"他把她搂在怀里,小声说。……

他的脸本来就由于幸福和喝了酒而显出陶醉的样子,这时候更洋溢着柔和的、又天真又善良的笑容。……天气这样冷,又是这样的深夜,她却在等他!这不就是爱情吗?他幸福得笑起来。……

回答这种轻微的幸福笑声的,却是一声尖利刺耳和撕裂人心的大叫。海的咆哮声也罢,风声也罢,什么也压不过那声尖叫。年轻的女人由于绝望而脸色大变,已经没有力量按捺住那声尖叫,它就脱口而出了。在这声尖叫里可以听见一切:既可以听出当初她被迫无奈而出嫁,又可以听出她无法克制对丈夫的冷淡,还可以听

---

① 娜达丽雅的爱称。
② 俄罗斯罗斯托夫州的城市和港口,契诃夫就是在这个城市里诞生的。

出她怀念独身生活,最后还可以听出她本来希望自由地守寡,如今这希望却破灭了。她的全部生活以及她的悲伤、眼泪和痛苦,汇合成为这声尖叫,连冰块的爆裂声也盖不过去。她的丈夫了解这声尖叫,而且也不可能不了解。……

"你伤心了,因为我没让雪埋掉,也没给冰块砸死!"他喃喃地说。

他的下嘴唇开始颤抖,满脸是苦笑。他从台阶上走下去,把妻子放在地上。

"那就照你的心意办!"他说。

他从妻子面前转过身,往木船那边走去。那边,傻子彼得鲁沙咬紧牙关,浑身发抖,用一条腿跳着,把木船拉到海水里去。

"你到哪儿去?"李特文诺夫问他说。

"我痛啊,老爷!我想把自己淹死。……人死掉就不觉得痛了。……"

李特文诺夫跳上木船。傻子跟着他爬上船去。

"再见,娜达霞!"地主叫道,"那就照你的心意办!你不顾天冷站在这儿盼望着的那件事,你就要等到手了!求上帝与你同在!"

傻子划桨,木船撞着一大块冰,然后迎着高浪游过去。

"快划桨,彼得鲁沙,快划!"李特文诺夫说,"往前划,往前!"

李特文诺夫扶着船边,身体不住摇晃,回过头去看。他的娜达霞不见了,烟斗里的火光不见了,最后海岸也不见了。……

"你回来!"他听见女人声嘶力竭地喊道。

在"你回来"这句话里,他觉得有焦急绝望的音调。

"你回来!"

李特文诺夫的心怦怦地跳起来。……妻子在叫他。而且岸上教堂里也在敲钟,召人去做圣诞节的晨祷。

"你回来!"女人的嗓音带着祈求的声调又说一遍。

回声接应这句话。冰块咔咔地响出这句话,大风呼啸这句话,就连圣诞节的钟声也在说:"你回来!"

"我们回去吧!"李特文诺夫拉一拉傻子的衣袖说。

可是傻子没听见。他痛得咬紧牙关,带着希望眺望远方,两条长胳膊不住地活动。……谁也没对他喊一声"你回来",可是他从小就有的那种神经痛,却越来越厉害,越来越难熬。……李特文诺夫抓住他的手,往回拉。可是傻子的手硬得像石头一样,要叫那双手丢开船桨却不容易。再者时机也迟了。一块庞大的浮冰迎着木船冲过来。这块浮冰准会使彼得鲁沙永远摆脱他的痛苦。……

面色苍白的女人站在海岸上一直等到天明。最后,她冻得半死,给精神上的痛苦折磨得筋疲力尽,由人抬回家去,放在床上,可是她的嘴唇仍然继续小声说道:"你回来!"

在这个圣诞节的前夜她爱上了她的丈夫。……

一八八四年

自由主义者

新 年 故 事

新年第一天,人类形成一幅美妙动人的画面。大家欢天喜地,兴高采烈,互相贺喜。空中回荡着最诚恳真挚的祝愿。人人都幸福而满意。……

唯独十二等文官波尼玛耶夫不满意。元旦中午,他在京城一条街上站着,提出抗议。他伸出右臂抱住灯柱,挥舞左臂,不知在挡开什么东西,嘴里唠叨着不可原谅的、应当依法严办的字眼。……他妻子站在他身旁,拉他的衣袖。她脸上泪痕斑斑,现出苦恼的样子。

"你这个糊涂虫!"她说,"你这个魔障!你这个死不要脸的东西,邪教徒!你得去,我跟你说!趁时候还不算迟,你得去签名!去啊,你这醉鬼!"

"我说什么也不去!我是受过教育的人,不愿意向不学无术的家伙低声下气!要是你高兴,你自己去签名好了,别管我!……我不愿意做奴隶。"

"你得去!你要是不去签名,就要遭殃!人家就会把你这坏蛋开革,那时候我岂不要饿肚子?去,狗东西!"

"好吧。……我完蛋好了。……为真理而灭亡吗?现在就灭亡也无所谓!"

波尼玛耶夫举起一只手,要把妻子轰走,他那只手在空中画了个半圆。……正巧警察分局长穿着新的军大衣,路过此地,就暂时停住脚,对波尼玛耶夫说:

"您该害臊才是!您得学别人的样子,规规矩矩!"

波尼玛耶夫感到惭愧了。他开始害臊地眨巴眼睛,把抱着灯柱的胳膊放下来。他的妻子趁此机会拉住他的衣袖,沿着街道往前走,一路上竭力绕过所有可能被他抓住的东西。至多不过十分钟光景,她就把丈夫拖到他上司的家门口了。

"好,去吧,阿辽沙!"她温柔地说,把丈夫拉到台阶上,"去吧,阿辽沙!你只要签个名就出来好了。我为此要去买点白兰地酒,给你掺在茶里喝。往后你喝醉酒,我也不会骂你。……你可不要毁了我这个无依无靠的人啊!"

"啊……嗯。……那么这就是他的家?好极了!很好!我签名就是,见鬼!我这次签名,要叫他很久都忘不了!我要在那张纸上把所有的话都给他写出来!我要写出我有什么样的看法!到那时候,随他把我开革好了!要是我给开革了,那都怪你!怪你!"

波尼玛耶夫身子摇晃一下,用肩膀撞开大门,脚底下发出很大的响声,走进门廊。那儿,在大门附近,站着看门人叶果尔,新刮过胡子,满脸是过新年的模样。那儿有张小桌,上面放一张纸,旁边站着韦祖维耶夫和切尔诺斯文斯基,他们是波尼玛耶夫的同事。又高又瘦的韦祖维耶夫在签名,切尔诺斯文斯基却是个身材矮小和脸上有几颗碎麻子的人,站在一旁等着签名。他们两人的脸都显出"新年新禧!"的表情。看得出来,他们不光是用手签名,也在用心签名呢。波尼玛耶夫见到他们,就鄙夷地冷冷一笑,愤慨地把身上的皮大衣裹裹紧。

"那还用说!"他开口说,"那还用说!怎么能不给大人拜年呢?不拜年可不行!哈哈!总得表白一下自己的奴隶感情嘛!"

韦祖维耶夫和切尔诺斯文斯基惊愕地瞅着他。他们有生以来从没听到过这样的话!

"难道这不是愚不可及,不是奴颜婢膝?"波尼玛耶夫继续说,"算了吧,别签名!提出抗议!"

他一拳头捶在纸上,把韦祖维耶夫的签名弄得字迹模糊了。

"你在造反,老爷!"叶果尔跑到桌子这边来,把那张纸举得高过他的头顶,说,"干出这种事,老爷,你知道,你们这班人……会落到什么下场?"

这时候大门开了。一个身量很高而且上了年纪的男人走进门廊,身上穿着熊皮大衣,头上戴着镶金丝绦的三角帽。这人就是波尼玛耶夫的上司威列列普托夫。他一走进来,叶果尔、韦祖维耶夫和切尔诺斯文斯基就仿佛各自吞下一把尺子似的,把身子挺得笔直。波尼玛耶夫也挺直身子,然而笑了笑,捻着他的一撇唇髭。

"啊!"威列列普托夫看见文官们,说,"你们……到这儿来了?嗯,是啊……朋友们。……当然……"大人说,分明有点醉意,"当然。……我见到你们也很高兴。……多谢你们没忘记我。……多谢。……嗯,是啊。……见到你们很高兴。……祝你们新年好。……你,波尼玛耶夫,已经喝醉了吧?这没关系,你也不必怕难为情。……俗语说得好:'喝是可以喝,可是不要喝糊涂'。……您就喝吧,乐一乐吧。……"

"凡是植物做的东西都对人类有益,大人!"韦祖维耶夫大着胆子插一句嘴。

"嗯,是啊,当然。……你是怎么说的?哪儿有什么植物?好,你们去吧……上帝保佑你们。……哦,不。……你们到尼基达·普罗霍雷奇家里去过了吗?还没去过?好极了。那我交给你们几本书……托你们带给他。……他把这两年的《香客》杂志借给我读了。……现在应该还给他。……你们跟我来,我拿给你们。……脱掉皮大衣吧！"

文官们就脱掉皮大衣，跟着威列列普托夫走去。起初他们走进接待室，后来又走进陈设豪华的大厅，那儿有张圆桌，将军夫人就在桌旁坐着。她两旁坐着两个年轻的女人，一个戴着白手套，一个戴着黑手套。威列列普托夫把那些文官留在大厅里，自己走到书房去。文官们忸怩不安。

他们沉默地呆站了十分钟光景，一动也不动，不知道该把他们的手放在哪儿才好。那些女人在讲法国话，不时瞟他们一眼。……真难受啊！最后，威列列普托夫总算从书房里走出来，双手捧着一大包书。

"就是这包书，"他说，"你们交给他，替我道谢。……这是《香客》。有的时候我傍晚读一下。……那么谢谢你们……你们总算没忘记我……来对我表一表敬意。……你们看见我的文官了吗？"威列列普托夫转过身去对那几个女人说，"嘻嘻。……你们看，你们看。……这个就是韦祖维耶夫，这个是切尔诺斯文斯基……这个是我的波尼玛耶夫。有一回我到值班室里去，他，这个波尼玛耶夫，正在那儿表演火车头。你们猜怎么样？扑希！扑希！扑希！他还学汽笛叫，不住跺脚。……简直活灵活现呢。……嗯，是啊。……那么来吧，表演一下！你表演一下给我们看看。"

那些女人定睛瞧着波尼玛耶夫，微微地笑。他咳嗽几声。

"我不会。……我忘了，大人……"他喃喃地说，"我没法表演，也不想表演。"

"你不想表演？"威列列普托夫惊讶地说，"啊？可惜。……可惜你不给老人点面子。……再见。……遗憾。……你走吧。……"

韦祖维耶夫和切尔诺斯文斯基捅一下波尼玛耶夫的身子。再者，他自己也给自己的拒绝吓一跳。他的眼睛模模糊糊，看不清东西了。……黑手套同白手套混在一起,人们的脸七歪八扭,家具开始跳动,威列列普托夫本人变成一个指指点点的大手指头。波尼玛耶夫站一会儿,叽叽咕咕说了几句话,就把《香客》抱在胸口,走出去,来到街上。在那儿,他见到他那面色苍白的妻子又冷又怕,正在发抖。韦祖维耶夫和切尔诺斯文斯基已经站在她身旁,使劲比画手势,对她讲一件可怕的事,一齐对着她的两个耳朵嚷叫。"这一下子不知道要出什么事了?!"他们的姿态和动作流露出这样的意思。波尼玛耶夫绝望地瞧着妻子,捧着书跟着朋友们慢腾腾走去。

他回到家里,没吃饭,也没喝茶。……夜里他给噩梦惊醒了。

他坐起来,眼望着黑暗。黑手套啦,白手套啦,威列列普托夫的络腮胡子啦,一齐开始在他眼前跳动、旋转,于是他想起白天发生的事。

"我是畜生,畜生!"他嘟哝说,"蠢驴,你高兴就管自抗议好了,可是你怎么敢不尊重上司!表演一下火车头又费得了你多大的事?"

他再也睡不着觉。良心的责备、苦恼、妻子的涕泣,把他折磨一夜直到天明。早晨他照一下镜子,看见自己模样大变,成为另一个什么人的苍白、憔悴、悲伤的面相了。……

"我不去上班!"他暗自决定,"反正也一样。……总归是完了!"

新年第二天,他在房间里从这个墙角走到那个墙角,整整一天就这样过去了。

他走着,叹气,暗想:

"该到谁那儿去弄一支手枪来呢?与其这么活着,还不如……真的……往脑门子里开一枪,死掉拉倒。……"

第三天他苦恼得跑去上班了。

"会出什么事呢?!"所有的文官都从各自的墨水瓶后边瞅着他,心里暗想。

波尼玛耶夫也这样想。

"有什么关系?"他对韦祖维耶夫小声说,"随他去开革我好了!要是我自寻短见,那他就会不好受了。"

十一点钟,威列列普托夫来了。他在波尼玛耶夫身边走过,看一眼他那苍白的、大为消瘦的、惊恐的脸,站住,摇一摇头,说:

"你那回喝得太厉害了,老弟!到现在你这张脸也还没复原。应当少喝点才是,朋友。……这样不好。……很容易把身体搞坏呢。"

威列列普托夫拍拍波尼玛耶夫的肩膀,走过去了。

"光是这样就算完了?"整个衙门里的官员们暗想。

波尼玛耶夫快活得笑起来。他甚至像鸟那样尖叫一声,太高兴了!然而很快他的脸又变了样。……他皱起眉头,龇出牙来鄙夷地一笑。

"我那时候喝醉了酒,算是你走运!"他等威列列普托夫走后大声嘟哝说,"算是你走运,要不然……你记得吗,韦祖维耶夫,我当时怎样奚落他?"

下了班,回到家里,波尼玛耶夫坐下吃饭,胃口大开。

勋　　章

军事初级中学教员,十四等文官列甫·普斯佳科夫同他的朋友列坚佐夫中尉比邻而居。元旦早晨,他迈步走到他朋友的房间里去。

"你要知道,格利沙,我有一件事想找你商量,"他按照常例拜过年后对中尉说,"要不是极其需要,我也就不来麻烦你了。请你,好朋友,把你的斯坦尼斯拉夫勋章借给我用一下。今天,你知道,我要到商人斯皮奇金家里去赴宴。你是知道斯皮奇金那个混蛋的:他非常喜欢勋章,他把那些脖子上或者纽扣眼上没挂着什么勋章的人几乎都看成坏人。再者他又有两个女儿……娜斯嘉和齐娜,你知道。……我是把你看作朋友才跟你说的。……你了解我,我亲爱的。你借给我吧,劳你的驾!"

普斯佳科夫这些话是结结巴巴,涨红脸,不住胆怯地回过头去看房门而说出口的。中尉骂了几句,然而同意了。

午后两点钟,普斯佳科夫坐上出租马车,到斯皮奇金家去。他略微拉开皮大衣,看他的胸口。别人的斯坦尼斯拉夫勋章在他胸口金光闪闪,贼光灿灿。

"不知怎么,自己都对自己多添了几分敬意呢!"教员想着,噘了噘喉咙,"区区一个小玩意儿,至多也不过值五个卢布,却造成多么大的声势!"

他到斯皮奇金的家门口,解开皮大衣,开始慢腾腾地把车钱付给赶车的。赶车的,依他看来,一见到他的肩章、纽扣、斯坦尼斯拉夫勋章,似乎就愣住了。普斯佳科夫得意地嗽一下喉咙,走进房子里。他在外间脱掉皮大衣,往大厅里瞥一眼。那儿有一张长方形饭桌,周围已经坐着大约十五个人吃饭。从那儿传来谈话声和碗碟的叮当声。

"是谁拉铃?"主人的嗓音响起来,"啊,列甫·尼古拉伊奇!欢迎欢迎。您来迟了一步,不过这没什么关系。……我们也只是刚刚坐下呢。"

普斯佳科夫挺起胸脯,昂起头来,搓着手,走进大厅里。可是这时候他看见一件可怕的事。他的同事,法语教员特兰勃良,恰好也在桌子旁边,同齐娜并排坐着。让那个法国人看见勋章,就会招来一大堆不愉快的问话,就会永远丢尽脸,名誉扫地。……普斯佳科夫的头一个想法就是扯下勋章来,或者往回跑。可是勋章缀得很结实,而往后退也已经不可能。他就赶紧用右手盖住勋章,拱起背来,很别扭地向大家一鞠躬,同谁也没握手,沉重地在空椅子上坐下,恰好坐在他的法国同事对面。

"他多半已经喝醉了!"斯皮奇金看着他困窘的脸色,暗想。

仆人在普斯佳科夫面前摆下一盘汤。他用左手拿起汤匙来,然而又想起在上流社会不宜于用左手吃东西,就声明说他已经吃过饭,不想再吃了。

"我已经吃过了。……谢谢……"他喃喃地说,"我去拜望过我的舅舅,大司祭叶列耶夫,他硬要我……那个……留下吃饭。"

普斯佳科夫灵魂里充满惆怅和恼怒:汤盘里腾起馋人的香气,清蒸鲟鱼冒出异常开胃的热气。教员试图放开右手,用左手盖住勋章,可是这显得颇不方便。

"这会引起人家注意。……那样一来,把一条胳膊横过整个胸脯,倒像是我打算唱歌了。天主啊,只求这顿饭快点结束才好!我要到饭馆里去吃它一顿!"

上过第三道菜后,他胆怯地用一只眼睛瞥一下法国人。不知什么缘故,特兰勃良极其忸怩不安,正瞧着他,也是什么东西都没吃。两个人互相看着,越发慌张,就低下眼睛看面前的空碟子。

"他注意到了,这个混蛋!"普斯佳科夫暗想,"我凭他那副嘴脸就看得出来,他注意到了!他,这个坏蛋,是个喜欢搬弄是非的人。明天他就会到校长那儿去揭我的短!"

主人和客人们吃完了第四道菜,然后,也是他命该如此,他们又吃第五道菜。……

一个高身量的先生站起来了,长着钩鼻子,鼻孔宽,鼻毛多,天生眼睛眯缝。他摩挲一下头发,讲起来:

"呃……呃……我提议为在座的女士们的荣华富贵干杯!"

宴席上的人乱哄哄地站起来,端起酒杯。响亮的欢呼声响遍所有的房间。那些女人微笑着,举起酒杯来碰杯。普斯佳科夫站起来,用左手拿起酒杯。

"列甫·尼古拉伊奇,请您费神把这杯酒交给娜斯达霞①·季莫费耶芙娜!"一个男人对他说,递给他一杯酒,"您要逼着她喝下去啊!"

这一次使得普斯佳科夫大为恐慌的是,他不得不使用右手了。斯坦尼斯拉夫勋章和勋章上那根揉皱的红丝带终于见了天日,大放光彩。教员脸色煞白,低下头去,心虚地往法国人那边瞥一眼。那一个正在看他,眼睛里现出惊讶和疑问的神情。他的嘴唇露出狡猾的笑意,原来的困窘神情倒渐渐在那张脸上消失了。……

"尤里·阿甫古斯托维奇!"主人对法国人说,"请您把这瓶酒

---

① 阿娜斯达霞的简称。上文的娜斯嘉是小名。

放回原处!"

特兰勃良迟疑不定地伸出右手去接那个酒瓶,于是……啊,真是时来运转!普斯佳科夫看见他胸前原来也有一枚勋章。而且那不是斯坦尼斯拉夫勋章,却是地地道道的安娜勋章①!可见法国人也在捣鬼!普斯佳科夫高兴得笑起来,往椅子上一坐,浑身松了劲。……如今再也不必遮盖斯坦尼斯拉夫勋章了!两个人同犯一种罪,因而谁也不会去告密,败坏人家的名誉了。……

"啊啊……嗯!……"斯皮奇金看见教员胸前的勋章,哼哼哈哈地说。

"是啊!"普斯佳科夫说,"真是怪事,尤里·阿甫古斯托维奇!年前我们那儿呈报上去领勋章的人多么少呀!我们那儿的人那么多,可是领到的却只有您和我!这可真是怪事!"

特兰勃良快活地频频点头,亮出他的左边衣领,那上面赫然闪着一枚安娜三级勋章。

饭后,普斯佳科夫走遍各处房间,让那些小姐看他的勋章。虽然他饥肠辘辘,胸口底下有点揪痛,可是心里却轻飘飘的,逍遥自在。

"要是我早知道这样,"他嫉妒地瞧着同斯皮奇金谈勋章的特兰勃良,心里暗想,"那我就会戴上一枚弗拉基米尔勋章②。唉,真没想到啊!"

只有这个想法才使得他难过。至于其余方面,他倒是完全幸福的。

---

① 安娜勋章比斯坦尼斯拉夫勋章高一等。
② 弗拉基米尔勋章比安娜勋章高一等。

七 万 五

夜间十二点钟光景,有两个朋友在特威尔街人行道上走着。一个是黑发男子,身量高,相貌漂亮,穿着旧熊皮大衣,戴着高礼帽。另一个是长着棕色头发的男子,身材矮小,穿着褪色而发红的呢大衣,配着白色骨制纽扣。两个人一路走着,默默不语。黑发男子轻声吹着玛祖卡舞曲,棕发男子阴沉地瞧着脚下,不时向旁边吐口唾沫。

"我们要坐一会儿吗?"黑发男子终于提议说,这时候两个朋友已经看见普希金像的黑色轮廓和基督受难修道院大门上方的灯火。

棕发男子默默地同意了,两个朋友就坐下来。

"我求你一点小事,尼古拉·包利绥奇,"黑发男子略微沉默一阵以后说,"你,朋友,能借给我十到十五卢布吗?过一个星期我就还给你。……"

棕发男子没开口。

"要不是因为急需,我也不会麻烦你。今天我时运不佳,出了点糟糕的事。……我妻子今天早晨把她的镯子交给我,要我去当掉。……她要给她的小妹妹付中学的学费。……我呢,你知道,就把它当掉,可是,喏……今天我玩'斯土科尔卡'①,无意中却把钱

---

① 一种纸牌赌博。

都输掉了,当时你也在场。……"

棕发男子扭动身子,清一清喉咙。

"你是个没出息的人,瓦西里·伊凡内奇!"他说,撇着嘴冷笑,"没出息的人!既然你知道那笔钱不是你的而是别人的,你有什么权力坐下来跟太太们打牌?是啊,难道你不是一个没出息的人,不是耍大爷派头?慢着,你别打岔。……让我干脆把话都对你说了。……你何必老是穿着新衣服,领结上插着别针呢?你这叫花子也配讲时髦?干吗戴着这么一顶蠢样的高礼帽?你是靠你妻子的钱活着的,那你满可以花三卢布买一顶普通帽子戴着,照样挺好,既不能算过时,也不能算寒碜,可是你却花十五卢布买一顶高礼帽!而且你何必总是夸耀你那些并不存在的朋友?你认识霍赫洛夫①,又认识普列瓦科②,还认识所有的报刊主笔!今天你提起你那些熟人,信口胡说,我的眼睛和耳朵都替你发烧!你满嘴谎话,脸都不红一下!你同太太们打牌,把你妻子的钱输给她们,你居然还庸俗而愚蠢地微笑,简直叫人……恨不得打你一个耳光才好!"

"得了,别说了,别说了。……你今天心绪不佳。……"

"好,就算这种大爷派头是孩子气,是小学生的举动吧。……我同意容忍这种事,瓦西里·伊凡内奇……你还年轻嘛。……可是有一件事我却不能容忍……我也不懂。……你跟那些泥娃娃打牌的时候,怎么能……那么下流?我看见你发牌的时候,把那叠纸牌底下一张黑桃爱司偷偷发给你自己了!"

瓦西里·伊凡内奇像小学生那样涨红脸,开始辩白。棕发男子坚持他的见解。他们大声争吵很久。最后两个人渐渐安静下

---

① 霍赫洛夫(1854—1919),俄国著名的歌剧演员。——俄文本编者注
② 普列瓦科(1842—1908),俄国律师,法学家。——俄文本编者注

来,沉思不语了。

"这是实话,我闹得很不像样子,"经过长久的沉默以后,黑发男子说,"实话。……我把所有的钱全花光了,还欠下债,又挪用别人的钱,现在我不知道该怎样才能摆脱这局面。有那么一种难忍难熬的、不好受的感觉:你周身发痒,可又没法摆脱它,你领略过吗?我现在的感觉跟这差不多。……我困在密林里,出不来了。……我没脸见人,也没脸对我自己。……我出于最卑鄙的动机干出一大堆蠢事和坏事,同时我又无论如何也不能丢下不干。……糟透了!要是我得到一份遗产或者中了一张彩票,那我似乎就会丢开世上的一切,重新做人了。……尼古拉·包利绥奇,你不要责难我……不要对我扔石头。……你想一想巴尔姆①的涅克留热夫②吧。……"

"我记得你那个涅克留热夫,"棕发男子说,"我记得。……他挥霍别人的钱,吃得酒足饭饱,而且吃饱饭后又打算消遣解闷,就在一个蠢丫头面前哇哇地哭一场!……恐怕吃饭以前他就哭不出来吧。……堂堂一个作家,却美化这样的坏蛋,真不害臊!要不是涅克留热夫有一副招人喜欢的相貌,有一套善于讨好女人的方法,商人的女儿就不会爱上他,他也就不会来那么一场忏悔。……一般说来,命运总是让坏蛋生一副招人喜欢的相貌。……要知道,你们这班人统统是丘比特③。女人喜欢你们,爱上你们。……在女人方面你们总是走运得很!"

棕发男子站起来,在长椅旁边走来走去。

"比方拿你的妻子来说……她是个正直高尚的女人……她能

---

① 巴尔姆(1823—1885),俄国作家。——俄文本编者注
② 巴尔姆的喜剧《我们的朋友涅克留热夫》(1879)中的男主人公。——俄文本编者注
③ 罗马神话中的爱神,在此借喻"美男子"。

看中你哪一点而爱上你呢？看中哪一点呢？还有今天整个傍晚，你在那儿信口胡说，装腔作势，可是有个俊俏的金发女人却始终目不转睛地瞅着你。……你们这班涅克留热夫啊，总是有人爱，有人愿意为你们做出牺牲，然而另一些人，尽管一辈子辛勤劳动，刻苦奋斗，就像鱼撞冰块那样……而且他们为人诚实，简直就是诚实的化身，可是，偏偏连一分钟的幸福也得不到！此外……你记得吗？你的妻子奥尔迦·阿历克塞耶芙娜还没认识你以前，我做过她的未婚夫，略微幸福过一阵，可是后来你一出场，我……我就完了。……"

"嫉妒！"黑发男子冷笑说，"我本来倒不知道你的嫉妒心这么重！"

尼古拉·包利绥奇脸上掠过烦恼和厌恶的神情。……他连自己也没觉得就本能地伸出一只手去……挥动一下。一记耳光声冲破夜晚的寂静。……高礼帽从黑发男子的头上掉下来，在踩平的雪地上乱滚。这件事前后不出一秒钟，出人意料，显得愚蠢而荒谬。棕发男子立刻为打人耳光而羞愧。他把脸藏在大衣的褪了色的衣领里，沿着林荫道迈步走去。他走到普希金像跟前，回头看一眼黑发男子，呆呆地站一会儿，然后仿佛害怕什么东西似的，往特威尔街跑去。……

瓦西里·伊凡内奇沉默地坐了很久，一动也不动。有个女人路过他面前，笑呵呵地把他的高礼帽拿给他。他随口道一声谢，站起来，走了。

"那种浑身发痒的感觉马上就要开始了，"他过半个小时，爬上一道长楼梯，回到他的住所的时候，心里暗想，"我输了钱要挨老婆的骂了！她会唠唠叨叨把大道理讲上一夜！见她的鬼！我就说我把钱弄丢了。……"

他走到家门口，胆怯地拉一拉铃。厨娘来给他开门。

"给您道喜!"厨娘对他说,笑容满面。

"道什么喜?"

"您马上就会知道!上帝怜悯您了!"

瓦西里·伊凡诺维奇耸耸肩膀,走进卧室。他妻子奥尔迦·阿历克塞耶芙娜靠写字台坐着。她是个金发女人,身材娇小,头发上夹着卷发纸。她在写信。她面前放着几封写好的信,封了口。她一看见丈夫,就跳起来,搂住他的脖子。

"你来了?"她开口说,"多好的运气啊!你再也不能想象这是多好的运气!刚才,瓦夏①,我因为喜出望外而发了歇斯底里。……喏,你看!"

她跑到桌子那边,拿起一张报纸来,送到丈夫的脸跟前。

"你看!我的彩票中了七万五的彩金!要知道;我有一张彩票!我用名誉担保,真有的!我藏起来没让你知道,因为……因为……你会把它押出去换钱。尼古拉·包利绥奇当初做我未婚夫的时候,送给我这张彩票,后来他不愿意收回去。这个尼古拉·包利绥奇是多么好的人!现在我们阔气得很!你从此改邪归正,不要再过不正派的生活了。要知道,你是因为缺钱,因为贫穷才死命灌酒,才欺骗我的。这我明白。你聪明,为人正派。……"

奥尔迦·阿历克塞耶芙娜在房间里走来走去,笑起来。

"真是出人意料!先是我走来走去,从这个墙角走到那个墙角,骂你放荡,恨你,后来我苦恼得坐下来看报。……忽然间,我看见了!……我就给大家写信……写给我的姐妹们,我的母亲。……这下子她们可要高兴了,可怜的人!可是,你到哪儿去?"

瓦西里·伊凡内奇看了一下报纸。……他愣住了,脸色苍白,

---

① 瓦西里的爱称。

345

没有听他妻子讲话,沉默地站一会儿,似乎想起一件什么事,就戴上高礼帽,走出门外。

"到大德米特罗甫卡街某某旅馆去!"他对出租马车的马车夫叫道。

他在旅馆里没找到他要找的人。他熟悉的那个房间上了锁。

"她多半到戏院里去了,"他暗想,"她从戏院里出来……又去吃晚饭。……那我略微等一下。……"

他就留下来等她。……半个钟头过去,一个钟头过去了。……他在过道上走来走去,同带着睡意的仆役谈话。……楼下,旅馆的挂钟敲了三下。……最后他失去耐性,开始慢慢地走下楼,往大门口走去。……可是命运来怜悯他了。

在大门口他碰见一个高而瘦的黑发女人,系着很长的狐皮围脖。她身后跟着一个先生,戴着蓝色眼镜,头上是小羔皮帽子。

"对不起,"瓦西里·伊凡内奇对女人说,"我可以打搅您一分钟吗?"

女人和男人都皱起眉头。

"我马上就来,"女人对男人说,然后同瓦西里·伊凡诺维奇一起往煤气灯那边走过去,"您有什么事?"

"我是来找你……找您谈一件事的,娜津,"瓦西里·伊凡内奇结结巴巴地开口说,"可惜这个先生跟你在一起,要不然我就会原原本本地讲给你听。……"

"可是到底是什么事?我没有闲工夫!"

"你有了新情人,自然没有闲工夫了!你这个人啊,不用说,好得很呢!你为什么在圣诞节前夜把我从你这儿赶走?你不愿意跟我同居是因为……因为我没有给你足够的生活费。……现在看来,你那样做不对。……是的。……你记得我在你的命名日那天送给你的彩票吗?喏,你看!那张彩票中了七万五的彩金!"

346

女人伸手接过报纸来,用贪婪的和仿佛害怕的眼睛寻找彼得堡的电讯。……她果然找到了。……

这时候另一对泪汪汪的眼睛痛苦得迟钝,几乎像是发疯了。这对眼睛瞧着一个首饰盒,寻找彩票。……这对眼睛找了一夜,却没找到。彩票被人偷去了,而且奥尔迦·阿历克塞耶芙娜知道是谁偷去的。

当天夜里,棕发的尼古拉·包利绥奇在床上翻来覆去,极力想睡熟,然而直到天明也没有睡着。他为那记耳光羞愧不已。

喜 剧 演 员

喜剧演员伊凡·阿基莫维奇·沃罗别夫-索科洛夫,把两只手插在他那肥裤子的口袋里,转过身去对着窗口,懒洋洋的眼睛盯住对面房屋的窗子。在沉默中大约过了五分钟。……

"无聊啊!"少女角色演员[①]玛丽雅·安德烈耶芙娜打着哈欠说。"您为什么不说话呢,伊凡·阿基梅奇[②]?您既然来了,害得人没法背台词,那么至少也该谈谈话呀!您可叫人受不了,真是的。……"

"嗯。……我打算跟您说一件事,可是有点不好开口。……本来应该一五一十,不顾客套……像个男子汉那样说出来才是,可是您马上就会责备我,拿我当笑柄。……不,还是不说为妙!我要咬住舌头,免得生事。……"

"他到底打算说什么呢?"女演员暗想,"他心情激动,看上去有点古怪,不住地调换两只脚站着。……莫非他是想表白爱情?嗯。……这些调皮的家伙真叫人没办法!昨天,首席提琴手就表白过,今天整个排演时间,那个专演道学家角色的演员一直长吁短叹。……大家都无聊得发疯了!"

---

① 原文为法语。
② 伊凡·阿基莫维奇的简称。

喜剧演员离开窗口,走到五屉柜跟前,开始端详一把剪刀和一小罐唇膏。

"是啊。……我有心说出来,可又担心……不好出口。……我照俄国人那样老老实实对您一说,您马上就会骂街:大老粗!乡巴佬!这样那样的。……我可知道您的脾气。……还是闭上嘴的好。……"

"要是他真的开口表白爱情,那该对他说什么好呢?"女演员继续暗想,"他倒是个善良的、挺好的人,也有才气,可是……我不喜欢他。长得太不好看了。……他走起路来背有点驼,脸上又长着些不知什么疙瘩。……说话粗声粗气的。……再者,还有他那种派头。……不,说什么也不行!"

喜剧演员一言不发,在房间里走来走去,沉甸甸地在圈椅上坐下,从桌子上呼啦一声拿过报纸来。他的目光在报纸上东张西望,仿佛在找什么东西,然后停在一个字上,昏昏欲睡。

"主啊……哪怕有几个苍蝇也好!"他嘟哝说,"那样毕竟也热闹些。"

"不过,他那对眼睛倒还不坏,"女演员继续暗想,"可是他最好的地方却是性格,对男人来说,漂亮的相貌总不及灵魂和智慧要紧。……看样子,明媒正娶地嫁给他倒还可以,至于随随便便地跟他同居……那可断断不行!不过,他目前在怎样看我啊。……就像浑身起了火似的!他何必胆怯呢,我不懂!……"

喜剧演员长叹一声,嗽了嗽喉咙。看得出来,他费了很大的劲才保持住沉默。他脸红得像大虾一样,嘴歪到一边去。……他脸上现出痛苦的神情。……

"也许,就连随随便便地跟他同居也未尝不可呢,"女演员不停地想下去,"他挣的薪金不少。……不管怎样,跟他同居总比跟一个穿得破烂的上尉同居好。真的,我干脆对他说:我同意!何必回绝他,害得他这个可怜人满肚子委屈呢?他已经熬得够苦的了!"

"不行!我受不住了!"喜剧演员哀叫道,站起来,丢开报纸。"要知道,我这性格可恶透了!我没法克制我自己!您打我也罢,骂我也罢,反正我得说出来,玛丽雅·安德烈耶芙娜!"

"您就说吧,说吧。您不要再装疯卖傻了!"

"亲爱的!好人!请您宽宏大量地原谅我……我要跪着吻您的小手。……"

喜剧演员的眼睛里涌上豌豆那么大的泪珠。

"您就说吧……讨厌的人!是什么事?"

"您这儿,我的好人,有……一小杯白酒吗?我的灵魂燃烧起来了!自从昨天灌了一通酒以后,我的嘴里至今还留下那么些氧化物,什么一氧化物啦,过氧化物啦,任何一个化学家都没法分析清楚!您相信吗?我的灵魂折腾得厉害!我都活不下去了!"

女演员涨红脸,皱起眉头,可是随后她清醒过来,就给喜剧演员倒了一小杯白酒。……喜剧演员喝下去,活泼起来,开始讲各种奇闻轶事。

女人的报复

不知什么人拉一下门铃。我所叙述的这件事就发生在这个住宅里。这时候,住宅的女主人娜杰日达·彼得罗芙娜从长沙发上跳起来,跑过去开门。

"多半是我的丈夫来了……"她暗想。

可是一打开大门,她看见的却不是丈夫。她面前站着个高身量的男人,相貌漂亮,穿着贵重的熊皮大衣,脸上戴一副金丝边眼镜。他皱起额头,带睡意的眼睛冷漠地瞧着上帝创造的世界。

"您有什么事?"娜杰日达·彼得罗芙娜问。

"我是医生,太太。有一个……呃呃呃……姓切洛比捷夫的人……叫我到这儿来。您就是切洛比捷夫家的人吧?"

"我们是切洛比捷夫家,不过……看在上帝面上,请您原谅,大夫。我丈夫得过龈脓肿,发烧。他就给您写了一封信,可是您这么久没来,他急得不能再等,就跑去找牙医了。"

"嗯。……他本来就可以去找牙医,不必惊动我。……"

医生皱起眉头。在沉默中过了一分钟。

"请您原谅,大夫,我们打搅您,让您白走一趟。……要是我丈夫知道您会来,那么请您相信,他就不会去找牙医了。……对不起。……"

在沉默中又过去一分钟。娜杰日达·彼得罗芙娜搔着后脑壳。

"他究竟在等什么？我不懂！"她暗想，斜起眼睛看着房门。

"您让我走吧，太太！"医生嘟哝说，"您不要留住我。时间那么宝贵，您知道……"

"其实……我，其实……我没有留住您啊。……"

"可是，太太，我不能走，我还没收到我的劳动报酬！"

"劳动报酬？哦，对了……"娜杰日达·彼得罗芙娜吞吞吐吐地说，脸涨得通红，"您说得对。……出诊是要给报酬的，这话对。……多承您劳神，来了一趟。……不过，大夫……我简直觉得不好意思……我丈夫从家里出去，把我们所有的钱都带走了。……现在我家里简直连一个钱也没有。……"

"嗯。……奇怪！……怎么办呢？我可不能等到您丈夫回来！您还是找一找，或许能找到一点也未可知。……实际上，数目很少。……"

"不过我向您保证，我丈夫把钱全带走了。……我很难为情。……我不会为个把卢布忍受这样……尴尬的局面。……"

"您也罢，社会上的一般人也罢，都对医生们的劳动抱着奇怪的想法……真的，奇怪的想法。……倒好像我们根本不是人，倒好像我们的劳动不算劳动似的。……要知道，我到您这儿来一趟，耗费了时间……付出了劳力。……"

"这一点我很清楚，不过，您会承认，家里分文没有的事也是常有的！"

"嗨，这种事与我有什么相干？您，太太，纯粹是……天真，不明事理。……不付给人钱……这简直不正派。……您看出我不会把您送交调解法官①，就钻空子……那么不顾礼貌，真的。……这

---

① 旧俄及某些资产阶级国家审理小型刑事或民事案件的法官。

就不止是奇怪了!"

医生不便再说下去。他开始为人们害臊。……娜杰日达·彼得罗芙娜脸红了。她不住扭动身子。……

"好吧!"她用尖刻的声调说,"您等一等。……我打发人到小杂货铺里去一趟,那儿也许能借给我钱。……我付给您钱就是。"

娜杰日达·彼得罗芙娜走进客厅里,坐下来给小杂货铺写了个条子。医生脱掉皮大衣,走进客厅里,在圈椅上坐下,舒展开他的四肢。两个人都等着小铺老板的回音,坐在那儿一言不发。过了五分钟左右,回音来了。娜杰日达·彼得罗芙娜从回条里抽出一张一卢布钞票,把它塞在医生手里。医生眼睛发亮。

"您开玩笑,太太,"他说,把钞票放在桌子上,"我的仆人也许要一个卢布,可是我……不行,对不起,太太!"

"那么您要多少?"

"我平素要十卢布。……不过在您这儿,要是您乐意的话,我姑且拿五卢布也成。"

"哦,您想等着我拿出五卢布来,那办不到。……我没有钱给您。"

"您可以打发人到小铺老板那儿去。既然他能借给您一卢布,又何尝不能借给您五卢布?这不是一样的吗?我请求您,太太,不要叫我久等。我没有闲工夫。"

"您听我说,大夫。……您即使不……蛮横,至少也太不客气!不,您粗鲁,不近人情!明白吗?您……可恶!"

娜杰日达·彼得罗芙娜回转身子对着窗口,咬住嘴唇。她眼睛里涌出大颗的泪珠。

"坏蛋!流氓!"她想,"畜生!他竟敢这样……竟敢这样!他不了解我这种可怕而难堪的局面!好,你等着就是……魔鬼!"

她想一想,转过脸来对着医生。这一次她脸上现出痛苦和祈求的神情。

"大夫!"她用平缓和恳求的声调说,"大夫! 要是您有一颗心,要是您愿意了解我……您就不会为这点钱折磨我。……就是没有这种事,我也已经有很多苦处,受很多磨难了。"

娜杰日达·彼得罗芙娜按住两个鬓角,就跟按紧弹簧似的。她的头发一绺绺地披散在肩膀上。……

"我本来就让粗野的丈夫害得好苦……忍受这种可怕的困境,不料现在又有个受过教育的人来责备我。我的上帝啊! 这真叫人受不了!"

"不过您要明白,太太,我们这种人的特殊地位……"

然而医生不得不中断他的话。娜杰日达·彼得罗芙娜身子摇晃一下,就倒在他伸出来的两条胳膊上,人事不省了。……她的头靠在他的肩膀上。

"到这儿来,到壁炉这边来,大夫,"她过一分钟小声说,"您靠近点。……我要把心里的话都讲给您听……都讲给您听。……"

过了一个钟头,医生从切洛比捷夫家里走出来。他又是烦恼,又是羞愧,又是愉快。……

"见鬼……"他坐上他的雪橇,暗想,"做丈夫的千万不要从家里带走很多钱! 一转眼就会出乱子啊!"

马 车 夫

那是夜里一点多钟。

商绅伊凡·瓦西里耶维奇·柯特洛夫从斯拉维扬斯基市场饭店①里走出来,沿着尼古拉街,往克里姆林宫那边慢慢走去。夜色很好,天上繁星点点。……那些星从零散的碎云里钻出来,快活地眨着眼睛,仿佛见到尘世而感到愉快似的。空气安静而清澄。

"饭店旁边的出租马车总是要价高的,"柯特洛夫想,"应当略微走远一点才成。……那边的马车就便宜多了。……再者,我也需要散一散步:我吃得酒足饭饱。"

在克里姆林宫附近,他雇到一辆夜间的出租马车。

"到亚基曼卡去!"他命令道。

马车夫是个二十五岁上下的小伙子,他吧嗒嘴唇,懒洋洋地抖一下缰绳。那匹劣马就离开原地,迈着细碎而不匀称的小快步慢慢往前跑去。……柯特洛夫碰见的这个马车夫是极为地道而且极为典型的。……你一看他那张带着睡意、皮肤粗糙、布满粉刺的脸,立刻就能确定他是马车夫。

他们经过克里姆林宫前面的广场。

"现在几点钟了?"马车夫问。

---

① 当时莫斯科的一家大饭店。

"一点多了。"商绅回答说。

"哦。……天气倒暖和点了！本来很冷,现在又暖和了。……你就这么一瘸一瘸地赶路啊,坏蛋！嗨嗨……苦役犯！"

马车夫略微欠起身子,对马背抽一鞭子。

"这是冬天!"他坐坐舒服,回过头对乘客继续说,"我可不喜欢冬天！我非常怕冷！在这种严寒的天气,我站久了就四肢发僵,浑身打哆嗦。……冷气吹得久了,我这张脸就肿起来。……我就是这样的体质！我还不习惯！"

"你该习惯才是。……你,小伙子,干了这样的行当,就得习惯。……"

"人是什么事都能习惯的,这话一点不假,老爷。……只要冻僵二十次,人也就习惯了。……我却是个娇嫩的人,从小惯坏了,老爷。……我爹娘都宠我。他们原没打算叫我日后当赶车的。他们把我养得娇里娇气。祝他们升天堂吧！他们在暖和的灶台上生下我,十岁以前一直没叫我下过灶台。我躺在灶台上,吃馅饼,像是一头没出息的猪。……我成了他们的心肝宝贝。……他们给我穿顶讲究的衣服,教我读书识字,日后好过上流人的生活。有的时候连我光着脚走路都不准:'你会着凉的,小乖乖！'好像我不是农民,而是地主老爷似的。我爹一打我,我妈就哭。……我妈一打我,我爹就舍不得。我跟着我爹到树林里去拾枯树枝子,我妈总给我穿上三件皮袄,仿佛我是动身到莫斯科去,或者到基辅去似的。……"

"莫非你们很有钱吗?"

"我们家境平常,跟普通农民一样。……日子能对付过去,就谢天谢地了。富裕倒说不上,可是,感谢上帝,还不至于饿死。老爷,我们是一家人住在一块儿……也就是一家人合着过。……我爷爷那时候还活着,跟前有两个儿子,同他一块儿过。一个儿子就是我父亲,成了亲,另一个儿子没成亲。我是全家的独根苗,一家人都疼我,所以都宠着我。我爷爷也宠我。……我爷爷,你要知道,手头有点积蓄。他心里有个想法,要我长大了别再做庄稼汉。……他说:'彼得鲁哈,将来我给你开个铺子好了。你快点长大!'他们就把我往娇里养,一个劲儿要叫我过上流人的日子,这个也宠我,那个也惯我,可是后来出了个岔子,我根本就过不到什么上流人的日子了。……原来我爷爷的另一个儿子,也就是我爹的弟弟,我的叔叔,一狠心把我爷爷的钱全偷去了。约莫有两千光景呢。……自打他把钱偷走的那天起,我们家就败下来。……马啦,牛啦,全卖掉了。……我爹跟我爷爷,都出去做雇工。……谁都知道我们农家那些情形。……我这个上帝的奴隶,也给送去做放牛娃了。……闹了半天,上流人的生活就成了这么回事!"

"那你叔叔呢?他怎么样了?"

"他没什么……日子过得挺好。……他在大道旁边开一家小饭铺,小日子过得可美呢。……过了五年光景,他同谢尔普霍夫城一个有钱的女市民成了亲。他得着她带来的八千陪嫁钱。……办完喜事以后,那家小饭铺起火烧掉了。……铺子保过险,那怎么不烧掉?烧掉了正好。……闹过这场火灾后,他到莫斯科来,在这儿开了一家食品杂货店。……如今,据说,他阔气起来,别人高攀不上了。……听说,我们那儿的农民,哈巴罗沃村的人,在这儿见过他。……我倒没见过。……他姓柯特洛夫,本名和父名叫伊凡·瓦西里耶维奇。……您听说过吗?"

"没有。……喂,快点走吧!"

"伊凡·瓦西里耶维奇欺负我们,哎,把我们欺负得好苦哟!他害得我们败了家,四处去讨饭。……要不是他,那么照我这种体质,像我这么文弱,难道我会在这儿挨冻?那我至今都会住在我那小村子里,安安逸逸过日子呢。……啊!教堂打钟,要做晨祷

357

了。……我有心祷告上帝,求上帝为我受的种种苦处惩治他。……算了,随他去吧!就让上帝宽恕他吧!我们熬得过去的!"

"在右边的门口停下!"

"是。……好,现在到了。……我讲了个小故事,该多给我五戈比才对。……"

柯特洛夫从口袋里取出一枚十五戈比硬币,递给马车夫。

"应该再添点!要知道,我把您舒舒服服地送到了家!再说这又是头一趟生意。……"

"别啰唆了!"

老爷拉一下门铃。过了一分钟,他走到雕花的橡木大门里边去,不见了。

出租马车的车夫跳到赶车座位上,赶着车子慢腾腾往回走去。……街上刮起寒风。……马车夫皱起眉头,开始把怕冷的手揣进破烂的袖管里。

他不习惯寒冷。……他给宠坏了。……

家 庭 教 师

中学七年级学生叶果尔·齐别罗夫不摆教师的架子,伸出手去同彼佳·乌多多夫握手。彼佳是个十二岁的小男孩,穿着灰色的衣服,胖乎乎的,脸蛋绯红,额头窄小,头发粗硬。他把两个脚跟并拢行了礼,走到柜橱那儿去取练习簿。他们开始上课。

齐别罗夫按照他同乌多多夫的父亲谈妥的条件,每天给彼佳上课两小时,报酬是每月六卢布。他为彼佳投考中学二年级做准备(去年他为彼佳投考一年级做过准备,可是彼佳没考取)。

"好……"齐别罗夫开口说,点上纸烟,"上次我指定您温习第四变格法。您说一说 fructus 这个字怎样变格!①"

彼佳开始变格。

"您又没背下来!"齐别罗夫说,站起来,"这是第六次指定您背第四变格法,您却什么也答不出来! 您究竟要到什么时候才开始念书?"

"他又不会吗?"门外传来带咳嗽的说话声,彼佳的爸爸,退休的十二等文官乌多多夫,走进房间来。"又不会? 为什么你不背熟呢? 哎,你啊,蠢猪,蠢猪! 您相信吗,叶果尔·阿历克塞伊奇? 要知道我昨天刚刚打过他!"

---

① 这是在温习拉丁语的语法。

乌多多夫长叹一声,在他儿子旁边坐下,瞅着那本翻破了的屈纳①。齐别罗夫开始当着父亲的面考问彼佳。让愚蠢的父亲了解一下他的儿子多么笨吧!中学生不住考问,追逼不已,痛恨而且藐视小小的、红脸蛋的笨学生,巴不得动手打他。就连小男孩正巧答对了,他也还是懊恼,这个彼佳惹得他厌恶极了!

"您就连第二变格法都不会!第一变格法您也不会!您就是这么学习的!好,您告诉我,meus filius 的呼格是什么?"

"Meus filius 吗?Meus filius 的呼格是……这是……"

彼佳久久地看着天花板,久久地努动嘴唇,可是没答出来。

"那么 dea 的复数给予格是什么?"

"Deabus...filiabus!"彼佳清楚地说。

乌多多夫老人赞许地频频点头。中学生没料到彼佳答对了,心里感到懊恼。

"还有,哪个名词的给予格是加词尾 abus 的?"他问。

事实是 anima(灵魂)的给予格才加词尾 abus,然而屈纳的教科书里没讲这一点。

"拉丁语真好听!"乌多多夫发表意见说,"什么'阿龙'啦……'特隆'啦……'彭努斯'啦……'安特罗波斯'啦。……可就是难学!不过话说回来,这一切又非学不可!"他说着,叹口气。

"他,这个畜生,妨碍我们上课……"齐别罗夫想,"他径自坐在这儿不走,监视我。我受不了这种监督!"

"好,"他对彼佳说,"下次拉丁语课,您还要回答上述那些问题。现在来学算术课吧。……您拿过石板来。下道习题是什么?"

彼佳往石板上啐口唾沫,用衣袖把它擦干净。老师拿过算题

---

① 指德国语文学家屈纳(1802—1878)所著的拉丁语语法教科书。

集来,念道:

"'某商人买黑呢和青呢 138 俄尺,价 540 卢布。青呢每俄尺 5 卢布,黑呢每俄尺 3 卢布,问商人买黑呢和青呢各若干俄尺?'您把这道题再念一遍。"

彼佳把算题重念一遍,立刻,一句话也没说,就用 138 除 540。

"您为什么用除法? 等一等! 不过,行……您就接着算吧。有余数吗? 这道题不可能有余数。让我来除一下!"

齐别罗夫除一下,得出答数了,有余数,就赶紧把它擦掉。

"奇怪……"他暗想,把头发揪乱,涨红脸,"这道题该怎样解答呢? 嗯!……这道题要用代数里的不定方程式来算才成,压根儿就不是算术题。……"

老师翻看答案,瞧见答数是 75 和 63。

"嗯!……奇怪。……莫非先把 5 和 3 加起来,再用 8 除 540? 是这样吗? 不,不对。"

"您倒是算呀!"他对彼佳说。

"嗨,这有什么可想的? 要知道,这道题一点也不费事!"乌多多夫对彼佳说,"你简直是蠢货,小家伙! 那您就给他算一下,叶果尔·阿历克塞伊奇。"

叶果尔·阿历克塞伊奇把石笔拿在手里,开始解答。他说话结结巴巴,脸上红一阵白一阵。

"这道题,认真说来,是代数题,"他说,"用 x 和 y 倒可以把它算出来。不过,要这样算也行。喏,我来除一下……懂吗? 现在就得用减法了……懂吗? 要不然就这样办吧。……您明天再自己算这道题。……您好好想一下。"

彼佳调皮地微笑。乌多多夫也微笑。他俩都明白老师何以惊慌。七年级中学生越发狼狈,站起来,从这个墙角走到那个墙角。

"这道题就是不用代数也算得出来,"乌多多夫说,伸出手去拿算盘,叹口气,"喏,您瞧着。……"

他把算盘珠拨弄一阵,得出 75 和 63,这恰好是应该得出的答数。

"瞧……这就是我们的办法,土办法。"

老师心惊肉跳,难忍难熬。他心头发紧,瞧一眼挂钟,看见离下课还有一小时零一刻钟,像是还有一万年似的!

"现在来听写。"

听写以后教地理,教过地理以后教宗教课,然后又教俄语,这个世界上的学科好多呀!不过,最后,两小时的课总算结束了。齐别罗夫拿起帽子来,仁慈地伸出一只手去同彼佳握手,然后向乌多多夫告别。

"您今天能给我点钱吗?"他胆怯地问,"明天我得交学费了。您欠着我六个月的工钱。"

"我?哦,是啊,是啊……"乌多多夫含糊其词地说,眼睛没看着齐别罗夫,"遵命!只是我眼下没有钱,那我过一个星期……或者过两个星期再给您。……"

齐别罗夫同意了。他穿上他那双沉重而污秽的套靴,到别处教课去了。

打　猎

　　这个狗展览会,以及会上所展出的灵猩和猎狗,引得我想起一个小小的插曲,这个插曲对我的生活却影响很大呢。

　　有一天早晨,天气晴和,我接到我舅舅,叶卡捷琳诺斯拉夫省的地主,写来的一封信。在信上,除去别的话以外,他还写道:

　　"要是你下星期不到我这儿来,我就不认你这个外甥,而且在我的追荐亡灵名录上我要把你父亲的名字一笔勾销。……我们去打猎吧,你务必要来!……"

　　这就非去不可了。

　　舅舅见到我,热烈地拥抱我,然后,如同最好客的猎人甚至也难免的一样,不容我在长途劳顿后换衣服,歇口气,立刻就把我领到畜棚里去,叫我看一看他的马和狗。那些狗,依我看来,有大的、小的、中等个头的,有白毛的、黑毛的、灰毛的,有凶猛和温顺的,如此而已。可是舅舅却把它们分成什么带花点的、黑里透红的、小鹿模样的、鳊鱼般的、黑花斑的、黑毛黄点的、宽胸短腿的,总之,全然是一套狗的语言,我觉得要是狗会说话,一定就用这样的语言。舅舅一面叫我看狗,一面吻狗脸,老是硬逼着我去摸摸狗脸,碰碰它们的爪子。

　　第二天早晨,他让我穿上短皮袄和毡靴,带着我坐车去打猎。我现在还记得广大的赤杨林披着重霜而一片银白。树林里笼罩着死一般的寂静。从树林到地平线那边,伸展着一片白茫茫的旷野。……这片旷野看不到尽头。树林里,旷野上,有些穿短皮袄的人骑着骏马奔驰不停。……大家脸上都露出操心和紧张的神情,仿佛所有这些穿短皮袄的人都急于发现什么新的和不平凡的东西似的。……舅舅的脸红得像大虾一样,他骑着马从这个短皮袄跟前跑到那个跟前,发布命令,骂骂咧咧。……铜号声响起来。……这个画面我至今都历历在目。我还记得舅舅怎样奔驰到我跟前来,把我带到树林边上去。

"你待在这儿。……等到野兽从树林里朝你这边跑过来,你马上就开枪!"

"可是要知道,好舅舅,我连枪都拿不好!"

"没关系。……你学嘛。……好,你要注意!……野兽一来,就砰的一枪!!"

说完这些话,舅舅离开我,走掉了,撇下我一个人留在那儿。那些穿短皮袄的骑着马跑进树林里去。我等着野兽,等了很久。我一面等,一面思念莫斯科,浮想联翩,昏昏欲睡。……

"要是我把野兽打死了,那会怎样?"我暗想,"是我打死的,而不是他们!那可真有意思呢!"

等了很久,终于传来不那么响亮的犬吠声。……人们的招呼声在树林里飘荡。……我扳上枪机,尖起眼睛,竖起耳朵。……我的心开始怦怦地跳,猎人捕杀的本能在我心里醒过来。离我不远的灌木丛咔嚓咔嚓地响,我看见一头野兽。……那头野兽有点怪,腿很长,脸上好像有刺,朝着我直奔过来。……我把手指头往下一蹰,枪就砰的一响,于是大功告成。乌拉!我的野兽往上一蹰,掉下去,身子抽搐起来。

"上这儿来!到我这儿来!"我叫道,"好舅舅!"

我指一指正在死去的野兽。舅舅看着它,抱住自己的头。

"这是我的斯卡巧克①!"他叫道,"我的狗!……我的心肝宝贝啊!……"

他跳下马来,往他的斯卡巧克身上扑过去。我却赶紧坐上雪橇,逃之夭夭了。

这个并非出于预谋的斯卡巧克凶杀案,害得我和舅舅从此断绝了关系。他不再给我汇生活费。三年前他临死,托人转告我说,他连死后也不会原谅我杀害他的爱犬。他的田产,他在遗嘱上也没有传给我,却送给一个女人,他旧日的姘妇了。

---

① 狗名。

唉,女人啊,女人!……

内地报纸《碰壁报》主笔谢尔盖·库兹梅奇·波契达耶夫筋疲力尽,痛苦不堪地从编辑部里出来,回到家里,倒在长沙发上。

"谢天谢地!我总算到家了。……在这儿……在家庭的炉灶旁边,在妻子身旁,我的心才可以休息一下。……我的玛霞是唯一能够了解我和真诚地同情我的人。……"

"你今天脸色怎么这样苍白?"他妻子玛丽雅·丹尼索芙娜问。

"可不是,心里不好受。……嗐,一回到你身边来,我就高兴,我的心可以休息一下了。"

"究竟出了什么事?"

"我的心绪总很糟,今天特别糟。彼得罗夫不肯再赊给我们纸张了。秘书拼命地灌酒。……不过所有这些都是小事,好歹总能对付过去。……有一件事可就麻烦了,玛霞。……今天我在编辑部里坐着,读我写的社论的校样。忽然,你知道,房门开了,普罗楚汉采夫公爵走进来,他是我旧日的朋友和伙伴,在业余演出中总是扮演情人的角色,为了吻一下女演员兹里雅金娜不惜把一匹白马送给她。……'魔鬼把他支使来干什么?'我想,'这不会没有缘故……'我想,'他是来给兹里雅金娜登广告吧。……'我们就谈起天来。……我们说这说那,东拉西扯。……原来他不是来登广告。他是写了首诗,拿来要求发表的。……

"'我觉得我胸中有一团火焰①,'他说,'有一团……熊熊的大火。我想尝尝作家的味道呢。'

"他从口袋里取出一张香喷喷的粉红色小纸,递给我。……

"'这就是我的诗,'他说,'……在这首诗里,我显得有点主观,可是写得还算不坏。……涅克拉索夫也主观嘛。……'我拿过那首最主观的诗来读。……简直荒唐之至!我一面读,一面感到眼睛发痒,心口发胀,倒好像吞下一个磨盘似的。……他是把这首诗献给兹里雅金娜的。如果他把这首诗献给我,我就会把他扭送法院!短短一首诗里,'拼命'这个词用了五遍!还有那些韵脚!为了押韵硬造出新字来!而且用'郎'去押'良'的韵!

"'不行,'我说,'您是我的朋友和伙伴,可是我不能发表您的诗。……'

"'为什么?'

"'因为……由于一种本编辑部不能负责的原因②。……这不合乎我们报纸的纲领。……'

"我满脸涨得通红,眼睛发痒,谎称我头痛得要裂开。……是啊,怎么能对他说他的诗毫无可取之处呢?他看出我的慌张,气得跟火鸡似的。

"'您生兹里雅金娜的气,'他说,'所以您才不愿意刊登我的诗。我明白……我明白得很哟,先生!'

"他责备我为人偏执,骂我是市侩,教权主义者,等等。……他把我足足教训了两个钟头。临了他还许下愿,一定要搞点阴谋来跟我捣乱。……他没告辞就走了。……竟然会有这样的事,亲

---

① 指灵感。
② 旧俄时代报刊上编者按中的一句套语(用来作为推诿责任的借口)。

367

爱的!十月四日,圣瓦尔瓦拉节,是兹里雅金娜的命名日,这首诗无论如何得登出来。……哪怕你死了,也还得登!登这样的诗可不行:这张报纸会在全俄国丢尽脸。不登也不行:普罗楚汉采夫就会搞阴谋,你就会平白无故地遭殃。现在请你费心想一想吧,该怎样才能摆脱这种莫名其妙的局面!"

"不过那是什么样的诗呢?诗里写的是什么?"玛丽雅·丹尼索芙娜问。

"什么也没写。……废话连篇。……你想听我念一下吗?这首诗开头是这样:

> 透过雪茄的梦幻的烟雾,
> 你在我的梦想中飞舞,
> 你带着爱情向我猛冲,
> 唇边现出火焰般的笑容。……

随后笔锋立刻一转:

> 原谅我吧,我雪白的天使,
> 我生活中的伴侣和我温柔的理想,
> 原谅我忘了爱情而拼命奔向死亡的嘴巴……
> 哎呀,我真害怕!

诸如此类。……胡说八道。"

"怎么呢?这首诗很可爱嘛!"玛丽雅·丹尼索芙娜把两只手一拍,说,"简直可爱得很!有哪点儿不能算是诗呢?你纯粹是吹毛求疵,谢尔盖!'透过烟雾……现出火焰般的笑容。……'这是说你根本就没看懂!你没看懂啊,谢尔盖!"

"没看懂的是你,不是我!"

"不,对不起。……散文我不懂,诗我却是很懂的!公爵写得真好!精彩得很呢!你恨他,所以你才不肯发表他的诗!"

主笔叹口气,先是用手指头敲桌子,然后又敲自己的额头。……

"这些行家呀!"他嘟嘟哝哝地说,鄙夷地微笑。

然后他拿起礼帽,痛苦地摇着头,从家里走出去。……

"我要走遍天下去找个地方,好让我这受了侮辱的感情松动一下。……唉,女人啊,女人! 不过,所有的娘们儿都一样!"他暗自想着,迈开步子,往伦敦饭店走去。

他想喝一通酒。……

纯朴的树精[1]

神　话

　　一个风和日丽的早晨,在树林里,在高高的芦苇日夜守护着的小溪边,站着个年轻可爱的树精。他身旁草地上,坐着一条美人鱼[2],年纪轻轻的,长得十分好看,要是我知道她的准确地址,那我就会丢开文学,丢开妻子,丢开科学,总之丢开一切,飞奔到她那儿去。……这时候美人鱼皱起眉头,气愤地揪着绿油油的青草。

　　"我请求您了解我,"树精结结巴巴地说,难为情地眨巴眼睛,"要是您了解我,您就不会这么严厉了。请您容许我把事情的经过从头给您讲一遍。……二十年前,就在这个地方,我向您求过婚,当时您说要嫁给我也不难,只是有个条件,要我的脸上不再有愚蠢的表情。为此您劝我动身到人间去,学一学人类的聪明才智。我呢,正如您所知道的,听从您的话,动身到人间去了。很好。……我来到人间,首先打听那儿都有些什么行业和手艺。有个法学家对我说,最好而又最稳当的行业,就是躺在长沙发上,翘起两条腿,朝天花板啐唾沫。然而我是个正直而愚蠢的树精,不信他的话!首先,我托人情做了邮政局长。这是个可怕的差事,我亲

---

[1] 俄罗斯童话中一种人形妖怪,在树林里活动,生着长发和长须。
[2] 古代民间迷信中的女妖,形状是长发披散、生有鱼尾的裸体女人。

爱的①！居民们的信件乏味极了,读了简直叫人要呕！"

"既然信件乏味,您又何必读呢？"

"那儿就是这种风气嘛。……再者,不读那些信也不行。……信有各式各样。……有的信上落了下款：'某某中尉',可是你得把这些所谓的中尉理解做拉萨尔②或者斯宾诺莎才成。……是啊……后来我托人情,做了消防队长。……也是个可怕的差事！常有火警。……往往,你正坐着吃饭,或者玩'文特'③,火警就来了。你正躺着睡觉,火警又来了。再者,请问那些马怎么能拉车去救火呢？因为根据博物学就可以知道,公家的马不可能用燕麦喂④。有一次我吩咐用燕麦喂马。您猜怎么样？管马的官大吃一惊,闹得我怪不好意思的。……我就辞职不干了。……

"人世间,我亲爱的,有那么一些人,他们的职责就是要叫人们的头脑里和衣袋里一点多余的东西也没有。人家帮我从消防队长调到这个职务上去。我就去了。最初我的全部工作就在于接受人们的'感激'⑤。……起初我倒非常喜欢这个工作。……在我们这个讲求实际的时代,像感激这样的感情只有石头才会不喜欢,是应当加以鼓励的。……不过后来,我完全失望了。人太坏。……他们用一八八九年的息票⑥来表示感激；甚至用起伪造的息票来了。再者,他们固然表示感激,可是他们的眼睛里却没露出什么愉快的感情。……庸俗啊！人家就帮我从这个职位调到教育事业上

---

① 原文为法语。
② 拉萨尔(1825—1864),德国工人运动活动家,机会主义派别首领。
③ 一种纸牌戏。
④ 借以讽刺马的饲料费照例被贪污。
⑤ 指贿赂。
⑥ 在当时的俄国,息票同钞票通用。息票附在有价证券上,剪下后到期可以换成现金。本文写于1884年,所以这息票须在五年后才可以换成现金。

去。我就去做教员。起初我倒一帆风顺,校长甚至跟我握过好几次手呢。他非常喜欢我这张愚蠢的脸。可是,呜呼!有一次我在《欧洲通报》①上读到一篇文章,论砍伐树林的害处,我感到良心的谴责。老实说,我早就感到惋惜,不该利用我们可爱的绿桦树来达到像教育这样卑下的目的。

"我向校长表达我的怀疑,于是我脸上的愚蠢表情被人们认为是假装出来的。我就此失掉了这个差事!后来我去做医生。起初我倒还顺手。什么白喉啦,伤寒啦,您知道。……虽然我没提高死亡率,可是我仍旧受到赏识。我被提升为莫斯科育婴堂的医生。在那儿,人们要求我除了开药方和查病房以外,还要请安行礼,低声下气,坐马车的时候要能够体面地站在车后的脚镫②上。……主任医师索洛维耶夫,也就是在敖德萨代表大会上趾高气扬的那个人,甚至要求我拍他的马屁。我说在医学系里没教过奴颜婢膝和拍马屁,他就认为我思想不正,六亲不认。……

"经历过不顺利的医师生涯以后,我改行经商。我开一家面包房,开始烤白面包。可是,我亲爱的,人世间的虫子可真是多,多得简直吓人啊!不管哪个面包,只要一掰开来,里边准有蟑螂或者蛆。"

"哎,您不要再说废话了!"美人鱼忍耐不住,叫起来,"是哪个魔鬼要您这个傻瓜去做消防队长,或者烤面包的?莫非您这个畜生就不能在人世间找到一种文雅和高尚点的工作吗?难道人世间没有科学和文学吗?"

"我,您知道,本来想到大学去,可是有个税务员对我说,那儿老是闹学潮。……我也做过文学工作者……必是魔鬼支使我去干

---

① 俄国的一种月刊,具有自由主义思想倾向。——俄文本编者注
② 通常是仆人所站的地方。

372

文学工作的！我写得很好，甚至使人觉得大有希望。可是，我亲爱的，监牢里那么冷，又有那么多臭虫，就连我现在回想起来，都觉得空中有臭虫的气味呢。我就是因为干文学工作才死掉的。……我死在医院里。……我下葬是用文学基金的钱开支的。新闻记者们在我的葬礼上喝掉十卢布的白酒。我亲爱的！您不要再打发我到人间去了！请您相信，我受不了那种罪！"

"这真可怕！我可怜您，不过您对着河水照照您的脸吧！您的脸比以前更愚蠢了！不行，您还得去！要研究科学和艺术……您说什么也得走一趟！您不肯？好，那您就去，照着法学家给您出的主意去做！"

树精开始央求她。……为了免掉这趟不愉快的旅行，他什么话没有说啊！他说他身边没有身份证①，又说他的行动已经受到官府的监视，在目前情况下无论什么样的旅行都很难进行，可是不管他说什么，一概无济于事。……美人鱼坚持她的主张。于是这个树精又到人间来了。如今他在衙门里工作，已经升到五等文官，然而他脸上的表情丝毫没有改变，跟以前一样愚蠢。

---

① 在旧俄时代，每个人都凭自己的身份证工作、居住、旅行等，缺了它就要依法究办。

记 者 的 梦

我坚决请求您今天去参加法国侨民化装舞会。除您以外，没有人可去。请您写一篇随笔，尽量详细些。如果您因故不能参加舞会，请立即通知我，以便另派别人。随信附上门票一张。您的……（下面是主笔的签名）

附言：舞会上将举行摸彩。中彩者得法兰西共和国总统所赠的花瓶一个。祝您中彩。

记者彼得·谢敏内奇读完这封信，在长沙发上躺下，点上一支烟，自得其乐地摩挲着胸口和肚子。（他刚吃完饭。）

"祝您中彩，"他用挖苦的口气学着主笔的话说，"可是我哪儿有钱买彩票？我开支的钱，他恐怕不肯让我报销吧，畜生。他吝啬得活像普柳什金①。他该学一学外国编辑部的榜样才对。……那边素来善于尊重人。比方说，你，斯坦利②，去寻找利文斯通③吧。行啊。你拿几千英镑去吧！你，约翰牛④，去采访然涅特岛⑤。行

---

① 俄国作家果戈理的长篇小说《死魂灵》中一个吝啬的地主。
② 斯坦利(1841—1904)，英国殖民者、探险家。
③ 利文斯通(1813—1873)，即大卫·利文斯通，英国探险家、传教士。
④ 对英国人的戏称。
⑤ 在东西伯利亚海德朗群岛中，接近北极。

啊。你拿一万去吧！你去描写法国侨民舞会吧。行啊。你拿……五万去吧。……国外就是这样！他呢，送给我一张门票，事后付给我每行字五戈比的稿费，就以为行了。……畜生！……"

彼得·谢敏内奇闭上眼睛沉思。许多想法，有重大的，有渺小的，开始在他脑子里活动。然而不久，所有这些思想都给一团好看的粉红色迷雾遮住。一种半透明的和柔软的果冻，从所有的墙缝里、窟窿里、窗口里慢慢爬进来，往四面八方散开。……天花板低下来。……有些小人和生着鸭头的小马跑来跑去，不知什么鸟的又大又软的翅膀开始扇动，河水奔流不息。……一个矮小的排字工人拿着很大的铅字走过去，微微一笑。……所有的东西就都淹没在他的笑容里，于是……彼得·谢敏内奇开始做梦了。

他穿着礼服，戴着白手套，走出门外，来到街上。他的轿式马车，印着编辑部的纹章，早已在门外等他。穿着号衣的听差从赶车座位上跳下来，搀着他登上马车，扶他坐下，仿佛他是贵族小姐似的。

过了一分钟光景，轿式马车在贵族俱乐部门口停下。他皱起额头，把大衣交给听差，大模大样地登上布置豪华和灯光明亮的楼梯。有热带的植物，有尼斯的花卉，有价值上千卢布的服装。

"这是记者……"从好几千人的人群里发出低语声，"就是他。……"

一个矮小的老人佩着勋章，带着操心的脸色，跑到他跟前来。

"对不起，请！"他对彼得·谢敏内奇说，"啊，对不起，请！"

整个大厅里的人都跟着他说：

"啊，对不起，请！"

"哎，够了！你们闹得我怪不好意思的，真的……"记者说。

忽然，使得他大吃一惊的是，他叽叽呱呱讲起法国话来了。先前他只会讲"谢谢"，现在却讲得滔滔不绝！

彼得·谢敏内奇接过一朵小花,丢出去一百卢布。正巧这时候,主笔打来电报,上面写着:"请赢得法兰西共和国总统的赠品,并写下您的印象。一千字回电费已付。请勿吝惜钱。"他往摸彩会那边走过去,开始买彩票。他买一张……两张……十张。……他买一百张,最后买了一千张,于是他得到塞夫尔①瓷的花瓶了。他两只手捧住花瓶,匆匆向前走去。

迎面走来一个娇小的女人,生着蓬松的亚麻色头发和蔚蓝色眼睛。她装束出众,考究极了。她身后跟着一群人。

"这是什么人?"记者问。

"她是个著名的法国女人。她是随着那些花卉一起,从尼斯应约而来的。"

彼得·谢敏内奇走到她跟前,说出自己的姓名。过了一会儿,他挽住她的胳膊走去,走个不停。……他有许多话要问法国女人,多得很。……她那么迷人啊!

"她是我的!"他想,"可是这个花瓶放在我房间里什么地方呢?"他一面暗想,一面欣赏法国女人。他的房间很小,花瓶却不住长大,越长越大,弄得房间里容不下了。他急得要哭出来。

"啊啊。……原来您爱花瓶胜过爱我吗?"法国女人忽然无缘无故地说,随后砰的一拳砸在花瓶上!

珍贵的器皿哐啷一声响,碎片往四处飞去。法国女人哈哈大笑,跑到一个什么地方,钻进云里雾里去了。所有的报纸工作人员都站在那儿,哈哈大笑。……彼得·谢敏内奇勃然大怒,口沫四溅,追逐他们。后来,他发现自己出现在大剧院里,突然从第六排座位上倒栽下来。

彼得·谢敏内奇睁开眼睛,看见自己倒在长沙发旁边的地板

---

① 法国的城名,在巴黎西南,有著名的瓷器厂。

上。他的脊背和胳膊肘都摔痛了。

"谢天谢地,法国女人根本就不存在,"他揉着眼睛暗想,"这样看来,那个花瓶没有砸碎。幸好我还没结婚,要不然,说不定孩子淘气起来,就把花瓶打破了。"

可是他使劲揉一揉眼睛,连花瓶也没看见。

"原来这是一场梦,"他想,"不过,现在已经是夜里十二点多钟。……舞会早已开始,我也应该去了。……我再躺一会儿,然后就动身!"

他又躺一会儿,伸个懒腰,于是……睡着了,法国侨民舞会就此没去成。

"嗯,怎么样?"第二天主笔问他说,"去参加舞会了吗?觉得满意吗?"

"平平常常。……没有什么特别的……"他说,做出索然无味的脸色,"平平淡淡。乏味得很。我写了篇随笔,有两百行。我把我们上流社会略微骂了几句,说它不善于及时行乐。"他说完这话,扭转身去,对着窗子,暗自想着主笔:"畜生!!"

唱诗班歌手

调解法官接到从彼得堡寄来的一封信,经他一张扬,就传开了一个消息,说是本地的地主,弗拉基米尔·伊凡内奇伯爵,不久要回到叶弗烈莫沃村来。至于他什么时候到达,就不得而知了。

"他悄悄地来,跟夜里的贼一样,"库兹玛神甫说,他是个身材矮小、白发苍苍的教士,穿着紫色圣衣。"要是他来了,贵族们和其他的上等人就会把此地挤得水泄不通。所有的邻居都会赶来。那么,你……那个……加把劲吧,阿历克塞·阿历克塞伊奇。……我衷心地要求你。……"

"我有什么办不到的!"阿历克塞·阿历克塞伊奇说,皱起眉头。"我自己的事我会办好。只要我的仇人把祷告词念得有腔有调就成。只怕他故意捣乱。……"

"得了,得了……我会去央求助祭……我会去央求他。……"

阿历克塞·阿历克塞伊奇是叶弗烈莫沃村三圣教堂的诵经士。同时他又在学校里教男孩们唱宗教歌曲和世俗歌曲,为此每年从伯爵账房里领六十卢布。学校里的男孩由于请他教歌,就必须在教堂里歌唱。阿历克塞·阿历克塞伊奇是个高大魁梧的男人,步态庄重,剃光的肥脸犹如奶牛的乳房。他体格匀称,生着双层下巴,与其说像教堂低级职员,不如说像官场中官阶颇为不小的人。然而有些事却使人看着奇怪:他这个体格匀称和气度庄严的人,竟然在大主教面前跪下去,匍匐行礼。有一次他同助祭叶甫拉木彼·阿甫季耶索夫发生一场极其严重的争吵,事后听从监督司祭的吩咐,竟然在地下跪了两小时。论他的仪表,威严在他倒比屈辱更合适。

由于传说伯爵就要光临,诵经士每天早晨和傍晚都举行合唱练习。合唱练习在学校里举行。这种练习不大妨碍学校的工作。每到练唱时间,教员谢尔盖·玛卡雷奇就指定学生们习字,他自己以业余爱好者的身份参加合唱,唱男高音。

合唱练习是这样进行的:房门砰的一响,阿历克塞·阿历克塞伊奇擤着鼻涕,走进教室里来。童声高音歌手和童声中音歌手本来挨课桌坐着,这时候就声音嘈杂地慢慢走过来。男高音歌手和男低音歌手早已在院子里等着,现在一齐走进来,不住顿脚,像马似的。他们各就各位。阿历克塞·阿历克塞伊奇挺直身子,做出要大家静下来的手势,然后敲响音叉。

"朵朵梯朵朵。……朵米索多!"

"阿阿阿……门!"

"慢调……慢调。……再唱一回。……"

唱完《阿门》就是大祈祷歌《上帝保佑》。所有这些歌大家早已学会,唱过一千次,滚瓜烂熟,如今只是随便唱一下,装装门面而已。大家唱得懒洋洋,心不在焉。阿历克塞·阿历克塞伊奇平静地挥着手,时而随男高音唱,时而又随男低音唱。一切都平平稳稳,没什么趣味。……可是唱《天使颂歌》之前,整个唱诗班忽然开始擤鼻涕,咳嗽,使劲翻乐谱。指挥转过身去,背对唱诗班,开始调理小提琴的琴弦,脸上现出神秘的神情。这种准备工作大约要用两分钟。

"你们站好。看清乐谱。……男低音,你们唱得不要太用力……要柔和点。……"

他们选定包尔特酿斯基①的《天使颂歌》第七号。随着约定的手势,顿时四下里一片肃静。大家的眼睛盯住乐谱,童声高音歌手张开嘴。阿历克塞·阿历克塞伊奇慢慢地放下胳膊。

"轻柔……轻柔。……乐谱上不是写着'轻柔'吗?……轻一点,轻一点!"

"……天……天……使……"

每逢应该唱得轻柔②的时候,阿历克塞·阿历克塞伊奇的脸上总是洋溢着和善亲切的神情,就好像梦见了上等冷荤菜似的。

"强音……强音!使劲点!"

临到应该唱强音③,指挥的肥脸上就现出强烈的惊吓,甚至恐惧的神情。

《天使颂歌》唱得很好,好到连小学生都停住习字,只顾看阿历克塞·阿历克塞伊奇的动作了。人们在窗外停下来。看守人瓦西里走进教室里,身上系着围裙,手里拿着菜刀,侧耳倾听。库兹玛神甫出现了,仿佛从地里钻出来的一样,脸上现出操心的神情。……唱完《让我们丢开烦恼》后,阿历克塞·阿历克塞伊奇擦干额头上的汗,神情激动地走到库兹玛神甫跟前。

"我就是不懂,库兹玛神甫!"他说,耸一耸肩膀,"为什么俄国人没有脑筋呢?我不懂,叫上帝惩罚我吧!他们都是完全没受过教育的人,你怎么也弄不清楚他们喉咙里究竟是什么东西:是嗓子呢,还是什么别的内脏?你的嗓子是让东西卡住了还是怎么的?"他转过脸对酒店老板的弟弟,男低音歌手根纳季·谢米切夫说。

"怎么了?"

"你的嗓子像个什么东西?呱啦呱啦,就跟一口锅似的。恐

---

① 包尔特酿斯基(1751—1825),俄国作曲家,写过许多宗教乐曲。——俄文本编者注

②③ 原文为意大利语。

怕昨天你又喝醉了吧?一定是这样!你嘴里冒出来的气味就跟酒馆里一样。……哎哎!老弟,你是个乡巴佬!你是个大老粗!要是你跟那些乡巴佬在酒馆里鬼混,那你还能做什么歌手?哎,你呀,是条蠢驴,老弟!"

"罪过,老弟,罪过……"库兹玛神甫喃喃地说,"上帝是什么都看见的……看得清清楚楚。……"

"你对唱歌一点也不懂,那是因为你脑子里只有白酒,没有上帝,你这个少有的蠢货。"

"你别发脾气,别发脾气……"库兹玛神甫说,"你别冒火。……我去央求他。"

库兹玛神甫就走到根纳季·谢米切夫面前,开口央求他说:

"你这是何苦?你,那个,心里要明白。唱歌的人应当戒酒,因为他的嗓子,那个……是娇嫩的。"

根纳季搔脖子,斜起眼睛瞧着窗子,好像这些话不是对他说的。

《天使颂歌》唱完后,大家唱《我信仰》,后来又唱《公正合理》,唱得有感情,平稳,照这样一直唱到《我们在天上的父》。

"依我看来,库兹玛神甫,"指挥说,"普通的那首《我们在天上的父》比乐谱上的好。在伯爵面前应当唱普通的那首。"

"不,不。……唱乐谱上的那首吧。因为伯爵在京城里做祷告,只会听到乐谱上的那首,不会听到别的。……恐怕在那儿唱诗班里用的乐谱,老兄,还跟这里不一样呢!"

《我们在天上的父》唱完后,大家又咳嗽,擤鼻涕,翻乐谱。最困难的工作,大合唱,马上就要开始了。阿历克塞·阿历克塞伊奇教两支歌:《谁是伟大的上帝》和《全世界的荣耀》。哪支歌学得好,就在伯爵面前唱哪支。临到大合唱,指挥的劲头来了。他那和善的神情不时被惊恐所代替。他挥手,活动手指头,耸动肩膀。……

"强音!"他嘟哝道,"平调!放松……放松!唱呀,蠢材!男高音,你们没唱好!朵朵梯朵朵。……索……西……索,你这个笨脑瓜!'伟大!'男低音,唱'伟……伟……大……'"

他的提琴弓子在唱错的童声高音和童声中音歌手的头上和肩膀上不住敲打。他的左手不时伸出去拧小歌手的耳朵。有一次他甚至昏了头,弯着大拇指在男低音歌手根纳季的下巴上弹了一下。可是那些歌手没哭,也没为挨打而生气,因为他们意识到他们执行的任务十分重大。

大合唱后,沉默了一分钟。阿历克塞·阿历克塞伊奇冒着汗,红着脸,筋疲力尽地在窗台上坐下,用他那对没光彩的、疲倦的、然而又得意的眼睛打量在场的人。使他大为不满的是,他在听众中瞧见了助祭阿甫季耶索夫。助祭是个高大壮实的汉子,生着红彤彤的麻脸,头发里夹着一根干草①。他站在那儿,胳膊肘倚在炉台上,脸上现出鄙夷的冷笑。

"行啊,唱吧!唱那些乐谱吧!"他用深沉的男低音嘟哝说,"伯爵才要听你那些歌呢!按乐谱唱也好,不按乐谱唱也好,他才要听呢。……因为他是个不信神的人啊。……"

库兹玛神甫惊慌地往四下里看,摇摇手指头。

"得了,得了……"他小声说,"别说了,助祭。……我求求你。……"

大合唱后,他们唱《让我们的口充满赞美》,练唱就到此结束。歌手们走散,到傍晚再聚在一起练唱。天天都这样。

一个月过去,又一个月过去了。……

庄园总管也已经接到通知,说伯爵不久就要来了。于是老爷

---

① 暗指他躺在干草垛上打过盹儿。

家的窗上终于卸下扑满灰尘的鱼鳞板,叶弗烈莫沃村的人听见了走音的破钢琴的声音。库兹玛神甫面容憔悴,自己也不知道为什么憔悴:究竟是因为兴奋呢,还是因为惊恐。……助祭走来走去,不住冷笑。

下一个星期六傍晚,库兹玛神甫走进指挥的住处。他脸色苍白,肩膀瘦削,紫色圣衣像是失去了光彩。

"刚才我到伯爵大人家里去过,"他结结巴巴地对指挥说,"他是个受过教育的老爷,有高超的思想。……可是,那个……真叫人痛心啊,老兄。……我说:'请问,大人,明天您愿意几点钟敲钟做祷告?'他老人家对我说:'随您的便。……不过,能不能做得快点,快点……不用唱诗班。'不用唱诗班!那个,你明白……不用唱诗班了。……"

阿历克塞·阿历克塞伊奇脸红得发紫。对他来说,再罚跪两小时也比听见这样的话轻松得多!他通宵没睡着。使他难过的,与其说是他的辛劳白费了,还不如说是阿甫季耶索夫今后要不住讥笑他,害得他走投无路。阿甫季耶索夫看见他伤心,暗暗高兴。第二天做祷告的时候,他始终轻蔑地斜起眼睛瞧着唱诗班的席位,那儿只有阿历克塞·阿历克塞伊奇孤零零一个人用男低音唱歌。助祭提着手摇香炉走过唱诗班席位的时候,叽叽咕咕说:

"按着乐谱唱呀,唱呀!加把劲唱呀!伯爵要赏给唱诗班一张红票子①呢!"

做完弥撒后,指挥受了气,一肚子委屈,心里难过,走回家去。在家门口,脸色通红的阿甫季耶索夫追到他身边来。

---

① 旧俄时代的十卢布钞票。

"等一等,阿辽沙①,"助祭说,"等一等,傻瓜,你别生气!倒霉的不只是你一个人,老兄,还有我呢!刚才做完祷告以后,库兹玛神甫走到伯爵跟前去,问他说:'您觉得助祭的嗓子怎么样,大人?他的男低音可以说是尽善尽美,不是吗?'你猜伯爵怎么说?多承他恭维一番!他说:'哇哇地嚷,那是什么人都能做到的。人的嗓子,'他说,'可不及人的智慧那么要紧。'这个彼得堡的能人啊!不信神的人总归是不信神的人!我们走吧,可怜的老兄,我们去喝他一盅酒,消消胸中的闷气!"

两个仇人就互相挽着胳膊,走出了大门。……

---

① 阿历克塞的爱称。

意 见 簿

它,那簿子,放在火车站上专为它设置的写字台抽屉里。写字台抽屉的钥匙"由车站宪兵妥为保管",其实钥匙根本用不着,因为写字台抽屉永远开着。您翻开簿子看一下吧:

"先生!这要算是处女作?!"

这下面画着一张丑脸,生着长鼻子和长犄角。丑脸下面写着:

"你是图我是像,你是畜生我不是。我是你的脸。"

"本人乘火车到达这个车站,观赏窗外的风景,不意我的帽子飞掉了。伊·亚尔蒙金。"

"这是谁写的我不知道,我这个傻瓜读了一遭。"

"野心科科长柯洛甫罗耶夫到此一游书此留念。"

"本人谨向长官申诉列车员库奇金对我妻子态度粗暴。我妻子根本没有吵闹,而且恰好相反,竭力要大家安静。同样,本人申诉宪兵克里亚特文粗暴地抓住我的肩头。本人居住在安德烈·伊凡诺维奇·伊谢耶夫的庄园上,他知道我的品行。账房办事员萨莫卢奇谢夫。"

"尼康德罗夫是社会主义者!"

"我至今清楚地记得下述可恶的行为……〔被涂掉〕。我路过这个车站,目睹下述情况而满腔愤慨……〔被涂掉〕。在我眼前发生了下述可恶的事件,以鲜明的色彩画出我们铁路的秩序……〔下文一概被涂掉,只留下署名〕。库尔斯克中学七年级学生阿历克塞·祖吉耶夫。"

"我在等候开车的时候观察车站站长的相貌,极不满意。我要在路上说明这一点。无忧无虑的别墅客。"

"我知道这是谁写的。这是玛·德写的。"

"诸位先生!捷尔佐甫斯基是个骗子!"

"宪兵太太昨天同车站食堂老板柯斯契卡同坐一辆马车在河对岸走过。但愿太平无事。不要伤心啊,宪兵!"

"本人乘车路过车站,肚子饥饿,想吃东西,却找不到斋戒的素食。助祭杜霍夫。"

"给你吃什么就吃什么。……"

"如有人拾得皮烟盒一个,请交售票处安德烈·叶果雷奇。"

"本人已被革职,原因似是酗酒,本人特此声明:你们统统是骗子和窃贼。电报员柯兹莫杰米扬斯基。"

"请以美德来美化你自己吧。"

"卡倩卡,我发疯般地爱您!"

"我要求在意见簿上勿写不相干的事情。代站长伊凡诺夫第七。"

"虽然你是第七,可你也还是傻瓜。"

两 封 信

一 认真的请托

我亲爱的和宝贵的叔父阿尼西木·彼得罗维奇!

刚才您的同乡库罗谢耶夫到我这儿来,谈话之间顺便告诉我说,您的邻居穆尔达谢维奇前些日子带着家人从国外回来了。这个消息特别使我震惊,因为早先有过流言,说穆尔达谢维奇永远在国外定居了。宝贵的和亲爱的叔父!倘使您多少有点喜欢您的侄子,那就请您,我的亲人,到穆尔达谢维奇家里去一趟,了解一下他的养女玛宪卡近况如何。我要向您吐露深藏在心底的一个秘密。我只能告诉您一个人。我爱玛宪卡,热烈地爱她,胜过爱我的生命!六年的离别丝毫也不能冲淡我对她的爱情。她活着吗?身体健康吗?请来信告诉我,您见到她的时候,她是什么样子,她是否还记得我,是否还像从前那样爱我。我可以给她写信吗?您都打听一下,我的亲人,而且写得详细点。

您对她说,我已经不像从前那样是个胆怯而穷苦的大学生了。……我已经做律师,业务发达,有钱。……一句话,要让我的生活十足幸福,只缺她了。……只缺她了!

我等候您赶快回信。拥抱您。

弗拉基米尔·格烈奇涅夫

二　详细的回信

我亲爱的侄儿沃洛嘉①！

　　我收到来函,第二天当即乘车到穆尔达谢维奇家。他乃是好人！他在国外老多了,头发白多了,唯他至今记得我这老朋友,所以我走进去,他就拥抱我,久久瞧我的脸,用胆怯而温柔的感叹声说:"我不认得您了!"等到我说出我的姓名,他就又一次拥抱我,说:"现在我想起来了。"他乃是好人呀！我在他家喝酒,吃冷荤菜,然后坐下打"尤胜"②,每一局输赢为十分之一卢布也。他向我述说国外情况,可谓天花乱坠,层出不穷,并用俏皮口吻讲起德国的可笑风俗,引我发笑耳。然而,他说,在德国,科学正突飞猛进矣。他还给我看画片,是他经过意大利在路上买的,上画女性一名,其打扮颇为古怪而不成体统也。我也见到玛宪卡。她身穿阔气的粉红色连衣裙,另有各种装饰品,品质珍贵。她还记得你。她问到你时,甚至眼含泪水。她盼望你写信给她,感激你的惦念和感情。你信上说业务发达,有钱了！务希节省金钱,亲爱的,行为需有分寸,有节制。我年轻时,过于沉湎女色,但时间短,有节制,然而现在仍旧懊悔也。最后,我祝福你,愿你诸事顺遂。

　　你的叔父和关切你的人阿尼西木·格烈奇涅夫

　　附言。你的信虽不易看懂,然而写得娓娓动听,善于措辞。我拿去给所有邻居看过矣。他们读完信,认为你似是写作大家,格利果利神甫的儿子弗拉基米尔甚至抄下该信,打算寄给报纸发表。

---

① 弗拉基米尔的爱称。
② 写错,应是"优胜",一种纸牌戏名。下文还有错字,不再一一注出。

我还给玛宪卡和她丈夫看过该信,她丈夫是日耳曼人乌尔玛赫尔,玛宪卡已于去年嫁给他。该日耳曼人读完一遍,赞不绝口云云。现在我仍然给大家看你的信,我自己也读。望你再写信来!穆尔达谢维奇家里的鱼子酱很好吃也。

经查明以上两信确是原件:无脾人①。

---

① 契诃夫的笔名。

永恒的运动[①]

法院侦讯官格利舒特金是个老人,远在改革[②]以前就开始工作了。医生斯维司契茨基是个心情忧郁的先生。这时候他们同坐一辆马车去验尸。他们的车子在秋天的乡间土道上赶路。天色黑得厉害,大雨倾盆。

"这可真是糟透了,"侦讯官抱怨说,"慢说文明和人道主义,就连像样的天气也没有。不用说,这个国家可真妙!居然也要算是欧洲呢,简直难以想象。……雨啊,雨啊!下得好大,就像是谁把它雇来的一样,混蛋!你倒是快点赶车啊,天杀的,要是你不乐意,我就把你这混蛋和流氓的牙齿统统打掉!"他对坐在赶车座位上的工人嚷道。

"奇怪,阿盖依·阿历克塞伊奇!"医生说,叹口气,把身上那件淋湿的皮大衣裹紧,"我甚至没注意到这种天气。有一种奇怪的、痛苦的预兆折磨着我。我觉得似乎马上就要遭到什么祸事。我是相信预兆的……我在等着出事。样样事都可能发生的。尸体的传染啦……我心爱的人的死亡啦。……"

[①] 原文为拉丁语,意为:一种不能实现的科学幻想。
[②] 指1864年俄国的司法改革,根据这种改革,确立了陪审员制度,刑事案件从那以后实行公开审判。

"当着米希卡①的面议论预兆,您总该害臊才是,您简直像个乡下娘们儿。比眼前再坏的局面不可能有了。这么大的雨,还有什么比这更糟的?您猜怎么着,季莫费依·瓦西里奇?我再也不能这么坐车赶路了。您就是打死我,我也办不到。应当找个地方歇下来过夜才对。……这附近有什么人家吗?"

"有亚凡·亚凡内奇·叶若夫,"米希卡说,"我们马上穿过树林,只要再过一座小桥就到了。"

"叶若夫?那就到叶若夫家去!正好,我有很久没到这个不守教规的老人家里去了。"

他们的马车穿过树林,驶过小桥,往左转弯,再往右转弯,进了叶若夫家的大院子。叶若夫是退役的少将,现在担任调解法官会审法庭庭长。

"他在家!"格利舒特金从四轮马车上下来,看到正房窗子里灯光明亮,说,"他在家才好。我们就可以喝一通酒,吃一顿饱饭,好好睡一觉了。……虽然他是个无聊的家伙,然而也要说句公道话,他倒是好客的呢。"

叶若夫本人在前厅里迎接他们,他是个身材矮小和满面皱纹的老人,脸缩成一团带刺的肉②。

"很巧啊,很巧,两位先生……"他开口说,"我们刚坐下来用晚饭,正吃猪肉,三十三个立刻③。你们要知道,副检察官也在我这儿。多谢他,这个天使,来找我。明天我跟他一块儿去参加会审法庭。明天我们的会审法庭开庭……三十三个立刻。……"

格利舒特金和斯维司契茨基走进大厅里。那儿有一张大桌子,上面放着冷荤菜和葡萄酒。主人的女儿娜杰日达·伊凡诺芙

---

① 赶车的工人的名字。
② 这是"刺猬"的形象,而"叶若夫"这个姓就可以意译为"刺猬"。
③ 一句常用的口头语,没有什么含意。

娜坐在桌旁,面前放着一份餐具。她是个年轻的黑发女人,穿着重丧服,因为她的丈夫不久以前去世了。她身旁坐着副检察官丘尔潘斯基,面前也有一份餐具。他是个年轻人,留着连鬓胡子,脸上布满青筋。

"你们认识吗?"叶若夫说,伸出手指头朝着所有的人指指点点,"喏,这位是副检察官,这是我女儿。……"

黑发女人微微一笑,眯细眼睛,向新来的人伸出手。

"那么……给你们洗尘,两位先生!"叶若夫斟满三杯酒,说。"喝呀,上帝的人!我替在座的人敬你们一杯,三十三个立刻。好,祝你们健康。……"

他们喝酒。格利舒特金吃了点小黄瓜,然后开始吃猪肉。医师喝下酒去,叹口气。丘尔潘斯基先向那个太太告罪,然后点上雪茄烟,同时龇出牙来,看上去好像他嘴里至少有一百颗牙似的。

"嗯,怎么样,诸位先生?酒杯可是不等人的!啊?副检察官!大夫!为医学干杯吧!我喜欢医学。一般说来,我是喜欢青年人的,三十三个立刻。不管怎么说,青年人总是走在前边。好,祝我们大家健康。"

他们谈起天来。大家纷纷讲话,只有副检察官丘尔潘斯基除外,他坐在那儿一言不发,鼻孔里冒出一缕缕雪茄的烟。显然,他认为他自己是贵族,看不起医生和侦讯官。晚饭后,叶若夫、格利舒特金和副检察官坐下来玩"带明手的文特"。医生和娜杰日达·伊凡诺芙娜在钢琴旁边坐下,闲谈起来。

"您是去验尸吗?"俊俏的寡妇开口说,"去解剖死尸?啊!一个人要有多么大的意志力,要有多么刚强的性格,才能眉头也不皱,眼睛也不眨,举起一把刀来,握住刀柄,一刀刺进断了呼吸的人的身体啊。我,您要知道,是崇拜医生的。他们是些特殊的人,神圣的人。大夫,为什么您这么愁闷呢?"她问。

"我有一种预兆。……有那么一种奇怪的、痛苦的预兆折磨着我。好像我马上就会失掉我心爱的人似的。"

"您,大夫,结婚了吗?您有至亲的人吗?"

"一个也没有。我是单身汉,连朋友都没有。告诉我,太太,您相信预兆吗?"

"啊,我相信预兆。"

医生和寡妇讨论预兆的时候,叶若夫和侦讯官格利舒特金屡次从牌桌旁边站起来,走到放冷荤菜的桌子那边去①。夜里两点钟,输了钱的叶若夫忽然想起明天的会审法庭,拍一下额头。

"圣徒呀!我们在干什么呀?!啊,我们这些不法之徒,不法之徒!明天天一亮就得坐车去参加会审法庭,可是我们还在打牌!该睡了,该睡了,三十三个立刻!娜德卡②,去睡吧!我宣布休庭。"

"您,大夫,是幸福的,因为您在这样的夜里睡得着觉!"娜杰日达·伊凡诺芙娜跟医生告别的时候说,"我听着雨点敲打窗子,听着可怜的松树哀叫,就睡不着觉。现在我到卧室里去,看书解闷。我没法睡觉。一般说来,如果小过道上我房门对面的窗台上点着一盏小灯,那就说明我没睡觉,正闷得慌呢。……"

医生和格利舒特金在拨给他们使用的房间里,发现用绒毛褥垫打了两个地铺。医生脱掉衣服,躺下,拉过被子来把头蒙上。侦讯官脱掉衣服,躺下,可是翻来覆去闹腾很久,然后起来,从这个墙角走到那个墙角。他是个极不安定的人。

"我一直在寻思那个太太,寡妇,"他说,"那么漂亮!为了她就是送掉命也未尝不可!那眼睛,那肩膀,那穿着淡紫色袜子的小

---

① 目的是喝酒。那种桌子上照例有酒,冷荤菜是供下酒用的。
② 娜杰日达的小名。

脚……火一般的娘们儿！好一个娘们儿,嘿！这是一眼就看得出来的！可是这么个美人儿却归一个鬼才知道的家伙,法学家、副检察官所有了！就是那个满脸青筋的傻瓜,活像个英国佬！这班法学家,老弟,我可受不了！你跟她谈预兆的时候,他嫉妒得差点咽了气！那还用说,她真算得上漂亮的女人呢！漂亮得了不得！大自然的奇迹啊！"

"是的,她是个令人敬重的女人,"医生从被子里探出头来说,"这个女人感受力强,神经质,富于同情心,那么敏感。喏,我跟您是马上就会睡着的,她呢,可怜的人,却睡不着。她的神经受不了这种风暴的夜晚。她告诉我说她会通宵寂寞无聊,读书消遣。可怜的女人！多半,她那儿现在点着小灯呢。……"

"什么小灯？"

"她说,要是她房门对面的窗台上点着一盏小灯,那就说明她没睡着。"

"这话是她跟你说的？她跟你说的？"

"是的,她跟我说的。"

"既是这样,你这个人我就不懂了！要知道,如果她跟你说过这种话,那就等于说,你成了普天之下最走运的人了！好一个大夫！你是好样的！你真值得称赞,朋友！虽然我嫉妒你,可是我也还是要称赞你！老弟,与其说我为你高兴,倒不如说我为那个法学家,为那个红头发的坏蛋高兴！我高兴的是你给他安上犄角①了！好,你穿上衣服！快去！"

格利舒特金一喝醉酒,对一切人就都称呼"你"。

"您异想天开了,阿盖依·阿历克塞伊奇！上帝才知道是怎么回事,真的……"医生忸怩地回答说。

---

① 意谓"你夺去了他的所爱"。

"得了,得了……别说废话,大夫! 你穿上衣服,去吧。……《为沙皇献身》里怎么唱来着?'在爱情的道路上,我们过日子好比摘花。'……穿上衣服,我亲爱的。快点! 季莫沙①! 赶快啊,畜生!"

"对不起,我不懂您的意思。"

"可是这有什么不懂的! 这是天文学还是什么的? 穿上衣服,到小灯那儿去,你该懂的就是这些。"

"奇怪,您对那个女人,对我,抱着这种使人不愉快的看法。"

"你丢开这些哲理吧!"格利舒特金愤愤地说,"难道你还能犹豫不定? 要知道,这是不识好歹!"

他敦劝医生很久,发脾气,央告他,甚至跪在他面前,可是最后破口大骂,啐了口唾沫,往地铺上倒下去。然而一刻钟后,他忽然跳起来,叫醒医生。

"您听着! 您坚决拒绝到她那儿去吗?"他厉声问道。

"哎……我到那儿去干什么? 您是多么不安宁的人,阿盖依·阿历克塞伊奇! 跟您一块儿去验尸真是要命!"

"也罢,见鬼,那我上她那儿去! 我……我不见得比哪个法学家,比哪个婆婆妈妈的医生差。我去!"

他很快地穿上衣服,往门口走去。

医生用疑问的眼光瞧着他,仿佛不明白这是怎么回事似的,后来却跳起来。

"我想,您这是开玩笑吧?"他拦住格利舒特金的去路,问道。

"我没有工夫跟你说废话。……放我走!"

"不,我不能放您走,阿盖依·阿历克塞伊奇。您躺下睡觉。……您醉了!"

---

① 季莫费依的爱称。

"你这个江湖郎中,有什么权利不放我走?"

"我有权利:我必须保护那个高尚的女人。阿盖依·阿历克塞伊奇,您冷静下来,好好想一想您打算干什么事!您是老人!您六十七岁了!"

"我是老人?"格利舒特金冒火了,"是哪个混蛋对你说我是老人的?"

"您,阿盖依·阿历克塞伊奇,喝多酒,激动起来了。这不好!您不要忘了您是人,不是畜生!畜生才可以服从本能,而您是万物之灵,阿盖依·阿历克塞伊奇!"

万物之灵却把脸涨得通红,两只手揣在口袋里。

"我最后一次问你:你放不放我走?"他忽然逼尖喉咙嚷道,仿佛在野外呵斥马车夫似的,"坏蛋!"

可是他自己立刻给自己的声音吓一跳,离开门口,往窗子那边走去。他虽然喝醉酒,不过仍然为他那声尖叫感到羞愧,那声尖叫多半惊醒了这所房子里所有的人。他们沉默一阵,然后医生走到他身边,碰一碰他的肩膀。医生眼睛湿润,两颊火红。……

"阿盖依·阿历克塞伊奇!"他用发抖的声音说,"既然您说出尖刻的话,既然您忘却一切礼貌,骂我坏蛋,那么您会同意,我们再也不能同住在一所房子里了。我遭到您严重的侮辱。……姑且假定我不对吧,不过……实际上我有哪点儿不对呢?那个女人诚实而高尚,可是忽然间,您竟然纵容自己说出那样的话来。对不起,我们不能再做朋友了。"

"好得很!我不稀罕这样的朋友。"

"我马上就走,我再也不能跟您在一起相处,而且……我希望我们以后也不再见面。"

"您坐什么车走?"

"坐我自己的马车。"

"那我坐什么车走?您这是什么意思!您打算下流到底吗?您用您的马车把我送到这儿来,那您也得用您的马车把我送走。"

"要是您乐意,我把您送回去就是。不过现在就得动身。……我现在就走。我激动得很,再也不能在这儿待下去了。"

随后格利舒特金和斯维司契茨基默默地穿上衣服,走到院子里。他们叫醒米希卡,然后坐上那辆四轮马车,走了。……

"不要脸的家伙……"一路上侦讯官唠叨说,"要是不会对待正派的女人,那就该在家里坐着,不要跑到有女人的房子里去。……"

他说这话是在骂自己呢,还是骂医生,那是很难弄明白的。等到马车在他的住处附近停下,他就跳下车,走进门去,嘴里说着:

"我不愿意再跟您来往!"

三天过去了。医生出诊回来,在家里长沙发上躺着,由于无事可做而读《医生日历》上彼得堡和莫斯科的医生姓氏,极力要找出一个最响亮好听的姓来。他心绪安宁,良好,平和,好比窗外的天空,这时候正有一只云雀在蓝天上停着不动。这都是因为昨天夜里他梦见一场火灾,火灾却是吉兆。忽然,外面响起雪橇来到门前的声音(天上飘着小雪),然后侦讯官格利舒特金在房门口出现。这是个出人意料的来客。医生坐起来,瞧着他,又窘又怕。格利舒特金咳嗽一声,低下眼睛,慢腾腾地往长沙发这边走过来。

"我是来赔罪的,季莫费依·瓦西里奇,"他开口说,"那次我对您有点不礼貌,甚至似乎对您说了些不中听的话。您,当然,理解我当时是酒后失态,我在那个老坏蛋家里喝了不少酒,请您原谅我。……"

医生跳起来,眼睛里含着泪水,握住那只伸过来的手。

"哎呀……上帝保佑!玛丽雅,拿茶来!"

"不,不要喝茶了。……没有工夫。如果可以的话,与其拿茶来,不如吩咐拿点克瓦斯来的好。我们喝完克瓦斯,就动身去验尸。"

"验什么尸?"

"还是那个军士的死尸呗,上一次我们坐着车去,可是没走到就回来了。"

格利舒特金和斯维司契茨基喝过克瓦斯,就坐上雪橇去验尸。

"当然,我道歉,"侦讯官在路上说,"那次我发了脾气。不过话说回来,您要知道,我还是愤愤不平,因为您没给副检察官……那个坏蛋安上犄角。"

他们坐车穿过阿里莫诺沃村,看见一家小饭铺,旁边停着叶若夫的三套马雪橇。……

"叶若夫在这儿!"格利舒特金说,"那是他的马。我们去会一会他。……我们喝点矿泉水,顺便看一看那个女掌柜。这儿有个出名的女掌柜!那个娘们儿,嘿!大自然的奇迹啊!"

两个旅客从雪橇上下来,走进小饭铺里。叶若夫和丘尔潘斯基正在那儿坐着喝加橘汁的茶。

"你们到哪儿去?从哪儿来?"叶若夫看见格利舒特金和医生,惊讶地说。

"我们还是去验尸,总也没去成。我们像是掉在一个施过魔法的圈子里,绕来绕去,出不去了。你们到哪儿去?"

"去参加会审法庭呗,老兄!"

"为什么去得这么勤?你们不是前天刚去过吗!"

"鬼打墙,没去成。……副检察官牙痛起来了,再者这几天我也有点心绪不佳。嗯,你们喝点什么呢?你们坐下,三十三个立刻。喝白酒还是啤酒?给我们把两样都拿来吧,女掌柜。啊,好一个女掌柜!"

"是啊,这个女掌柜出了名,"侦讯官同意说,"这个女掌柜出了名。这个娘们儿,嘿,嘿!"

过了两个钟头,医生手下的米希卡从小饭铺里出来,对将军的马车夫说,把马从车上卸下来,遛一遛。

"这是你东家吩咐的。……他们坐下来打牌了!"他说,摆一摆手,"现在是,不到明天就休想离开此地。咦,县警察局长也来了!这样一来,咱们可就要在这儿守到后天去了!"

县警察局长坐着雪橇来到小饭铺跟前。他认出叶若夫的马,愉快地笑一笑,登上台阶,跑进去了。……

读　书

老于世故的人的故事

有一回,在我们的上司伊凡·彼得罗维奇·谢米巴拉托夫办公室里,我们剧院的经理加拉米多夫坐在那儿同他谈起我们女演员的演技和美貌。

"可是我不同意您的看法,"伊凡·彼得罗维奇一面在拨款单上签名,一面说,"索菲雅·尤烈芙娜才算是强有力的、别具一格的天才!那么可爱,优雅。……那么迷人啊。……"

伊凡·彼得罗维奇原想继续说下去,然而兴奋得一个字也讲不出来,光是畅快而甜蜜地微笑,弄得剧院经理瞧着他,感到自己的嘴里也有一股甜味了。

"我喜欢她……哦哦……念独白的时候她那年轻的胸脯总是起伏和颤动。……她不住地喘气,不住地喘气!请您转告她说,在那种时候,我真不惜……牺牲一切啊!"

"大人,请您费神在这件答复赫尔松警察局的公文上签个字,这件公文是有关……"

谢米巴拉托夫抬起笑眯眯的脸,看见他面前站着文官美尔嘉耶夫。美尔嘉耶夫站在他面前,睁大眼睛,捧着一件公文请他签字。谢米巴拉托夫皱起眉头:一首诗在最有趣的地方却被散文打断了。

"这件公文,尽可以过一会儿再签字,"他说,"您没看见我在说话吗?这班人也太没教养,太不识趣了!您瞧,加拉米多夫先生。……您刚才说,我们这个时代已经没有果戈理笔下的典型人物。……可是这儿就是一个!他岂不就是典型?穿得邋邋遢遢,胳膊肘上的衣服都磨破了,眼睛是斜的……头发从来也没好好梳理过。……您再看看他写出来的东西!这些公文鬼才知道是什么东西!别字连篇,文理不通……像是鞋匠写的!您看嘛!"

"嗯,是啊……"加拉米多夫看一看公文,哼哼哈哈地说,"确实。……您,美尔嘉耶夫先生,多半很少读书吧。"

"这样可不行,最亲爱的!"上司继续说,"我都替您害臊!您至少也该读点书什么的。……"

"读书大有好处!"加拉米多夫说,无缘无故地叹口气,"好处大得很呢!您读了书,就会立刻觉着您的眼界大不相同。您随便在什么地方都可以找到书。……比方说我就有。……我是乐于借给您的。要是您愿意的话,明天我就把书送来。"

"您道谢吧,最亲爱的!"谢米巴拉托夫说。

美尔嘉耶夫就尴尬地鞠躬,动了动嘴唇,走出去了。

第二天加拉米多夫来到我们衙门里,随身带来一捆书。从这时候起,一件糟糕的事就开始了。后代的子孙永远也不会原谅谢米巴拉托夫这种轻率的行径!青年人做出这样的事,也许还情有可原,然而这在一个老练的四等文官却是不可原谅的!剧院经理来后,美尔嘉耶夫就给叫到办公室里去了。

"拿去,读吧,最亲爱的!"谢米巴拉托夫递给他一本书,说,"您用心读一读。"

美尔嘉耶夫伸出发抖的手,接过那本书,然后走出办公室。他脸色苍白。他那对斜视的眼睛不安地转动着,似乎向四周的东西求援似的。我们把他手里的书拿过来,开始小心地细看。

那本书是《基度山伯爵》①。

"你拗不过他的意志!"我们年老的会计员普罗霍尔·谢敏内奇·布迪尔达叹口气说,"你就好歹加把劲,努力看吧。……你管自不慌不忙地读下去,反正,求上帝保佑,日后他总会忘掉这件事,那时候你就可以丢开不读了。你不用害怕。……要紧的是你别往书里深钻。……你就读一下,不要去深究其中的奥妙。"

美尔嘉耶夫用纸包好书,坐下来写公文。可是这一回他写不下去了。他手发抖,斜着眼睛往不同的方向看:一只眼睛看着天花板,另一只看着墨水瓶。第二天他泪汪汪地来上班。

"我已经从头读过四次,"他说,"可是我什么也没看懂。……书里尽是些外国人。……"

过了五天,谢米巴拉托夫路过我们的桌子,在美尔嘉耶夫面前站住,问道:

"嗯,怎么样?那本书读了吗?"

"读了,大人。"

"那么您都读到些什么呢?好,说吧!"

美尔嘉耶夫抬起头来,开始努动嘴唇。

"我忘了,大人……"他过一会儿说。

"这是说您没读,或者,呃呃……读得不用心!马马虎虎!这样可不行!您再从头读一遍!一般说来,诸位先生,我奉劝你们也这样做。读一读书吧!大家都读!你们把我屋里窗台上的书拿来读吧。巴拉莫诺夫,您去,给您自己拿一本!波德霍德采夫,您也去,最亲爱的!斯米尔诺夫,还有您!大家都去,诸位先生!我请求你们!"

所有的人就都走去,各自拿了一本书。只有布迪尔达敢于提

---

① 法国作家大仲马(1802—1870)的长篇小说。

出异议。他摊开两只手,摇摇头,说:

"您务必原谅我才好,大人。……我很快就要退休了。……我知道读了这些批评和著作以后会出什么事。我的大孙子就因为看了这些东西才当面骂他亲娘傻娘们儿,整个斋期都喝牛奶。请您原谅我,大人!"

"您什么也不懂。"谢米巴拉托夫说,照例原谅了这个老人的出言不逊。

然而谢米巴拉托夫说错了,其实老人什么都懂。过了一个星期,我们就见到这次读书的成果了。波德霍德采夫读完《永恒的犹太人》①第二卷以后,骂布迪尔达"伪君子"。斯米尔诺夫来上班的时候,总是一副醉醺醺的样子。可是读书的影响在任何人身上都不及在美尔嘉耶夫身上表现得那么强烈。他消瘦,憔悴,开始喝酒了。

"普罗霍尔·谢敏内奇!"他恳求布迪尔达说,"请您让我永生永世为您祷告上帝吧!您去求求大人,让他饶了我。……我没法读下去了。我白日黑夜地读,觉也睡不着,饭也吃不下。……我妻子给我朗诵,累得筋疲力尽,可是,就是打死我,我也一点都不明白!请您发发上帝的慈悲!"

布迪尔达有好几次大着胆子去报告谢米巴拉托夫,可是上司光是摇手,然后跟加拉米多夫一块儿在衙门里走来走去,指责所有的人不学无术。照这样过去两个月,最后这件事却以骇人听闻的方式结束了。

有一天,美尔嘉耶夫来上班,没在桌旁坐下,却在衙门中央跪下,哭着说:

"东正教徒们,原谅我没把公文写好!"

---

① 指法国作家欧仁·苏(1804—1857)的长篇小说《流浪的犹太人》,共十卷。

随后他走进上司的办公室里,在谢米巴拉托夫面前跪下,说:
"请您饶恕我,大人:昨天我把一个小娃娃丢到井里去了!"
他脑门叩着地板,放声痛哭。……
"这是怎么回事?!"谢米巴拉托夫惊讶地说。

"大人,"布迪尔达走出来,眼睛里含着泪水说,"这是说他脑筋糊涂了!他神志不清了!这就是您那个加拉米多夫拿那些著作惹出来的事!上帝是什么都看见的,大人。要是您不喜欢我的话,就请您批准我退休好了。我与其到老年看见这样的事,还不如索性饿死的好!"

谢米巴拉托夫脸色煞白,从这个墙角走到那个墙角。

"不许让加拉米多夫再到这儿来!"他用低沉的嗓音说,"至于你们,诸位先生,放心好了。我现在看出我的错误了。我感激您,老人!"

从此以后,我们这儿就太平无事了。美尔嘉耶夫已经复原,然而还不能说完全复原。到现在为止,他一见到书就发抖,扭过脸去。

特利丰

我毫不惋惜我的过去。①

莱蒙托夫

格利果利·谢敏诺维奇·谢格洛夫腰痛。他醒过来,在床上不住翻身。

"娜斯嘉!"他小声说,"麻烦你拿点酒精来,亲爱的,给我擦一擦后背!"

没有人应声。谢格洛夫伸出手去摸摸身旁,却没摸到人。这张床,如果不把谢格洛夫本人算在内的话,就是空的。

"她到哪儿去了?"他暗想。然后他喊道:"娜斯嘉!娜斯嘉!"

这一回也没有人应声。他只能听见外面守夜人敲梆子,屋里圣像前那渐渐熄灭的长明灯发出毕剥的爆响。谢格洛夫预感到事情不妙,就擦掉额头上的冷汗,从床上跳下来。这已经是夜里三点钟,在这种时候娜斯嘉是照例应当酣睡得跟娃娃一样的。只有特殊的原因才可能弄得她不睡觉。谢格洛夫很快地穿上衣服,走出去,来到院子里。

---

① 摘自俄国诗人莱蒙托夫的诗《我一个人出门上路……》(1841)。——俄文本编者注

一轮明月,丰满而庄重,无异于将军家里的管家妇,在天空浮游,把美好的亮光洒遍天空,倾泻在院子里和鳞次栉比没有尽头的房屋上,倾泻在正房两旁乌黑的花园里。月光柔和而均匀,爱抚着人间万物。……土地上和树枝上连一片绿叶也没有,花园显得阴沉而严酷,然而一切又都使人感到现在已经是三月底,春天就要开始了。谢格洛夫把整个院子扫一眼。在那广大而空旷的地方他一个人也没看见,只看见一头牛犊站在那儿,一条腿上拴着绳子,拼命地蹦跳。谢格洛夫走进花园里。那儿安静而明亮。黑乎乎的灌木丛中飘出潮气,就像从地窖里冒出来的一样。

"说不定她是到村子里去了吧!"格利果利·谢敏内奇暗想,由于不安和寒冷而发抖。"要是她不在凉亭里,那就只好派人到村子里去找了。"

谢格洛夫知道娜斯嘉有两种毛病:她常常心里愁闷而离开他,到村子里去找她的亲属,此外她还养成习惯,喜欢夜里独自到凉亭去,在黑地里坐着,唱悲凉的歌曲。

"我年老,衰迈了……"格利果利·谢敏内奇暗想,"她觉得跟我在一起没有什么乐趣。……"

他往凉亭那边走去,听见女人的嗓音。然而那声音不是在唱歌,却是在说话。……话说得很快,一刻也不停,一口气说下去,仿佛在诉苦。……

"你丢开那个老鬼吧!"一个粗鲁的男人嗓音打断那个女人的话说,"你务必要这么办!你只顾穿绫罗绸缎,用水晶盘子吃东西,可是你这个傻娘们儿却一点也不懂:这是造孽。……唉唉……不行,娜斯嘉!应当打你一顿才是,可又没有人来打!"

"你不懂,特利沙①!要是这只是我一人的事,我早就躲开他,

---

① 特利丰的爱称。

跑到一百俄里以外去了,可是,要知道……我爹,喏,想盖一所小木房……再说我弟弟也当兵去了。总得给他寄点烟草什么的。……"

那边传来哭泣声,随后是接吻声。谢格洛夫的背上,一股凉气从后脑壳一直贯到脚后跟上。他从声音听出那个男人就是他手下的管事特利丰。

"这个娘们儿,"他惊恐地想,"我把她从泥地里拉出来,叫她留在我身边,可以说,对她仁至义尽,差不多把她当成我的妻子了,不料,忽然间,她跟特利丰,跟这个下等人勾搭上了!啊?我给她穿绫罗绸缎,跟她同桌吃饭,把她当成太太,可是她呢……跟特利丰勾搭上了!"

老人又是气,又是愁,膝盖发软。他又听了一会儿,然后往正房那边慢慢走去,心里难过,失魂落魄。

"我才不在乎呢!"他在床上躺下,暗想,"她也许以为我缺了她就活不下去吧!哼,不对。……明天我就把她赶走。让她去跟她那些乡巴佬一块儿嚼谷糠去!……特利丰也是坏种……叫他滚蛋!明天早晨就付清他的工钱。……"

他盖上被子,开始思索。他的思想使他痛苦,糟糕透了。等到娜斯嘉从花园里回来,若无其事地上床睡觉,他那些思想已经闹得他周身发烧了。

"明天我就把他赶走。……可是,不……我不赶走他。……你把他赶走,他就到另一个地方去,满不在乎,仿佛根本没什么罪过似的。……要惩办他一下,叫他一辈子都记牢。……应当像从前那样,用鞭子抽他一顿才行。……把他抓到马房里去,狠狠地抽他……十个人一齐抽,浑身上下全抽到。……你拿鞭子抽他,他呢,求你,央告你,你就站在一旁,不住搓手:狠狠地抽他!使劲!使劲!叫她也站在旁边,我倒要看看她的脸色。'嗯,怎么样,宝

407

贝儿？啊啊……就该这样！'"

第二天早晨，娜斯嘉照往常那样斟茶。他坐在那儿，冷眼看她。她面容平静，眼睛明亮，不带一点狡狯的神色。

"我什么话也不跟她说，"他暗想，"让她自己去明白。……我要叫她精神上……精神上痛苦！我不跟她多说，我生她的气，那她就明白了。……哎，要是她听那个混蛋特利丰的话，真的走掉了，那可怎么办？"

最后这个想法，一时间把他吓坏了，他不由得脸色发白，说道："娜斯嘉，你怎么不吃小甜面包啊，亲爱的？要知道那是为你买的！"

八点多钟，管事特利丰走来报告他管的事务。谢格洛夫觉得那个农民带着痛恨和轻蔑的神情看他，恬不知耻而又洋洋得意。

"把他赶走未免太便宜他……"他用目光打量他，心里暗想，"应该用鞭子抽他一顿才成。"

"这我一点也看不明白，"他浏览一下特利丰交来的单据，开始挑毛病说，"这是什么数目字？是七十五呢，还是十五？你这个笨蛋！写七字，却连好好地画一个弯钩也不会！七字像是拨火棒，一字呢，却像是鞭子，外带一根小短尾巴。你连这个都不会写？笨蛋。……从前，出了这种事，就要把你们这班人抓到马房里去打一顿！"

"从前的事是从前的事……"特利丰瞧着天花板，嘟哝说。

谢格洛夫斜起眼睛看一下特利丰。他觉得那个农民在冷笑，显得越发厚颜无耻了。……

"滚出去！！"谢格洛夫无法忍受特利丰的嘴脸，尖声叫道。

一直到傍晚为止，谢格洛夫始终在院子里走来走去，盘算惩罚和报复的计划。他的头脑里有许多计划交替出现，然而不管他想出什么办法，却无一不是触犯刑法典的这一条款或者那一条款的。经过长久的苦思，事实证明他一样事情也不能做。……

夜间两点多钟,他站在凉亭旁边,听见谈话声,这次谈话比昨天更糟。特利丰笑呵呵地把他和东家的谈话对娜斯嘉讲了一遍。

"你知道,我恨不得揪住他的衣领,狠狠地摇他几下,那他就一命归阴了。"

谢格洛夫受不住了。

"这是谁在说话,混蛋?"他尖声叫道,"谁一命归阴了?"

凉亭里忽然沉默了。特利丰困窘地嗽一下喉咙。过一会儿,他犹豫不定地从凉亭里走出来,把肩膀倚在门框上。

"谁在这儿嚷?是什么人?哦,原来是您!……"他看见东家,说,"是您在嚷!"

在沉默中过了一分钟。……

"从前,出了这种事,就要把我们这班人抓到马房里去用鞭子抽一顿,不过现在我却不知道会怎样……"特利丰瞧着月亮说,不住地冷笑,"想来,要给我算清工钱,把我赶走吧。……好可怕呀!"

他笑起来,顺着林荫道往正房走去。谢格洛夫踩着碎步跟他并排走着。

"特利丰!"他俩走到花园旁门的时候,他拉住他的袖子,小声说,"特利丰!我只有一句话想跟你说。……你等一等!其实我倒没什么。……我只有一句话要说。……你听着!我活到老年,却来请求你,央告你这个坏蛋。我的好朋友!"

"怎么样呢?"

"你要明白。……我给你一张二十五卢布钞票,甚至,要是你乐意的话,我还可以给你加工钱。……我给你三十卢布好了,不过你呢……得让我拿鞭子抽一顿!只抽这一回!我就抽你这一回,下不为例!"

特利丰略微想一想,看了看月亮,挥一下手。

"我不同意!"他说着,慢腾腾地往仆役的房间走去。……

玛丽雅·伊凡诺芙娜

在陈设豪华的客厅里,一个年轻女人,年纪二十三岁上下,坐在蒙着深紫色丝绒的躺椅上。她的姓名是玛丽雅·伊凡诺芙娜·奥德诺谢金娜。

"这种开端多么陈腐,公式化!"读者叫道,"这些先生老是一开头就写什么陈设豪华的客厅!真叫人读不下去!"

我向读者道歉,接着写下去。在那个女人面前,有个二十六岁光景的青年男子站着,苍白的脸上略微带点忧郁的神色。

"得,来了,来了。……我早就知道有这么一套,"读者生气地说,"又是个青年男子,而且一定得二十六岁!嗯,下边会讲些什么呢?这是谁都知道的。……他要求诗、爱情,她呢,却提出散文式的要求来回答他:她要买手镯。要不然恰好相反,她要诗,而他则不然。……我不想再读了!"

不过我仍然要继续写下去。青年男子目不转睛地瞧着年轻的女人,小声说:

"我爱你,美妙的人儿,哪怕眼下你那儿吹来坟墓里的寒气也没关系!"

这当儿,读者再也忍耐不住,开口骂道:

"见鬼去吧!他们老是用这些胡说八道来款待读者,什么陈设豪华的客厅啦,什么玛丽雅·伊凡诺芙娜以及坟墓里的寒气啦!"

谁知道呢,您愤怒也许是对的,读者先生。然而您也可能不对。我们这个时代,妙就妙在谁对谁错无论如何也弄不清楚。甚至审判盗窃犯的陪审员们,也不知道到底是谁错了,究竟该怪哪个人呢,还是该怪那些没有收藏好的钱,或是该怪生到世界上来的他们这些陪审员。这个世界上任什么事情也休想弄清楚!

不管怎么说吧,即使您对,我也没错。您认为我这个短篇小说没趣味,不必要。姑且承认您对,我错吧。……可是,您也得承认,我的某些情况至少可以减轻我的罪名。

的确,如果我自己就感到烦闷无聊,如果我已经害了两星期的间歇热,那我能写出有趣味和极其必要的作品吗?

"既然您害着热病,那您就不要写东西。"

话是不错的。……不过为了不致把话说得太长起见,请您设想一下,我有热病,心绪恶劣,同时另一个文学工作者也有热病,第三个有吵闹不休的老婆,而且自己又闹牙痛,第四个得了精神忧郁症。所有我们这四个人都不写东西。那么请教,每期报纸和杂志都用什么东西来填满?莫非就用你们读者每天论普特①寄到我们报纸和杂志的编辑部里来的那些作品吗?从你们那些按普特算的沉重稿件里,合用的作品恐怕只能选出区区一佐洛特尼克来,而且就连这一点点,也还要费很大的气力才能极其勉强地选出来呢。

所有我们这些职业的文学工作者都不是票友,而是文学界的真正工人,就我们这班人来说,统统都是这样。可我们也是人,跟您一样,跟您的兄弟一样,跟您的姐妹一样,都是普通人。我们也有神经,也有内脏,那些折磨您的事也在折磨我们,我们的愁苦远比欢乐多,如果我们愿意的话,每天都能找出借口来不工作。每天

---

① 俄国重量单位,1 普特等于 16.38 公斤。

都行,我向您担保!倘使我们听从您的话"不要写东西",倘使我们都向疲乏、烦闷、热病让步,当前的全部文学就要停顿了。

然而这种文学一天也不能停顿,读者先生。虽然您觉得它渺不足道,有点灰色,没有趣味,虽然它没激起您的欢笑、愤怒、喜悦,然而它仍旧存在着,发挥它的作用。缺了它是不行的。……要是我们走掉,离开我们的园地哪怕一分钟,立刻就会有一批戴着可笑的圆锥帽和挂着马铃铛的小丑来接我们的班,立刻就会有一批坏教授、坏律师以及按照"左!右!"的口令叙述荒谬的恋爱故事的士官生来接我们的班。

尽管我心绪烦闷,尽管我害着间歇热,我还是得写。我得尽我的所能,尽我的才智,不断写下去。我们人少,屈指可数。凡是工作者稀少的地方,就不能要求休假,哪怕是一个短时期也不行。这是不行的,而且也不应当那样做。

"不过,话虽如此,仍然可以选些比较严肃的题材嘛!喏,说真的,这个玛丽雅·伊凡诺芙娜有什么意思呢?我们周围,可写的现象多得是。我们的周围,问题也多得是。……"

您说得对,不管是现象还是问题,都有很多,不过请您指出来您究竟需要什么。既然您那么愤慨,那就请您指出来,以便使我彻底相信您说得对,相信您真是很严肃的人,您的生活很严肃。请您指出来,而且请您讲明白,否则我就可能认为,您所说的问题和现象根本不存在,您只不过是个可爱的人,由于闲得没事干,偶尔也喜欢谈一谈严肃的东西而已。

不过,是时候了,这个短篇小说也该结束了。

那个青年男子在美丽的女人面前站了很久。最后他脱掉礼服,脱掉脚上的皮靴,小声说:

"再会!明天见!"

然后他在睡榻上躺平,盖上长毛绒被子。

"当着女人的面就脱衣服睡觉?!"读者大吃一惊,"这简直是荒唐,胡诌!岂有此理!警察呀!书报检查官呀!"

不过请您慢一慢,不要着急,严肃的、疾言厉色的、思想深刻的读者。那个陈设豪华的客厅里的女人,是油画像,挂在睡榻的上方。现在您管自去愤慨,爱怎么愤慨就怎么愤慨吧。

可是,纸张倒了霉,让人家乱写一气!要是像《玛丽雅·伊凡诺芙娜》这类无聊的东西也发表出来,那显然是因为缺乏更有价值的素材。这是显而易见的。那就请您赶紧坐下,表达您那些深刻而堂皇的思想吧,请您写出整整三普特重的作品来,把它寄给一个什么编辑部去吧。您赶快坐下来写!您写出来就赶快寄出去!

反正人家会把稿子退还您的。

该说话还是该沉默

神　话

在某王国,某国家,从前有两个朋友,名叫克留盖尔和斯米尔诺夫。克留盖尔智力超群。斯米尔诺夫呢,与其说聪明,还不如说温和、谦虚、性格软弱。头一个朋友健谈,能说会道,第二个朋友却沉默寡言。

有一回他们两人乘火车,坐在同一辆车厢里,极力要征服同一个姑娘。克留盖尔坐在姑娘旁边,甜言蜜语,对她大献殷勤。可是斯米尔诺夫一言不发,眨巴眼睛,按捺不住情欲而舔嘴唇。在一个火车站上,克留盖尔跟姑娘一块儿走出车厢,很久都没回来。他回来后,挤一下眼睛,咂一下舌头。

"你,老兄,怎么干得这样顺手?"斯米尔诺夫羡慕地说,"你的本事多么大!你还没来得及在她身旁坐下,事情就办成了。……走运的人啊!"

"可是你为什么错过机会呢?你跟她一块儿坐了三个钟头,却连一句话也没说!你不言不语,活像木头!在这个世界上,老兄,沉默是行不通的。你得精神抖擞,谈笑风生才行。你一事无成,这是什么缘故呢?就因为你窝囊!"

斯米尔诺夫同意这个道理,暗自决定改变他的性格。过了一个钟头,他压下胆怯的心情,在一个穿青色衣服的先生旁边坐下,同他活跃地交谈起来。那个先生原来很爱说话,立刻开始向斯米尔诺夫提出种种问题,主要是学术性质的。他问斯米尔诺夫觉得大地和天空怎样,对自然法则和人类社会生活的法则是不是满意,还略微涉及欧洲的自由思想、美国的妇女地位,等等。斯米尔诺夫爽快而热烈地回答他的话。

可是穿青色衣服的先生却在火车到达一个车站的时候,拉住他的手,冷笑一下,说:"跟着我走!"这时候,您会同意,斯米尔诺夫的惊愕真是非同小可!

斯米尔诺夫跟着他走去,就此失踪,下落不明。两年后他遇见克留盖尔,当时他脸色苍白,形容憔悴,身体干瘦,好比死鱼的骨架。

"这些年你到哪儿去了?!"克留盖尔惊讶地说。

斯米尔诺夫苦笑一下,把他经历的苦难原原本本讲了一遍。

"往后你可别发傻,别多说话!"克留盖尔说,"要守口如瓶,这一条你得记住。"

骄 傲 的 人

故　　事

事情发生在商人西涅雷洛夫的婚礼上。

男傧相涅多烈左夫是个高身量的青年人,生着暴眼睛,头发剪短,礼服的两片后襟张开。他正站在一群小姐当中,侃侃而谈:

"女人要生得漂亮,男人不漂亮倒没关系。在男人身上,智慧和教养最要紧,漂亮不漂亮,对他来说,倒算不了什么!要是你头脑里没有教养和智力,那你哪怕是美男子,也还是一钱不值。……是啊。……我不喜欢漂亮的男人!呸①!"

"您这么讲是因为您自己长得不漂亮。喏,您顺着门口往那边房间里看,那儿坐着个男人!他才称得起是地道的美男子呢!单是那对眼睛就好看极了!您看!真招人爱!他是谁呀?"

男傧相往另一个房间里看,鄙夷地一笑。那边有个相貌漂亮、黑发黑眼的男人,坐在圈椅上,舒展开四肢。黑发男人把一条腿架在另一条腿上,手里摆弄着表链,眯细眼睛,尊严地瞧着客人们。他嘴唇上浮着鄙夷的笑意。

"没什么了不得的!"男傧相说,"相貌平常。……甚至可以说,生得挺丑。那张脸有点蠢相。……他脖子上鼓出的喉结足有

---

① 原文为法语。

两俄尺长哟。"

"可他毕竟挺好看!"

"依你们看来他是美男子,可是依我看来却不然。如果他是美男子,那就是说他是蠢人,缺乏教养。他是谁?"

"我们不认识他。……多半不是商界的人。……"

"哼。……我敢凭摸彩会的彩票打赌:他是个蠢人。……他不住摇晃两条腿。……样子真讨厌! 我马上就会弄明白他是个什么角色……他这个人的头脑怎么样。我马上就会弄明白。"

男傧相嗽一嗽喉咙,大摇大摆地走进另一个房间里。他在黑发男人面前站住,又嗽了嗽喉咙,沉吟一下,开口说:

"您近来怎么样,先生?"

黑发男人看看男傧相,笑一笑。

"平平常常。"他勉强说道。

"为什么平平常常呢? 应当永远前进嘛!"

"为什么一定得前进呢?"

"就是啊。现如今①一切都在前进。比方说,什么电力啦,电报啦,各式各样的留音机②啦,电话啦。是啊! 比如拿进步来说。……这个词是什么意思呢? 它的意思就是说,人人都得前进。……那么您也得前进。……"

"那么我,举例说,现在应该往哪儿前进呢?"黑发男人说,冷冷地一笑。

"可去的地方还少吗? 只要有心就成。……地方多得很。……喏,比方说,到小吃部去就行。……您愿意去吗? 为了初交,咱们各自干一杯白兰地。……啊? 为了思想……"

---

① 这个自诩为有教养的人常说不准确的土话。
② 说错,应是"留声机"(当时的新事物)。

"那也行。"黑发男人同意说。……

男傧相和黑发男人向小吃部走去。一个头发剪短的听差穿着礼服,系着肮脏的白领结,斟了两小杯白兰地。男傧相和黑发男人一饮而尽。

"这是很好的白兰地,"男傧相说,"不过还有更加实质性的①好酒。……咱们为了初交,各人喝一大杯红葡萄酒吧。……"

他们各自喝下一大杯红葡萄酒。

"现如今,我跟您成了朋友,"男傧相擦着嘴唇说,"而且,可以说,都喝了酒。……"

"不是'现如今',而是'现在'……"黑发男人纠正说,"说话尚且不会,居然还要讲什么话。既然这样缺乏教养,换了我处在您的地位,就会一言不发,免得丢脸。……现如今……现如今……哈!"

"您笑什么?"男傧相怄气了。"我说'现如今'是为了逗乐,为了开玩笑。……用不着龇着牙笑! 姑娘家才喜欢这一套,我可不喜欢您那些牙。您是谁? 是男方还是女方的客人?"

"这不关您的事。……"

"您是干什么的? 姓什么?"

"这不关您的事。……我可不是那种蠢货,不管见着什么人就报出我的身份。……我是个极其骄傲的人,不大愿意跟你们这种人长谈。我对你们这种人是不大理睬的。……"

"瞧瞧你。……嗯。……那么您不肯说您姓什么?"

"我不想说。……要是不管见到什么糊涂虫都报自己的姓名,介绍自己,我这舌头就忙不过来了。……我是个极其骄傲的人,在我的眼里,您跟这个仆役是一路货。……都是不学无术!"

---

① 他原想说"更加了不起的",但为表示他有学问而改用这个不适当的词。

"瞧瞧你。……您算是什么贵族？……哼,我们马上就会弄明白您是哪路货。"

男傧相扬起下巴,往新郎那边走过去。这时候新郎跟新娘坐在一块儿,脸红得跟虾似的,不住眨巴眼睛。……

"尼基沙!"男傧相对新郎说,同时往黑发男人那边点一下头。"那个戏子姓什么?"

新郎否定地摇头。

"我不知道,"他说,"他不是我的朋友。多半是我父亲把他请来的。你问我的父亲好了。"

"可你父亲躺在书房里,醉得人事不知……呼呼地打鼾,好比一头猛兽。那么您认识他吗?"男傧相转过脸来对新娘说。

新娘说她不认得黑发男人。男傧相耸耸肩膀,开始向客人们打听。客人们纷纷声明说,他们是生平第一次见到那个黑发男人。

"这样看来,他是个骗子,"男傧相暗自断定,"他没接到请帖就光临此地,大吃大喝,装得像熟人似的。行啊!我们要叫他知道知道什么叫'现如今'!"

男傧相就走到黑发男人跟前,双手叉住腰。

"您有到此地来的请帖吗?"他问,"请您费神把请帖拿出来看看。"

"我是个极其骄傲的人,我才不会把请帖拿出来给随便哪个家伙瞧呢。请您躲开我。……干吗老是缠住我?"

"那么您没有请帖?既然没有请帖,可见您就是骗子。现在我们才知道您是哪一方请来的,您的身份是什么。我们现如今……也就是现在,才知道您是哪路探子。……您是骗子,就是这么回事。"

"如果这种撒野的话是聪明人对我说的,我就要打他一记耳光,至于对您这种蠢货,连质问一句也多余。"

男傧相在各处房间里跑来跑去,招来大约六个朋友,同他们一起走到黑发男人跟前。

"请您,先生,允许我们看一下您的请帖!"他说。

"我才不高兴拿出来呢。请您躲开我,要不然我就那个……"

"您不愿意拿出请帖来?那么您没有请帖就来了?您有什么权利这么做?这样说来您是骗子?请您费神出去!请!劳驾!我们马上就把您赶下楼去。……"

男傧相和他的朋友们挽住黑发男人的胳膊,把他拉到房门口。客人们嚷叫起来。黑发男人大声地讲到不学无术,讲到他的自尊心。

"请吧!劳驾,漂亮的男人!"得意的男傧相把他拉到门口,嘟哝说,"我们知道你们这些美男子是什么东西!"

在房门口,他们硬给黑发男人穿上大衣,戴上帽子,在他背上猛推一下。男傧相乐得不住地笑,用手上的戒指敲一下他的后脑壳。……黑发男人摇摇晃晃,仰面朝天倒在地下,就此顺着楼梯滚下去。

"再见吧!到了家替我问好啊!"男傧相得意地说。

黑发男人爬起来,拍拍大衣上的尘土,昂起头,说:

"傻瓜总是按傻瓜的想法办事。我是骄傲的人,不会在你们面前低头,让我的马车夫来对你们说明我是什么人。请到这边来!格利果利!"他对街上嚷道。

客人们走下楼去。过一会儿,马车夫从院子里走进前厅来。

"格利果利!"黑发男人对他说,"我是谁?"

"东家谢敏·潘捷列伊奇。……"

"我的身份是什么?我是怎样得到这个身份的?"

"您是荣誉公民,您是凭着学问得到这个身份的。……"

"我在哪儿工作,做什么工作?"

"您在商人波德谢金的工厂技术部门工作,当机械工程师,您的薪金按规定是三千。……"

"现在明白了吧?还有,这就是我的请帖!我是由新郎的父亲,商人西涅雷洛夫请来参加婚礼的,他现在喝醉了。……"

"我的好朋友!我的心肝宝贝儿!"男傧相开口说,"你怎么不早说呀?"

"我是骄傲的人。……我有自尊心。……再见!"

"哎呀,不行,站住。……罪过啊,老兄!翻悔吧,谢敏·潘捷列伊奇!现在我才看出你是什么样的人。……咱们去为你的教养干一杯……为了思想……"

骄傲的人皱起眉头,走上楼去。过了两分钟,他们已经在饮食部里站着,喝白兰地了。

"在这个世界上,不骄傲就没法生活,"他解释说,"我在任何时候对任何人都不让步!任何人!我很看重自己。不过,你们这些不学无术的人是没法理解的!"

照 相 簿

九等文官克拉捷罗夫生得消瘦清癯,就像海军部大厦的尖顶,这时候往前跨出几步,对日梅霍夫说:

"大人!承蒙您多年来做我们的上司,像父亲般照拂我们……"

"已经不止十年了。"扎库辛给他提词说。

"已经不止十年了,因此,我们,您的部下,满心激动而感铭,特意在今天这个对您来说……那个……意义重大的日子,把贴满我们照片的簿子呈献阁下,聊表我们的敬意和感恩戴德之情。我们希望在您意义重大的一生中,在此后很长很长的岁月中,一直到您去世为止,您一直不会离开我们。……"

"而且在真理和进步的道路上,您会像父亲般赐予教诲……"扎库辛补充说,擦掉额头上猛然冒出来的汗。显然,他很想说话,大概已经准备好一篇演说了。"祝您的旗帜还要在很长很长的岁月中飘扬在天才、劳动、社会自觉的领域里!"

日梅霍夫满是皱纹的左脸上淌下眼泪。

"诸位先生!"他用发抖的声音说,"我没料到,无论如何也没想到你们会庆祝我这个不足道的纪念日。……我感动……甚至……非常感动。……我至死也不会忘记这个时刻。请你们相信……请你们相信,朋友们,谁也不会像我这样希望你们万事如意。……即使我过去有过什么惹你们不高兴的举动,也都是为你们好。……"

四等文官日梅霍夫同九等文官克拉捷罗夫拥抱接吻。克拉捷罗夫没料到会有这样的光荣,高兴得脸色发白。然后他的上司做个手势,表示激动得说不出话来,接着就哭了,倒好像不是人家送给他珍贵的照相簿,而是相反,从他手里夺走了照相簿似的。……后来他略微定一下神,又说出些感情洋溢的话,同他们每人握过手,这才在一片嘹亮的欢呼声中走下楼去,坐上轿式马车,由祝福声伴送着,走掉了。他坐在马车上,心中感到一种从没体验过的欢乐,就又哭了。

他家里有新的欢乐在等他。那儿,他的家属、朋友和熟人给他安排下盛大的欢庆场面,这就使他觉得他真像是给祖国做过很多有益的贡献,人世间少了他,祖国的局面也许就会很糟。纪念日宴会上不断祝酒,演说,拥抱,流泪。一句话,日梅霍夫无论如何也没料到他的劳绩会受到这样热烈的重视。

"诸位先生!"他在甜食端上来以前说,"一个人做官,如果不是敷衍了事,不是官样文章,而是所谓的忠于职守,就必然要遭到各种痛苦,可是两个钟头以前,我的各种痛苦一概得到补偿了。我在职期间始终坚持一个原则:不是公众为我们存在,而是我们为公众存在。今天我得到了崇高的奖赏!我那些部下送给我一本照相簿。……就是这本!我感动得很。"

那些喜气洋洋的脸低下来凑着照相簿,细细看它。

"这个照相簿可真漂亮!"日梅霍夫的女儿奥丽雅说,"我看,它要值五十卢布呢。啊,多么可爱!你,爸爸,把这本照相簿给我吧。听见了吗?我把它收藏起来。……多么漂亮啊。"

饭后,奥丽雅把照相簿带到她房间里去,把它锁在书桌的抽屉里。第二天,她把照相簿上文官的照片统统摘下来,丢在地下,然后把她在贵族女子中学里的女朋友插到他们的位子上。文官制服让位给白色短披肩了。大人的小儿子柯里亚,拾起那些文官,给他们的衣服涂上红颜色。凡是没留唇髭的,他一概画上绿色唇髭。凡是没有大胡子的,他统统画上棕色大胡子。后来,再也没有什么可画的,他就把照片上的文官们剪下来,用别针刺穿他们的眼睛,开始拿他们做小兵的游戏。他把九等文官克拉捷罗夫剪下来,钉在一个空火柴盒上,然后举着他,走到书房里去找他的父亲。

"爸爸,一座纪念像!你瞧!"

日梅霍夫扬声大笑,连身子都摇晃了,然后带着满腔温情吻一下柯里亚的小脸蛋,发出吧的一响。

"好,去吧,小淘气,拿给你妈妈去看。让你妈妈也瞧瞧吧。"

自我陶醉

神　话

有个警察区长聪明而受大家尊敬,却有个坏习惯,就是每逢在人群当中坐着,总喜欢吹嘘他的天赋,不过倒也应当为他说一句十分公道的话,他确实很有天赋。他吹嘘他的智慧、精力、力量、思想方式等。

"我力量大!"他说,"只要我乐意,我就能把马蹄铁掰断。只要我乐意,就能把活人吃下肚去。……就连迦太基[①]我也能捣毁,戈尔迪之结[②]我也能一剑斩开。我就是这么个人!"

他不住吹嘘自己,大家都对他感到惊讶。不幸,警察区长从没进过学校,也没读过家喻户晓的格言,他不知道自我陶醉和骄傲是跟高尚的灵魂不相称的恶习。然而有一件事说服了他。有一次他到他的朋友,年老的消防队长家里去,看见那儿聚着很多人,就开始夸耀自己。他喝下三杯白酒,瞪大眼睛说:

"你们看着吧,渺小的人!你们看着而且明白过来吧!太阳如今在天上同别的星球和浮云在一起!它从东方升起,落到西方去,谁也不能改变它的道路!我却能改变!我办得到!"

---

① 非洲北部(今突尼斯)的古国。
② 古希腊传说中弗里吉亚国王戈尔迪所打的难于解开的绳结,后被马其顿王亚历山大拔剑斩开。

年老的消防队长递给他第四杯白酒,和气地说:

"我相信!对人的智慧来说,没有什么事不能做到。这种智慧胜过一切。它能折断马蹄铁,它能把消防队的瞭望台一直筑到天上去,它能从死人手里收受贿赂……样样都能做到!可是,彼得·叶甫特罗培奇,我斗胆向您再说一句,天下有一种东西,却是不仅人的智慧,就连您的力量也不能战胜的。"

"那是什么东西?"自我陶醉的人说,鄙夷地一笑。

"您能战胜一切,然而不能战胜您自己。对了,先生!古人说得好:'Гноти се автòн'。……这意思是说:你要了解你自己。然而,不论是了解自己还是战胜自己,您都办不到。人拗不过自己的本性。对了,先生!"

"不,我拗得过!我也能战胜我自己!"

"哎,您不可能战胜自己!请您相信老人的话,您不会战胜的!"

他们争吵起来。最后,年老的消防队长把骄傲的人带到小杂货铺去,说:

"我马上就能给您证明。……喏,这个小铺老板的钱盒里放着一张十卢布钞票。要是您能战胜您自己,您就不要拿那钱。……"

"我就不拿!我能战胜自己!"

骄傲的人把两只手交叉在胸前,在众目睽睽下开始克制自己。他久久地挣扎着,感到很痛苦。有半个钟头之久,他瞪大眼睛,脸色通红,捏紧拳头,可临了还是抗不住,不由自主地把手伸到钱盒那儿去,抽出那张十卢布钞票,急忙把它塞进他的口袋里。

"是的!"他说,"现在我懂了!"

从此以后他就再也不吹嘘他的力量了。

住别墅的女人

列丽雅(姓从略)是个二十岁的金发女人,相貌俊俏,这时候在别墅花圃旁边站着,把下巴搁在栏杆的横木上,眺望远方。整个遥远的旷野、天上的一朵朵浮云、远处颜色转黑的火车站、在花圃十步开外奔流着的小溪,都沉浸在月光里,紫红色的月亮已经从古墓后面升上来了。微风闲得没事做而在小溪的水面上快活地吹起涟漪,把青草吹拂得沙沙响。……四下里一片肃静。……列丽雅在思索。……她俊俏的脸上那么忧郁,眼睛由于悲伤而那么暗淡,说真的,不分担她的痛苦就太不近人情,以至残忍了。

她拿现在同过去相比。去年,也是在这清香扑鼻和饶有诗意的五月,她还是贵族女子中学的学生,正参加毕业考试。她不由得想起班主任莫索①小姐带着毕业生到照相馆去照相的情景,那个小姐是个战战兢兢的、有病的、头脑极其闭塞的人,脸色老是惊恐不安,大鼻子上冒出汗珠。

"啊,我请求您,"她对照相馆里的女职员说,"您可别拿男人的照片给她们看!"

她是眼睛里含着泪水提出这个请求的。她,这可怜的蜥蜴,从没同男人来往过,一见到男人的脸,就顿时生出神秘的恐怖心情。

---

① 原文为法语,法国人的姓。

她在每个"恶魔"的唇髭和胡子里都能看出天堂般的欢乐,那种欢乐却不可避免地把人送进谁也没见过的、可怕的深渊里去,然而那儿却没有出路。贵族女子中学的女生们都嘲笑愚蠢的莫索,可是她们受过"理想"的熏陶,难免也有那种神秘的恐怖。她们相信,那边,在贵族女子中学高墙外边,如果不把患着炎症的爸爸和志愿入伍的兄长计算在内的话,就到处都是头发乱蓬蓬的诗人、脸色苍白的歌唱家、脾气乖戾的讽刺作家、满腔热血的爱国志士、豪富无比的财主以及那些能言善辩、声泪俱下而又非常有趣的辩护人。……你就瞧着这个万头攒动的人群,管自选择吧!列丽雅也不例外,她深信一旦走出贵族女子中学的校门,就一定会碰见屠格涅夫笔下的以及其他的英雄,为真理和进步斗争的战士,一切长篇小说以至一切历史教科书,无论是古代史、中古史、近代史,对于那类人物总是津津乐道的。……

就在那个五月,列丽雅结了婚。她的丈夫漂亮,阔绰,年轻,受过教育,为大家所尊敬,然而尽管如此,他却粗鲁,鄙野,像世上无数可笑的俗人那样可笑(在这饶有诗意的五月,承认这样的事是令人害臊的)。

他早晨十点钟醒过来,然后穿上晨衣,坐下来刮脸。他带着专心的神色刮脸,显得津津有味,精神贯注,好像在发明电话似的。刮完脸,他就喝一种什么水,也现出专心的神色。随后,他穿上一身干净平整的衣服,吻了吻妻子的手,坐上自己的轻便马车,到"保险公司"去上班。他在那家"公司"里做什么工作,列丽雅不知道。究竟他专管抄写公文,还是拟定巧妙的计划,甚至也许左右那个"公司"的命运,那都不得而知。三点多钟他下班回来,抱怨疲劳和出汗,更换内衣。然后他坐下吃中饭。在饭桌上,他吃得很多,高谈阔论。他所谈的大半是高深的题目。他议论妇女问题和金融问题,不知什么缘故痛骂英国,称赞俾斯麦。报纸啦,医学啦,演员啦,大学生啦,一概遭到他的指责。……"青年人一代不如一代!"他一顿饭的工夫就能议论上百个问题。不过最可怕的是,同桌吃饭的客人们听着这个脾气很坏的人讲话,却附和他的说法。他虽然老讲些荒唐而庸俗的话,却显得比所有的客人都聪明,简直可以算是权威呢。

"现在我们没有好作家!"他每到吃饭的时候就叹口气说。这个信念,他不是从书本上得来的。书本也罢,报纸也罢,他从来也不看一眼。他常混淆屠格涅夫和陀思妥耶夫斯基,看不懂漫画,也听不懂笑话,有一次听从列丽雅的劝告而读谢德林的作品,却发现谢德林写得"含混不清"。

"普希金好得多,我亲爱的①。……普希金有很逗笑的作品!我读过……至今都记得。……"

饭后他走到阳台上,在柔软的圈椅上坐下,半闭着眼睛,沉思不语。他思索很久,聚精会神,皱起眉头,愁眉苦脸。……他在想什么,列丽雅却不知道。她只知道,经过两小时思考后,他丝毫也没变得聪明点,仍旧信口雌黄。傍晚他玩纸牌。他打起牌来一本正经。每次出牌他都考虑很久,遇到别人打错了牌,就用庄重而清楚的声调说出牌戏的规则。打完牌,客人们走后,他又喝那种水,带着专心的神色上床睡觉。他睡得安稳,好比一根平放的圆木。他只偶尔说梦话,不过就连他的梦话也是可笑的。

"马车夫!马车夫!"列丽雅在婚后第二天夜里听见他说。

他通宵打呼噜。他鼻子里,胸膛里,肚子里一齐呼噜呼噜响。……

关于他,列丽雅所能说的只有这些。现在她站在花圃旁边,想着他,拿他同她所认识的一切男人比较,却发现他比所有那些男人

---

① 原文为法语。

都好,然而这个想法并没使她感到轻松些。她倒觉得莫索小姐那种神秘的恐怖有道理得多呢。

同妻子吵架

巧　事

"见鬼！我下班回到家里,饿得像狗似的,她却拿出些鬼才知道的东西来给你吃！而且你连说句话都不行！你一说话,她马上就哇哇地叫,眼泪汪汪！我真该挨三次诅咒,谁叫我结婚哟！"

说完这话,丈夫把汤匙当的一响扔在汤盆上,跳起来,使足劲,砰的一声带上门。妻子放声大哭,用餐巾蒙上脸,也走出去。这顿饭就此结束了。

丈夫回到他的书房里,在长沙发上躺下,把脸埋在枕头里。

"是魔鬼支使你结婚的！"他暗想,"不用说,这种'家庭'生活可真是妙得很！你还没来得及结完婚,就已经想开枪自杀了！"

过了一刻钟,房门外响起轻微的脚步声。……

"是啊,这个世道就是这样。……她侮辱你,作践你,如今却又在门口走来走去,想讲和了。……哼,活见鬼！我宁可上吊也不讲和！"

房门轻轻地吱呀一响,开了,没再关上。不知是谁走进来了,迈着很轻的、胆怯的脚步,往长沙发这边走过来。

"好！你讨饶吧,央告吧,哭吧。……我要叫你碰个大钉子！鬼东西！你休想听到我说出一句话来,哪怕你死了也白搭。……我假装睡觉,我才不想讲话呢！"

丈夫把头更深地埋进枕头里去,轻声打鼾。然而男人也跟女人一样软弱。他们的心容易感动,容易软下来。丈夫感到背后有个温暖的身体贴上来,就倔强地往长沙发靠背那边移过去,把腿猛地缩回来。

"是啊。……现在你倒凑过来,依偎着我,讨我的好了。……过一会儿你还要吻我的肩膀,朝我跪下呢。我受不了这些肉麻的把戏!……不过话说回来……还是得原谅她。她怀着孕,要是再心烦意乱,对她就有害。我折磨她一个钟头,惩罚她一下,就饶了她吧。……"

他耳朵上方轻轻地飞过一声深深的叹息。这以后又飞过一声,再飞过一声。……丈夫感到有一只小手攀住他的肩膀。

"得了,求上帝保佑她!我最后一次原谅她了。不要再折磨她这个可怜的人!况且我自己也不对!为一点小事就闹得天翻地覆。……"于是他说:

"得了,算了吧,我的小乖乖!"

丈夫就把手伸到后边去,抱住一个温暖的身体。

"吓!!……"

原来在他身旁躺着的,是他的大狗江卡。

民 心 骚 动

摘自某城大事记

人间活像一个火炉。午后的骄阳晒得那么起劲,就连税务员办公室里挂着的列氏寒暑表也张皇失措,水银柱一直升到三十五点八度,然后迟疑不定地停住不动。……市民们大汗淋漓,不亚于跑累的马,听凭脸上的汗自己干掉,懒得去擦了。

在市集的大广场上,那些关紧百叶窗的房屋前面,有两个市民在走动,一个是地方金库司库员波切希兴,一个是诉讼代理人奥普契莫夫(他又是《祖国之子》的老资格记者)。两个人走着,由于炎热而沉默不语。奥普契莫夫见到市集的广场上尘土飞扬,颇不洁净,本想把市政机关批评一番,然而他知道他的同伴秉性和平,思想温和,就没开口。

在广场中央,波切希兴忽然站住,抬起头来瞧着天空。

"您瞧什么,叶甫普尔·谢拉皮奥内奇?"

"椋鸟飞来了。我瞧它们飞到什么地方去。像黑压压的乌云似的!假定我们开枪打它们,随后把它们拾起来……假定……它们停在大司祭的花园里了!"

"根本不对,叶甫普尔·谢拉皮奥内奇。不是停在大司祭家里,而是停在助祭符拉托阿多夫家里。要是从这个地方放枪,一只鸟也打不到。散弹的颗粒小,飞到半路上就没有力量了。再者,您想想吧,何必打死它们呢?这种鸟对浆果有害,这是实在的,不过它们毕竟是动物,是上帝创造的活物啊。比方说,椋鸟会歌唱。……那么,请问,椋鸟歌唱的目的何在?为了赞美上帝。'你们各种活物啊,赞美上帝吧。'啊,不对!看样子,它们是停在大司祭家里了!"

有三个年老的女香客,身后背着行囊,脚上穿着树皮鞋,静悄悄地走过交谈的人身旁。她们用疑问的眼光瞧着波切希兴和奥普契莫夫,看见他们不知什么缘故瞅着大司祭的房屋,就悄悄走开,在离他们不远的地方站住,再看看两个朋友,然后自己也瞧着大司祭的房屋。

"对,您说得对,它们是停在大司祭家里了,"奥普契莫夫继续说,"现在他家的樱桃成熟了,所以它们飞到那儿去啄食。"

大司祭沃斯米司契谢夫本人从他花园的旁门里走出来,同他在一起的还有诵经士叶甫斯契格涅依。大司祭看见人家往他这边瞧,不明白人家瞧什么,就停下来,同诵经士一起也抬起头观看,想弄明白是怎么回事。

"巴伊西神甫多半是去给人家行圣礼,"波切希兴说,"上帝保佑他吧!"

在两个朋友和大司祭之间那一大块空地上,有些刚在河里洗过澡的工人走过去,是商人普罗夫工厂的。这些人看见巴伊西神甫举眼望着高空,又看见那些女香客站在那儿不动,也往上看,就停住脚,也往那边瞧。照这样做的还有一个男孩,他本来领着一个瞎眼的乞丐走路,另外还有个汉子,提着一小桶腐烂的青鱼走来,准备倒在广场上。

"大概是出了什么事吧,"波切希兴说,"莫非是起火了?可是不对,没看见黑烟呀!喂,库兹玛!"他对伫立观望的汉子说,"出了什么事?"

汉子回答了一句什么话,可是波切希兴和奥普契莫夫什么也没听清。在所有的店铺门口,带着睡意的店员们纷纷出现。有几个抹灰工人本来在粉刷商人费尔契库林的粮食店,这时候从梯子上爬下来,同那些工人站在一起。一个消防队员本来在瞭望台上光着脚转圈子,这时候停住,看一会儿,从上边走下来。瞭望台上变得空荡荡。这就显得可疑了。

　　"真是有什么地方起火了吗?可是您别推我呀!该死的猪!"

　　"您看见哪儿起了火?哪有什么火灾?诸位先生,你们散开吧!我客气地请求你们!"

　　"多半是屋子里边起火了!"

　　"他嘴上说客气地请求,可是他乱推乱搡!您不要抢胳膊!虽然您是长官先生,不过您根本没有权利放任您那两只手!"

　　"踩痛我的鸡眼了!啊,巴不得叫你咽了气才好!"

　　"谁咽气了?伙计,有人咽气了!"

　　"干什么聚着这么一群人?这究竟有什么必要?"

　　"有人咽气了,官长!"

　　"在哪儿?你们散开!诸位先生,我客气地请求你们!我客气地请求你,笨蛋!"

　　"你要推就去推乡巴佬,上流人可不准你碰!你别碰我!"

　　"难道这些人也算是人?难道他们这些魔鬼也懂得好话?西多罗夫,你跑一趟,去把阿基木·丹尼雷奇找来!快去!诸位先生,你们不会有好下场!阿基木·丹尼雷奇一来,你们就要倒霉!巴尔芬,你也在这儿?!你还是个瞎子,而且那么大的年纪!他什么也看不见,却跟着人家跑到这儿来凑热闹,不听管束!斯米尔诺夫,把巴尔芬的名字记下来!"

　　"是!请问,普罗夫工厂的那些工人也记下吗?喏,那个肥脸蛋的家伙就是普罗夫的人!"

"普罗夫工厂的暂时不用记。……明天普罗夫过生日!"

那群椋鸟飞上大司祭花园的天空,像是一团乌云,可是波切希兴和奥普契莫夫已经顾不上看它们。他们站在那儿,一直往上看,极力要弄明白这样一群人聚在这儿干什么,往哪儿看。阿基木·丹尼雷奇来了。他嘴里嚼着东西,擦着嘴唇,哇哇地嚷,冲进人群里。

"消防队员们,准备好!你们散开!奥普契莫夫先生,您走开,要不然您就会遭殃!您与其在报纸上写出各式各样的文章批评正派人,还不如自己多守点规矩的好!报纸不会教人做好事!"

"我请求您不要提到报刊!"奥普契莫夫发脾气说,"我是文人,我不允许您提到报刊,虽说我按照公民的责任,是尊重您,把您看作父亲和恩人的!"

"消防队员们,拿水浇他们!"

"没有水,官长!"

"少说废话!坐着马车去取水来!快去!"

"没有马车可坐,官长。少校坐着消防队的马车送他姑母去了!"

"你们散开!你往后退,见你的鬼!……你要自讨苦吃吗?把他记下来,魔鬼!……"

"铅笔丢了,官长。……"

人群越聚越大。……要不是格烈希金的小饭铺里有人想起试一试前几天从莫斯科寄来的新风琴,那么上帝才知道这群人会增长到什么规模。这群人一听见奏起《射击手》这支曲子,就叫一声啊呀,纷纷往小饭铺里涌去。因此,这群人什么缘故聚集在一起,谁也没弄明白,至于那些椋鸟,这次事故真正的罪魁祸首,奥普契莫夫和波切希兴却已经忘了。过了一个钟头,全城已经太平而安静,所能看到的只有一个人,也就是在瞭望台上走来走去的消防队员。……

当天傍晚,阿基木·丹尼雷奇在费尔契库林的食品杂货店里坐着,喝那搀白兰地酒的柠檬汽水①,写道:"大人,除正式呈文外,本人略抒己见,作为补充。父亲和恩人啊!多亏您贤惠的夫人住在本城附近一个有益于身心的别墅里虔诚祈祷,本案才没发展到不可收拾的地步!今天我遭到种种艰难困苦,实非笔墨所能形容。克鲁宪斯基和消防队少校波尔土彼耶夫亲临现场,指挥若定,其才干颇难找到适当的词句加以描述也。我国有如此称职的公仆,本人引以为荣!我虽尽力而为,无奈我是软弱的人,一心为人谋幸福,此外别无所求。目前本人坐在温暖家庭之中,眼内含着泪水,一心感谢上苍未使本案酿成流血惨剧。至于犯罪人等,因罪证不足,暂时在押,不过我打算过一星期就予以释放。他们愚昧无知,故触犯神诫②也!"

---

① 原文为法语。
② 指《圣经》所载神的"十诫"。按此处应说"法律"。

轻松喜剧

中饭吃完了。厨娘奉命尽量轻手轻脚地收拾桌上的餐具，不要碰响碗碟，脚底下不要出声。……孩子们由人匆匆地领到树林里去。……事情是这样：这个别墅的男主人奥西普·费多雷奇·克洛奇科夫是个身材消瘦而害着痨病的人，眼睛塌陷，鼻子很尖，这时候从他口袋里取出笔记本，怪难为情地嗽一嗽喉咙，开始念他亲笔写成的轻松喜剧。他那轻松喜剧的内容并不复杂，很短，而且没有什么违碍禁令的地方。这出戏讲的是这样一回事：文官亚斯诺塞尔德采夫跑到舞台上来，对他妻子宣布，说他的上司，四等文官克列谢夫，马上就要到他们家里来做客，因为上司看中了亚斯诺塞尔德采夫的小女儿丽扎。这以后就是亚斯诺塞尔德采夫的长篇独白，大意是做将军的岳父多么愉快！"他胸前戴满了星章……裤子上滚着红色镶条……你却同他并排坐着，满不在乎！倒好像在宇宙的运转中，你也真是个并非微不足道的大人物似的！"未来的岳父这样幻想着，突然发觉他家的各个房间里都弥漫着浓重的烤鹅气味。既然房间里有气味，就不便于接待贵客。亚斯诺塞尔德采夫开始责难他的妻子。他的妻子说："谁也没法叫你满意。"接着号啕大哭。未来的岳父抱住头，要求妻子止住哭，因为泪眼模糊地迎接上司太不像话。"傻娘们儿！你擦干眼泪……木乃伊①,你这糊涂的希罗底②!"妻子发了歇斯底里。女儿声明说,她不能跟脾气这样暴躁的父母一块儿生活,就穿上衣服,要离家出走。他们越吵越厉害。最后,贵客上场了,这时候,医生正把浸透醋酸铅液的湿布敷到丈夫的头上去,警察区长在起草呈文,说他们破坏社会的平静和安宁。剧情就是这样。这出戏里还顺带写到丽扎的未婚夫格兰斯基,法学副博士,是个"新派"人。他讲起种种原则,显然,在这出轻松喜剧里他代表善的精神。

克洛奇科夫嘴里念剧本,眼睛却不时斜过去看一下听众:他们在笑吗?使他满意的是,客人们屡次举起拳头捂住嘴,互相看一眼。

"嗯?你们觉得这出戏如何?"克洛奇科夫念完剧本,抬起眼睛看着听众说,"怎么样?"

为了回答他的话,年纪最大的客人米特罗方·尼古拉伊奇·扎玛祖陵,这个白发苍苍、头顶秃得像月亮的人,站起来,眼睛里含着泪水,拥抱克洛奇科夫。

"谢谢你,好朋友,"他说,"你给我们消愁解闷。……你这个剧本写得那么好,听得人直流眼泪。……让我再一次……拥抱你。……"

"妙得很!了不起!"波卢穆拉科夫跳起来说,"才能,十足的才能啊!你猜怎么样,老兄?你丢掉官职,干脆写作吧!要写了又写!把才能埋没在泥土里是大不应该的!"

大家开始庆贺,兴奋,拥抱。……他们打发人去取俄国香槟酒来。

克洛奇科夫失魂落魄,涨红了脸,由于心潮澎湃而绕着桌子走

---

① 或译"干尸"。
② 据《圣经》载,她是古犹太王后,以不道德和残酷闻名。

来走去。

"我早就体会到我有这种才能!"他开口说,不住咳嗽,摇手,"我差不多从小就体会到了。……我叙述事情总有文学气味,又善于说俏皮话……我熟悉舞台,因为我参加业余演出有十年之久。……此外还需要什么呢?只要我在这个领域里多用点功,好好学习就行……我在哪方面比别人差呢?"

"确实,应该好好学习一下……"扎玛祖陵说,"你这话说得对。只是有几句话我想跟你说,亲爱的。……请你原谅我,我说的是真话。……真理高于一切嘛。……你那个剧本里写了四等文官克列谢夫。……这不好,朋友。……其实呢,这倒也没什么关系,可是不知怎的,你知道,不大合适。……什么将军啦,这个那个的。……你把它删掉吧,老兄!况且,我们那位会生气的,以为你写的就是他。……老头子就要不高兴。……他对我们可是一向恩重如山啊。……不要这个人物吧!"

"这是实话,"克洛奇科夫不安地说,"应当改动一下。……我每一处都添上'大人'好了。……或者不这样,简单一点,不写官阶。……光是克列谢夫就行。……"

"另外还有一点,"波卢穆拉科夫说,"不过,这是小事,可是也不妥当……刺眼得很。……你那个剧本里有个未婚夫格兰斯基,他对丽扎说,要是她父母不愿意让她嫁给他,他就要违抗他们的意志办事。这话或许也没什么关系……或许做父母的在专制方面真是可恶得很,不过在我们这个时代,这话该怎么说好呢……说不定你会惹祸上身的!"

"是啊,这话有点尖刻,"扎玛祖陵同意道,"你好歹把那个地方改一下。……还有一段话,是说做上司的岳父多么愉快,也该去掉。剧本里说的是愉快,其实你的本意是嘲笑他。……这种事可开不得玩笑,老弟。……我们那位娶的也是穷姑娘,那么由此就该得出结论说他干得不对？你认为是这样？难道他会不生气？嗯，假定说,他坐在戏院里看这出戏。……难道他会愉快？可是话说回来,当初你和萨拉列耶夫请求补助金的时候,他给你撑过腰！'他是个有病的人,'他说,'他比萨拉列耶夫更缺钱用。'……你明白吗？"

"其实,你老实说吧,你写这个大官就是影射他！"布里亚京说,挤一挤眼睛。

"我想都没有想过！"克洛奇科夫说,"如果我是那样,就让上帝惩罚我,我根本就没影射什么人！"

"哎,得了,得了……你别说了,劳驾！他确实喜欢追逐女性。……这一点你倒真是把他看透了。……不过你,那个……取消警察区长吧。……这个人物不必要。……就连那个格兰斯基,你也得删掉。……他是个莫名其妙的人物,鬼才知道他是干什么的,他讲出各式各样任性的话来。……如果你是在批评他,倒也罢了,可是你正好相反,是在同情他。……或许他也是好人,不过……鬼才弄得清楚他是什么路数！这会惹出各种想法来的。……"

"你们知道亚斯诺塞尔德采夫是什么人吗？他就是我们的叶尼亚金。……克洛奇科夫影射的就是他。……他是个九等文官,老是跟他妻子吵架,也有个小女儿。……就是他嘛。……谢谢你啊,老兄！这也是他活该,坏蛋！叫他以后再也不敢自高自大！"

"比方就拿这个叶尼亚金来说吧……"扎玛祖陵叹道,"他是个无聊的人,骗子,不过话说回来,他老是约你到他家里去,他又是你的娜斯秋莎的教父。……这不好,奥西普！你把它删掉吧！依我看来……还是丢开这种工作的好！干这种工作……真的……马上就会引起种种议论:某人怎样怎样啦……为什么啦。……事后你要后悔莫及哟！"

"这话不错……"波卢穆拉科夫肯定道,"这无非是找乐子,可是找这种乐子却会惹出麻烦来,哪怕花十年工夫也弥补不上。……你不该想起干这种事,奥西普。……这不是你的工作。……你想做果戈理,想做克雷洛夫①。……他们确实是有学问的人,可是你受过多少教育呢?你是条小虫子,人家看都看不见!不论哪个苍蝇都能把你压死。……丢开这个行当吧,老兄!要是我们那位知道了,那可就……你丢开这个行当吧!"

"你把这篇东西撕掉吧!"布里亚京小声说,"我们不会告诉外人的。……要是人家问起,我们就说你给我们读了一篇东西,可是我们没有听懂。……"

"为什么这么说?不应该这么说……"扎玛祖陵说,"要是人家问起,嗯,那就……不能说谎。……自己的衬衫更贴身②嘛。……喏,人家干出各式各样的坏事,事后却要我来代人受过!我认为这比什么都糟!你是个病人,人家倒不会来问你,可是我们却要遭殃。……我可不喜欢这种事,真的!"

"轻点声,诸位先生。……有人来了。……把稿子藏起来,克洛奇科夫!"

脸色苍白的克洛奇科夫赶紧把笔记本藏起来,搔搔后脑壳,沉思不语。

"对,这是实话……"他说,叹口气,"这会惹出种种议论……人家的看法会各不相同。……说不定这出轻松喜剧里还有些不妥当的东西,我们看不出来,别人却看得出来。……我把它撕掉好了。……不过你们,诸位老兄,劳驾,那个……千万别对外人说呀。……"

俄国香槟酒送来了。……客人们喝下酒,分头走散。……

---

① 克雷洛夫(1769—1844),俄国作家,以寓言诗闻名。
② 俄谚,意谓"人总要顾到自己的利益"。

文官考试

"地理教员加尔金对我怀恨在心,请您相信今天我在他手里会考不及格,"某县邮局收信员叶菲木·扎哈雷奇·凡德利科夫烦躁地搓着手,冒着汗说,这个人白发苍苍,留着大胡子,头上有一块可敬的秃顶,肚子鼓得很大。"我会考不及格的。……这如同上帝是神圣的一样,确定无疑了。……他忌恨我完全为一件小事,先生。有一次他拿着挂号信到我这儿来,硬从人群当中往里挤,意思是,您明白,要我先收下他的信,然后再收别人的。这不合适。……虽然他属于受过教育的阶层,可是仍然应该遵守秩序,等着。我就对他提了个正当的意见。我说:'先生,您等一下,轮到了您就给您办。'他冒火了,从此就跟我作对,像扫罗①似的。他给我小儿子叶果鲁希卡的功课批一分,在全城各处给我起各式各样的绰号。有一回我路过库赫青小饭铺,他从窗口探出身子来,手里拿着台球杆,醉醺醺地向整个广场嚷道:'诸位先生,你们看啊:一张用过的邮票来了!'"

俄语教员皮沃美多夫在县立学校前厅里同凡德利科夫站在一起,带着迁就的神情吸凡德利科夫递给他的纸烟,耸耸肩膀,安慰

---

① 基督教传说中的人物,古代以色列王,是个专横的统治者,见《旧约·撒母耳记(上)》。

他说：

"您不要激动。你们这班人考试落第的事，在我们这儿从来也没有过先例。考试无非是官样文章罢了！"

凡德利科夫定下心来，可是这没多久。正巧加尔金穿过前厅走进去，他是个青年人，胡子稀疏，仿佛给人拔掉了似的，上身穿着新的青色礼服，下身穿着帆布裤子。他严厉地看一下凡德利科夫，径自走去。

接着人们传说督学官来了。凡德利科夫浑身发凉，战战兢兢地等着，凡是做过被告和初次应考的人都是极其熟悉这种惶恐心情的。县立学校校长哈莫夫穿过前厅，跑到街上去。宗教课教员兹米耶查洛夫，头上戴着高筒帽，胸前挂着小十字架，匆匆地跟着他跑出去迎接督学官。其他教员也跟着追出去。国民学校督学官阿哈霍夫大声跟人们打招呼，对尘土飞扬的马路表示不满，然后走进学校里来。五分钟后，考试开始了。

先入场应考的是两个教士的儿子，准备做乡村教员。一个考上了，一个没考上。落第的那个，用红手绢擤鼻子，站一会儿，沉吟一下，走掉了。随后入场应考的是两个第三等级的志愿入伍者。这以后就轮到凡德利科夫了。……

"您在哪儿工作？"督学官问他说。

"我是本地邮局的收信员，大人，"他挺直身子说，极力掩藏他那双发抖的手，免得让大家看见，"我已经工作二十一年了，大人。现在，局里要呈报上去举荐我做十四等文官，为此我斗胆来参加末等文官的考试。"

"哦。……那就先考听写。"

皮沃美多夫站起来，清一清嗓子，开始用低沉刺耳的男低音念出些句子，而且极力念些容易写错的字来让应考人上当，例如"既（即）使口可（渴）了，也不渴（喝）水"。

然而,尽管刁钻的皮沃美多夫花样百出,听写还是顺利地收场了。未来的十四等文官虽然注重字体的端正胜过注重语法,可是他的错误总算不多。这个字少写一笔,那个字多写一笔,"面貌"两个字在督学官脸上引起一丝笑意,因为他写成"面猫"了。不过话说回来,这都不能算是大错。

"听写的成绩还可以。"督学官说。

"我斗胆禀告大人,"凡德利科夫胆壮起来,斜起眼睛看了看他的仇人加尔金,说,"我斗胆报告一下,我是用达维多夫的那本书学几何学的,还多多少少跟我的外甥瓦尔索诺菲依学过一下,他是谢尔吉圣三一宗教学校,又名维方斯科依宗教学校的学生,最近放假回到家里来。我学过平面几何学,也学过立体几何学……所有的科目都学过。……"

"考试科目里没有立体几何学。"

"没有?可是我足足学了一个月。……真是冤枉啊!"凡德利科夫叹道。

"不过目前我们暂时不来谈几何学。我们转到您身为邮局官员大概很喜爱的一门学科上去。地理就是邮务人员的学科。"

所有的教员都恭敬地赔着笑脸。凡德利科夫并不同意地理是邮务人员的学科(关于这一点,无论是邮政规章里还是本区的训令里,都没有明文规定),然而他出于尊敬,还是说:"是,大人。"他神经质地咳嗽一声,心惊胆战地等着发问。他的仇人加尔金往椅背上一靠,眼睛没看着他,拖着长声问道:

"嗯……请您告诉我,土耳其有个什么样的政府?"

"这大家都知道。……土耳其政府呗。……"

"哦!……土耳其政府。……这个概念不大清楚。那儿是立宪政府。那么您知道恒河有哪些支流?"

"我学的是斯米尔诺夫的地理书,而且请别见怪,我学得不大到家。……恒河是流过印度境内的一条河……这条河流进大海。"

"我没问您这些。恒河有哪些支流?不知道?那么阿拉斯①流过哪儿?这也不知道?奇怪。……日托米尔②在哪一省?"

"驿路十八,地区一百二十一。"③

凡德利科夫额头上冒出了冷汗。他眨巴眼睛,做出咽东西的动作,好像把舌头吞下肚去似的。

"我敢当着上帝的面起誓,大人,"他喃喃地说,"甚至大司祭都能作证。……我已经工作二十一年,目前这个……我会永生永世为您祷告上帝的。……"

"好吧,我们把地理放下。您的算术准备得如何?"

"算术也没学到家。……甚至大司祭都能作证。……我会永生永世为您祷告上帝。……我从圣母节④起就学啊,学啊,可是……没学好。……我年纪大,脑筋不好使了。……您发发慈悲吧,大人,您让我永生永世为您祷告上帝吧。"

凡德利科夫的睫毛上挂着两颗泪珠。

"我一直勤恳地工作,没出过差错。……我每年逢到斋期都持斋。……甚至大司祭都能作证。……求您宽宏大量,高抬贵手吧,大人。"

"您一点也没准备好吗?"

"样样都准备了,可就是什么也没记住。……我不久就要满六十岁,大人,哪儿还能研究什么学问呢?您发发慈悲吧!"

---

① 河名,流过土耳其,进入阿塞拜疆。
② 城名,在乌克兰,日托米尔省的中心。
③ 邮局专门用语。
④ 东正教节日,在10月14日。

"他连安着帽徽的帽子①都已经定做了……"大司祭兹米耶查洛夫说,笑一笑。

"好,您走吧!……"督学官说。

过了半个钟头,凡德利科夫同教员们一起走到库赫青小饭铺里去喝茶,得意扬扬。他满脸放光,眼睛里闪着幸福,然而时不时地搔一下后脑壳,这就表明有个什么思想在折磨他。

"真是冤枉啊!"他喃喃地说,"话说回来,想不到,我这个人也真是笨!"

"怎么呢?"皮沃美多夫问。

"既然考试科目里没有立体几何学,那我又何必学呢?可是我为它,这门可恶的学科,足足用功了一个月呢。真是冤枉啊!"

---

① 俄国的文官制帽。

俄 国 煤

真　事

四月里一个风和日丽的早晨,俄国的伯爵①土卢波夫搭乘德国轮船在莱茵河上顺流而下,由于闲着没事做而跟一个"香肠商人"②谈话。他的谈话对手是个年轻而干瘦的德国人,脸上的表情显得高傲而有学问,充满个人尊严感,脖子上套着浆硬的小衣领,自称是开矿的行家阿尔土尔·因布斯。他们一谈起俄国的煤,他就执意不肯改换话题,伯爵却感到厌烦了。

"我们的煤的命运异常悲惨,"伯爵在谈话中说,像有学问的内行那样叹口气,"您想象不到:彼得堡和莫斯科靠英国煤生活,俄国的炉子里烧的是富饶的原始森林,然而另一方面,我们的南方矿区却有取之不尽的宝藏!"

因布斯悲哀地摇摇头,烦恼地嗽一下喉咙,叫人拿俄国的地图来。

等到仆役把地图送来,伯爵就伸出小手指头,用指甲顺着亚速海的沿岸划下去,指了指哈尔科夫附近一带,说:

"就是这儿……到处都是。……明白吗?整个南方!!"

---

① 原文为法语。
② 指德国人(在俄国的德国人,有很多做香肠生意)。

因布斯打算比较确切地知道我国的煤究竟蕴藏在什么地区,然而伯爵却说不明白。他胡乱地把手指甲在整个俄国国土上戳来戳去,有一次打算说明顿河地区煤藏之富,甚至把手指甲戳到斯塔夫罗波尔省去了。俄国伯爵分明不大了解他国家的地理情况。临到因布斯对他说俄国有喀尔巴阡山脉,他大吃一惊,脸上甚至露出不相信的神色。

"在顿河地区,您要知道,我自己就有一片田产,"伯爵说,"有八千俄亩的土地呢。那片土地好得很!其中的煤藏量,您要知道……多得数不清……汪洋大海啊!① 地底下埋藏着几百万吨……都白白地糟蹋了。……我早就巴望着解决这个问题。……我在寻找机会……寻找适当的人。要知道我们俄国没有专家!人才缺乏极了!"

他们泛泛地谈起专家。他们说了很多,讲了很久。……最后,伯爵像被蛇咬了一口似的,忽然跳起来,拍一下额头,说:

"您猜怎么着?我遇见您,很高兴。您愿意到我的庄园上去吗?啊?您在这儿,在德国,有什么可干的呢?这儿缺了您,有学问的德国人也还有很多,可是您到我那儿却会干出一番事业来!而且是什么样的事业啊!……愿意去吗?您赶快答应吧!"

因布斯皱起眉头,在舱房里从这个墙角走到那个墙角,心里不住地盘算和掂量,然后他同意了。

伯爵握一握他的手,喊人拿香槟酒来。……

"得,现在我放心了,"他说,"我就要有煤了。……"

一个星期后,因布斯带上书本、图纸和希望,坐火车到俄国来,带着不那么纯洁的心情想望俄国的卢布。在莫斯科,伯爵给他二百卢布和庄园的地址,吩咐他乘火车到南方去。

---

① 原文为德语。

"您自己坐车去,在那边动手干吧。……我也许秋天去。您把在那边工作的情况写信告诉我。……"

到达土卢波夫的庄园后,因布斯在厢房里住下。他到达后第二天就着手"为俄国提供原煤"。过了三个星期他给伯爵寄去第一封信。"我已经了解过您土地底下的煤藏,"他写完一大段胆怯的开场白后,写道,"我发现那些煤质量低劣,犯不上把它从地里挖出来。即使它的质量再好两倍,也不应该去碰它。除了煤的质量以外,使我震惊的还有市场上根本缺乏对煤的需求。您的邻居,煤矿主阿尔巴托夫,已经开采了一千五百万普特,然而即使把每普特的煤价降为一戈比,也没有人要。顿涅茨运煤铁路正好穿过您的土地,它是专为运输原煤而修建的,可是事实证明,它在全部存在时期当中连一普特煤也没运输过。只有不诚实的或者过于轻率的人,才能让您觉得这件事会有一丝一毫成功的希望。我还要斗胆补充说明一点:您的田产管理情况极其杂乱无章,因而采煤这件事,乃至一般说来不论什么样的新设施,都无异于奢侈品。"最后德国人请求伯爵把他推荐给其他的俄国"公爵或伯爵"①或者给他汇来"一点点钱"②,作为他回德国的路费。因布斯等候仁慈的回信到来,无事可做,就钓鲫鱼消遣,或者吹芦笛诱捕鹌鹑。

那封信的回音来了,然而不是寄给因布斯,却是寄给波兰籍总管德节尔任斯基的。"请您对那个德国人说,他啥也不懂,"伯爵在信尾的附言里写道,"我把他的信拿给一个采矿工程师(三等文官穆列耶夫)看,他看了觉得好笑。不过我不打算留住他。让他走吧。路费他有。我给过他二百卢布。如果他已经在路上花掉五十,那么他手头还剩一百五。"因布斯听到这样的回答,吓坏了。他坐下来,用他那手模糊难认的德国字写满两张信纸。他恳求伯

---

①② 原文为德语。

爵原谅他在上封信里隐瞒了许多"很重要"的事没说。他眼睛里含着泪水,良心感到痛苦地写道,他从莫斯科来到此地,身边还剩下一百七十二卢布,可是他不小心,打牌的时候统统输给德节尔任斯基了。"后来我赢了他二百五十卢布,可是他没给我钱,我输的钱他却统统拿去了。因此我斗胆吁请阁下催促可敬的德节尔任斯基先生哪怕付给我一半赌债,以便我离开俄国而不致白白耗费您的粮食。"许多水流进了大海,许多鲫鱼和鹌鹑被因布斯捉住,然而第二封信寄出后,却一直没有回音。七月底有一天,波兰人走进德国人的房间,在床上坐下,破口大骂,把他想得起的德国骂人话都用上了。

"这个伯爵是头惊人的蠢驴!"他说,用帽子拍打桌沿,"他给我来信说过几天就要到意大利去,可是关于您,他却一句也没交代。那我拿您怎么办呢?把您就着酒喝下肚去还是怎么的?再者,他何必开采煤矿!他根本不需要煤,就像我不需要您这副尊容一样,见他的鬼!不用说,您这个人也妙透了!那个愚蠢的浪荡公子吃得酒足饭饱,闲着没事做而对您胡说一通,您却听信了他的话!"

"伯爵要到意大利去?"因布斯惊讶地说,脸色变白了,"他给我汇钱来了吗?没有?!那我怎样离开此地?要知道我身上连一个小钱也没有!……您听我说,可敬的德节尔任斯基先生。……要是您不肯把您输的钱付给我,那您能买下我的书本和图纸吗?在俄国您拿这些东西可以卖很大的价钱呢!"

"在俄国,谁也不需要您的书本和图纸。"

因布斯坐下来,沉思不语。波兰人大动肝火,空气中充满了火药味,德国人却在暗自研究他的切身问题。德国人痛切地感到这几分钟他心乱如麻。他消瘦而憔悴,脸上高傲的学者神情让位给痛苦绝望的神情。……他感到像俘虏似的毫无出路,想起莱茵河的波浪和那伙采矿的专家离他很远,就哭了。……傍晚他在窗前坐下,瞧着月亮。……四下里静悄悄的。远处什么地方,手风琴呜呜响,悲凉的俄国曲子在哀诉。那些音调刺痛因布斯的心。……他胸中涌上对祖国、对真理和正义的深切向往,只求现在能够回到家里就好,即使为此牺牲性命也在所不惜。……

"这儿也是这个月亮照耀,那儿也是这个月亮照耀,可是两者之间多么不同啊!"他暗想。

因布斯苦恼了一夜。到清晨,他再也熬不下去,决定走掉。他把"在俄国谁也不需要的"书本和图纸装在背包里,空着肚子喝点水,早晨四点整徒步往北方慢慢走去。他决定步行到哈尔科夫城去,不久以前,伯爵还用粉红色指甲在地图上划过那个地方呢。他希望在哈尔科夫城遇见些德国人,希望他们能给他一点盘缠才好。

"在火车上,有人趁我睡熟把我脚上的靴子扒掉,拿走了,"一个月后因布斯在原先坐过的轮船上对他的朋友们说,"'俄国的诚实'就是这么回事! 不过,归根结底,倒也应该说他们一句公道话:俄国的列车员把我带上火车,从斯拉维扬斯克带到哈尔科夫,只要我出四十戈比,那钱是我卖掉我的海泡石①烟斗得来的。这种事不正当,不过另一方面,价钱倒也极其便宜呢!"

---

① 一种矿石,价钱很贵。

外科手术

地方自治局医院。医师不在家,到外地娶亲去了,于是由医士库利亚青给病人看病。他是个胖子,年纪四十岁左右,穿一件旧的茧绸上衣和一条破旧的花呢长裤。他脸上现出责任感和愉快的心情。他左手的食指和中指之间夹着一支雪茄烟,冒出臭烘烘的气味。

教堂诵经士奉米格拉索夫走进诊室里来。他是身材高大、体格健壮的老人,穿着肉桂色圣衣,拦腰系一根宽皮带。他的右眼有白内障,半睁半闭,鼻子上长一颗痣,远远看去像是一只大苍蝇。诵经士东张西望找圣像,可是没找到,就姑且对着一个装着石炭酸溶液的大瓶子在自己胸前画了个十字。然后他从红手绢包里取出一块圣饼,一鞠躬,放在医士跟前。

"啊啊……您好!"医士打着哈欠说,"您光临此地有什么贵干啊?"

"祝您星期日过得好,谢尔盖·库兹米奇。……我有件事来麻烦您。……请您别见怪,圣诗里说的千真万确:'我所喝的与眼泪掺杂。'①前几天我跟老伴坐着喝茶,上帝啊,我一点一滴也喝不进,倒不如躺下去死了的好。……刚喝一丁点儿,我就痛得一点力

---

① 见《旧约·诗篇》,第101章,第9节。

气也没有了!不光牙痛,这半边脸都痛。……痛得要命,痛得要命!……我这耳朵里,请您别见怪,仿佛扎进一根钉子去,或者扎进一个什么别的东西:痛得钻心,痛得钻心哟!简直是造了孽,犯了教规。……'可耻的罪过迷住心,在懒惰中厮混。'……这是报应,谢尔盖·库兹米奇,报应!圣餐仪式结束后,教士责怪我说:'你变成结巴了,叶菲木,而且说话瓮声瓮气。你虽然在唱,可是谁也听不清你在唱什么。'您来评评理吧,既然嘴都张不开,而且,请您别见怪,整个这半边脸都肿了,晚上又睡不着觉,那还怎么能唱诗呢。……"

"嗯,是啊。……您坐下。张开嘴!"

奉米格拉索夫就坐下,张开嘴。

库利亚青皱起眉头,往老人嘴里看,在那些由于年老和不断吸烟而发黄的牙齿中间瞧见一颗牙上蛀破一个小窟窿。

"助祭吩咐我往牙上擦一点泡辣根的白酒,可是也不顶事。格利凯丽雅·阿尼西莫芙娜,求上帝保佑她身体健康吧,给我一根从阿索斯山①带来的细绳,叫我扎在胳膊上,还吩咐我用热牛奶漱口。我呢,老实说,细绳倒是扎上了,至于牛奶,我却没照办:我敬畏上帝,如今正是斋期呀。……"

"这是迷信……"医士说,顿一下。"这颗牙得拔掉,叶菲木·米海伊奇!"

"您当然懂得多,谢尔盖·库兹米奇。您学手艺就为了懂得这是怎么回事,该拔不该拔,该给药水还是别的什么。……您这个恩人,求上帝保佑您身体健康,派到这儿来就是叫我们日日夜夜替您,我们的亲爹,祷告上帝……直到死的那天。……"

"这是小事……"医士谦虚地说,走到立橱那边去,翻寻医疗

---

① 在希腊,山上有很多基督教正教的寺院,而俄国就是信奉正教的。

器械。"外科手术是小事。……这全靠熟练,靠手稳。……这不费吹灰之力。……前几天,地主亚历山大·伊凡内奇·叶吉彼特斯基坐车到医院里来,也像您一样。……也害牙痛。……他是个受过教育的人,什么事都要问,什么事都要弄清楚,追根问底。他跟我握手,用我的本名和父名称呼我①。……他在彼得堡住过七年,跟所有的教授都熟。……他在我这儿待了很久。……他凭基督和上帝的名义央求我:您给我拔掉这颗牙吧,谢尔盖·库兹米奇!那有什么不行的?可以拔嘛。不过这得内行,不懂可不成。……牙是各不相同的。有的牙用钳子拔,有的牙用剔骨膜的小刀挖,有的牙用拔牙键拽。……什么牙用什么家伙。"

医士拿起剔骨膜的小刀来,用疑问的眼光瞧了它一会儿,然后把它放下,拿起钳子来。

"好,把嘴张大一点……"他拿着钳子走到诵经士跟前,说,"我马上就把那颗牙……那个……这不费吹灰之力。……只要把牙床肉挑开……顺着垂直轴往外拽……就成了……"他说着,挑开牙床肉,"就成了。……"

"您是我们的恩人。……我们这些笨人根本不懂的事,主都教给您了。……"

"您既然张着嘴,就不要说话。……这颗牙容易拔,有时候只剩下牙根,那就麻烦了。……这不费吹灰之力……"他说着,把钳子放上去,"您等一下,不要动。……要坐稳。……一眨眼的工夫就完了……"他说,用钳子拔牙,"要紧的是把钳子下得深点,"他说着,往外拔,"……免得把牙拔碎。"

"我们的天父呀。……圣母呀。……哎哟,哎哟。……"

"您不要这样……不要这样……该怎么说呢?您不要用手抓

---

① 这在俄国是为了表示尊敬。

住我！松开手！"他说着，把牙往外拔，"马上就完。……快了，快了。……这到底不是容易的事啊。……"

"天父啊……保护神啊……"诵经士叫道，"天使啊！哦哟，哦哟。……你倒是拔呀，拔呀！莫非你要拔上五年吗？"

"要知道这是……外科手术。……一下子完不了。……快了，快了。……"

奉米格拉索夫把膝盖抬到胳膊肘那儿，手指头乱动，瞪起眼睛，上气不接下气。……他那紫红色的脸上冒出汗来，眼睛里涌出泪水。库利亚青呼哧呼哧地直喘，在诵经士面前走来走去，不住拔那颗牙。……有半分钟之久，诵经士痛得死去活来，不料钳子却从牙上滑下来了。诵经士跳起来，把手指头伸进嘴里。他摸到嘴里那颗牙还在原地没动。

"这也叫拔牙！"他说，嗓音里带着哭声，同时又带着嘲笑声。"巴不得你到冥府也让人这样拔一次牙才好！多谢多谢！要是不会拔牙，就别动手！痛得我两眼昏花，什么也看不见了。……"

"可你为什么总是伸手抓住我？"医士生气地说，"我拔牙，可是你老碰我的胳膊，说各式各样的糊涂话。……蠢货！"

"你才是蠢货！"

"你当拔牙是容易事吗，乡巴佬？你来拔拔看！这可比不得你爬到钟楼上去敲一阵钟！"医士又学着他的腔调说："'你不会，你不会！'好家伙，你倒教训起人来了！你还怪不错的呢。……我给叶吉彼特斯基老爷，也就是亚历山大·伊凡内奇，拔过牙，可是人家就觉得挺好，什么话也没说。……人家比你娇贵得多，可他就没伸手抓住我。……你坐下！我叫你坐下！"

"我痛得什么也看不见了。……让我歇口气。……哎哟！"诵经士说着，坐下，"不过你别拉得太久，要使劲一拔。你别拉，你得拔。……一下子就拔出来！"

"你倒开导起有学问的人来了！上帝啊,这班无知无识的老百姓！跟这样的人一起生活……简直要叫人发疯！你张开嘴。……"医士把钳子放上去,"外科手术,老兄,可不是闹着玩的。……这可比不得唱诗……"他用钳子把牙夹住,"你别动。……这颗牙太老,根扎得深了。……"他把牙往外拔,"别动。……这就对了……这就对了。……好,好。……"这时候响起碎裂的声音,"我早就知道会有这一着！"

奉米格拉索夫呆呆地坐了一会儿,仿佛失去知觉了。他愣住。……他的眼睛茫然瞧着空中,苍白的脸上满是汗水。

"要是用剔骨膜的小刀就好了……"医士嘟哝说,"这可真想不到！"

诵经士清醒过来,把手指头伸进嘴里,在病牙的地方找到两块尖尖的碎茬。

"该死的魔鬼……"他吃力地说,"把你们这些希律①派到这儿来,简直是要送掉我们的命！"

"你还骂人呢……"医士嘟哝说,把钳子放回立橱里,"大老粗。……在宗教学校里,人家还没用桦树条把你抽够。……叶吉彼特斯基老爷,亚历山大·伊凡内奇,在彼得堡住过七年……受过教育……单是一套衣服就值一百卢布……可是人家就没骂过我。……你算是什么大人物？不要紧,你死不了！"

诵经士从桌上拿起他的圣饼,用手托住半边脸,回家去了。……

---

① 按《圣经》传说,希律是一个残酷的犹太王,他拷问和处死耶稣。

世人看不见的眼泪

故 事

"现在,诸位尊贵的先生,要能吃顿晚饭倒不错,"军事长官烈勃罗捷索夫说。这个中校又高又瘦,活像电线杆子,他在八月里一个阴暗的晚上,跟伙伴们从俱乐部里走出来。"在像样的城市,例如萨拉托夫,在俱乐部里总能吃上晚饭,可是在我们这儿,在我们这个臭烘烘的切尔维扬斯克城,除了白酒和落了苍蝇的茶以外,什么也吃不到。要是你喝酒而又没有下酒菜,那是再糟也没有了!"

"是啊,现在要是有点什么吃的倒不错……"宗教学校校长伊凡·伊凡内奇·德沃耶托契耶夫同意道,在冷风中把身上那件褪色的大衣裹裹紧。"现在是两点钟,饭铺都已经关门了。这时候吃上点咸鲱鱼……小蘑菇什么的……或者诸如此类的东西,您知道……那倒真是不坏呢。"

校长在空中动了动手指头,脸上做出一种大吃大嚼的样子,而且所吃的东西多半很可口,因为所有的人瞧着他的脸,都不由得舔了舔嘴唇。那伙人就停住脚,开始思索。他们想了又想,可就是想不出到什么地方去才能找到吃食。他们不得不只限于幻想。

"我昨天在戈洛彼索夫家里吃了只肥火鸡!"县警察局副局长普鲁席纳-普鲁仁斯基说,叹口气,"顺便说一句……你们,诸位先生,以前去过华沙吗?那儿有一种菜是这样烧法。……他们拿普通的鲫鱼,还是活的……欢蹦乱跳的鲫鱼,放在牛奶里。……它们,那些坏包,在牛奶里泡一整天,游来游去,然后把它们裹上酸奶油,放在咝咝响的油锅里煎,这以后,老兄,就连加香味的菠萝都用不着!真的。……特别是如果喝了一两杯酒的话。你吃啊吃的,就心里迷迷糊糊……仿佛魂灵出了窍。……单是那香味,你闻了就能死过去!……"

"要是再加上点腌透的小黄瓜就好了……"烈勃罗捷索夫用热诚的同情声调补充说,"当初我们驻扎在波兰,一顿饭往往吞下二百个饺子去。……你把饺子盛在盘子里,满满的一盘,撒上点胡椒,加上点莳萝和香芹菜,于是……妙不可言!"

烈勃罗捷索夫忽然停住嘴,沉思不语。他不由得想起一八五六年在圣三一修道院吃过的鲟鱼汤。那鱼汤在记忆里显得那么鲜美,军事长官仿佛忽然闻到鱼的香气,下意识地咀嚼着,却没发觉泥浆灌进他的套鞋里去了。

"不行,我忍不下去了!"他说,"我再也忍不下去了!我要回家去,满足一下我的口腹之欲。这么办,诸位先生,你们也到我家里去吧!真的!我们各人喝上一小盅,有什么就吃什么。什么小黄瓜啦,腊肠啦。……我们把茶炊烧好。……啊?我们一面吃东西,一面谈谈霍乱,回忆一下往事。……我妻子睡觉了,可是我们也不必叫醒她……大家轻点声就成。……我们走吧!"

人们怎样欢欢喜喜地接受这个邀请,那是无须描写的。我只想说一句,烈勃罗捷索夫从来也没有像这天晚上那样博得那么多人的好感。

"我要把你的耳朵拧掉!"军事长官把客人们领到黑暗的门厅里,对那儿的勤务兵说,"我对你说过一千次,混蛋,叫你在门厅里睡觉一定要点上熏香纸!快去,蠢货,把茶炊烧起来,对伊琳娜说,要她,那个……到地窖里去取些黄瓜和萝卜来。……再收拾好一条咸鲱鱼。……切点嫩葱撒在鱼上,再撒上点莳萝……你知道,把土豆切成小圆块。……甜菜根也切成那样。……所有这些都加上醋和黄油,你知道,还加点芥末。……浮面上再撒点胡椒。……一句话,把配菜做好。……明白吗?"

烈勃罗捷索夫动了动手指头,做出搅拌的样子,讲到配菜就借面部表情补充说明一种没法用话语表达的东西。……客人们脱掉套靴,走进黑暗的大厅里。主人擦亮一根火柴,火柴冒出硫黄的刺鼻气味,照亮四壁。墙上装饰着《田地》附赠的画片、威尼斯的风景画、作家拉热奇尼科夫的照片,还有某将军的肖像,他的眼睛露出极其惊愕的神色。

"我们马上就可以吃了……"主人小声说,轻轻抬起桌子的拼板,"我马上摆好饭桌,我们就坐下来。……我的玛霞今天有点不舒服。请你们不要见怪才好。……是一种妇女病。……古辛大夫说,这都是由素食引起的。……很可能!我就说:'亲爱的,其实问题不在于吃食!要紧的不是你放进嘴里的是什么,而是从嘴里出去的是什么[①]。……你吃素食,'我说,'可是你照旧发脾气。……你与其让你的肉体吃亏,还不如少生气,少说话的好。……'可是她不肯听!她说:'我从小吃惯了。'"

勤务兵走进来,伸长脖子,凑着主人的耳朵悄悄说话。烈勃罗捷索夫动了动眉毛。……

"嗯,是啊……"他哼哼哈哈地说,"嗯。……原来是这样。……不过这是小事。……我去一去就来,不消一分钟。……你们要知道,玛霞把地窖和立柜的门都锁上了,以防仆人拿东西,钥匙带在她身上。我得去取一趟。……"

烈勃罗捷索夫跐起脚走着,轻轻推开房门,到他妻子房间里

[①] 指她说话太多。

去。……他妻子睡着了。

"玛霞!"他小心地走近床前说,"你醒一下,玛霞!"

"谁?是你?你有什么事?"

"我,玛霞,有一件事来找你。……你把钥匙拿给我,小天使,你自己就不用操心了。……你管自睡吧。……我自己去给他们张罗。……给他们一人吃一根小黄瓜,另外也不打算再破费什么了。……要是我说假话,就叫上帝打死我。……你知道,有德沃耶托契耶夫,有普鲁席纳-普鲁仁斯基,另外还有几个人。……都是些好人……都是头面人物。……普鲁仁斯基甚至得过弗拉基米尔四级勋章呢。……他非常尊重你。……"

"你是在哪儿喝得这么醉醺醺的?"

"得,你又生气了。……你这个人呀,真是的。……我不过是要给他们一人吃一根小黄瓜罢了。……他们吃完就走。……我自己来办,不用麻烦你。……你管自躺着睡觉,小宝贝。……哦,你身体怎么样?我不在家,古辛来过没有?喏,我甚至吻你的小手了。……客人们都非常尊重你。……德沃耶托契耶夫是个信教的人,你知道。……普鲁席纳也是个堂堂的会计主任。大家对你都那么好。……他们说:'玛丽雅·彼得罗芙娜可不是普通的娘们儿,而是个很不简单的女人。……她称得起是我们县里的明星。'"

"你躺下睡觉!你也说得够多的了!你在俱乐部里跟你那些浪子一块儿喝醉了酒,又回来闹腾一夜!你该害臊才是!你是有儿女的人了!"

"我……有儿女,不过你别发脾气,玛霞……你别生气。……我看重你,爱你。……儿女呢,求上帝保佑,我会把他们养大成人的。喏,我马上就要把米佳送进中学了。……特别是因为我没法把他们赶走。……这不合适。……他们跟着我来了,要我给他们点东西吃。他们说:'给我们点吃的吧。'……德沃耶托契耶夫啦,普鲁席纳-普鲁仁斯基啦……都是挺可爱的人。……他们都尊重你,同情你。给他们一人吃一根小黄瓜,一人喝一小杯酒,然后就……把他们送走完事。……我自己来办就是。……"

"真是要命!你发了疯还是怎么的?这时候还请什么客?他们这些穷鬼,深更半夜来打搅人,应该害臊才是!你在什么地方见过夜里到别人家中做客的?……他们以为这儿是饭馆还是怎么的?要是我把钥匙给你,我就成了傻瓜!让他们回去睡觉,明天酒醒了再来!"

"哼。……你早该说这话才对。……那我也就不会在你面前低三下四了。……可见你不是我的生活伴侣,也不像经书上所写的那样是你丈夫的安慰者,而是……说句不中听的话……你本来就是条蛇,现在也还是条蛇。……"

"啊啊……你居然骂起人来了,瘟神?"

他妻子略微欠起身子,于是……军事长官搔着脸,继续说:

"多谢。……有一次我在一本杂志上读到过几句真话:'当人的面,她是天使而不是老婆,在家里跟丈夫在一起,却成了恶魔。'千真万确的真理。……你本来就是恶魔,现在也还是恶魔。……"

"给你一个耳光!"

"你打吧,你打吧。……打你唯一的丈夫吧!好,我跪下来求你……央告你……玛霞!……你饶我这一回!……你把钥匙给我吧!玛霞!天使!你这个凶恶的人,不要叫我在大家面前丢脸!你这个野婆娘,你要把我折磨到哪会儿为止?你打吧。……打吧。……多谢。……我苦苦地哀求你了!"

两夫妇照这样讲了很久。……烈勃罗捷索夫跪在地下,哭过两次,骂骂咧咧,不时搔他的脸。……最后妻子坐起来,啐了口唾

沫,说:

"我看我的磨难不会有尽头了! 把椅子上那条连衣裙拿给我,邪教徒!"

烈勃罗捷索夫小心地把她的衣服拿给她,理一下自己的头发,走到客人那边去。客人们正站在将军的画像跟前,瞧着他惊愕的眼睛,纷纷议论,以便解答一个问题:是将军大呢,还是作家拉热奇尼科夫大? 德沃耶托契耶夫站在拉热奇尼科夫一边,认为作家是不朽的,可是普鲁仁斯基说:

"我们姑且承认他是好作家吧,这不用争辩……他时而写得逗笑,时而写得悲惨。可是你打发他去打仗,他哪怕一连人也指挥不了,可是将军呢,哪怕给他整整一个军团也无所谓。……"

"我的玛霞马上就来……"主人走进来,打断他们的争论说,"一会儿就来。……"

"我们打搅你们了,真是的。……费多尔·阿基梅奇,您脸上怎么了? 老兄,就连您的眼睛底下也有一块青伤! 这是谁把您打成这样的?"

"脸? 脸怎么了?"主人发窘地说,"啊,是了! 我刚才溜到玛霞的房间里去,想吓唬她一下,不料在黑地里一下子撞在床框上了! 哈哈。……不过,喏,玛霞来了。……你多么衣冠不整啊,玛霞! 活像路易丝·米歇尔①!"

玛丽雅·彼得罗芙娜走进大厅里来,头发蓬松,睡眼蒙眬,然而春风满面,欢欢喜喜。

"承蒙你们到这儿来,真是太好了!"她开口说,"你们白天虽然没有来,可是多谢我的丈夫,晚上总算把你们拉来了。刚才我正睡觉,却听见说话声。……这会是谁呢? 我心里想。……费佳叫

---

① 路易丝·米歇尔(1830—1905),1871年巴黎公社女英雄。

我躺着,不要出来,嗯,可是我忍不住了。……"

太太就跑到厨房里去,晚饭开始了。……

"娶妻成家,是件好事!"过一小时,普鲁席纳-普鲁仁斯基跟伙伴们一起从军事长官家里走出来,叹道,"想什么时候吃就什么时候吃,想什么时候喝就什么时候喝。……心里知道有个人爱你。……她还会在钢琴上弹个什么曲子呢。……烈勃罗捷索夫真幸福啊!"

德沃耶托契耶夫没说话。他不住叹气,想心思。他回到家里,脱掉衣服,叹气的声音那么响,把妻子都惊醒了。

"别把靴子踩得那么响,磨人精!"他的妻子说,"吵得人没法睡觉!在俱乐部里灌足了酒,然后又闹闹吵吵,丑八怪!"

"你只会骂人!"校长说,叹口气,"你该看看烈勃罗捷索夫夫妇是怎么生活的!我瞧着他们,感动得直想哭。只有我才这么不幸,娶了个天生的母夜叉!让开点!"

校长盖上被子,暗自抱怨命运,睡着了。

变 色 龙

警官奥楚美洛夫穿着新的军大衣,手里拿着个小包,穿过市集的广场。他身后跟着个警察,生着棕红色头发,端着一个粗箩,上面盛着没收来的醋栗,装得满满的。四下里一片寂静。……广场上连人影也没有。小铺和酒店敞开大门,无精打采地面对着上帝创造的这个世界,像是一张张饥饿的嘴巴。店门附近连一个乞丐都没有。

"你竟敢咬人,该死的东西!"奥楚美洛夫忽然听见说话声,"伙计们,别放走它!如今咬人可不行!抓住它!哎哟……哎哟!"

狗的尖叫声响起来。奥楚美洛夫往那边一看,瞧见商人彼楚京的木柴场里窜出来一条狗,用三条腿跑路,不住地回头看。在它身后,有一个人追出来,穿着浆硬的花布衬衫和敞开怀的坎肩。他紧追那条狗,身子往前一探,扑倒在地,抓住那条狗的后腿。紧跟着又传来狗叫声和人喊声:"别放走它!"带着睡意的脸纷纷从小铺里探出来,不久木柴场门口就聚上一群人,像是从地底下钻出来的一样。

"仿佛出乱子了,官长!……"警察说。

奥楚美洛夫把身子微微往左边一转,迈步往人群那边走过去。在木柴场门口,他看见上述那个敞开坎肩的人站在那儿,举起右手,伸出一根血淋淋的手指头给那群人看。他那张半醉的脸上露出这样的神情:"我要揭你的皮,坏蛋!"而且那根手指头本身就像是一面胜利的旗帜。奥楚美洛夫认出这个人就是首饰匠赫留金。闹出这场乱子的祸首是一条白毛小猎狗,尖尖的脸,背上有一块黄斑,这时候坐在人群中央的地上,前腿劈开,浑身发抖。它那含泪的眼睛里流露出苦恼和恐惧。

"这儿出了什么事?"奥楚美洛夫挤到人群中去,问道,"你在这儿干什么?你干吗竖起手指头?……是谁在嚷?"

"我本来走我的路,官长,没招谁没惹谁……"赫留金凑着空拳头咳嗽,开口说,"我正跟米特利·米特利奇谈木柴的事,忽然间,这个坏东西无缘无故把我的手指头咬一口。……请您原谅我,我是个干活的人。……我的活儿细致。这得赔我一笔钱才成,因为我也许一个星期都不能动这根手指头了。……法律上,官长,也没有这么一条,说是人受了畜生的害就该忍着。……要是人人都遭狗咬,那还不如别在这个世界上活着的好。……"

"嗯!……好……"奥楚美洛夫严厉地说,咳嗽着,动了动眉毛,"好。……这是谁家的狗?这种事我不能放过不管。我要拿点颜色出来叫那些放出狗来闯祸的人看看!现在也该管管不愿意遵守法令的老爷们了!等到罚了款,他,这个混蛋,才会明白把狗和别的畜生放出来有什么下场!我要给他点厉害瞧瞧!……叶尔迪陵,"警官对警察说,"你去调查清楚这是谁家的狗,打个报告上来!这条狗得打死才成。不许拖延!这多半是条疯狗。……我问你们:这是谁家的狗?"

"这条狗像是席加洛夫将军家的!"人群里有个人说。

"席加洛夫将军家的?嗯!……你,叶尔迪陵,把我身上的大衣脱下来。……天好热!大概快要下雨了。……只是有一件事我不懂:它怎么会咬你的?"奥楚美洛夫对赫留金说,"难道它够得到你的手指头？它身子矮小，可是你，要知道，长得这么高大！你这个手指头多半是让小钉子扎破了，后来却异想天开，要人家赔你钱了。你这种人啊……谁都知道是个什么路数！我可知道你们这些魔鬼！"

"他，官长，把他的雪茄烟戳到它脸上去，拿它开心。它呢，不肯做傻瓜，就咬了他一口。……他是个无聊的人，官长！"

"你胡说，独眼龙！你眼睛看不见，为什么胡说？官长是明白人，看得出来谁胡说，谁像当着上帝的面一样凭良心说话。……我要胡说，就让调解法官审判我好了。他的法律上写得明白。……如今大家都平等了。……不瞒您说……我弟弟就在当宪兵。……"

"少说废话！"

"不，这条狗不是将军家的……"警察深思地说，"将军家里没有这样的狗。他家里的狗大半是大猎狗。……"

"你拿得准吗？"

"拿得准，官长。……"

"我自己也知道。将军家里的狗都名贵，都是良种，这条狗呢，鬼才知道是什么东西！毛色不好，模样也不中看……完全是下贱货。……他老人家会养这样的狗?！你的脑筋上哪儿去了？要是这样的狗在彼得堡或者莫斯科让人碰上，你们知道会怎样？那儿才不管什么法律不法律，一转眼的工夫就叫它断了气！你，赫留金，受了苦，这件事不能放过不管。……得教训他们一下！是时候了。……"

"不过也可能是将军家的狗……"警察把他的想法说出来，"它脸上又没写着。……前几天我在他家院子里就见到过这样一条狗。"

"没错儿，是将军家的！"人群里有人说。

"嗯！……你，叶尔迪陵老弟，给我穿上大衣吧。……好像起风了。……怪冷的。……你带着这条狗到将军家里去一趟,在那儿问一下。……你就说这条狗是我找着,派你送去的。……你说以后不要把它放到街上来。也许它是名贵的狗,要是每个猪猡都拿雪茄烟戳到它脸上去,要不了多久就能把它作践死。狗是娇嫩的动物嘛。……你,蠢货,把手放下来！用不着把你那根蠢手指头摆出来！这都怪你自己不好！……"

"将军家的厨师来了,我们来问问他吧。……喂,普罗霍尔！你过来,亲爱的！你看看这条狗。……是你们家的吗？"

"瞎猜！我们那儿从来也没有过这样的狗！"

"那就用不着费很多工夫去问了,"奥楚美洛夫说,"这是条野狗！用不着多说了。……既然他说是野狗,那就是野狗。……弄死它算了。"

"这条狗不是我们家的,"普罗霍尔继续说,"可这是将军哥哥的狗,他前几天到我们这儿来了。我们的将军不喜欢这种狗。他老人家的哥哥却喜欢。……"

"莫非他老人家的哥哥来了？弗拉基米尔·伊凡内奇来了？"奥楚美洛夫问,他整个脸上洋溢着动情的笑容,"可了不得,主啊！我还不知道呢！他要来住一阵吧？"

"住一阵。……"

"可了不得,主啊！……他是惦记弟弟了。……可我还不知道呢！那么这是他老人家的狗？很高兴。……你把它带去吧。……这条小狗怪不错的。……挺伶俐。……它把这家伙的手指头咬一口！哈哈哈！……咦,你干吗发抖？呜呜……呜呜。它生气了,小坏包……好一条小狗。……"

普罗霍尔把狗叫过来,带着它离开了木柴场。……那群人就对着赫留金哈哈大笑。

"我早晚要收拾你!"奥楚美洛夫对他威胁说,然后把身上的大衣裹裹紧,穿过市集的广场,径自走了。

赶集的"结算"

莫斯科一等商人①某某不久前从下城的市集上归来,他妻子在他衣袋里找到一卷字纸。那些字纸已经扯破,揉皱,上面字迹模糊,可是尽管如此,字纸上的字仍然可以辨认,现抄录如下:

莫斯科的谢敏·伊凡诺维奇先生!您打伤的演员赫利亚普诺夫同意和解,赔偿费是一百卢布。少一文钱也不行。静候回电。您的律师尼·叶尔扎耶夫。

商界的无知之徒先生!前者我因您缺乏教养而备受凌辱,业已向调解法官提出诉讼。如果您自己不明白,那就让司法和公审来叫您明白我是个什么身份的人。您的律师叶尔扎耶夫说您不同意付一百卢布。既然如此,我可以让价,只收您七十五卢布作为您下流行径的赔偿费。我体谅您头脑不甚发达,体谅您所谓的兽性本能,才向您收费如此低廉,至于受过教育的人,若对我横加凌辱,我收费则很高也。

演员　赫里亚普诺夫

……由于您在格卢哈烈夫旅馆里打碎镜子和捣毁钢琴而

---

① 旧俄时代的商人按照资产分为三等,各有同业公会。一等商人最富有。

按估定价格向您追偿五百三十九卢布四十三戈比一案……

……此药膏每天早晨及傍晚在青伤上各擦一次……

……我把有水渍的印花布冒充好货卖出去了,现在理应玩乐一番。今天傍晚你到费多霞那儿去吧。你把乐师库兹玛也带去,咱们把芥末涂在他脑袋上,此外再带去四个姑娘。要挑选胖点的。……

……关于期票,我绝不付款!如果每卢布只付十戈比,我还能照办,至于说我会因"欺诈破产"罪受审,那可不一定。……

前者您饮酒过多而发酒狂症(delirium tremens①),我在您身上放拔血罐若干,借以使您神志清醒,该项劳动至今尚未付给报酬,请交来人三卢布为荷。

医士　叶果尔·弗利亚科夫

谢尼亚,你不要生气。我已经在调解法官那儿写下你的名字,要你为那一次在公共场所我们挨打的侮辱案作证,可是你说我不该这么办。你不要自作聪明,因为你脑后也挨了人家的拳头。不要让那块青伤消退,要让它化脓才是。……

账　单

鲟鱼汤一盆　　　　　　一卢布八十戈比

---

① 原文为拉丁语。

上等白兰地一瓶　　　八卢布

打碎玻璃瓶一个　　　五卢布

姑娘们马车费　　　　两卢布

请茨冈人喝的白菜汤　六十戈比

扯碎茶房礼服一件　　十卢布……

我吻你无数次你按下列地址来找我法央索夫公寓十八号房间问玛尔法西威亚京娜。

你的爱人安热里卡

以上经查明确是原件：无牌人。

变 本 加 厉

律师卡里亚金在大教堂唱诗班指挥格拉杜索夫的家里坐着,手中摆弄一张调解法官发给格拉杜索夫名下的传票,说:

"不管您怎么讲,多西费依·彼得罗维奇,您总是有错误的,先生。我尊敬您,看重您对我的好感,然而尽管如此,我不得不痛心地对您说,您做得不对。是的,先生,您做得不对。您侮辱了我的当事人杰烈维亚希金。……嗯,您为什么要侮辱他呢?"

"哪个魔鬼侮辱他了?"格拉杜索夫大发雷霆说。他是个高身量的老人,窄额头显得严峻吓人,两道眉毛很浓,纽扣眼上挂着一枚铜质奖章。"我只不过在道德方面对他教诲一下,如此而已!对蠢货是要开导的!要是对蠢货不开导,他们就会闹得人不得安生。"

"可是,多西费依·彼得罗维奇,您对他讲的话不是教诲。按他在状子里所说的,您当众对他不客气地称呼'你'而不称呼'您',骂他蠢驴、混蛋,以及诸如此类的话……有一次甚至举起手来,似乎打算对他做出侮辱的举动。"

"如果他该挨打,那怎么能不打呢?这我不懂!"

"可是您要明白,您没有任何权利这样做!"

"我没有权利?哼,这要请您原谅。……您到别处去对别人讲这种话,别来蒙哄我,劳驾。自从主教唱诗班的指挥揪住他的脖颈,请他滚蛋以后,他就来到我这儿,在我的唱诗班里工作了十年。不瞒您说,我是他的恩人。要是他因为我从唱诗班里把他赶走而生气,那就该怨他不对。我是因为他爱夸夸其谈才把他赶走的。只有上过学校,受过教育的人才可以大发议论。如果你是蠢货,没有崇高的智慧,那你就该在墙角下乖乖地坐着,一声也不吭。……你一声也不吭,听着聪明人讲话就是,可是他这个笨蛋,偏要出头,插那么几句嘴。大家就要练习合唱或者做祷告了,他却谈什么俾斯麦和各式各样的格莱斯顿。您能相信吗,他这个混蛋居然订报纸看!就因为他谈俄土战争,我打过他多少次嘴巴,您想都没法想象!临到该唱歌了,他却偏过头去跟男高音讲话,唠唠叨叨地说什么我们的部队用炸药炸毁了土耳其的铁甲舰"留福契—德热里尔"号。……难道这叫守秩序?当然,我们的军队打胜仗是快活事,可是由此却不能得出结论说不该唱歌。……你可以做完祷告再谈嘛。一句话,他是头猪。"

"这样看来,您从前就侮辱过他!"

"从前他并不生气。他体会到我这是为他好,他心里明白!……他知道对上司和恩人顶嘴是罪过,可是等他进了警察局,做了文书,得,万事大吉,他趾高气扬,什么事也不明白了。他说,现在我不是歌手,是文官。他说,我不久就要参加考试,做十四等文官了。我就说,得了吧,你也还是个蠢货。……我说,你不如少发议论,勤着点把鼻涕擦干净的好,这比你巴望官阶强多了。我说,你命中注定的不是升官,而是受穷受苦。可是他不肯听!喏,就拿眼前这件事来说吧,他凭什么把我告到调解法官那儿去?哼,难道他不是下流的坏种?我本来在萨莫普留耶夫的饭铺里坐着,跟我们教会的长老一块儿喝茶。顾客非常之多,一个空位子也没有。……我一看,他也坐在那儿,跟他那些文书喝啤酒。他活像个花花公子,扬起脸,哇哇地大发议论……不住地摇手。……我仔细一听,他在讲霍乱。……哼,您拿他这种人有什么办法?他又夸夸其谈!我呢,您知道,一声不响,沉住了气。……随你去胡说吧,我心想,随你去胡说吧。……反正舌头又没有骨头。……忽然,糟糕,火车头拉汽笛了。……他这个下流货,动了感情,站起来,对他的朋友们说:'我们来为国家的繁荣干一杯!我,'他说,'我是祖国的儿子,我们国家的斯拉夫派!我要献出我唯一的胸膛!敌人们,你们一齐站出来!我倒想看看谁不同意我的话!'而且他一拳头砸在桌子上!这时候我再也忍不住。……我走到他跟前,客气地说:'你听着,奥西普。……要是你这头猪什么也不懂,那就不如闭上你的嘴,少发议论。受过教育的人才可以高谈阔论,可你得安分守己。……你是虫豸,是灰烬。……'我说他一句,他回我十句。……于是越吵越凶。……我,当然,是为他好,可是他就这么糊涂。……他生气了,现在就告到调解法官那儿去了。……"

"是啊,"卡里亚金叹道,"这不好。……为区区一件小事,鬼才知道闹出什么结果来了。您是个有家庭、受尊敬的人,如今却闹出什么审讯啦,闲话啦,是非啦,拘押啦。……这件事得了结一下才成,多西费依·彼得罗维奇。您只有一条路可走,杰烈维亚希金也已经同意。今天六点钟您跟我一块儿到萨莫普留耶夫的饭铺里去,凡是您侮辱他的时候在场的那些文书、演员和其他的顾客,到那时候一概在那儿聚齐,您当众对他赔礼。那他就把他的状子撤销。明白了吧?我想您会同意的,多西费依·彼得罗维奇。……我是把您当作朋友才跟您讲这些话。……您侮辱了杰烈维亚希金,弄得他丢了脸,不过要紧的是您怀疑他那种值得赞扬的感情,甚至……亵渎了那种感情。在我们这个时代,您要知道,这样做是不行的。应当慎重点。人家给您的话加上那么一种色彩,该怎么跟您说好呢,总之那种色彩在我们这个时代是不对头的。……现在差一刻就到六点钟。……您愿意跟我一块儿走一趟吗?"

475

格拉杜索夫摇头,可是卡里亚金把人家给他的话所加的"色彩"露骨地描绘一番,指出那种话可能引起什么后果,格拉杜索夫才胆怯起来,同意了。

"您,请注意,要照规矩认真赔礼才成,"律师在去饭铺的路上开导他说,"您走到他跟前去,用'您'称呼他。……要说'请您原谅……我收回我原先说的话',等等。"

格拉杜索夫和卡里亚金来到饭铺里,发现那儿已经聚着一大群人。坐在那儿的有商人,有演员,有文官,有警察局的文书,总之每到傍晚照例在饭铺里聚在一起喝茶和喝啤酒的那一大帮"废物",都来了。杰烈维亚希金本人也在文书们中间坐着,他年纪很难确定,刮了胡子,大眼睛一眨也不眨,鼻子像是给压扁了,头发硬得很,您一看见,就不由得生出一种愿望,想用它来刷一刷您的皮靴。……他那张脸得天独厚,因为您只要看它一眼,就什么都能看出来:他爱喝酒,他唱歌用男低音,他愚蠢,然而还没有愚蠢到不认为自己是聪明人。他看见指挥走进来,就略微欠起身子,像猫似的动了动唇髭。聚在这儿的那群人,分明事先已经得到通知,说这儿会有公开的悔过表示,就都竖起耳朵。

"喏……格拉杜索夫先生同意了!"卡里亚金走进来说。

指挥同少数几个人打过招呼,大声地擤鼻子,涨红脸,走到杰烈维亚希金跟前。

"请原谅……"指挥喃喃地说,眼睛没看着他,把手绢放回衣袋里,"我当着众人的面收回我原先所说的话。"

"我原谅您了!"杰烈维亚希金用男低音说,得意地看一下所有在座的人,坐下去,"我满意了!律师先生,我请求您停办我的案子!"

"我是来赔礼的,"格拉杜索夫继续说,"请原谅。……我不喜欢人家不满意。……你要我对你称呼'您',那也行,我照办就是。……你要我把你看成聪明人,那也行。……我不在乎。……我,老弟,是不记仇的。……叫魔鬼保佑你好了①。……"

"这可不行!您是来赔礼,不是来骂人的!"

"还要我怎么赔礼?我这不是在赔礼吗!刚才我没用'您'相称,那是因为我记性不好。可是总不能要我跪下来吧。……我赔了礼。我甚至感激上帝,因为你总算还有点头脑,知道应当停止这场诉讼。我可没有工夫到法院里去闲逛荡。……我一辈子也没打过官司,将来也不会打,而且我劝你也不要打官司……那就是说我劝您也不必如此。……"

"当然!您愿意为圣斯特法诺和约②干一杯吗?"

"干一杯也可以。……不过你,奥西普老弟,是一头猪。……这不是我在骂人,而是……打个比方说说的。……你是头猪,老弟!你记得当初你从主教唱诗班里给人揪住脖颈撵出来后,怎样跪在我脚跟前吗?啊?你竟敢告你的恩人一状?你这个丑八怪,丑八怪!你就不害臊?诸位顾客先生,他就不害臊吗?"

"不行!这又成了骂街!"

"这怎么会是骂街呢?我只是跟你说话,教训你一下罢了。……我们讲和了,我这是最后一次跟你说话,我压根儿就不想骂人。……既然你把你的恩人告了一状,那我还能跟你这个妖精打交道呀!你给我见鬼去吧!我连话都不想跟你说!要是我刚才无意中说你是猪,那也因为你本来就是猪。……你的恩人养活你十年,教会你认乐谱,你非但不永生永世为他祷告上帝,反而荒唐地告他一状,还打发各式各样的鬼律师到我家里来。"

"请容许我说一句,多西费依·彼得罗维奇,"卡里亚金生气

---

① 意谓"滚你的吧"。
② 1877—1878年的俄土战争后,两国在圣斯特法诺(伊斯坦布尔附近)缔结了和约。在此借喻"和解"。

了,"到您家里去的不是鬼,是我! ……说话要慎重点,我请求您!"

"可是难道我说的是您吗?您哪怕每天到我家里来都成,我欢迎。只是我觉得奇怪,您上过学校,受过教育,可是您怎么会不把这只火鸡教训一顿,反而给他撑腰。是啊,换了我是您,我就会把他送进监牢,叫他死在那儿!再者,您生什么气呢?我不是赔过礼了吗?您还要我怎么样?我不懂!诸位顾客先生,请你们作证,我已经赔过礼了,我不打算给一个蠢货再赔一次礼!"

"您才是蠢货!"奥西普嗓音沙哑地说,气得直捶胸脯。

"我是蠢货?我?你居然对我说这话?……"

格拉杜索夫脸涨得通红,浑身发抖。……

"你敢说这种话?给你一下子!……现在给你这混蛋一个嘴巴还不够,我还要把你告到调解法官那儿去!我要叫你明白侮辱人有什么下场!诸位先生,请你们作证!派出所所长先生,您干吗站在那儿看着?我受人侮辱,您却看着?您领了薪饷,临到该您维持秩序了,却撒手不管?啊?您以为就不能把您告到法院去?"

派出所所长走到格拉杜索夫跟前,于是一场纠纷开始了。

一个星期后,格拉杜索夫在调解法官面前站着受审,因为他侮辱了杰烈维亚希金、律师和正在执行公务的警察分局长。起初他不明白他是原告还是被告,可是后来调解法官"合并"判处他两个月监禁,他才苦笑一下,发牢骚说:

"哼。……我受了侮辱,却反而要坐牢。……这才是怪事。……调解法官先生,您得按法律审案,不能自作主张。您那去世的母亲瓦尔瓦拉·谢尔盖耶芙娜,求上帝让她升天堂吧,见到奥西普这样的人,就会吩咐人用鞭子抽一顿,可是您倒纵容他。……这会闹出什么结果来?他们这些恶棍,您认为没罪,别人也认为没罪。……那还有什么地方可以去申冤?"

"不服判决,可以在两星期内提出上诉。……请您不必再多说!您可以走了!"

"当然了。……要知道,如今单靠薪金是没法生活的,"格拉杜索夫说,意味深长地挤一挤眼睛,"要想吃饱肚子,就不得不把无辜的人送去坐牢哟。……事情就是这样。……这是不能怪的。……"

"什么?!"

"没什么。……我这是随便说说的……我讲的是哈片—齐—盖维句①。……您以为您戴着金表链,就没处告您去了?不用担心。……我会把黑幕揭穿的!"

"侮辱法官案"就此成立。然而大教堂的大司祭出面调停,这个案子才好歹私下里了结了。

格拉杜索夫把他的案子送到调解法官会审法庭去上诉,相信会审法庭不但会宣告他无罪,甚至会把奥西普关进监狱里。直到开庭审讯,他还是这样想。他站在法官们面前,态度温和,发言慎重,不说一句多余的话。只有一次,那是在审判长叫他坐下的时候,他才生气了,说:

"难道法律上写着要指挥跟他手下的歌手坐在一起吗?"

等到会审法庭批准调解法庭的原判,他就眯细眼睛。……

"怎么?什么?"他问,"请问,这应该怎么理解?您这是什么意思?"

"会审法庭已经核准调解法庭的原判。如果您不满意,可以向枢密院提出上诉。"

"好吧。多承您,大人,迅速而公正地审案,我感激不尽。当然,单靠薪金是没法生活的,这我很明白,不过,对不起,不被人收

---

① 这是一句读音不准的德国话:Haben Sie Gewissen,意思是"您要有良心"。

买的法官我们也还是会找到的。"

至于格拉杜索夫在会审法庭上另外还说了些什么,我不想写了。……目前他正为"侮辱会审法庭案"受审,他的熟人极力对他说明他有罪,他却不肯听。……他深信他没有罪。他相信他揭发了舞弊行为,人家早晚会向他道谢的。

"你拿这个蠢货毫无办法!"大教堂的大司祭说,绝望地摇手,"他不明白啊!"

适当的措施

有个小小的城,连县城也不是,用当地监狱的狱长的话来说,你就是拿着显微镜到地图上去找,也还是看不到。这时候,中午的骄阳正照着它,城里各处寂静而安宁。卫生检查委员会的成员们从市议会出发,往商场那边缓缓走去。这个委员会包括一名市政府医生、一名警官、两名市议会代表和一名商界代表,有几个警察恭敬地在后面跟着。……这个委员会的道路,犹如到地狱去的道路一样,是充满良好的意图的。卫生检查人员走着,摇着胳膊,纷纷议论污秽、恶臭、适当的措施和其他有关霍乱的资料。他们谈得那么聪明、深刻,弄得走在众人前面的警官忽然灵机一动,回转身来声明说:

"是啊,诸位先生,我们应该常常聚在一起,谈谈正事才好!这样又愉快,又觉得有正常的交际生活,要不然,我们只会吵架。是啊,真的!"

"我们该从哪一家开始呢?"商界代表对医生说,他的声调像是刽子手在选择行刑的对象,"我们,安尼基达·尼古拉伊奇,就从奥谢依尼科夫的铺子查起吧?第一,他是个骗钱的家伙……第二,现在也该收拾他一下子。前几天他派人给我家送来些荞麦米,对不起,里面夹着耗子屎。……我的妻子一直不肯吃!"

"哦,好吧。从奥谢依尼科夫家查起就从奥谢依尼科夫家查起吧。"医生淡漠地说。

卫生检查人员走进"阿·玛·奥谢依尼科夫商店,本店出售茶叶、白糖、咖啡以及其他殖民地商品①"。他们没有说很长的开场白,立刻着手检查。

"嗯,是啊……"医生瞧着一座用喀山肥皂搭得很好看的金字塔,说,"你们这儿用肥皂搭成了多高的巴比伦②!这倒也是一种发明的才能呢,了不起!喂……喂……喂!这是怎么回事?你们快来看,诸位先生!杰米扬·加甫利雷奇居然用同一把刀子又切肥皂又切面包!"

"这不会闹出霍乱来,安尼基达·尼古拉伊奇!"老板振振有词地说。

"话是这样说,可是要知道,这叫人恶心!我家就是在你这儿买面包的。"

"我们为上流人家另外用一把刀。您就放心吧。……您这是什么话,先生。"

警官眯细近视眼瞧着火腿,伸出手指甲在火腿上抠了很久,再把鼻子凑上去,呼呼响地闻一阵,然后用手指头弹着火腿,问道:

"你们这个货色不是跟'士的宁'③放在一块儿吧?"

"您这是什么话,先生。……求上帝怜恤吧。……哪能这样!"

警官难为情了,离开火腿,眯细眼睛看阿斯莫洛夫公司的定价表。商界代表把手伸进装荞麦米的桶子里,在那儿摸到一个又软又柔和的东西。……他往桶里一看,脸上顿时洋溢着脉脉的温情。

"咪咪……咪咪!我的小宝贝!"他用爱怜的声调说,"它躺在

---

① 应是"殖民地来的商品",指茶叶、咖啡、可可、香料等。
② 基督教传说中的一座通天高塔,即巴别塔,参见《旧约·创世记》,第11章。
③ 一种烈性的毒剂。

荞麦米里,扬起小脸……在享福呢。……你,杰米扬·加甫利雷奇,该送给我一只小猫才是!"

"这可以办到,先生。……喏,诸位先生,这是冷荤菜,请你们赏脸看一看。……这是咸青鱼、干酪。……请看,这是干咸鱼的脊肉。……这些干咸鱼是星期四刚到的,上等货色。……米希卡,把刀子拿过来!"

卫生检查人员各自切下一小块干咸鱼,闻一下,放在嘴里尝了尝。

"我也顺便吃一点……"商店老板杰米扬·加甫利雷奇仿佛自言自语地说,"那边我还收藏着一小瓶酒。……吃干咸鱼以前要喝点酒才好。……那会另有一种滋味呢。……米希卡,把那小酒瓶拿过来。"

米希卡鼓起腮帮子,瞪大眼睛,拔开瓶塞,当的一声把酒瓶放在柜台上。

"这是空着肚子喝酒了……"警官说,迟疑不决地搔一搔后脑壳,"不过要是喝一杯,倒也不碍事。……只是你得快着点,杰米扬·加甫利雷奇,我们可没有闲工夫喝你的酒!"

过了一刻钟,卫生检查人员擦着嘴唇,用火柴剔着牙齿,往戈洛雷卞科的商店走去。那儿,仿佛故意捣乱似的,走不进去。……有五个年轻人正把一大桶牛油从商店里滚出来,涨红脸,满头大汗。

"往右边走!……抓住桶边……抓住,抓住呀!把木板垫在桶底下……哎,见鬼!您走开点,老爷,桶子会压坏您的脚!"

桶子在门口卡住,一点也移动不得。……那些大汉压住桶子,用尽气力推它,发出很响的哼哧哼哧声,不住骂街,声音响得整个广场都能听见。他们久久地喘气,弄得空气也变得极其污浊,经过这样一番努力后,桶子终于滚出来了,可是不知什么缘故,它违背

483

自然规律,又滚回去,把门口卡死了。哼哧哼哧声就又开始。

"呸!"警官吐了一口唾沫,说,"我们到希布金的店铺去吧。这些魔鬼会哼哧哼哧地忙到傍晚去了。"

卫生检查人员发现希布金的店铺锁上门了。

"可是这家铺子本来是开着的啊!"卫生检查人员惊讶地说,面面相觑,"刚才我们到奥谢依尼科夫的铺子里去,希布金正站在门口,用清水涮一把铜茶壶呢。他到哪儿去了?"他们问一个乞丐说,他站在上了锁的铺子旁边。

"您赏几个钱吧,看在基督面上,"乞丐嗓音沙哑地说,"对穷苦的残疾人发发慈悲吧,恩人老爷们……求上帝祝福你们的父母。……"

卫生检查人员摇摇手,往前走去,只有市议会代表普留宁例外。这个人给了乞丐一戈比,然后,仿佛害怕什么事似的,赶紧在胸前画个十字,跑着去追那伙人。

约莫两小时后,委员们往回走去。这些卫生检查人员面色疲乏,颇为劳累。他们倒没白走一趟:有个警察,手里端着装满烂苹果的托盘,庄严地迈步走着。

"现在,我们奉公守法,辛苦了一趟,要是喝点酒倒也不坏,"警官说,斜起眼睛看一下酒铺的招牌:"葡萄酒家,备有葡萄酒及白酒","应该提一提神了。"

"嗯,是啊,这倒也未尝不可。要是你们乐意的话,就进去吧!"

卫生检查人员走下坡去,进了酒铺,围着弯腿的圆桌坐下。警官向掌柜点头,桌子上就出现了一瓶酒。

"可惜没有下酒的菜,"商界代表喝下酒去,皱起眉头说,"给我们一根小黄瓜才好呢。……不过……"

商界代表转过身去对着手拿托盘的警察,挑一个保存得最好的苹果,吃起来。

"啊……这儿还有不很烂的!"警官似乎惊讶地说,"你端过来,我也挑一个!你索性就把托盘放在这儿。……有好的,我们挑出来,削了皮,剩下的你管自拿去扔掉。安尼基达·尼古拉伊奇,斟酒吧!是啊,我们应该常常聚在一起,谈谈正事。要不然,我们在这荒僻的地方住着,一点教育的影子也没有,既没有俱乐部,也没有社交,简直像住在澳大利亚!斟上酒吧,诸位先生!大夫,您吃个小苹果!我亲手给您削掉皮了!"

"请问,长官,这个托盘该怎么处置?"警察随着那伙人走出酒铺门外,问警官说。

"托……托盘?什么托盘?哦,我明白了!你把那个托盘连同剩下的苹果一起扔掉吧……因为它会传播病菌!"

"你们已经把苹果全吃光了!"

"啊啊……很高兴!你听着……到我家里去一趟,对玛丽雅·符拉西耶芙娜说一声,要她别生气。……我只耽搁一个钟头就回去……我到普留宁家里去睡一觉。……听明白了吗?睡觉……投入摩耳甫斯的怀抱。斯普列亨—齐—杰伊奇①,伊凡·安德烈伊奇?"

警官抬起眼睛望着天空,沉痛地摇头,摊开两只手,说:"这就是我们的全部生活啊!"

---

① 这是一句读音不准的德国话:Sprechen Sie deutsch? 意思是:"您会说德国话吗?"

文　　特

　　秋天的一个晚上,天气恶劣,安德烈·斯捷潘诺维奇·彼烈索林从剧院里出来,坐着马车回家去。他坐在车上,暗自思索:倘使剧院里演些富于道德内容的戏,那会多么有益啊。他路过衙门,丢下有益之类的想法,开始看那所房子的窗户,而他,按诗人和船长的语言说,就是那个衙门里的舵手。这时候,值班室临街的两个窗子里灯光明亮。

　　"难道他们到现在还忙着算账?"彼烈索林暗想,"他们那儿一共有四个蠢材,可是直到现在还没把账算完!说不定人家会以为我逼得他们夜里都不得休息。我要去催催他们。……"他就对马车夫说:

　　"停住车,古利!"

　　彼烈索林从轻便马车上下来,往衙门那边走去。正门已经上锁,后门只有一根破门闩,却开着。彼烈索林从后门走进去,不出一分钟就在值班室门口站住。房门本来略微推开一点,彼烈索林往门里看一眼,却瞧见了一幅不同寻常的画面。那儿有张桌子,上面堆着一些大张的账页,这时候有四个文官围桌子坐着,在两盏灯的亮光下打牌。他们聚精会神,一动也不动,脸上被灯罩的亮光染成绿色,这就使他们近似神话中的地精①,或者,求上帝保佑不要

---

① 西欧神话中守护地下宝物的精灵,身材很小。

真是这样,近似一伙伪币制造犯了。……他们的牌戏弄得他们越发神秘。从他们的打牌方式和他们偶尔喊出口的打牌术语来判断,他们玩的是"文特",然而从彼烈索林所听到的种种话语来判断,这种牌戏又不能说是"文特",甚至也不能说是牌戏。那是一种闻所未闻的、奇怪的、神秘的游戏。……彼烈索林认出这些文官是谢拉菲木·兹维子杜林、斯捷潘·库拉凯维奇、叶烈美依·涅多耶霍夫和伊凡·皮苏林。

"你怎么打这张牌呢,荷兰鬼,"兹维子杜林恶狠狠地瞧着牌搭子①,生气地说,"难道可以这么打法?我手上有多罗费耶夫两张,有谢彼列夫两夫妇,还有斯捷普卡·叶尔拉科夫,可是你倒把柯费金打出去了。你瞧,我们差两副!你这个糊涂虫,该把波冈金打出去嘛!"

"哼,那样一来会怎么样?"牌搭子反唇相讥道,"我倒想打出波冈金去,可是伊凡·安德烈伊奇的手上有彼烈索林啊。"

"我的姓不知怎么也给编进去了……"彼烈索林暗想,耸一耸肩膀,"我不懂!"

皮苏林又发牌,文官们继续说:

"国立银行。……"

"省税务局二。……"

"无将。……"

"你要打无将??嗯!……省政府二。……要完蛋就完蛋吧,见他的鬼!上一回我要国民教育,却差一副,现在又要在省政府上倒霉了。管它呢!"

"国民教育小满贯!"

"我不懂!"彼烈索林小声说。

---

① 原文为法语。

487

"我要打出五等文官去。……万尼亚①,你把九等文官或者十二等文官丢出去算了。"

"为什么我们打出九等文官?我们有彼烈索林啊。……"

"可是我们要给你的彼烈索林一个耳光……一个耳光。……我们手上有雷勃尼科夫呢。叫你们缺三副!你们把彼烈索里哈②拿出来!你们用不着把她这个坏蛋藏在袖口里!"

"他们把我的妻子也拉进来了……"彼烈索林暗想,"我不懂。"

彼烈索林不愿意再装在闷葫芦里,就推开房门,走进值班室。即使长着犄角和尾巴的魔鬼在文官们面前出现,也不及他们的上司那样使他们惊讶恐慌。纵然去年逝世的庶务官在他们面前出现,纵然他用坟墓里的声调对他们说"你们这些魔鬼,跟着我到那个为恶棍准备下的地方③去吧",纵然他用坟墓里的冷气吹拂他们,他们的脸色也不会像见到彼烈索林的时候这么苍白。涅多耶霍夫吓得连鼻子都流出血来,库拉凯维奇的右耳朵里嘭嘭地响,他的领结自动松开了。文官们丢下纸牌,慢腾腾地站起来,面面相觑,然后眼睛盯住地板。一时间值班室里一片寂静。……

"你们算账可真算得妙!"彼烈索林开口说,"现在我才明白为什么你们这样喜欢忙着算账。……你们这是在干什么?"

"我们只是休息一会儿,大人……"兹维子杜林小声说,"看一会儿照片。……我们歇一歇气。……"

彼烈索林走到桌子跟前,慢腾腾地耸一下肩膀。桌上放着的不是纸牌,而是些普通尺寸的照片,从厚纸板上揭下来,贴在纸牌

---

① 伊凡的爱称。
② 即"彼烈索林太太"的俗称。
③ 指地狱。

488

上的。照片很多。彼烈索林看见他自己、他妻子、他的许多部下和朋友。……

"简直是胡闹。……不过,这种牌你们怎样打法?"

"这不是我们发明出来的,大人。……求上帝保佑,不要叫我们发明这种东西吧。……我们不过是学别人的样罢了。……"

"那你就来解释一下,兹维子杜林!你们是怎样打的?我都看见了,还听见你们怎样用雷勃尼科夫打我。……咦,你为什么这样顾虑重重?我总不至于吃了你吧?你说呀!"

兹维子杜林又忸怩又胆怯,拖了很久。最后彼烈索林开始生气,急得哼鼻子,涨红脸,兹维子杜林才听从他的话。他把照片收拢,照洗牌那样洗一下,然后把它们散发在桌子上,开始解释说:

"每张照片,大人,如同每张牌一样,有它的实质……意义。就像每副纸牌一样,这儿也有五十二张牌,也有四种花色。……省税务局的文官们算是红桃,省政府算是梅花,国民教育部的职工算是方块,国立银行局算是黑桃。嗯。……四等文官在我们这儿算是爱司,五等文官算是大王,四等和五等文官的夫人算是皇后,六等文官算是杰克,七等文官是十,等等。我,比方说,这是我的照片,算是三,因为我是十二等文官。……"

"嘿。……那么我算是爱司?"

"您是梅花爱司,您的夫人是梅花皇后。……"

"嗯!……这倒是别开生面呢。……好,我们来玩一下!我来看一看。……"

彼烈索林脱掉大衣,带着不相信的笑容挨着桌子坐下。那些文官听从他的吩咐也坐下来,牌戏开始了。……

看守人纳扎尔早晨七点钟来打扫值班室,吃了一惊。他拿着扫帚走进去,不料看见一幅那么惊人的画面,直到现在,哪怕他喝醉了酒,躺在床上人事不知,也还记得呢。当时彼烈索林脸色苍

白,睡意蒙眬,头发蓬松,站在涅多耶霍夫面前,揪住他的纽扣,说道:

"你得明白,如果你知道我手上有四个我,你就不能把谢彼列夫打出去。兹维子杜林手上有雷勃尼科夫夫妇,有三个中学教员,还有我的妻子;涅多耶霍夫的手里有银行职员和三个省政府的小官。你该把克雷希金打出去才是!他们把税务局打出来,你别管!他们留着一手呢!"

"我,大人,其所以把九等文官打出去,是因为我想他们手上有四等文官。"

"嗨,亲爱的,可是你不能这么想!这就不成其为打牌了!只有鞋匠才这么打法。你想想!……刚才库拉凯维奇打出省政府的七等文官,你就应当把伊凡·伊凡诺维奇·格连兰德斯基扔出去,因为你知道他有三个娜达丽雅·德米特利耶芙娜和叶果尔·叶果雷奇。……你完全搞糟了!我马上就来证明给你看!坐下,诸位先生,再打一圈!"

那些文官就把惊愕的纳扎尔打发走,大家坐下,继续打牌。

月　食

内地生活摘录

通　令

第一○三二号

九月二十二日晚上十点钟将有月食。查此种自然现象非但无可指摘，甚至颇有教益，因为连行星也常常服从自然规律也。为奖励起见，请贵官命令手下人等在该日晚间将贵管区内所有街道上街灯一律点燃，庶几官民人等虽在黑夜，仍能观赏该食也。此外，请阁下严格监视各处街道，不得因此有聚众围观，或发出欢呼声等情形。若有人对该项自然现象妄加评论，一经查获，希立即上报为要，不过本人深知市民思想健全，预计不致如此也。

格尼洛杜欣

核对人：秘书特里亚苏诺夫

本人荣幸地答复大人第一○三二号通令如下：查本人管区内素来没有街灯，因此该月亮行星之食便在空气全然黑暗之中发生。唯话虽如此，可供观赏之处仍然甚多，颇为清晰。至于违反社会清静安宁，例如妄加评论，表示不满者，幸未发现，只有一人形迹可疑，即助祭之子，家庭教师安菲洛希·巴别尔曼杰勃斯基也。有一市民询问月亮行星之食原因何在,该人当即加以解释,长篇大论,用意显然在于破坏健全思想之概念。至于该人所讲内容,本人没有听懂,因他的解释涉及科学,话里有许多外国字也。

乌库西-卡兰切夫斯基

本人荣幸地答复大人第一○三二号通令如下:查本人所管地区内,并未发生月食。不过天上确实发生了某种自然现象,月光阴暗发黑耳。这是否就是月食,本人实难断定也。至于街灯,经仔细查找,本管区内只有三盏。当即派人擦净玻璃,清除内部,然后点燃。然而所有这些措施均属徒劳无益,因该月食发生之时,街灯已经熄灭。灯上玻璃本来已经破碎,又加上起风,街灯就都吹灭矣。于是大人所说的黑暗,无法加以照亮也。聚众围观的事并未发生,因所有居民均已安睡,只有地方自治局执行处文书伊凡·阿威列夫一人未睡。此人坐在围墙上,举起空拳头来放在眼上,借此瞭望黑暗,并做出暧昧笑容,说:"要按我的想法,根本没有月亮也无所谓。……没什么了不起的!"本人当即对他指出,此话实属轻率,不料他顶嘴说:"你这个愁眉不展的娘们儿,何必帮着月亮说话?莫非你去给它拜过节吗?"同时他又说出不道德言词,类似老百姓骂街,为此本人荣幸地呈报如上。

格洛塔洛夫

以上经查明均是原件:无脾人

在墓园里

"他的玩弄刀笔的手段,颠倒黑白的雄辩,现在都到哪儿去了?"

哈姆雷特①

"诸位先生,起风了,天色已经黑下来。我们趁早回去吧?"

风吹动老桦树枯黄的叶子,叶子上大颗水珠纷纷落在我们身上。我们当中有人在黏土地上滑了一下,为了不致摔跤,就伸出手去抓住一个灰色的大十字架。

"'九等文官与勋章获得者叶果尔·格俩兹诺鲁科夫……'"他念道,"我认识这位先生。……他爱他的妻子,经常戴着斯坦尼斯拉夫勋章,书报一概不看。……他肠胃消化良好。……日子不是过得挺好吗?看样子似乎不该死,可是,唉!天有不测风云,人有旦夕祸福。……这个可怜人素来喜爱观察,不料因此受了害。有一次他正偷听,可是人家一关房门,房门正好撞在他头上,他就此得了脑震荡(而他是有脑子的),死了。还有这儿,这块墓碑底下躺着个人,从小就痛恨诗句和墓志铭。……如今仿佛嘲弄他似的,整个墓碑上都刻满诗句。……有人来了!"

---

① 引自英国剧作家莎士比亚的悲剧《哈姆雷特》。

这时候有个身穿旧大衣的人走到我们这边来,脸上没有胡子,脸色红里透青。他胳肢窝底下夹着一瓶酒,口袋里露出一个纸包,包着腊肠。

"演员穆希金的坟墓在哪儿?"他用沙哑的声调问我们。

我们领他到演员穆希金的坟上去,那演员是在两年前去世的。

"您是文官吧?"我们问他说。

"不,先生,我是演员。……如今演员和正教管区监督局的官员很难分得清楚。这一点您倒看得很准。……这是颇有特色的,然而这对文官来说可就不大光彩了。"

我们好不容易才找到演员穆希金的坟墓。那坟墓已经坍下去,长满杂草,失去坟墓的样子了。……那儿插着个廉价的小十字架,向一边歪着,布满绿色的青苔,而青苔已经冻得发黑。看上去,十字架显得衰老而沮丧,好像得了病似的。

"'……被忘却的朋友穆希金'……"我们念道。

光阴抹掉了这前面的"不会"两个字,倒纠正了人们的谎言。

"以前演员们和记者们募集过一笔钱为他立墓碑用,后来……他们却喝掉了那笔钱,那些可爱的人啊……"演员叹道,跪下去叩头,膝盖和帽子碰到了潮湿的土地。

"可是怎么喝掉了呢?"

"很简单。他们把钱收齐,在报上登一条消息,然后就把钱买酒喝掉了。……我说这话倒不是指责他们,而是随便说说的。……你们就喝个痛快吧,天使们!对你们来说是畅饮一番,对他呢,也不失为永恒的悼念。"

"灌酒对健康不利,而永恒的悼念却无非是悲愁。求上帝保佑我们只有暂时的悼念吧,讲到永恒的悼念,那可受不了!"

"您这话说得对,先生。要知道,当初穆希金是名演员,棺材后面的花圈有十个之多,可是现在他却给人忘掉了!凡是他亲近

494

过的人,都忘记他了,倒是那些受过他害的人,还都记得他。比方我,就一辈子也忘不了他,因为我从他那儿没得着别的,光是害处。我不喜欢这个去世的人。"

"可是您受过他什么害呢?"

"害处大得很呀,"演员叹道,他脸上露出沉痛的委屈神情,"对我来说,他是恶棍和强盗,祝他升天堂吧。我是因为看他的样,听他的话才做演员的。他用艺术引诱我,害得我从父母家里私自逃出来。他用演员的浮华生活诱惑我,对我应许许多好东西,可是给我的却是眼泪和悲伤。……演员的命运是辛酸的!我既失去青春,又失去滴酒不尝的习惯,还失去了神的形象①。……我身边一文钱也没有,鞋跟踩歪,裤子破破烂烂,打了补丁,我的脸像是被狗咬过的一样。……我头脑里满是放纵的思想和糊涂的念头。……他还夺去我的信仰,我那坏蛋!要是我有才能,倒还罢了,其实我一点才能也没有,白白地毁了自己。……天好冷啊,诸位可敬的先生。……想喝点酒吗?够大家喝的。……真冷啊。……我们来为死者的安息干一杯吧!我虽然不喜欢他,他虽然已经死了,可是在这个世界上我毕竟只有他这么一个亲人,只这么一个。我这是最后一次来看他。……大夫说,我由于酗酒,不久就要死了,所以我来向他告别。应当宽恕仇人才对。"

我们留下演员,让他跟亡故的穆希金去谈话,我们自己往前走去。天上开始飘下冷冰冰的细雨。

我们转过弯去,走上一条铺着石子的大林荫道,遇上一个送殡的行列。四个抬棺材的人拦腰系着白布腰带,脚上穿着粘了污泥和树叶的靴子,抬着一口棕色的棺材。天色黑下来,他们匆忙地走

---

① 意谓"不像人样"。按基督教传说,神按照神的形象创造了人,见《旧约·创世记》。

着,磕磕绊绊,轻微地摇晃他们抬着的东西。……

"我们在这儿只溜达了两个钟头,可是我们已经看到这是抬来的第三口棺材了。……该回家去了吧,诸位先生?"

舌头能把人带到基辅[①]

"你,亲爱的,到哪儿去了?该到哪儿去找你啊?"

民歌

第一个看客 脱掉帽子!这儿不准戴帽子!

第二个看客 我戴的不是帽子,是礼帽!

第一个看客 那也一样!

第二个看客 不,不一样。……帽子花半卢布就能买到,可是你去买一顶礼帽试试看!

第一个看客 帽子也罢,礼帽也罢……都不能戴。……

第二个看客 (脱帽)那您就要说清楚点。……(用讥诮的口气学着说)帽子,帽子……

第一个看客 请不要说话!您在妨碍别人听唱!

第二个看客 这是您在说话,您在妨碍别人听唱,又不是我。我什么话也没说,老兄。……要是您刚才不惹我,我根本就不会开口。

第一个看客 嘘嘘……

[①] 俄谚,原指"只要多开口问路,就可以走得很远",含义是"多说话有益"。但在此含义却相反:"祸从口出"。

第二个看客　用不着嘘。……(沉默片刻)我自己也会嘘。……您也用不着拿眼睛瞪我。……我不怕。……比你们这号人再厉害的,我也见过。……

第二个看客的妻子　住嘴吧!你别说了!

第二个看客　那他为什么跟我闹个没完?我总没有惹他吧?不是吗?那他为什么找我的麻烦?或者,也许您要我把您告到警官先生那儿去?

第一个看客　等一会儿再说,等一会儿再说。……您住嘴吧。……

第二个看客　啊哈,他害怕了!就是嘛。……俗语说得好,软的欺负硬的怕。

观众　嘘嘘……

第二个看客　连观众都看不过去了。……把你派到这儿来是维持秩序的,可你自己就在搅乱秩序。……(冷笑)胸前还挂着奖章……腰上挂着军刀呢。……这种人啊,哼!

第一个看客　(出去一会儿)

第二个看客　他羞愧难当,走掉了。……要是他听了我的话感到羞愧,那就可见他的天良还没有丧尽。……他再说下去,我还要对他说些更难听的话。我知道该怎么对付这班家伙!

第二个看客的妻子　别说了,观众在瞧你!

第二个看客　让他们去瞧好了。……我花我自己的钱买票,又不是花别人的钱。……如果我在说话,那就不要惹得我发脾气。……那一个走掉了……他不在了,好,我也不说了。……要是谁也不来招惹我,我又何必多说?用不着多说嘛。……我明白。……(鼓掌)再来一回!再来一回!

第一个、第三个、第四个、第五个、第六个看客　(像是从地底下钻出来的一样)劳驾!请您出去!

第二个看客 到哪儿去？（脸色变白）这是怎么回事？

第一个、第三个、第四个、第五个、第六个看客 请吧！（挽住第二个看客的胳膊）您别摆动您的腿。……请！（硬把他拖出去）

第二个看客 我花的是我自己的钱，可是，忽然间……出了这样的事。……（被拖出去）

观众 他们把一个恶棍带走了！

假　　面

某城社交界俱乐部里正举办一个目标在于慈善性募捐的假面舞会,或者按当地小姐们的称呼,就是化装舞会①。

那是夜间十二点钟。有的知识分子没参加跳舞,也没戴假面(他们一共有五人),在阅览室里围着大桌子坐定,把鼻子和胡子凑到报纸上,看报,打盹儿,不过按照京城报纸派驻本地的记者,一个颇有自由派倾向的先生的说法,他们是在"思考"。

从大厅里传来卡德里尔舞曲《纺车》的乐声。仆役们不时从房门前面跑过去,脚步声咚咚地响,手里端着的碗碟叮当作声。阅览室里却异常安静。

"这儿似乎会方便点!"忽然传来一个压低的、暗哑的说话声,仿佛是从火炉里发出来的。"到这儿来!到这儿来,伙伴们!"

房门开了,一个矮小结实的男人走进阅览室里来,身穿马车夫服装,头戴插着孔雀毛的帽子,脸上蒙着假面。跟着他走进来的是两个戴着假面的女人和一个端着托盘的仆役。托盘上放着一个大肚瓶,里面盛着甜酒,另外有三瓶红葡萄酒和几个玻璃杯。

"到这儿来!这儿也凉快点,"男人说,"你把托盘放在桌子上。……你们坐下吧,小姐们!热—乌—普—里—阿—拉—脱里

----

① 原文为法语。

蒙特朗!① 你们,诸位先生,让开……不用待在这儿!"

男人的身子摇晃一下,他伸出手去把桌上几本杂志拂落到地下。

"把托盘放在这儿!你们这些看报的先生,让开。现在不是看报和研究政治的时候。……把报纸丢开!"

"我想请您安静点,"一个知识分子隔着眼镜看看戴假面的男人,说,"这儿是阅览室,不是饮食部。……这儿不是喝酒的地方。"

"为什么不是喝酒的地方?莫非桌子会摇晃,或者天花板会塌下来?怪事!不过……现在没有闲磕牙的工夫!把报纸丢开。……你们已经看了一会儿,也就够了。你们不看报也已经聪明得很。再者看报伤眼睛。不过主要的是我不愿意你们看报,就是这么回事。"

仆役把托盘放在桌子上,把餐巾搭在胳膊肘上,在门口站住。两个女人立刻开始喝葡萄酒。

"天下居然有这样的聪明人,反倒认为看报比喝酒好,"插孔雀毛的男人给自己斟了一杯甜酒,开口说,"依我看来,你们这些可敬的先生,喜欢看报是因为没有钱买酒喝。我说对了吧?哈哈!……他们老是看报!喂,那上边都写着些什么?戴眼镜的先生!您读到些什么呀?哈哈!哎,别看了!你别装模作样!还是喝酒的好!"

插孔雀毛的男人略微欠起身子,从戴眼镜的先生手里夺过报纸来。那一个脸色发白,后来又转红,惊愕地看看其他的知识分子,那些人也惊愕地看他。

"您得意忘形了,先生!"他面红耳赤地说,"您把阅览室变成

---

① 读音不准的法语,意义不明。

了酒馆,您竟然胡作非为,夺去我手里的报纸!我不容许!您不知道您在跟谁打交道吧,先生!我是银行经理热斯加科夫!……"

"我才不来管你是不是热斯加科夫呢!喏,这就是我对你的报纸所抱的敬意。……"

男人举起报纸来,把它撕成碎片。

"诸位先生,这是怎么回事?"热斯加科夫喃喃地说,愣住了,"这真奇怪,这……这简直难以想象。……"

"他老人家生气了,"那个男人说,笑起来,"哎呀呀,我害怕!就连我的腿都打哆嗦了。听我说,诸位可敬的先生!咱们把玩笑放在一边,我实在不高兴跟你们闲磕牙。……我想单独跟这些小姐待在这儿乐一乐,所以我请你们不要碍手碍脚,走出去。……请吧!别列布兴先生,滚出去!你干吗皱眉头?我叫你出去,你就乖乖地出去!快着点,要不然,瞧着吧,说不定你就要挨揍!"

"这到底是什么意思?"孤儿院会计主任别列布兴涨红脸,耸起肩膀问,"我简直不明白。……一个无耻之徒闯到这儿来……忽然说出这种话来!"

"什么叫无耻之徒?"插孔雀毛的男人叫道,生气了,一拳头捶在桌子上,震得托盘上的杯子跳起来。"你在跟谁说话?你以为我戴着假面,你就可以对我胡说八道?好一张利嘴!我叫你出去,你就出去!银行经理,你趁早滚出去!大家都走,一个混蛋也别留下!滚蛋!"

"别忙,我们马上就会看见结果的!"热斯加科夫说,激动得连眼镜都冒汗了。"我要给您点颜色看看!喂,去把值班的主任叫到这儿来!"

过一分钟,身材矮小、头发棕红的主任走进来,上衣翻领上有一条天蓝色细带,由于跳舞而气喘吁吁。

"请您出去!"他开口说,"这儿不是喝酒的地方!请到小吃部去!"

"你这是打哪儿跳出来的?"戴假面的男人问,"难道是我叫你来的?"

"我请求您不要'你,你'地称呼我,请您出去!"

"你听我说,可爱的人:我给你一分钟时间。……由于你是主任,是大人物,那你就拉住这些戏子的胳膊,把他们带出去。要是这儿有外人,我这些小姐就不高兴。……她们就会受拘束。我既花了钱,总希望她们自由自在点。"

"显然,这个霸道的家伙不明白他不是在牲口圈里!"热斯加科夫叫道,"把叶甫斯特拉特·斯皮利东内奇叫来!"

"叶甫斯特拉特·斯皮利东内奇!"整个俱乐部里传遍呼喊声,"叶甫斯特拉特·斯皮利东内奇在哪儿?"

叶甫斯特拉特·斯皮利东内奇是个老人,穿着警官的制服,立刻就来了。

"我请求您从这儿出去!"他声音沙哑地说,瞪起吓人的眼睛,动了动染过色的唇髭。

"哎呀,吓死人了!"那个男人说,乐得哈哈大笑,"真的,吓死人了!居然有这么可怕的人,叫上帝打死我吧!他的唇髭活像猫胡子,眼睛瞪得老大。……嘻嘻嘻!"

"我请求你少说废话!"叶甫斯特拉特·斯皮利东内奇用尽气力叫道,浑身发抖,"滚出去!我要叫人把你拉出去!"

阅览室里乱哄哄,闹得不可开交。叶甫斯特拉特·斯皮利东内奇脸红得像虾一样,不住嚷叫、跺脚。热斯加科夫大嚷大叫。别列布兴大嚷大叫。所有的知识分子都大嚷大叫,然而戴假面的男人那深沉而又喑哑的男低音却盖过所有的声音。由于这场轩然大波,跳舞中断了。人们从大厅里纷纷涌到阅览室来。

叶甫斯特拉特·斯皮利东内奇为了显显威风,就把俱乐部里的警察统统叫来,他自己坐下来写呈文。

"写吧,写吧,"假面人说,不住把手指头伸到钢笔底下去,"现在叫我这个可怜人怎么得了?我这个可怜虫呀!您何苦断送我这个孤儿哟?哈哈!嗯,要写就写吧!呈文写好了吗?全写完了?好,现在你们瞧着!——一——二——三!!"

男人站起来,挺直全身,摘掉脸上的假面。他露出他的醉脸,瞧着大家,欣赏他所造成的效果,然后在圈椅上坐下,心花怒放地哈哈大笑。他也确实造成非同小可的影响。所有的知识分子都张皇失措地面面相觑,脸色煞白,有的人搔后脑壳。叶甫斯特拉特·斯皮利东内奇嗽了嗽喉咙,就像一个人无意中做了一件很大的蠢事似的。

大家认出这个暴徒就是当地的大财主,工厂主,世袭的荣誉公民皮亚契果罗夫,以喜欢闹事和热心于慈善事业闻名,而且正如当地报纸不止一次说过的,对教育事业充满热爱。

"怎么样,你们出去不出去?"皮亚契果罗夫沉默片刻后,问。

那些知识分子沉默着,一言不发,踮起脚从阅览室里走出去,皮亚契果罗夫等他们走后就关上门。

"你一定早就知道他是皮亚契果罗夫!"过了一会儿,叶甫斯特拉特·斯皮利东内奇抓住一个把酒送进阅览室去的仆役,摇撼他的肩膀,压低喉咙,用沙哑的声音说。"为什么你不说出来?"

"他老人家不许说,官长!"

"不许说。……我把你这混蛋关起来,坐一个月牢,你才会明白什么叫'不许说'。滚开!!你们呢,诸位先生,也真是妙极了,"他扭过脸去对那些知识分子说,"你们居然造反!你们就不能从阅览室里走出去十分钟!现在就请你们来喝这锅粥吧。唉,诸位先生,诸位先生啊。……我可不喜欢这样,真的!"

那些知识分子在俱乐部里走来走去,垂头丧气,心慌意乱,自觉有罪,喁喁私语,仿佛预感到大难临头似的。……他们的妻子和女儿听说皮亚契果罗夫"受了委屈",生了气,她们就大气也不敢出,分头回家。跳舞停止了。

夜里两点钟,皮亚契果罗夫从阅览室里走出来。他喝醉了,脚步蹒跚。他走进大厅里,在乐队旁边坐下,在音乐声中昏昏睡去,后来悲哀地低下头,打起鼾来。

"别奏乐!"主任对乐师们摇着手说,"嘘!……叶果尔·尼雷奇睡着了。……"

"请问,要把您送回家里去吗,叶果尔·尼雷奇?"别列布兴低下头,凑着大财主的耳朵,问道。

皮亚契果罗夫努出嘴唇,像是要吹掉脸上的苍蝇似的。

"请问,要把您送回家去吗?"别列布兴又问一遍,"再不然,要不要把您的马车叫来?"

"啊?谁?你……你有什么事?"

"该送您回家了。……现在是睡觉的时候了。……"

"我要回……回家。……送我回去吧!"

别列布兴高兴得眉开眼笑,动手把皮亚契果罗夫搀起来。别的知识分子也跑到他跟前,愉快地微笑,把世袭荣誉公民扶起来,小心地送到马车那边去。

"要知道,像这样愚弄一大群人,只有演员和天才才办得到,"热斯加科夫把他扶上马车,快活地说,"我简直吃了一惊呢,叶果尔·尼雷奇!我一直到现在还要笑。……哈哈。……我们这些人像热锅上的蚂蚁似的团团转!哈哈!您相信吗?就是在戏院里我也从没这么笑过。……滑稽透了!我一辈子都会记住这个使人难忘的夜晚!"

把皮亚契果罗夫送走以后,那些知识分子兴高采烈,放心了。

"他临走还握一下我的手呢,"热斯加科夫说,很满意,"这就是说,万事大吉,他不生气了。……"

"上帝保佑他吧!"叶甫斯特拉特·斯皮利东内奇叹道,"他是流氓,是下流东西,可是要知道,他又是慈善家!……真没法说!……"

在瘌疾患者与老人收容所里

每到星期六傍晚,女学生萨霞·叶尼亚金娜,这个矮小、病弱、穿着破鞋的姑娘,总跟他的妈妈一块儿到"本城瘌疾患者与老人收容所"去。她的亲爷爷,退役的近卫军中尉巴尔费尼·萨维奇就住在那儿。她爷爷的房间里很闷,有橄榄油气味。墙上挂着些不好的画片:有从《田地》杂志上剪下来的沐浴女人,有晒太阳的仙女,有男人把头上的礼帽推到后脑壳上,凑着门缝偷看裸体女人,等等。墙角上挂着蜘蛛网,桌上丢着面包渣和鱼鳞。……而且,爷爷本人的模样也不顺眼。他苍老,驼背,爱闻鼻烟,弄得脸上不干不净。他眼睛里含着泪水,没有牙的嘴巴总是张着。每逢萨霞跟母亲走进房间里,爷爷就微笑,他这种笑容往往像是一大团皱纹。

"哦,怎么样?"爷爷看到萨霞走过来吻他的手,问道,"你父亲怎么样?"

萨霞没回答。她妈妈没说话,哭起来。

"他还在小饭铺里弹钢琴吗?是啊,是啊。……这都是因为他不听管教,性情高傲。……喏,他跟你这个母亲结了婚,就……成了蠢货。……是啊。……他是贵族,有个高贵的父亲,可是娶了个'贱婆娘',喏,娶了她……娶了女戏子,娶了谢辽日卡的女儿。……谢辽日卡是我手下一个吹黑管的,打扫马房。……哭吧,哭吧,亲爱的!我说的是实话。……她从前是下流货,现在也还是下流货!……"

萨霞瞧着她母亲,谢辽日卡的女儿,女演员,也哭起来。随后是难堪而可怕的沉默。……小老头拖着一条假腿,把红铜的小茶炊端进来。巴尔费尼·萨维奇抓一把叶片很大的深灰色怪茶叶,撒在茶壶里,沏好了茶。

"你们喝吧!"他斟好三大杯茶,说,"你喝吧,女戏子!"

客人们把茶杯拿在手里。……茶难喝,有霉味,然而不喝却不行:爷爷会怄气的。……喝完茶后,巴尔费尼·萨维奇叫孙女坐在他膝盖上,用他那深情的泪眼瞧着她,开始摩挲她。……

"你,孙女,出身于贵族。……你别忘记。……我们的血可不是什么戏子的血。……你别看我受穷,你父亲在小饭铺里弹钢琴。你父亲是因为脾气怪,因为性情高傲,我是因为家道中落,然而我们是了不起的人。……你去打听一下我从前是个什么样的人!你会大吃一惊呢!"

爷爷用瘦得皮包骨的手摩挲萨霞的头,讲道:

"我们全省只有三个大人物:叶果尔·格利果利伊奇伯爵、省长和我。我们是最出风头、最有声望的人。……我呢,孙女,那时候不算阔绰。……我一共只有五千俄亩上下的薄田和六百个农奴,此外就什么也没有了。我跟军队的统帅没搭上什么关系,也没有什么显要的亲戚。我不是作家,也不是什么拉斐尔①,更不是哲学家。……一句话,我是个平常人。……可是话说回来,你听着,孙女!我在任什么人面前都没低过头,我见着省长总叫他的小名瓦夏,我跟大主教握手,我是叶果尔·格利果利伊奇伯爵最要好的朋友。这都是因为我善于过有教养的生活,合乎欧洲的思想

---

① 文艺复兴时期意大利的著名画家,在此泛指画家。

方式。……"

讲完冗长的开场白后,爷爷讲起他过去的生活。……他讲得很久,津津有味。

"我照例叫农妇们跪在干豌豆上,好叫她们皱起眉头,"他顺带喃喃地讲道,"农妇们皱起眉头,庄稼汉瞧着直乐。……庄稼汉笑个不停,好,我自己就也笑起来,心里快活了。……我给那些识字的人准备下另一种惩罚,比较轻。我要么逼他们死背账本,要么命令他们爬到房顶上去,在那儿大声念《尤利·米洛斯拉夫斯基》①,而且要念得我在房间里都能听见。……要是精神上的惩罚不灵,那就用体罚。……"

他大讲纪律,照他说来,人缺了纪律,"犹如理论缺了实践",然后他又说,惩罚是必须辅之以奖赏的。

"对于非常勇敢的行动,例如捉到小偷,我总是大加赏赐:给年老的娶个小媳妇,给年轻的免去兵役,等等。"

爷爷从前生活得很开心,"现在是谁也不会那么开心了"。

"尽管我家道不算富,可是我家里养着的乐师和歌手有六十名。我派一个犹太人主管音乐,我的歌手们由一个革除教衔的助祭管辖。……那个犹太人是很不错的音乐家。……就连魔鬼奏起乐来也及不上他这个该死的家伙呢。……他这个坏蛋,拉起低音提琴来,妙不可言,比方说,鲁宾斯坦②或者贝多芬就是用小提琴也拉不了那么好。③ ……他在国外学过音乐,样样乐器都精通,摇着胳膊做指挥也在行。只是他有个缺点:他身上老是冒出一股烂鱼的臭气,再者,相貌又难看,这就大煞风景了。就因为这个缘故,

---

① 俄国作家扎果斯金在1829年出版的历史长篇小说《尤利·米洛斯拉夫斯基,或1612年的俄罗斯人》,共三卷。——俄文本编者注
② 鲁宾斯坦(1829—1894),俄国钢琴家、作曲家。
③ 这两位音乐家都不以演奏小提琴见长。

每到节日只好叫他站在小屏风后面。……那个革除教衔的人也不是傻瓜。他又懂音乐,又会管人。他立下的纪律可真是严,连我见了都暗暗吃惊。他什么事都能办到。他手下的男低音歌手有时候唱儿童最高音,粗嗓门的娘们儿抵得上男低音。……他真是能手啊,这个强盗。……他的相貌很有气派,威风凛凛。……只是他太爱灌酒,不过说真的,孙女,这也要看是什么人,什么情形。……灌酒对有些人有害,可是对某些人却有益。唱歌的就得喝酒,因为一喝了酒,嗓子就有劲。……我每年给犹太人一百卢布钞票,可是那个革除教衔的家伙,我一个钱也不给。……我只供他伙食,至于薪金,都折合成实物:粮米啦,肉啦,盐啦,姑娘啦,木柴啦,等等的。他在我家里过得像猫那么舒服,不过我也常常把他吊起来,用鞭子抽一顿。……我记得有一次我就同时打过他和谢辽日卡,喏,就是她的父亲,你的外祖父,而且……"

萨霞忽然跳下地,偎到她母亲身边去。她母亲脸色白得像麻布一样,身子微微发抖。……

"妈妈,我们回家去。……我害怕!"

"你怕什么,孙女?"

爷爷走到孙女跟前,可是孙女背过脸去不理他,身子发抖,越发贴紧她的母亲。

"她想必是头痛,"母亲用抱歉的声调说,"她到睡觉的时候了。……再见。……"

辞出以前,萨霞的母亲走到爷爷面前,涨红脸,凑着他耳朵低声说话。

"我不给!"爷爷皱起眉头,努动嘴唇,嘟哝说,"我一个小钱也不给!让她父亲在那些小饭铺里挣钱给她买皮鞋好了,我一个小钱也不给。……不能再惯坏你们!我对你们已经仁至义尽,可是我从你们那儿只收到些出言犯上的信,别的什么也没看见。大概你知道前几天你男人寄给我一封什么样的信吧。……他说:'我宁可在这些小饭铺里进进出出,拾面包渣吃,也不在普柳什金面前低声下气。……'啊?这就是对亲爹说的话!"

"可是您就原谅他吧,"萨霞的母亲请求说,"他那么不幸,那么烦躁。……"

她央求很久。最后爷爷气愤地吐口唾沫,打开一口小箱子,用整个身体挡住箱子,从里面取出一张揉得很皱的黄色一卢布钞票。……女人伸出两个手指,接过钞票,仿佛怕弄脏手似的,赶快把它塞在自己口袋里。……过了一分钟,她和女儿很快地走出收容所乌黑的大门口。

"妈妈,不要带我到爷爷这儿来!"萨霞说,浑身发抖,"他可怕。"

"不行,萨霞。……非来不可。……要是我们不来,就没有东西吃。……你父亲在外边挣不着钱。他有病,而且……喝酒。"

"他为什么喝酒呢,妈妈?"

"他倒运,所以才喝酒。……你要当心,萨霞,不要告诉他说我们到爷爷这儿来过。……他会生气,那就会咳嗽得很厉害。……他性情高傲,不喜欢我们求人周济。……你不会说出来吧?"

谈　戏

一场小戏

两个朋友,调解法官波卢耶赫托夫和总参谋部上校芬契弗列耶夫,坐在那儿带着友好的心情吃着下酒的冷荤菜,谈论艺术。

"我读过泰纳①、莱辛②……我读过的书还少吗?"波卢耶赫托夫说着,用卡赫季亚③葡萄酒款待他的朋友,"我的青春时代就是在演员中间度过的,我还写过文章,我懂得很多东西。……你知道吗?我不是画家,不是演员,然而我有这么一种嗅觉,一种敏感!我有一颗心!要是有什么地方显得虚伪,不自然,那么,老兄,我一下子就能辨别出来。哪怕你是萨拉·伯恩哈特④或者萨尔维尼⑤,也骗不了我!假如有点那样的东西……有点花招什么的,我顿时就能识破。可是你怎么不吃呀?要知道,除了这些,我再也没有别的菜了!"

"我已经吃饱了,老兄,谢谢你。……至于我们的戏剧,像你所说的,在走下坡路,这倒是实话。……江河日下呀!"

---

① 泰纳(1828—1893),法国文艺理论家,史学家。——俄文本编者注
② 莱辛(1729—1781),德国启蒙思想家、文艺理论家和剧作家。——俄文本编者注
③ 地名,在格鲁吉亚。
④ 萨拉·伯恩哈特(1844—1923),著名的法国女演员。——俄文本编者注
⑤ 萨尔维尼(1829—1916),意大利著名的悲剧演员。——俄文本编者注

"当然！你想一想吧,菲里亚！当代的剧作家和演员们都极力要……该怎么说才能让你听懂呢……极力要接近生活,要现实主义。……你在舞台上见到的也就是你在生活里见到的东西。……可是难道我们需要这种东西吗？我们需要的是丰富的表现力,强烈的效果！生活早已使得你腻烦,你早已看厌,早已习以为常了。你所需要的,是那么一种……那么一种能够拨出你一根根神经、翻转你五脏六腑的东西！从前的演员用不自然的、坟墓里的腔调说话,举起大拳头捶自己的胸脯,哇哇地嚷,恨不得钻进地里去,不过另一方面,他们的表现力倒很强呢！他们的话也富于表现力！他们讲到责任,讲到仁爱,讲到自由。……你在每一幕里都看见自我牺牲,看见博爱的丰功伟绩,看见苦难,看见疯狂的激情！可是现在呢?！现在,你要知道,我们需要的却是什么生活气息。……你往舞台上一瞧,就看见……呸！……就看见一个卑鄙龌龊的人……一个骗子手,一条穿着破裤子的蛆虫,嘴里讲些无聊的废话。……希巴仁斯基①和涅威仁②之流认为这种讨厌家伙是英雄,我呢,说真的,烦恼得很！要是他落到我的法庭里,我就会抓住他这个混蛋,而且,你知道,要按照第一百十九条,本着我内心的信念,把他送进监牢里去,关上这么三四个月！……"

门铃声响起来。……波卢耶赫托夫本来已经站起来,刚要烦躁地从这个墙角走到那个墙角,这时候又坐下去。……一个身材矮小、脸颊绯红的中学生,身穿大衣,背上背着书包,走进房间里来。……他胆怯地走到桌子跟前,把脚跟并拢行了礼,交给波卢耶赫托夫一封信。

"妈妈问您好,舅舅,"他说,"她嘱咐我把这封信交给您。"

---

①② 希巴仁斯基(1848—1917)和涅威仁(1841—1919)都是俄国剧作家,在19世纪70年代和80年代写过许多流行的剧本。——俄文本编者注

波卢耶赫托夫拆开信封,戴上眼镜,呼呼响地喘着气,开始看信。

"我马上就办,乖孩子!"他看完信说,站起来,"我们走吧。……对不起,菲里亚,我留下你一个人在这儿坐一会儿。"

波卢耶赫托夫拉住中学生的手,撩起家常长袍的底襟,把他带到另一个房间里去。过了一分钟,上校听见奇怪的声音。一个孩童的嗓音开始恳求什么事。……恳求声很快变成尖叫声,紧跟着又传来撕裂人心的哭号声。

"舅舅,以后我不了!"这声音传到上校的耳朵里,"好舅舅,以后我不了!哎呀呀呀!亲舅舅,以后我不了!"

那些奇怪的声音持续了两分钟光景。……随后就归于沉寂。房门开了,波卢耶赫托夫走进房间里来。在他身后,中学生跟着走进来,脸上泪痕斑斑,强忍住哭声,扣上大衣纽扣。男孩把大衣扣好,把脚跟并拢行了礼,用袖口擦着眼睛,走出去。传来关门的声音。……

"刚才你在那边干什么来着?"芬契弗列耶夫问。

"喏,我姐姐在信上要求我把那个顽皮的孩子打一顿。……他考希腊语,得了两分。……"

"你是拿什么打他的?"

"我用的是皮带……这东西再好也没有了。……嗯,那么……刚才我讲到哪儿了?从前,你坐在剧场里,瞧着舞台,感触很深!你的心活动着,沸腾起来!你听见仁爱的话语,看见仁爱的行动……一句话,你看见的都是优美的东西,而且……你相信不?……我哭了!我常坐在那儿哭,像傻瓜似的。'你哭什么,彼佳?'我的妻子往往问我说。可是我自己也不知道为什么哭。……大体说来,舞台对我起着教育作用。……是啊,说老实话,谁能不受艺术的感动呢?谁能不受艺术的感化而变得品格高尚呢？如今我们胸中有野蛮人所没有的和我们祖先所没有的崇高感情，这不归功于艺术，又归功于谁！你瞧，我眼睛里有泪水了。……这是好的泪水，我不为这种泪水害臊！我们来干一杯，老兄！祝艺术和仁爱欣欣向荣！"

"我们来干一杯。……求上帝保佑，让我们的孩子也像我们一样……善于感受才好。……"

两个朋友喝下酒，开始谈论莎士比亚。

好事也得有限度

有一个善于思考的十四等文官去年受惊吓而死,在他的笔记本上发现如下几段笔记:

这个世道要求不仅坏事要有限度,甚至好事也要有限度。我来举例说明一下。

就连最好的食品,如果吃过量,也会造成胃痛、呃逆、腹语。

头发乃是人们头部最好的装饰品。然而谁不知道,头发一旦生得太长(我说的不是女人),就会成为一种足以显出思想轻浮而且有害的征象?

有个文官,父母都笃信宗教,品行端正。他认为在长官面前脱掉帽子是极大的快乐。每逢他故意走遍全城,力求遇见长官,其目的仅仅是要多添一次向长官脱帽致敬的机会的时候,他心灵的这种优秀品质就特别引人注目。他这种性格已经发展到极其可敬可佩的程度,他不但在直接上司和间接上司面前脱帽,甚至见了年长的人也要脱帽。他灵魂里这种高尚的品质所造成的后果,就是他每一秒钟都得露出头顶。有一次,那是冬季一个寒冷的上午,他遇见地段警官的侄子,就脱掉帽子,结果头部受凉,没来得及行忏悔礼就死了。由此可见,恭敬是必要的,然而要保持在适度的界限之内。

关于学问,我也不能略过不谈。学问具有许多优良有益的性质,可是请您回想一下:如果献身于学问的人越过由道德和自然规律等所规定的界限,学问会带来多大的害处?倒霉的是那些……然而我还是不提为妙。……

给我姑母看病的医士叶果尔·尼基狄奇,对一切事情都喜欢做到准确、严格、正规,这些都不愧是高尚心灵所应有的品质。他每做一件事,每走一步路,都有他事先想好的、由经验所规定的一套原则。他在执行这些原则方面与众不同,表现了模范的一贯性。有一天,早晨五点钟,我到他家里,叫醒他。我脸上露出明显的悲伤,叫道:

"叶果尔·尼基狄奇,您赶紧到我家里去吧!我姑母在出血!"

叶果尔·尼基狄奇起床,穿上皮靴,走到厨房里去洗脸。他用肥皂洗脸,刷牙,照着镜子梳头。然后他把长裤刷干净,用手摩挲平,动手穿上。随后他用刷子把上衣和坎肩刷干净,把怀表上足弦,一丝不苟地整理床铺。他把床铺收拾完,仿佛要给我上一课,叫我明白什么叫严格似的,着手把一颗脱落的纽扣缝到他的大衣上去。

"她在出血啊!"我又说一遍,由于可以理解的焦急而浑身无力。

"马上就去。……不过现在我得祷告上帝。"

叶果尔·尼基狄奇在圣像面前站住,开始祷告。

"我已经准备好,可以走了。……只是我得先到街上去看一看,该穿什么套鞋好:是长筒的呢,还是短筒的?"

最后我们总算走出他的家门。他锁上门,面对东方虔诚地祷告一番,沿着人行道慢腾腾地走着,一路上极力踩光滑的石板,生怕把鞋踩坏。我们走到我家里,却发现我的姑母已经不在人世了。可见,甚至认真也得有限度。

　　写笔记,显然是一种良好的工作。它使得智慧丰富,文笔熟练,心灵高尚。然而写得太多却不相宜。就连文学工作也得有限度,因为写得多了就可能横生枝节。比方说,我正写这几行,不料扫院子的仆人叶夫塞维走到我窗前,怀疑地瞧着我写的东西。我在他心里引起了疑团。我就赶紧把灯吹熄了。

贪图钱财的婚姻

共有两卷的长篇小说

第 一 卷

五犬巷里,寡妇梅穆陵娜家中正举行婚礼晚宴。晚宴席上有二十三个人,可是其中八个人什么东西也不吃,脑袋不断往前栽,昏昏欲睡,抱怨说他们"恶心得要呕吐"。蜡烛、灯盏、从饭馆里租来的弯腿枝形烛架,照得极其明亮,惹得在座的客人,一个电报员,装腔作势地眯细眼睛,不时无缘无故地讲起电力照明。对于电力照明,以及一般说来对于电力,他预告了光辉的前途,然而参加晚宴的人却有点漫不经心地听他讲话。

"电力……"那个代替父亲的男主婚人呆望着面前的菜碟,嘟哝说,"可是依我看来,电力照明纯粹是骗人的花样。他们往那里面塞进一小块煤去①,以为就能蒙哄人!不行啊,老兄,你真要给我照明的东西,就别给我一小块煤,而要给我一种实实在在的东西,给我那么一种能起火的东西,好叫我抓得住,摸得着!您得给我火,明白吗?给我天然的火,而不是脑子里想出来的玩意儿。"

"要是您见过造出电力的电池,"电报员卖弄聪明地说,"您的

---

① 指电灯,当时的新事物。

说法就不一样了。"

"我简直不想看见那种东西。骗人的玩意儿。……他们要骗老百姓。……他们要搜刮老百姓的最后一点脂膏。我们可知道他们这种人。……您,年轻的先生……我还没有请教您的大名和父名……与其给那种骗局撑腰,还不如喝您的酒,也给别人斟点酒的好。"

"我完全同意您的话,爸爸,"新郎阿普龙包夫用沙哑的男高音说,他是个脖子细长、头发粗硬的青年男子,"这些学问上的事现在何必来谈呢?各种各样在科学意义上的发明,我不反对谈,我自己也能谈,不过话说回来,谈这种事应该另找时间!你的看法怎样,我亲爱的?"新郎扭过脸去对坐在身旁的新娘说。

新娘达宪卡的脸上流露出各种美德,唯独缺少一种,就是思考能力。她涨红脸,说:

"他们总想显显他们的学问,老是谈些叫人听不懂的事。"

"谢天谢地,我没受过教育也活了一辈子,而且现在,感谢上帝,我把第三个女儿也嫁给好人了,"达宪卡的母亲在桌子另一头对电报员说,叹口气,"既然照您看来,我们都是没受过教育的人,那您又何必到我们这儿来?您该到您那班受过教育的人家里去才是!"

紧跟着是沉默。电报员心慌意乱。他万没料到关于电力的谈话竟有这样一种奇怪的转折。眼前的这种沉默含有敌意,依他看来像是普遍不满的征象,他觉得必须分辩一下才行。

"我,塔契雅娜·彼得罗芙娜,素来尊重您一家人,"他说,"即使我谈起电力照明,那也并不足以说明我是出于骄傲。是啊,我甚至可以干一杯。……我素来满心巴望达莉雅①·伊凡诺芙娜嫁个

---

① 达莉雅是本名,上文的达宪卡是爱称。

好新郎。在我们这个时代,塔契雅娜·彼得罗芙娜,很难嫁给好人呢。如今人人都是图私利、贪钱财才结婚的。……"

"这话可是有刺啊!"新郎说着,满脸涨得通红,眨巴眼睛。

"这话根本就没有刺,"电报员说,有点心虚,"我不是指在座的人说的。我这是随便说起……泛泛而论的。……上帝保佑!……大家都知道您结婚是出于爱情。……陪嫁钱少得不值一提。……"

"不对,不是少得不值一提!"达宪卡的母亲气恼地说,"你管自说话,先生,可就是别说胡话!除去一千卢布以外,我们还给了三件女大衣,连床带被褥一应俱全,还有这整套的家具!这样的陪嫁,你到别处去找找看!"

"我不是这个意思。……家具确实挺好……我的意思只是说:喏,他们生气了,倒好像我说话带刺似的。……"

"您不要说话带刺,"新娘的母亲说,"我们是看在您父母的面上才抬举您,请您来参加婚礼的,可是您却说出各式各样的废话来。……再者,要是您早就知道叶果尔·费多雷奇是图私利才结婚的,那您为什么不早说?那您就该到我这儿来,像个亲戚那样说:如此这般,他是图私利才结婚的。……还有你,先生,也太不应该了!"新娘的母亲忽然扭过脸去对新郎说,泪汪汪地眨巴眼睛,"我,可以说,供她吃,供她喝,好不容易把她养大成人……我把她,把我的女儿,看得比绿宝石还要贵重,可是你……你图私利……"

"您居然相信这种中伤的话?"阿普龙包夫说着,从饭桌那儿站起来,烦躁地揪他粗硬的头发,"多谢多谢!多承您对我有这样的看法,感激之至!还有您,布林契科夫先生,"他转过脸去对电报员说,"您虽然是我的朋友,可我不容许您在别人家里干这种岂有此理的事!请您出去!"

"这是什么意思?"

"请您出去!我希望您跟我一样,也是个正人君子!一句话,请您出去!"

"算了吧!你别再说了!"新郎的朋友们阻止他说,"得了,这犯得上吗?你坐下!不要说了!"

"不,我要表明他没有任何权利这样做!我是出于爱情才缔结这个合法婚姻的。为什么您坐着不动,我不明白!请您出去!"

"我不是这个意思。……要知道我……"惊呆的电报员说,从桌旁站起来,"我简直不明白。……也好,我走就是。……不过您得先给我三卢布,这是您租用我的凸纹布坎肩的价钱。我再喝一点酒就……走,不过您先得还债。"

新郎跟他的朋友们交头接耳地讲了很久。他那些朋友七零八碎地凑出三卢布来交给他,他就怒气冲冲地把钱丢给电报员。电报员找了半天他的制帽,然后点点头,走掉了。

有的时候一场有关电力的无伤大雅的谈话就会弄出这样的结局!不过后来晚宴结束。……黑夜来了。具有良好教养的本文作者,就紧紧地收住他幻想的缰绳,给随之而来的事情蒙上一层乌黑的神秘之幕。

临到粉红色的奥罗拉①光临五犬巷,却碰见喜曼②仍然在那儿逗留不去③。这时候阴霾的早晨刚开始,而且为本文作者提供了丰富的资料,以便写出下文。

第二卷,即最后一卷

秋天一个阴霾的早晨。还不到八点钟,五犬巷里就已经开始

---

① 罗马神话中的曙光女神。
② 希腊神话中的婚姻之神。
③ 全句的意思是"这个婚礼到第二天早晨还没有结束"。

了不同寻常的活动。惊慌不安的警察和扫院子的仆人在人行道上跑来跑去。各处大门口聚集着挨冻的厨娘们,她们脸上现出极端困惑的神色。……所有的窗子里都有居民们张望。洗衣房里一个敞开的窗口,有许多女人伸出头来,鬓角挨着鬓角,下巴挨着下巴。

"不知道这是雪,还是……谁也闹不清这是什么东西。"说话声响起来。

空中,从地下一直到房顶上,有一种白的东西在飘飞,很像是雪。马路是白的。街灯啦,房顶啦,大门口扫院人的长凳啦,行人的肩膀和帽子啦,一概是白的。

"出了什么事?"洗衣女工问奔跑的扫院子仆人说。

仆人们没回答,光是摇手,往前跑去。……他们自己也不知道出了什么事。不过最后,有个扫院子仆人慢腾腾地走过那儿,嘴里自言自语,不住地打手势。显然,他去过出事地点,知道事情的底细。

"出了什么事,亲人?"洗衣女工在窗口问他说。

"出了纠纷呗,"他回答说,"梅穆陵娜家里昨天办喜事,少给了新郎钱。原该给一千,只给了九百。"

"哦,那他怎么样呢?"

"他冒火了。他说我要这样,我要那样。……他撕开绒毛褥垫,把绒毛撒出窗外。……你瞧有多少绒毛啊!像雪一样!"

"把人押出来了!押出来了!"说话声响起来,"押出来了!"

一长串人从寡妇梅穆陵娜家里走出来。领头走着的是两个警察,露出担心的脸色。……阿普龙包夫在他们身后跟着走出来,头戴礼帽,身穿条子花呢大衣。他脸上写着:"我是正人君子,可我不容许人家欺骗我!"

"法院的审判自会向你们证明我是个什么样的人!"他嘟哝说,不时回转身去看一眼。

在他身后,哭哭啼啼的塔契雅娜·彼得罗芙娜和达宪卡跟上来。这个队伍后边是一个手拿簿子的扫院人和一群顽皮的孩子。

"你哭什么,小媳妇?"洗衣女工对达宪卡说。

"舍不得那个绒毛褥垫啊!"她的母亲替她回答说,"有三普特重呢,我的亲人!要知道那绒毛实在好!一团绒毛挨着一团绒毛,中间连一片羽毛也没有!我老了,上帝倒来惩罚我!"

这个行列走到巷口,拐过弯去,不见了。五犬巷里平静下来。绒毛在空中一直飘到傍晚。

庸人先生们

两 幕 剧

第 一 幕

市参议会。人们正在举行会议。

市长 （吧嗒着嘴唇，慢条斯理地挖耳朵）这一次，诸位先生，你们愿意听一听消防队长谢敏·瓦维雷奇的意见吗？他在这方面是专家，让他先说明一下，然后我们来讨论！

消防队长 我是这样理解的。……（拿出方格手绢擤鼻子）拨给消防部门的一万卢布，也许是一笔大款项，不过……（擦一擦秃顶）这只是做做样子而已。这不算款项，而是幻想，空气。当然，花一万也可以办个消防队，然而是什么样的消防队呢？无非是笑话罢了！你们要知道……人类生活中最重要的就是消防队瞭望台，凡是科学家，都会对您说这话。可是我们城里的瞭望台，干脆说一句，完全不适用，因为太小。房屋都很高（举起手），把瞭望台团团围住，慢说是发现火灾，求上帝保佑，就是能看见天空，也已经满不错了。我常常惩罚消防队员，可是他们看不见火灾，难道能怪他们？其次，关于马料，关于水桶……（解开坎肩的纽扣，呼出一口气，继续用同一种口吻讲下去。)

议员们 (异口同声)给这个预算再追加两千!

〔市长宣布休息一分钟,以便新闻记者退出会场。

消防队长 好。那么现在,你们考虑要把瞭望台加高两俄尺。……好。然而,这件事涉及社会利益,也就是所谓国家利益,如果从这个观点和这个意义上看,诸位议员先生,我就必须说明,倘使这个工程交由包工头承担,我就要提请你们注意,这会使得本城多加一倍开支,因为包工头办这种事总是盘算他自己的利益而不是社会的利益。假如用节约的办法,不慌不忙地修建,比方说,如果砖头是十五卢布一千块,用消防队的马车来运输,另外要是……(抬起眼睛望着天花板,似乎在心算)另外要是五百根原木,十二俄尺长,五俄寸厚……(计算)。

议员们 (绝大多数声明)把瞭望台的修缮工程交由谢敏·瓦维雷奇承办,为这个目的拨给他第一批款项一千五百二十三卢布四十四戈比!

消防队长太太 (坐在旁听席上,小声对邻人说)我不知道我的谢尼亚①何苦揽下这么多的麻烦事!按他这样的身体,能承担修建工程吗?干这种事有什么快活,成天价打工人嘴巴!搞这种修缮工程捞不到什么油水,至多也就赚它五百卢布,可是把身体忙坏了,倒要花一千治病呢!他的善心生生把他毁了,这个傻瓜!

消防队长 好。现在我们来谈一谈工作人员的问题。当然,我作为一个可以说是当事人(怛怅),只能声明我……我是无所谓的。……我这个人年纪已经不轻,又有病,不是今天就是明天总要死掉。大夫说我内脏有硬化症②,要是我不保重身体,我身子

---

① 谢敏的爱称。
② 大概指"肝硬化",起因于酗酒。

里的血管就要裂开,我就会来不及行忏悔礼而死掉。……

旁听席上的喁语 狗有狗的死法。

消防队长 不过我倒不为我自己张罗。多谢上帝,我这辈子过得挺好。我什么也不需要。……只是我觉得有点奇怪,甚至……甚至有点愤愤不平。……(绝望地摇手)一个人辛勤工作,只靠薪金过活,安分守己,没有沾染恶习气……黑夜白日地不得消停,从不顾到身体,可是……可是不知道这到底是图什么。我何必操心?这有什么好处呢?我不是说我自己,我是泛泛而论的。换了是别人,靠这点钱就没法过活。……酒鬼才肯担任这种职务,一个认真工作而老成持重的人宁可饿死也不会为这点薪金去照管马匹和消防队员。……(耸肩膀)这有什么好处呢?要是外国人看到我们这样的世道,我想,他们所有的报纸都会把我们痛骂一顿。在西欧,比方拿巴黎来说,每条街上都有瞭望台,每年都给消防队长发补助金,相当于一年的薪金。在那种地方,人才能工作!

议员们 鉴于谢敏·瓦维雷奇服务多年,发给他一次补助金二百卢布!

消防队长太太 (小声对邻人说)他请求到这笔补助金倒挺好。……他是个聪明人。前几天我们到大司祭家里去,在那儿打牌输掉一百卢布,如今一想起来,您要知道,真叫人心疼!(打哈欠)唉,真叫人心疼!现在也该回家喝茶去了。

第 二 幕

瞭望台。守卫人员。

瞭望台上的岗哨 (对下面喊叫)喂!锯木场起火了!打警钟!

527

下面的岗哨　你现在才看见吗？老百姓已经奔跑半个钟头了，你这个怪人，现在才想起来啊？（深思）只要是蠢货，不管你把他摆在上边，还是摆在下边，照样是蠢货（打警钟）。

〔三分钟后，瞭望台对面，消防队长在他住宅的窗口出现，穿着家常衣服，睡眼惺忪。

消防队长　什么地方起火了，丹尼斯？

下面的岗哨　（立正，举手行礼）锯木场，长官！

消防队长　（摇头）上帝拯救我们吧！起风了，天又这么干。……（摇手）上帝保佑吧！这些不幸的事专给人找麻烦！……（抚摸自己的脸）听我说，丹尼斯。……你对他们说，老弟，要他们套上马车，赶紧去，我呢，马上就去……过一会儿就到。……我得换衣服，还有这样那样的事。……

下面的岗哨　不过没人可去啊，长官！大家都出外了，只有安德烈在家。

消防队长　（惊慌）他们那些混蛋，都到哪儿去了？

下面的岗哨　玛卡尔钉完了新鞋掌，现在把靴子送到城外助祭家里去了。米哈依尔呢，长官，是您自己打发去卖燕麦的①。……叶果尔用消防队的马车送班长的姨妹到河对岸去了。尼基达喝醉了酒。

消防队长　那么阿历克塞呢？

下面的岗哨　阿历克塞下河捉虾去了，因为您老人家先前吩咐过他，说是明天您家里有客人来吃饭。

消防队长　（鄙夷地摇头）请问，跟这班人一起怎么能工作！都是无知无识，没受过教育……专爱灌酒。……要是外国人看见，外国杂志就会把我们大骂一顿！那边，比方拿巴黎来说，消防

---

① 燕麦是马的饲料，暗指消防队长贪污公家的马饲料。

队随时坐着马车在街上奔驰,轧死行人也不管。有火灾也罢,没火灾也罢,奔驰不停!我们这儿呢,锯木场起火了,危急得很,可是他们一个也不在家,倒好像……魔鬼把他们吞下肚去了!不行啊,我们比欧洲还差得远呢!(转过脸去朝房间里温柔地说)玛宪卡,你给我把制服准备好吧!

演说和小皮带

他把我们召集到他的办公室里去,用一种含泪而发颤的、扣人心弦的、温柔的、友好的然而又不容反驳的声调对我们发表一篇演说。

"我什么都知道,"他说,"什么都知道!对!我看得清清楚楚。我早就发觉这种所谓的,呃……呃……呃……味道,空气……风气了。你,齐秋尔斯基,在读谢德林①的作品。你,斯皮奇金,也读这一类的书。……我全知道。你呢,土波诺索夫,在写……那个……各式各样的文章……举止很不检点。诸位先生!我请求你们!我不是以上司的身份,而是以普通人的身份说话。……在我们这个时代,这样是不行的。这种自由派作风非消灭不可啊。"

他用这种口吻宣讲很久。他使得我们大家深受感动。他大讲当代的思潮,赞扬科学和艺术,然而又提出保留意见,讲起科学所不应该逾越的限度和界线,他还提到母爱。……我们听着,脸上红一阵白一阵。他的话把我们的灵魂洗净了。我们懊悔得恨不能死掉才好。我们一心想吻他,朝他跪下叩头……放声痛哭。……我瞧着档案管理员的后背,觉得这个后背所以没有哭出声来,也只是

---

① 谢德林是俄国讽刺作家和革命民主主义者萨尔蒂科夫(1826—1889)的笔名,曾遭沙皇政府逮捕和流放。

因为生怕扰乱普遍的肃静而已。

"你们出去吧!"他结束道,"一切事我都既往不咎了!我不会记住人家的坏处。……我……我……诸位先生!历史在对我们说话。……你们不相信我的话,就相信历史的话吧。……历史在对我们说话。……"

然而,唉!我们没有弄清楚历史在对我们说什么话。他嗓音发抖,眼睛里闪着泪花,眼镜冒汗。正在这个时候,响起了涕泣声,这是齐秋尔斯基在哭。斯皮奇金脸红得像煮熟的虾一样。我们把手伸到衣袋里去拿手绢。他开始眨巴眼睛,也伸手拿手绢。

"你们去吧!"他用哭泣的声调喃喃地说,"请你们躲开我!躲……开我吧。……嗯,是啊。……"

然而,唉!您从怀表里取出一颗小螺丝钉来,或者您往怀表里放进一粒细小的沙子去,怀表就停了。他的演说所造成的印象,恰好在登峰造极的时候,却化为泡影了。圆满的结局没有能够实现,可是……因为什么缘故呢?因为一件琐碎的小事!

他把手伸到后面裤袋里去取手绢,不料顺手带出一条小皮带来。不消说,这是无意中带出来的。小皮带极小,肮脏,粗硬,先是在空中摇荡,好比一条小蛇,后来掉下来,落在档案管理员的脚跟前。档案管理员两只手把它捧起来,恭恭敬敬,四肢发颤地放在桌子上。

"小皮带,大人。"他小声说。

齐秋尔斯基微微一笑。我看见他微笑,就情不自禁,也用手掩住嘴扑哧一笑……像个傻瓜,像个顽皮的孩子似的!在我之后,斯皮奇金也扑哧一笑,然后特烈赫卡皮坦斯基扑哧一笑,于是一切全完了!一座大厦轰隆一响,塌下来了。

"你笑什么?"我听见雷鸣般的一声喊。

圣徒呀!我一看,他的眼睛正瞧着我,只瞧着我一个人……盯住不动!

　　"你是在什么地方？啊？你是在啤酒馆里？啊？得意忘形了？你去写辞呈,交上来！我不需要自由派。"

在病人床边

医生波波夫和米列尔在病人床边站着,争论不休。

波波夫 我,老实说,不大拥护保守方法。

米列尔 我,同事,根本就不是跟您谈保守主义。……相信不相信,承认不承认,那都是您的事。……我谈的是实际上①应当加以改变的制度。……

病人 哎呀!(吃力地从床上起来,走到房门口,胆怯地看看隔壁房间)这年月,要知道,连墙都在听人讲话啊②。

波波夫 他说他胸口发紧……压得慌……透不出气。……您不用强烈的刺激剂不行了。

〔病人呻吟着,胆怯地看窗外。

米列尔 可是在给他服用刺激剂以前,我请求您注意他的体质③。……

病人 (脸色变白)哎,两位先生,不要这么大声说话呀!我是个有妻子儿女的人……又在衙门里工作。……窗外有人走来走去……我家里还有仆人。……唉!(绝望地摇手)

---

① 原文为拉丁语。
② 意谓"隔墙有耳"。病人把医疗用语误认为政治术语,以为医生们在攻击沙皇政府(保守和保守主义),主张推翻当前的政治"制度"。
③ 这个词也可解作"宪法"。

牡　　蛎①

我无须乎过于费力地追忆,就可以记起那年秋天阴雨的薄暮,当时的情形至今历历在目:我怎样跟我父亲一起站在莫斯科一条人烟稠密的街道上,怎样感到一种奇怪的病逐步控制我。痛苦倒一点也没有,只是我的腿不住地往下弯,我的话堵在喉咙里说不出来,我的头无力地往一边歪着。……看来我马上就要倒在地下,人事不知了。

假如那时候我进医院住下,医生就一定会在我床头的病历牌上写下"饥饿"②这个词,那却是医学教科书上所没有的一种病。

我的亲爹在人行道上挨着我站住,身穿旧的夏大衣,头戴旧呢帽,帽胎破了,露出一小块白棉花。他两只脚上穿着又大又重的套靴。这个爱面子的人生怕外人看出他光着脚穿套靴,就在他的腿肚上套一双旧靴筒。

这个可怜而又有点愚蠢的怪人,他那件漂亮的夏大衣越是破旧肮脏,我对他倒爱得越深。他五个月前来到京城谋求文书的职位。这五个月他一直在城里奔走,托人找工作,直到今天才下定决心到街上来乞求施舍。……

---

① 俄国饭馆中一种价钱很贵的海味名菜。
② 原文为拉丁语。

我们前面是一所三层楼的房屋,挂着青色招牌,上写"饭馆"两个字。我的头软弱无力地往后仰,朝一边歪着,我就不由自主地看着楼上,看着饭馆灯光明亮的窗子。窗子里不断闪过人影。我瞧见一架管风琴的右半边、两张彩色画片、几盏挂灯。……我往一个窗口里看,盯住一块白色的东西。那块东西轮廓方正,一动也不动,跟四周的深棕色背景截然分开。我凝神细看,认出那是墙上一张白招贴。那上面写着字,至于究竟写的是什么,就看不清了。……

我有半个钟头之久没让我的眼睛离开招贴。它的白颜色吸住我的目光,似乎给我的脑子施了催眠术。我竭力要认出那些字来,然而我的努力却白费。

最后,那种奇怪的病显出力量来了。

渐渐,马车的辘辘声在我耳朵里像是隆隆的雷声,我在街上的臭气中闻出一千种气味,饭馆的挂灯和街灯在我眼睛里成了耀眼的闪电。我的五种知觉一齐紧张起来,敏锐得反常。我开始看到先前看不清的东西。

"牡蛎……"我认出了招贴上的词。

奇怪的词!我在世上活了足足八年零三个月,可是这个词却一次也没听到过。它是什么意思?莫非这是饭馆老板的姓?可是话说回来,有姓的招牌①总是挂在门外,而不是挂在墙上!

"爸爸,什么叫牡蛎?"我费力地把脸扭到父亲那边,用沙哑的嗓音问。

我父亲没听见。他在注视人群的活动,用眼睛跟踪每个行人。……我凭他的眼神看出他想对行人说什么话,然而那句要命的话却像沉重的砝码似的挂在他颤抖的嘴唇上,无论如何也吐不

---

① 俄国的饭馆常以老板的姓命名。

出口。他甚至已经向一个行人迈出一步,碰碰他的衣袖,可是等到那个人回过头来,他却说声"对不起",心慌意乱,倒退回来了。

"爸爸,什么叫牡蛎?"我又问道。

"这是那么一种动物。……生在海里。……"

一刹那间我想象出这种从没见过的海洋动物是什么样子。它想必是介乎鱼虾之间的一种东西。既然是海味,人们当然就把它烧成很鲜美的热汤,撒上很香的胡椒粉,加上月桂叶,或者加上点脆骨,烧成酸溜溜的杂拌汤,要不然就做成虾酱,再不然就做成拌着洋姜的海鲜冻。……我生动地想象人们怎样从市场上把这种动物买回来,赶快收拾干净,赶快下锅……赶快,赶快,因为大家都饿了……饿极了!厨房里飘来煎鱼和虾汤的香味。

我感到那种香味刺得我的上颚和鼻孔发痒,渐渐渗透我的全身。……饭馆啦,父亲啦,白招贴啦,我的袖子啦,都冒出那种香气,味道浓得很,惹得我嘴里咀嚼起来。我又是嚼又是咽,倒好像我嘴里真有一小块那种海洋动物似的。……

我觉着舒服得很,两条腿往下弯。我怕跌倒,就抓住父亲的袖子,靠紧他那湿漉漉的夏大衣。父亲在发抖,缩起身子。他冷。……

"爸爸,牡蛎是素菜还是荤菜?"我问。

"这种东西要活着吃下肚……"我的父亲说,"它们有壳,像乌龟一样,不过……是由两片壳包住的。"

霎时间,鲜美的香味不再惹得我全身发痒,我的幻想破灭了。……现在我才完全明白!

"多么叫人恶心,"我小声说,"多么叫人恶心的东西啊!"

原来牡蛎是这么个东西!我就想象一种类似青蛙的动物。那只青蛙藏在两片贝壳里,睁着又大又亮的眼睛朝外看,不住地摆动它那难看的下颚。我暗自想象人们怎样从市场上买回这种动物来,它包在贝壳里,伸出几只螯,闪着亮晶晶的眼睛,皮肤黏糊糊的。……所有的孩子都躲起来。厨娘厌恶地皱起眉头,提起这个动物的螯,把它放在碟子上,送到饭厅里去。那些成年人拿起来就吃……把它活活吃下去,连它的眼睛、牙齿、爪子一股脑儿吃下肚去!它呢,吱吱地叫,极力咬人的嘴唇。……

我皱起眉头,然而……然而我的牙齿为什么咀嚼起来了?那个动物讨厌,可恶,吓人,可我还是把它吃了,吃得狼吞虎咽,生怕尝出它的味道,闻出它的气味。我刚吃完一个,却已经看见第二个,第三个的亮晶晶的眼睛。……我把这些也都吃了。……最后我吃餐巾,吃碟子,吃我父亲的套靴,吃那张白招贴。……凡是我眼睛见到的东西,我统统吃下肚去,因为我觉得,只有不断地吃,我的病才能好。那些牡蛎吓人地瞪起眼睛,样子可憎,我一想到它们就发抖,可我还是要吃!吃!

"给我牡蛎!给我牡蛎!"这呼声从我胸膛里冒出来,我向前伸出两只手。

"帮帮我们吧,诸位先生!"这时候我听见父亲闷声闷气地说,"我不好意思告帮,可是,我的上帝啊!我熬不下去了!"

"给我牡蛎!"我叫道,揪住父亲的大衣后襟。

"你莫非要吃牡蛎?这么小的孩子!"我听见身旁有笑声。

有两个先生站在我们面前,头上戴着高礼帽,笑呵呵地瞧着我的脸。

"你这个娃娃要吃牡蛎?真的吗?这倒有趣!你怎么吃法呢?"

我记得一只有劲的手把我拖到灯光明亮的饭馆里去。过了一分钟,一群人把我团团围住,带着好奇心和笑声瞅着我。我挨着桌子坐下,吃一种黏糊糊的东西,有腌过的味道,冒出潮气和霉气。我狼吞虎咽地吃着,没咀嚼,没看它,也没问一声我吃的是什么。

我觉得我一睁开眼睛,就必定会看见亮晶晶的眼睛、螯和尖牙。……

我忽然开始嚼一种硬东西。响起了碎裂的响声。

"哈哈!他连壳都吃了!"人群笑道,"小傻瓜,难道这能吃吗?"

我记得,这以后我渴得厉害。我躺在床上,却睡不着觉,因为我胃痛。我觉得滚烫的嘴里有一股怪味。我父亲从这个墙角走到那个墙角,用手比画着。

"我好像着凉了,"他喃喃地说,"我脑袋里有那么一种感觉。……仿佛那里面坐着个什么人似的。……也许这是因为今天我没有……那个……没有吃东西。……我,说真的,有点古怪,愚蠢。……我明明看见那些先生买牡蛎付出十卢布,那我为什么不走过去,向他们要几个……借几个钱呢?他们多半肯给的。"

到第二天早晨我才睡熟,梦见一只有螯的青蛙藏在贝壳里,转动眼珠。中午我渴得醒过来,睁开眼睛找我的父亲:他仍旧走来走去,打手势。……

有将军做客的婚礼

故　　事

　　退役的海军少将烈伏诺夫-卡拉乌洛夫是个矮小而仿佛生了锈①的老人,有一次从市场上出来,一只手抓住活梭鱼的腮,把鱼提回家去。他的厨娘乌里扬娜跟在他身后,胳肢窝底下夹着一包胡萝卜和一束烟叶,那是可敬的少将用来"驱除臭虫、蚜虫(即蛀虫)、蟑螂以及其他活在人的身上和住处的纤毛虫"的。

　　"舅舅!菲里普·叶尔米雷奇!"他拐弯走进他那条巷子,忽然听见有人叫他。"我刚才到您家里去过,整整敲了一个钟头的门!幸好我们总算没错过见面的机会!"

　　海军少将抬起眼睛来,看见面前站着他的外甥安德留沙·纽宁,一个青年人,在德良②保险公司任职。

　　"我有一件事来求您,"外甥继续说着,握了握舅舅的手,这就弄得他沾上一手浓重的鱼腥气,"我们就在这条长凳上坐一坐,舅舅。……这就行了。……喏,事情是这样的。……今天,我的知己朋友,一个姓留宾斯基的,要举行婚礼。……不瞒您说,他是个非常招人喜欢的人。……可是您,舅舅,把那条梭鱼放下吧!何必让

---

① 意谓"失去军人威风,显得萎靡不振"。
② "德良"可意译为"卑鄙龌龊"。

它把您的大衣弄脏呢?"

"这没什么。……这条鱼惹人讨厌,也不值什么钱,不过它的鱼子却妙极了!剖开它的肚子,把里面的鱼子掏出来,你知道,跟研碎的面包干拌在一起,加上葱,撒上点胡椒,拿过来一吃,那味道美极了!"

"他是个极好的人。……他在一家当铺里当估价员,不过您不要以为他是个可怜虫或者下等人。……如今连上流社会的太太也有在当铺里工作的。……他是有家庭的人,我可以向您保证。……有父亲,有母亲,还有其他的人……那些人挺不错,待人那么亲切,又信教。……一句话,是俄国的旧派家庭,您见了会喜欢的。……留宾斯基正要娶个孤女,双方是因为爱情才结婚的。……都是些好人!……那么您,亲爱的舅舅,能不能给这家人一点面子,今天到他们家里去参加婚礼的晚宴呢?"

"可是要知道,我……那个……不认识他们!我怎么能去呢?"

"这无所谓!反正又不是到什么男爵家去,到什么伯爵家去!他们是些普通人,不拘什么礼节。……有俄国人那种脾气:认识的也好,不认识的也好,一概欢迎!再者……我老实跟您说吧……那是个旧派家庭,有各式各样的偏见和怪想法。……甚至挺可笑。……他们巴不得有个将军参加婚礼!成千的卢布他们倒不要,只希望有个将军在他们宴席上坐着!我同意,这是无聊的好胜心,是偏见,不过……不过,让他们得到这么一点无伤大雅的快乐又何尝不可呢?况且您在那边也不会觉得乏味。……他们特意为您准备下一瓶齐姆良斯克的醇酒①和龙虾罐头呢。……还有,老实说吧,您也可以出一出风头。现在您的官阶算是白糟蹋了,就跟

---

① 指顿河地方齐姆良斯克所产的香槟酒。

埋在地里一样,谁也没感到您有那种地位,可是那边的人至少会明白! 真的!"

"可是我这么办,安德留沙,合身份吗?"海军少将问,呆呆地瞧着一辆出租马车。"我,你知道,要想一想。……"

"奇怪,这有什么可想的呢? 您管自去就是了! 讲到合不合身份,这甚至惹得人不痛快。……倒好像我能把亲舅舅拉到不成体统的地方去似的!"

"也好。……随你的便吧。……"

"那么到晚上我坐着马车来接您。……我们到十一点钟光景再去,稍稍迟一点,为的是正好赶上晚宴……这也才像贵族的派头。……"

十一点钟,纽宁坐着马车来接舅舅。烈伏诺夫-卡拉乌洛夫穿上镶着金丝绦的制服和裤子,戴上勋章,他们就坐上马车走了。等到从饭馆里雇来的仆役给海军将官脱掉带风帽的大衣,婚礼的晚宴已经开始。新郎的母亲留宾斯卡雅太太在穿堂里迎接他,眯细眼睛瞅着他。

"是将军吗?"她说,叹口气,疑惑地瞧着脱大衣的安德留沙,点头行礼,"很高兴,大人。……可是多么不威严……多么不中看。…… 嗯。…… 一点威风也没有,连肩章也没戴。…… 嗯。……好吧,来了也就算了,听天由命吧,好歹有个将军就成了。……就这样好了,请,大人! 谢天谢地,勋章总算不少。……"

海军少将扬起新刮过胡子的下巴,庄严地嗽一下喉咙,走进大厅里。……那边,一幅画面在他眼前展开,那情景真能把石头弄软,甚至磨成粉呢。大厅中央放着一张大桌子,上边摆满冷荤菜和酒瓶。……新郎留宾斯基坐在桌旁最显眼的地方,身上穿着礼服,手上戴着白手套。他那汗湿的脸上露出笑容。显然,使他高兴的与其说是眼前的山珍海味,不如说是他预先感到婚姻生活会带来的快乐。他身旁坐着新娘,眼睛带着泪痕,脸上现出极其纯洁的神情。海军少将立刻体会到她品德优秀。其余的座位坐满了男女客人。

"海军少将烈伏诺夫-卡拉乌洛夫!"安德留沙叫道。

客人们低下眉毛瞧着走进来的人,恭敬地擦嘴唇,站起来。

"请容许我介绍一下,大人!这是新郎艾巴米农德·萨维奇·留宾斯基和他的新娘。……这是伊凡·伊凡内奇·亚契,电报局工作人员。……这是希腊籍侨民哈尔兰皮·斯皮利多内奇·丁巴,做糖果生意。……这是费多尔·亚科甫列维奇·纳波列奥诺夫,还有……别的人。……请坐,大人!"

海军少将身子摇晃一下,坐下,立刻把一块咸鲱鱼放在自己的碟子里。

"您刚才是怎样称呼他的?"女主人对安德留沙小声说,怀疑而又不放心地瞧着显赫的客人,"我要请的是将军,而不是这个……该怎么称呼他来着……害……海……"

"海军少将。……可是您不明白,娜斯达霞·季莫费耶芙娜。文官官阶表上的四等文官相当于少将,所以海军少将就相当于四等文官。……区别只在于部门不同,实际是一回事。……正好旗鼓相当呢。"

"是啊,是啊……"纳波列奥诺夫肯定道,"这是实话。……"

女主人放了心,这才把那瓶齐姆良斯克酒放到海军少将跟前去。

"您吃菜吧,大人!只是您要包涵一点。……您吃惯了精致的菜肴,而我们这儿却是粗茶淡饭,简慢得很!"

"是啊……"海军少将在长久的沉默以后开口说,"从前,大家都生活得简简单单,心满意足。……我是个有官阶的人,可是我也还是生活得很简朴。……"

"您早就退役了吗,大人?"

"一八六五年①退役的。……从前样样事情都简单。……不过……"

海军将官说了"不过",歇了口气,这时候他看见对面坐着一个年轻的海军学校应届毕业生。

"您那个……大概是在舰队里实习吧?"他问。

"是,大人!……"

"啊。……是了。……也许,现在一切都换了新样子,跟我们那个时候不同了。……大家都变得皮肤白净,娇里娇气了。……不过,舰队的工作总是艰苦的。……这可比不得什么步兵,或者比方说,骑兵。……当步兵用不着费什么脑筋。在那儿,连庄稼汉都明白该怎么干,该干什么。……可是在我和您这儿,年轻人,那就不然了!那可不是闹着玩的!在我和您这儿,要动脑筋的事有的是。……每个无关紧要的字都有所谓神秘的……呃呃……难懂的意思。……举例来说:桅楼兵到桅缆去,到中帆和前桅帆去!这个命令是什么意思呢?这意思是说,那些派去系紧高帆的水兵,务必同时要站在桅楼上。要不然就得另下命令:桅楼底框兵到桅缆去!这又有另一层意思。……嘻嘻。……这就跟你的数学一样准确呢!还有,譬如,船在顺风里走……求上帝保佑我的记性才好,哦,我想起来了。……到高帆和顶帆去!这时候桅楼兵,凡是奉命解开上帆和顶帆的,就得使出全部力气从桅楼上跑到桅顶横桁和高桅顶横桁那边去,然后……求上帝保佑我的记性才好……他们分散在横桁上,拆开上面所说的那些帆,这要同时干,您明白,同一个时候!下面的人就在高帆和顶帆缭绳、张帆索和转桁索旁边停住。……"

---

① 本文发表于 1884 年 12 月,因而是二十年前。

"为极可敬的客人们的健康干杯！"新郎宣布道。

"是啊，"海军少将插嘴说，站起来，碰杯，"各式各样的命令多极了。……喏，再拿这个来说……求上帝保佑我的记性才好……拉高帆和顶帆缭绳，升起张帆索！！好。……不过，这指的是什么？这是什么意思呢？很简单！您知道，他们就拉高帆和顶帆缭绳，升起张帆索……这些事一齐做！同时他们把顶帆缭绳和升起的顶帆索拉得平齐，在这个时候根据需要，再放松这些帆的转桁索，结果，等到缭绳拉紧，张帆索都升到规定的位置，那么高帆和顶帆缭绳就绷直，横桁就顺着风向转过去。……"

"舅舅！"安德留沙小声说，"女主人要求您谈点别的。这些事客人们都不懂，而且……枯燥无味。"

"等一下。……我遇见这个年轻人，很高兴。……年轻人！我素来喜欢年轻人，而且……现在也还是喜欢。……我满心喜欢他们！求上帝保佑吧。……我很高兴。……是啊。……喏，如果军舰迎着前侧风航行，右舷受风，而且除去主帆以外所有的帆都张着，那么该怎样下命令呢？很简单。……求上帝保佑我的记性才好……大家都到上边去，转到顺风方向！不是这样吗？嘻嘻。……"

"够了，舅舅！"安德留沙小声说。

可是舅舅不肯罢休。他喊出一个个口令，然后用沙哑的嚷叫声对每个口令做出冗长的解释。晚宴已经快要结束，可是就因为他讲得滔滔不绝，别人始终没有机会讲长篇的祝词，发表演说。伊凡·伊凡内奇·亚契舌头上早已挂着一篇辞藻华丽的演说等着发表，这时候开始在椅子上不安地扭动身子，皱起眉头，跟邻座的客人喁喁私语。有一回，那是在甜食①已经端上来，海军将官喝了齐

---

① 宴席上的最后一道菜。

姆良斯克酒而呛得咳嗽起来的时候,他就利用这个间歇,跳起来,开口讲道:

"在今天所谓的……嗯……我们聚集在一起庆祝我们所热爱的……"

"是啊……"海军将官打断他的话说,"要知道,这些都得记住!例如……求上帝保佑我的记性才好……解开下桁索和顶索,把后支索从右边送到桅楼后部!"

"我们是些没有知识的人,大人,"女主人说,"这种事我们一点也不懂,您最好对我们讲点关于……"

"你们不懂是因为……这都是术语!当然了!可是这个年轻人懂。……对了。我在跟他回忆从前的事。……这不是很愉快吗,年轻人!漂洋过海,无忧无虑,而且……"

海军将官眼泪汪汪,用发抖的声调讲起来:

"举例来说……求上帝保佑我的记性才好……升起船头三角帆,放开转桁索,系上前桅帆和主帆前角索!"

海军将官擦擦眼睛,呜的一声哭了,继续说:

"这时候,水兵们就立刻升起船头三角帆的前角索,转动中桅的上帆以及那上面其他的东西,让它们迎着前侧风,然后把前桅帆和主帆的前角索拉到规定的位置,拉紧缭绳,抽出帆边牵索。……我哭……哭了。……我高兴啊。……"

"将军,太不像话了!"女主人气愤地说,"您这么大年纪,应该害臊才是!我们给您钱不是要您来胡闹的!"

"什么钱?"海军少将瞪大眼睛说。

"谁不知道给了您钱。……大概您从安德烈①·伊里奇手里总拿到了那张二十五卢布钞票吧!还有您,安德烈·伊里奇,也太

---

① 安德烈是本名,安德留沙是爱称。

不应该！我不是请您雇个这样的人来。……"

老人看一眼满面通红的安德留沙,看一眼女主人,心里全明白了。安德留沙对他讲过的旧派家庭的"偏见",如今在他面前露出全部丑恶的真相。……他的酒意一下子消散了。……他从桌旁站起来,踩着碎步走进前堂,穿上大衣,走出门外。……

从此以后他再也不去参加人家的婚礼了。

自由派活宝

每年圣诞节期间,切尔诺朴普省的太太小姐们和省政府文官们,总要举办一次业余演出,目的在于募集慈善性捐款。去年的演出不大成功,因为指挥大权落在高级顾问官楚希金这个"老粗"手里,他把剧本删削一半,不容许讲故事的人自由讲故事。今年,业余演出人员纷纷提出抗议。选择剧本的任务就由太太小姐们揽过来,至于对外工作,选择讲故事的人、歌手和舞会主持人等工作,一概交托特任官卡斯卡多夫掌管,他是个青年人,大学毕业生,又是自由派。

"该选谁好呢,诸位先生?"十二月里一天早晨,卡斯卡多夫站在办公室中央,双手叉腰,讲起来,"舞会主持人由宪兵中尉波德里加依洛夫担任,嗯……当然,还有我。男歌手呢……有我,嗯,也许,还可以加上宪兵中尉波德里加依洛夫。……他的男中音挺不错,不过,我们背地里说一句,唱得有点粗。……那么在幕间休息的时候,由谁来讲故事呢?"

"您指派特列特沃尔斯基吧……"科长基斯里亚耶夫说着,用火柴剔指甲缝,"去年他,这个坏包,讲得挺精彩呢。……单是他那副嘴脸就妙极了! 他爱喝酒,这个坏蛋,可是……话说回来,一切有才能的人都爱喝酒! 据说,连拉斐尔也爱喝酒!"

"特列特沃尔斯基? 哦,对,我想起来了。……他讲得不错,可是那风度……那风度呀！尼基佛尔,你去把特列特沃尔斯基叫到这儿来！"

一个黑发男子走进来,高身量,背部有点伛偻,头发长而且乱,两只手又大又红,穿着褪了色的裤子。

"请坐,特列特沃尔斯基！"卡斯卡多夫对他说,用洒过香水的手绢揞鼻子。"我们这儿,您要知道,又在筹划演出。……您倒是坐下呀！这套中国式的官场规矩谁也不需要,您就丢开它吧！我们都是人！好。……幕间休息的时候和演出结束以后,按去年的成规,要有朗诵。……好。……可是讲故事和朗诵的人,在我们这个切尔诺朴普城里,根本就没有。……我倒也许还能朗诵一下,嗯……宪兵中尉波德里加依洛夫也念得不错,可是我们忙得简直没有工夫！这就只好又来找您。……您肯承担吗,好朋友？"

"可以是可以的,"特列特沃尔斯基低下眼睛说,"不过,伊凡·玛特维伊奇,如果像去年一样给我加上种种限制,结果只会闹笑话！"

"不,不。……这回是充分的自由！最充分不过了,老兄！您爱念什么就念什么,爱怎么念就怎么念！我所以承担指挥的任务,也就是要给您自由！要不然我就不会应承。……您不要在选择题材方面缩手缩脚,一句话,在任何方面都不要缩手缩脚！您可以念一篇什么东西……讲个故事……朗诵诗篇之类的。……"

"这可以做到。……我可以讲个犹太人的生活故事。……"

"犹太人？妙得很！这挺好,我亲爱的！不过……这妥当吗？问题是,老兄,到那天,美德赫尔会带着女儿们一块儿来参加晚会。……他已经改信正教了,不过这仍旧不大合适。……他会生气的。……您讲点别的吧。"

"你顶好讲日耳曼人的故事。"基斯里亚耶夫喃喃地说。

"也好……"卡斯卡多夫同意说,"您找点日耳曼人的故事吧。……不过,那个……这也未必妥当。……省长夫人就是日耳曼人,原先在娘家是冯·利特卡尔特男爵小姐。……不行啊,最亲爱的!当然,限制自己是不必要的,可是仍然不妨慎重点。时代就是这个样子嘛,我们背地里说一句,人人都喜欢把别人的话当成影射自己。……去年,比方说,您顺带讲过一个亚美尼亚人的生活故事,在那个故事里,您该记得,纳希切万城的居民们说:'您把您的水龙带给我们吧,等将来,求上帝保佑,您那儿有了火灾,我们就给您两个水龙带。'这有什么得罪人的地方呢?可是真就有人怄气了!"

"怄很大的气呢!"基斯里亚耶夫肯定道。

"他们说:'他讲的这个纳希切万城指的是哪个城,我们心里有数!'那些小姐们一听到'水龙带',脸就红了。① 那您就得分清,哪些话中听,哪些话不中听!要慎重而又慎重!比方拿俄罗斯人民的生活故事来说……例如戈尔布诺夫②的一个什么故事。……那是挺好的作品!谁都爱听!可是呢,不行:省长大人认为这是'嘲弄人民'!他这话多多少少是对的,可是……我们背地里说一句,这是个可怕的时代啊!鬼才知道这是个什么时代!"

"您猜怎么着,倒不妨念一点涅克拉索夫的东西。……'她的额头上刻着不祥的字迹:在公共市场上出卖肉体!'③好得很!"

"不行,不行……不行!"卡斯卡多夫摊开两只手说,"人家参加晚会是带着全家人来的……有太太,有姑娘,您却念什么'不祥的字迹'!您这是怎么了,老兄!可别打这种主意!还是以不走

---

① 俄语单词 кишка(水龙带)有肠子的意思。
② 戈尔布诺夫(1831—1895),俄国作家和演员,写过许多滑稽的民间故事,内容大半是人民的生活。——俄文本编者注
③ 引自涅克拉索夫的诗《衣服华丽的穷女人》。——俄文本编者注

极端为妙！您顶好念点没有倾向性的、不偏不倚的东西……念点轻松的东西。……"

"什么作品才算轻松呢？托尔斯泰的《女罪人》行吗？"

"它有点沉闷,老兄！"卡斯卡多夫皱起眉头说,"《女罪人》啦,《聪明误》的最后一段独白啦……所有这些都是陈腔滥调,老套头了,而且……多多少少容易引起争论。……您选点别的吧。……请吧,不必缩手缩脚的！您想选什么就选什么……随您的便！"

特列特沃尔斯基抬起眼睛沉思。基斯里亚耶夫瞧着他,叹口气,鄙夷地摇摇头。

"如果你想不出什么合乎道德的作品,"他抱怨说,"那就可见你是个不道德的人！……"

"这儿,问题不在于道德不道德,扎哈尔·伊里奇！"卡斯卡多夫分辩说,"特列特沃尔斯基有片面性,这才是实情！"

特列特沃尔斯基涨红脸,搔了搔眼皮。

"既然我不道德,又有片面性,那你们何必叫我来？"他说着,站起来,往门口走去,"又不是我自己想要担任这个工作。"

特列特沃尔斯基走后,卡斯卡多夫迈开脚步走来走去。

"我不懂这种人,扎哈尔·伊里奇！"他开口说,把头发抓乱,"我当着上帝的面起誓:我不懂！我自己并不是因循守旧的人,也不落后……甚至是自由派,为我的思想方式受过苦,然而像这位先生那样的极端派,我不懂！我,嗯,还有……宪兵中尉波德里加依洛夫,都以自由思想闻名……社会人士斜起眼睛看我们。……省长大人怀疑我同情某些思想。……可是我绝不放弃我的信念！我是自由派！不过……像这个特列特沃尔斯基之类的人……我就不懂！这种人其实是走极端,极端派,我这个有罪的人却受不了！我自己并不是保守派,然而我受不了这种人！您管自批评我,管自骂我是因循守旧的人……您爱说什么都随您,可是我不能伸出手去跟类似①特列特沃尔斯基的先生们握手!"

卡斯卡多夫筋疲力尽地往圈椅上一坐,沉思不语。……

"不要他参加就是!"基斯里亚耶夫嘟哝说,由于无事可做,而拿起图章在他的硬袖口上盖印,"不要他参加……就这么办!……就这么办!"

---

① 原文为法语。

可怕的一夜

伊凡·彼得罗维奇·巴尼希津①脸色发白,把灯芯捻小,用激动的声调讲起来:

"一八八三年圣诞节前夜,我们许多人在一个现在已经去世的朋友的家里开招魂术会,等到我告辞出来,走回家去,夜色已经黑得伸手不见五指,笼罩着大地。我走过的那些巷子,不知什么缘故没点灯,我几乎只好摸着黑走。我住在莫斯科的圣墓教堂附近,我的家在文官特鲁波夫的那所房子里,因而是阿尔巴特的一个最荒僻的地方。我走着,我的思想沉闷而抑郁。……

"'你的一生临近末日。……你忏悔吧。②……'

"这就是在招魂术会上被我们召唤来的斯宾诺莎的灵魂对我所说的话。我要求再说一遍,小碟③不但重述一遍,而且还添了一句:'就在今天晚上'。我不相信招魂术,可是我一想到死,哪怕只是个暗示,也会灰心丧气。死亡,诸位先生,是不可避免的,它平淡无奇,然而另一方面,死亡的念头同人的天性却格格不入。……目前,浓重寒冷的黑暗把我团团围住,雨点在我眼前发疯般地飞舞,

---

① 这个姓可意译为"安魂祭"。下文所有姓氏和地名都与死亡有关,不一一注出。
② 指俄国东正教徒临死前所行的忏悔礼。
③ 招魂术的工具之一。

风在我头顶上凄凉地哀叫,我看不见四周有一个活人的影踪,听不见一点人的声音,我的灵魂就充满模糊而无法描摹的恐惧。我虽然是个摆脱了迷信的人,却匆匆地赶路,不敢回头看,也不敢往两边瞧。我觉得如果我回头看一眼,我就一定会瞧见死亡化为幽灵跟在我后面。"

巴尼希津急促地吐口气,喝点水,继续说:

"那种模糊的然而你们可以理解的恐惧,甚至在我爬上特鲁波夫那所房子第四层楼,开了房门,走进自己房间的时候,也没有离开我。我那简陋的住处一片漆黑。风在火炉里哭泣,仿佛要求取暖似的,不住敲打通气孔的小门。

"'如果相信斯宾诺莎的话,'我微微一笑,'那么今天晚上我就要在这种哭泣声中死掉。这可真是吓人!'

"我划亮火柴。……一阵狂风刮过房顶。轻微的哭泣一变而为凶恶的咆哮。楼下不知什么地方,有块已经脱落一半的护窗板开始砰砰地敲打墙壁。我的通气孔的小门尖声叫着,发出凄厉的求救声。……

"'那些无家可归的人遇上这样的夜晚,可真糟透了。'我暗想。

"可是我已经没有工夫沉湎于这一类思虑。我那根火柴上的硫黄燃起小小的蓝色火焰,我往房间里扫一眼,顿时眼前现出一副意外而可怕的景象。……可惜那阵大风没刮灭我的火柴!要是刮灭,或许我就什么也不会看见,我的头发就不会一根根竖起来了。我大叫一声,往门口跨出一步,心里充满恐惧、绝望、惊讶,闭上眼睛。……

"原来房间中央放着一口棺材。

"那小小的蓝色火焰没有燃很久,可是我已经看清了棺材的轮廓。……我看见棺材上盖着闪光的粉红色锦缎,看见棺材盖上有个饰着丝绦的金十字架。有些东西,诸位先生,尽管你们只看一眼,却从此印在你们的记忆里,忘不掉了。这口棺材就是这样。我只见到一秒钟,然而就连它最小的特征,我也统统记住了。那口棺材是供中等身材的人用的,凭粉红的颜色来判断,又是供年轻的姑娘用的。贵重的锦缎啦,垫脚啦,铜环啦,处处都说明亡人是富有的。

"我一口气跑出房间,什么也没考虑,什么也没想,光是感到说不出的害怕,顺着楼梯飞奔下去。过道上和楼梯上都很黑,我的腿又被皮大衣的底襟缠住,而我居然没有跌跤,摔断脖子,倒是怪事。我跑到街上,倚着湿漉漉的街灯柱站住,定一定神。我的心跳得厉害,我喘不过气来。……"

一个听讲的人把灯捻亮点,往讲话的人那边凑过去。讲话的人就接着说:

"如果我看见房间里起了火,来了贼,来了疯狗,我倒不会这么惊讶。……要是天花板塌下来,地板陷下去,墙壁倒塌,我也不会这么惊讶。……这些都是自然的,可以理解的。可是我的房间里怎么会有棺材呢?它是从哪儿来的?而且是一口贵重的和供女人用的棺材,显然是为年轻的贵妇做的,然而它怎么会跑到一个小官的寒酸的房间里来了?棺材是空的呢,还是里面装着死尸?她,这个阔女人,死得既不是时候,又对我进行了这么奇怪而可怕的访问,究竟是谁呢?恼人的秘密!

"'如果这不是奇迹,那就一定是罪行。'我脑子里闪过这个想法。

"我猜不出所以然来。我不在家,房门是锁着的,藏钥匙的地方只有跟我很接近的朋友才知道。然而朋友们不会把棺材放到我家里来。此外还可以推测这口棺材是由抬棺材的人错抬到我家里来的。他们可能记错和认错哪层楼或者哪个门,于是把棺材送错了地方。不过,我们那些抬棺材的人素来是不领到工钱,或者至少不拿到酒钱是不肯走出房间的,这一点又有谁不知道呢?

"'那些灵魂预告我要死亡,'我想,'莫非它们出了力,赶快给我送来一口棺材?'

"我,诸位先生,是不相信招魂术的,从来就不相信。然而这样的巧合,甚至能使得哲学家也生出神秘主义的心情呢。

"'不过所有这些都是胡思乱想,我胆小得像小学生一样,'我暗自断定,'这不过是眼睛的错觉,如此而已!先前我走回家来,心绪极其忧郁,这就无怪乎我的病态的神经会看见棺材。……当然,这是眼睛的错觉!还会有什么别的缘故呢?'

"雨抽打我的脸,风凶猛地拉扯我的衣襟和帽子。……我冻得发僵,衣服湿透了。我总得走掉才行,可是……到哪儿去呢?回到自己的家里去,就有重新看见棺材的危险。再看到那种景象,我可受不住。要我独自守着那口棺材,看不见周围有一个活人,也听不见一点人的声音,而棺材里又或许躺着死尸,那我就可能发疯。可是留在街上,淋着滂沱大雨,受冷挨冻,那也不是办法呀。

"我决定到我朋友乌波科耶夫家里去过夜,而这个人,你们都知道,后来开枪自杀了。当时他住在死巷里商人切烈波夫的带家具的公寓里。"

巴尼希津擦掉苍白的脸上冒出来的冷汗,深深地叹了一口气,继续说:

"我到我朋友家里,他却不在家。我敲一阵门,相信他确实不在家,就在门框上摸到钥匙,推开房门,走进去。我脱下淋湿的皮大衣,丢在地板上,在黑暗中摸到长沙发,坐下休息。屋里很黑。……风在通气窗里悲哀地呜咽。炉子里有只蟋蟀在单调地叫,唱着千篇一律的歌。克里姆林宫的钟声响起来,召唤人去做圣诞节晨祷。我赶紧划亮火柴。然而亮光并没有消除我郁闷的心情,而是正好相反。那种可怕的、说不出的恐惧又抓住我。……我大叫一声,身子摇晃一下,身不由己地跑出房外。……

"原来我在朋友房间里又看见我在自己房间里所看到的那种东西:棺材!

"我朋友家里那口棺材比我家里那口几乎大一倍,深棕色的棺材套给它添上一种特别阴沉的色彩。这儿怎么会有棺材?这一定是眼睛的错觉,这一点已经无可怀疑了。……不可能每个房间里都有棺材!这分明是我的神经出了毛病,这是幻觉。从此以后不论我走到哪儿,到处都会看见面前出现死亡的可怕住处。可见我已经神志不清,得了一种类似'棺材狂'的病,至于发狂的起因,那是不必费很多工夫就可以找到的:只要回想一下招魂术会和斯宾诺莎的话就够了。……

"'我发疯了!'我心惊胆战地暗想,抱住我的头,'我的上帝!这可怎么办呀?!'

"我的头要炸开,我的腿发软。……大雨滂沱,像是从桶子里倒下来似的,寒风刺骨,可是我既没穿皮大衣,也没戴帽子。回到房间里去取,我办不到,我没有那种力量。……恐惧用冰冷的胸怀抱紧我。虽然我相信这是幻觉,可是我的头发一根根竖起来,脸上淌下冷汗。"

"这该怎么办呢?"巴尼希津继续说,"我发疯了,而且有得重感冒的危险。幸好我想起离死巷不远住着我的好朋友波果斯托夫,是个不久以前才毕业的医生。那天晚上他跟我一块儿去参加过招魂术会。我就匆匆地往他家里走去。……那时候他还没娶阔绰的商人女儿,住在五等文官克拉德比宪斯基房子的五楼。

"我的神经注定了要在波果斯托夫家里再一次受到考验。我正爬上五层楼,却听见那儿闹得不可开交。上边有个人奔跑,脚步声很重,房门砰砰地开关。

"'救救我呀!'我听见撕裂人心的喊叫声,'救救我呀!扫院子的人!'

"过了一会儿,从上边,顺着楼梯,迎着我跑下一个黑色的人影,身穿皮大衣,头戴揉皱的高礼帽。……

"'波果斯托夫!'我认出我的朋友波果斯托夫,叫道,'是您吗?您怎么了?'

"波果斯托夫跑到我跟前,站住,慌忙抓住我的手。他脸色苍白,呼呼地喘气,浑身发抖。他眼珠乱转,胸脯起伏不定。……

"'是您吗,巴尼希津?'他闷声闷气地问,'真是您吗?您脸色苍白,就跟刚从坟墓里爬出来的一样。……可是慢着,莫非您是幻影?……我的上帝。……您的样子怪可怕的。……'

"'可是您怎么了?您面无人色!'

"'哎呀,好朋友,让我喘口气吧。……我见到您很高兴,如果真的是您,而不是我的眼睛发生错觉的话。那个该死的招魂术会……它闹得我神经错乱,害得我,您猜怎么着,刚才一回到家里,就看见我房间里有……一口棺材!'

"我不相信我的耳朵了,就要求他再说一遍。

"'棺材,真正的棺材!'医生说,疲惫不堪地在楼梯上坐下。'我不是胆小鬼,不过话说回来,要是参加了招魂术会后在黑屋子里碰见一口棺材,那就连魔鬼也会吓坏的。'

"我慌里慌张,结结巴巴地对医生讲我自己见到的两口棺材。……

"一时间我们瞪大眼睛互相瞧着,惊讶得张开嘴巴。可是后来,我们为要相信自己不是幻觉,就动手在对方身上拧一把。

"'我俩都觉得痛,'医生说,'可见我们现在不是在睡觉,不是在梦中相见。那么我看到的棺材和你见到的那两口棺材也不是眼睛的错觉,而是实实在在的东西。可是现在该怎么办呢,老兄?'

"我们在寒冷的楼梯上足足站了一个钟头,反复猜想和推测,却怎么也弄不明白是怎么回事,后来我们身上冷得很,就决定丢开懦弱的恐惧,叫醒仆人,跟他一起走进医生房间里去。我们果然照这样做了。我们走进房间,点上蜡烛,真的看见一口棺材,上面蒙着白色锦缎,锦缎下边坠着金色穗子和流苏。仆人虔诚地在胸前画个十字。

"'现在不妨看一下,'脸色惨白的医生说,周身发抖,'究竟这口棺材是空的,还是里面……有人?'

"经过长久的和可以理解的迟疑以后,医生弯下腰,又恐惧又担心,咬紧牙关,掀开棺材的盖子。我们往棺材里看一眼。……

"棺材里是空的。……

"那里面没有死尸,可是我们却在里面找到一封信,内容如下:

"'亲爱的波果斯托夫!你知道我岳父的生意亏空很大。他欠了一身债。明天或者后天他的财产就要查封。这就彻底断送了他家和我家,断送了我们的名誉,而这在我是看得比什么都重的。在昨天的家庭会议上,我们决定把一切值钱的和贵重的东西都藏起来。我岳父的全部财产就是棺材(你知道,他是棺材业的巨头,在本城首屈一指),所以我们决定把最好的棺材都藏起来。我把你看作我的朋友,要求你帮助我,挽救我们的财产和名誉!我希望你会帮助我们保管我们的财产,特送上棺材一口,好朋友,请求你收藏在家里,保管到我领回为止。缺了熟人和朋友的帮助,我们就完了。我希望你不会拒绝我,特别是因为这口棺材放在你家里不会超过一星期。凡是我看作我们真心朋友的家里,我都分别送去棺材一口,并且寄希望于他们的慷慨高尚的品格。热爱你的伊凡·切留斯青。'

"这以后我用三个月的工夫治疗我那错乱的神经。我们的朋友,棺材商人的女婿,倒保全了他的名誉,也保全了财产,而且已经开办一家殡仪馆,做墓碑和墓石的生意了。他生意不佳,因而现在我每天傍晚走回家里,老是担忧会在我的床边看见白色大理石墓碑或者灵台了。"

圣 诞 枞 树

一棵高高的和常青的命运之树上,挂满生活中各种好东西。……它从上到下挂着事业、走运的机会、美满的婚事、得中的彩票、大碰钉子、自认晦气等等。……这棵圣诞枞树四周挤着一群成年的孩子。命运在向他们分发礼品。……

"孩子们,你们有谁想娶个富商的女儿?"它问道,从树枝上摘下一个脸颊绯红的商人女儿,从头到脚装点着珍珠和钻石,"普留希哈街上房子两所,铁铺三家,啤酒馆一家,陪嫁钱二十万!谁要?"

"给我!给我!"百把只手纷纷向商人的女儿伸过去,"把商人的女儿给我!"

"不要挤,孩子们,也用不着激动。……大家都会得到满足的。……这个商人的女儿就让那个年轻的医生拿去吧。……一个献身于科学的人,身为人类的恩人,不能没有两匹马的马车和上等家具之类。你拿去吧,亲爱的大夫!不必道谢。……好,现在要发下一个惊人的礼物!楚赫洛英-波谢洪铁路局的职位一个!薪金一万,奖金也是一万,每月工作三小时,住房十三间,等等。……谁要?你,柯里亚吗?拿去吧,亲爱的!还有……单身汉希玛乌斯男爵家里的女管家职位一个!哎,不要这么硬拉死拽嘛,小姐们!①

---

① 原文为法语。

要有点耐性!……下一个!年轻貌美的姑娘一名,家道贫寒,然而父母是贵族!陪嫁钱一个也没有,可是为人正直,善于体贴,富于诗意!谁要?"冷场,"没人要吗?"

"我倒想要,可就是没有钱养活她!"墙角上一个诗人说。

"那么没人要?"

"行,您就发给我吧,我要。……就这么办……"一个身材矮小而且害痛风症的糟老头子说,他在东正教管理局里任职。"行啊。……"

"左陵娜①的手绢一块!谁要?"

"啊!……给我!给我!……哎呀,你们踩痛了我的脚!给我!"

"下一个惊人的礼物!藏书丰富的图书室一个,内有康德、叔本华、歌德的全部作品,一切俄国的和外国的著作家的作品,大批古代的珍本等等。……谁要?"

"我要,先生!"旧书商斯维诺巴索夫说,"给我吧,先生!"

斯维诺巴索夫接过图书室来,从中拣出《占卜术》《占梦书》《尺牍》《单身汉读物》……其余的书,他一概扔在地下。……

"下一个!奥克烈依茨②照片一张!"

响起了哄堂大笑的声音。……

"您给我吧……"博物馆负责人文克烈尔说,"我有用。……"

"下一个!《处女地》③附赠的豪华镜框一个。"冷场,"没人要吗?既是这样,就发下一个。……破皮靴一双!"

---

① 俄国轻歌剧女演员,在19世纪80年代获得巨大成功。——俄文本编者注
② 19世纪80年代在彼得堡印行的一种黑帮分子的杂志《亮光》的发行人。奥克烈依茨有一次随杂志向读者赠送他自己的照片一张,当时其他报刊对这件事纷纷加以讥诮。——俄文本编者注
③ 在彼得堡印行的一种附有插图的文学杂志(1884—1900)。——俄文本编者注

皮靴由一个画家拿去。……最后圣诞枞树上的东西都发光,人们走散。……那棵树的周围只剩下一个幽默杂志的写稿人。……

"该给我点什么呢?"他问命运说,"大家都各自得到一样礼品,我却什么也没得着。你未免太不像话了!"

"所有的东西都让人拿光了,一样也没剩下。……不过,倒还剩下一样,就是大碰钉子。……你要吗?"

"不要。……你就是不给我,我也已经碰够钉子了。……莫斯科某些编辑部的出纳科里,这种好东西是很丰富的①。还有什么比较像样的东西?"

"你把这些镜框拿去。……"

"这种东西我已经有了。……"

"喏,还有马勒,缰绳。……这儿有个红十字,如果你愿意要的话。……还有牙痛。……有四面楚歌的绝境。……有因中伤罪而被判处一个月监禁。……"

"这些我都已经有了。……"

"这是一个锡制的小兵②,如果你愿意要的话。……这是北方地图③。……"

幽默作家摇一摇手,走回家去,指望着来年的圣诞枞树了。……

---

① 暗指写稿人的稿子登出以后往往领不到稿费。
② 儿童玩具。
③ 指西伯利亚地图,而西伯利亚是流放犯和苦役犯的所在地。

心绪不佳

区警察局长谢敏·伊里奇·普拉奇金在自己房间里从这一头走到那一头,极力把心里不愉快的情绪压下去。昨天他因事坐着马车到军事长官家里去,后来无意中坐下打牌,输掉八卢布。这笔钱很少,微不足道,然而贪婪和爱财的魔鬼却藏在区警察局长的耳朵里,指责他挥霍无度。

"八卢布有什么了不起的!"普拉奇金压下魔鬼的声音,"人家输的还要多呢,也没怎么样。再者,钱总可以挣来。……只要坐上马车到工厂里或者雷科夫饭馆里去一趟,八卢布就拿到手了,甚至还不止这点!"

"'冬天。……一个农民,喜气洋洋……'"区警察局长的儿子万尼亚在隔壁房间里单调地背诵道,"'一个农民,喜气洋洋……走过铺着雪的道路。……'"

"再者这笔钱也能赢回来。……什么'喜气洋洋'?"

"'一个农民,喜气洋洋,走过铺着雪的道路……走过……'"

"'喜气洋洋,……'"普拉奇金继续思索,"应该使劲抽他十鞭子,他就不至于太喜气洋洋了。你与其喜气洋洋,还不如按时缴上税款哩。……八卢布有什么了不起的!又不是八千。总归可以赢回来的。……"

"'他的小马闻到雪……闻到雪,拉着雪橇一路小跑。……'"

"它居然撒腿就跑!他还会有什么快马,瞧他说的!只有一匹瘦马罢了,准是一匹瘦马。……那种糊里糊涂的庄稼汉专喜欢喝醉了酒赶着马乱跑,然后就一下子掉进冰窟窿里或者山沟里,那你就得为他忙个没完。……你再敢赶着马乱跑,我就要给你个厉害看看,叫你五年也忘不了!……可是昨天为什么我打出那张小牌呢?要是我打出梅花爱司,我就不会差两分了。……"

"'轻快的马车向前飞奔,掘出两道松软的沟痕……掘出两道松软的沟痕。……'"

"'掘出……掘出沟痕……沟痕……'他会写出这样的东西来!居然容许他们乱写一通,求上帝饶恕吧!其实呢,都是那张十惹出来的事!魔鬼叫它来得不是时候!"

"'这时候一个农奴的孩子不住地跑……不住地跑,把茹奇卡①送上小雪橇……小雪橇……'"

"他既是跑,那就可见他吃多了,而且给宠坏了。……他爹妈也是糊涂,不知道叫顽皮的孩子干点正事。与其让他这么玩狗,还不如让他去劈柴,或者念《圣经》。……狗也真是越生越多……你走路也罢,坐车也罢,都有狗挡道!昨天吃过晚饭后我本不该坐下来。……吃完晚饭,赶紧走掉就对了。……"

"'他觉得又是疼痛又好笑,他的母亲……他的母亲在窗口摇着手指吓唬他。……'"

"你吓唬吧,你吓唬吧。……她就是懒得走出来,到院子里惩治他一下。……她应该撩起他的小皮袄,啪啪响地揍他几下子!这比摇手指头吓唬他强多了。……照这个样子,你瞧着吧,他早晚会成为酒鬼的。……这是谁写的?"普拉奇金大声问道。

"普希金写的,爸爸。"

---

① 狗名。

"普希金？嗯！……他多半是个怪人。他们写啊写的，可是究竟在写些什么，自己都不明白。他们光是写，别的全不管！"

"爸爸，一个农民送面粉来了！"万尼亚叫道。

"收下！"

然而就连面粉也没使得普拉奇金快活起来。他越是安慰自己，那笔损失就越发使他感到切肤之痛。八个卢布是那么可惜，那么可惜，就像他实际上输了八千似的。等到万尼亚背完书，不再出声，普拉奇金就在窗前站住，满心苦恼，用悲哀的目光盯住雪堆。……可是雪堆的景象反而刺痛他心灵的创伤。雪堆使他想起昨天他到军事长官家里去一路上的风光。他的肝火就上来，心窝底下发痛。……他必须把他的怨气发泄到什么东西上去才行，这种需要逐步增长，不容许拖延下去。他忍不住了。……

"万尼亚！"他叫道，"过来，我要揍你一顿，因为你昨天打碎一块玻璃！"

训　令

采自偏僻地区生活

　　查异常隆重的基督圣诞节即将来临,鉴于每到节期接待室中往往拥进大批贺客,本人特责成尊驾谨守职责,严加监督,务使在接待室静候接见的贺客不得拥挤,不得吸烟,不得高声喧哗而妨害正常治安,并且不得在楼梯及接待室等处撒下谷粒、豌豆、面粉以及其他食用物资①。此外本人责成尊驾必须以尽量谦和有礼的态度开导贺客,务使他们所带的活物具有死亡形状,以免贺客的猪鹅及其他活物纷纷嚷叫而扰乱正常的肃静与安宁也。凡有违反者,悉按惯例从严究办。

六等文官及勋章获得者:玛·巴乌科夫

秘书:叶希多夫

经查明该文件确是原件:无脾人。

---

① 指贺客送给主人的贿赂。

题　　解

《感受》

心理研究

　　最初发表在一八八三年《旁观者》杂志第一期上(一八八二年十二月三十一日经书报检查机关批准)，署名"安托沙·契洪捷"。

《不得已而为之的骗子》

新年的小花招

　　最初发表在一八八三年《旁观者》杂志第一期上(一八八二年十二月三十一日经书报检查机关批准)，署名"无脾人"。

《不平的镜子》

圣诞节故事

　　最初发表在一八八三年《旁观者》杂志第二期上(一月五日经书报检查机关批准)，原副标题是《圣诞节幻想故事》，署名"安·契洪捷"。契诃夫晚年自编文集，一八九九年至一九〇一年由玛尔科斯出版社出版，作者将该小说收入文集第一卷。

　　作者的小说原稿现在保存下来两份：一份是草稿，一份是誊清稿，与草稿大不相同，经过重大修改。小说初次发表时又做过文字上的修改。

契诃夫将该小说收入文集时,以杂志原文为基础,重又加工,删掉副标题中"幻想"一词,删除一切有损于小说严肃语调的字句,取消当代人姓名。

例如,小说开端,在"而且是什么样的爱情故事呀!"之后删去一句:"像这样的爱情故事,宝贝儿,不论是《海外通报》,还是阿赫玛托娃,还是《欧洲丛刊》的普希卡烈夫,都没发表过。"《海外通报》于一八八一年十月到一八八三年三月在彼得堡由柯尔希主持出版。阿赫玛托娃(1820—1904)是俄国女翻译家,译成俄语的外国长篇小说、中篇小说、短篇小说集以及其他类似出版物的出版者。普希卡烈夫(1841—1906)是俄国发明家,诗人,剧作家和若干杂志的出版者,长篇小说译文杂志《欧洲丛刊》也在其内。

作家运用细节深入刻画丈夫和妻子的形象。例如,原句"最后医生宣布说,她快要饿死了,我才勉强克制住恐惧,取来曾祖母的镜子拿给她"改为:"她痛哭,扯着脑袋上的头发,在床上翻来覆去。最后医生宣布说她可能会死于精力衰竭,她的情况极其危险,我才勉强克制住恐惧,又跑到楼下去,从那儿取来曾祖母的镜子拿给她"。又,杂志本文中的原句"如今已经过去十年,她的眼睛却一次也没离开过那面镜子",在全集中改为"如今已经过去十多年,她却还是在照那面镜子,一会儿也不肯离开它"。又,原有短短的道白:"叫我丈夫滚开吧!他配不上我,配不上!"后改为独白:"人们都说谎,我的丈夫也说谎!啊,要是我早点看见我自己,要是我早知道我实际上是什么模样,那我就不会嫁给这个人!他配不上我!我的脚旁边应当匍匐着最漂亮和最高贵的骑士才对!⋯⋯"

小说以新的结尾结束,从"现在我俩"起,以下都是新添的。

《化了装的》

最初发表在一八八三年《旁观者》杂志第二期上(一月五日经书报检查机关批准),署名"无脾人"。

契诃夫在一八八六年一月一日《彼得堡报》第一号上发表短篇小说式小品文一篇,其题材和标题与这篇相同,署名"鲁威尔"。

《喜事》

最初发表在一八八三年《旁观者》杂志第三期上(一月八日经书报检查机关批准),题名是《光宗耀祖》,署名"安·契洪捷"。后来作者将这篇小说修改后,收入他的文集第一卷。

契诃夫为文集修改这篇小说时,更换题名,将全文大加修改,压缩篇幅,消除外部喜剧因素,添加较为准确的字句。例如,小说开端原句为"米佳·库尔达罗夫神色激动,披头散发,蓬蓬松松,跑进他父母的住宅,快得犹如身后追来三百个魔鬼似的,在各个房间里跑来跑去"。契诃夫在该句中删去"蓬蓬松松"一词和"快得犹如身后追来三百个魔鬼似的"这一比喻,"在各个房间里跑来跑去"改为"急急忙忙在各个房间里走进走出"。又,原句"那几个中学生醒过来了,伸懒腰,用惺忪的睡眼盯住他们的哥哥",在修改时只留下"那几个中学生醒过来了"。作家表达米佳的故事所产生的印象时,添进新的细节。杂志原文是"爹脸色发白。娘瞧了瞧爹,也脸色发白。中学生跳下床",修改时这一段改为:"爸爸脸色发白。妈妈看一眼圣像,在胸前画十字。中学生们跳下床,衣服也没披,只穿着短短的睡衣,走到他们哥哥跟前"。记者的报道在文字上做过大量修改:"面带醉容"改为"业已喝醉","被看门人阻止"改为"由看门人拦住","撞伤并不危险"改为"脑后撞伤,唯不严重","车夫伊凡·德罗托夫"改为"尤赫诺夫县杜雷基纳亚村农民伊凡·德罗托夫","从该人身上轧过"后增添"雪橇上有乘客一名,乃莫斯科二等商人斯捷潘·路科夫也"。

《合二而一》

最初发表在一八八三年《旁观者》杂志第三期上(一月八日经书报检查机关批准),署名"安·契洪捷"。该小说草稿已保存下来。

杂志上本文与草稿略有出入。

《自白》

最初发表在一八八三年一月十九日《旁观者》杂志第五期上,署名"安·契洪捷"。

《唯一的方法》

关于彼得堡银行一案

最初发表在一八八三年一月二十二日《花絮》杂志第四期上,署名"安·契洪捷"。

该小说根据当时颇为轰动的真事写成:彼得堡银行发生大贪污案,一八八三年一月该案开始审判。

《"夸大狂"病例》

请《医生》周刊注意

最初发表在一八八三年一月二十二日《花絮》杂志第四期上,署名"无脾人"。

《在黑夜》

最初发表在一八八三年一月二十二日《花絮》杂志第四期上,署名"安·契洪捷",一八八六年未加修改,收入在彼得堡出版的契诃夫小说集《形形色色的故事》。

《在催眠术表演会上》

最初发表在一八八三年一月二十四日《旁观者》杂志第七期上,署名"无脾人"。

《她走了》

最初发表在一八八三年一月二十九日《花絮》杂志第五期上,署名"安·契洪捷"。

《钉子上》

最初发表在一八八三年二月五日《花絮》杂志第六期上,署名"安·契洪捷",一八八六年未加修改,收入在彼得堡出版的契诃夫小说集《形形色色的故事》。

一八八三年二月三日《花絮》杂志主编列依金收到该小说后,写信给契诃夫说:

"……这是真正的讽刺作品。大有萨尔蒂科夫的味道。我兴奋地读了两遍。我还读给其他人听,他们也都喜欢。"

《在理发店里》

最初发表在一八八三年二月七日《旁观者》杂志第十期上,题名是《理发店里的悲剧》,署名"无脾人",修改后收入作者自编的文集第一卷。

契诃夫将它收入文集时,更换题名,将小说全文重新加工,对玛卡尔·库兹米奇和艾拉斯特·伊凡诺维奇之间的对话改动特别多,删除两人话语中的俚语,删掉土语等。

作家添加新的细节,从而改变了小说的调子。例如在杂志原文中,"理发店老板玛卡尔·库兹米奇对艾拉斯特·伊凡诺维奇说:'……是啊,我给您理发压根儿就没要过钱,还送给您椰子香皂。……我一向给安娜·艾拉斯托芙娜做头发……'眼泪涌上玛卡尔·库兹米奇的眼眶。'您沾过我不少光。……去年在索科尔尼吉公园,您喝那么多茶,都是我花的钱。……当时您还要吃橙子。……记得吗?我就给您买了橙子。……记得吗?'"契诃夫将这段话改成:"'我素来敬重你们,简直就把您当成我的亲爹……给您理发素来没要过钱。您一向沾我的光不少,当初我爸爸去世,您拿走过一张长沙发和十卢布,后来没还给我。您记得吗?'"小说结尾的原文是"玛卡尔·库兹米奇沉默下来,呆呆地站了一会儿……然后他的脸红得发紫,他倒在椅子上,这个下等理发店里响起了痛哭声",后改为:"玛卡尔·库兹米奇沉默不语,站在那儿呆呆地不动,随后从口袋里取出一块小手绢,哭起来"。

《不抱偏见的女人》
爱情故事

　　最初发表在一八八三年二月十日《旁观者》杂志第十一期上,署名"安·契洪捷"。

《十字》

　　最初发表在一八八三年二月十二日《花絮》杂志第七期上,署名"无脾人"。

《感恩图报》
心理研究

　　最初发表在一八八三年二月十二日《花絮》杂志第七期上,署名"安·契洪捷"。

《劝告》

最初发表在一八八三年二月十二日《花絮》杂志第七期上,署名"无脾人"。

《热心人》

最初发表在一八八三年二月十五日《旁观者》杂志第十二期上,署名"无脾人"。

《公羊和小姐》

"老爷们"生活中的小插曲

最初发表在一八八三年二月十九日《花絮》杂志第八期上,署名"安·契洪捷"。

《窝囊》

最初发表在一八八三年二月十九日《花絮》杂志第八期上,署名"安·契洪捷",后来未经作者修改,收入一八八六年在彼得堡出版的契诃夫小说集《形形色色的故事》。

《萝卜》

译自童话

最初发表在一八八三年二月十九日《花絮》杂志第八期上,署名"无脾人"。

《胜利者的胜利》

退休的十四等文官的故事

最初发表在一八八三年二月二十六日《花絮》杂志第九期上,

只有题名《胜利者的胜利》而无副标题,署名"安·契洪捷",后经作者修改,收入作者自编的文集第二卷。

契诃夫将该小说收入文集时,增添副标题,将姓氏库罗察波夫改为库里岑,并大加修改,主要是文字上的修改。

《在我们这个讲求实际的时代……》

最初发表在一八八三年三月五日《花絮》杂志第十期上,署名"安·契洪捷"。

现在保存着该小说的两个抄件,大概供契诃夫将该小说收入文集用。其中一个抄件标明第一五四号,已将原标题《在我们这个讲求实际的时代……》改为《未婚夫》。可能契诃夫修改过小说,或有意修改,但修改稿未留存下来。

《聪明的扫院人》

最初发表在一八八三年三月三日《旁观者》杂志第十六期上,标题是《教训》,署名"安·契洪捷",后经作者修改,收入他的文集第一卷。

作者为文集修改该小说时,更换标题,并对小说做文字上的修改。扫院人的话语大为缩短,并加修改,删除俚语等。

《傻瓜》

单身汉的故事

最初发表在一八八三年三月九日《旁观者》杂志第十八期上,署名"无脾人"。

《难于命名的故事》

最初发表在一八八三年三月十二日《花絮》杂志第十一期上,

署名"安·契洪捷"。

《哥哥》

最初发表在一八八三年三月十二日《花絮》杂志第十一期上，署名"安·契洪捷"。

《审讯中的事情》

最初发表在一八八三年三月十七日《旁观者》杂志第二十期上，署名"安·契洪捷"。该小说原有副标题《犯罪小说》。后来，作者将该小说加以压缩，删去副标题，收入一八八六年在彼得堡出版的作者小说集《形形色色的故事》。

《谜一般的性格》

最初发表在一八八三年三月十九日《花絮》杂志第十二期上，署名"安·契洪捷"，后未加修改，收入一八八六年在彼得堡出版的作者小说集《形形色色的故事》。作者对该小说做过文字上的修改后，收入他自编的文集第一卷。

《耍花招的人》

最初发表在一八八三年三月二十六日《花絮》杂志第十三期上，署名"安·契洪捷"。

《谈天》

最初发表在一八八三年三月二十六日《花絮》杂志第十三期上，原题名是《恩人》，署名"安·契洪捷"。目前保存着该小说排印出来的样张，以供作者将它收入文集使用，题名业已更换，原文也已修改（压缩和文字上的润饰）。然而该小说未收入作者的文集。

《正人君子》

最初发表在一八八三年四月二日《花絮》杂志第十四期上,署名"安·契洪捷"。

《柳树》

最初发表在一八八三年四月九日《花絮》杂志第十五期上,署名"安·契洪捷",后经作者略加修改,收入一八八六年在彼得堡出版的作者小说集《形形色色的故事》。

《盗窃犯》

最初发表在一八八三年四月十六日《花絮》杂志第十六期上,署名"安·契洪捷",后经作者稍加修改,收入一八八六年在彼得堡出版的作者小说集《形形色色的故事》。

该小说收入小说集时,开端有两处删削:"如今人人都盗窃。……我无所谓"(在"不过呢,我倒无所谓"之后);"'你们老是感到寂寞!'高个子说,笑一笑,'喏,要是多打发些你们这样的人到此地来,我们就会在这儿办一个俱乐部了。……真的!这儿的上流人太少了。'"(在"他盗窃的钱比我还多,问题就在这儿了!"之后)

一八八三年四月十六日《花絮》杂志主编列依金在写给契诃夫的信上提到小说《柳树》和《盗窃犯》说:"您的小说《柳树》和《盗窃犯》是精彩的故事,不过对《花絮》来说有点过于严肃。我自己倒读得津津有味。"契诃夫在回信中(四月十七日以后)针对列依金讲到有些短篇小说对《花絮》杂志来说过于"严肃"的问题说:"您顺便①讲到我的《柳树》和《盗窃犯》对《花絮》来说有点太严

---

① 原文为法语。

肃。也许是这样吧,然而,要不是因为我在寄稿子的时候受到某种考虑的影响,我原不会把这两篇不逗笑的作品寄给您。我认为一篇严肃的小作品,短短的,只有一百行左右,是不会十分刺眼的,尤其是因为《花絮》的刊头上没有标明'幽默和讽刺'字样,没有规定非绝对幽默不可。小作品(不是指我的,而是指一般的)只要相当轻松,合乎杂志的精神,即使包含一点深意,加上恰如其分的抗议,照我看来,读者仍旧会乐于读一读,也就是说不会枯燥乏味的。再者,顺便说一句,您的刊物上,在诙谐的伊·格莱克①的那些小作品里,偶尔也出现一些力求严肃的小作品,写得细腻,优雅,使人吃过饭后干脆用它来代替水果或糕点了。这类作品并没显得格格不入,而是刚好相反。……再者,里奥多尔·伊凡诺维奇②也不是永远插科打诨,不过《花絮》的读者恐怕没有一个放过他的诗不读的吧。一个小作品不管怎样严肃(我不是指数学或者高加索的运输情况),只要写得轻松短小,就不会使人读着而不感到轻松。……求上帝保佑,千万别写得枯燥无味,然而在复活节,对一个已经流放在外的盗窃犯说一点温暖的话,也不至于就把幽默扼杀了。(再者,说老实话,一味追求幽默是困难的!有的时候,人只顾追求幽默,胡乱写出一些东西,连自己看着都恶心。人就不由自主地钻进严肃的领域里去了。)……"

《一张纸》

复活节杂记

最初发表在一八八三年四月十六日《花絮》杂志第十六期上,署名"无脾人"。

---

① 《花絮》杂志编辑,作家比里宾的笔名。
② 《花絮》杂志撰稿人,诗人巴尔明。

《空话,空话,空话》

　　最初发表在一八八三年四月二十三日《花絮》杂志第十七期上,署名"安·契洪捷"。

《冷荤菜》

愉快的回忆

　　最初发表在一八八三年四月二十三日《花絮》杂志第十七期上,署名"无脾人"。

《律师岳母》

　　最初发表在一八八三年四月三十日《花絮》杂志第十八期上,署名"安·契洪捷"。

《一个古典中学生的遭遇》

　　最初发表在一八八三年五月七日《花絮》杂志第十九期上,原名《万尼亚、妈妈、姑母和秘书》,署名"安·契洪捷"。该小说后来由作者收入他自编的文集第一卷,并更换题名,作了文字上的修改。

《猫》

　　最初发表在一八八三年五月十四日《花絮》杂志第二十期上,署名"安·契洪捷"。

《夜莺纪念演出》

乐评

　　最初发表在一八八三年五月二十一日《花絮》杂志第二十一

期上,署名"安·契洪捷"。

《飞岛》
儒勒·凡尔纳著
仿作

　　最初发表在一八八三年《闹钟》杂志第十九期上(五月二十一日经书报检查机关批准),署名"安·契洪捷"。该小说经作者修改后,于一八八三年收入他的小说集(请参看《写给有学问的邻居的信》题解)。

　　该小说收入小说集时,文字上做过不多的修改,原来的名称"美谢尔斯基公爵岛"改为"约冈·果夫岛",副标题"安·契洪捷译"改为"仿作"。

　　最初该小说是寄交《花絮》杂志发表的,可是杂志主编列依金把它寄还契诃夫,一八八三年三月一日写信给他说:"我左思右想,考虑很久,可是仍然不得不把您的《飞岛》退还。第一,这篇作品只是模仿儒勒·凡尔纳的风格的戏作而已;第二(这是主要的),这篇作品对《花絮》来说未免太长。这篇作品作为仿作,是精彩的,这没话可说!勃烈特-哈特就是靠了仿作成名的,可是这作品对《花絮》来说未免太长。您的仿作写得很好。如果以后您尝试着按四五个作家的风格写些仿作,每篇二百行左右,那就是另一回事了。您不妨模仿包包雷金、卡拉津、丹钦科、列斯科夫、阿甫谢延科、玛尔凯维奇的风格写,而且,不消说,可以夸张得不得了。不过,这是将来的事了。"契诃夫没有照着列依金的建议做。直到一八八四年一月底,契诃夫才按玛尔凯维奇的剧本《乌烟瘴气的生活》写了一篇仿作,一月三十日在莫斯科的连托夫斯基剧院公演,并把这篇仿作寄交《花絮》发表,可是过了几天,契诃夫又请求列依金不要发表。

《代表，或杰兹杰莫诺夫白丢了二十五卢布的故事》
献给里·伊·巴尔明

最初发表在一八八三年五月二十八日《花絮》杂志第二十二期上，署名"安·契洪捷"。

这篇小说是献给俄国诗人里奥多尔·伊凡诺维奇·巴尔明（1841—1891）的。一八八六年二月一日契诃夫在写给《花絮》杂志编辑比里宾的信上谈到巴尔明说："巴尔明是诗人的典型，如果您承认有这种典型的话。他是个富有诗情的人，总是心情激动，脑子里满是主题和思想。……跟他谈话是不会感到厌倦的。确实，要跟他谈话就得喝很多酒，不过另一方面，您可以相信，谈话尽管有三四小时之久，您却不会听见一句假话，一句庸俗的话，那么喝它一醉，也就值得了。"

契诃夫去世那天，列依金在日记里写到当初巴尔明怎样介绍他跟契诃夫相识（见《尼古拉·亚历山大罗维奇·列依金的回忆录和书信》，一九〇七年彼得堡版）。

《贵夫人英雄》

最初发表在一八八三年六月四日《花絮》杂志第二十三期上，署名"安·契洪捷"，后来由作者收入一八八六年在彼得堡出版的他的小说集《形形色色的故事》。

在小说集《形形色色的故事》里，该小说由作者删掉一句话（在"我喜欢他，可惜他现在已经去世了"之后）："就是他教给我说俏皮话的，仙女。……"

《我是怎样正式结婚的》
小故事

最初发表在一八八三年六月十一日《花絮》杂志第二十四期上,署名"安·契洪捷"。

《助理会计员日记摘录》

最初发表在一八八三年六月十八日《花絮》杂志第二十五期上,署名"无脾人",后经作者修改,收入他自编的文集第一卷。

收入文集时,契诃夫对该小说重新加工。有些情节做了更动,特别是新会计员的任命另有原因。杂志原文是:"我在丧宴上喝过酒后,失礼了。我有点发酒疯,竟然伸出手指,指着长官叫某人看,而且轻蔑地一笑。这一笑就把我断送了。接任会计员的不是我,而是奥皮科夫了。"

《跟爷爷一模一样》

最初发表在一八八三年六月十八日《花絮》杂志第二十五期上,署名"安·契洪捷"。后来契诃夫准备将该小说收入他自编的文集,其排印的样张已保存下来。

样张上的文字表明契诃夫准备将小说收入文集时,曾在文字上大加修改。但该小说未收入文集。

一八八三年六月十日列依金写信给契诃夫说:"昨天收到您的信和附来的三个短篇小说,谨致衷心的谢意。确实,那些小说写得不大精彩(助理会计员日记除外),可是有什么办法呢……凑合着发表吧。同一个炉子是会烤出不同的面包的。"列依金所指的两篇不精彩的小说即《跟爷爷一模一样》和《真正的实情》。

《每年一次》

最初发表在一八八三年六月十九日《蜻蜓》杂志第二十五期上,原有副标题《故事》,署名"安·契"。一八八六年作者将该小说收入在彼得堡出版的他那小说集《形形色色的故事》。一八九一年该书重版时,契诃夫对该小说略加修改,此后自一八九二年至一八九九年该书印行第三版至第十四版时,该小说未再改动。

契诃夫原准备将该小说收入他自编的文集,至今保存着该小说排印出来的样张。契诃夫在样张上将该小说加以压缩,例如在"……有她的表哥比特科夫将军和许多其他的人……一共不下二十名!"后,删去一段:"他们会光临,在她的客厅里谈笑风生。哈拉哈德节公爵会唱支曲子,比特科夫将军会要她的玫瑰花,苦求两个钟头。……她呢,在这些先生面前,知道该怎样周旋应对!她一举一动都会流露出高不可攀的气派,庄严的风度、良好的教养。……此外,商人赫土尔金和彼烈乌尔科夫也会来,门厅里已经为这些先生准备下纸笔。……'人人要守本分'。让他们签个名,走掉算了。"此外作者还删去一些句子,因为它们有损于小说的严肃笔调("他的头脑里乱七八糟,肚子里起了革命"),或者不符合人物的性格(看门人玛尔科的话:"嗨,您何必伤她老人家的心呢?")等等。又,小说在排印前大约已经做过某些修改(例如"教养"改为"优雅",删去两句话等)。可是契诃夫将样张一笔勾销,亲笔在样张上写道:"《每年一次》不收入"。

《每年一次》寄交《蜻蜓》杂志发表,而契诃夫自一八八〇年十二月以来一直没有为该杂志写过稿。《蜻蜓》编辑部收到小说后,于一八八三年五月十五日该杂志第二十期的"邮箱"栏内答复说:"致安·巴·契-夫。您的条件我们接受,请求以后为我们写稿。《每年一次》写得很不错,我们乐于发表。"后来,一八八三年五月三十一日,该杂志主编瓦西列夫斯基写信通知契诃夫说:"您寄来的作品将发表。如承不断赐稿,本刊会感到高兴,但编辑部恳切地请求您按照本刊久已形成的惯例专为《蜻蜓》选用笔名一个,有别于您在其他刊物上使用的笔名。关于您提出的稿费条件,编辑部同意。"从一八八三年七月二十六日《蜻蜓》杂志编辑部的信中可以看出,契诃夫收到这篇小说的稿费十一卢布八十四戈比,是按每行八戈比计算的。

《花絮》杂志主编列依金鉴于该小说未在他的杂志上发表,立刻对契诃夫表示不满。一八八三年五月二十六日他写信给契诃夫说:"从《蜻蜓》杂志'邮箱'栏内的答复,我看到您又准备为《蜻蜓》写稿了。您在那儿是搞不好的,请您记住我的话。那是些难于相处的人,他们不尊重写稿人。我为《蜻蜓》工作过,这一点我知道得很清楚。您最好还是把您所写的东西统统寄交《花絮》发表。是啊,您似乎不会因为我欢迎您的小说而生气吧。"

一八八三年六月初,契诃夫回信说:"我不是头一次闯进《蜻蜓》。我是在那边开始我的文学生涯的。一八八〇年几乎整整一年,我跟您和伊·格莱克在那儿工作过。也在那一年,由于您信上所写的那些原因,我不再为它工作了。您写道:'您会后悔的。'我已经后悔过二十五次了,可是……请问,我有什么办法呢?要是我把有的时候在冬季一个美好的傍晚所写的东西统统寄给《花絮》,我那些东西就够您用一个月的。可是,往往,我不是写一个傍晚,而是写出一大堆东西来。那么这一大堆东西我都寄到哪儿去呢?我总是避开莫斯科的刊物,尽量少为它们工作,而在彼得堡我又只认识两家杂志。不管愿意不愿意①,我只得给我不愿意闯进去的地方也写东西。这种局面糟透了。您自己也写得多,是了解这种局面的。"

促使契诃夫离开《蜻蜓》的原因,显然是该杂志编辑部对待他的态度。一八八〇年《蜻蜓》杂志"邮箱"栏内发表过下列对契诃夫的答复:

---

① 原文为拉丁语。

(一)"《呈文》冗长,不自然;我们只登小东西"(二月十七日第七期)。

(二)"《可怕的梦》之所以可怕,仅仅在于完全重复人人看厌的题材。第二篇小文章将发表"(三月九日第十期)。

(三)"《叙述的经验》乱用很陈旧的题材。小说将发表:还可以,不坏"(四月十三日第十五期)。

(四)"这篇速写要推迟到夏季再考虑"(五月四日第十八期)。

(五)"《肖像》不拟发表,它跟我们没有关系。您显然是为别的杂志写的"(十一月二日第四十四期)。

(六)"太长,平淡无味;这东西类似中国人由嘴里拉出来的白纸条"(十一月三十日第四十八期)。

(七)"您还没开花就枯萎了。很可惜。要知道,没有对工作的严格态度,是不能写作的"(十二月二十一日第五十一期)。

在该杂志做过这类评论以后,契诃夫同它断绝关系很久,直到一八八三年五月才把短篇小说《每年一次》又寄到《蜻蜓》去。

该小说发表后,列依金于六月二十五日写信给契诃夫说:"我在《蜻蜓》上读到您的短篇小说,很惋惜它没在《花絮》上发表。这篇小说是您最好的小说之一。您看得明白,现在我为您吃醋了。我在等您应许'在六月二十九日以前'寄给我的小说,却至今没等到。莫非它也送到《蜻蜓》去了?"

不过契诃夫跟《蜻蜓》的关系果然一直"搞不好"。契诃夫在一八八四年《蜻蜓》丛刊上发表小说《瑞典火柴》后,再也没有在该杂志上发表作品。《蜻蜓》编辑部只希望收到契诃夫的小文章。一八八五年一月七日《蜻蜓》主编瓦西列夫斯基在写给契诃夫的信上说:"我很遗憾,您这次到彼得堡来,竟然没有抽空到我这儿来一趟。我除了会对您那可爱的写小说的才能给以应有的赞扬以外,多半还会把您和《蜻蜓》的关系拉得紧密些。假使您愿意顺应

《蜻蜓》的原则:不是繁,而是多①,这个杂志是十分乐于得到您的殷勤赐稿的。如果我现在的这封信能为双方愉快地效劳,我会很高兴。很抱歉,您的小说在办公室里放了一段合法的时期以后,还是作废了。它的唯一弱点是冗长。"

契诃夫对这种条件显然不满意。

《一个文官的死》

最初发表在一八八三年七月二日《花絮》杂志第二十七期上,原有副标题《事故》,署名"安·契洪捷"。一八八六年作者删去副标题,将它收入在彼得堡出版的他的小说集《形形色色的故事》,一八九一年经作者略加改动后,收入该小说集第二版,此后自一八九二年至一八九九年印行第三版至第十四版时,该小说未再改动。作者晚年自编文集时,将它收入文集第二卷。

一八八三年六月二十九日《花絮》杂志主编列依金写信给契诃夫说:"我收到您寄来的《莫斯科生活花絮》,还收到短篇小说《一个文官的死》。前一篇和后一篇都写得出色。"

《真正的实情》

最初发表在一八八三年七月九日《花絮》杂志第二十八期上,署名"安·契洪捷"。

《坏孩子》

最初发表在一八八三年七月二十三日《花絮》杂志第三十期上,原标题是《恶劣的男孩》,有副标题《为小别墅客人写的小说》,署名"安·契洪捷"。该小说经作者重新加工后收入他自编的文

---

① 原文为拉丁语,指很多的内容包括在不多的文字里。

集第一卷。

该小说收入文集时,作者曾大加修改,并做过文字上的润饰。他更换标题,取消副标题,对全文力加压缩,通篇修改。《坏孩子》结尾改动很大,在杂志上发表的原文是这样的:

"可是七月间,幸福向一对爱人微笑了。有一次吃饭时候,柯里亚不知怎的特别淘气。他用面包捏成小人,喝干杯子里的葡萄酒,嘴里打呼哨。等到方格片糕端上来,他忽然哈哈大笑,眯细一只眼睛,问拉普金说:

"'要说出来吗?啊?'

"拉普金和安娜·谢敏诺芙娜低下眼睛。柯里亚没容人答话,转过脸去对母亲讲起来。他当着客人,当着仆人的面讲起来:

"'妈妈,我正在游泳,一瞧,原来他们在亲嘴呢。……嘻嘻嘻。……'

"拉普金满脸通红,错把餐巾当作方格片糕,放进嘴里嚼起来。安娜·谢敏诺芙娜从桌旁跳起来,羞得跑到另一个房间里去了。饭后,拉普金发窘,好像要钻进地里去似的,然后去找女主人,直认不讳。

"'我是居心纯正的,'他说,'现在我正式求婚。……'

"未来的岳母跟他谈了整整一小时,为陪嫁钱讨价还价。如今未婚夫是索价高昂的,后来她同意了。拉普金得到同意后,跑进花园里,开始寻找柯里亚。他找到他,不由得大声吼叫,揪住他一只耳朵。安娜·谢敏诺芙娜也在找柯里亚,终于找到了,就揪住他另一只耳朵。……临到坏孩子愁眉苦脸,这对情人脸上那种解恨的神情真值得一看呢。报复是件痛快事啊!"

《嫁妆》

最初发表在一八八三年《闹钟》杂志第三十期上(八月六日经

书报检查机关批准),原有副标题《一种狂热病的故事》,署名"安·契洪捷",经作者修改后,收入他自编的文集第一卷。

该小说收入文集前,作者曾重新加工:取消副标题,整个小说大加压缩(压缩小说开端关于小房子的大量描写,将讲故事人对小房子的四次访问改为三次等),并做了文字上的修改。例如,关于小房子居民的生活描写,杂志原文如下:"小房子四周是人间天堂,可是里面,唉,天堂的气息却一点也没有。夏天,屋里又热又闷,冬天像澡堂里那么热,乌烟瘴气。小房子四周,生活沸腾,生机勃勃。草木生长,快乐的鸟雀在生活。里面呢,只缺死尸,要不然就可以叫作停尸房了,在里面生活的倒都是活人。"后来这一段改成"小房子四周是人间天堂,树木葱茏,栖息着快乐的鸟雀,可是小房子里面,唉!夏天又热又闷,冬天像澡堂里那样热气腾腾,有煤气味,而且乏味,乏味得很。……"

《品德崇高的酒店老板》
破落户的哀歌

最初发表在一八八三年八月六日《花絮》杂志第三十二期上,署名"安·契洪捷",一八八六年由作者略加修改后,收入在彼得堡出版的契诃夫小说集《形形色色的故事》。

《阿尔比昂的女儿》

最初发表在一八八三年八月十三日《花絮》杂志第三十三期上,署名"安·契洪捷"。一八八六年,这篇小说收入在彼得堡出版的契诃夫小说集《形形色色的故事》里,一八九一年该小说集重版时,这篇小说由契诃夫略加修改,此后自一八九二年至一八九九年印行第三版至第十四版,未加改动。后来作者将该小说收入他自编的文集第二卷。

一八八三年八月六日契诃夫写信给列依金说:"寄上随笔(《莫斯科生活花絮》)一篇和小说几篇。有一篇小说(《阿尔比昂的女儿》)很长。我想把它缩短点,却无论如何也办不到。如果这篇小说不合用,请将它赐还。"一八八三年八月十日列依金回信说:"您的小说《阿尔比昂的女儿》长一点,不过我倒挺满意,虽然英国女人毫不害羞的特色被夸大了,这却是一篇好小说,新奇别致。"

《说情》

最初发表在一八八三年八月二十七日《花絮》杂志第三十五期上,署名"安·契洪捷"。

一八八三年八月间契诃夫寄出这篇小说时,写信给列依金说:"现在寄上的几篇东西都写得不高明。那几篇随笔苍白无力。小说没有润色,极为浅薄。稍好一点的题材是有的,写出来就会长一点,然而这一次命运却跟我作对。我是在极恶劣的条件下写作的。"(下面写到杂乱的家庭环境,契诃夫就是在那种条件下写作的。)

《查问》

最初发表在一八八三年九月三日《花絮》杂志第三十六期上,原标题是《错误》,署名"安·契洪捷"。后来该小说经作者修改后,收入他编的文集第一卷。

契诃夫把该小说收入文集时,更换标题,改换人物的姓,添写同看门人谈话的场面,做了文字上的修改。小说的结尾也大加改动,杂志上的原文如下:

"'那么,认真说来,您要查问的究竟是什么事呢?'

"'我想查一查古古林娜公爵夫人的继承人根据什么

理由……'

"'原来是这样。……很好,先生! 不过您弄错了! 您没到该去的那张桌子跟前去! 现在就请您走到那张桌子跟前去,走到别洛勃雷索夫先生跟前去! 这由他管! 我一点也不知道!'

"文官略微欠起身子,指点一张桌子,那儿坐着个人,棕红的头发,红脸膛,唇髭上抹着油膏。

"'我,'沃尔迪烈夫走到别洛勃雷索夫跟前,开口说,'我能查问一下……'

"'打发谢敏到邮局去了吗?'别洛勃雷索夫朝旁边不知什么地方喊道,'他给打发到邮局去了,可是邮包还在这儿放着! 这班人啊,您瞧瞧!'

"别洛勃雷索夫气愤地撕碎一张纸,跳起来,跑到穿堂里办什么事去了。"

《退休的奴隶》

最初发表在一八八三年九月十日《花絮》杂志第三十七期上,署名"安·契洪捷"。一八八六年该小说收入在彼得堡出版的契诃夫小说集《形形色色的故事》,一八九一年经作者略加修改后收入该小说集第二版,此后自一八九二年至一八九九年印行第三版至第十三版时,未再改动。

契诃夫原打算把该小说收入他自编的文集,可是后来改变了主意。现在保存着该小说排印出来的样张,经契诃夫勾掉,并写明:"小说《退休的奴隶》不收入"。样张上的文字与小说集上的文字略有不同。本书根据上述样张付排。

从一八八三年九月八日列依金写给契诃夫的信可以看出,这篇小说被书报检查机关大加删削:"您的小说《退休的奴隶》和《莫斯科生活》是经删节后在第三十七期上发表的,请您看了不要感到奇怪。这不是编辑部干的,是书报检查官干的。……"

《傻娘们儿,或退役的上尉》
一出不存在的轻松喜剧中的一场

最初发表在一八八三年九月十七日《花絮》杂志第三十八期上,署名"安·契洪捷"。

《在敞篷马车上》

最初发表在一八八三年九月二十四日《花絮》杂志第三十九期上,署名"安·契洪捷"。

一八八三年十月一日列依金写信通知契诃夫说他改动了小说的结尾:"还要请您原谅,我把您的小说《在敞篷马车上》的结尾删掉了。我不想撒谎。这不是书报检查官干的,是我干的。我加以删削,也不是因为小说对《花絮》来说嫌太长。不是的。然而我觉得,论性格,男爵不会那样跟听差讲话,而且听差也不会那样回答。我觉得这未免牵强,觉得结尾破坏了精彩的开端。我删掉结尾以前,并不是没有反复考虑过,甚至还跟一位同行商量过。"

《在秋天》

最初发表在一八八三年《闹钟》杂志第三十七期上(九月二十四日经书报检查机关批准),署名"安·契洪捷"。一八八六年该小说经作者略加修改后,收入在彼得堡出版的契诃夫小说集《形形色色的故事》。

一八八五年契诃夫将该小说改写成独幕剧习作《在大路旁》,但被书报检查官禁止发表。

《胖子和瘦子》

最初发表在一八八三年十月一日《花絮》杂志第四十期上,署名"安·契洪捷"。一八八六年该小说经作者略加修改后,收入在彼得堡出版的作者小说集《形形色色的故事》。后来契诃夫将该小说重加修改,收入他自编的文集第一卷。

该小说收入小说集时,契诃夫对人物性格做过重大改动:在杂志上的原文中,"瘦子"的阿谀行为是由于"胖子"发出长官气派的嚷叫而引起的,可是在小说集中,诌媚却是"瘦子"的性格特征,他固有的奴性的表现,现将杂志原文中的小说结尾转抄如下:

"'我们好歹也混下来了。我原来在"序言与勘误局"里工作,如今调到这儿同一类机关里当秘书。……我往后就在这儿工作了。听说这儿的长官是个畜生,哼,叫他见鬼去吧!……我好歹会在这儿生活下去的。他跟你同姓。哦,那么你怎么样?恐怕已经做到五等文官了吧?啊?'

"'哦。……原来您是调到我这儿来做秘书的?'胖子忽然噘起嘴像只雄火鸡似的,用男低音说,'先生,您报到太迟了。……太迟了。……'

"'您……您?原来就是您?我,大人……'

"瘦子突然脸色变白,然而他的脸很快往四下里扯开,做出顶畅快的笑容。……他周身缩起来,哈着腰,显得矮下半截。……他的皮箱、包裹和硬纸盒也都收缩,起皱纹了。……他妻子的长下巴越发长了。纳法纳伊尔挺直身体做出立正的姿势,根据反射作用,本能地把他制服的纽扣一概扣上。……

"'我,大人……很荣幸!您,可以说,原是我儿时的朋友,不料现在这么飞黄腾达!嘻嘻。……'

"'不应该来迟。……'

"'请您原谅,大人,我不能按时赶到,因为,喏,我妻子病

了……就是露意丝……新教徒。……'

"'我希望,先生,'胖子说着,向瘦子伸出一只手告别,'我希望……再见。……请您明天来上班。……'

"瘦子握了握那只手的三个手指头,弯下全身深深一鞠躬,发出嘻嘻的笑声。他妻子微微一笑。……纳法纳伊尔并拢脚跟立正,把制帽掉在地下了。三个人都感到愉快的震惊。"

该小说收入文集时,契诃夫做了文字上的修改。

《悲剧演员》

最初发表在一八八三年十月八日《花絮》杂志第四十一期上,原有副标题《小故事》,署名"安·契洪捷"。一八八四年该小说由契诃夫修改并取消副标题后,收入他的小说集《墨尔波墨涅①故事》(在莫斯科出版)。后来作者将该小说收入他的文集第二卷。

契诃夫准备将该小说收入文集时,对它做过很多文字上的修改,更换了几个姓氏(将盖莫菲洛夫改为费诺盖诺夫,将斯皮奇金改为西多烈茨基)。人物的性格也做了改动。例如,小说集中的原文是"可是不久玛霞打听到剧团的地址,背着丈夫在外做工,积下路费,然后坐车去找盖莫菲洛夫",改为"……不料被玛霞发觉,她赶到火车站去,那时候第二遍铃声已经响过,演员们已经坐在火车里了"。又,原文"'我的上帝,我多么幸福啊!'她呻吟道。这一次她很高兴。自从结婚以后,她还是头一次跟这个小俄罗斯人那么亲近。以前他不但没有拥抱过她,就连对她说一句亲热的话,好意地看她一眼,也没有过。'我的上帝,我多么幸福啊!'玛霞依偎着丈夫,反复说道。"改为"'您可怜可怜我吧!'她凑着他的耳根小声说,'啊,您可怜可怜我吧!我多么不幸啊!'"

---

① 希腊神话中司悲剧的缪斯。

该小说寄给《花絮》后,很久没有刊登出来。还在一八八三年八月初,契诃夫就在信上问列依金说:"我的《悲剧演员》的命运如何?要不是因为字数的限制,这篇小说本来会写得不错。……现在却不得不把精华也割舍了。……用这样的题材本来是可以写成整整一个中篇小说的。"从一八八三年八月四日列依金写给契诃夫的信中,可以看出该小说很久未发表的原因:"您问起您的《悲剧演员》的命运。这篇小说已经排印出来,经书报检查机关通过,而且拟在第三十三期上发表,如果在那以前您另外寄给我一个短篇小说的话。问题在于,在可怕的书报检查条件下,我手边永远得有备用的稿件。这也就是我何以留下《悲剧演员》的缘故。否则杂志可能没法出版。往往,书报检查官把送审的稿件砍掉三分之一。"又,一八八三年十月一日列依金在信上说:"看在上帝面上,请您不要因为我没刊登您的小说《悲剧演员》而惊慌。那篇小说很可爱,可是长了点,我一直没能把它塞进去。"

从列依金的信上可以看出,他留下小说不发表,还因为他按季节的需要来确定发表的时间。例如,一八八三年十月一日他在写给契诃夫的信上说:"《悲剧演员》已经排出来,拼好版。现在正是戏剧季节,那篇小说发表出来适逢其会,我一定会在十月内把它登出来。"

《商绅的女儿》
爱情故事

最初发表在一八八三年十月十五日《花絮》杂志第四十二期上,署名"安·契洪捷"。

《监护人》

最初发表在一八八三年十月二十二日《花絮》杂志第四十三

期上,署名"安·契洪捷"。

《时代的表征》

最初发表在一八八三年十月二十二日《花絮》杂志第四十三期上,署名"无脾人"。

《在邮局里》

最初发表在一八八三年十月二十九日《花絮》杂志第四十四期上,署名"安·契洪捷"。该小说经作者在文字上略加修改,并稍加增补后收入他自编的文集第一卷。

《某少女日记摘录》

最初发表在一八八三年十月二十九日《花絮》杂志第四十四期上,署名"无脾人"。

《在海上》

水手的故事

最初发表在一八八三年十月二十九日《人间闲话》杂志第四十期上,原无副标题,署名"安·契诃夫"。一九〇一年该小说经作者重新加工后,以《夜间》为标题,收入莫斯科"蝎子"出版社的《北方之花》丛刊。一九〇三年,该小说经作者再做文字上的修改,加上副题后,收入他自编的文集第十二卷。

发表在杂志上的《在海上》原是模仿翻译过来的"海上"小说写成的。该小说收入丛刊时,契诃夫将它大加修改,消除仿作的格调。现在举例说明契诃夫对小说原文的修改。杂志原文"'今天,孩子,我和你都交运了,'他对我说,撇着肌肉发达而又没有牙齿的嘴,露出笑容,'你猜怎么着,儿子?我觉得,我们抓阄的时候,你母亲,我的妻子,在另一个世界里替我们祷告呢。哈哈!''你别提我的母亲!'我说。我父亲浑身打哆嗦。他着急得跺脚,问现在几点钟了。这时候才十一点钟。离他所渴望的时刻还远得很。为了缩短时间,我们就坐下来喝酒。我们像喝水似的喝白酒,说来奇怪,大自然在耍笑我们。我们喝了酒,肌肉倒变得更结实有力,遏制不住的情欲并没有使得我们软弱无力。正好相反,这倒把我们变成老虎了"改成"'今天,孩子,我和你都交运了,'他对我说,'听见吗,孩子?好运同时落在你我两人身上了。这里头必是有点什么道理!'他着急地问起现在是几点钟。这时候才十一点钟。"

该小说收入契诃夫文集时,契诃夫重又做了大量修改。例如,在"四下里刮着阴冷潮湿的风"后,删去"风抽打我们的脸,吹透我们的上衣。我们等着下雨,可是雨久久不来,我们感到纳闷"。又,在"新婚的妻子……眼睛一刻也不放松地瞧着他那生着金发的头"后删去"我没法描写她的脸。依我看来那像是仙人的脸"。又,在"我目不转睛地瞅着她的脸"后删去"我观察她的脸,这是说如果一个粗鲁而迟钝的人居然能观察脸,能领会那么美丽的脸上的表情的话!"又,在"我们这班人发出醉醺醺的响亮哄笑声"后,增添"说俏皮话,有人为取乐而学公鸡叫"。契诃夫修改了某些句子和个别的词。例如,丛刊上的原文"'他们会一直谈到天亮,他妈的!'父亲嘟哝道"改为"'鬼东西,我让耗子咬了一口!'父亲嘟哝道"。又,原文"她绝望地绞着手"改为"她站在那儿不动,暗自思忖……"契诃夫对原文做了文字上的修改。例如,原文"英国银行家从口袋里取出一沓钞票,交给牧师"改为"英国银行家从口袋里取出一沓什么东西,也许是一沓钞票,把它交给牧师"。又,原文"……上边,真正的秋天的暴风雨开始了"改为"……上边已经在下真正的秋雨了。……"

一九〇一年三月十四日契诃夫在写给俄国作家蒲宁的信上讲起丛刊出版者工作的草率，讲起他参与丛刊工作前出版者所登的广告，说："我收到了'蝎子社'的校样，可是那校样极草率，而且只贴一戈比邮票，因此不得不付欠资的罚款。'蝎子社'为那本书做广告也胡来，把我列在首位，我读完《俄罗斯新闻》上的这份广告，就暗自起誓，从此绝不跟蝎子、鳄鱼、黄颔蛇打交道。"

《站长》

最初发表在一八八三年十一月五日《花絮》杂志第四十五期上，署名"安·契洪捷"。

《莫斯科的特鲁勃纳亚广场上》

最初发表在一八八三年《闹钟》杂志第四十三期上（十一月五日经书报检查机关批准），原标题是《莫斯科的特鲁巴广场上》，署名"安·契洪捷"。该作品经作者修改后，收入他自编的文集第二卷。

该作品收入文集时，契诃夫更改题名和作品的开端，做了文字上的修改，添写新的结尾。在杂志上，小说是这样结束的："他讲起小金翅雀和灰雀来，总是乐于一连讲上几个钟头，讲起兔子来一定会瞪大眼睛，用力挥动两只手。他是个诗人。夏天，他大概吹着小笛捉鹌鹑，或者钓鱼去了。这个怪人真是好！"

从一八八三年九月十九日契诃夫写给列依金的信上可以看出，契诃夫原来打算在《花絮》上发表这篇作品："寄上……《莫斯科的特鲁巴广场上》一篇。这篇小说具有纯粹莫斯科的趣味。我所以写这篇东西，是因为我很久没有写过这种所谓轻松的场面了。"可是列依金没有发表这篇作品。一八八三年十月一日他在信上说："我感到您会生我的气，可是您的短篇小说《莫斯科的特鲁巴广场上》不得不随这封信奉还。您要知道,它带有纯粹人种志学的性质,这样的小说对《花絮》是不适合的。"

《诽谤》

最初发表在一八八三年十一月十二日《花絮》杂志第四十六期上,署名"安·契洪捷"。一八八六年该小说经作者略加修改后,收入在彼得堡出版的作者小说集《形形色色的故事》,一八九一年删去开头一句话"大家高兴,愉快,欢乐"后,收入该书第二版,此后自一八九二年至一八九九年,该书第三版至第十四版中未再改动。该小说经作者略加增补后,收入他自编的文集第二卷。

《他明白了!》

最初发表在一八八三年《自然与狩猎》杂志十一月第四期上(十二月三日经书报检查机关批准),原有副标题《习作》,署名"安·契洪捷"。一八八六年该小说经作者略加修改后,收入在彼得堡出版的作者小说集《形形色色的故事》。

契诃夫的雅尔塔住所的书橱内保存着登载该小说的杂志一本,由作者用铅笔和钢笔做过修改,大概是在该小说收入小说集前。

该小说起初预定在一八八四年《蜻蜓》杂志丛刊上发表,可是被主编瓦西列夫斯基退还,一八八三年八月五日他在写给契诃夫的信上说:"您寄来的习作《他明白了!》确实不大适合在丛刊上发表。这篇特写几乎缺乏幽默性质,它那不复杂的情节也跟它相当大的篇幅不相称。这本集子需要构思有趣而且文笔比较细致的作品。"契诃夫另写一篇小说《瑞典火柴》以代替退还的小说。后来契诃夫把小说《他明白了!》寄往《自然与狩猎》杂志,一八八三年十月二十三日收到该杂志编辑部的回信说:"编辑部认为您的素描《他明白了！》完全适合本刊发表，而且写得很好，因此，如果您把它交给我们而不索稿酬，我们会乐于发表，本刊资金有限，因此只有提供某些知识的重要论文我们才付稿酬，至于大作，则是优美的小玩意或甜点心：只要这种美食不收费用，我们当然愿意美餐一顿。"

《儿童读物》

最初发表于一八八三年十二月三日和十日《花絮》杂志第四十九期和第五十期上，署名"安·契洪捷"。

《瑞典火柴》

犯罪小说

最初发表在一八八四年《蜻蜓》杂志丛刊上（一八八三年十二月五日经书报检查机关批准），附有插图，署名"安·契诃夫"。一八八六年该小说经作者略加修改后收入契诃夫小说集《形形色色的故事》（在彼得堡出版）。作者将该小说重加修改后，收入他的文集第二卷。

该小说是应《蜻蜓》杂志主编瓦西列夫斯基为丛刊约稿而写的。一八八三年七月十八日，他写信给契诃夫说："丛刊篇幅极大，因而可以接受并刊登相当大的作品，即使其篇幅达半个印张之多也无碍。不言而喻，由丛刊发表的作品要求一定程度的严整性及完美性，形式方面应尽量仔细加工。"一八八三年七月二十七日瓦西列夫斯基写信给契诃夫，再一次提到对丛刊作品的文学价值的严格要求："讲到丛刊，该书将附有插图，事先并送书报检查机关批准。您为该书写作小说时，务请注意在文学方面仔细推敲。"契诃夫接受丛刊约请，为它写稿后，起初将他的小说《他明白了！》寄去，但被编辑部退回，认为与该丛刊的性质不合（详见前面《他明白了!》小说题解)。后来契诃夫将他的小说《瑞典火柴》寄去。主编收到该小说后,于一八八三年八月二十二日在写给契诃夫的复信上说:"承寄小说一篇,当在丛刊上发表。以后若蒙赐予合作,为我们的杂志寄来主要是篇幅不大的场景和速写,本刊编辑部不胜感激。"一八八三年九月十九日契诃夫在写给列依金的信上谈到他这篇小说:"前不久我受了诱惑。我应布克瓦(《蜻蜓》杂志主编瓦西列夫斯基的笔名)的约请,为《蜻蜓》丛刊写点东西。……我受了诱惑,就写了一个篇幅很大的短篇小说,有一个印张那么大。这篇小说将要发表。它名叫《瑞典火柴》,内容模仿犯罪小说。结果它成了一篇逗笑的小说。"

契诃夫有意写一篇模仿犯罪小说的作品,可能起因于当时许多报纸竞相刊载长短不等的犯罪小说。契诃夫在他的一篇小品文中涉及这个问题(即一八八四年《花絮》杂志第四十七期上的《莫斯科生活花絮》。请参看契诃夫的中篇小说《游猎惨剧》题解)。

《在圣诞节前夜》

最初发表在一八八三年《闹钟》杂志第五十期上(十二月二十二日经书报检查机关批准),原有献给作者的妹妹玛·巴·契诃娃的题词,署名"安·契洪捷"。一八八六年该小说经作者取消献词,略加修改和删削后,收入在彼得堡出版的他的小说集《形形色色的故事》。

该小说所以交由《闹钟》杂志发表,大约是应一八八三年十二月十日《闹钟》杂志主编库烈平的请求:"《闹钟》编辑部希望您没忘记您的诺言,在十二月中给本刊写点好东西(现在只剩下两期杂志在集稿)。越快越好。不管谁主办这个刊物,只要它没有变坏,就应该得到一切支持。圣诞节或者新年会激起您写作的灵感吗?"

《自由主义者》

新年故事

最初发表在一八八四年一月七日《花絮》杂志第一期上,署名"安·契洪捷"。

一八八三年十二月三十一日契诃夫寄出该小说时,在写给列依金的信上说:"随笔(指小品文《莫斯科生活花絮》)也罢,新年小说也罢,都嫌长,我很抱歉。可是……为了让新年号出得格外好,这次我请求您不要客气,尽可能把它们缩短吧。我自己不想做这种压缩工作,哪些文字切合需要,哪些多余,您会看得清楚些。"一八八四年一月五日列依金在写给契诃夫的回信上说:"无论是有关莫斯科的见闻杂记还是您的小说,都已经加以压缩。不压缩是不行的,精彩的新年作品实在太多,都是些理应登在第一期上的作品。第一期的篇幅已经增加一半,可是就连这样也几乎容纳不下。……"从这封信上的话可以看出,该小说的题名是列依金加的:"……您的小说题名我已经改动,称为《自由主义者》。这样短些,也好些。"

《勋章》

最初发表在一八八四年一月十四日《花絮》杂志第二期上,署名"安·契洪捷"。一八八六年,该小说未加改动,收入在彼得堡出版的作者的小说集《形形色色的故事》,一八九一年经作者稍加修改后收入该小说第二版,此后在一八九二年至一八九九年间第三版至第十四版中,均未更动。契诃夫将该小说略做文字上的增删后,收入他自编的文集第二卷。

《七万五》

最初发表在一八八四年《闹钟》第二期上(一月十三日经书报

检查机关批准),署名"安·契洪捷"。

《喜剧演员》

最初发表在一八八四年一月二十八日《花絮》杂志第四期上,署名"安·契洪捷"。一八八六年该小说未加修改,收入在彼得堡出版的作者小说集《形形色色的故事》。

《女人的报复》

最初发表在一八八四年二月二日《俄罗斯讽刺小报》杂志第四期上,署名"安契"。

《马车夫》

最初发表在一八八四年二月九日《俄罗斯讽刺小报》杂志第五期上,署名"安·契洪捷"。

《家庭教师》

最初发表在一八八四年二月十一日《花絮》杂志第六期上,有副标题《一场小戏》,署名"安·契洪捷"。一八八六年该小说删去副标题后,收入在彼得堡出版的作者小说集《形形色色的故事》。契诃夫对该小说在文字上略加修改后,收入他自编的文集第一卷。

《打猎》

最初发表在一八八四年《闹钟》杂志第六期上(二月十一日经书报检查机关批准),原名《舅舅和狗》,有副标题《有感于狗展览会而作》,署名"安·契-捷"。

《唉,女人啊,女人!……》

最初发表在一八八四年二月十五日《每日新闻》第四十五号上,署名"安契"。

据作者的弟弟米哈依尔·巴甫洛维奇·契诃夫的回忆录说,有一次,契诃夫打算写一个轻松喜剧《刮了胡子的秘书与手枪》,为此必须写一首平庸的诗,其中好几次出现"拼命地"这个词(米·巴·契诃夫著:《安东·契诃夫、剧院、演员和〈达契雅娜·列宾娜〉》)。在这篇小说里引用了那首诗的前四行。这篇小说中的前四行诗句则与《永诀》一诗的开端完全一样,这首诗是一八八三年十一月二日叶·伊·尤诺谢娃以书信的形式寄给契诃夫的。

《纯朴的树精》

神话

最初发表在一八八四年二月十八日《花絮》杂志第七期上,署名"无脾人"。

一八八四年二月中旬契诃夫在写给列依金的信上谈到这篇小说:"在这篇神话里我提到我们的育婴堂。我把它的内情考察一番。那儿有些情形丑恶得很。主要的问题在于工作人员对长官感到厌恶。请您要求伊·格莱克在他的一篇小作品里略微涉及这个问题,提一下。……这是当前一个很大的社会问题!"

《记者的梦》

最初发表在一八八四年《闹钟》杂志第七期上(二月十八日经书报检查机关批准),原名《法国舞会》,有副标题《睡意蒙眬的幻想》,署名"安·契洪捷"。

该小说原准备收入作者自编的文集,至今保存着已经排印的样张。契诃夫在排印的样张上更换题名,略加修改,删去三句话(例如,"他感到他的肠胃里有一种类似无私的柏拉图式爱情的东西","可怕的豪华"),添写最后一句话。然而《记者的梦》未收入作者的文集。该小说在准备收入文集以前已经由作者大加修改,因为排印的样张上的文字同杂志上的原文出入很大。此外,该小说的原文提到莫斯科若干记者的姓名,以此突出小说的情节具有当时新闻的性质,可是这些姓名在排印的样张上已经删掉。在本书中,该小说是依据上述样张排印的。

该小说是以当时的新闻为题材写成的,契诃夫还引用了报纸上刊载的通知(一八八四年二月十二日《每日新闻》第四十二号上的广告):"……二月十七日……将由法国慈善协会赞助,由该协会委员会主持……举行盛大的化装舞会。……届时舞厅布置华丽,有花卉、草木、旗帜等。此外还举办盛大的摸彩会,中彩的奖品中有大批珍贵物品。主要奖品为法兰西共和国总统所赠塞夫尔瓷花瓶一个。"关于法国慈善协会主办的这次舞会,契诃夫在他的一篇小品文《莫斯科生活花絮》中也曾描写过(见一八八四年《花絮》杂志第一期)。

《唱诗班歌手》

最初发表在一八八四年二月二十五日《花絮》杂志第八期上,署名"安·契洪捷"。一八八六年,该小说未经修改,收入在彼得堡出版的作者小说集《形形色色的故事》。后来,作者将该小说略加修改后,收入他自编的文集第三卷。

《意见簿》

最初发表在一八八四年三月十日《花絮》杂志第十期上,有副标题《抄本》,署名"安·契洪捷"。该小说由作者收入他自编的文集第一卷。

契诃夫将该小说收入文集时,重新加工:更换若干姓名,取消俚语,插进新的文字:"卡倩卡,我发疯般地爱您!"在文集里,这段文字后面就是结束全篇的站长题词以及对它的回答:"虽然你是第七,可你也还是傻瓜"。然而在杂志上原文里,上述两段却在小说中部,插在"账房办事员萨莫卢奇谢夫"之后。又,在"尼康德罗夫是社会主义者!"后,删去一段话:"胡说,我不是社会主义者。混蛋,你自己才是社会主义者。大家都知道我,我可没在高等教育机构受过教育。尼康德罗夫。"

《两封信》

最初发表在一八八四年三月十日《花絮》杂志第十期上,署名"无脾人"。一九一一年,该小说收入在彼得堡出版的安·巴·契诃夫文集第二版第十九卷补遗,其中所收的都是他自编的文集所未收的作品。该小说在文集中的文字与原文略有出入。

《永恒的运动》

最初发表在一八八四年三月十七日《花絮》杂志第十一期上,有副标题《故事》,署名"安·契洪捷"。作者将该小说加以修改,删去副标题后,收入他自编的文集第二卷。

《读书》

老于世故的人的故事

最初发表于一八八四年三月二十四日《花絮》杂志第十二期上,原名《弄火要小心!》,有副标题《"老于世故的人"的故事》,署名"安·契洪捷"。该小说经作者在文字上略加修饰,更换标题,改动几个人物的姓名后,收入他自编的文集第一卷。

《特利丰》

最初发表在一八八四年三月三十一日《花絮》杂志第十三期上,署名"安·契洪捷"。一八八六年该小说经作者略加修改后,收入在彼得堡出版的契诃夫小说集《形形色色的故事》。

《玛丽雅·伊凡诺芙娜》

最初发表在一八八四年《闹钟》杂志第十三期上(三月三十一日经书报检查机关批准),署名"安·契洪捷"。该小说大约原拟收入作者的文集,其排印的样张已保存下来,并经作者修改过,但该小说未收入文集。

《该说话还是该沉默》

神话

该小说在契诃夫生前未发表过。契诃夫原拟将它交《花絮》杂志发表,并已寄去。一八八四年四月十一日列侬金在写给契诃夫的信上说:"您寄来的小东西都不错,可是我担心其中的一篇,也就是关于克留盖尔和斯米尔诺夫的那篇,也许通不过书报检查机关的洪炉。最近他们把我们压得好苦;他们压我们,掐我们的脖子,要闷死我们。"书报检查机关果然没批准这篇小说发表。一八八四年四月二十日列侬金写信通知说:"在这次送审的稿件中,您那篇很好的小作品《该说话还是该沉默》也被扣压了,随信附上该小说校样一份,以供保存和纪念。我好像已经向您预告过这篇小说不会通过。现在果然如此。"

书报检查机关解释说,这篇小说所以被禁,是因为在这篇小说里"我们国家内部的生活被表现得极其丑恶"。

《骄傲的人》
故事

最初发表在一八八四年四月二十四日《莫斯科小报》第一一二号上,有插图两幅,署名"安·契诃夫"。

《照相簿》

最初发表在一八八四年五月五日《花絮》杂志第十八期上,署名"安·契洪捷"。作者将该小说在文字上加以修改后,收入他自编的文集。小说原文中有长官对其属员性格的描绘,业已删掉。现将性格描写转录如下:

"'你,爸爸,把这本照相簿给我吧。……听见了吗?我把它收藏起来。……这么漂亮。……这个瘦子是谁?'

"'这个人?这个人就是那个……克拉捷罗夫。……就是他,诸位先生。他这个人还不错,勤恳,可是……我受不了他!我也不知道为什么受不了他……我就是对他没有好感!……我的性情真怪!'

"'这个戴勋章的是谁?多么滑稽!看那样子,像是要开枪打人似的!哈哈!这可是个怪人。……'

"'这个人是我那忠诚的扎库辛……我的得力助手。对,就是他,诸位先生!他是个好人,有道德,信神……眼睛里总带着敬意,可是他完了!完全不可救药了!说句难听的话,他老是醉得像鞋匠似的!我极力挽救他,极力挽救他,可是不顶事。只好把这个可怜人开除了!'

"'不过这个人的脸倒挺聪明的。……大概他有学问吧。……'

"'平捷耶夫有学问?哈哈!!求主饶恕我说话刻薄,他简直是饭桶,连话都说不清楚。……这个人还不错,守本分,可是我……受不了!'

"'还有这个人,脖子好长啊!跟天鹅一样!他的眼睛鼓出来!'

"'跟这个人开不得玩笑!他是叶肖特金。……怪人!嘻嘻嘻!……他那副嘴脸很阴险,其实他为人没什么,还可以。我老是讪笑他。……简直是怪人!我说:"你一个月只有十六卢布四十三戈比的薪金,怎么异想天开,自己想买马了?"没什么,他倒不生气。他挣三百左右呢,这个坏包。他在欠缴税款科办事,油水不少!油水很多呀!还有这个人,是潘捷列耶夫,诸位先生。……你想想看,他大学毕业,会说十几国语言……懂得各式各样的花招,可是人挺蠢!蠢透了!老是一句话也不说,大模大样的,躲开大家。……应当略微收拾他一下才对。……好。……你把照相簿拿去吧,奥列琪卡。……此外没有别人了。……这些人都没趣味。……全是些小虫子。……你拿去吧,宝贝儿。'"

《自我陶醉》
神话

最初发表在一八八四年五月十九日《花絮》杂志第二十期上,署名"无脾人"。

《住别墅的女人》

最初发表在一八八四年六月二日《花絮》杂志第二十二期上,署名"安·契洪捷"。一八八六年该小说经作者略加修改后,收入在彼得堡出版的契诃夫小说集《形形色色的故事》。

《同妻子吵架》
巧事

最初发表在一八八四年六月九日《花絮》杂志第二十三期上,

署名"安·契洪捷"。

《民心骚动》
摘自某城大事记

　　最初发表在一八八四年六月十六日《花絮》杂志第二十四期上,副标题是《贫苦城大事记片断》,署名"安·契洪捷"。一八八六年该小说经作者删掉两句话后,收入在彼得堡出版的他的小说集《形形色色的故事》。契诃夫将该小说在文字上加以修改,并改动副标题后,收入他自编的文集第一卷。

　　契诃夫对该小说做文字上的修改时,删去阿基木·丹尼雷奇的骂人话以及一些俚语。

　　该小说寄交《花絮》杂志发表时,题名原是《民心不稳》,然而用这样的题名却没有得到书报检查机关的批准,关于这一点列依金在一八八四年六月十八日写信通知契诃夫说:"在小说《民心不稳》里,书报检查官到处勾掉'不稳'这个词,因此有一个地方,为了使读者能看懂,我添上'民心骚动'几个字,这是在收到书报检查机关签署的校样后我自作主张添上去的,不过总算还好,对付过去,杂志出来了。"除了这个改动以外,列依金还在小说结尾阿基木·丹尼雷奇的信里"……今天我遭受的种种艰难困苦,实非笔墨所能形容"这句话后面,添进一句话:"要知道这件事完全起因于一群椋鸟。"显然契诃夫在信上问起了这一点,列依金便在一八八四年六月二十二日所写的信上说:"这是非添不可的。多亏添了这句话,小说才得到批准发表。必须说明这件事是由椋鸟引起的。要不然就会叫人看不懂。再者题名《民心骚动》也容易使人产生误解。否则读者可能认为椋鸟是一回事,民心骚动是一回事,人群聚集起来完全与椋鸟无关,而是另有原因。我本想在那封信以外另找一个地方插进这句话去,可是任凭我费尽心机去找,这样的地方却总也没找到,否则就只得重写群众的全部谈话了。"

契诃夫将该小说收入小说集时,删掉了列依金所添的那句话。

《轻松喜剧》

最初发表在一八八四年六月三十日《花絮》杂志第二十六期上,署名"安·契洪捷"。

《文官考试》

最初发表在一八八四年七月十四日《花絮》杂志第二十八期上,原有副标题《故事》,署名"安·契洪捷"。一八八六年该小说经作者取消副标题后,收入在彼得堡出版的他的小说集《形形色色的故事》。契诃夫对该小说做过文字上的修改后,收入他自编的文集第一卷。

契诃夫将该小说收入文集时,做过文字上的修改,改变参加考试的原因,取消加尔金对凡德利科夫的威胁。小说中"他(加尔金)严厉地看一下凡德利科夫,径自走去"一句,在原文中是这样:"'我要用碱水把你洗一洗!'他一边跑过去,一边恐吓凡德利科夫说,'我要给你点厉害看看,邮局耗子!往后你才会对顾客客气点!'

"凡德利科夫脸色发白,用央求的眼睛瞧着皮沃美多夫。

"'您别在意。……他是说着玩的。……'那一个安慰他说。

"不过安宁的心境并没有持续很久。"

契诃夫一八八四年夏季住在沃斯克列先斯克(在莫斯科省),六月二十五日在写给列依金的信上说起这篇小说,抱怨编辑部对小说篇幅的限制:"我在别墅所写的头一个作品似乎不顺利。第一,小说写得不好。《文官考试》写的是日常生活的题材,很亲切,而且是我所熟悉的,可是要写出这篇东西,只花个把钟头赶出来,只写七八十行却不行,而要时间长些,篇幅大些。……我一边写,一边不住地删,生怕写得太长。我删掉了县主考官的问话和邮局收信员的答复,然而这正是考试的关键所在。"随后,契诃夫谈到小说题材的来源说:"……傍晚我到邮局去找安德烈·叶果雷奇(沃斯克列先斯克的邮局局长),取报和信。……安德烈·叶果雷奇给我提供了小说《文官考试》的题材。"

《俄国煤》
真事

最初发表在一八八四年七月二十八日《花絮》杂志第三十期上,署名"安·契洪捷"。一八八六年该小说未经修改,收入在彼得堡出版的作者小说集《形形色色的故事》。

《外科手术》

最初发表在一八八四年八月十一日《花絮》杂志第三十二期上,原有副标题《一场小戏》,署名"安·契洪捷"。一八八六年该小说经作者取消副标题,在标点符号方面略加改动后,收入在彼得堡出版的他的小说集《形形色色的故事》,此后自一八九一年至一八九九年,该书印行第二版至第十四版时,均未改动。契诃夫将该小说删掉几个字后,收入他自编的文集第二卷。

作家的弟弟米哈依尔·巴甫洛维奇讲过该小说题材的来源。契诃夫居留沃斯克列先斯克期间,常到地方自治局医院去,著名的医师彼·阿·阿尔汉盖尔斯基当时正在那儿工作。契诃夫在那家医院里观察到类似他在《外科手术》里所描写的一件事:有一个缺乏经验的大学实习生代理医师的职务,为一个病人拔牙,结果他没能拔掉病牙,而只夹坏了齿冠。病人骂了一阵,走了(米·巴·契诃夫著《安东·契诃夫和他的题材》,一九二三年莫斯科版)。根据其他回忆录(尼·唐-包果拉兹著《在契诃夫故乡》,载于《契诃夫纪念文集》,一九一〇年莫斯科版),小说的基础则是作者故乡塔干罗格城生活中的一件实事。在上述回忆录中还提到,契诃夫在中学时代常做的一种即兴表演就是模仿医师拔牙。病人的角色由作家的大哥亚历山大·巴甫洛维奇扮演。契诃夫手拿夹煤块的钳子,开始"动手术",引得观众哈哈大笑。

《世人看不见的眼泪》
故事

最初发表在一八八四年八月二十五日《花絮》杂志第三十四期上,署名"安·契洪捷"。

《变色龙》

最初发表在一八八四年九月八日《花絮》杂志第三十六期上,原有副标题《一场小戏》,署名"安·契洪捷"。一八八六年该小说经作者删去副标题后,收入在彼得堡出版的契诃夫小说集《形形色色的故事》,此后自一八九一年至一八九九年,该书印行第二版至第十四版时,均未改动。后来契诃夫将该小说收入他自编的文集第二卷,只改动了一句话。

《赶集的"结算"》

最初发表在一八八四年九月十三日《娱乐》杂志第三十六期上,署名"无脾人"。

《变本加厉》

最初发表在一八八四年九月二十日《娱乐》杂志第三十七期上,署名"安·契洪捷"。契诃夫将该小说做过文字上的修改后,收入他自编的文集第二卷。在文集里，该小说中律师的姓涅契斯托夫改为卡里亚金。

《适当的措施》

最初发表在一八八四年九月二十二日《花絮》杂志第三十八期上，原有副标题《一场小戏》，署名"安·契洪捷"。一八八六年该小说收入在彼得堡出版的作者小说集《形形色色的故事》。契诃夫对该小说做了文字上和标点符号上的修改后，收入他自编的文集第一卷。

该小说收入文集时，原文中警官有一段话："……你把那个托盘连同剩下的苹果一起扔掉吧……因为它会传染病菌！土伦！"契诃夫将话中"土伦"这个地名删掉，该地名暗示一八八四年夏季报纸刊载霍乱在土伦流行，当时各幽默杂志发表许多以此为题材的漫画和小说。

《文特》

最初发表在一八八四年九月二十九日《花絮》杂志第三十九期上，原名《新生事物》，有副标题《请玩文特的先生们注意》，署名"安·契洪捷"。一八八六年该小说经作者略加修改后，收入在彼得堡出版的契诃夫小说集《形形色色的故事》，在一八九一年至一八九九年该书印行第二版至第十四版时，该小说改用题名《文特》，并经作者稍加修改。后来，作者将该小说略加修改后，收入他自编的文集第二卷。

一八九〇年，主管戏剧创作的书报检查官做出批示，认为契诃夫的《新生事物》"完全不宜于在群众面前演出"。在书报检查官报告上，写明他的决定："禁止演出。"

《月食》

内地生活摘录

最初发表在一八八四年九月二十九日《花絮》杂志第三十九期上,署名"无脾人"。

《在墓园里》

最初发表在一八八四年十月六日《花絮》杂志第四十期上,署名"安·契洪捷"。该小说由作者收入他自编的文集第一卷。

该小说收入文集时,契诃夫修改过小说原文。作者将"名演员克"(大约指当时某演员)改为"演员穆希金"。此外,作者还删削小说结尾原有的一大段文字,其中讲到区警察局长和他对死去的自由思想者的怜悯。现照抄被删的原文如下:

"天色黑下来,他们匆忙地走着,磕磕绊绊,他们抬着的东西微微晃动。……那口棺材后面跟着两个老太婆和一个穿着区警察局长军大衣的男人。

"'季洪·伊凡内奇!'我往区警察局长跟前跑过去,'什么风把您吹来了?您送谁下葬?'

"'我给格利沙送葬……'区警察局长嘟哝道,困窘地斜起眼睛看我的同伴,不住胆怯地回头看。

"我知道这个格利沙,他住在季洪·伊凡内奇的派出所那幢阴森的灰色大厦的六层楼上,而那幢房子里是住满骗子、妓女和被埋没的才子的。他住在人家的厨房旁边,白天给煤烟呛得透不出气来,晚上跟臭虫和老鼠搏斗。他在某处担任第二小提琴手,写些低劣的抒情诗,参加业余演出,总之他有说不尽的才能,一直盼望这些才能会给他带来如花似锦的远大前程!他在工作之余常到他的远亲区警察局长家里去,给他的妻子灌输种种思想。……

"'可是您上这儿来干什么,季洪·伊凡内奇?'我想起那是些什么样的思想,不由得惊讶地说。……

"'为了维持秩序。……'

"他胡说,这个滑头!他跟着棺材走可不是为了维持秩序。他怜惜自由思想者格利沙,非常怜惜,你瞧着他苍白的脸,很难一下子断定是什么东西在他脸上发光:是眼泪还是雨水?可见格利沙的话语也打动了他的心。……可是,既然他的肩膀上披着军大衣,他就不愿意对我承认这一点。……他为他的感情害羞,担惊受怕,于是我躲开他,走开了。……

"'我们在这儿只溜达了两个钟头,可是我们已经看到这是抬来的第三口棺材了。……该回家去了吧,诸位先生?'"

《舌头能把人带到基辅》

最初发表在一八八四年十月十三日《花絮》杂志第四十一期上,署名"无脾人"。

《假面》

最初发表在一八八四年十月二十七日《娱乐》杂志纪念号上(纪念该杂志创刊二十五周年),原题名是《不要碰我!》①,有副标题《摘自内地巨头的生活》,署名"安·契洪捷"。该小说由作者收入他自编的文集第二卷。

该小说收入文集时,契诃夫在文字上做了仔细修改(改动方言、俚语、不正确的语法结构),压缩全文,特别是皮亚契果罗夫摘掉假面的那个中心场面。现将杂志原文照抄如下:

"叶甫斯特拉特·斯皮利东内奇立刻就来了,可是他也无济于事。

---

① 原文为拉丁语。

"'我请求您从这儿出去!'他声音沙哑地说,胳肢窝底下夹着一个很大的皮包,动了动染过色的唇髭。

"'哎呀,吓死人! 真的,吓死人了!'假面人笑着说,'居然有这么可怕的人,叫上帝打死我吧!唇髭竖起来像猫似的,腰上挂着一支手枪,天不怕地不怕!嘻嘻。……可要是平心静气讲一句,从一种观点来说,我能收买你,叶甫斯特拉特,把你买过来!……'

"'我请求您少说废话,请您出去,要不然我叫人把您拉出去!'叶甫斯特拉特·斯皮利东内奇冒火了。

"'哦。……这样看来,您打算守在这儿,到天亮都不走? 行啊! 要是您高兴的话,就请坐吧。……我倒不在乎。……不过,如果我当着您的面跟小姐们胡闹起来,您可别生气。……那得怪您自己,谁叫您不出去呢。……喂,你,奴才,跑一趟,去找个音乐师来! 你呢,叶甫斯特拉特,不要在这儿胡说八道。……你不如出去,到舞厅里选个小姐,带到这儿来。……你与其骂人,不如玩玩闹闹消磨假日的好。……咦,傻瓜,你干吗瞪起眼睛? 莫非我说的不是正经话?'

"'怎么? 您说什么? 诸位先生,你们听见了吗?'

"阅览室里人声嘈杂。叶甫斯特拉特·斯皮利东内奇脸红得像虾一样,跺着脚,比画手势,口口声声说他不能容忍这种事,说那个人不但破坏社会安宁,甚至敢于在他执行公务的时候侮辱他! 热斯加科夫附和他的意见,热斯加科夫的声音又被别列布兴刺耳的男高音压下去。……所有的知识分子都大嚷大叫,可是他们所有的声音都抵不过兴致勃勃的假面人的男低音和他那雷鸣般的笑声。由于这场轩然大波,跳舞中断了,男人们从大厅涌进阅览室里来。……

"'请您摘掉假面,说出您的姓名!'叶甫斯特拉特·斯皮利东内奇声音嘶哑地说。

"为了回答这句话,假面人伸出手来做了两次露骨的侮蔑手势。叶甫斯特拉特·斯皮利东内奇就啐口唾沫,坐下来写呈文。

"'写吧,写吧,'假面人说,不住把手指头伸到钢笔底下去。'你写上,我的姓名是二等商人的儿子彼得·巴尔费诺夫·格沃兹吉科夫!现在叫我这个可怜人怎么得了?也许要把我关进监牢吧?我这个可怜虫啊!您何苦断送我这个孤儿?我不了……你们开开恩吧。……哈哈。……嘿,你们这些乌糟的魔鬼!嗯,好吧!呈文写好了吗?全写完了?好,现在你们瞧着!一……二……三!!'

"这个捣乱的人站起来,挺直全身,摘掉脸上的假面。他露出他的醉脸,瞧一眼所产生的效果,往圈椅上一坐,开始哈哈大笑。……那效果也确实非同小可。所有的知识分子面面相觑,脸色发白,搔后脑壳。……叶甫斯特拉特·斯皮利东内奇把自己的后脑壳搔得那么响,连走廊上都听得见。……"

一九○五年一月沙皇政府国民教育部学术委员会裁定该小说"不适于"放进国民图书阅览室和学生图书馆内,因为"该小说描写富翁的丑恶行为,旁人则因他有钱而无可奈何"。

列夫·托尔斯泰曾把契诃夫的三十篇小说定为契诃夫的优秀小说,《假面》一篇也在其内。一九○三年五月二十五日托尔斯泰的儿子伊·列·托尔斯泰在写给契诃夫的信上说:"我赶紧来履行我的诺言,谈一谈我父亲举出的那些小说。原来除此以外,这些小说还分成两类:第一类和第二类。第一类:(一)孩子们,(二)歌女,(三)戏剧,(四)在家里,(五)苦恼,(六)逃亡者,(七)在法庭上,(八)万卡,(九)太太们,(十)凶犯,(十一)男孩们,(十二)黑暗,(十三)困,(十四)伴侣,(十五)宝贝儿。

"第二类:(一)私生子,(二)哀伤,(三)巫婆,(四)薇罗琪卡,(五)在异乡,(六)厨娘出嫁,(七)一团乱麻,(八)风波,(九)哎,群众!(十)假面,(十一)女人的幸福,(十二)神经,(十三)婚礼,(十四)任人摆布的人,(十五)女人们。

"我没法说明他是根据全部小说还是只凭他记得的小说选出这些特别杰出的小说的,不过,无论如何,我很想知道您对他的选择的看法。"

《在瘸疾患者与老人收容所里》

最初发表在一八八四年十月二十七日《花絮》杂志第四十三期上,署名"安·契洪捷"。

《谈戏》

一场小戏

最初发表在一八八四年十一月三日《花絮》杂志第四十四期上,署名"安·契洪捷"。

《好事也得有限度》

最初发表在一八八四年十一月三日《花絮》杂志第四十四期上,署名"无脾人"。

《贪图钱财的婚姻》

共有两卷的长篇小说

最初发表在一八八四年十一月八日《娱乐》杂志第四十三期上,原名《贪图钱财的婚姻或为人类担忧!》,副标题是《长篇小说,分为同样悲惨的两卷》,署名"无脾人"。一八八六年该小说由作者收入在彼得堡出版的契诃夫小说集《形形色色的故事》。后来,该小说经作者更改题名和副标题并做文字上的修改后,收入他自编的文集第一卷。小说中电报员的姓(巴尔希甫采夫)和

617

男主婚人的姓（热尔巴丘夫）在文集中均已由作者删去。

该小说没有交《花絮》杂志发表。主编列依金素来不愿意让契诃夫为别的刊物写稿，于是在一八八四年十一月中旬写信给契诃夫说："喏，比方说，您为什么把小说交由最近一期的《娱乐》发表呢？那篇小说很精彩。它本来可以留作《花絮》的备用稿。您需钱用，那您只要写一封短信来，办公室就会先把钱汇去。或者，《娱乐》给的稿酬比较多吗？"契诃夫在一八八四年十一月中旬回信说："我认为，在《娱乐》上发表的我那篇小说不宜于在《花絮》上刊登。我没把它寄给您，因为它篇幅太长，写得不好，至少我觉得这样。不过，您看见我在《花絮》以外的刊物上发表作品，请不要生气。……我是有家庭负担的人，没有财产……我需要钱，《娱乐》给我的稿酬是每行十戈比。我每月挣的钱不能少于一百五十到一百八十卢布，要不然我就打饥荒了。"

后来该小说的个别情节由契诃夫用在轻松喜剧《婚礼》中。

《庸人先生们》
两幕剧

最初发表在一八八四年十一月十日《花絮》杂志第四十五期上，原副标题是《两幕神秘剧》，署名"无脾人"。一八八六年该作品收入在彼得堡出版的作者小说集《形形色色的故事》。后来，该作品经作者更改副标题后，收入他自编的文集第一卷。

该小说收入文集时，契诃夫在文字上做过修改，删掉俚语，并将消防队长的发言大加扩充（自"我这个人年纪已经不轻……"起，到"在那种地方人才能工作！"止）。这段发言的原文如下："我是个老人了，不是今天就是明天总要死掉。……多谢上帝，我这辈子过得挺好。……我什么也不需要。……只是我觉得奇怪……甚至愤愤不平。……（委屈地摇手）一个人辛勤工作，只靠薪金过活,安分守己,没有沾染恶习气……黑夜白日地不得消停……可是不知道这到底是图什么……有什么好处?我不是说我自己,我倒无所谓。……换了别人,靠这点钱就没法过活。……酒鬼才肯担任这种职务,认真工作的人只会啐口唾沫,甩手不干。……有什么好处呢?(他说了很久,低下眼睛。)"

《演说和小皮带》

最初发表在一八八四年十一月二十四日《花絮》杂志第四十七期上,署名"安·契洪捷"。

从列依金在一八八二年十二月三日所写的信上可以看出该小说早在一八八二年契诃夫就已经写成,也就是在契诃夫最初为《花絮》写稿的时期。然而该小说没得到书报检查机关通过。列依金在信上说:"我赶紧告诉您一个很不愉快的消息。您那篇精彩的小文章《演说和小皮带》,书报检查机关不准刊登。经我提出请求后,书报检查官把它提交书报检查委员会审批,可是那儿也没通过。"然而列依金保留小说的校样,到一八八四年又送交书报检查机关审批,关于这一点,列依金在一八八四年十一月中旬写信给契诃夫说:"我发觉最近这段时期书报检查似乎松动一点,就把以前没得到通过的您那篇小说《演说和小皮带》送交书报检查机关审批,结果,啊,妙极了!校样发还,准许刊登了。可是我担心您是否已经在《花絮》以外的刊物上发表过这篇小说。校样从一八八二年起就保存在我这儿。"一八八四年十一月中旬契诃夫在写给列依金的回信上说:"这篇小说没在任何地方发表过。我记得它的内容,至于写法,却忘记了。……我读得津津有味,就像不是我的作品似的。……"

《在病人床边》

最初发表在一八八四年十二月一日《花絮》杂志第四十八期

上,署名"无脾人"。

《牡蛎》

最初发表在一八八四年《闹钟》杂志第四十八期上(十二月六日经书报检查机关批准),原有副标题《素描》,署名"安·契洪捷"。一八八六年该小说经作者做过标点符号方面的修改后,收入在彼得堡出版的契诃夫小说集《形形色色的故事》,此后在一八九一年至一八九九年该书印行第二版至第十四版中,又经作者删去几句话。一八九五年该小说未经作者再做改动,收入莫斯科媒介出版社俄国作家作品选《闪光》。后来,该小说经契诃夫修改个别字句后,收入他自编的文集第三卷。

一八八六年一月十八日契诃夫在写给俄国作家和《花絮》杂志编辑比里宾的信上讲起他的小说集《形形色色的故事》所收的作品,提到《牡蛎》说:"有一个短篇小说没有随那批文稿一并寄去,现在随信附上。请您把它归并到那批文稿中去。如果您高兴的话,就请您阅读一遍:在这篇小说里我尝试着做一名 medicus①。"

《有将军做客的婚礼》

故事

最初发表在一八八四年十二月十五日《花絮》杂志第五十期上,署名"安·契洪捷"。

列依金收到该小说后,于一八八四年十一月十日写信给契诃夫说:"随信附上您的小说《有将军做客的婚礼》的校样一份。我已经把您的小说改名为《小小的敲诈》。校样已经由书报检查机

---

① 拉丁语:医生。

关签字批准。我把校样寄给您,是让您修改一下,再寄还我。我生怕我们把海事术语用错,而我的藏书里又没有海事辞典。这篇小说写得非常长,我简直不知道该怎样处置它了。"一八八四年十一月中旬他在另一封信上说:"现在我手边只剩下您的《有将军做客的婚礼》。要是到星期一我收不到您寄来的小说作为存稿,我就不能把《婚礼》刊登在第四十七期上,而要留存在我的手边。……"

俄国作家拉扎烈夫-格鲁津斯基在他的回忆录中说,契诃夫写这篇小说,曾使用俄国海军所用的各种名词和外国术语的辞书。

该小说以当时流行的小市民和商人的生活习俗为基础。契诃夫在一篇小品文《莫斯科生活花絮》中说:"如果新郎不乘坐镀金的婚车穿过大街,如果唱歌的不是最好的歌手,教堂助祭的男低音不够低,新郎就会不自在。你得给他雇个将军来参加婚礼,而且这个将军一定得戴着星形勋章,你得让音乐为他轰鸣。……"(一八八四年《花絮》杂志第四十一期)契诃夫在另一篇随笔中说:"商人需要将军和五等文官。不管是商人的婚礼,还是他们的宴会,还是商人的议会,缺了这两种人就不成。……"(一八八四年《花絮》杂志第五十一期)后来,在一八八九年,这篇小说由契诃夫改编成轻松喜剧《婚礼》。

《自由派活宝》

最初发表在一八八四年十二月二十二日《花絮》杂志第五十一期上,署名"安·契洪捷"。

《可怕的一夜》

最初发表在一八八四年十二月二十七日《娱乐》杂志第五十期上,原有副标题《圣诞节故事》和《献给掘墓人米·巴·

富……》,署名"安·契洪捷"。一八八七年该小说经作者删去副标题,略加修改后,收入他的小说集《无伤大雅的话语》。后来该小说收入作者的文集第一卷。

该小说是模仿当时杂志上流行的"可怕的"圣诞节故事。

该小说收入文集时,由契诃夫在文字上加以修改,并重写了结尾。现将杂志中小说结尾照抄如下:

"我们往棺材里看一眼。……这时候巴尼希津抱住头,身子摇晃一下,往长沙发上一坐。……

"'我受不住,'他小声说,'再见。……我要走了。……'

"讲故事的人站起来,身子摇摇晃晃,走出去。……因此关于棺材的可怕的故事,对听众来说,仍然是秘密。

契洪捷。

瓦冈科甫斯科耶墓园。十月二十四日午夜。

"附言:这篇小说已经付排,校样也已经校对过,不料有人来敲我的门,要求我准许他进来。……来人是巴尼希津。……

"'见到您很高兴!'我叫道,'快点告诉我:您在棺材里见到什么?什么?'

"'您老是讲这件事!'他挥一下手说,'这些讲故事的人就跟娘们儿一样。……你得把种种乌七八糟的底细都给他们摊出来,讲清楚。……我们在那口棺材里见到一封信。……那封信是我们都熟悉的朋友瓦卡·扎耶兹多夫写的,内容如下:

"""亲爱的波果斯托夫!你知道我岳父的生意亏空很大。他欠下一身债。……明天或者后天他的财产就要查封,这就彻底断送了他家和我家。……在昨天的家庭会议上,我们决定把一切值钱的和贵重的东西都藏起来。……我岳父的全部财产就是棺材(你知道,他是棺材业的巨头,在本城首屈一指),所以我们决定把最好的棺材都藏起来。……我要求你帮我的忙,亲爱的朋友,特送上棺材一口,请你收藏和保管。……缺了熟人的帮助,我们毫无办法。我希望你不会拒绝我,特别是因为这口棺材放在你家里不会超过一星期。凡是我们的朋友家里,我都分别送去棺材一口,希望他们挽救我的家庭免于饥馑。热爱你的扎耶兹多夫。"……您看得明白,这是一件很简单的事。……'

"'啐!'我吐口唾沫说,'那么,您这畜生,见您的鬼,那天傍晚您对那些女人讲故事的时候,为什么装腔作势,脸色发白,汗水淋漓,身子摇摇晃晃?那岂不是做戏?'

"'嗯。……要是您像我一样喝过那么多酒,要是您像我一样提心吊胆,您还不止是脸色发白,身子摇晃呢!我站都站不住了。'

"我啐口唾沫,决定从今以后再也不听'圣诞节故事'了。"

《圣诞枞树》

最初发表在一八八四年十二月二十七日《娱乐》杂志第五十期上,署名"无脾人"。

《心绪不佳》

最初发表在一八八四年十二月二十九日《花絮》杂志第五十二期上,原有副标题《小故事》,署名"安·契洪捷"。该小说经契诃夫做过文字上的修改,大加压缩,并取消副标题后,收入他自编的文集第一卷。

例如,契诃夫在修改该小说过程中,删去下列句子:

在"应该使劲抽他十鞭子,他就不会太喜气洋洋了"之后,删去"……这种坏蛋。……明明是个乡巴佬,下流胚,居然喜气洋洋,倒好像他真是个人似的。……其实不过是条虫子罢了!"

在"魔鬼叫它来得不是时候!"之后,删去以下两段:

"'"赶车的坐在车座上,穿着皮袄,系着红腰带……穿着皮袄,系着红腰带。……"'

"'他,这个粗人,居然穿戴得跟老爷一样!赶车的,酒鬼!大概想要一溜烟混过关卡,免得缴铺路费!系着红腰带。……哼。……准是在哪儿偷来的!应该把那条腰带从他肚子上解下来,抽他一顿:不准你灌酒!不准你偷东西!不准你灌酒!不准你偷东西,混蛋!……想不到克拉芙季雅·谢尔盖耶芙娜偷牌!真的。……堂堂一位太太,居然偷牌!'"

在"吃完晚饭,赶紧走掉就对了"之后,删去"'……不,我偏偏坐下没走!我没顶住。'

"'"淘气的孩子冻坏了小手指头……冻坏了小手指头。"……'

"'手指头冻不掉的,你死不了。……用不着撒娇,乡巴佬。……还算走运:我偷看了安德烈·菲拉狄奇的牌!'"

《训令》

采自偏僻地区生活

最初发表在一八八四年十二月二十九日《花絮》杂志第五十二期上,署名"无脾人"。